L.KH

Леонид Хайченко

Дороги
(трилогия)

Книга вторая
*Берег турецкий*

*Leonid Khaychehko*

Roads
(trilogy)

Part two
*Bereg turetsky*

NewYork

2015

 www.trafford.com
North America & international
toll-free: 1 888 232 4444 (USA & Canada)
fax: 812 355 4082

# БЕРЕГ ТУРЕЦКИЙ

*«Может быть, ещё спасённый*
*Снова пристань я найду...»*
*(А.С.Пушкин)*

## 1

*Попутной волной*

Доведись встретить в зеркале не своё отражение, Наджабула Тразаноглу огорчился бы, ещё и как! Загорелый атлет с подстриженными усиками-шик и рядом сверкавших золотом пуговиц на капитанском кителе чувствовал себя весьма комфортно в международном общении, оперируя несколькими заученными фразами на английском и основных европейских языках, что в добавок намёкам позволяло быть совершенно понятым.

Так и в этот раз, принимая от русского пассажира необходимое условие допуска на борт, он, не глядя, отсчитал троих с чемоданами. Кстати, значение валюты для капитана Тразаноглу било всё остальное, в том числе и содержание вручённой записки, которую он, не читая, скомкал и выбросил в море, а «зелёные» аккуратно сложил и опустил в кармашек белого кителя.

Итак, посадка на следовавшее до Константинополя судно состоялась насколько легко, настолько могла и не состояться ввиду узкого коридора транспортировки нелегальных пассажиров (хотя продолжение затянувшейся войны на территории Европы ставило под сомнение понятие легальности в данном вопросе). Так что «маршрутный кораблик» шкипера Тразаноглу стал счастливым исключением.

Когда видимые очертания Одессы размылись расстоянием и чувства прощаний сменились реальностью ситуации, задержавшиеся на палубе трое господ в сопровождении посланного за ними матроса последовали в отведённую им каюту.

Их морское жильё, на удивление согласившихся на любое, оказалось четырёхместным. В нём уже находился пассажир с подобным статусом, в его руках была газета, в глазах недовольство. На приветствие вошедших он ответил кивком головы занятого важным. Это был плотного телосложения мужчина с скуластым, небритым до намечавшейся бороды лицом, лет пятидесяти-пятидесяти пяти, не отличавшийся от обычного обывателя: в чёрном сюртуке, шляпе-котелок, при трросточке. Подобных можно было легко встретить на улицах российских городов, в трактирах, на вокзалах... Вообще попутчик, как попутчик, да если бы не его глаза... с первого виду принимаемые за разбойничьи, взгляд которых обычный человек избегает. Встретись с таким на улице тёмной, да содрагнёшься за жизнь.

Отпрянув от чтива, скуластый задумчиво уставился в море, будто разговаривал с мыслями, глядя в туман, сливавший мрачную зыбь с его настроением. Под завешенным облаками небом, мутно-зелёная бесконечность колыхалась плечистыми волнами; разлетавшиеся бризги плескались в слезящее окошко иллюминатора. В каюте стоял смешанный запах мазута и моря, из машинного отделения доносилось монотонное стучание дизеля. От ударов о борт напиравших волн их караблик трясся и дребезжал, кажись, вот распадётся.

Тем временем трое вошедших занялись размещением. Седовласый мужчина с молодым лицом, уложив свои вещи в багажное отделение, присел рядом с господином изучавшим туманный горизонт. Он открыл на тесёмочной закладке книгу и унёсся чтением. Второй, с аккуратной докторской бородкой, в движениях осторожный, разместился напротив и заметив в женской руке иностранный словарик, заговорил к ней на французском.

Соседство не заставило ждать знакомства, ничем необязывающего, дорожного. После общих сетований на испорченную погоду и на вынужденность следовать морским маршрутом, при этом догадываясь в некой схожести судеб, первым, сняв шляпу, представился мрачный господин:

-- Николай Николаевич Иваницкий. Из Питера, хотя давно, как не оттуда... – и, пронизывающе посмотрев на сидящих напротив, добавил: -- вполне вероятно следую куда и вы. Уж нынче всея дороги ведут в Париж...

-- Весьма рад, -- приподнявшись, подал руку господин с докторской бородкой, -- Всеволод Иларионович Ольский. Моя сестра – Клавдия, -- представил рядом сидящую.

-- Очень приятно, -- мило улыбнулась красивыми глазами из-под поля шляпки шатенка.

-- И наш друг -- Андрей Горяк, -- Всеволод Иларионович вежливо указал на отвлечённого чтением и, участно вздохнув, продолжил: -- А путь наш стелится тоже, слава богу... от Москвы самой. Проколесили мы Украину, со всеми испытаниями...

Дальше уже Николая Николаевича можно было не спрашивать, сам желал высказаться -- душу излить о наболевшем, ставшим причиной его положению.

-- Что же нам остаётся, как не драпать? Я ведь работал, не скрою перед вами, в жандармском управлении, -- значительно посмотрел белоглазый, -- и не в рядовых состоял. Сейчас можно о всём только вспоминать. Я это к тому, что все всё знали заранее -- к чему идёт. Мы же имели дело не с какими-то отдельными бунтарскими случаями или там с спонтанной пугачёвщиной. У них была организационная система. Ещё не структура, замечу вам. Она формировалась, набирала силу у нас на глазах... Ульянов, Свердлов, Троцкий и остальные из революционной шайки -- были нам хорошо известны годами.

-- Нам – нет, -- отложив занятость французским, с достоинством уточнила Клавдия Ольская.

-- Извините, я их специально не делю на большевиков, меньшевиков, эсеров и так далее. Все они -- враги монархии. Но опять таки наши методы... -- и покачал лысой головой, -- если бы на троне был решительный самодержец, а ещё важнее -- прозорливый, тогда все их попытки ничего бы не стоили и не произошло бы никакого отречения от власти, ну и революций вместе с Керенским. Осмысленный подход и без отступлений – вот что было главное! Лично я предвидел такой итог, не раз предупреждал своё руководство. Столыпин начал сажать, когда уже дом горел. А до него?..

Всеволод Иларионович слушал с осторожным изумлением, с кое-чем он мог смириться.

-- Одних ссылок в Сибирь да слежек не достаточно было. Да-с! – пылко продолжал скуластый, -- причины крылись намного глубже. А государство отвечало полнейшей расхлябанностью, не подготовленность к подобному вызывала спонтанный ответ, что-то вроде поставить малыша за проказу в угол. А этот малыш оказывается уже не малыш, а уверенный босяк! Его розгами надо было... Государя приближённые и влиятельные лица попросту расхолаживали вместо того, чтобы оценить серьёзность положения. Сидели и ждали у моря погоды, игрались в гуманность... журили пальчиком плохих мальчиков. – Помолчав, успокоясь, продолжил: -- Я вот своих жену и детей в Париж отправил ещё до волнений семнадцатого. Оставался в России, всё на что-то  надеялся -- думал помощь  моя понадобится... Хотя было понятно -- время упущено.  И  что  важнейшее,  мы  потеряли  опору... – недоговорив, он посмотрел на Ольского глазами, в которых отражалась вся трагедия.

-- Вы имеете ввиду простой народ, который не учли в расстановке сил? – подправил Ольский. В принципе, для него подобное высказывание было далеко не ново.

-- Именно! Мужик верить перестал, -- разочарованно опустил руки Николай Николаевич, -- а ведь Россия завсегда крестьянская страна.  Аграрные реформы – запоздали, да и призывали реформировать без учётов реальности.

-- Впрочем, сама идея не плохая, -- с одной стороны согласился Всеволод Иларионович, а с другой добавил: -- да вот расчитана была далеко не на всех жителей деревни. Куда там беднякам до выкупа земли, когда цены на неё взвинтили. Много крестьян ушло из черноземья.

-- Это известно -- у банков личные интересы, даже пускай будут они и аграрными, или другими какими, -- засмеялся зло, -- не заплатил – отдай залог. А ты возьми, любезный, помоги на ноги стать, а не отбирай. Не разглядели в мужике главного в деревне. Закрывали глаза самообманом, что в итоге ничего плохого не произойдёт. И тут как тут нишу между деревней и проблемами начали заполнять разные «кружковцы»... студентики-марксисты. Ещё ранее плехановцы первыми поднимали бурю. Они видели ошибки слабой власти и сыграли на них свою партию. Через агитаторов и подстрикателей бурили страну. А народ наш -- доверчивый, верит громкому слову, обещаниям... особенно, когда не живётся. Получилось так, что под их знаменем большинство и они решительно свирепы. Не то, что наши самолюбивые чистоплюи в парадных перчатках, способные лишь, извините меня...

-- Но обо всех так рассуждать, Николай Николаевич... Каждый имеет собственное видение, право... -- с доброжелательным возмущением прервала Клавдия Иларионовна. Ей никак не желалось спорить, но и смолчать на явное не могла заставить себя.

-- Конечно, право... Право! – вознёс руки к богам Иваницкий, -- Каждый о нём. Только долг, где он? Так и Римская империя пала -- тоже из-за вольного толкования права. В решающий момент была не готова дать отпор варварам.

-- Ну скажем, этот решающий момент растягивался столетиями, -- учтиво подправил Ольский.

-- Извиняюсь, я только имел ввиду: способность почивавших с лавровыми веночками на разумных головах противостоять. Здесь нужно подойти с точки зрения должного, как в противовес «туманному праву». Я об ответственности личной, как составной общей. Скажите на милость, кто бросает камни в окна? Да тот, кто в том доме не живёт, притом ненавидит его. -- От волнения Николай Николаевич засопел и нервно забарабанил пальцами по столу.

-- Инородцы?.. – недовольно посмотрела Клавдия Иларионовна, -- не от этого ли всё началось в России. Просто не приятно слышать... отдаёт душком ненависти.

-- Позвольте, уважаемая, факты имеются.

-- В этом своя правда, здесь уже затрагивается сознание, -- рассудительно ответил Ольский, -- ответственность -- понятие ёмкое, с родни принадлежности.

-- Принадлежности России! ответственность за неё. Лучше сказать – самосознание, оно же и ответственность, -- настаивал на своём Иваницкий.

-- А вам не кажется, уважаемый, что философия занятие сытых? Послушайте, ну о какой сознательности крестьянина и рабочего можно говорить, когда их животы тощи? Разве их за людей считали. Для них кусок хлеба – вот вся мудрость жизни. Это не говоря о никаком образовании. У мужика патриотизм просыпается тогда, когда его двор разоряют. А мы о высоком стремимся рассуждать, -- высказал, в чём не сомневался Ольский.

-- Не отрицаю. В этом есть резон. Вы очень верно подметили. Но то, что знали мы с вами и многие другие, на то закрывали глаза те, кому необходимо было действовать! А вместо них действовал -- Ленин. Что ни говорите, а он всё же личность. На нашей стороне не оказалось по значению подобной силы, кто бы так напрямую открыто дрался за народ. Имею ввиду агитационно -- чтобы в последствии до революций не доходило. Политическое безволие и экономический перекос сопутствовали потери доверия народа. А бунтари этим воспользовались, и под эту кухню свою теорию экономическо-социальную подготовили... чтобы не на ровном месте да не с пустыми руками в драку лезть. Нам нужно было решать ещё до девятьсот пятого года! Но это требовало прикормленного избавления от самодовольства. Не нашелся тот, кто бы конкретно, чётко высказался и был поддержан государем. Одну Думу распустили... А последующие? Откровенно говоря, к огромному сожалению, монархическая система не способна была вести страну в развитии. По той же причине и проигрышные войны.

-- Я с вами, Николай Николаевич, согласен отчасти. То что шанс гражданского примирения упущен, это всем понятно и печально. Но силовые методы, жестокие меры присечения навряд ли улучшили ситуацию, привели к чему-то полезному. Вот возьмите, к примеру, Англию, или иные крупные европейские страны. У них иначе отлажены экономические взаимоотношения с производителями. Там нет такого резкого противостояния. Конечно, присутствует эксплуатация труда и несравненная выгода владельцев.

-- Эксплуатация... Знакомое словцо. Наверное, тоже читали их Маркса?.. – холодно улыбнулся Иваницкий, и глаза налились гневом.

-- Если толково написанно, почему бы и не прочесть. Я того же мнения -- в деревнях была потеряна опора. И рабочие не на нашей стороне оказались. А если бы мы в них видели равноправных членов общества, содействовали налаживанию их достойной жизни, тогда, по крайней мере, мы с вами никуда бы не уезжали. Производительность труда – вот единственный источник материальных благ. А чтобы её достигнуть на необходимом уровне нужно хорошенько задуматься над причинами, и не быть сверхкорыстными в накоплениях. Результаты труда должны ощущать как промышленники, так и чьими руками достигается успех. Тогда общество примет форму сбалансированного и крепкого, и любовь к нему будет иметь почву. А то действительно получается, кто на словах клялся в преданности родной земле, на сытый желудок нежился её красотой, теперь драпают...

-- Значит -- мы. В сердце попали.

-- Или не так? А кому было не до осязания красот, кто их не замечал из-за вечно опущенной головы -- те нас сейчас и колотят за всё «хорошее», – возбуждённо продолжал Ольский, и, вынув из кармана пиджака пачку подзабытых папирос, предложил собеседнику. На что Николай Николаевич, поблагодарив, отказался, -- решил забить свою трубку.

-- Извините Клавдия Иларионовна, с вашего позволения мы немного подымим. Не то наши нервы не выдержат такого диспута, -- спросил Иваницкий, щипая из зелёного кисета табак.

-- И я не откажусь, -- с удовольствием ответила Ольская и извлекла из сумочки мундштук под папироску.

-- А вы, уважаемый Всеволод Иларионович, сейчас высказались как революционер... -- пресуя трубку, приговаривал Иваницкий, -- между прочим, я тоже «Капитал» читал-с. Нелёгок в осмыслении... нужна специальная подготовка. Всего лишь пытался взглянуть на мир глазами противника.

-- Ну и как, получилось?

-- Об этом отдельный разговор – что получилось, а что не успелось. А вы -- предлагаете уравнять всех в правах? сделать все жизни одинаково хорошими... – с некой иронией отразил Иваницкий.

-- И всё-таки мне не приходилось держать упомянутую вами книгу. Изучал труды английских экономистов из других источников. А с идеями большевиков знаком в общем, возможно, как и вы. Скажу вам, что не состою ни в одной партии, и к монархистам не принадлежу, -- при этом Всеволод Иларионович посмотрел на возмущённую упрёком их попутчика сестру и решил смолчать.

-- Будет нам спорить. Вижу, и Клавдии Иларионовне неприятно... -- охладился Николай Николаевич на время раскуривания трубки, и, отмахнув клуб дыма от дамы, приподнялся открыть иллюминатор.

Вихрем ворвался свежий ветер, внеся колкую морскую пыль. У Ольского и Андрея волосы взъерошились, вызвав смех. А Николай Николаевич утёр платочком лысину, вмиг повлажневшую от мокрого ветра. И у Клавдии Иларионовны причёска взбилась... сделалась пушистой, в окаймлении прозрачных волос -- прямо с картины живописца... -- засмотрелся Николай Николаевич... -- на ветру улыбаясь ямочками щёк, глаза мило жмурила, с хрустальными крапинками на ресницах... Сжалась от прохлады – зыбко; набросила на плечи пальто.

Вздохнул по-мужски Николай Иваницкий, и к Всеволоду Иларионовичу, смакующему папироской:

-- А вы хорошенько подумали, что значит дать им полную свободу? они же вам в благодарность на шею сядут, если не вздёрнут для утехи. Отпустив их, мы получили бы вторых якобинцев. Другое дело, на селе надо было поставить главных среди них, чтоб с толковыми головами, чтоб законы проводили и произволов не допускали. Столица далека, -- не известно, чего там на периферии происходит. А там хозяйничал произвол... начиная от одряхлелых помещиков и завершая взяточничеством старост и поборами. И местные суды, понятно что, подкупленны. Воровство на воровстве! Эти штучки Гоголь удачно обрисовал, ткнул в лицо, мол, смотрите на себя, какие вы красивые, -- а ещё на что-то притендуете... Определённо, государь не знал всего. Не докладывали ему, и сам не интересовался надлежаще. Обросли глупостями, безразличием. Уж извините, что снова приходится повторяться, -- и запыхтел трубкой.

-- Раз уж мы напрямую подошли к деревне, так скажу вам: у нас в имении строились иначе отношения, -- пламенно ответил Ольский, -- делом. И крестьянский труд оценивался достойно. Люди видели, понимали, что для них лучше, поэтому доверяли мне. Извините за нескромность, я по профессии юрист. Имел адвокатскую практику. По убеждениям отвергаю насилие над человеком, как физическое так и моральное, в не зависимости от социальной принадлежности или вероисповедания которые.

-- Похвально! -- присматриваясь сощуренными глазами к собеседнику, прореагировал на такую откровенность бывший сыщик.

-- Да, можно моё мнение тискать в любые рамки, в том числе политические, -- отреагировал на неприветливый взгляд Ольский, -- здесь форма и вывеска уступает сути. А если мы будем, не уставая от упрямств или ввиду своей ограниченности, доказывать, что чёрное есть белое, тогда так и будем продолжать разбивать лоб. Признавать собственные ошибки -- неприятная штука. Особенно, когда предложить толковое не в состоянии. По-старому уже невозможно жить, даже выжить. Всё меняется. Как бы кому не хотелось, а невозможно остановить этот процесс. -- И замолчал, непонятый.

-- А вам не кажется, господа, что уже достаточно о политике? – прикрыв словарик, укоризненно отреагировала на спор Клавдия Иларионовна, -- это же бесконечная тема... Может быть, полезнее поговорить о ближайшем -- что нас ожидает на турецком берегу?

-- Действительно интересно... – улыбнулся женской наивности Иваницкий. – Мне лично не известно.

-- Увы, война идёт и на море. Ох, помоги нам, Господи, добраться с миром, -- вздохнула тяжело Ольская. -- Ещё возникнут затруднения с дальнейшей дорогой.

-- Можете в этом не сомневаться. Рассчитывать на лёгкий путь, как было принято в прежние времена, выглядит не иначе, как иллюзия. Пока не завершаться военные действия в Европе, никакой прямой дороги, -- он намекнул на конечный пункт следования, -- извините меня, -- Иваницкий указал на газетную хронику: -- Кстати, вот, пожалуйста, можете прочесть.

-- Несмотря, что Турция враждебна «Антанте», всё же предпочитают этот кротчайший, -- приняв предложенную газету, ответила Ольская.

-- И ближайший от большевизма. Видать, она уже полувраждебна, -- поднял бровь Николай Николаевич.

-- Скорее, гуманна, -- ответила Ольская.

-- Уж не сглазте, дорогая.

-- Мне больше известно о Константинополе из истории Византийской империи. Этот город также славен, кроме присущими востоку экзотическими красотами, не менее оригинальными причудами...

-- Например?.. – повеселевшими глазами посмотрел на красивую женщину Иваницкий.

-- Например, собаки там считались священными... – смущённо улыбнулась Клавдия Иларионовна, -- а местом отдыха горожан -- прогулки тенистыми аллеями... кладбищ...

-- Во сне не приснится, -- перекрестился Иваницкий.

-- Верно -- у них на могилах усопших принято веселиться. Необычно, не правда ли?

-- Ещё как! Что вы хотите... турки есть турки... -- по-своему отреагировал Николай Николаевич. – Что мне известно уж точно -- что в Константинополе издавна живёт много русских, да и раньше он именовался по-нашему -- Цареград. Среди своих остановиться будет в бытовом отношении легче. Это можно пожелать себе. К своему смущению, с иностранными языками я не дружен. Лишь немного понимаю по-немецки...

вроде «эцки-пецки», -- громко засмеялся Иваницкий; глаза его сузились до щелок как у японского борца, -- ну, а как у вас с этим обстоит? Вижу, что усердствуете... -- и с намёком посмотрел на лежащий на столике иностранный словарь.

-- Если бы только оставалось за знанием языков... – возвратился к разговору посветлевший Всеволод Иларионович, -- в их местном мы в равных позициях. Придётся постигать. А в бытовом отношении, так важнее всего остановиться в более-менее надёжном месте. Константинополь город большой, настолько же и незнакомый.

-- Это верно, внимание никогда не вредит. Вообще-то мне этот город больше известен по криминальной карте... – добавил со своей стороны Николай Николаевич, -- но оставим о плохом и преждевременных переживаниях. А как насчёт того, чтобы сыграть в шашки?..

-- Шашки?.. – изумился Ольский.

-- Вы не ослышались, Всеволод Иларионович. Именно в русские шашки на пути в Турцию. Я по своей привычке, всегда беру их в дорогу. Они мне словно добрый спутник на протяжении уж стольких лет... Работая в управлении, приходилось частенько бывать в служебных поездках. Шашки замечательно развивают логическое мышление. Эта игра одновременно проста и глубока в понимании вариантов развития. Шахматы же более усложнены стандартными ситуациями, схемами атаки и защиты.

-- Заинтриговали вы нас своим введением в игру, -- пошутил Ольский и подморгул Андрею, догадываясь о чём тот думает при виде расставляемых на доске фишек.

-- А Клавдия Иларионовна? Не желает ли, сударыня, присоединиться к нам? Можно и турнир разыграть, если ваш Андрей с чтением книги повременит, -- предложил идею Иваницкий, любезно подготовив шашки для своего первого соперника, предоставляя тому право начинать белыми.

\*

Закрыв книгу, Андрей с интересом поглядывал на доску, и не только из любопытства, -- шашки были его любимой игрой с детских лет. Память снова позвала в прошлое, когда он с отцом вечерами сражались в шашки, не желая уступать друг другу. Последний раз они играли буквально за пару дней перед тем трагическим утром. «Кто бы мог тогда предсказать настоящее?.. Каких-то менее, чем полгода и сколько всего произошло... А ещё год назад в это же время ничего не предвещало плохого, все были живы, надеялись на лучшее. Что терзаться? Страданиями никого не воскресить. Надо жить будущим и благодарить Бога, что рядом есть близкие люди. Ольские мне стали родными. Так судьба определила. Что с нами будет дальше, на чужой земле? Пока я таковой под ногами не ощущал. Даже далёкая Одесса выглядела своей благодаря людям. Но теперь море нас разделяет, оно и будет вести дальше и дальше в ту другую страну, готовую стать нам пристанищем. Франция! -- звучит величественно, торжественно... и несколько обещающе. Хотя одновремённо и настораживающе. Примет ли она нас, так как мы хотим? Сумеем ли мы быть там счастливы? – задавал себе всё больше вопросов Андрей, задумчиво глядя на нескончаемый морской простор. Море уже не выглядело таким неприветливо-хмурым как в непогоду их отплытия. Пробиваясь сквозь серую завесу облаков затерявшееся на день солнце по-осеннему неприхотливо поблёскивало, с его появлением сразу оживала голубой прозрачностью волна, отливаясь изумрудным перекатом, переходящая вдали в тёмно-синие пенистые гребни. Таяла уносящейся в небо дымкой пасмурность, и уже море засверкало электрическими блёсками, что глазам больно смотреть. -- Многое будет зависеть от восприятия нового, решительности в преодолении трудностей. На время нашего пребывания в Константинополе, мне необходимо подыскать хоть какую-то работу. Конечно, уже не возвратить, что было. Ну, а если бы остался – упрекал бы себя и сожалел. Чем-то в жизни жертвуется, уступая, как нам кажется, главному. Хотя определить, что важнее сейчас и будет иметь такое же значение после – почти невозможно. И всё-таки самым интересным временем могу назвать моё московское. Сколько нового я увидел там и узнал! И люди, особенно молодёжь, несравненные, как и постоянно менявшаяся жизнь огромного

16

города. Они возносили новое, свободу, позволявшую, даже поощрявшую творить в духе революционного взрыва, что считалось исключительно современным. Впрочем, было гораздо больше вопросов, чем ответов на происходящее. Возможно, потому и в их творчестве просматривалась некая незавершённость мысли, недосказанность форм. И как результат – не понимание. Ещё не разобравшись с происходящим, они отбрасывали достояние прошлого. Скорее всего, оно присытилось своей возвышенной помпезностью, преклонением перед навязчивой идиллией. А вот революционная новизна выглядела рационально в отражении происходящего, не нуждаясь в критике. Того требовал быстрый ход времени – ничего ненужного, лишнего. Таланты? Они были всегда и по-своему проявлялись. Та почва была самой подходящей для одних, нашедших себя в революции. Ну какие могут быть притензии к только зарождавшемуся? В газетах и афишах повторяющиеся имена: Блок, Маяковский, Хлебников... Революция пересматривала традиции и понятия в искусстве, -- каким оно должно быть. «Должно». Приемлемо ли это слово к творчеству? Многие из прежде купавшихся в лучах славы, невписавшихся в буреломное время, теряли своих почитателей, и чтобы не быть обречёнными на забвение, спешили за ними за границу. Между прочим, куда и мы...».

\*

-- Вот такие у нас делишки, любезный Всеволод Иларионович... Весьма сожалею, но вы и эту партейку проиграли-с... – с удовлетворением победителя Николай Николаевич потирал руки и призывающе посмотрел на двоих сидящих. – Ну-с, и кто же у нас следующий?..

-- Что ж, поздравляю! – с грустной улыбкой побеждённый пожал руку победителю и показал Андрею на доску: – Мол, давай парень, твоя очередь.

-- Поглядим, какой игрок – Андрей? Думаю, уважаемой Клавдии Иларионовне можно готовиться за ним... -- Иваницкий не скрывал своего преимущества опытного шашиста.

-- А я полагаю, что вам, Николай Николаевич, доведётся не легко. Мы с Андреем часто играли в шашки и шахматы, поэтому знаю его силу, -- уверил Всеволод Иларионович.

-- Поглядим-посмотрим. Не против и проиграть, коль соперник силён, -- певуче произнёс уверенный Иваницкий и подправил расположение своих шашек, ожидая первого хода противника. И вскоре в раздумиях зачесал затылок: «А этот молчун смыслит в игре... -- но вскоре разобрался в причине молчания седого парня: -- Господи...-- глянул он на книгу потом на Ольского, как бы сверяя предположение, и снова на внимательно Андрея, -- хотя такое встречается... юникум...

-- Объясняется этот «юникум» тем, что Андрюша рос с обычными ребятами, -- считал обязательным уточнить Всеволод Иларионович, -- у которых упрощённый язык общения. Что вынуждало приспосабливаться. Ну, и годик обучался в обычной школе. Учитель был старательный, много внимания уделял Андрюше. Да и парнишка оказался способный к учёбе. Азбуку освоил. Некоторые слова он даже произносит. Вот такой феномен.

Следующий ход Николай Николаевич сделал осторожнее – как бы этот «феномен» на доске ему не натворил.

Неожиданно для увлечённых баталией дверь каюты резко распахнулась и человек в белых фартуке и высоком поварённом колпаке внёс поднос со стаканами парящего чая, сахарницей, галетным печеньем и сочившимися кружками лимона на блюдце.

А огненный чаёк был кстати для прозябших пассажиров, коротавших время в холодной и сырой каюте, и они не поскупились на слова благодарности, сразу на нескольких языках. Но по безразличному лицу кока можно было предположить: или он не понял ответ, или услужливое молчание входило в его обязанность, а может быть, ждал иной благодарности, чем просто слова. Что, впрочем, было проверено догадливым Иваницким, вложившим в руку доброго человека заслуженные чаевые. Признаться, и данный жест признательности ничего не изменил на каменном лице карабельного повара, он закрыл за собой дверь таким же молчаливым как и открыл её.

-- Странно... но бывает и так, -- Николай Николаевич отреагировал скучной гримасой в потолок.

-- Как не возражайте, уважаемые шашечники, а вашу партию придётся отложить, -- предупредила Клавдия, занявшаяся

несложной сервировкой стола. Были извлечены из сумки свёртки с дорожным провиантом, хлеб с куском сыра.

-- Вижу, у нас прямо-таки английский вариант вырисовывается. Насколько мне известно, турки большие любители кофе, -- в предверии обеда, Иваницкий послушно освободил стол от шашечной доски, по-хозяйски расстелив газету вместо недостающей скатёрки.

-- Их досуг коротать время в кофейнях... – добавил Ольский, -- а вообще удивлён: печенье нам, ещё и лимон...

-- У хорошего хозяина и в пургу двор чист, -- улыбнулся Николай Николаевич.

-- Но нам сейчас подали чай, а не кофе, -- не это ли намёк на грядущую капитуляцию перед упомянутыми вами истиными любителями чая?, Николай Николаевич.

-- Ха-ха! Очень даже логично. Я упомянул англичан  к слову, как традиционных хозяев морских просторов... – продолжал смеятся Николай Николаевич и надпил душистый чайок... молча, ещё пару раз приложился к стаканчику и в блаженстве сузил глаза, получая не менее удовольствия, чем от шашечных побед. -- Извините, как это я забыл... у меня ведь с собой бутылочка рома! Правда, не английского производства, -- засуетился Николай Николаевич, -- ... надеюсь, желудки наши простят этот недочёт. Он облагородит чаёк, а заодно согреет в нашем морском странствии.

-- Действительно, к случаю! Что ж, есть повод выпить за знакомство. И у нас есть чем вас угостить, -- прихвастнул в ответ Ольский, помогая сестре с приготовлением, – добрые одесские друзья нас в дорогу снабдили неким провиантом. Сейчас посмотрим, чего там они нам упаковали... Знаем лишь, что от доброго сердца. Полина всё уверяла: «Вы после раскроете, когда вам изнутри» скажет...». Они -- обоятельные люди. Мы у них почти две недели прожили.

На столе к чаю с ромом появились: вяленая кефаль, сладкий синий лук и развёрнутая промасленная бумага с круто испечённым вишнёвым струделем.

-- Тысяча и одна ночь... – смотрел на появлявшиеся, как из сумки мага, продукты Николай Николаевич, -- скатерть-самобранка...

-- Прошу, господа,  к трапезе, – с улыбкой объявила Клавдия Иларионовна. -- Наряду с плохим, жизнь, как бы задобриваясь, дарит нам встречи с прекрасными людьми. В тяжкое время по-особенному ценится доброта.

-- Истина истин!. Тогда, любезнейшие, прошу за знакомство! – предложил Иваницкий, и, после разлившегося по телу приятного тепла, поделился воспоминаниями.

-- Скажу вам, господа, что в Одессе мне ранее несколько раз приходилось бывать. Управление командировало меня туда в 1905 году. Тогда Одесса бурлила, была охвачена большими волнениями. Кстати, есть версия, что название этого города происходит от гомеровской «Одиссеи», только уже со своими странствиями. Так вот, в том мятежном году нелегальные газетки, как и оружие, транспортировались в Одессу морем. Хотя присутствовал и бессарабский вариант перевозки. Законспирированная сеть политагитаторов и революционеров действовала в то время в городе. А он, как бы для этого и существовал с присущей ему несравнимой увёртливостью и покрывательством. Так что у меня некие противоположные к вашим чувства. Нет, ради бога не подумайте о моих каких-либо предубеждениях. В оценке стараюсь быть как можно объективнее, в противном случае сплошная ерунда получается.

-- Несомненно, -- кратко согласился с таким суждением Ольский, ожидая продолжения.

-- Так вот, особенно запомнились пару эпизодов, -- надпив всладость чаёк, продолжил Николай Николаевич: -- Был там в районе «Аркадии» некий притон для вольных моряков и прочей несерьёзной публики, «Якорь» именовался. Функционировал он, естественно, нелегально, чисто по экономическим мотивировкам скрытия доходов, не говоря уже о приторговывании там марафетом. В бильярдной и пивной собиралась основная публика. А отдельно, за потайной дверью, находился бардель для особых посетителей. Но не обычный, извините меня, -- Иваницкий посмотрел на покрасневшую Клавдию Иларионовну, отведшую глаза, тем не менее продолжил: -- Так что получалось двойное прикрытие среди многошерстной толпы клиентов того заведения. А проворачивал тем тёмным делом некий, я немного искажу его настоящее имя, Яцек Заморский – хитрый малый с невинной улыбкой и лживыми глазами. Кстати, бывший сутенёр. Он мог смотреть на вас со всей серьёзностью и преднамеренно нагло врать, за деньги продался бы хоть чёртям. Скажу наперёд, мы взяли его на мелочишке с прицелом основного. Вначале он вилял, думал ему с рук сойдёт за его девочек, намеревался откупиться, как обычно бывало. Но затем, почувствовав нашу серьёзную цепкость и что ему грозит, развязал язык и отвечал на вопросы уже прямо, а то и сам забегал с добавками, пытаясь спастись. Так вот, туда под видом желающих поразвлечься, сносилось оружие для мятежей. Дошло до такой наглости, что его складывали прямо под кровати в мешках. А узнали мы неожиданно о том. Это несмотря на то, что наши сыщики рыскали по всему городу и окрестностям, пытаясь определить

Л. Хайченко Берег турецкий

места хранений оружия. Причиной стал темперамент одного кавказца.

Ольская краем глаза глянула на рассказчика, -- всё же, несмотря на «углы», интересно было его слушать.

Оценив улыбкой властелина взоры внимавших, Николай Николаевич прибавил вдохновенно: -- Кстати, как выяснилось, тот из потомственных князей оказался: высокий, черноглазый, усы в развод... В белой черкеске красовался. Вначале он кутил вовсю с размахом, угощая каждого в барделе. Заказывал хорошие вина, шампанское, дорогих сигар. Но подошло его время, и он, увлёкшись дамой, или с дамами, простите меня, это не имеет значения, да настолько, что те наткнулись на ствол под кроватью... Не знаю предшествовавших мелких подробностей, да и не о том речь. А факт тот, что раздался выстрел, причинивший ранения сразу двоим. Тут вскипела азартная кровь кавказца... а он был при кинжале и вооружён, как полагается истинному горцу. И ответная реакция не заставила себя ждать: крики, женские визги, сопровождавшиеся стрельбой, угрозы всех зарезать... Нужно ещё сказать, что в то время в «Якорь» зашёл выпить кружку пива местный пристав, со странной, даже для Одессы, фамилией – Геркулесов!.. Надлежаще отреагировав на хаос, пристав Геркулесов легко выбил плечом боковую дверь барделя и скрутил разбушевавшегося. А когда бросил того лицом уже на другую кровать, внезапно из-под неё прозвучал ещё один выстрел... после которого горец уже больше не сопротивлялся. Да и пострадавшая девица с простреленной ягодицей быстро скрылась с места происшествия. Ха-ха... – засмеялся. -- ...Но она нас, как и неживой князь, больше не интересовали. А вот оружие мы изъяли. И нужно было действовать оперативно. Хозяин барделя, находившийся во время случившегося у себя на дому, был задержан. Ему вначале не объяснили истинную причину, с умыслом, что он сам может рассказать больше. Но он врал, и пришлось его прижать фактами. Так Яцек окончательно раскололся. По его показаниям произвели ещё несколько важных арестов.

-- Нда, с некоторым комическим оттенком ваш рассказ... -- отреагировал Всеволод Иларионович и посмотрел на сестру, определённо смутившуюся от услышанных вульгарностей.

-- Не уж-то, Николай Николаевич, у вас с Одессой связаны лишь подобные впечатления? – Клавдия Иларионовна иронически улыбнулась, -- например, у нас об этом городе остались тёплые воспоминания.

Вспомнив о перевозимом оружии в рыбных ящиках под луной, Ольский не выразил своего мнения.

-- Случай данный имеет лишь комическое обрамление, а по сути -- трагичекский, ибо совпадает с характером одесской жизни. Я так считаю по фактам, иначе меня туда не посылали бы. А в доказательство для вас приготовлен ещё один случай из моей тамошней практики. -- Николай Николаевич прожевал бутерброд с сыром, запил остатком чая в стакане и был готов продолжить из криминальной хроники.

-- У нас есть время, не торопитесь, Николай Николаевич. Поешге, -- Клавдия Иларионовна любезно пододвинула десерт.

-- Замечательное печенье!.. или как их там... мм.. коржики... Очень вкусно! И этот с вареньем... – похваливая расыпчатость теста, лакомился Николай Николаевич, смахивая крошки с сюртука.

-- Между прочим, этот замечательный струдель -- изделие одесситки... – в тон аппетиту собеседника заметила Клавдия.

-- Абсолютно согласен, Клавдия Иларионовна, -- в блаженстве повеселел Иваницкий, -- не припомню, когда последний раз подобные марципансы вкушал. Параллельно скажу вам: в Петербурге недалече возле нашего дому находилась французская кондитерская. Преобладал там среди всевозможных кулинарных затей кремово-шоколадный репертуар -- разные розочки с прибамбосиками, а также исключительные воздушные пирожные... кремы: от нежно-розовых клубничных до салатовых с яблочным ароматом. Вообще-то я не особый знаток в печном, жене доверяюсь. Моя Любовь Ивановна по воскресеньям покупала у доброго Роже чего-нибудь к чаю... -- Он достал из бумажника небольшую фотографию: -- Вот, будьте любезны, моя семья: супруга, дочь

Евгения и сын Валентин. Когда доберёмся до Парижа, обязательно встретимся у нас. Обеденный стол обещаю вам накрыть по всем статьям старинных рецептов русской кухни: с осетрово-стерляжей ухой тройного навара, кулебяками, растегаями, со свежайшей икрой на льду, ну и солёные грибочки с водочкой, как неотъемлемое. Звучит невероятно?.. – подморгнул Иваницкий.

-- Похоже, что да, -- улыбаясь такому съестному описанию, проглотил слюну Ольский

-- Очень даже миловидная у вас супруга... и дети на вас похожи, -- ответила Клавдия, глядя на фотографию счастливой семьи, и подумалось ей: «Как было бы всё по-другому, будь с нами Аня...».

После короткой послеобеденной прогулки по небольшой палубе, вдохнув морского бриза с трубным дымком, Ольский возвратился в каюту при радостных новостях:

-- Только что разговаривал с капитаном. Точнее, пытался объясниться. А он только открыл рот, показал на пальцах три и уверительно закивал головой, что, как я догадался, означает трёхразовое питание. Я ему ещё дал сверху за такое снисхождение. Так что, полагаю, голодать не будем. На кораблях принято готовить отдельно для матросов и офицерского состава. Но мы находимся на торговом судне и какие у них правила -- не известно. В нашем положении будем рады всему.

-- Безусловно, Всеволод Иларионович, и на этом им благодарны. Надеюсь, вы раскроете тайну, сколько вы уплатили за наши обеды? Хочу вам возвратить свою долю, -- Иваницкий распахнул лопатый бумажник.

-- Не будем мелочиться, Николай Николаевич. Я дал из расчёта на всех, и денег от вас не приму, -- решительно возразил Ольский, -- в дороге все – родня. Такая уж неписаная истина.

-- Истина истиной, а вы меня этим в неловкое положение ставите. Добро, тогда следующий обед на суше за мной. Считайте я вас уже предупредил. Откровенно говоря, я бы на вашем месте также поступил, -- одобрительно отреагировал Иваницкий, пряча в карман свою «финансовую мощь».

-- Несомненно, кто с этим считается, Николай Николаевич. Беседовать с вами интересно, даже получается дискуссионно... А нам ещё плыть да плыть... Дорога наша дальняя и не без тревоги. Признаться вам, если бы хоть намёком знал чем обернётся этот тяжёлый путь, остался бы в Москве, при любых обстоятельствах остался, -- тяжело вздохнул по безвозвратному Всеволод Иларионович. -- Думалось поступаем как лучше... а обернулось трагически... И уже в Одессу мы ехали по энерции. – Ольский посмотрел вдаль горизонта, смыкавшего два огромных пространства в одну условную линию, казалось, отдаляющуюся в их дороге наподобие недостижимой мечты – коварной иллюзии счастья.

Николаю Николаевичу не стоило усилий догадаться, что у этих людей своё пережитое, видать, трагическое. Но в подобных случаях он придерживался правил избегать соприкасания с чужой болью пока перед ним сами не откроются душой. Тогда уже могут рассчитывать на его понимание и сочувствие. Он-то знает жизнь с разных сторон и совет верный может дать, а если надо и поможет.

-- Накормили вы меня обедом, господа. Особенно превосходной была рыбка. Кажись, кефалька? Жирненькая... по свежести не иначе осеннего улова... Признаться, пред вами любитель всего рыбного: толи уха или просто с варёной картошкой кусок селёдки съесть... или балычка срез симпатичный. Эх, было время и рыбалка на Волге была... И какая! Мы завсегда летом ездили к родственникам в Саратов. Ах, что за сады там!.. – закрыл глаза Иваницкий, -- дачи кипели цветением яблонь... полны отдыхающих, милых гостей... А прогулки пароходом по вечерней Волге... Вот где чувствуется простор для души! К ужину за стол садились все вместе, шумно. Большие семьи были, шутки, веселье... Специально выезжали лошадьми в степь послушать цыган; у костра посидеть под бесконечно-звёздным небом. Именно тогда их романсы звучали настолько проникновенно и сердечно, со струнными переборами гитар и припевами в танце. Ни в одном ресторане или кабаке вам не повторят подобное. Почему? А оттого, чтобы так петь свободу нужно ощутить... и конечно, грустью проникнуться. Этим они умеют тронуть душу. Грусть в цыганских глазах врождённая, заразительна. Тогда жизнь смотрелась влюблёнными глазами, всё казалось безтревожно и мило... – Николай Николаевич вытер платочком непослушные глаза. -- Из всего имущества я везу с собой несколько из любимых книг; ну и Пушкин у сердца. Даже закладки из сухих цветов хранятся в них с прежних лет, тоже как то дорогое. Мы ведь читаем для душевного успокоения. Это как первое ощущение, а дальше следуют сравнения со своим... и снова неизбежна боль воспоминаний. Душа в страданиях -- беззащитна, доверчива. А вообще-то, если уж откровенно говорить, -- писатели больше врут. Врут, чтобы нас увлечь. И чёрт возьми, нам это нравится! -- нравится быть наивными, вычурно одураченными. Хотя ни один человек так не одинок, как тот, чьё сердце вынуждает излагать себя всем. Мне в Одессе перед отъездом посчастливилось встретиться с Иваном Буниным. В трактире то произошло. Говорил он о деревне, был подвыпивши и чист. Такая душа... Многое открыл я для себя в той краткой беседе с простым человеком, каким он мне показался. Всё-таки, как не верти, а общее положение уравнивает. Когда общаешься с такими людьми, слова воспринимаются по-другому, приобретают значение, как прилюдия к гораздо большему, порой, остающемуся невыговоренным. Я смотрел в его глаза и они отвечали, о чём я не осмеливался спросить: что нас всех ожидает? Сокровенное мы держим в себе, не то боясь открыться, чтобы остаться неверно понятыми, или же от недоверия, скромности... а частенько и безразличия. Ранее был уверен, что слово «иммиграция» невымолвимо им... уж себя я в счёт не беру -- что-то наподобие самоприговора на одиночество.

-- Извините, но мы слыхали от людей, что он из писателей не один в Одессе... – Клавдия вначале хотела сказать, что было ей известно, но всё же передумала, глядя в открытое лицо изменившегося Николая Николаевича, -- не хотела прерывать своим уточнением душевную исповедь.

-- Конечно люди... – ядовито усмехнулся Иваницкий, и полез в карман за табачком. -- Сперва будут вам говорить: «Ох, душечка ты моя, неужели так случилось?.. Ах, боже-боже... искренне сожалеем... Мы всегда с отойти, и тут же ты забыт. Да-с. Забыт, ну и чёрт с ними! вами». Для видимости могут и слезу пустить. Но только стоит вам

-- Уж вы так... – с сожалением посмотрел Ольский, -- ведь все грешны, на то и божье прощение. Доброта и милосердие отличает человека.

-- Именно! Одиночество в человеке всегда присутствует, -- продолжал своё Иваницкий, -- тут уже не играет роль окружение. Одиночество, затаясь, поджидает в сердце... ждёт, когда тебе ничто не мило. Его весельем не скрыть. О нет! При весельи ещё хуже донимает. Если уж посилилось в вашей душе, ни-ни... не ждите, что отпустит. Даже пускай вы среди любимых, друзей... Они вам не заменят того, что там осталось, -- и под сечённой бровью вспыхнула печальная звезда, -- Нет, вовсе не о материальном речь... Теперь и мы скитальцы вечные души. А гордыня благополучия – не больше, чем напускная дурь, для бровады превосходством, чтобы зависть вызвать. Думают так легче скрыть разочарование... -- не договорив, Иваницкий раскурил трубку. -- Но вы не придавайте услышанному абсолют, это ещё и от настроения тоже.

-- Во многом вы правы, как это не печально. Жизнь намного сложнее, чем прежде казалась. Уж нам-то известно... -- рассеянно ответила, обратясь к своему, Ольская. Ей не хотелось прерывать душевный монолог их нового знакомого.

Ольский смотрел в эти сильные глаза, преобразившиеся в доверчивые, и слушал.

-- Так вот, об одной жизни. Был человек. На верность служил Отечеству, стоял на страже законности. Так сказать, охранял устои общества. И тут всё развалилось... Где они -- прежние идеалы? Вера, господа. Куда подевалось уважающее себя общество? Вот люди те же, а общества -- нет. Это ещё чувствовалось до революции. Чтобы столетние устои мгновенно испарились?.. Одни лишь большевики виноваты?

Нет. Значит те таковыми не были. Там война, здесь война... а гордые люди? уверенные в неоспоримой правоте, коим верили... И вот видим: каждый суетиться по себе, думая о личном. Спасаемся. Значит человек – слабак, и то могучее общество, лелеяное им, теперь неспособно себя защитить. Тешились, что живём своей жизнью, непохожей на остальных. Теперь уж точно видим, что не похожи на других. Теперь они с сожалением смотрят на нас из-за границ, а в душёнках радуються нашему горю. Вы думаете, куда мы с вами едем -- нас там ждут?.. Или за равных будут считать? Не приятно, но правда. Убедитесь сами. Нас там ожидает презрение безотечественников. Могут пожалеть, но не более. Не разделяя каждого, всех вместе под одну гребёнку чесать. А ещё из-за нашей горделивости. Сами мы не хотим меняться. Да и понятно! -- ради чего? По глазам вижу, что и вас это задело... Как не понять --  попался в дороге какой-то дурак и накаркает на будущее, -- и на молчание продолжал бурить: -- Хотите суть?

  -- Интересно услышать, -- заметно раздражённым голосом согласился с «дорожным пророком» Ольский.

  -- Они, ведь, раньше нас боялись... – едко прошептал, -- они должны были считаться с нашей силой... Под давлением силы уважали Россию. Как в драке: победителю слава и почёт! равному – признание. А сейчас происходит, что мы на третьих ролях -- бежим к ним из перепугу. Это раньше Суворов на коне по Европе пронёсся, и цветы бросали под ноги. Мы уже далеко не те. Потеряли  позицию. На нас смотрят свысока, как на проигравших, или ещё хуже – полутрупов. Не заслужино ли?.. Простите за неприятные сравнения, но от реальности не уйти, ох не уйти... -- Иваницкий налил себе рому и выпил как горькую. – Те, кто в это время, когда мы красиво разговариваем, сражается и гибнет, выполняя воинский долг, только те заслуживают уважение. Возможно, их не будут вспоминать поимённо, но всех вместе -- признавать героями. Они – герои! А мы кто?.. – его глаза бешенно расширились, на лбу вздулась вена.

  Минутная тишина подвела черту под сказанным.

-- Николай Николаевич, уважаемый, всё то верно за исключением одного существенного – что это не наша воля. Нас поставили перед жестоким фактом. То, что остаётся из прежнего в России -- обречено на гибель под невежеством большевиков, -- взволнованно ответила Клавдия Иларионовна, -- другое дело, что мы увозим с собой нашу культуру, традиции... При этом хочется верить, что не навсегда, -- и в подтверждение сказанному, грустными глазами посмотрела в уходящую морскую бесконечность. -- А уж отношение к нам во многом зависит от нас самих. Естественно, что никто никого не ждёт. На этот счёт нет сомнений. Тем более идёт такая война... В одной только маленькой Бельгии сколько людей погибло!

Вовлечённый в новый диспут Всеволод Иларионович не отказал себе в папироске, и ответил:

-- Любое действие соизмеряется ценой последствий. Как кошмар было представить подобное в Европе.. А живём-то не в средневековьи. Тогда жизнь людская в грош не ценилась, теперь же научились тратиться на смерти: убивать изощрённо, чтобы наверняка, и чем больше, тем лучше. Хлором потравить? -- а почему бы и нет, коль цель оправдывает средства. Цинизм безумия достиг предела – мил-ли-оны погибших! -- вдуматься только.

-- Увы, человек уже не тот... измельчал и душой и нравами. Нравственность и убеждения заменены ничтожными интересами, -- закинув ногу на ногу, Николай Николаевич в удовольствие пафал трубкой. -- Что ж, остаётся надеяться. По крайней мере не мало времени потребуется на ожидание виз. Пока же Турция находится в лагере противников Франции, на Германию полагает. Мираж. Рано или позно успокоятся. Все. Будем верить, что пораньше поймут. Куда уже дальше разрушать? Да и ресурсы истощены. А тут ещё эпидемия. Так что вскоре война должна захлебнуться.

-- Да, эта эпидемия гриппа похожа на новую мировую войну, -- с чувством беспокойства признала Ольская.

-- Если уж  следить за прессой, анализируя ход военных действий в динамике развития и его масштабность,      можно заметить ослабление Германии... -- достоверно подкрепил сказанное взмахом трубки Николай Николаевич, -- тем более там у них есть свои революционеры... с экономическими проблемами. А без Германии, Турция, зажатая англичанами в своих провинциях, сразу капитулирует. Как всегда у проигравших задача выйти из войны с наименее возможными потерями. Я имею ввиду не военно-техническую сторону, а намного важнейшую – ту из-за которой и началось *всё*, -- подморгнул Иваницкий, -- так что неизбежны изменения границ, потеря колоний и влияний.

-- Вот видите, господа, мы снова вовлечены в политику... – утомившись от сбитой темы, Клавдия Иларионовна достала приготовленные в дорогу спицы для вязания и клубок ниток от распущенной старой кофты.

-- Женщина всегда права. Благо, у нас с Андреем отложенная партия... – согласился Николай Николаевич и подморгнул своему сопернику, намекая на продолжение игры.

-- Вот именно, уважаемый победитель, теперь, наверняка, подошла и ваша очередь проигрывать, -- улыбнулся Всеволод Иларионович, выбрав место наблюдателя и сторонника Андрея.

На протяжении своего морского пути они успели сыграть множество партий, отдыхали, а за едой, как принято, вели похожие разговоры, -- общие переживания за неопределённое будущее сближало их.

А время тем не менее подтверждало своё обратное свойство: чем меньше на него обращаешь внимание, тем быстрее оно бежит.

*

Клавдия Иларионовна первой высмотрела в иллюминатор ниткой потянувшееся побережье; возраставшее по приближению.

-- Господа, похоже, что мы подходим к Босфору... -- увиденное она сверяла по карте с радостью путешественника достигшего желанного пристанища.

-- Судя по явно чужому берегу, и что остальных пока у нас не предвидется, вы правы, -- улыбнулся Иваницкий.

Они оставили свои занятия и смотрели на всё более очертаемый вид с прибрежными строениями и возвышающиеся над всем остальным башни минаретов с куполами мечетей.

-- Так что следует начинать готовиться к выходу, – произнёс командой к действию Николай Николаевич и начал укладывать в свой дорожный саквояж предметы личного пользования и томик Чехова, который за игрой в шашки и беседой так и не удалось открыть, чтобы в который уже раз почитать.

_-- ...Вот Антон Павлович непревзойдённый в рассказах. Читаешь при настроении и с грустью... И снова возвращаешься, будто на страницах оставил своё родное, без которого не прожить. Очень согревает, когда тоскливо.

-- И тоскливее будет. Мой вам совет – хотя бы на время избежать сравнений в несравнимом, -- оракулом ответила Ольская; а самой вспомнилась Ялта: вечернее море, театр на набережной... и сам Антон Павлович перед спектаклем...

-- На сколько мне известно, раньше все приезжие проходили карантин в Смирне, -- намекнул на возможные осложнения Иваницкий, как бы в ответ на совет дамы, -- какие законы у них сейчас – не известно. Всеволод Иларионович, любезный, не могли бы вы ещё разок обратиться к нашему капитану -- как можно подробнее разузнать, пока время есть. И чтобы он мог порекомендовать насчёт жилья?

-- Кланяюсь вам за лишнее напоминание о моём незнании тюркского. Между прочим, я как раз и собираюсь к нему со всеми нашими чаяниями. Хоть с иностранными языками у него туговато, но деньги делают всех понятливыми. По крайней мере он ещё ни разу не кивал «нет».

И действительно, бронзовый Джабула Тразаноглу не был бы собой, если бы кроме уверенного хождения по морю, также уверенно не передвигался бы по суше, а именно там, где надо было. Так что прежде чем кого-то брать на борт в качестве контрабандного груза, побеспокоился и о их дальнейшей судьбе. И как только Всеволод Иларионович был послан к нему, капитан лично появился в их каюте. Серьёзно сдвинув густые брови, как перед чем-то важным, он попросил господина с интеллигентным лицом выйти с ним.

-- Вот видите, Николай Николаевич, здесь работает своя логика. Вопреки вашим сомнениям, у них всё отлажено. Не мы первые... – сделала вывод Клавдия Иларионовна. Она просмотрела документы, которые посчитала важнее, держа их в руке для предстоящей проверки.

-- А я ничего против не имею, если «отлажено». Всё-таки перестраховочка в новом деле никогда не лишняя, – разговаривая, Иваницкий наблюдал за медленным подходом их корабля к какой-то пристани с стоявшими судами.

По лёгкому толчку, поднявшемуся шуму, лязгам, оживлённым прекликам моряков и топоту, пролетавшему вверх на палубу, можно было догадаться, что их судно уже пришвартовалось. С нетерпением почувствовать сушу под ногами, они уже были готовы к выходу с ношей в руках, -- ждали, когда и их позовут.

Возвратившийся Всеволод Иларионович внёс ясность в происходящее, его улыбка намекала на приятную новость, которая оказалась не очень.

-- Всё в порядке. Он сам объяснил о дальнейшем, насколько я понял его. Несколько раз предупреждал, что нам нужно находиться в каюте и подождать пока полностью снесут груз. Затем он лично зайдёт за нами. Показал на часах, что не раньше полуночи.

-- Вот те на... -- Клавдия изменилась в лице и с раздражённым взглядом поставила чемоданы на пол.

Николай Николаевич тоже нерадостно улыбнулся, хотя и не удивился услышанному насчёт «полуночи». Одно успокаивало – что с машинного отделения наконец-то уймётся стук.

Чтобы сгладить недовольство, Ольский прояснил ситуацию:

-- Нас встретит человек, который отвезёт к месту, где мы сможем остановиться. Никаких здесь «карантинов» и тому подобного, -- а про себя Всеволод Иларионович ещё раз вспомнил о неприятном: как он в Одессе перевозил контрабандное оружие, минуя немецкий патруль. Поэтому уверял не переживать, а ждать.

-- Что же, придётся ещё один день провести в этой конуре и вдыхать мазут... Зато будем уверены, что без неприятностей, -- согласился с положением Николай Николаевич. Расстегнув саквояж, он возвратил на стол шашки и сразу встретил улыбку Андрея. -- Ваш Андрюша оказывается один из самых сильных шашечников, с которыми мне приходилось играть. Читает ситуацию на несколько ходов вперёд. Молодец парень. Но чтобы обыграть дядю Колю, ему нужно ещё постараться хорошенько!

## 2

*Первые впечатления*

Телега с запряжённым крепким осликом служила им средством передвижения. Путь стелился к Пере, району Константинополя, места более европейского, чем восточного. Проезжая освещёнными звёздами тёмно-синими улицами, блекло узнавалось в встречающихся фрагментах древней архитектуры, местами облепленной прижившимися строениями, из греческого и итальянского средиземноморья, куда в прежние времена любили выезжать на отдых Ольские, когда накапливалась усталость и погреться от московской длинной, холодной зимы было так желательно: сменить надоевшие меха с шубами на лёгкие светлые одежды и купальные костюмы. Хотя бы на месяц или на две-три недели переезжали туда, где небо и море круглый год одной несравнимой голубизны и вечное солнце. Возвращались домой подзагорелыми, освежёнными, и с уймой нового, интересного, о чём торопились рассказать близким, тем более душа соскучилась по всему родному. И вот в эти минуты они испытывали что-то подобное благодаря общеузнаваемому приморскому ландшафту и южному морю. Будто, как и тогда они всего лишь на незначительное время здесь, а сердца их далеко отсюда в их родной Москве. И даже не нужно было в слух вспоминать об одном, достаточно лишь взгляда и задумчивости.

*

По едва понятому из сказанного капитаном, их подвозил владелец ослиной повозки, будто бы знавший хозяина сдаваемого жилья. Лица возчика было не разглядеть, лишь блестел во тьме косо брошенный взгляд сутуло сидящего впереди телеги. Они загрузили свои чемоданы с пожитками.

Тащились кривой, карабкающей круто вверх, будто в небо, дорогой. Николай Николаевич смотрел на осла и сочувственно вздыхал бедняге, удивляясь выносливости этого животного: кажись, вот-вот тот остановится, и полетят они вниз вместе со всем своим бедламом... Их ночной повелитель недвижимо молчал, только его клочком торчащая борода с круглой спиной плыли тенью по дороге за ослиной. Его в латках на локтях халат был контрастом дорогой, вышитой золотом, как небо звёздами, бархатной тюбетейки, -- всё то не совмещались в представлении о том, кому они доверялись ночью, сойдя на чужой берег.

-- Не бойсь не бойсь, ми едем в один хорош мест. Там твой русский немного живёт, -- вдруг неожиданно заговорил он, чем снял напряжение у подвозимых. -- Для вас будет лучше понимать... и можно работа найти. С работа здесь ой тяжело. Война все изменила. Но кое-какой работа можно найти, -- и после одобрительного молчания уставших до безразличия продолжал: -- А вы откуда? Россия огромный – за год не объедешь... Люди говорят -- по Европе нельзя -- пучки бьют. А морем куда хошь. Я долга жил в Крым. Теперь здесь, уже семь лет. Мал-мал скучаю... Занимаюсь перевозка людей и товар на рынок, ещё с мой братом и свояком держим небольшой чайхана. Русские называют трактир. России сейчас ой, большой война... один стал другой страна, другой себе воюют... – и уважительно добавил: -- В Константинопол много разный хорош народ живёт, разный вер... Может, вы сами знаете... а если не знаете -- так увидите. Очень старый город Константинопол... к нему привыкнуть надо, он на мой Ялта мал-мал похож. Как и эта дорога высокий... Нет, Ялта –

родней. Меня зовут Юсуф. Если ещё что-то подвести надо -- спросите меня в чайхане. Я вам сейчас её покажу.

Выслушав услужливое вступление Юсуфа, Всеволод Иларионович из учтивости ответил за троих:

-- Вы не ошиблись, Юсуф, мы действительно из России -- из-за моря не видать... -- а сам подумал, с пожеланием, чтобы этот добрый Юсуф не оказался ещё одним «товарищем» с подпольными связями.

-- И куда же Юсуф нас везёт? – конкретно поинтересовался Николай Николаевич, посчитавший знакомиться не обязательно.

-- Мы едем к один хорош человек. Вам у него будет дешевле жить. Они могут вам кой-какой обед готовить. Но если хошь, можете и в караван-сарай жить, -- так гостиница называется. Там дорого стоит и клопы могут кусать.

-- Мы склонны к домашнему варианту, -- ответила Клавдия Иларионовна, -- где будет возможность, как вы упомянули, столоваться да бельё подстирать. А вечерами во дворе посидеть, с людьми поговорить. Не так ли, Николай Николаевич?

-- Да я и не возражаю насчёт «поговорить», -- ухмыльнулся Иваницкий, -- тем паче женщина в домашнем хозяйстве всегда знает толк. Что нам томиться в гостиничных застенках или, как сказал Юсуф, в «сарае».

-- Хэ, – хмыкнул Юсуф в рукав и продолжил: -- Я всех приезжих везу туда. Он мой знакомый через знакомый. Он торговец, Ибрагим. У него большой дом. Во двор есть фруктовый сад и беседка. Там можете отдыхать себе в тишина спокойна-преспокойна на свежий воздух. Другой половин дома занимает его кофейня и лавка. Ибрагим знает много людей. Сможете у него узнать о всём, и за работа тоже.

\*

После довольно-таки продолжительного ожидания, сопровождавшегося различными предположениями сонно сидящих на повозке, из арочных ворот вышел хозяин в сопровождении Юсуфа. Грузноватого очертания фигура приблизилась к ним, и на круглом, как луна, лице хитро блеснули маленькие глазки. Многообещающий хозяин их будущего жилья погладил толстыми пальцами кончики своих чёрных усов и сквозь задумчивость улыбнулся. Его скрытная улыбка отражала радость встречи и даже веяла добродушием. Уважительно поклонившись, Ибрагим заговорил с поздними гостями на русском:

-- Здравствуй, как твой дела? Будешь у нас жить? – И после положительного ответа подхватил сильными руками чемоданы приезжих, позвав идти за собой. Они прошли через каменную арку, обвитую блестящим под звёздным светом плющём, во двор, огораждённый стеной с дикими розами вдоль неё.

В комнате, праздно устланной коврами, выглядевшей гостиной, за низеньким столом сидели на вышитых подушечках два турка, курившие чубуки. При встрече с вошедшими они поклонились, и Ибрагим представил им новых жильцов.

-- А эта мой папа, Ахмед, и мой брат, Айтан, -- нежно улыбаясь, вежливо произнёс Ибрагим.

В ответ гости молча поклонились, а хозяин попутно объяснил, что по-восточному обычаю женщины не могут присутствовать в обществе мужчин; но для русских, которых в этом доме уважают ещё и по рассказам старика Ахмеда, потерявшего глаз в бою под Шипкой, сделали исключение, с условием, что эта женщина покроет голову платком.

Так что поднесённую трапезу, состоявшую из тушёных овощей с рисом, Клавдия Иларионовна, с благодарностью, разделила наравне с мужчинами, хотя из отдельной миски. Впервые она ела пальцами, и это показалось даже аппетитно...

За едой Ибрагим интересовался, кто они и откуда (несмотря, что уже слышал от Юсуфа), а узнав, что из Москвы, наиграно удивился и уважительно закивал головой.

-- У нас в город живёт русские. Много я их знал, когда был малый ребёнок. Потому я немного говорит по-русски. Я уважай русский человек за добрый сердце.

-- Спасибо, Ибрагим, нам приятно слышать это. Мы взаимно испытуем уважение к вам, -- дипломатически сдержанно ответил Ольский, не без интереса знакомясь с восточным бытом.

-- У нас всегда есть место в дом для хорош человек. Сейчас у всех дела плох-плох... – закачался со стороны в сторону, как кукольный балван, Ибрагим, -- идёт плохой война. Мой другой брат и сын на война.

-- К сожалению так. Наверное, нет семьи, чтобы не ощутила страдание, -- вздохнул Ольский, испытуя на себе внимательные взгляды Ахмеда и Айтана.

-- Завтра увидишь мой жена и дочь. Мой жена будет обед делать для вас. Понимаешь? Всем денги надо.

На десерт гостям предложили виноградное варение и кофе, что им показалось удивительно вкусно. Пока квартиранты потчивались, Ибрагим что-то пометил себе карандашом на листочке бумаги и, свернув его трубочкой, опустил в глубокий карман халата.

После ужина и расположительной беседы, хозяин показал гостям две небольшие комнатки вдоль короткого коридора. Они были похоже обставленные, как бы предназначались для временных жильцов: с подбитыми молью коврами на стенах и с вытоптанными залысинами на полу, скрипящими диванами и неприхотливой мебелью, в виде тумбочки и двух низеньких мягких стульчиков. Те комнатушки отгораживались от остальной части дома стеной с запертой дверью. А вход в них вёл коридором с тыльной стороны дома, почти примыкавшей к забору. В ту же сторону выходили и два узких окна их жилья.

*

Уставшим от долгой дороги всегда сладко спится даже на необжитом месте и это не было исключением для наших четверых путешественников, в чём они дали себе волю изрядно заспав.

Настырное солнце освещало окна их комнат, как бы напоминая спящим о позднем времени. Но раньше дневного пробуждения их поднял с постели стук в двери. Благо, на

Л. Хайченко Берег турецкий

местном календаре значилась пятница, по традиции считавшаяся местным выходным днём.

-- Ещё спишь, да?.. Двер уже открыт -- можешь зайти к нам. Кушать будешь... -- не входя, с порога приглашал Ибрагим.

В просторной гостиной русских жильцов встречали жена и дочь Ибрагима – две тихие, как тени, особы с рабски опущенными глазами, беспрекословно выполняющие указания Ибрагима. Почти сразу же с ними вошёл и одноглазый Ахмед. В тот момент, второй раз поклонившись, женщины молча покинули комнату.

За завтраком Ибрагим подробно рассказывал о Константинополе: расположении, районах, главных местах торговли и отдыха горожан. За одно знакомя гостей с восточными обычаями и особенностями местной жизни. Также обещал показать им базары, торговые кварталы, общественную баню, и даже театр, если к таковому интерес есть. В надеже, что тот снова будет к услугам, как и остальное было до начала войны.

На вопрос жильцов о возможности найти работу, Ибрагим, задумался, погладил усы, и ответил:

-- Одын человек мне надо в кахвехане. Чтоб за порядок смотрел, убрать помогал... товар поднести, товар отнести... Понимаешь? Мой сына нет -- плох-плох дела.

-- Кахыве... – поперхнулся невымолвимым Иваницкий и с удивлением, не понимая о чём речь, посмотрел на всезнающую Клавдию Иларионовну.

-- Кахвехане, – красиво произнесла Ольская, -- означает по-турецки -- кофейня, где собираются мужчины выпить кофе и побеседовать.

-- Спасибо, уважаемая, за разъяснение. Да, я могу за порядком наблюдать, -- уверено предложил свои услуги Николай Николаевич, поясняя Ибрагиму: -- В России это была моя работа, в жандармерии служил. Заверяю, ни один посетитель вам вреда не причинет. И силёнки у меня ещё прежние. К тому же навыками борьбы владею, -- и, улыбаясь, значительно подмигнул: -- обучен и боксами...

-- Говоришь, жандрм... Правильно сказал? А то я не знай, что это... – хитро блеснул глазками Ибрагим.

-- В Европе полиция, а во Франциии и России есть ещё... – удивившись о таком незнании, пытался пояснить Иваницкий.

-- Ах, жандарм-жандарм! – спохватился Ибрагим, -- это как у нас кавасы зовут. Хе-хе! Тепер понимаешь. Хорошо, хорошо, будешь у меня работать жандарм. – Довольно хихикнул Ибрагим и похлопал по плечу «каваса». -- Завтра работат будешь? Хорошо, хорошо, кавас...

-- Конечно, завтра можно! Спасибо, Ибрагим. Завтра по утру буду готов к службе, -- довольный Николай Николаевич потёр ладони.

-- Тепер пойдём, покажу тебе. Сейчас на двор холодно, зима скоро. Наш зима холодно. -- Ибрагим зашёл в комнату квартирантов и открыл комод, где хранились тёплые верблюжьи одеяла.

-- Спасибо, мы уже сами разобрались, -- ответил Николай Николаевич, подморгнув Всеволоду Иларионовичу и Андрею

-- Ага, нашёл? Это хорошо! Вот окно открыват будешь для воздух. -- Он распахнул ставни и свежий морской ветер ворвался в комнатку. -- Хорощ, да? Это с Босфор. Я вам дам ключ от двер. Уходит будешь – закриват надо. Много плох человек здесь. Понимаешь? Хехе...

-- Нам ещё нужно купить ваш календарь, чтоб не получилось, как сегодня «с кумой».

Ольский только покачал головой на такую откровенность Николая Николаевича.

-- Что, кума[1] плох? – тонким голосом певуче спросил Ибрагим, -- праздник плох?

-- Теперь на пятницу у нас – кума! – засмеялся в ответ Иваницкий.

-- О этот картин очень хорош! – отреагировал Ибрагим, не упустив обратить внимание среди неразобранных вещей на мольберт Андрея. И кивнул Ольскому: -- Ты так рисовал? У нас в город много людей рисовал.

---

[1] (Тур.) *Пятница)*

Л. Хайченко Берег турецкий

-- К сожалению, у меня так не получается, -- улыбнулся к Андрею Ольский, намекая, кто творец сего, -- это наш Андрюша. Он прекрасный художник и его работы...

-- Андруша?.. – недослушав, перебил Ибрагим, -- о... очень хорош картин! Хочешь продавать? У меня есть хорош человек. Я тебя завтра его покажу. У нас в город любят хорош картина.

-- Спасибо, Ибрагим. Эту картину мы не продаём. -- Ольский посмотрел на уже догадавшегося о чём речь Андрея, ответившего тем же подтверждением. – Тем не менее мы завтра с удовольствием встретимся с вашим знакомым любителем картин, -- предложил Ольский.

-- О Андруш не может говорить... Понимаешь. Бедный человек. Завтра пойдём со мной, я буду вам помочь.

-- Очень признательны вам, Ибрагим. Поскольку вы упоминали насчёт приготовления обеда, мы вам подготовили денег за жильё и столованье. Ещё раз благодарим за приём, -- со словами признательности Всеволод Иларионович вручил хозяину аванс.

-- О, дэнги! хорош, хорош... – спрятал в широкой ладони деньги Ибрагим, -- Пойдомте я вам покажу город. У нас самый лучший город в мире. Особенно прекрасный в празднование тридцати лун!

На громкий разговор в соседней комнате откликнулась Клавдия, одетая, с косынкой на голове, она стояла возле открытой двери, за которой *жили мужчины*, не осмаливаясь в присутствии хозяина переступить порог.


3


*Знакомство с Константинополем*


Восхитительная погода сопровождала их в первой прогулке по древней Пере, а глаза искали встретить что-то родное, созвучное с названием Цареград; и как сразу определили, от византийских времён наследовался восточный гомон улиц. Несмотря на поздний октябрь солнце ещё ощутимо припекало, предоставляя возможность морскому ветерку освежать лица праздно прохаживавшихся, по чьим пёстрым, неподатливым времени одеяниям можно было определить различие культур, населявших интернациональный Константинополь, несмотря что в данном районе города всё же преобладало население европейской наружности.

Ибрагим вёл своих постояльцев улицами торговцев бакалейными изделиями, кофеен и кабачков, где воздух, казалось, навсегда пропитан запахами сладких пряностей и табака. Затем они вышли в квартал магазинов, предлагавших изделия из медной чеканки и одежду. Изобилие различного рода товара впечатляло, и это при военном положении страны. Особенно после своего изнурительного пути по опалённой войной России, для них этот евроазиатский город казался чем-то особенным, сравнение которому трудно подыскать свежему взору, покрайней мере пока не было повода для разочарований. Зная характер и желудки русских, Ибрагим привёл их к одному из ближайших рынков, где обычно изобиловали всевозможные овощи и фрукты со свойственным югу букетом ароматов, что невозможно было просто пройти мимо, не сделав хоть какой покупки. Кто при деньгах, слава богу, мог выбрать всего по желанию. Так это было до войны... Спустя время, ушедшее на изучение торгового ассортимента под разыгравшийся аппетит, а заодно прикидки к ценам, в пересчёте на местные пиастры, Ольский выторговал золотую как солнце дыню, и арбузик нёс во второй руке, доверив сестре более хрупкую покупку – гроздь чёрного винограда. Андрей тоже был при пакунках с яблоками и грушами, душистостью напоминавшие цветочный мёд. Ну, а Николай Николаевич нацелил взор на мясную лавку, к его разочарованию предлагавшую лишь несколько бараньих голов, и то сомнительной свежести. Но всё же вышел с раздобытым мясом, хотя и костлявым, зато обошедшим ему в приличную копеечку. А как же иначе, когда видишь как потратились Ольские; и у рыбаков не пропустил свежей рыбы:

-- Без горячего первого блюда обед не обед, -- повторил истину Николай Николаевич, поддерживая в баланс баранине мнимую «половину осетра» – чем оказались пару босфорских рыбёшек.

Попутно они прикупили пряностей для приготовления шашлыков и ухи, большим любителем коих значился Николай Николаевич. А на обратном пути, которой по сути стала дорога с рынка, Андрей заглянул в винную лавку, откуда вышел отягощённый бутылкой красного вина. За что Николай Николаевич пожурил его пальчиком и возвратился оттуда же при пузатенькой водки.

-- Хотя по правилам полагается мясо с красным вином, но нам всё же не в грех будет употребить его и с водочкой. Чтобы вкус вкусом ощущался! Или я не прав, Всеволод Иларионович? Клавдия Иларионовна и Андрюша могут угощаться винцом, а мы с вами выпьем по рюмке, а то и по две... – подморгнул Иваницкий. На что Ольский сдержанно улыбнулся.

-- Ой я знай! -- русский любит водка! У меня во двор есть мангал. Я вам приготовлю мясо по-нашему -- кибаб называется, -- и для убеждения вкуса, Ибрагим чмокнул кончики пальцев.

-- А кроме того, мы обожаем хорошую компанию! – довольный в предвкушении настоящего обеда, Николай Николаевич был особенно великодушен.

Клавдия Иларионовна к их продуктовой ноше прикупила серых лепёшек, а также газет, которые оказались свежее лепёшек.

Со стороны они напоминали навьючиных, но довольных осликов. От чередующих подъёмов и спусков «ослики» подустали и присели на скамейке кипарисового скверика.

-- А мне Константинополь чем-то да похож на Венецию... Возможно, это первое впечатление от вида залива. Вообще, я ожидала встретить чисто восточный город со всеми сопутствующими атрибутами. Всё же строения здесь ближе стилем к европейским домам.

-- Правильна! наш город самый лучший! Все люди здес живут. В других город могут биться плохой человек, а у нас -- мир. Толко немножко бах-бах... У нас все как один семья живёт. Хочешь -- иди молись свой бог. Не хочеш -- не молись, вино, кофе пей.

-- Раз вы так приятно говорите, отчего тогда вы так жестоко расправлялись с армянами? Изгоняли их, убивали... А ведь они жили на этой земле вместе с вами столетиями, -- не обошла острого вопроса бескомпромиссная Клавдия Илларионовна. На что старший брат жестом успокоил сестру.

-- Я не знай такой. Это националисты. Что я, султан?.. На верху кричат, бьются... а Ибрагим малый человек ничего не знай. Мы домой придём -- вы отдыхай, а я вам обед делат буду.

Андрей смотрел в сторону прилягающей к скверу небольшой площади, где несколько уличных художников продавали свои работы, и не удержался: оставив покупки, подошёл взглянуть. Те картины изобиловали схожей морской тематикой, различных видов города, и со стороны Босфорского залива; пейзажей парков Константинополя; древними строениями с Генуэзскими крепостными стенами...

-- А ну-ка интересно глянуть, какие здесь мастера? – сказав, Ольский пошёл вслед за Андреем.

Их, как потенциальных покупателей, сразу окружили промысловые пейзажисты всех возрастов, наперебой предлагавшие малые цены за своё незамысловатое творчество, невероятно похожее между собой, будто срисовыванное друг у друга. Так что на этот раз обошлось без покупок живописи по определённым причинам.

-- О, когда не был здесь война много турист покупал картин. У нас любят картин, -- повторял Ибрагим.

-- Скажу вам, Николой Николаевич, не в обиду этим любителям, или же профессионалам, если они таковыми себя считают, -- работы Андрея несравнимы с этим. Я имею ввиду всё вместе: от техники до видения, вкуса, подбора красок... -- посчитал уместным высказаться Ольский.

-- Может быть, в даном случае такие сравнения не тактичны... – возразила Клавдия, -- всё же люди зарабатывают на жизнь, стараются как можно лучше. Другое дело рисовать от сердца. Хотя не исключено, что и среди них есть таланты.

-- Вот завтра Ибрагим и обещает Андрею знакомство с любителем живописи. Толком у него не разобрать: «одын человэк... одын человэк...», – в то же время Николай Николаевич подумывал и о своём завтрашнем дебюте в роли «кабакского вышибалы».

-- Всё верно -- Андрею надо пойти туда, -- согласился Ольский, -- нельзя исключать и серьёзное дело.

-- Я бы вам посоветовал с ним вместе туда сходить, ему ведь самому будет трудновато. Пойдите с ними и переговорите. Возможно, тот меценат, или как его там пожелает, чтобы ваш Андрей ему что-то под заказ изобразил, -- фигурно в воздухе прочертил руками Иваницкий, -- и вообще, город то чужой, хотя внешне приятный. – Пыхтя, он раскуривал трубку и казался похож на картинку Шерлока Хомса в котелке.

-- В этом есть свой резон, Николай Николаевич, о чём я и подумал, даже если учесть самостоятельность Андрея. В Одессе, выражаясь по-ихнему, «мы имели такой случай». Не хочется вспоминать о том на фоне остального приятного, что хранит память о добрых людях. Только сейчас осознаёшь допущенные ошибки, которые могли стоить нам жизней. Так что на этот раз я буду рядом. Ко всему у Андрюши характер доверчивый, что в настоящее время не всегда благоприятствует.

4

*Почти как дома*

От завтрашнего дня ожидали многое. За затянувшимся по времени обеденным столом то и говорили о предстоящем, тем более обстановка за вином и исключительно удачно приготовленными блюдами располагала к поздней беседе. Но вот варку ухи Николай Николаевич не доверял никому, -- сам в этом деле был непревзойдённым, а чтобы оценили искусство «ухаря», постарался особенно. Кстати, он варил рыбу с головой и до развара, дабы наваристее получилась ушица, и само собой разумеется на корне петрушки, который вместе с репчатым луком считались незаменимыми компонентами в данном блюде. Ну, а чудом раздобытый картофель, как должное, присутствовал в большой кастрюле с самого начала приготовления. Щипотка душистого перца, оливки и лавровый лист были расчитаны придать аромат, но чтобы не заглушить рыбный запах; а когда ощутилась необходимая вязкость навара, покрывшегося жирными кружками, и желтовато-белые куски рыбы сделались ломкими, тогда маэстро добавил в готовую уху измельчёную зелень петрушки и снял с огня своё произведение.

-- Вот теперь и слово за водочкой, господа! – объявил Николай Николаевич, разливая поварёшкой  густое варево, парящее благоуханиями. Для этого служили глубокие миски, возле которых стояли, как сторожевые, наполненные до краёв холодной водкой рюмки.

-- Вот и первое домашнее ощущение подарил нам Николай Николаевич. А ещё говорят, что мы за морями... Вы бы могли запросто рекомендоваться в шефповара лучших ресторанов! – выразила своё восхищение, едва попробовав ложку ухи, истосковавшаяся по достойной пище Клавдия Иларионовна.

-- Вы мне льстите, сударыня, – засмеялся Николай Николаевич, -- хотя приятно от женщины слышать подобную похвалу. А возможно, преждевременную. Вначале хорошенько отведайте, а потом уж с рекомендациями. Может быть, вы меня не захотите в никакие рестораци отпускать.

-- Тогда и за вами первый тост, -- предложил Всеволод Иларионович, не удержавшись, чтобы пред питьём да не опустить ложку в сверхпритягательную ушицу.

-- Это вы по делу, Всеволод Иларионович – сперва, перед водочкой, рекомендуется похлебать маленечко. Как говорится, место подмостить для неё. Ну что, господа? Тост мой звучит прост и объёмист: выпьем за то, что мы здесь и сейчас!

-- О, очен хорош ваш балык-суп! – промычал с наполненным ртом Ибрагим, -- будешь у меня работать! Такой мне нужен. Точно тебэ говорю! И мой повар научишь балык-суп.

-- Ха-ха-ха! Идёт договор, Ибрагим, -- смеясь, освежал рюмки водкой Иваницкий, -- только, извольте знать, балык –

это осётр в ином виде. Например, холодно-копчёного приготовления... или же провисной.

-- Извините меня, Николай Николаевич, но Ибрагим прав. Уха ваша бесспорно великолепна во всех требованиях. Но именно «балык» по-турецки означает рыба в общем понимании, -- внесла ясность Клавдия Иларионовна.

-- С вооружёнными словарями не спорю. Балык так балык. Будем жевать тюльку, принимая за сёмгу. Но для себя запомню. Кстати, и себе нужно их словарик приобрести, а то получается уже на новой должности, а без языка... Ха-ха! Впрочем, мы и без языков могём кого надо к послушанию призвать. Дай Боже, опыт имеется и силёнки при медвежонке, -- продолжал шутить Николай Николаевич, больше получая удовольствие от подзабытой хорошей водочки. -- Осетр хорош, да не наш -- настоящий. А вот водка, хочу заметить, из старых разливов. Видать, наши русские ещё не всю выдули!

-- Да, что вы, дорогой Николай Николаевич, водки всегда хватало. А вот ухой вы нас накормили до размору... – благодарственно посмотрел на кулинара Ольский.

-- В таком случае, Всеволод Иларионович, давайте-ка ещё бабахнем... перед барашком. Затем уж будем полироваться винцом, -- Иваницкий поднял высоко рюмку с водкой, слезящейся по пальцам, -- за Россию! Чтобы она, великая матушка наша, простила нас... Да и мы её никогда не забывали с любовью.

-- Так выпьем за Россию! Чтобы не случилось и как бы нам не жилось, а она у нас единственная родина, -- дополнила Клавдия Иларионовна по такому случаю не отказавшись от водки, не в обиду винцу.

Тем не менее «барашек Ибрагима» требовал дозревания на углях, хотя издавал запахи будоражившие воображение даже сытых. Но не торопились разливать под него вино, ибо тот чудный вечер на этот раз покровительствовал им.

И действительно, когда хозяин подал своё приготовление -- дымящееся мясо на шампурах, обложенное нарезаными свежими овощами и травами, -- их полные желудки не могли устоять, чтобы не принять в себя и это кушанье.

Ели с удовольствием, запивая терпким виноградным вином, уже без длинных тостов, а просто за каждого, желая добренького здоровья и хоть чуточку счастья, которого им так не хватает. И опять возвращались к России... и как положенно *всем землякам* вдали от неё, подбадривали друг друга, уверяя, что их ахти никакая жизнь всё же да продолжается.

Так они забеседовались до самих сумерек, пока не потребовалось поднести что-то из освещения. Не хотелось расходиться, даже пускай глаза смыкаются.

-- Ибрагим, друг сердечный, хозяин ты мой... а ты приготовил настоящий шашлык! Молодец! – увлечённо доедая последний кусок мяса с очередного шампура, хвалил повара Иваницкий и растерянно посмотрел по сторонам: -- А где же наш Ибрагиша? Я уже его расцеловать хотел, а он сбежал... Понятно, не выдержал шага. Тогда и мы, Всеволод Иларионович, переходим на шажочки...

-- Они уже ушли к себе. Что человека томить возле наших разговоров? – тихо ответила Клавдия Иларионовна. Вино согревало ей сердце, искавшее сравнений. Мечталось... Она смотрела на усыпанное до краёв алмазной россыпью небо, от мелких до близких звёзд, казавшееся ей похожим на то -- до боли известное, родное... и глаза её в эти минуты были такими красивыми, настолько незамеченными остальными. Чистая душа делала их такими.

-- Разрешите, господа, заметить... – продолжал Иваницкий, -- впрочем, это притча во языцех. Лишь повторюсь: так как мы, русские, умеем пить, ни один народ не сравниться. Обратите внимание: я говорю подчёркнуто -- не пить вообще, а именно умеем. Это у нас не только в крови, -- от души исходит. Да. Ведь мы пьём не для хвалённого количества или от жадности, или ещё там чего... а пьём с большим расположением и удовольствием.

-- Сомнительно... – смущённо улыбнувшись, отреклась Клавдия Иларионовна.

-- Тогда вот вам доказательство, -- вполне трезвым голосом продолжил Николай Николаевич, -- как-то в студенческие годы мне пришлось обедать в трактире с одним солидным на вид прибалтийцем. Он представился комерсантом из Тарту. О выпивке у меня с ним дискуссия возникла. Он всё мне доказывал, что у него на родине спиртного выпивается большего всего в мире, это из расчёта на среднего жителя. До сих пор не известно, откуда у него такая сомнительная арифметика оказалась. Естественно, я не поверил и предложил спор. Заказали у полового, как мне помнится, по большому графину водки на каждого. Нужно сказать, в то время закуска даже в захудалых трактирах была с нужным предложением и свежестью. Так что мы имели заливного осетра, балык белужий и икры миску. Конечно же с горкой горячих блинцов! Как раз масленица проходила. Я в охоту наливаю себе рюмочку за рюмочкой холодненькой... Пьём молча без предложений за что пить, такой уговор у нас был. Поглядываю на него, а он, чтобы быстрей или же для бровады -- стаканами себе отмеряет. Хлысь один, чем-то быстро заел и тут же второй за ним... Гляжу, а он уже свой графин почти до дна достал. Я же продолжаю неспеша продвигаться рюмашками, с прежним удовольствием и без суеты. Чудесные блицы были! Попросил к водке ещё ухи из налима и гусиного паштета с дичью, чтобы целиком принесли. Рассчитывал на долгое, так как настроение располагало. Когда же я закончил со своим графином, кроме блаженства ничего не ощущал, а главное -- свежо как стало! А он в то время свой второй стаканами тяпает. В закуску он выбрал мясное жаркое, кажется, телятину с гречкой. И я велел мне второй графин подать и клюквы мороженной тарелку к нему. Между прочим, с клюквой пить водочку великолепно! Отвлечённо слышу сквозь свою трапезу его лепечущее требование -- третий графин тащить. При этом его помутневшие глаза выдавали приближение к норме. Но он оказался самолюбивым малым, с упрямостью. Никак не хотелось ему сдаваться. Это я почувствовал, когда он стал больше на мой графин смотреть, чем в свой стакан. Как бы там ни было, а темп он сбавил: продолжал стаканами, только реже. А когда я преспокойненько приступил к своему третьему, на его лице отразился испуг. Тем не менее я захотел тушёных грибков в сметане и ещё блинцов подать. Замечу, он уже не ел, а только медленно пил со стакана. А это никудышняя примета, когда от закуски отказываются. Тут мне стало понять -- третий графин его последний в тот вечер, и то недопитым оставит. А я непренуждённо пополняю рюмашечки... И скажу я вам -- так легко водочка входила в меня... разливаясь теплом, силы пополняя и настроение, что просто петь захотелось. Кивнул я скрипачу-цыгану подойти к нам. Спросил из старинных романсов что-то сыграть. Вижу -- с гитарным перебором подошёл и второй... Как они играли! просто слёзы выдавливали из души... Естественно, я им подпевал и было хотел обратиться к своему сопернику -- чтобы вместе дуэтом спеть. Гляжу -- а он уже лицом в тарелке... Спит. И его третий графин у донышка остановился. И так досадно мне стало в ту минуту, что один остался, а тот человек выбыл из борьбы... ведь во мне желание разгоралось продолжать наш спор. Короче, опоржнил в рюмочку я свой третий графин, до последней слезы. Выпил её, скучную, и проглотил солёный грибочек с колечком лучка. Думаю: дальше пить одному не интересно да и со стороны выглядит дурно. Принёс мне половой чаю с лимоном, а к нему кренделя да кремовые пирожные. После, рассчитавшись, отвёз я своего визави в гостиницу, где он остановился.

-- Ловко вы его... – утирал слезу умиления разомлевший Всеволод Иларионович, -- говорите, в тарелке...

-- Обождите, я ещё не закончил. Значит, на следующий день, этак под обед, встречаю я его в том же трактире. За кружками кваса сидит, голубок. Лицо мятое, брови хмурые. Подсел я к нему за стол, а его так и передёрнуло. Заказал я пивка и водочки под горячее. Побеседовали, уже без споров. А он только слушал меня, не прерывая, и глаза его наполняла тоска проигравшего. Вот вам, друзья мои, и прямой пример моих слов, -- завершив рассказ, Иваницкий скучающим взглядом посмотрел на пустые бутылки.

-- Да, ничего не скажешь -- доказательства убедительны! А вам известно, уважаемый Николай Николаевич, сколько зла от пьянства происходит? – вытирая платком испарину с лица, уже серьёзно спросил Ольский, -- мне тоже известно множество фактов и по деревне поместья и по адвокатской практике, когда в судах слушались страшнейшие дела.

Несмотря на уродливость, пьянство в деревнях считается нормальным бытовым явлением.

-- Это вы и меня туда, в туже бочку?.. Я же вам о принципе нашей культуры питья, а вы с перекосами...

-- Вот именно, люди пьют водку по разным причинам: одни для весёлого настроения, другие просто для кутежа, а иные -- с горя, из-за своего безвыходного положения. И если это приобретает форму постоянства, тогда мы имеем дело с болезнью – алкоголизмом. И чем больше попустительства, тем сильнее эта хворь разъедает общество, калечит судьбы. Спаивание призрачно отводит от проблем, разрушает здоровье, уродует поколения. Вам когда-то приходилось видеть детей алкоголиков? Тех несчастных уродцев?

-- А вы ведь, между прочим, Всеволод Иларионович, тоже сейчас не трезвой... Что же вы о своём здоровье не беспокоитесь? – укоризненно посмотрел Иваницкий, -- кому прикажите за вами следить? А? Хотите пейте, а хотите лишь закусывайте. Вина пили с библейских времён. Виноградная лоза и пшеница – основа жизни считалась. А ответственность, всеобщая или колективная -- это уже с родни идей большевиков, и звучит навязчиво, неприятно.

-- Ясная речь, -- всё зависит от меры и повода. Я за политической окраской своих мыслей не слежу, не беспокоюсь, -- оттого, что всё относительно. А вот суть есть суть. Вы же сами говорили, что мы потеряли деревню... теперь она на чуждой стороне... В этом тоже допущен просчёт. Казалось, что легче управлять безграмотными и отречёнными. Отчего же те, кто спаивал их, сам не спивался? Наверное, считали себя недостойными этого, по крайней мере неприлично. А мужику-холопу можно и нужно, но чтобы дальше своего места не совался. И теперь этот же невежественный мужик невежественно пошёл на нас! Откуда ему разбираться, пьяному? Он был использован как инструмент со всеми существовавшими проблемами. Не намного лучше картина и с рабочими, тоже душевную отдушину находили в пьянстве. А преступность? Её статистика должна быть вам известна, как и роль пьянства при этом.

-- Так по-вашему выходит, что бутылка сделала революцию? Хотя не отрицаю суть проблемы. В России всегда пили, пьют и пить будут какие-бы стены законов не возводились. Иное дело запрет на самогоноварение. Здесь казна в акцизном сборе теряет, и, как вы говорили, жизни уродуются из-за некачественного продукта. Да что нам говорить, когда сейчас там не до этого.

-- Вот именно, Николай Николаевич, уже поздно.

-- Не хочется спорить о напрасном. Вы за наше короткое знакомство заслуженно заставили уважать себя, Всеволод Иларионович. И знаете за что? За вашу искренность и великодушее. Всем желаете добра, даже врагам своим. Верно? По-божьему это, но не по-земному, увы. Спорить больше не хочу, вечер был слишком хорош. Лучше, поблагодарим его и будем собираться ко сну. Одни мы остались за столом. Ваша уважаемая сестра и Андрюша уже покинули нас. -- Иваницкий поднёс зажжённую спичку к часам, -- ого! итак, мы имеем два часа ночи. Мило времячко прошло. И беседка эта хорошая, чем-то мне Крым напоминает, Бахчисарай. Точно, там похожую видал. Эх, минувшие года! Ну что же, спасибо всем за внимание к нам и добро. Стоит напомнить себе – у меня завтра первый рабочий день на турецкой земле! Буду стеречь Ибрагишу от злодеев.


## 5

*Жан-Пьер Рошто*


Поднявшись многообещающим утром как можно пораньше, они позавтракали изумительным рыбным студнем – во что за ночь превратились остатки наваристой ухи. На десерт Клавдия Иларионовна заварила кофе, горьковатая терпкость которого была подстать пить его с ломтиками превосходной баклавы, даже если головушка обеспокоена похмельем.

После завтрака Ольский и Андрей ожидали возвращение Ибрагима, вначале поведший Николая Николаевича в кофейню представить ему его обязанности. Тем временем за чаем с лимоном Всеволод Иларионович с интересом просматривал прессу, итересуясь последними сообщениями о ходе военных действий в Европе; выискивая хоть какую-нибудь информацию о положении во Франции и движении морского транспорта. У него был выбор между свежими местными газетами с малопонятным содержанием и залежалыми до желтизны на немецком и английском. Объединив те и другие, он делал обобщения, строящиеся на догадках о теперешней ситуации и устарелых фактах.

А вот Андрей перед предстоящей встречей с возможным работодателем отбирал некоторые свои эскизы и рисунки, чтобы показать если поинтересуются, заодно и чистые листы вложил в папку. В общем он испытывал что-то подобное, когда в Москве собирался впервые идти на работу в реставрационную мастерскую. Тогда у него были сомнения сумеют ли его понять и разглядеть способности. Сейчас он уже имел опыт, и из работ было что показать. Всё же волнение присутствовало: «Лишь бы предметный разговор у Всеволода Иларионовича с ним получился, без неопределённых обещаний «на потом». Ну, а если тот захочет только что-нибудь купить -- и это неплохо, -- размышлял Андрей, -- если тот человек определённый в выборе, тогда я пойму его требования и предпочтения. Проявить себя как наилучше я сумею, по крайней мере буду стараться не разочаровать».

От их нового заморского жилья понадобилось пройти вверх по торговой улице, минуя лавки кустарников, небольшие магазины, жилые строения, кстати, попадавшиеся с изумительными фасадами -- будто перенесённые фрагменты античной архитектуры, или на основании руин пристроенные. И ещё около семи кварталов. В итоге своей интересной дороги, меняющейся видами и стилями (от ветхих построек с древними лепными корнизами и мраморными колонами до зажиточных особняков, окружённых садами), они подошли к указанному Ибрагимом трёхэтажному дому. В просторных витринах первого этажа были выставлены различной тематики и размеров картины, белокаменные бюсты цезарей, египетские амфоры, сверкавшие въедшей морской солью, бронзовые изваяния различных стилей...

«*Художественный салон*», -- Ольский прочёл на французском мелкую надпись с завитками под крупной на местном языке/ Определённо в довоенное время она предназначалась для туристов. Ибрагим позвонил тремя короткими звонками в колокольчик, как бы условным кодом для особых.

В открытой двери показался европейской внешности высокий, сухощавый, уже не молодых лет мужчина. Его чёрный костюм-тройка сидел безупречно-строго, как и устаревшего фасона рубаха с загнутыми кончиками воротника, вокруг повязанного тёмным, шёлковым бантом, -- с белевшим из верхнего кармана пиджака уголком платочка они завершали консервативный вид, обращённый в прошлое столетие. Поприветствовав посетителей, он бережно пригладил, как бы подчёркивая этим красоту, свои длинные, серебристые волосы и пригласил незнакомых господ присесть в кресла, стоявшие рядом. Извиняясь, улыбнувшись им, он отошёл в сторону к стоявшему у двери Ибрагиму, -- судя по пляшущей дъяволинке в того глазах, ожидал услышать что-то особое. И уже после первых слов господин Рошто с интересом смотрел из-под бровей на молодого человека как на рекомендованного талантливого художника. Через минуту он возвратился к гостям, перед тем простившись с торопящим к своим делам Ибрагимом, позволившего состояться знакомству без его участия, что не могло не удивить Ольского. Впрочем, он отнёс это к местным обычаям.

Предугадывая дальнейшее развитие события, Андрей предпочёл вместо рассматривания впечатляющей обстановки салона, подготовить для показа свои рисунки с акварелями. А Всеволод Иларионович, легко узнав во владельце художественного салона (от того палированых ухоженных ногтей до особого запаха парфюма, это в приложении к надписи над дверью) француза, обратился на предпочтительном языке. Жан-Пьер отреагировал довольно удивлённой улыбкой своих голубых глаз под седыми кустами, вообще-то уповая на свои знания схожих с русским балканских языков, хотя не в словах было дело.

Слушая господина Ольского, месье Рошто попутно внимал принесённым рисункам, и по задержанному взгляду на каждом из них и искрящего интереса отражавшего в его ясных глазах, Андрей ожидал положительный результат. Он уже мог отвлечься содержимым этого художественного салона, на противоположной стене которого висели в тяжёлых резных обрамлениях, темнея стариной красок, картины хороших работ: от пейзажей и нотюрмортов до портретов и бытовых сцен. Про себя Андрей оценил их как добротные, а намётанным глазом бывшего реставратора мог определить, что некоторые из них были известных мастеров или же очень приличные копии знаменитых полотен. Вдоль параллельной стены на подставках, этажерках и полочках размещались статуэтки, бюсты, незначительного размера скульптуры, а те что покрупнее вместе с вазами и античными амфорами, выдерживая симетрию, стояли на полу. Ему вспомнилась московская реставрационная мастерская, работая в которой он постиг так много нового, полезного, и благодарил людей работавших с ним -- замечательных мастеров, помогавшим ему освоиться на новом месте, щедро передававшими свои знания. «Они в меня верили и я оправдывал ожидания. Может быть, и в этот раз всё сложется также удачно... – не без основания надеялся он и посмотрел на Ольского, ещё раз восхищаясь этим человеком: -- Он так свободно разговаривает с этим господином с густыми бровями и взглядом Мефистофеля. Наверное, убеждает того в моих способностях и прилежании. Возможно, упомянул о моём опыте работы в Москве, хотя и небольшом. О если бы сейчас всё решилось...».  От своих мыслей он был отвлечён жестом руки хозяина салона, позвавшего идти за собой.

Указав на бюст римского центуриона, темневшего в углу зала, господин Рошто предложил срисовать. Интуитивно Жан-Пьер был почти уверен, что этот молодой человек может стать ему полезен; не иначе, как для формальности, а может и с интересом ознакомиться с техникой рисования, он предложил данный экспромт. Сам оставался стоять возле, наблюдая из-за спины за движениями руки. И через пару минут, не желая мешать, вполне удовлетворённый, отлучился за коньяком и фужерами.

-- А вы достаточно хорошо владеете французском, уважаемый Все-во-лодь Иля-рионо-вичь... – запинаясь, выговорил Жан-Пьер.

-- Не утруждайтесь, -- это у нас на родине было принято по имени-отчеству. И то я никогда не настаивал на такой формальности. Для удобства можете звать меня Сева. Это сокращённое имя от Всеволод.

-- Прекрасно, Сева! -- с ударением на втором слоге произнёс на французский манер господин Рошто и повторил себе для запоминания, кропя коньяк в фужеры. -- Так вот, несмотря на не очень занятое время в нашем бизнесе, я всё же возьму этого парня на работу. Мне в салоне нужен такой человек, знакомый с реставрацией. В запаснике есть много, что необходимо подправить. Ему будет легче обосноваться, кроме него у меня уже работает один профессионал. Он введёт Андрэ в курс дела, я имею ввиду вообщем, а по необходимости поможет советом. Но я того человека привлекаю время от времени, пару дней в неделю, если сложная работа. Опять-таки исходя из стоимости затрат. Увы, в это непростое время приходится на всём экономить... Многие торговцы артом закрылись из-за нерентабельности. Богатые стали меньше тратить, а среднего дохода население стало беднее... вынуждено отказывает себе во многом, что было доступно прежде. Что хотите -- война! – и с завистью добавил: -- Хотя есть отрасли и виды занятости особенно доходные именно в такое время. Те кто выполняет военные заказы, поставки для армий – на высоте. Бизнесу необходим мир и спокойствие, тогда всё восстановится.

-- Большое вам спасибо за ваше внимание, месье Рошто. Мы с Андреем очень признательны вам. Уверен, вы не разочаруетесь в своём новом работнике. Хлопочусь о нём, потому что за своего сына считаю.

-- Понимаю, -- месье Рошто одобряюще кивнул головой, -- я вижу достаточный уровень мастерства... – и продолжил ближе к желанному: -- Мне бы хотелось, чтобы он ещё выполнял заказную художественную работу... портреты, рисунки с натуры... Это может стать его основным зароботком, и немалым. Но об этом говорить пока рано.

Извинившись, Жан-Пьер возвратился к Андрею. Он оценил качество рисунка поднятым вверх большим пальцем и похлопал по плечу художника. Затем показал рукой, что на сегодня достаточно и попросил принять фужер.

Трое выпили за всё хорошее, знаками пожелав Андрею успехов.

-- А у меня таже проблема, впрочем, как и у каждого новоприбывшего... – косвенно намекнул на поиск работы Ольский и, улыбнувшись, прибавил к сказанному: -- жаль, рисовать так не умею... Но никогда любой работы не гнушался.

-- Вот как... – замыслившись, Жан-Пьер смотрел на приятного собеседника, как бы прикидывая, чем он смог бы помочь этому откровенному господину. – Вы знаете, не так уж давно один из моих постоянных клиентов -- хороший знакомый из газетного бизнеса -- в последнем разговоре упоминал вроде бы ему нужна замена призванному на военную службу работнику. Нет, не подумайте, это не типографская работа. Он занимается некоторой публикацией и распространением газет и журнальных изданий. Я вам сейчас напишу его адрес и пару слов от себя. Возможно, у него ещё теплится то вокантное место. Кто знает... – улыбнулся на удачу месье Рошто.

-- Ну, дорогой наш и всесильный, просто не нахожу слов высказать всю признательность, -- готовый обнять этого человека, сиял благодарный Ольский, -- считал, что подобное великодушие только у нас встречается. Теперь вы доказали, что у французов душа не меньше. При этом я не упоминаю о Бонапарте, -- завершил шуткой Ольский.

-- О! Тот правитель действительно много сделал для Франции, но допустил единственную ошибку – пошёл войной на Россию. Ваш генерал Кутозов выиграл грандиозное сражение, остановив войска Наполеона. Россия тогда проявила жест благородства победителя. А вот в наши дни мы убеждаемся в противоположном. Передел сфер влияния и территорий -- причина настоящей войны.

-- Нельзя не согласиться с такой объективностью. И за оценку русской истории благодарю, а вот за неожиданное упоминание мною имени вашего кумира – извините. Не знал, что вы его приверженец.

-- Ну что вы, Сева, какой из меня его приверженец... так к слову заметил, отдавая дань истории. Увы, с позиции над прошедшим всегда проще размышлять. История поучительна, не прощает ошибок. И от своей Родины я далеко... К сожалению, Франция страдает и в этой войне. А вот мой дед – да! Он был настоящим банопартийцем, я не говорю уже, что во всех военных кампаниях участвовал. До конца жизни оставался при своих непоколебимых убеждениях. В те годы политикой была охвачена вся страна. Ещё бы, такие события! – восторжённо месье Рошто вскинул вверх руку.

Выдерживая тон беседы, учтиво улыбающийся француз лишь позволял себе время от времени поглядывать на часы, что в итоге Ольский воспринял как намёк, что пора и честь знать. Да и сам не желал отнимать больше времени у расположительного месье Рошто, тем более Андрея тоже ждала работа.

-- Ещё раз огромное вам спасибо! Так у нас, к счастью, сложилось, что первые два дня в Константинополе нам сопутствуют, -- ответил Ольский.

-- Уверяю вас, уважаемый Сева, так будет и дальше продолжаться. Это самобытный город и как вы уже заметели, народ его населяет разный. Так что и вам будет проще обжиться, -- сказанное он дополнил, как показалось Ольскому, неким таинственным взглядом, добавив: --Хотя, вполне понятно, что не это у вас главное. И всё же человек думает о будущем, а живёт настоящим. Не так ли? — мило улыбнулся Жан-Пьер, прощаясь, -- приятно было с вами познакомиться, *Всеволод Иларионович*! Не удивляйтесь, после глотка хорошего коньяка и моя речь улучшается. Между прочим, среди моих клиентов есть и ваши соотечественники: кто-то приносит на продажу, а кто и покупает. Скажу вам не без гордости: мой отец в свои молодые лета участвовал во взятии Бастилии. Это как в дополнение истории.

-- В ответ я могу заверить вас, что никто из моего родства не штурмовал царский дворец... — улыбаясь невесёлой шутке, Всеволод Иларионович нежно пожал тонкую, как девичья, руку новому знакомому. И вообще своей декоративностью месье Рошто чем-то напоминал красивый фантик вкусной конфетки, с которым раставаться не охота после всех приятностей.

Ну а сияющий Всеволод Иларионович был похож на выигравшего лотерею! -- спешил в кофейню Ибрагима узнать у того подробно о месте нахождения рекомендуемого газетчика.

## 6

*В кофейне*

Кофейне служило просторное помещение с узкими арочными окнами-витражами, где рядами стояли невысокие старые столы с стульями. За некотырыми из них, в удовольствии над кофе и едой, коротали время посетители. В углу находилась плита, откуда веяло жаром и пряностями; там на раскалённом песке готовили исключительного вкуса густое, как горячий шоколад, пенистое кофе. Рядом за резной деревянной изгородкой размещалась кухонька, где обычно годами тушили мясо и жарили аппетитные колбаски из бараньего фарша, накладывая их порциями с свежим салатом и овощным гарниром, похоже как это делал Ибрагим к шашлыкам. Но вот в военное время жар кухоньки заметно приунялся, и баранина была редкой гостьей, заменяемая разной выдумкой талантливого стряпаря. Кроме традиционного кофе здесь торговали винами, изюмным бренди и анисовой водкой. К кофейному залу тыльной стороной примыкала небольшая курильня, где любители проводили время за кальянами и чубуками.

Благодаря своему месторасположению на оживлённой торговой улице, где всегда были желающие выпить чашечку хорошего кофе, не говоря о постоянных клиентах, эта кофейня всегда была заполнена посетителями. Так что жалобы Ибрагима на упадок своего бизнеса, похоже, являлись преувеличенными.

За отдельным столиком, что у входной двери, Всеволод Иларионович встретил скучающего господина Иваницкого, и Николай Николаевич обрадовался ему как ребёнок желанной игрушке.

-- Милый Всеволод Иларионович, какая радость видеть вас здесь! А то я вот сижу полдня на чужбине среди одних турок... некому слова вымолвить...

-- Что же вы, бедненький такой, в кофе слёзки роняете... Не обвыклись ещё?

-- Вам-то издеваться...

-- А у нас приятные новости. Да! -- щёлкнув пальцами Ольский.

-- И у меня есть приятные. Вот, чтобы не скучать, уже успел двоих пьяных выставить за дверь. И опять скука ледяная. Ибрагиша не задержался с похвалой, как я это с этикетом проделал. Тьфу, что за ерунда -- нашёл чем тешиться.

-- Почему же, во всём своя специфика, Николай Николаевич, -- с сочувствием ответил Ольский, вчитываясь в несовсем понятный адрес на турецком...

-- Ну-с, дорогой Всеволод Иларионович, прошу вас поведать с чем пришли? Что там из свежих всходов на вашей ниве? – с лёгким разочарованием своей «должности» спросил вышибала, -- несомненно об Андрее...

-- Вы с ним в этом роде счастливчики. Андрюша тоже уже занят работой. И себе того желаю. Но пока... – и замолчал, увидев вошедшего Ибрагима. Приготовился подойти к нему с вопросом.

-- Похоже, и у меня настоящая намечается... – таинственно произнёс Иваницкий. -- Здесь, в соседнем зале курильщики пыхтят. Ну, и среди них затёрлись пару подозрительных. С виду не турки. Я таких определяю по их истощённым лицам, нервозной суете и болезненно горящим глазам. Как говорят кому велят: используем некие стандарты-с.

-- Так вот оно что... – почти без интереса ответил занятый своими мыслями Ольский.

-- Кокаинисты! Так и рыскают у кого можно того... – хватательным движением намекнул бывший жандарм, -- Но пока я их не трогал. Момент не подошёл подходящий. Меня заметили -- и выскочили на улицу. Видать, этот славный столик традиционный для вышибал. Но уверен: они себя ещё проявят.

-- А у меня вот адрес одного газетчика, которому недавно нужен был работник... Хотелось бы уточнить у Ибрагима, как отсюда добираться? Записка на французском, а вот адрес -- на местном... Так что, как видите, в турецком мы с вами уравнены... – делился с Николаем Николаевичем предстоящим Ольский, всё ожидая когда Ибрагим освободится.

Но всевидящий Ибрагим сам подошёл к ним.

-- Мерхаба! – поприветствовал рукой у сердца Ибрагим.

-- Мерхаба! -- повторил Ольский с поклоном головы, на что Николай Николаевич с удивлением улыбнулся.

-- Я вас хочу угостить лучший кофе в городе! А если покушать хошь -- скажи... – сладко улыбался хозяин кофейни.

-- Спасибо, любезный! От кофе не откажусь. Один только запах чего стоит! – ответил Всеволод Иларионович, рассматривая обстановку кофейни.

-- Правду говориш, человек! Первое кофе было сварено у нас, в Турции, -- поднял вверх указательный палец Ибрагим, -- потом уже в другой странах. Кофе хорош с «раки». Раки -- бренди виноградный. Но если хош можно и ликёр, так в Европе любят.

Через минуту на столе появились три чашечки кофе, а к ним рюмки жёлтого раки и блюдо с печеньем. От себя Ольский заказал вдобавок вишнёвого ликёру, так сказать, для сравнения вкусов.

-- Изумительный коньяк! – оценил изюмное бренди Ольский перед тем как пригубить кофе, -- очень хороший.

-- Вижу твой глаза – настроений весёлый. Что Андрей, уже работает у наш друг Жан-Пьер? – с удовольствием глотнув бренди, спросил Ибрагим.

-- Благодаря вам, Ибрагим! Вы правы -- именно по этому поводу и настороение. Уважаемый господин Рошто в нём не разуверится.

-- О! этот человек очен знает. Так кой-какой на работа не берёт. Ваш Андрей тоже хорош художник.

-- Жан-Пьер -- приятнейший, мы с ним на французком общались, -- невинно улыбнулся Ибрагиму Ольский, -- он и мне насчёт работы порекомендовал, у одного газетчика. Вот, пожайлуста, его адрес.

-- Я догадался, что ты на французкий говориш, -- оценивающе посмотрел Ибрагим, -- много русских говорят как в Европе. А этот улица... я тебе покажу где эта, -- не откладывая обещание, Ибрагим взял ручку и на обратной стороне записки стрелками указал как можно пройти по адресу. -- Эта совсем близко...

-- Ну, а мне, дорогой Ибрагим, ты чего-то дашь сделать? Хоть бы принести там чего-то... или, может быть, в кладовой помочь? Я видел поставка пришла... – спросил для занятости новый работник.

Ибрагим внимательно посмотрел на «каваса» и после глотка кофе сдержано ответил:

-- Николаи, ты хорош свой работа сделал. Тех человек заметил и вывел без шум. Мне так нужно -- без шум. Делат дело без шум. Много здесь разных человек, но шум не надо, -- сладко говорил Ибрагим, -- ты сиди и смотри, чтоб тих всё был. А когда плохой будет -- посмотриш на меня и тогда я тебе скажу... – Проинструктировав Николаи, Ибрагим поднялся к вошедшему знакомому.

-- Вот видите, Всеволод Иларионович, такая вот работка... кроме геморроя от сидения никакой прелести.

-- Сочувствую, Николай Николаевич.

-- Завидую я вам -- может быть, вас ожидает занятие повеселее моего. Пойду-ка загляну ещё в курилку... – он приподнялся из-за стола в сторону курильни, -- а вообще нужно нам разузнать, где здесь французкое посольство и прямо обратиться туда за визами. Может, документы попросят оставить или другие требования у них. Что нам здесь время расточать.

-- Я также думаю, -- ответил Ольский, -- озабочен этим в первую очередь. Но вам же известно на чьей стороне воюет Турция. Так что многие посольства и консульства отозваны. Вы правы -- надо использовать первую же возможность. Я в разговоре с Жан-Пьером вскользь сказал о нашей целе в Константинополе, но не заметил даже в его глазах реакции. Видать, таких вроде нас здесь предостаточно. Этот город всегда служил вратами из востока в Европу. При упоминании мною Парижа, он только предался своим воспоминаниям и вздыхал, что нет возможности снова побывать. В этом был его намёк и ответ.

Без слов, с глазами устремлёнными куда-то, Николай Николаевич проворно испарился из кофейни, оставив за собой разлитое кофе и непонимающий взгляд Ольского. Всеволод Иларионович вздохнул и вытер платком липкую лужу со стола, ожидая через минуту услышать от Николая Николаевича что-то ещё -- если уж не сенсационное, так интересное. Но тот возвратился с лицом будто ничего не произошло.

-- Единственное я понял из ваших слов о нём, что он приветливый человек. К тому же француз, – продолжил разговор Николай Николаевич и с намёком посмотрел на Всеволода Иларионовича, в удовольствие дигустирующего местное кофе с ликёром.

-- Ну и, ваш ход...

-- Я о том, что если он уважаем здесь, значит имеет влиятельные связи и не исключено, что знает кого-то в французском посольстве. По крайней мере, что там происходит – или они функционируют? Откровенно говоря, у меня появилась надежда в связи с вашим «Робеспьером».

Ольский странно посмотрел.

-- Извините, кажется, Пьером...

-- Шутить в нашем положении даже полезно, Николай Николаевич, отвлекает от грустного. При следующей нашей встрече попытаюсь узнать от господина Рошто на этот счёт. Хотелось бы сократить время нашего растянувшегося пути. Уж сколько мы в дороге... и какой... – тяжко вздохнул Ольский и опустил помутневшие глаза, как бы боясь дрогнуть в эту минуту.

Николай Николаевич сочувственно посмотрел на вдруг осунувшуюся внешность, мигом постаревший костюм... бросавшаяся в глаза откуда-то появившаяся ржавая седина. И жалкое лицо, желавшее отвернуться от мира – не могло скрыть от прозорливого взгляда трагическую судьбу этого человека. Если он молчит, чего спрашивать – вызвать больше страданий? И чтобы отвлечь его от тяжёлых мыслей, Николай Николаевич затронул бытовую тему:

-- Так что там они вечером собираются вытворить? -- эти путешественники на край света. Не прорепетировать ли им сценарий вчерашнего ужина? Свежий воздух... С эдакой припузатенькой бутылочкой, – хитро подморгнул Николай Николаевич.

-- Уж если вы с ухой постараетесь... – сквозь печаль подыграл шутке Ольский.

-- Ради бога... – улыбнулся в радость Николай Николаевич и обнял друга сердечного.

А пока двое за столиком у двери мило беседовали, некий молодой человек с узким меловым лицом и бегающим по сторонам глазами, кстати, уже подмеченный зорким вышибалой, снова нарисовался в курильне.

-- Похоже, этот обратно... – перескочил взглядом ответственный за порядок, -- готов заложить дьяволу душу, сюда его ведут серьёзные делишки! Надеялся проскользнуть незаметно. Извините меня, Всеволод Иларионович, но я при деле... – и «кавас кофейни» последовал обходом, через кухню, чтобы можно было в окошко наблюдать за происходящим.

По выдаваемой суете вошедшего, его мечущему взгляду было заметно, что он ищет нужного ему человека. Коим оказался мужчина необычной внешности: рваный шрам на его лице впечатлял, как и ястребинный взгляд. Старше средних лет, спортивно сложённый, он держался молодцевато; даже задиристо, что не отвечало его внешности: то к одному подойдёт -- с силёнкой хлопнет в плечо, другому скажет что-то дерзкое при того молчании... Одет он был в чёрный сюртук, глухо застёгнутый на длинный ряд пуговиц; туфли из-под отутюженных брюк сверкали неприступным глянцем. На игральном столике лежали его шляпа, перчатки и трость с львиной головой из кости.

«Денди», как про себя пометил его Иваницкий, присел с кальяном на подушечку. Попыхтел-побулькал в кейф, подозвал двух крепких хлопцев, видать, преданных ему -- в коих намётанный глаз жандарма определил, по их линейной стройности, бывших ратников, и, похоже, из соотечественников -- переговорил, грозно глянул и отвернулся к своему кальяну, а те двое решительно подошли к парню в шинели. Их глаза и движения намекали на бескомпромиссность.

После «вступления» парней, денди подал им едва уловимый знак, чтобы они оставили на время беднягу. Он поднялся к бледному парню, предупредительно посмотрел в того свинцовые зрачки и вложил крохотный пакетик в дрожащую руку. Желанная доза исчезла в кармане наркомана. Признательно кивнув головой, тот готов было покинуть курильню, но движение руки денди остановило его, -- велел задержаться для чего-то важного, выговоренного в упор, и толкнул полуживую тень, указав на дверь.

«Теперь мне становится яснее: кто с чем и для чего сюда приходит, -- сделал вывод вышибала-кавас, продолжая наблюдение, -- но останавливать «худого» рановато, ведь, по сути дела, он лишь для себя брал. Да и проступка не совершил на этот раз. Хотя до этого он пытался вытащить бумажник у одного подвыпившего «кофейника», а вот теперь получил свою дозу от наркоторговца. С тем всё ясно. Теперь нужно не спускать глаз с этого денди-шменди. Кто ещё к нему пожалует за «конвертиком»?.. Это уже настоящий криминал. Похоже на рассадник преступности».

И время не заставило ждать Николая Николаевича, -- вскоре ещё двое подходили к популярному денди. Один весьма представительный джентльмен передал свёрток, после чего они пожали руки и «получатель» проводил поставщика до экипажа, ожидавшего у входа кофейни. «По всему видать крупная рыбёшка. Или деньги передавал за оптовую партию, или же сам поднёс для реализации», -- предположил Иваницкий и ещё раз, чтобы наверняка запомнить, вгляделся в их лица. Что ему удалось расслышать, так это непонятное «Даха алабилир мийим»...[1]

## 7
*Интересная встреча*

Всеволод Иларионович добирался к своей возможной работы пеши, из принципа, отказавшись от предлагаемых носильщиков, пусть даже традиционных для этой восточной страны. Он шёл, попутно внимая неизвестному, по схеме встречных улиц и кварталов, любезно начерченной заботливым Ибрагимом. Пройдя через прилегающий базарчик на соседнюю улицу, он миновал несколько перекрёстков до следующей позначки, как указывалось в схеме. Затем по направлению карандашной стрелки свернул направо, в переулок, и пред ним предстал фасадом нужный газетный павильон, у входа которого толпились желающие купить свежую прессу.

Ольский спросил имя нужного ему человека у занятого парня, продавца газет. Тот ответил что-то непонятное на местном и замахал руками, показывая что нужно пройти во внутрь павильона и зайти во вторую дверь, -- как Ольский догадался по того разведённым пальцам.

После осторожного стука в дверь и отзыва, кстати, положительного или нет Всеволод Иларионович так и не разобрал, он вошёл.

В сидящем в тесной комнатке за письменным столом Ольский узнал того, кто ему был нужен.

Смуглый брюнет, с видом занятого важным, был шикарно одет, как бы в укор масштабу этого невзрачного кабинетика с одним окошком и дряхлой кое-какой мебелью. Светлокофейный костюм, накрахмаленые воротник и манжеты белоснежной рубахи дополнялись лоском дорогого галстука с бриллиантовой булавкой и массивными, как лошадиные подковы, золотыми запонками; пальцы его

---

[1] (Тур.) *Могу ли я получить ещё?*

66

рыжели обсаженные перстнями. В то время он просматривал почту и вынуждено перевёл взгляд на вошедшего, затем поднялся и протянутой в приветствии рукой встретил посетителя.

-- Здравствуйте! Вы ли будете Кристофер Каридис? – по предыдущему удачному опыту начал общение на француском Ольский, при этом подал записку от Жан-Пьера. -- Моя фамилия -- Ольский. Мне посоветовал обратиться к вам господин Рошто.

-- Замечательно! -- ответил хозяин кабинета и прибавил в улыбке, показав на стул у своего стола. – То, что вы говорите на французском – чудесно! Знание языков необходимо в нашей работе.

На что русский господин подтвердил весомым отрывком из Бальзака...

Быстро ощутив, что его французкий явно отставал от темпа собеседника, господин Каридис несколько смутился. А Ольский всё продолжал демонстрировать возможному работодателю сочность своей лингвистики:

-- Извините меня за хвастовство, но поскольку вы уделяете этому внимание, могу добавить своё владение ещё, как минимум двумя европейскими языками, и тут же перешёл на английский.

-- Wonderful! – показал ряд белоснежных зубов Кристофер и пролился на английском. На этот раз в ответ он услышал из Байрона, после чего осадил пыл «лингвиста»: -- Но всё это относительно, господин Ольский. Учитывая такую вашу способность, можно предположить о быстром освоении вами и тюркского, что первостепенно.

-- О да! – без сомнений уверенно согласился проситель.

-- Здесь уважаемый Жан-Пьер упоминает о вашей специальности адвоката... – раздумывая о известном только ему, улыбчивый господин Каридис продолжал держать в руке записку от месье Рошто.

-- В юриспруденции имею значительный опыт работы. Также могу работать с документацией и подобным... – продолжал Ольский и с надеждой смотрел в тёмные глаза грека, рассказывая о своей прошлой деятельности.

Л. Хайченко Берег турецкий

-- Благодарен за ваше внимание, что пришли, -- и сожаление отразилось в его глазах, -- всё же необходимо внести некую ясность по вопросу вашего обращения... Уточню: мне нужен был работник, помоложе вас. Откоровенно говоря, более для физического туда, чем теми превосходными качествами, которыми располагаете вы. Но прошло время и я уже нашёл нужного мне человека, -- и продолжил живее, возвратив фирменную улыбку: -- Но не будем больше о том. Вижу -- вы разочарованы.

-- Да,    пустяк... – в ответ едва улыбнулся Ольский и поднялся    с    скрипящего    стула,--    Тогда    извините    за беспокойство.

-- Не торопитесь уходить! У меня к вам есть иное предложение, более интеллектуальнее, – Кристофер Каридис поднялся, преобразился в серьёзного и посмотрел на этого человека уже со своей надеждой, как к источнику интересующей информации, -- тем более убедился, что у вас получается интересно излагать мысль. Мне нужно, чтобы вы подробнее остановились на недавнем, -- и пытливым взглядом посмотрел в глаза собеседника, -- например, чем занимались в России в последнее время? Имеется ввиду до вашего отбытия. Каков    там    политический    спектор,    обстановка,    жизнь населения?... Если можете -- о военных событиях. При этом интересны ваше собственное мнение, как очевидца и гражданина: впечатления, мысли и т.п.  Можете из личного. Спросите, почему я так уверен в последнем? Да просто оттого, что вы бежали из России, которая сейчас совсем другая. И о этой другой стране хотелось бы знать побольше. Нет, я не пытаюсь показаться перед вами циником, хотя мы, газетчики, народ до скурпулёзности дотошный, любящий до всего докапываться, влезать в суть. Таков наш хлеб, тут уж ничего не поделать. В этом и ваш интерес. Ибо, если у вас есть о чём сказать, тогда у меня к вам будет творческое предложение. И снова: всё будет зависеть от качества материала. Если у вас есть    встречные    вопросы    --    пожалуйста.    Вы    можете    быть уверены в нашей ответственности перед вами, имеется  ввиду в    порядочности.    К    сожалению,    в    наше    время    разное встречается... Часто сомнительные лица вовлекаются в наш бизнес, -- я об этом хотел также заметить. Ваш труд будет оценён адекватно. А если ещё ближе к теме разговора, так, вероятно, вы уже знаете, что у нас в городе издаётся и русская пресса. Читатели свои есть, и их количество отражается качеством предлагаемого чтива. Так что мастерство изложения материала решает очень многое. Ну и безусловно информационность, насыщенность. Со многими я разговаривал, и далеко не каждый удовлетворён тем, что предлагают публикации. Здесь мне кажется нужен ещё подход особенный, исходя из русской специфики. Надеюсь, вы понимаете меня? Уловить нотки в настроении иммиграции... их мысли... Это должно быть вам известно, господин Ольский. Естественно, за долгие годы работы и общений в данной области у меня выработалась интуиция на людей. Не скрою -- вижу в вас человека способного аналитически оценивать факты. И ради Бога, простите меня за такое длинное вступление.

-- Ну что вы... – обоятельнейше улыбнулся Ольский.

-- А теперь мене бы хотелось услышать и от вас, -- предложил в деловом духе Каридис.

Всеволод Иларионович чувствовал себя между желаемым и возможным по неким причинам, требующим осмысления. Вообще-то он был удивлён таким интересом, ведь доказательства происходящего в России можно было услышать от каждого, кто оттуда. Тем не менее, размышляя о чём сказать, с чего начинать, а что и упустить, у него была своя возможность. Признаться, ему понравилось предложение этого живого, проникновенного господина с хватким мышлением и откровенным, увлечённым к общению взглядом. Дух журналиста так и исходил из него. Доброжелательностью он сразу внушил доверие, расположил.

Вкратце, останавливаясь лишь на некоторых подробностях, тактично избегая имён, Всеволод Иларионович описал их последние месяцы жизни в захваченной большевиками Москве; вынужденый исход; и долгий, тревожный путь через охваченную войнами Украину. Именно *войнами*, как виделись ему различные противостояния. Он чувствовал, что пока не готов говорить о личном, тем более, чтобы это подносилось широкой публике. Его боль была его болью, и дальше своего сердца он не мог её выпустить.

Кристофер Каридис слушал внимательно, время от времени делая себе пометки в раскрытый блокнот, а после последнего слова тоже молча пожал руку мужественному человеку. Его большие глаза обволокла нахлынувшая печаль.

-- Извините меня, господин Ольский, что вынудил вас ещё раз пройтись через весь тот кошмар пережитого вами и вашими близкими. Для успеха очень важно  донести до читателей правду. А её я только что услышал из первых уст. Вы дали объективную оценку, и в сжатой форме, без отступлений, обычно растворяющих содержание. Вы соответствуете моим требованиям. Поздравляю вас!

-- Очень рад, очень рад... – благодарно смотрел в умные глаза Всеволод Иларионович.

-- Откроюсь вам, я вынашиваю один проект. И вы мне поможете его воплотить. Я рад нашей встрече. Вы будете иметь работу. Завтра в девять утра я вас жду здесь. У вас будет возможность познакомиться с редактором русской газеты. Я думаю он попросит вас письменно изложить то, что я только услышал. Конечно, не исключено, что у него будут свои вопросы к вам. Но о том уже лично от него. И если вы с успехом преодолеете и этот барьер требований, тогда вас ожидает обширная работа в журнале. Там уже необходимо будет художественное оформление фактов, событий. Над этим я сейчас размышляю. Осмелюсь утверждать, у вас вырисовывается очень интересная перспектива. Возможно, что мы оформим серию рассказов... О деньгах конкретно поговорим завтра. По крайней мере за время работы с нами вы будете иметь значительно больше, чем за чем сразу пришли.

8

*Не без тревог...*

Клавдия с нетерпением ожидала возвращение  мужчин, а их задержка почти до вечера давала повод строить разные предположения. Не знала с чем связан такой оптимизм среди всего неизвестного, но думать ей хотелось лишь о хорошем. Убрав в комнатах, она вымыла полы и собиралась идти в кондитерскую купить чего-то к чаю. Всё-таки она давала предпочтение именно этому напитку, традиционно собиравшему за столом на разговор. А услышать наконец-то приятное -- ой как хотелось! Так что их обед станет и ужином. Сама она наскоро перекусила из предложенных женой Ибрагима, Айни, вареного риса и овощного салата с какой-то мелкой жареной рыбой, похожей на хамсу.

«...Ещё мне нужно купить хорошего чая. Что -- то кофе... тем более пьют его какими-то напёрсточными чашулечками... Мы-то к чаям приучены. Да чтобы полный самовар на столу стоял! Нужно отдать должное – выпечка здесь замечательная. Хотя и цены... Разоримся. Чем-то напоминает творчество Полины. Я так соскучилась по пирожным и халве! – разговаривала с собой Клавдия. Чувствуя себя хозяйкой в мужском окружении, она старалась угодить им созданным комфортом. Всё же период адаптации к загранице. Так хочется, чтобы всё плохое осталось позади. Пускай мы ещё в дороге, но фактически первые шаги в иммиграционной жизни начинаются отсюда, и чем быстрее мы обвыкнемся сейчас, тем нам легче будет в будущем. Конечно же не возможно сравнивать этот город с Парижем, но для нас, иммигрантов, значение обобщено трудностями».

*

Для них это была нескончаемая тема бесед и, понятно, каждый имел свои взгляды, как побыстрее бы войти в новую жизнь. А вот Николай Николаевич ни за что не желал приспосабливаться и принимать чужое: «Я родился русским человеком и им останусь, где бы не жил. А когда придёт время умирать, хочу, чтобы по-православному было -- с отпеванием в церкви». Всеволод Иларионович подходил к объективным вещам более гибче, заверяя, что в новой стране живётся как в гостях -- необходимо уважать хозяев: «Это впервую очередь. Быть терпеливым даже к тому, чего, казалось, не можешь воспринять, иначе всё обратным ходом обрушиться на тебя и кроме нервозности и обозлённости ничего не получится. Разумеется, не стоит быть безнравственным хамелеоном, теряя свои национальные и культурные корни. Да и не представляется подобное, просто сердце не позволит. Это уже отдельная тема, с нашими слезами по родному и надеждами на возвращение».

Она соглашалась с ними обоими, оттого что каждый откровенно был прав, тем более имел своё виденье счастья, пускай небольшое, но уже не призрачное. И ещё у неё было желание войти в новую жизнь, познавая для себя интересное в ней, быть полезной обществу: «Тогда нас уважать станут не за внешний вид или за какое-то неизвестное им прошлое, а по реальным поступкам, сделанному».

*

Закрывая на ключ входную дверь, Клавдия неожиданно обратила внимание на странного молодого человека, который, не таясь быть замеченным, следил за ней. Тот с улицы наблюдал поверх забора, а когда их взгляды встретились, спрятал лицо за поднятый борт шинели и медленно перешёл на противоположную сторону дороги, как бы нехотя отдаляясь от влекомого дома.

Когда, пройдя немного, от недоброго предчувствия она всё же решила обернуться, лишь смогла заметить промелькнувший во внутрь их двора серый силуэт... Возвратиться не решалась, хотя не сомневалась в неладном, что заставило её изменить свой путь в кондитерскую и зайти вначале в кофейню, где должен быть Николай Николаевич.

И застала его разговаривающим с одним русским посетителем, ожидавшим у плиты за тарелкой горячего рагу. Увидев Клавдию Иларионовну, Иваницкий понял, что просто так она не пришла бы и оставил свой разговор.

-- Уважаемая Клавдия Иларионовна, сколько же времени мы с вами не видались! – начал из шутки Николай Николаевич, предоставляя возможность взволнованной женщине успокоиться. -- Утром ваш дорогой братец заходил. Теперь вы пожаловали. Неужели кофейный аромат заманил? Я и сам, несмотря что не большой любитель, уже трижды кофейничал. И замечу вам, чем большее его пьёшь, тем оно раскрывается новыми вкусовыми гаммами. Это ещё зависит с чем вы его желаете вкусить... Может быть, изволите чашечку? Тогда я вам, по знакомству, услужу, и вне очереди. Кстати, Всеволод Иларионович также с серьёзного день начал -- пошёл устраиваться к какому-то газетчику. Вот такие у нас дела. А я вот сижу себе среди «кофейников» и мечтаю... Это я так прозвал любителей...

-- Не видались – потому что не в одном месте красовались! – подшутила она, -- Спасибо вам за заботу, но я по-иному поводу... – не дослушав затянувшийся монолог Николая Николаевича, прервала она, известив с чем пришла.

-- Понятно... Вы совершенно правильно поступили, -- изменился лицом добряк Иваницкий, -- всё имеет значение. Из-за мелочей большие дела происходят. Ничего просто так не бывает. Вам нет необходимости возвращаться. Пожалуйста, дайте мне ключ и спокойно идите себе за покупками. Не переживайте. На обратном пути зайдёте за чаем. А я сейчас пойду взгляну -- что там в нашем покинутом замке происходит.    По вашему описанию похоже, что мой «знакомый» заблудился…

*

Для надёжности, Николай Николаевич обогнул дом Ибрагима с тыльной стороны, выходящей на противоположную улицу, куда смотрели два окна их комнат. Ловко перемахнул через забор и пробирался через куст шиповника, как бы второго ограждения. Проход между окном и окружавшим дом забором был настолько узким, что плотный Николай Николаевич, цепляясь одеждой за колючие ветви, едва смог развернуться, и сразу заметил открытое окно... Затаившись под ним, услышал шарканье похожих шагов. По ним смог определить нахождение там одного человека. Чтобы спугнуть вора-одиночку, Иваницкий прокрался вдоль стены за угол к двери и, нарочито звучно вставив ключ в замок, стал имитировать открывание.

И эта уловка мгновенно удалась, -- ему только оставалось ждать панически бегущего воришку. Скрываясь за углом, он наблюдал как был выброшен из окна наполненный ворованым мешок, а следом за ним выглянула и голова грабителя, испуганно озирающаяся по сторонам.

«Разумеется, это он! Ну никак сегодня от меня не отстанет...», – с задетым самолюбием признался бывший жандарм и выждал пока тот вылезет из окна; набросился на воришку: резко ударил в живот и подсечкой свалил на землю...

Но усилий Николай Николаевич приложил гораздо больше, чем того требовало изнурённое тело наркозависящего. Так что задержаный на месте происшествия покорно находился под прессом опытного жандарма. Всё было так быстро проделано, что ни пылинка не успела сесть на сюртук Николая Николаевича, а вот вор очнулся с связанными за спиной руками и без шнурка в ботинке.

Подняв за ворот неудачника, для профилактики, смазал того по уху и заволок в беседку.

-- Отпустите меня, прошу вас... Отпустите... я не по своей воле это делаю, -- обречённым голосом просил спойманный с поличным.

-- Ишь ты, уже и на русском защебетал. Что же ты, гадёныш, в кофейне прикидывался за местного? Хотя мне о тебе уже достаточно известно. Сейчас на все вопросы  ответишь мне. Иначе... -- и угрожающе замахнулся.

-- Отпустите, Богом прошу вас. Я больше сюда не приду... Даю вам честное слово.

-- «Честное слово»... Что из ворованного имешь в карманах или на теле?!

-- Нет в карманах ничего из вашего. Всё в мешке лежит. Вы не думайте, я -- не вор.

-- Не вор?.. Ха-ха… А кто же ты ещё?? Или это по-новому как-то называется... -- Николай Николаевич проверил карманы задержанного и кроме известного пакетика, шприца и грязного носового платка ничего не нашёл.

-- Оставьте это, иначе мне не жить, -- опустив голову, еле вымолвил несчастный. Бог слышит мои слова -- я этого не хотел делать.

-- Клянёшься, что не по своей воле воруешь? Тогда, кто тебя заставляет, посылает на это? Наверное, не одних обобрал. Что молчишь? – добиваясь исповеди вора, теребил его за волосы Иваницкий. – Ладно, святоша... Отведу-ка я тебя в полицию. Пускай там с тобой их кавасы занимаются.

-- Не делайте этого ради Бога! Умоляю вас... -- болезненные глаза парня смотрели с раскаянием на грозного дядьку, -- никогда больше не покажусь ни в кофейне, ни возле вашего дома. Даю вам честное благородное слово.

-- Так у тебя ещё и честь осталась? Или это ты на всякий случай держишь. Бога вспоминаешь, когда с чёртом дружба расходится? А если тебя за всё «святое», что ты творишь, да рожей об стенку? Тогда из тебя другие слова посыпятся. Мы вдвоём здесь... – прошептал, -- уловил? Что захочу с тобой и сделаю. – Он старался психологически сломать этого, дрожащего толи от страха, толи от наркотической жажды человека: «Сейчас ещё маленько поднажму и он раскрошится. Не менее важно знать, что там происходит -- в неком криминальном мирке под кофейным прикрытием, -- настраивался на более Николай Николаевич. Он ткнул револьвером в висок связанного и взвёл курок».

-- Не делайте этого! Дайте мне шанс... – продолжал умолять несчастный.

-- Хочу тебя пристрелить. Скажу -- вынужден был это сделать в предотвращении ограбления. Не думаю, что из-за тебя возникнет много возни. А возможно, ты уже у местной полиции на примете и они мне будут только благодарны, что избавил их от одного...

-- Не стреляйте... Впрочем, как хотите, мне уже всё равно, -- опустил голову обречённый на смерть.

-- У тебя есть шанс, единственный и последний. Или используешь его, или... – не собирался отступать Иваницкий.

-- Какой шанс? – спросил с последней надеждой стоящий на коленях. Его грязные редкие волосы слиплися на горячечном лбу: «Что же мне делать... Неужели это мои последние минуты? Хотя какой счёт времени в моей жизни...». Он даже не старался предугадать, о чём его спросит этот -- похожий на бульдога в котелке.

-- Сейчас же всё рассказать. Всё. Без умолку. Иначе у тебя отсюда будут два выхода, о которых я тебе уже говорил. А перед тем ещё кости твои проверю... -- почти прорычал от гнева «бульдог в котелке».

-- Хорошо, хорошо, как вы пожелаете, -- его слабый голос говорил не то с собой, не то отвечал: -- Всё равно пропадать... Живым не оставят. Зачем только я здесь...

-- Лучше с самого начала. Только смотри мне в глаза. Я разгляжу, когда враньё проступать начнёт, -- и с предупреждением бывший жандарм провернул бессильную руку допрашиваемого.

-- Ох... Мне врать нечего. Надоело самому всё... Хочу, чтобы знали о них -- кто они в действительности. Хорошо, слушайте.

-- Уж постарайся, -- холодно добавил «плохой дядька».

-- В Константинополь я приехал этой весной. Сам из Киева. Из разорённой войной семьи... -- мрачно посмотрел, как бы заглянул в прошлое, излагавший свою жизнь, и после короткого молчания продолжил: -- Два моих брата погибли на германском фронте. Сестра с матерью уехали к нашим родственникам в Полтаву. Учился в военном училище, юнкер. Служил в артполку гетмана. А гетман предал нас, сбежал с немцами. Когда Петлюра в город вошёл и началась резня, мы прятались... как крысы, -- он опустил голову, -- в феврале большевистские отряды выбили его из Киева, и мы покинули город. Но на том не закончилось. Попадали то под один удар их формирований, то под другой. Голод, болезни. В результате из нашего полка остались разсредоточённые группы. Каждая по себе решала, что дальше, и командование неизвестно куда делось. Так я с несколькими своими сокурсниками устремились на юг Украины. Надеялись встретиться с регулярными войсками, но только попадали под банды анархистов и побывали в плену у красных. Расстрелять нас хотели. Каким-то чудом удалось бежать. Из семерых осталось трое. Наше устремление скорее напоминало бегство. Вокруг нас, казалось, одни неприятели, в сёлах особенно.

Даже в воде отказывали, когда форму нашу видели. До румынской границы было недалеко. После всего пережитого уже хотелось подальше от войны, лишений. Выбрали мир -- податься в Турцию с новой надеждой, оттуда морем в Америку. Слышали, что в Америке жизнь совсем другая, свободная. Пробирались в Константинополь с недолеченными ранениями, к тому же деньги закончились и всё что можно было обменять на еду: портсигары, кольца... К нашему счастью, почти сразу нашли подработку у торговца на рынке. Работали «хаммалами» -- по-ихнему грузчиками. Работа была тяжёлой, это с учётом наших ран и моей ноги... Затем работал в кофейне у Ибрагима, мыл посуду и полы. Ну и не без того обошлось, -- познакомились с местными... Признаюсь, с дуру надеялись на лёгкие деньги. Короче говоря, втянули они нас в свои дела из-за этого «белого дъявола». Вначале он облегчал боли от ран, потом привыкли и уже только о нём мысли были. И остаются... Они это использовали и заставляли нас воровать. Да и другим способом таких денег не заполучить, а долг у нас перед ними был, и немалый. После нескольких месяцев такой дьявольской жизни двое моих друзей пропали. До сих пор не знаю, где они. Думаю, Ахилла их убил.

-- Постой. Кто такой Ахилла? Не тот ли со шрамом, с кем ты разговаривал в курильной?

-- Тот, -- тяжело вздохнул бедняга и отвёл глаза.

-- Ну-ну, что же ты замолчал? Продолжай, так будет и для тебя лучше. Какой наркотик он тебе давал? И вообще, что там у него? Сколько ты ему задолжал? Ну, продолжай же! -- Иваницкий подтолкнул парня в плечо, хотя в душе стало жаль его. Но не хотел он, чтобы эта своя слабинка стала определяющей, тем более была замечена.

-- Я знаю -- они меня убъют за это. Так как Витю и Юрку.

-- Ты же говорил «уже всё равно тебе»... а сам дрейфишь. Не бойся их. Полиция их арестует, когда узнает. И может, твои друзья найдутся живыми. Всё может быть, -- убеждал парня Иваницкий.

-- Ахилла работает на одного господина, который его снабжает крупными партиями под расчёт. У них своя арифметика, и охрана есть. Ибрагим знает об этом всём. Всё происходит у него на глазах и при его согласии. Я думаю, он тоже работает на того господина, -- дрожащим голосом, нервно кусая губу, продолжал юнкер.

-- Обожди, я тебя преву. Хочешь пить? -- Иваницкий наполнил водой висящую на водопроводном винтеле кружку и приставил к опалённым лихорадкой губам. Он уже чувствовал, что перелом достигнут – «кнут» сработал. Теперь при помощи «пряника», он докопается до всего, что известно этому обездоленному человеку, да и для того же пользы. Но насчёт роли Ибрагима Николай Николаевич был крайне удивлён. Теперь он мог сделать предположение, почему его нанял на работу Ибрагим: «… чтобы всё делать, как он выражается, «тихо», во избежании полиции и ненужных, чтобы лишне никто не тревожил. И моё ограниченное общения выгодно ему».

-- Спасибо, -- надпив, парень с благодарностью посмотрел на дядьку.

Откуда-то Николаю Николаевичу показался знакомым этот учтивый, слегка улыбающий взгляд… Да, точно как и у его сына, и задумался: «Как там они? Что за жизнь у них в это труднейшее время? Наверное, заждалися меня... как и я по ним скучаю...».

-- А зовут, как тебя, сынок? Я ведь тебе хорошего желаю, -- внезапно изменился в голосе Иваницкий и глаза его сделались добрыми и влажными.

-- Валентин. Валентин Крамницкий, -- ответил парень. Он так давно не слышал своего имени, что сейчас вздрогнул от собственных слов.

«Так его имя как и у нашего Вали... Вот да... А какие разные судьбы. Нет сомнений -- этот парень в большом затруднении. Как бы там ни было, а вступление сделано и он уже в моих руках. Для такого важна рядом сила, для уверенности. Я попытаюсь ему помочь, -- решил Николай Николаевич и уже не прерывая, слушал горькую исповедь этого молодого грешника, а глаза наливались лютью от ужасных подробностей.

-- Утверждаешь, живым товаром они торгуют? А как зовут того господина? Не он ли заехал сегодня днём на экипаже? – внимательно глядя в глаза Валентину, спросил Иваницкий.

-- Возможно... Но сегодня я его не видел там. Только с ним Ахилла общается: встречает, провожает его. И Ибрагим тому кланяется. Он поставляет девиц в притоны. Перевозят их морем тайно на торговых суднах. Я с одной из них познакомился. Катей звали.

-- Вот оно что... – участно посмотрел Иваницкий.

-- Между нами любовь была… – волнующим голосом продолжал Валентин: -- Катя мне всё рассказала: как их из Одессы привезли Константинополь... и передавали от одного хозяина к другому, как рабынь. Каждый побольше заработать на них хотел. А кто невыдерживали такую жизнь... Одна девушка вены перерезала себе, вторая утопилась. Понятно? – и искося, как бы стой стороны страданий, посмотрел.

-- Яснее ясного, дружок. Что ещё знаешь? Говори, Валя -- душу очисть, -- подбадривал Иваницкий. И чем дальше он слушал эту страшную исповедь, тем больше проникался жалостью к исковерканной молодой жизни, и не одной такой. «Этот мальчишка, считавший себя везучим, что удалось смерть избежать в боях, -- на чужбине брошен страдать, униженный разной мразью, -- с грустью подводил черту услышанному Иваницкий».

-- Чтобы вы знали: ещё очень опасный человек -- брат Ибрагима, Айтан. Он не одного зарезал. Так мне Юрка рассказывал. Юра присутствовал однажды, когда Айтан в подвале своей мастерской какого-то турка допрашивал. Юра работал на Айтана. Привезли того ночью с мешком на голове, чтобы дорогу не видел куда и где. Юрка говорил, что в долгах тот человек был перед ними. Они на мелких торговцев оброк устанавливают. Затем разъярённый Айтан того бакалейщика полоснул ножом по горлу и приказал Юрке и ещё одному тело сбросить в Босфор. Они на каике отвезли мешок с телом убитого подальше от берега и камень к ногам привязали. Айтан так и говорит -- «на якорь поставить» -- что значит утопить.

-- Ну, добро, добро. А документы у тебя хоть какие-то есть? Я имею ввиду не для полиции. Не бойся. Перспективы для себя видишь хоть какие-то? Конечно, помимо этого... Как жить дальше думаешь? Только начистоту ответь.

-- У Ахиллы мои документы. Он взял их в залог. Хотя я итак никуда не денусь. Привязан я к этому. Зачем только живу... Виктор нас подбил ехать. Говорил: здесь рай для людей – Европа! Жизнь лёгкая будет.

-- Так ты же упоминал Америку?.. – Иваницкий проверяюще посмотрел в глаза Валентина.

-- Какая уже разница, где быть... Вот сейчас думаю: уж лучше бы мы остались там до самого конца. Другие направлялись в Добровольческую Армию... и если погибли, то как люди. Я им завидую. Мы с Катей часто мечтали, что возвратимся на Родину. Я ей гостинцы приносил... – жалостно хмыкнул Валентин.

-- Ну, что мне с тобой делать... – потирал подбородок Иваницкий, -- Скажу тебе одно и то будет тебе мой и совет и запрет: больше в кофейню Ибрагима ни ногой! Понял?! – выговорив, Иваницкий за волосы повернул лицом Валентина. -- Смотри мне в глаза. Ты слышал? Ни-ког-да! – Он развязал руки Валентину. -- Вот тебе немного денег, возьми. Мои сегодняшние чаевые. Постарайся найти себе работу в другом конце города. Я понимаю, что тебе физически тяжело. Сейчас самый ответственный момент в твоей жизни. Сумеешь пересилить свою пагубную привычку – всё изменится к лучшему, вот увидишь. В крайнем случае, если почувствуешь угрозу, найдёшь меня в кофейне. Или лучше запиской передашь через кого-то. Запомнил, что я тебе сейчас сказал? -- Он достал из бумажника деньги и, не считая, переложил в карман кадетской шинели.

-- Я это запомню. Запомню на всю жизнь. Спасибо Вам. Не знаю даже, как Вас зовут... Благодарю Вас за вашу доброту сердечную.

-- Да, скажи ещё одну вещь, Валентин. Здесь, в доме Ибрагима, ты уже кого-то обворовывал? в прошлом?.. Было? А? И Ибрагим знал об этом... Или через Ахиллу посылал тебя на воровство?

Уходя, он оглянулся и через плечо добавил: «Вы всё правильно поняли. Мне больше нечего сказать. Прощайте!».

-- Прощай! Счастливого тебе, Валя! Меня зовут дядей Николаем. Тоже запомни.

«Ну и первый денёк у меня выдался... Кому скажешь -- не поверят. Да и о чём говорить? Всё же не стоит об этом сообщать Ольским, -- рассуждал с собой Николай Николаевич, вынимая вещи из мешка вора, раскладывая на четыре горки: определял, что кому принадлежит. -- О, и мои книги прихватил... Ну Валентин! И одеколон здесь... Нет, на настоящий момент пусть только знают о неудачной попытке воровства. Также нужно держать ухо навостре с Ибрагимом и Айтаном. Взять бы да бросить к чертям это жильё-мольё и кофейню – преступный притон».

Но профессиональное самолюбие пересилило эмоции, неприязнь к криминалу преобладали в нём, заставляя действовать.

*

Резкие порывы кружащего ветра до треска раскачивали ветвистый инжир, гоняя по двору, от стены к стене, корявые листья, перемешанные с сорной пылью. Блеклое солнце выглядывало из-под завала облаков.

И всё-таки он возвратился на свою «кофейную работу», но уже другим «Николаи». Удерживая на ветру шляпу, он завернул за угол в сторону кофейни, и чуть не столкнулся с Клавдией Иларионовной, зашедшей за ключём. Естественно, он не мог с ней вот так на ходу говорить о случившемся, лишь молча передал ключ от жилья и извинился.

-- Николаи, где был долга-долга? Я волновалсь – может, заболел... или что-то плох-плох случился, -- кудахкая, Ибрагим кинул подозрительный взгляд на своего нового работника, но тут же притворно улыбнулся.

-- Да вот голова чего-то заболела... Наверное, от вашего кофе. Перепил его сегодня. Вышел напротив в парк подышать свежим воздухом, -- не задержался с ответом Иваницкий.

-- Бедный-бедный Николаи... – покачал головой Ибрагим, -- ай-ай, голова болит... У меня тож голова болит -- дэнги нет. Дэнги ест – голова не болит. Туда платит надо, сюда платит надо... Голова болит и болит...

«Ну и сволочь же ты... «голова у тебя болит»... Она у тебя ещё не так заболит, подожди-ка..» – сдерживал себя Иваницкий, и чтобы больше не слушать постылую речь, зашёл в курильню для более полезного.

Но ни Ахиллы, ни его дружков уже там не было, и Николаю Николаевичу пришлось ограничиться записью наблюдений в своём блокноте, отмечая время, когда те здесь появлялись и с кем...

Перед тем как идти «домой», Иваницкий зашёл в скверик, где, сидя на скамейке, устало попыхивал трубкой, подставляя лицо под освежаюбщий морской бриз. Уже был поздний вечер, но он не спешил к отдыху, -- нужно было хорошенько обмозговать то, что произошло за день и в дальнейшем как поступать.

*

А его с нетерпением ожидали, не желали начинать ужинать без их Николая Николаевича. Дал он себе знать по-медвежьи прогремев чем-то в коридоре (на удивление, всегда находил чем заявить о своём приходе, как бы уверяя, что и Иваницкий здесь постоялец).

-- Спасибо, что так любезны ко мне, по-семейному. Нужно было, друзья мои, не ждать вам бродягу.

-- Ну, что вы так кисло... – ухаживая за задержавшимся, Клавдия надеялась услышать новостей.

-- Вообще-то врачи не рекомендуют есть перед сном... – хрустнул коржиком Иваницкий, -- так и не знаешь кому верить: им или желудку. Казалось, ничего не делал, а чертовски притомился!

-- А мы вас заждались не только с ужином. Вот, не понятно: или кто-то у нас в комнатах побывал с неким интересом? или же...

-- Или же, Клавдия Иларионовна, это плохой Иваницкий натворил? – таинственно улыбнулся Николай Николаевич.

-- Ради Бога. Но всё разбросанно, будто что-то искали... -- как за помощью, Клавдия Иларионовна неуверенно посмотрела на сидевшего с усталым лицом Николая Николаевича.

-- Чаёк превосходный, сударыня... что за цветочный аромат!.. во истину божественный напиток, -- спокойно, как бы не слыша вопроса, он неторопясь надпивал горячий чай, всё же давая ему преимущество над едой, а заодно и послушать: «Пускай вначале они выговоряться со своими новостями. А то после моих у них может пропасть аппетит».

-- А у нас сегодня был отличный день! К моему мнению вполне может присоединиться Андрей, -- глядя на спокойное лицо Николая Николаевича, как бы располагавшего к откровению, не удержал приятной новости Ольский: -- Суть в том, что, вероятно, намечается контракт на печатание статей в их русскоязычной прессе. Интересуются событиями в России.

-- Уж имеются такие интересы? – недоверчиво улыбнулся Николай Николаевич.

-- По всему видать, что да. Состоялся деловой разговор, в итоге которого мне было и предложено. Ещё они хотят видеть изложение фактов в литературном оформлении.

Иваницкий ответил изумлённым взглядом.

-- Естественно, для простых читателей в данной прихоти есть своя выгода. Здесь такое же обывательское общество – отчасти интересуется политикой, насколько не надоедливо, предпочитая достоверный материал от первоисточников. Вместе с тем слишком утруждать себя скучным чтивом не желают.

-- Поэтому экспериментируют в поиске золотой середины... – пробормотал в чашку Иваницкий.

-- Где-то так, Николай Николаевич, -- укоризненно посмотрел на застольного критика Ольский. -- Из этого можно сделать вывод, что у них нет там своих корреспондентов. Хотя иначе трудно представить.

-- Действительно, кто попрётся под пули ради дешёвой дули. Уж, извините меня за такой каламбур. Ведь их люди не рискованные. Да и как чужаку понять происходящее в многострадальной России? --   согласился со всем и всеми разомлевший Николай Николаевич, всё подливая кипяточка из самоварика. Он уже попробовал к чайку кренделёчки и фруктовый лукум с орешками, и остался приятно впечатлён такой композицией, мысленно прикидывал, во сколько такое удовольствие для мужчин обошлось щедрой женщине.

-- Совершенно верно, иначе бы не предложили, -- и раскрепощённым голосом продолжил Ольский: -- Под настроение, побродил по городу... Здесь некоторые обветшалые дома хранят античные фрагменты в виде уцелевших фресок. Вполне возможно, что в своё время на их месте красовались дворцы. Нам нужно будет выбрать время и обязательно сходить посмотреть на всё интереснейшее, что есть в Константинополе. Я уже заручился согласиями двоих, -- Ольский посмотрел на сестру и Андрея, -- теперь слово за третьим.

-- Слово третьего будет после ваших. Уж лучше Герадота перед сном почитать... – зевнул преверженец реальности. -- Превосходное печенье. Примите мою благодарность, внимательнейшая Клавдия Иларионовна, чай получился исключительным. -- С признательностью за домашний комфорт, Николай Николаевич испытывал истинное удовольствие от такого чаепития. После сытого обеда в кофейне ему хотелось лишь лакомиться, слушая что-то интересное, или пускай пустяковое.

-- На здоровье. Вы ещё попробуйте корзинок, -- пододвинула блюдо к любителю выпечек Клавдия. -- А я вот прошлась по базарам... выбор скуден, почти никакой. Лишь слыхала от торговцев какое прежде было изобилие в это время винограда и дынь всех сортов и оттенков; какие-то восточные сладости в сахарной пудре... Тут невольно вспомились московские базары.

-- Не скажите, милая. У нас была своя специфика, рассчитанная на умеющего поесть. Одной только рыбы скольких видов!.. С Северноморья и Каспия везли. А сельди какие изумительнейшие на выбор любой – от северных до южных... Я обожал астраханскую. Ну, а в Охотном ряду у вас, в Москве, выбор мяса и птицы был великолепен! Сам как-то удостоверился, когда гостил с семьёй у родственников.

Огромного гуся купили на начинку, и рёбрышек под зажарку с луком. Да, я обожал их свеженьких с лучком на сковородке поджарить. К варёному картофелю хороши... По-простяцки их с солёными огурчиками и грибками. Ну и, разумеется, чтобы на столе стоял графинчик симпатический. Мы ещё и на грибной рынок ходили, если память не изменяет, у Москвы-реки был. Ох и супец варила Варя нам! Сейчас чую его обворожительный запах. А вы спросите: или здесь знают о белых грибах? Или о морошке солёной слыхали... или землянике со сливками. Настоящей лесной! Не думаю, чтобы здесь леса были, хоть какие-нибудь. -- Закончив о съестном, Иваницкий промокнул губы салфеткой.

-- Леса, может быть, и есть... а вот ваши вспоминания, уважаемый Николай Николаевич, в унисон нашему аппетиту... – заметив, Всеволод Иларионович беспощадно расправлялся с костями тушёной баранины, облепленной кольцами перчёного лучка, -- замечательно жена Ибрагима готовит... хотя мяса на них мало... Поскольку вы упомянули о грибах, признаюсь вам, что мои -- маслята. Если их удачно приготовить о всём забудешь!

-- Встретила одно объявление в газете: требуется в семью учительница русского языка с музыкальными знаниями. Я уже по карте высмотрела, где это. Не так далеко от нас. Что скажите? – поделилась своей новостью Клавдия Иларионовна.

Ольский лишь одобрительно промычал, лакомясь кремовой корзинкой с вишенкой: «Клавочка – волшебница! в голод нас баловать подобными вкуснятинами... Не удивлюсь, если завтра скажет, что деньги у нас закончились...»

-- Лично я считаю, что исконное место женщины у семейного очага. Тем более, когда мужчины при работе, -- высказал со своим на уме Иваницкий и уже ближе к сути: -- А во-вторых, у нас положение-с... как бы вам сказать, деликатнейшее. Ведь мы, к сожалению, не можем оставить на весь день жильё наше. Хорошо, раз уж одно к другому, тогда слушайте. -- В предверии непростой беседы, с позволения дамы, Николай Николаевич расстегнул верхние пуговицы жилетки. -- Ещё раз Клавдия Иларионовна, заботливая вы наша, благодарю за чай в самом расширенном понимании.

-- Даже «расширенном»?.. -- улыбнулась, -- На здоровье вам, Николай Николевич! Но ведь вы толком и не поели... -- принимая благодарность, предложила хозяйка.

-- Благодарствую, -- ответил Иваницкий, косясь на обглоданные кости в тарелке Всеволода Иларионовича, -- я преприятно сыт, -- и достал табачку.

Закурили.

-- Так вот, господа, сегодня днём нас пытались обворовать... – сказал Николай Николаевич и сощурился на дым.

В ответ -- застывший ужас в глазах Клавдии; брат смотрел недоумевающе, всё ещё находясь под впечатлением «сладких корзинок».

-- Да-с. Ничего в этом нет странного, тем более на раздорожьи, где мы находимся. Так уж заведено в жизни, что мужчин выручает женщина. А наблюдательности с прозорливостью вам, уважаемая Клавдия Иларионовна, не заимствовать. Так что после сказочного ужина и за это вас надо благодарить. Вторжением в нашу обитель и объясняется замеченный вами хаос.

-- ?!

-- К счастью, я вора задержал, -- спокойнее продолжил Иваницкий, наподобие промежутка перед следующим виражом, -- некоторые из вещей и принадлежностей неразложены, ещё лежат в воровском мешке, под кроватью господина Ольского.

-- Невероятно... чтобы в первый же день такое... будто уготованно... Подозрительно. – что мог выговорить побледневший Ольский и, вытянув из-под кровати упомянутый мешок, разочарованно смотрел на него.

-- Вот именно! Ещё как подозрительно! – показательно подошёл к окну криминалист: -- Хочу обратить ваше внимание на отсутствие шпингалетов. Не странно ли? Запросто поддел гвоздиком -- и окошко распахнулось... на милость воришкам. А из сего исходит, что с Ибрагимом и его братом нужно держаться остожнейшим образом, так что ваше дневное пребывание в доме просто необходимо, Клавдия Иларионовна. А то мы с вами не только до Парижа не доедем, а и извозчика не на что нанять будет.

-- Ну, что вы, Николай Николаевич... Это уж вы слишком. Благодаря доброте Ибрагима Андрюша работает, и я должен быть ему благодарен. Никак мне не верится... – для поддержки Всеволод Иларионович посмотрел на Клавдию, -- Извольте, по каким-то окнам без шпингалетов о человеке так судить... Даже после случившегося.

-- Не по каким-то, Всеволод Иларионович, а теми, через которые к нам вор забрался. Причём знал -- куда идёт и за чем. Большего я вам пока сказать не могу. Извините, сожалею, но таковы мои правила, -- замкнулся на сказанном Иваницкий.

-- Постойте, уважаемый наш детектив, не намекаете ли вы, что грабёж был организован с согласия хозяина дома? – пытаясь найти ответ на недоговорённое, Клавдия Иларионовна растерянно смотрела то на загадочно улыбающегося Иваницкого, то на озадаченного брата.

-- Не блудный же кот запрыгнул и натворил всё это? – засмеялся Николай Николаевич. -- Между прочим, я вас за прозорливость похвалил. Между прочим, что это значит на местном, -- он повторил Клавдии Иларионовне услышанное в курильне по записи в блокноте. Она открыла словарик и спустя несколько минут перевела насколько получилось:

-- Это просьба: «можно ли иметь ещё?».

-- Тото и оно, -- ответил удовлетворённый услышанным. Теперь он находил себя действительно при деле: завтрашний денёк должен вырисовать кое-что ещё...

Андрей наблюдал за происходящим достаточно понятливо: войдя в комнату, он не нашёл на своём месте старую резную шкатулку, с лежавшими в ней памятными вещами родителей и фотографией Маши. Да и беспорядок в комнате был легко заметен. Предполагал, что уважаемый Николай Николаевич всё же знает больше.

-- Но ведь это против всякой логики. Чтобы сдающий жильё, так дружески расположен к нам, был способен на такую низость? Нет, нужно не спешить с выводами. Легче простого незаслуженно опорочить честного человека. Он к нам с такой наивной теплотой... Кто знает, отчего тех шпингалетов нету на окнах. Может, здесь у них  такой  обычай,  или их вообще не было, -- Клавдия Иларионовна уж никак не могла представить себе доброго Ибрагима в роли грабителя.

-- Сеи «обычаи» у них настолько хороши, что дальше уже некуда! -- съязвил Иваницкий, самодовольно пряча за насмешливой улыбкой разгадку, -- как не понять простого: он создавал себе ширму! маску эдакого бескорыстного святоши... Сейчас зайдёт: «Ох-ох! Как дела? Хорош, да? А мне плох-плох...». Раз я вам говорю, значит есть повод на то. К сожалению, больше сказать не могу. Понятно, у вас возникают сомнения, естественные иллюзии бескорыстной доброты. А у меня от возни с таким народцем мозолик добренький натёрся. Вдобавок вам скажу, что и еду оставлять нельзя, не говоря уже, что столоваться.

Бедный Всеволод Иларионович взялся за живот: как бы «барашек» не выпрыгнул от таких слов.

-- Да-с. Могут легко отравить. Да и по всем канонам предусмотрительности следовало бы нам съехать отсюда... -- продолжая по теме, Николай Николаевич и сам испытывал неприятное, но лучшего варианта пока не видел.

-- Нда... весёленькое вы нам на десерт приготовили, дорогой Николай Николаевич. Ради Бога, не подумайте, что видим в этом вашу излишнюю подозрительность. Наоборот, только благодарны вам. И, конечно же, доверяем опыту, -- сказанное Ольский скрепил откровеннейшим взглядом.

-- Хотелось бы, Всеволод Иларионович. Лучше заранее быть предупредительным, чем в последствии -- плачевным. Вы же юрист, и со стажем, -- что же вам ново в подобной ситуации? Может быть, просто она несколько изощрённей вами встречавшихся? -- спокойно ответил Иваницкий.

-- Встречалось, скажем, многое, -- недовольно ответил доверчивый Всеволод Иларионович.

А опечаленная Клавдия Иларионовна разбиралась с вещами, аккуратно складывая их в прежнем порядке в комод.

-- Как будто всё на месте. Там, Сева, остались твои портсигары, коробка с табаком, галстуки... и вот фото какой-то девушки... -- Клавдия облегчённо вздохнула, найдя своё имущество в целости и сохранности, -- даже мои чулки тот негодяй стащить хотел... Никакого мужского достоинства.

-- Что ещё за фотография?.. – Ольский поднялся, более удивлёный такой новостью, чем уцелевшим серебряным портсигарам. – Так-с, носки и галстуки мои... а табак в английской упаковке, видать, ваш, Николай Николаевич... впрочем, как и эта фотография. Наверное, вашего сына. «Дорогому и любимому Вале от Кати Нежиной», -- прошу вас, Николай Николаевич.

-- Ах вот оно что!.. – Иваницкий взял небольшую фотографию с гнутыми уголками, бегло посмотрел и переложил себе в бумажник. «Не иначе как выпала из кармана Валентина... или же он специально оставил...» – строил предположения Иваницкий. -- Ещё одно упоминание к сказанному мной. Всё что услышали нужно держать в тайне, для нашей же безопасности. Ну, а теперь можно и об отдыхе подумать. Кстати, с первым нас днём на гостеприимной земле! Вернее, уже со вторым... – со свойственным сарказмом подшутил Иваницкий и начал готовится ко сну.

-- Спокойной ночи, дорогой Николай Николаевич! Мы вам несказанно благодарны за вашу услугу, -- попрощалась уносящая с собой дух комфорта Клавдия Иларионовна. Подумалось о «шпингалетах», -- так что окошко на ночь уж закроет поплотнее.

-- Разделяю с вами, -- промурлыкал в ответ, укрываясь одеялом, Николай Николаевич.

-- Вы спите, а я ещё посижу над работой, -- обещание держал. Всё же, несмотря на неприятное, зачисляю прошедший день в положительный.

-- С божьим благословением, дорогой Всеволод Илларионович. В своём изложении о сегодняшнем происшествии можете не упоминать. К таким событиям у них, наверняка, притупился интерес. Разумеется, мы сегодня были не первыми и не последними. А вообще-то удивлён услышанному от вас. Война уже пятый год... казалось бы, всем до невыносимости осточертела... а у людей всё ещё интерес читать о страданиях, проливаемой крови... Невольно, лишний раз убеждаешься, что человек по сути своей крайне испорченное существо.

-- Можно сожалеть, что мы одни из них, уважаемый и придирчивый. Что нам пожелать насчёт сего, так это не забывать о самокритике и стараться быть не слишком уродливыми в поступках. -- Не услышав ответа, он обернулся к позднему собеседнику лишь удостовериться, что тот уже спит, и приступил к своему «писарскому занятию».

Не такая уж далёкая жизнь вновь предстала перед глазами: «Холодная Москва. Голод. Преступность. Аресты, облавы на рынках. Народ в духовном разброде. Одни поддаются на большевистскую пропаганду, дабы выжить, иные своё выживание находили в затворничестве, страхе быть собой. Суета в поисках выхода из тупикового положения, отчаяние выжить среди невоспринимаемого, тщетные попытки доказать, что ты человек, непохожий на них – одинаковых, и -- бегство... Предшествовавшие военные события: уличные бои за Москву, район за районом... В результате большевики взяли власть над городом. С февраля их правительство переезжает из Петрограда в Москву, в связи с этим ужесточаются меры, в том числе политнасилие, провозглашённое ими якобы от имени трудового народа и революции. Общество разрознённое как никогда прежде. Насильственно ломаются культурные традиции, конфискации собственностей... Закрывают музеи, учебные заведения. Новой властью провозглашаются сомнительные идеалы, в которых и сами провозлашатели толком-то не разобрались. Классические стандарты вытесняются модернизмом, рациональной неразберихой. Формы и содержания новых творителей откровенно непонятны, злостны и черны... завуалированны какой-то смутной идеей, невоспримчивы до уродств и отвратительности...» -- Он писал без остановки, стараясь успевать за мыслями, эмоциями, часто приводя живые примеры происшедшего с ним и что не мог по-совести своей обойти, сам удивляясь, сколько у него было чего рассказать... А он всего лишь задел пером наболевшее. И всё невысказанное, хранимое в сердце, рвалось на волю. Но всё же сдерживал себя в оценке, разделяя личное с общим. И когда взглянул на часы -- было уже далеко за полночь.

Книга Андрея лежала закрытой на тумбочке, а сам он, отвернувшись от света лампы.

Ольский подошёл к окну, вглядываясь в ночь, зарисовавшую всё тёмно-синими красками. На ветру оживали тени: многорукая, как будда, смаковница махала кому-то вдаль, как бы провожая в дорогу... косые верхушки кипарисов склонялись как встретившиеся монахи...

«...и звёзды здесь совсем непохожи на наши, -- осколками светят холодно. У нас они были отдалённые, романтические... тонкий хрусталь, – и спохватился на «были» -- неужели всё прошло... перечеркнуто. Это небо – другое, как и всё остальное. Или это глаза другие?.. А Иваницкий прав: что увезли с собой, тем и живём. Одиноко. Днём не так ощутимо, когда среди людей, а сам с собой остаёшься... невыносимо. Зачем я здесь? куда бегу? То, что раньше было наполненно смыслом -- утеряно. Отчего я здесь оказался -- среди чужого, кому сердце не откроешь. Обидели... места не нашлось... А вот другие жизни отдают за то, что мы оставили. Происшедшее кажется сном, ужасным сном. Хотя память относительное понятие, сугубо личное. Россия же живёт днём сегодняшним, не вспоминая нас. И вот предоставилась возможность быть услышанным, публично высказаться. Получается, что от имени многих. Имею ли на это право -- утверждать за людей, пускай даже родных? Можно считать -- я это делаю ради выгодного контракта. Гнусно подумать. Нет, конечно же, нет!. О деньгах здесь и речи не может быть. Я бы и без материального интереса согласился, именно во имя памяти тех, кого нет с нами... И ещё дань тому, что не возвратится, никогда...»

Он прислушался в будто откуда-то доносившийся женский плач, терявшийся в завывании ветра. «Наверное, это мне чудиться... просто, ветер деревьями шумит. Уже проходит осень... без прежних обожаний её картинок... А здесь довольно холодно, это несмотря на географический юг. Условности. Пора уже и мне уже спать. Нужно пораньше подняться, многие мои надежды должны решиться. Так пожелаю себе их свершение. Счастливого тебе, Всеволод Иларионович, нового дня».

9

*Определённый интерес*

На пороге художественного салона Андрея встретил косматый парень в простой одежде, похожий на разнорабочего, с прячущим, стеснительным взглядом, как бы смотрящим вскользь. Звали его Рахман -- один из знакомых месье Рошто, знавший жесты немых. Хозяин специально пригласил его помочь в общении со своим новым перспективным работником. И объяснять Андрею в тот день было чего. В крайней в салоне комнате-мастерской его уже ожидала работа, – близкий друг Жан-Пьера желал иметь портрет своей ненаглядной внученьки.

Тем любящим дедушкой был Поль Руанье, влиятельный господин, неизменный председатель крупной финансово-промышленной компании, до войны проводившей успешные торгово-кредитные операции. Его тесные деловые связи распространялись весьма далеко, включая торгового атташе французского консульства. И в период войны Поль Руанье, благодаря своей предприимчивой одарённости, не упустил выгодны переориентироваться на военный лад; развиваясь, вкладывал деньги в медицинскую отрасль и фармацевтику. Он открыл также протезные мастерские, но не из расчёта прибыльности, -- просто искренне сожалел, что война беспощадно калечит людей, и инвалиды нуждаются первоочередной помощи именно этой отрасли. Уже много лет Поль Руанье как в Константинополе. Ему нравится здесь жить! «Восточный оазис Европы», -- любит повторять он. Этот стратегический торговый центр со времён процветающей Византии привлёк его внимание не только как бизнесмена. Замечательный город своими изумительными культурно-историческими местами, где уживались современность Европы с восточными традициями, античной архитектурой и уникальными памятниками истории покорил сердце ценителя прекрасного. Много из стамбульцев, простых горожан, были его приятелями, и это независимо от исключительности своего влияния и материального положения. В общении он старался быть ровней, не выдавая превосходства богача. О Поль был стратег! Замечая способности начинающих в бизнесе, он помогал им стать его партнёрами, и от этого только выигрывали обе стороны. Общительный характер месье Руанье позволял ему легко заводить знакомства с интересными людьми, часто перероставшие в дружеские отношения. И, естественно, он не мог не быть клиентом одного из лучших художественных салонов Константинополя. Большой знаток и ценитель искусства, Поль Руанье имел превосходную подборку картин, скульптур, редкого антиквариата, достойной короной украшавших его особняк, расположенный в одном из знатных кварталов Перы. Но самым большим сокровищем он признавал свою четырёхлетнюю внучку от единственной дочери, состоящей замужем за офицером французской армии. И вот эта жестокая война печально отразилась на судьбе ребёнка. С самого рождения крошка так и не видела своего отца... До войны тот служил офицером охраны в французском посольстве, и когда Франция объявила войну Турции, был отозван для участия в военных действиях. Тёплые письма супруги, милые фотографии её с Николь согревали храброе сердце француза, воевавшего где-то на колониальных землях за интересы Франции. Между прочим, у любящего дедушки Поля давно жила идея написания портретов обожаемой внучки. Но из-за своего требовательного вкуса и взглядов, принципиальный дедушка хотел, чтобы таким художником, помимо присущего таланта, был человек чистой души. Так как был убеждён в тесной связи духовного и материального, а точнее -- источник происхождения второго от первого.

И когда дорогой друг Жан-Пьер сообщил ему о именно таком человеке, господин Руанье тут же, оставив всё, поспешил со своей маленькой Николь знакомиться с молодым русским художником. Он был дружен с месье Рошто «пол жизни» -- как любил шутить, знал, что тот ему зря хвалить кого-то не станет, тем более в таком личном вопросе.

*

Хозяин художественного салона принимал уважаемых гостей. Серебристые змейки поднимались над чашечками с ароматным кофе, на фарфоровых блюдцах обнажали розовую нежность ломтики бисквита... Пахло дорогим табаком. За тусклым стеклом окна, по другую сторону жизни, серел тысячелетний Константинополь.

-- Сугубо интуитивно я чувствую доверие к русским мастерам, дорогой мой друг, -- признался Поль, благодарно глядя на Жан-Пьера, -- хотите знать почему такая странность? У русских особенной восприимчивости душа. Она свободна в выражении и вместе с тем сентиментальная, чувствительная к состраданию, искренняя в дружеском расположении. И это вместе с посвящённой верой. К тому же у них своя особенная школа живописи, передающая характер великого народа.

Жан-Пьер ответил взглядом, ищущим сходство с услышанном, что-то похоже, как смотрят на жеребца, определяя породность. Ум собеседника лишь отдал дань такому вниманию, отнеся его на достоинство.

-- Я замечаю в этом даже некую схожесть с фламандцами, -- невозмутимо продолжал месье Руанье, -- а возможно, и глубже -- более естественное. Как я уверен, это исходит от откровения. Их набожность на лицах, и с ней чистота души. Мне нравилось бывать в России. Несравненная страна. Если у нас в Европе можно группировать государства по присущим общим признакам, так русские стоят своенравным особняком. Возможно из этого исходят корни их трагического настоящего.

-- Могу к вашим словам, дорогой Поль, добавить, что вы в этом молодом таланте встретите свои требования, -- озарил улыбкой друга Жан-Пьер, -- я ведь тоже личным качествам придаю значение, потому вам и рекомендую его. В глазах этого парня его душа.

-- Благодарю. Вы меня заинтриговали. Похоже, он будет первым мастером, которому моя Николь доверит своё милое личико, -- улыбнулся дедушка и нежно посмотрел на сидящую возле с серьёзным личиком Николь. -- Простите, как зовут этого художника?

-- Андрэ Горяк, -- признательно ответил господин Рошто, -- зрелый талант в противовес скромности. Ещё одна особенность этого парня -- он немой.

Приятное удивление на лице Поля Руанье сменила озабоченность.

-- Но я надеюсь это не причина для сомнений. Естественно, он требует соответственного общения. Мм... это единственное неудобство... не такое и значительное, -- уверял Жан-Пьер.

-- Понятно. Возможно, в этом одно другое обуславливает... – на мгновение задумался господин Руанье. Кстати, по лицу этого человека невозможно было определить его мысли, даже близким ему не удавалось, всегда оно смотрело невозмутимо, скрывая чувства. Он повернулся к Николь и что-то прошептал ей на ушко. После чего девочка взяла салфетку и самостоятельно вытерла от крема ротик и пальчики. Дедушка уважал самостоятельность ребёнка, -- это тешило сердце.

Между тем Поль глянул на часы:

-- Так где же наш Андрэ? Красота моей внученьки не терпит пренебрежений. Верно, детка? – дедушка не удержался, чтобы не поцеловать румяную детскую щёчку.

\*

А о ком был разговор, оказался больше удивлён, чем взволнован, -- ему сразу предложена настоящая работа, тем более такая ответственная: ведь он ещё никогда в жизни не рисовал под заказ. Это не считая его работы в реставрационной и некоторых картин, выполненных для сельской школы, тогда были другие мотивации. Хотя ещё вчера, уходя из салона, по выражению лица хозяина предчувствовал, что на завтра ему приготовлено что-то особенное. «Сумею ли оправдать доверие? Здесь важно больше, чем удовлетворить запрос заказчика. Сухая благодарность достойна посредственной работы. А вот когда вижу искринку восхищения в глазах -- это уже иное дело.

Л. Хайченко Берег турецкий

Чтобы рисовать портрет, в первую очередь нужно определить настроение человека и согласно этому задать тон...»

Андрей вынул из сумки краски, доверяя только своим, привезённым; наметил холст из стоявших у стенки, и только после этого зашёл с Рахманом к хозяину. Господин Рошто представил художника своим гостям. Поль Руанье передал через Рахмана свои приветствия, пожелал успеха. И в благодарность за внимание ответил учтивым поклоном. Больше он знакомился с предложенным милым объектом рисования, -- сидевшей с плюшевым медвежёнком в руках, и все его сомнения развеялись, встретив сдержанную улыбку детских глаз. «Это умный ребёнок» -- определил хваткий взор художника. Он наблюдал как Николь рассматривала своими большими карими глазами новую для неё обстановку художественной мастерской.

Ей было известно зачем дедушка привёл её сюда и воспринимала его слова по-взрослому. Николь сидела на коленях дедушки, а он шептал ей на ушко что-то интересное, на что она согласительно кивала светлокудрой головкой и улыбалась. Бледно-розовый бант был повязан под кружевным воротничком синего бархатного платьица и голубые ленточки, вплетённые в пряди волос, спускались шёлковыми завитками. На подбадривающий взгляд художника Николь улыбнулась ямочками щёчек.

Убедившись, что внучка находится в нужном настроении, дедушка пересадил её на специально привезённый с собой высокий стул, поставленный посредине мастерской, ближе к окну. А чтобы не отвлекать взгляда Николь, дедушка Поль пересел на диван, стоявший напротив, под стеной.

Андрей расположился между ними и с божьей помощью приступил к работе. Он был удовлетворён сосредоточенным спокойствием ребёнка, понимая, что во многом успех портрета зависит и от её поведения, -- ведь детке трудно усидеть в одной позе. Поэтому художник разбил сеанс рисования на три части с небольшими перерывами для отдыха, впрочем, их продолжительность зависела от счастливых внучки и дедушки. О, они произвели на Андрея впечатление людей особо респектабельных, подобных которым он видел в Москве шиком проезжавших на дорогих английских автомобилях. Кроме того, при знакомстве он ощутил, наряду с уважительным отношением к себе, что этот дедушка был исключительно осведомлён во всём к чему обращён его интерес. Внутренней силой веяло от этого пожилого господина, его умным глазам было достаточно короткого взгляда, чтобы проникнуться новым и, мигом разобравшись в происходящем, оценить результат. «Такие люди вершат большие дела. Они могущественны, -- делал вывод Андрей, -- их слушают, соглашаются и доверяют, а кто против, тот желает себе плохого, ибо истина заведомо на противоположной стороне. И если этот господин доверил мне рисовать портрет своей внучки, значит он разглядел во мне достойного. Такие знают цену каждому своему шагу. И заслуга месье Рошто, что именно мне поручена эта работа».

\*

В перерыве к ним заглянул господин Рошто, пригласив всех на лёгкий завтрак, но Андрей понимал, что этот перерыв только для них, а ему есть чем заняться перед тем как вновь встретить чудного ребёнка с взрослым отношением к делу. Именно так оценил художник терпеливость Николь, её понимание насколько это важно.

Они возвратились после краткого отдыха, и Николь заняла своё место на стульчике перед дядей с кисточкой в руке и холстом на подставке. А дедушка Поль и дядя Жан-Пьер, разместились с разговором на диване.

-- Позвольте заметить, дорогой Жан-Пьер, Андрэ именно тот человек, которого я и представлял себе. Важно то, что Николь это почувствовала. Обычно она непоседа. Хотя все дети в её возрасте такие, а вот он нашёл с ней контакт. С ним легко работается, и временем умно распорядился: чтобы и нам не в тягость ждать и самому успеть. Вы утверждаете, что он немой? – как бы недоверчиво посмотрел заказчик, -- что за вздор! Его глаза -- говорят. По крайней мере я по ним узнал нужное. Добрый человек. Дети особенно чувствительны к доброте, потому и расположены соответственно. Если дочери понравится этот первый портрет, закажу ещё несколько.

-- О да, Поль! Вы будете удовлетворены его работой. Руку этого художника я оценил с первых же штрихов. Рад что наконец-то вы встретили такого человека, иначе бы я не беспокоил вас. Эта мысль мне пришла первоочерёдной. Андрэ здесь только первый день, а уже имею представление о нём.

-- Я вот подумал: с вашего бы согласия пригласить его к нам -- написать совместный портрет Жаннэт и Николь. И ещё, было бы отлично, если бы ваш Андрэ выполнил один из портретов матери и дочери в неоклассическом стиле... что-то в виде древнегреческой идиллии... Интересно, как бы он это решил... Здесь огромное значение, наряду с мастерством художника, имеет интеллект, воображение. Это важнейшие сопутствующие настоящего успеха.

-- Целиком согласен, дорогой Поль. Без эстетического вкуса настоящий художник не может состояться. И усердию Андрэ не занимать. Он вчера так заработался, что незаметил как я собирался закрывать салон. С огромным желанием работает, увлечённо. Безусловно, вы можете рассчитывать не на одну его работу, -- вдохновенно ответил Жан-Пьер.

-- Спасибо, друг! Увы, настоящее время, к сожалению, предоставляет нам мало радостей... -- вздохнул Поль Руанье.

-- Да, война заслоняет всё. Если так ещё будет продолжаться, перейдут на рисование одних пушек с бомбами. Живых не останется... – гримаса горькой иронии отразилась на лице месье Рошто.

-- Это так. Видя молодых инвалидов, кроме гордости за этих парней испытываешь злость на тех, кто посылает на смерть. Но как иначе можно завершить войну?.. – В данную минуту господин Руанье был похож на обычного обывателя с уличной толпы, ненавязчиво обсуждавшей последние новости.

-- Без последнего победного выстрела не закончится.

-- Я ведь, в первую очередь, ради помощи покалеченным открыл протезные предприятия, а не из-за наживы, как некоторые говорят. Да, до меня доходят слухи завистников. Пришло время всем утихомириться. Нужно искать подходы к мирному сожительству согласованием различностей и спорных вопросов. Это уже поняли по обеим сторонам окопов. Скажу вам как близкому другу, что узнал из конфедециальных источников: Турция просит мир... Сильно её потрепали в Палестине и Сирии. Существует предварительная договорённость между союзными странами о послевоенном разделе империи. Между кем делёж будет происходить, не трудно догадаться, -- он заглянул в глаза Жан-Пьера как-то особенно, известно только ему, и на того молчание продолжил: -- И если так произойдёт, тогда вспыхнут новые националистические волнения.

-- Вне сомнения, все беды снова лягут на инородцев. Горестный пример с армянами и греками известен, -- сдержанно ответил Жан-Пьер, обходя политические рифы. Его взгляд выражал расчётливое уважение к мнению собеседника.

-- Англия и Франция постараются поскорее окрепнуть после войны, набрать былую мощь... – продолжал стратег Поль, -- а вот Германия ослаблена революционными событиями. Её, как зачинщицу, к тому же использующую отвратительные методы, просто дожмут условиями. Так что можно в ближайшее время ожидать окончания этой беспощаднейшей из воен.

-- Действительно, куда уж дальше. Ко всему угроза эпидемии. Такие новости -- хоть газет не открывай.

-- Этот страшный грипп приравнивают со вспышкой чумы, однажды «погулявшей» в Европе. В восточных странах его так и называют, – и возвратился обратно к войне: -- О, бедная Франция... Германия понимает, что ей не простят применение хлора, как и пушечный обстрел Парижа. Такое варварство...

-- Между прочим, Андрэ вместе со своими близкими намерены иммигрировать в Париж. Господин Ольский, о котором я вам уже говорил, в нескольких словах упомянул об этом, -- старался сменить неприятную тему месье Рошго..

-- Массовая миграция населения -- вторая мировая эпидемия. Люди вынуждены покидать родные места, оставлять всё нажитое, и более – терять часть самого себя. Их, гонимых ветрами голода и воен, можно понять. Ведь с древних времён жили здесь в мире многие народы, культура к культуре. И вдруг считать всех от мала до велика врагами. Армяне спасаются от смерти бегством, ищут защиту в других странах. Невообразимое происходит. Неуправляемый произвол толкает мир к Апокалипсису. Необходимы международные усилия предотвращать подобное. Европы будущее -- мир.

Тем временем скучающая от одинокого сидения Николь начала ёрзаться на стуле... с обидой смотрела на отвлечённого беседой дедушку. Затем спустилась со стула на пол, не выпуская из-под руки плюшевого медвежонка, и подбежала к дивану.

-- Моя прелесть, прости меня! Твой невнимательный дедушка совсем позабыл о тебе... Ты, наверное, уже приустала? Хочешь домой?

Но вначале Николь взобралась к ним на диван, а уже после серьёзно посмотрела на дедушку:

-- Я хочу -- чтобы дядя художник нарисовал моего мишку на стуле...

-- Ха-ха! – ублажённый откровением внучки, Поль посмотрел на Жан-Пьера.

-- Дети есть дети... – подтвердил тот известное и добавил: -- но ваша Николь особенный ребёнок. Иной на её месте сразу капризничать начал бы или вообще не соглашался, а она, бедняжка, покорно сидела на стульчике...

-- И я тоже хочу рисовать красками... – уже более настоятельно потребовала Николь, подглядывая на свой будущий портрет и склонившегося над ним дядю-художника. Она спрыгнула с дивана и подошла поближе, не упустив случая и себе мокнуть пальчик в краску.

-- Простите нас, господа. Как видим, нам уже пора, -- извиняясь, дедушка поспешил к внучке с платочком. -- Поедем домой, Ника. Ты там сможешь рисовать своего медвежонка, как это делает дядя художник. А сейчас поблагодари дядю Андрэ за его старания. Завтра мы с тобой сюда возвратимся.

-- Непременно, Николь! Мы вас будем ожидать. И не забудь, пожайлуста, своего симпатичного медведика. -- Жан-Пьер старался быть серьёзным в шутке с понятливым ребёнком.

Поль сиял. Он подошёл к мольберту и с признательностью пожал руку художнику. Затем, раскрыв бумажник, достал пару крупных купюр: «Это вам, Андрэ, от Николь... – но тут же вспомнив предупреждение Жан-Пьера, с сожалением вздохнул и ещё раз потряс по-русски руку этому одарённому человеку, вложив в неё деньги».

## 10
### *Деловое начало*

Со времени занятости в своей адвокатской конторе и хозяйствении в имении, Всеволод Ольский не испытывал себя таким востребованным как в это утро встречи с редактором русской газеты.

Вошедшего господина Ольского встретил как своего давнего друга с распахнутыми объятиями Кристофер Каридис. В его в кабинете уже находился тот, кто был им необходим, сопроводивший вошедшего приятным взглядом ярко-синих глаз. Одет он был совсем неприхотливо для своего положения: тёмно-серый костюм простого фасона, и не из новых. Внешне -- рядовой чиновник. «Разве, что его буйные усы, вроде у бравых пожарников, впечатляли. Такие на детских картинках часто встречаются, -- заметил про себя Ольский».

-- Позвольте мне представить вас, господа, -- предложил деловой Кристофер Каридис.

На призыв организатора встречи, сидящий с боку стола приподнялся и с открытой улыбкой уважительно подал руку для знакомства.

-- Редактор газеты «Глас Родины» -- Денис Афанасьевич Головиных. Прошу, Всеволод Иларионович, жаловать. Господин Ольский буквально пару дней как из России, соответственно привёз с собой массу свежих фактов, которыми намерен поделиться с читателями вашей газеты. Вчера мы провели подготовительную работу. Я объяснил господину Ольскому, что от него ожидается. И судя     по его бодрому виду, он пришёл не с пустыми руками! Верно, Всеволод Иларионович?

-- Вы совершенно правы, уважаемый Кристофер, -- Ольский продолжил на предложенном для общего понимания английском. -- Я подготовил часть материала -- что, с вашего позволения, может стать вступлением для последующего изложения. Разумеется, если этот материал вам подойдёт по содержанию. Старался лаконично подать свою версию. Здесь вы можете ознакомиться с моими записями. Ну и при вашей заинтересованности продолжим..

Ольский вручил редактору газеты исписанную тетрадку и дополнил сказанное на русском:

-- Здесь, Денис Афанасьевич, охвачен период с осени минувшего года. Возможно, по вашему мнению, следует дополнительно на чём-то сконцентрироваться, а что и упустить, -- я приму во внимание.

-- Так-так... очень хорошо, -- оживился Денис Афанасьевич от первых прочтённых строк, -- прошу вас предоставить мне несколько минут, -- бегло читая, он перелистывал страницы.

-- Вы извините нас, уважаемый Кристофер, что мы между собой на русском. Так уж вырвалось. Дальше я постараюсь призвать все мои знания английского, чтобы не заставлять вас скучать.

-- Да что вы, Всеволод Иларионович! Мне понятны ваши чувства, -- встретить соотечественника. На вашем месте я вообще бы начал с греческого, -- засмеялся господин Каридис.

-- Неплохо... в целом неплохо, -- не отрываясь от исписанных мелким почерком страниц, бормотал себе увлечённый Головиных. И спустя минуты уже более определённо обратился к автору: -- Но данный материал требует незначительного подредактирования. Например, устранить некие шероховатости в тексте. Хотя не отрицаю и ваш стиль изложения. Простите меня, я по привычке склонен к упрощению. Но это уже технические детали. Что ж, «вступление» выглядит на уровне. А вообще-то мне нравится, когда копают глубоко, под самые корешки. Факты должны выглядеть убедительными, с наглядными примерами; не скупиться на краски описания. С учётом лаконичности. Что, уж слишком большой запрос? – улыбнулся своими глазами-волошками Головиных.

В это мгновение он показался Ольскому таким народным: наденет парень рубаху свободную, возьмёт косу в руки – и давай с песней по лугу... девок созывать – послушать.

-- Так и читатель разборчив... – продолжал Денис Афанасьевич. Умилённый взгляд Ольского он отнёс на стремление понравится работодателю, и уже требовательно: -- Нежелательно скрывать от него. Заметит не то – не простит. Слагаемая успеха – прихоти читающего, его доверие. Ничего не поделать, -- дополнил жестом Головиных, -- таковы условия диктуемые нам. Когда от материала сладковато отдаёт приукрашением или завуалированием проблем, а то и стараются сгладить явные противоречия, тогда читательский нрав имет полное право обвинить нас в лицемерии. Пересол также не желателен, как и искажение фактов. От нас ожидают отражение реальности, и несомненно хороших вестей. Ведь у нас общая позиция – возвращение к монархизму в России. Не так ли? Всё должно быть подчинено этой идее, -- подчёркнуто сказал он. -- Газета наша, с первого взгляда, кажется бульварной из-за лёгкого материала, в основном рассчитана на отдых читателей. Тем не менее имеет и свою политическую окраску. Мы помещаем в ней статьи наших известных сограждан; ведём аналитическую страницу; есть и военный эксперт. Это вкратце об основном. Скажу вам прямо: ваш материал, Всеволод Иларионович, выглядит вполне приемлем, выдержанным в наших традициях.

-- Уважаемый Денис Афанасьевич, -- пытался уточнить Ольский. Благодушие на его лице сменила решительность,-- откровенно говоря, я никогда не замечал в политике полезности. Политика – борьба за власть до сведения счётов, и в результате -- войны. А вот народам приходится платить за это, и очень дорогой ценой. Момент был упущен остановить революцию. И вот имеем результат с последствиями. А можно было бы всё уладить миром, верными реформами, умом и желанием... Но, увы, не нашлось у нас личности... Временное правительство оказалось... – он говорил своим сердцем, и не

Л. Хайченко Берег турецкий

почувствовал предательской слезы, -- не хотел показаться слабым, причасным к проигрышу всего. -- Но если вам нужна помощь очевидца недавних событий в России и на Украине, я готов сотрудничать с вами. Вижу в этом и дань прошлому.

-- Но, как вы только сказали, «прошлое» -- это будущее – что стараемся возвратить, -- прервал Головиных для уточнения.

Всеволод Иларионович покраснел и уже мирно договорил:

-- А насчёт приукрашений и наоборот, так я полностью разделяю ваше мнение.

-- Хорошо-хорошо, Всеволод Иларионович. Мы не навязчивы во мнениях и не стремимся ломать чьи-то убеждения. Уважаем взгляды! – и косо улыбнулся, -- загнать всех под один стандарт патриота – глупо. Данные чувства исходят из сердца, а не навязываются. Рано или поздно к этому возвращаются. Сказанное -- не в упрёк вам. Вижу в вас порядочного человека и уважаю ваше мнение. А своими воспоминаниями вы также делаете доброе дело для нашей идейной борьбы. Люди ещё читают и между строк... -- удовлетворённый ответом, разглаживал рыжие усы Денис Афанасьевич.

-- Совершенно согласен, Денис Афанасьевич, читатель сам разберётся. Я только буду рад высказаться перед ним, -- ответил Ольский.

-- Замечу, к нам очень многие приходят, предлагают своё разное... преимущественно их писания не того уровня, не иначе как чепуховая отсебятина, отчаянное желание превзойти свою посредственность, или же обида на конретных людей, мезусобицы семейные и тому подобное... Восемдесят процентов составляют отвергнутые попытки подать нам скучный, бессмысленный, явно непроходной материал. В вашем же -- ощущается фундаментальность изложения, мысль. То есть получается, вы как бы со стороны наблюдали за происходящим. Хотя, наверняка, и сами пострадали. Наша газета заключит с вами временный контракт. А вот ориентировочная цена за ваши публикации исходит из наших возможностей. Увы, не приходится их сравнивать с привычными литературными гонорарами в прежней России, если вы с таковыми были знакомы. Как говорится, на безрыбьи и рак -- рыба.

-- Ну, что вы? Разве деньгами всё измеряется. Спасибо вам и за такое внимание, -- признательно улыбнулся Ольский, давая понять о гораздо более значительном для себя, и для формальности добавил: -- Я согласен.

-- Вот и чудно! – хлопнул рука в руку редактор и порылся в бумагах: -- Тогда, будьте милостливы, поставить свою подпись в двух местах -- вот здесь и на следующем листке, -- предложил Денис Афанасьевич, перелистывая стандартный контракт, -- мы будем публиковать ваши очерки под вашим именем в специальном разделе газеты «Воспоминания соотечественников».

Дальше уже они продолжили разговор на общедоступном всем английском, вводя организатора их встречи в подробности соглашения, что было отмечено откупоренной бутылкой коньяка.

## 11

*Разговор с Ибрагимом*

И в последующие дни своей службы в кофейне Николаю Николаевичу скучать не довелось, задетое самолюбие некогда блюстителя порядка не давало ему покоя. Из всех намерений, он поставил перед собой ближайшую цель – как можно доскональнее изучить это помещение с примыкавшими к нему комнатушками, разными кладовыми и проходами. При этом он делал тайные записи визитов Ахиллы и приездов к тому загадочного джентельмена, а также описание остальной подозрительной клиентуры, а точнее -- различной своры, которую Ахилла удерживал на приколе.

Так что со временем в блокноте Николая Николаевича вырисовывался стройный график с ценными данными. Ещё его взор привалекала постоянно запертая, с виду мрачная, дверь подвала: «К чему такая предосторожность, что Ибрагим не разрешает даже спуститься к этой двери? Что же там у него такое секретное?..». Как-то хозяин застал его на лестнице, ведущей вниз, и недовольным взглядом позвал идти за собой, но ничего так и не сказал. А по глазам Ибрагима он понял, что больше ему там не показываться. Да и сам подумал об осторожности, если хочет до конца разобраться с происходящим в этом криминальном притоне. Заподозрив, хозяин обязательно уволит. Это наименьшее зло, а то может и... Но главное -- терялась бы вся интрига с безответными вопросами, а это для самолюбивого сыщика Иваницкого было бы равносильно самодисквалификации. Поэтому Николай Николаевич ходил кругами и мягко, давая предпочтение глазам и ушам. Впрочем, слух играл относительную роль, так как его «турецкая грамота» оставалась на прежнем уровне.

\*

И вот первым с подобным предложением к нему обратился Ибрагим, уже со своими соображениями.

-- Николаи-Николаи -- иди к бабам погуляи! Хе-хе... – дружески засмеялся Ибрагим и присел за стол: -- Чего сидиш, за зачем к Ахилл не идёш? Он хорош человек. Мой друг будет твой друг. Помоги Ахилл. У Ахилл дело есть. Ты плох человек выгоняешь, -- умеешь этот дел делать. Они тебя боятся и болшь не ходят. Мне не надо вор ходил сюда. Ахилл тоже любит когда хорош человек дел делать. Ему надо хорош человек -- силный человек против плох человек. Понимаешь?

«Понимаешь, понимаешь... – легко догадался Николай Николаевич: -- Видители, намерен меня своему негодяю в помощники сосватать. Ну что мне ответить? Взял бы сейчас его рожу усатую да об стенку -- так чтобы зубы из неё...».

-- Ничего, Ибрагим, будь уверен, я тебе слово даю, – серьёзно посмотрел Николаи, -- ни один преступник здесь не будет разбойничать. Это я тоже обещаю.

-- Что такой «пре-ступнык»? Не понимаешь это слово, – наигранно удивился Ибрагим, выпучив глаза.

-- Не понимаш, что значит преступник?.. – уже себе улыбнулся Иваницкий, -- преступник – это человек, который нарушает закон, злоумышленно и преднамеренно. Например, если так случилось, по несчастью, что кто-то случайно сбил своим транспортом прохожего на улице, -- это ещё не преступник. Поскольку данное произошло по причине неумышленного действия. Но при преднамеренном убийстве, грабеже или когда умышленно причинён вред здоровью, а также имуществу другого, тогда совершивший зло должен ответить перед законом. Понял?

-- Я понимал, понимал. Не надо болше, Николаи. Преступник – плох человек. Ох, ох, что мне делать? Человек один, человек другой -- никто не узнал преступнык или хорош человек. Ох, ох... Николаи, -- горестно прокудахкав, Ибрагим оставил «Николаи» на посту дневного охранника, а сам пошёл в курильню к Ахилле.

Ахилла сидел, скрестив ноги, на шёлковых подушечках в окружении своих приближённых и пузырил кальяном.

-- Послушай, Ахилл, почему уже несколько дней не видать здесь Валентин? Куда запропастился этот шакал? Что-то мне сердце подсказывает недоброе... Он должен был бы быть

Л. Хайченко Берег турецкий

здесь: с тобой рассчитаться по долгам, и мне денег должен за одну подсказку, -- хихикнул в кулак Ибрагим. -- Вот шакал! Пускай только не явится. Отправим туда, где его дружок.

-- Не волнуйся, Ибрагим. Никуда он не денется. Константинополь город большой, но у него одна дорога -- ко мне. И от себя ему не убежать, а от меня тем более. Как только ломать его начнёт, сразу и появится. Он не первый и не последний. Такие у меня вот где. -- Ахилла сжал кулак. -- Прибегают, на колени падают... Я этот тип знаю хорошо, не волнуйся друг.

-- А я вот подумал... – прошептал Ибрагим, но тут же, встретившись взглядом с вошедшим Николаи, затих. -- Хорошо, хорошо, потом поговорим... Не сейчас, Ахилл, не сейчас...


## 12
### *Между строк*


После плодотворной встречи с Денисом Афанасьевичем Головиных, Всеволод Иларионович, как в занятом былом, ощутил нехватку свободного времени, находясь в приподнятом настроении увлечённого работой. Он был вполне удовлетворён и даже удивлялся, открыв в себе некие скрытые литературные задатки. В данное время, в пределах их деловых отношений, находилась первая публикация *воспоминаний Всеволода Ольского*, и соответственно читательскому успеху, редактор русской газеты обдумывал будущие проекты.

-- Признаться, дорогой Всеволод Иларионович, я больше удивлён такому спросу. При всех надеждах на успех, не ожидал подобного! Весьма, весьма удовлетворён нашим сотрудничеством. Извините за лесть, но меня подкупает ваша эрудиция, культура изложения материала, и терпимость в суждениях, независимо от откровенности содержания. Вы нашли златую середину, где наиболее удовлетворяется вкусовая гамма читателя. Скажу вам откровенно: последующий ваш материал я даже не стану редактировать, пускай выглядет полностью по-вашему, в оригинале. Ко мне звонили друзья -- всё о вас расспрашивали. Даже некая дамская особа заходила в редакцию... Да-с. Интересовалась вами, представилась вашей давней знакомой. Татьяна Алексеевна Зарянина. Вот она вам и письмо передала... -- Денис Афанасьевич положил перед Ольским аккуратный розовый конвертик, хранивший запах духов.

Он почувствовал как ударило сердце и, изменившись в лице, как бы себе ответил:

-- Действительно, Татьяну Алексеевну я знаю... -- Услышав это имя, он невольно отвлёкся мыслями от беседы: перед глазами предстало её лицо... её разные лица... и вот этот почти забытый запах.

-- ...Несомненно, мы увеличим тираж следующего выпуска... -- продолжал Денис Афанасьевич, -- разрешите напомнить: наша печатная политика -- предложить читателям то, что они желают и ждут. Наш читатель с определённым устоявшимся вкусом, ближе к консервативному. И вы, уважаемый Всеволод Иларионович, своим осмысливанием в описании происходящего на нашей многострадальной Родине нашли позитивный отклик. Здесь уже и я открыл для себя важное, -- загадочно подмигнул Головиных.

-- Извините меня, -- спохватился прослушанному Ольский и отпрянул от постороннего, -- я очень признательный за похвалу. Когда готовил материал, надеялся на контакт с читающим, видеть в нём ещё и собеседника, -- в этом ненавязчивость очень важна... -- Если хочешь довести свою правоту, -- вдохновенно продолжал Ольский, -- пойми противоположную сторону. Ведь один и тот же факт с разных позиций выглядит противоречиво. Также определяет успех на какой грани, как главной, сконцентрируется внимание, чтобы раскрыть тему. Вы, было, выразились насчёт «чтения между строк», вот и я старался, чтобы у читателя оставалось пространство для осмысливания изложенного мной. Ведь проекция происходящего на территории России имеет свойство распространяться... что наблюдаем в Германии и

Чехословакии... Да и другие страны переживают политические волнения. Не мне судить об удаче моих стараний, но оценка профессионала, как вы, для меня важна. Ещё раз благодарю, Денис Афанасьевич, за предоставленную возможность печататься в вашем издании.

-- И вам это превосходно удалось! Поэтому с нетерпением ожидаю продолжения, и не только я один... -- расположительно улыбнулся Головиных. -- Вы знаете, вы меня поставили в позицию больше слушающего, чем говорящего. Оказывается, Всеволод Иларионович не менее интересный собеседник!

Последнее сказанное у восторжённого Дениса Афанасьевича прозвучало несколько заносчиво, с позиции учителя, а может даже и просто глупо. На что Ольский прореагировал сухо, без ответных эмоций :

-- Кому как.

-- Нет, я в самом деле искренне, не в обиду вам. Вдоволь насытившись шаблонами повторяющихся высказываний и переслышанным, хочется свежей мысли. Пускай даже несколько противоположной моим убеждениям, -- слово «несколько» он произнёс подчёркнуто мягко, --. В хорошей партии я согласен на роль обороняющегося.

-- Скажу, что и мне приятно открытое общение. Более того -- соскучился по толковой беседе. Когда-то мы компанией часто собирались в «Праге». После, уже при случайных встречах... явно ощущалось влияние происходящего – людей не узнать -- осторожность, недосказанность... У всех одни мысли: как выжить, что с нами будет? Иные вообще бросались в крайности. Несчастные люди... Доходило до самоубийств. Потерявшие всё не выдерживали, не видели иного выхода как уйти из жизни. Трудно было оставаться самим собой без риска быть арестованным, или даже...

-- Всеволод Иларионович... – Головиных успокаивающе коснулся плеча сидящего напротив. Безусловно, всему этому он уже переслышан, но виду не подавал, чтобы не спугнуть и эту боль: -- Внимая вас, невозможно не восхититься вашей искренностью, рассудительностью. К сожалению, которые часто не уживаются вместе. Каждый старается в силу своих способностей. И за то признательны. Не могу не восторгаться вами, вы исключительно порядочный человек. Признаюсь вам, подобное я изложил бы иначе... Может быть, это ещё один аргумент, почему за короткое время нашего знакомства я проникся полным доверием к вам. Извините меня, но в настоящее сумасбродное время ваши замечательные качества могут обернуться против вас... Увы... Нет, это уже не касается вашей работы. Это -- лично. Мы, соотечественники, должны быть друг перед другом чисты, хотя бы. Я желаю вам всего наилучшего в жизни. Хотя живём мы в ненайлучшее время и месте... Происходит очень болезненное явление – распад ещё одной империи. А Турция страна с вековыми традициями доминанта на Ближнем Востоке. И этот всплеск воинствующего национализма, как естественное следствие. Они бояться полного развала, поэтому эстремистскими методами стараются очистить страну от национальных меньшинств, как виновных. Вначале были армяне, теперь пошли погромы греков... Националистические настроенные лидеры рвуться к власти. Но нас пока не трогают. Если не уважают, так бояться. Всё-таки история их многому научила.

-- Я скорее склонен предполагать, что турки не видят в нас опасности, тем более защитить нас уже некому. Они знают, что мы здесь на ролях лишь транзитных пассажиров, ни на что непретендующих. Одни раньше покинут страну, другие погодя... – почти безразлично ответил Ольский, ощущая грани письма в кармане, вспоминая о той женщине, снова появившейся...

-- Бесспорно в этом своя логика. Вместе с тем меня всё же удивляет как вы здесь оказались?.. Среди этого всего... Наверное, по все той же наивности поверили кому-то? Выбранная вами дорога не из безопаснейших вариантов, если так упрощённо сказать. Почему не в Крым?

-- Сыграло свою роль, что не мы одни такие, -- угрюмо, как допрашиваемый ответил Ольский..

-- «Мы не одни...», -- задумчиво с грустной дымкой в глазах повторил Головиных, -- вот вам и объяснение многих бед. -- Он тяжело вздохнул, отходя от нерадостных дум, и после обоюдного молчания бодрее обратился к гостю: -- Разрешите вас чаем напоить. Я сейчас приготовлю. Имеется к нему кое-что... – подморгнул.

Не придав значение угощению, Всеволод Иларионович возвратился к задетому -- насчёт «выбранной дороги», хотя понимал под этим и другое:

-- Естественно, со стороны многое выглядит иначе. Возможно, в некотором вы и правы... – Ольский принял услышанное от Головиных в унисон чему начинал сомневаться. -- Находясь в Одессе, мы хотели морем выбраться. Слышали от людей, что так многие делают. Самый кротчайший путь – через Константинополь. И времени отпущено было мало на выбор, тем более западные границы отрезанны боевыми действиями. А под пулями ещё раз рисковать... – к нему сразу же возвратились пережитое, -- если бы можно было повернуть время, нет сомнения поступил иначе. Несмотря ни на что.

-- Ничего, как-то утрясётся. По себе знаю. Ну, а если возникнут трудности, можете смело обратиться ко мне. Я постараюсь вам помочь. Всё-таки Константинополь город давних традиций уживчивости. Так что будем надеяться на лучшее. Не знаю известно ли вам, это свежая новость: Турция попросила у американцев о перемирии, -- Головиных выдержанно посмотрел на собеседника, как бы сверяя важность сказанного, затем продолжил: -- Это многое значит, если опять-таки читать между строк, -- улыбнулся своему каламбуру Денис Афанасьевич, -- они не выдерживают давления. Французы их в Палестине разгромили. Если ещё Германия капитулирует, в чём у меня нет сомнения, тогда долгожданное окончание этой несносной войны. Не было бы её, и Россия оставалась бы Россией.

-- Не знаю, кому как, а пока эта земля преподносит мне радостные встречи. Вначале Кристофер Каридис, теперь вы, Денис Афанасьевич.

-- Благодарю, -- улыбнулся в усы Головиных, -- можете обращаться ко мне по имени, и дай Бог, чтобы у вас всегда так продолжалось. Не может же жизнь состоять из сплошных тёмных полос.

-- Не против вашего предложения, и я с радостью буду для вас Всеволодом, -- согласился, подняв поданную рюмку Ольский, -- тогда за нас! -- кто вынужденно вне России.

-- И за наше скорое возвращение, Всеволод! Скорейшее! – поддержал тост Головиных и, выпив, расположительно продолжил: -- Позвольте вас пригласить к нам в гости на завтрашний ужин. Моя супруга о вас только и говорит, всё с расспросами, расспросами... Она первый читатель нашей газеты, и скажу вам по секрету – ещё и мой советник. Да, не ослышались -- главный советник, -- лукаво улыбнулся Денис Афанасьевич.

-- Вот оно что! Теперь становиться понятно, отчего такой спрос на вашу газету. С большим удовольствием принимаю ваше приглашение, друг мой, Денис Афанасьевич.

-- Ну, вы опять по отчеству... Хорошо-с, на первый раз я вас милую, -- радостно засмеялся Головиных. -- Да, ещё об одном: не утрудняйте себя ношей. Если же желаете, можете захватить бутылку водки, и только. Так, по-простецки, в домашней обстановочке посидим, вспомним лучшее. Вот здесь мой вам адрес, это недалеко отсюда. К восьми часам подходите, будем вас с радостью ждать. Кроме вас зайдут ещё пару друзей с жёнами. Они простые ребята, вместе с тем пламенные патриоты России. Убедитесь.

-- Тогда до завтра, Денис. И мой привет вашей супруге, -- прощаясь, ощущал теплоту руки друга Всеволод Ольский.


## 13


### *Бегство от меланхолии*


Как стало уже привычным, Николай Николаевич после работы предпочитал проветриться от запахов кофейни и *остального*, прогуливаясь улицами вечерней Перы. Или же даже не плохо просто присесть на скамеечку в тихом парке, отдохнуть на свежем воздухе, подымив трубкой. И конечно же под размышления, а как же иначе! Для себя он уже сделал вывод: дорогой Ибрагим нанял его на работу с определённой целью -- путём сближения с Ахиллой втянуть в подпольную преступную сеть. «Видать, на некие роли им подходят иммигранты из России. Из-за нашей покладистости, доверительной беспечности... и откровенной дури -- бросаться в любое, не обдумав. Своими «пакетиками» и обещаниями рая, не одного приманивали. Знают: языка их не знаем, значит к кавасам не побежим. У них эта тропа проторенная и доход немалый приносит. А когда подходит время избавиться от свидетелей или уже им ненужных – убивают. Логика проста: кому вздумается искать какого-то чужака, ещё и без нужных документов и без родства-братства. Да и время такое, что не для данного. Но они у меня на крючке. Уже известно, кто к нему приходят за своей «порцией» и когда. Осталось выяснить о том таинственном джентельмене, подъезжающем к нему на экипаже. По его пунктуальности и их отношениях пока можно только догадываться, что он за гусь. Возможно, таких «Ахилл» у него по Константинополю гнездится в каждом районе, если не более. Не исключено, что и над ним кто-то верх держит, у которого похожих пунктуальных оптовиков целая обойма. Тогда выстраивается заманчивая преступная пирамида. В былом, раскрути такую систему и ты имеешь продвижение по службе. А кроме того на сердце легко, что от грязи очистил общество. Так было у нас в России. А здесь, кто знает какие у них порядки? Деньги решают всё. Да и у нас взяточничество процветало, а здесь подавно... -- С настальгией Иваницкий вспоминал свою бывшую службу: -- Было время -- была серьёзная работа. Например, разоблачение черноморских контробандистов или захват банды братьев Зуевых, грабившей дома и разбойничавшей на железных дорогах. И мой вклад в их ликвидацию был весом, после чего уважение прибавилось и новое назначение руководством. Эх, было государство и не стало государства... Из-за глупостей такую страну вспять пустили, большевикам и разным «кам» отдали на растерзание. Чего зря мучиться по безвозвратному. Итак подобру-поздорову всё закончилось, а многих с нашего департамента уже в живых нет. Хотя были и такие, кто на службу к большевикам перескочил... тоже ситуация. Но то для них временная поблажка. Придёт час и их «товарищи» припомят им годы своих заключений и каторгу. Они только и ждут, когда «перебежчики» споткнуться на чём-то. Тогда на них мигом все шапки полетят и затараторят их туда, где те сами раньше были. За милую душу сделают это. Такие вот пирожки с пряничками получаются. Эх, утомился я за день среди басурман. Прийти домой в шашки сыграть? Ха, «домой»... Где он теперь наш дом, или таковой есть, чтобы назвать этим родным словом...»

В итоге своих дум, Николай Николаевич поднялся со скамейки и зашёл в ближайшую лавку за бутылкой водки: Хоть выпью с Всеволодом. Хороший он мужик, покладистый. На нашей работе подобных не держали, считали таких слабаками-интеллектуалами. Умных страшились из-за подсиживания и по собственной дури. А взять англичан, какие у них сыщики! Именно интеллектуалы. Они в умах видят залог успеха, и вербуют на службу соответственно. Потому и раскрываемость преступлений у них несравненно высшей была». Он уже знал, что его ожидает поздний ужин под интересный разговор. После дня общения среди чужого и невосприимчивого, душевная отдушина беседы на родном языке была желанным отдыхом.

\*

-- Доброго вам вечерочка, Клавдия Иларионовна! Приятного чаепития. А почему вы в одиночестве за таким милым столиком? Где же ваш братец любезный? Я вот надеялся побеседовать с ним, -- войдя в коридор, прошумел Иваницкий.

-- Добрый вечер, Николай Николаевич, -- ответила Клавдия и поднялась подать Николаю Николаевичу что-то посытнее к поставленной на стол бутылке водки. – Всеволода пригласил в гости Денис Афанасеевич -- редактор газеты, в которой его печатают.

-- Ах да-да... Он мне, кажись, говорил насчёт этого. Значит, пригласил редактор... Чудесно! Очень полезно для него. Узнает, что вокруг творится и нам расскажет, а то я их газеты какой стороной не разверну всё одно и тоже на меня смотрит. Не хочется мне здесь зимовать. Чувствуешь себя как в плену янычар, -- за словом Иваницкий наполнил две рюмки и тоскливо посмотрел на читающего книгу Андрея, не желая того отвликать.

-- Как не согласится с вами. Вы-то все на работах, среди людей, а мне здесь дни коротать. По вашему совету надолго отлучаться из дому боюсь, чтобы прежнее не повторилось. Прибыли бы уже на место – знали бы что к чему. От нормальной жизни отвыкли.

-- Достойной жизни, Клавдия Иларионовна. Вот за неё, должную, давайте и выпьем по первой.

-- Округлили вы... – ясно улыбнулась Клавдия Иларионовна и поднесла свою рюмку.

-- Я вот словарик ношу с собой на работу... Никак их речь в голову не лезет. Всё мысли о другом -- как там мои в «Парижах»... – не дожидаясь Клавдии Иларионовны, Иваницкий махом влил водку и скучно зажевал хлебом. Это замечательно -- что вы ржаной раздобыли.

-- При старании, Николай Николаевич, -- надпив, ответила Клавдия.

-- Я на лепёшки и баранину уже смотреть не могу... даже запах её слышать, – признался Николай Николаевич и спешно наполнил по второй, -- если уж на то пошло -- одну мочёную капусту с клюквой есть буду. И от кофе отказался. А вот чаёк за милую душу вместе с вами испью. Вижу, вы вторую избегаете...

В ответ на укор, Клавдия Иларионовна вздохнула и сняла руку с рюмки, выражая своё согласие услышать новый тост, как и не оставлять один на один с водкой тоскующего Николая Николаевича.

-- Что ещё у вас интересного припасено рассказать? Да, чуть не забыла... Я «раздобыла» ещё и селёдочки... Специально для вас.

-- С неё нужно было начинать! Это уже дело! – радостно развёл руки Иваницкий. – Скажу вам: вы, Клавдия Иларионовна, не только умнейшая из женщин, но ещё и предугадываете желания...

-- Это не так трудно... – подморгнула хозяйка.

116

-- Мне килечка с лучком в постном масле всю ночь снилась. И днём о ней вспоминал, -- дремая над пловом. А тут на тебе – сюрпризы! Так что ваш уважаемый брат знает, когда в гости уходить. А я вот под аппетитик да под вот эту слезливую и объемся сельдей, -- он лоснящим взглядом смотрел на порезанную, сочившуюся жиром дунайскую сельдь, ещё не решив, в который кусочек вонзить вилку. -- Так вот, тост у меня таков... Чтобы мы на новой земле, куда стремимся, никогда не терялись! То есть за дружбу нашу!

-- Нельзя не поддержать такое пожелание. Вот видите, какой вы хитрец! Такие тосты предлагаете, что невольно выпить захочешь. Все мы думаем о том же -- поскорее бы уже определиться. Вы не смотрите на занятось Всеволода, как на его окончательное удовлетворение настоящим. У него те же мысли. А литература скорее всего для души, как он сказал: выразить, что в сердце удержать невозможно.

-- Это очень хорошо, что он опрянул. Рад за него. Изложил он своё довольно неплохо, если мерять по строгим принципам. Ну и что дальше? Когда нужно отдавать предпочтение действию, чтение только отвлекает. Я имею ввиду всё о том же. Ситуация в городе явно бурлящая, гляди и за нас возьмутся.

-- Все империи всегда держались на насилии и повиновении. Возьмите у нас в России: мы русские считали себя заслужено привилегированными, -- подперев щеку рукой, она смотрела хмельными глазами на этого необычного человека и слушала его сквозь свои мысли.

-- И не только держали в руках, -- с удовольствием закусывал Николай Николаевич, -- мы окраинам -- развиваться помогали... защищали от внешних врагов. Кто знает, как бы они себя чувствовали под чьим-то чужеродным игом. Порядок всегда защищает население, -- промокнув губы салфеткой, твёрдо ответил Иваницкий.

-- Как-то двояко звучит. То есть следует понимать, что и население защищает порядок? Это вы хотели сказать?

-- Безусловно. Здесь взаимность необходима, тогда и государство крепкое. А для этого законы должны быть подходящими, выполнимы. Умеренность должна учитываться.

Л. Хайченко Берег турецкий

Меня тоже лихорадит от шовинизмов. Ведь это -- слепо, толкает к катастрофе самих зачинщиков. Ну Бог с ними.

-- Вот именно, чаще пусть Бога вспоминают, -- согласилась Клавдия.

-- Ещё знаете, что хочу? – расслабленно спросил Иваницкий.

-- Чего же?.. – улыбнулась она.

-- Купить балалайку... Да. Не улыбайтесь так, голубушка. И на мандалине мы могём, и на гитаре получается... Вот, хвастун Иваницкий! Видел у вас гитару. Похоже, Всеволод Иларионович упражняется?

-- Иногда. Под настроение.

-- Но вот петь, признаюсь вам, не умею. Нет голоса. Я к себе строгий судья.

-- Тогда, пожалуйста, сыграйте на свой выбор, -- Ольская поднялась за гитарой, стоявшей в углу мужской комнаты.

После подстройки струн, Николай Николаевич заиграл перебором... И вскоре, смахнув слезу, отложил мучительницу».

-- Ну, что Андрюха, в шашки сразимся?.. – Иваницкий подошёл к читающему с шашечной доской, положив руку на его плечо. Андрей уже знал, что без шашек перед сном не обойтись, да и сам ждал сыграть с таким серьёзным противником, как Николай Николаевич. Он прикрыл книгу на закладке и начал расставлять на доске фишки.

-- А вы, Клавдия Иларионовна, всё продолжаете упражняться во французском?.. Книжеца у вас -- новая... Мне вот тоже надо было бы из турецкого на французский переключиться... – Под игру Николай Николаевич любил ещё и разговором расслабиться.

-- Безусловно вам от этого не уйти. Рано или позно, а понадобится. Уж лучше вам учить сообща, чем после упрекать себя в упущенной возможности. Пожалуйста, с удовольствием могу вам предложить один из учебников. Хотя бы для начала слова можете поучить, а возникнут вопросы, не скромничайте спросить.

-- Рано или рано... но лучше позно и никогда... – и сделал ход, гипнотически глядя на доску.

-- Ну и шутник вы... – засмеялась уносящая посуду со стола Клавдия Иларионовна.

-- Обязательно... задумаюсь над этим... -- а пока он обдумывал ситуацию на доске: -- гм... так у нас получается «пар ле франсе» -- Андрюша решил меня скрутить... а мы вот таким образом ответим. Он специально мне белые подсунул! как слабейшему. Ну и хитрец...


## 14


### *Словно в милом прошлом*


Небольшая, уютная квартира Головиных тем вечером заполнилась весельем. Был разгар застолья, когда шумная компания, рагорячённая вином, разговорами и танцами, наконец, ощутила необходимость послушать что-то душевное. И глаза были обращены на радушного хозяина, -- знали кто их выручит!

Жёны приглашённых друзей и подруги Виктории Ивановны, супруги Дениса Афанасьевича не уставали в состязании знаний старинных романсов, выуживая и выуживая что-то из памяти юных лет, умоляя милого Дениса Афанасьевича подыгрывать на пианино именно это.

«Белые, бледные, нежно-душистые
   Гредят ночные цветы...
   Силой волшебною, силой чудесною
   Эти цветы расцвели...

– под Нину Дункевич запел чей-то женский голос, поддержанный мужским баритоном:
   В них сочетались дородой небесною
   Грешныя чары земли...
   Трудно дышать, эта ночь -- опьянённая...

-- Шиловский – восхитителен! Браво, браво! – ответили, аплодируя, им.

-- А я люблю гусар! Дениса Давыдова... -- раздался тонкий голос милой, скромной Лелички, -- замечательны -- цыганские. Я без ума от их пений, особенно под гитару:

«Что же ноешь ты моё ретиво сердечко!..
Я увидел у неё на руке -- колечко...
Заплясала с извивающимися руками над головой, неистово...
Эх, баса, баса... баса-на... баса-на.. то... »

и упала на диван, рыдая. Её подняла сильная мужская рука и, что-то шепча на ушко, увела в смежную комнату.

-- ...Как хочется возвратить время... – слышалось совсем рядом, как бы сердца переговаривались об одном.

-- Ну-ну, будет тебе так печалиться, Лидочка, -- и строго дабавил: -- Нам не следует раскисать. Впереди нас ожидает встреча с родной землёй. После долгих, тягучих месяцев на чужбине... -- Высокий мужчина в офицерской форме обнял за плечо растроганную супругу.

-- Ты, Антон Кузьмич, когда будешь в Ростове -- не забудь навестить наших Кудриных. Я тебя искренне прошу, -- подошла статная блондинка с папиросой в мундштуке -- жена друга уезжающего на фронт ротмистра кавалерийского полка, Антона Ерёмина, -- Бог бережёт тебя. Храбрость храбростью, но России такие как ты нужны и после войны. Итак мы лишаемся лучших.

-- Спасибо, Катя, -- он похлопал утешительно её руку, -- обязательно, обязательно буду у Григория Тихоновича. Как быть в Ростове и с ними не повидаться? И вам, остающимся здесь, желаем счастливого и скорой встречи на Родине, -- заверил Антон Кузьмич.

-- ...Это ведь так -- лучшие из лучших погибают... другие -- вынуждены скитаться по миру... – печально опустила густо наведённые ресницы Екатерина Петровна, -- Россия потеряла русскую интеллигенцию... а мы её... Ведь верно, Всеволод Иларионович, что-то наподобии библейского происходит? – она подошла к Ольскому, курившему и приоткрытого окна.

-- Можно и в словах Библии найти ответ, по-своему оправданный.

-- Какой же? -- дышала она в лицо Ольскому.

-- Время разбрасывать камни, время собирать их... -- то есть нас, на своей земле, -- ответил как-то неуверенно Всеволод Иларионович.

-- А вы действительно верите, что всё возвратиться? Только откровенно скажите мне, -- томно смотрела пьяными глазами блондинка. -- Я в газете читала ваш очерк... Скажем, спорное впечатление.

Ольский посмотрел с удивлением.

-- Нет, вы всё откровенно высказали... – продолжала слегка развязанным голосом, -- вместе с тем, разве можно ещё о жестокостях? Столько все настрадались... Я просто проплакала над ней.

-- Вера необходима, Екатерина Петровна. Без веры нельзя.

-- Вы имеете ввиду Бога? – наивным детским голосом спросила она.

-- Я не о нём. Есть ещё и другая вера. Впрочем, каждый наполняет её своим содержанием, -- сдержанно ответил Ольский, явно нежелавший находиться во всеобщем внимании.

-- Тогда раскажите, пожалуйста, ещё о России... – она приблизилась, глядя прямо в глаза Всеволода Иларионовича, рассматривая их... заставляя ощутить касание её бедра.

-- ... О Москве, о театрах... – продолжала она, не выпуская его руки, -- кажется, что мы несказано давно оттуда... Никак не могу привыкнуть к этому, всё пребываю в прошлом. А может быть, так и надо? Такова расплата за покинутую Россию...

-- Что ты там со своими расспросами пристаёшь... Уединились и шуры муры там... – супруг Екатерины Петровны решил что и ему время подняться из-за стола. По причине впечатляющей привлекательности жены и её свободного нрава, Станислав Александрович вынужденно пребывал больше в роли измученного ревнивца, чем беспечного супруга.

-- Станя... ты снова со своими переборами... Пьян. – упрекнула жена и недовольно посмотрела на Станю сквозь плавающий дым: -- Мы здесь о важном беседуем с Всеволодом Иларионовичем, а ты... Не считаете ли, господа, что нам не обойтись без своего пророка?! – нарочито громко обратилась Екатерина Петровна, и, затянувшись дымком, пустила колечка над головой мужа.

-- Всеволод Иларионович и без того нам много «интересного нарас-сказывал», -- с сквозь зубы процидил Станислав Александрович. Оставшись один в молчании, он подошёл к Ольскому:

-- Ну и ситуация у вас была с этим, как вы его назвали... – и отстранил локтем жену, -- ах да, Вознесенских, кажысь. Говорите, он ваш дом в реестр конфискационный занёс? Ну и тип! Мы таких будем прилюдно казнить! Жестоко! – обвёл взглядом слушавших.

-- И ты о смертях! Тебе же известна моя чувствительность... И сам не таков. Просто, хочешь себя другим показать, -- никак не успокаивалась за спиной мужа Екатерина Петровна.

-- А я, жёнушка моя, всегда был на принципах! Погоди, ты меня ещё не знаешь! Станислав Александрович может ещё не то-с... может и в драку войти, если надо-с... – и поправился: -- Я имею ввиду в бой с теми, кто нас вынудил здесь очутиться. Мы таких...

-- Вы меня простите, Станислав Александрович, -- ответил очутившийся между двумя огнями Ольский, -- но я против какого-либо насилия. А на висельницах и без того болтается достаточно. Уж ваш призыв к новым жертвам...

-- Жертвы?! Позвольте. А мы с вами -- не жертвы?.. Почему же справедливо одностороннее жертвование, любезный? Не мы начинали... – срывался до крика Станислав Александрович, и как-бы трезветь начинал.

-- Когда маховик взаимоистребления запущен, уже не имеет значения, кто был первым. Каждый из противников старается больше истребить, быть жесточе. Тут уже оправдания теряют смысл, кто первый начал, -- и посмотрел на стоящего в полупрофиль Станислава Александровича, казавшегося, со своими растрёпанными по сторонам кудрями, двухлицым.

-- Что же вы предлагаете, уважаемый Всеволод Иларионович? Какими ещё средствами отстоять наше право жить как мы хотим? А?.. Не идти ведь нам с поклоном к этим... Ленину и Троцкому, черти бы их побрали, просить возвратить заслужено наше. Смешно, правда? Потому у нас другого выбора нет кроме вооружённого. Наша борьба – святое дело. Тем более присягают царю и Отечеству раз в жизни. -- возмущённый Станислав Александрович возвратился к столу -- разлить по рюмкам и продолжить, что не досказал:

-- Вот, мы сейчас провожаем на Родину, в Донскую республику, нашего дорогого Антона Кузьмича, -- обратился ко всем Станислав Александрович, -- Он -- патриот! Антон Кузьмич едет пополнить ряды Добровольческой Белой Армии. И я, друзья мои, хочу произнести тост за наших дорогих Ерёминых. Чтобы Антон Кузьмич с победой на белом коне въехал в Петербург. За вас также, Лидия Павловна! За Россию! За нашу Белую армию!!

После славного тоста с сердцем спели «Боже царя храни» и вспомнили тех из друзей, кто уже отбыл сражаться за их Россию.

-- Господа, господа! Раз уж мы собралися по такому важному поводу, так давайте без грусти. Предадимся веселию! Чтобы вам, Лидочка, вспоминался этот вечер и рассказать о нас на Родине -- что мы живы и невысказанно любим её... – сказав, Екатерина Петровна перевела взгляд на Викторию Ивановну, как бы за песенной поддержкой.

-- Хорошо. Для тебя, Лидочка, спою Баратынского, «Поцелуй»... – согласилась Виктория Ивановна, -- или же Лермонтова, «Мне грустно»?..

-- Пожалуйста, Вика, у тебя прекрасный голос. За «поцелуем» «мне грустно», -- пожелала, вызвав волну смеха, Екатерина Петровна, и тоскливо подумала, что опять ляпнула невпопад...

-- А уже для этого аккомпонимента незаменима гитара! – провозгласил Денис Афанасьевич, «одолжив минутку» на приготовление.

Компания переместилась, как бы на ожидавший такого случая, просторный диван. Посредине расположился с гитарой обожаемый Денис Афанасьевич. И заиграл... возвращая сердца к трогательным воспоминаниям. Лица окружавших его посвелели, сделались умилёнными. Восцарилась душевная теплота. Кто слушал, томно опустив веки, кто не стыдился слёз... И не обошлось без новых рыданий, -- чувствительная Настенька, маленькая женщина с кукольным лицом и наивными голубыми глазами, приятельница Виктории Ивановны, не совладела со своими эмоциями.

-- Ну-ну... Хватит, душенька... – к ней подошёл и наклонился к лицу до этого одиноко сидевший за столом таинственный брюнет, больше слушавший других, с которой не сводил глаз. И вот теперь высказал ей, что сердце велело.

-- Нет места унынию! Веселиться так веселиться, господа! Пускай и враги наши слышат! -- призвал Антон Кузьмич, возвратился за более звучное пианино и сочно, с душой, громыхнул «Барыней», заглушая игрой припев.

124

Тут как тут Екатерина Петровна с трепыхающим платочком пошла кругом с каблучка на носок, приглашая в танец Всеволода Иларионовича. На что Ольский вначале не решался, стеснительно выйдя по просьбе дамы. Но разве перед настоянием такой женщины можно было устоять? И уже им дружно прихлопывали наблюдавшие... Конечно же кроме Станислава Александровича, облюбовавшего стол -- раз уж повод имеется.

*

Выбрав момент после бойких танцев, когда задор был выплескан и усталость на лицах предвещала прощание, Ольский подошёл к стоящему, как бы в стороне от всего, Антону Ерёмину.

-- Вы меня извините, Антон Кузьмич, -- осторожно, будто прикасаясь к чужой судьбе, обратился Ольский, -- за мои слова в разговоре со Станиславом Александровичем. Я не в коей мере не хотел хоть малую тень бросить на ваши патриотические убеждения. Ваше решение вызывает лишь глубокое уважение.

-- Ради бога, Всеволод Иларионович. Я это не воспринял как личное. Тем более вы ничего уж такого нового не произнесли. Покрайней мере для меня. Вы же понимаете, рассказывать военному о войне... Другое дело мирная жизнь здесь. Посему вы имеете полное право на личное мнение.

-- Ничего не могу поделать со своим непослушным характером. Вы только что сказали о чём я хотел: высказываться или нет – дело личное. У каждого свои глаза. Ещё зависит от пережитого, чувства долга перед теми, кого уж нет. Чувство долга – заложник совести.

-- Совесть... Да, важно оставаться чистым перед ней. Спрашивать у неё, когда сомневаешься. Вот и она мне подсказала как поступить. Никто никого сейчас силком не принуждает, -- как любит повторять уважаемый Денис Афанасьевич. Убежали – довольствуйтесь тем, что имеете, и благодарите за то. А вот она меня ещё как принуждает к обратному. Сейчас мы беседуем, а сердце моё там... Уверен, у всех, кто здесь оказался та же болезнь. Вопрос лишь за решительностью. Для утешения мы строим призрачные замки новой жизни, успокаивая себя, обещая – потом, как-то потом... Но сердце не одурачить. Вот вам и Долг.

-- В ваших словах истина, Антон Кузьмич. Счастлив тот, кто умеет рассчитать всё наперёд, не сомневаясь в правоте выбора. Да вот обстоятельства заставляют. Время уж такое... – угнетённо ответил Ольский. В чём-то он чувствовал зависть, объяснимую лишь тем, что этот человек именно выполнит свой долг, конкретный, не на словах. И этот пьедистал славы они сейчас ему возводят.

-- Сейчас -- наше время, -- с задетой честью ответил ротмистр, -- военные должны решать судьбу России. Мы все её любим, хотя у каждого свои видения будущего. Тем не менее этот каждый желает чем-то пожертвовать ради святого. Хотя, по сути, наше положение собой выглядит жертвенным... Но когда идёт серьёзное сражение, позвольте ратникам делать свою работу. Несправедливо упрекать гражданских за трусость, нерешительность и подобное. Каждого Господь создал по своему велению, одному Ему нас судить. Единственное о чём я сожалею, что по глупости оказался здесь, -- его глаза наполнились отчаянием, -- вышли из боёв разбросанными, измотанными. Австрийцы сильно обстреливали в Карпатах. В районе Свалявы проходили кровопролитнейшие бои. В результате нескольких дней скитаний у фронтовой полосы, в поисках наших, мы оказались в плену. Но то было кратковременно. К счастью, нас оставили. К рассвету вышли к дороге, уже опасаясь кого-нибудь спрашивать, тем более местность выглядела чужой. Шли лесом вдоль железнодорожного полотна, затем через реку перебрались. Так по неведению оказались на болгарской территории. Что делать?.. Назад путь был отрезан. Там – чужие, враги. Добрались до Константинополя, -- слышали, что здесь многие обосновались.

-- Теже слухи привели и нас сюда, -- сочувственно глядя, согласился Ольский.

-- Посчастливилось почти сразу познакомиться с Денисом Афанасьевичем. Как оказалось, у нас даже оказались общие знакомые. Ведь он тоже служил. Хотелось и здесь быть полезными, предпринимать хоть что-то. Собирали пожертвования в помощь Белому движению. На эти деньги возвращались люди в Россию. А вот благодаря Виктории Ивановне, я счастливо женат на Лидочке.

Ольский посмотрел с заметным удивлением на последнее услышанное.

-- Это правда, мы познакомились на вечеринке у Головиных и вскоре обвенчались. Вот теперь вместе и на Родину возвращаемся. Товарищи помогли, как только возникала возможность отплыть в Крым. Мы через Крым едем. Добраться бы, а там на месте разберёмся. Единственного жаль -- расставаться с друзьями. Дениса и Славы будет не хватать.

-- Как и им вас.

-- Благодарю. А вы, Всеволод Иларионович, будьте возле Головиных. Сдружитесь. Не так одиноко будет. Вижу, вы человек с честью. Откровенно сказать, здесь разный люд встречается. Особенно тяжело, когда некому довериться. Похоже, что мир теряет устои. Если в Европе такое происходит, тогда можно представить, что там у нас твориться.

-- Уж творится... – глядя как бы в пустоту, отречённо произнёс Ольский. -- От души желаю вам удачи. Берегите себя. – Грань, проходящая между устремлением этого мужественного человека и ими, остающими здесь, в комфорте, была насколько ощутима, что он боялся поднять глаз: теперь все мы, так красиво говорящие, умилённые плаксивыми грёзами, выглядим всего лишь мелкими людишками, жалкими обывателями.

-- Спасибо, Всеволод Иларионович, и вам счастья здесь. А насчёт «берегите», так не за тем еду.

-- Извините меня. Я бы хотел вас попросить, если только можно... – неловко спросил Ольский.

-- Пожалуйста, какие могут быть извинения.

-- Вдруг вам встретятся имена этих двух офицеров... – он подал конверт, -- будте добры, передать одному из них моё письмо. Я только что написал им вкратце о важнейшем. Прошлой зимой из Москвы они отбыли на юг России, куда и вы сейчас направляетесь. Потому такая просьба возникла.

Сергей был мужем моей покойной дочери Анны... – на большее у Ольского не хватило слов и он лишь крепко, в благодарность, пожал руку мужественному человеку.

-- Обещаю вам -- буду спрашивать о них и при первом же случае попытаюсь встретиться с ними. Не печальтесь так. Нужно и вам верить в нашу встречу, уже на русской земле. Чтобы не случись, надежда должна жить.

-- Огромнейшее спасибо, -- с признательным волнением ответил Ольский, -- ещё раз убеждаешься, что трудная жизнь изгнанников всё-таки милостлива такими встречами с замечательными людьми. Ещё не откажите в этом, -- Ольский вынул из портмоне всю наличность и передал Ермину, -- прошу вас не отказать.

-- Ну, что вы, дорогой Всеволод Иларионович... Нет, я не могу принять. Это ведь бескорыстно. Вам деньги здесь намного нужнее.

-- Вы меня не поняли, Антон Кузьмич. Это не те деньги на которые покупают или благодарят. В России распорядитесь ими по вашему усмотрению. -- Ольский посмотрел в глаза Ерёмина так что тот не мог отказать.

-- Уверен -- мы ещё встретимся, Всеволод Иларионович. Есть у меня предчувствие такое, -- желая развеять грусть в глазах доброго человека, убеждённо, по-офицерски, заверил Ерёмин.

-- Ещё раз извините меня, что в такой момент надоедаю со своим. Вы мне чем-то напоминаете Сергея с Кириллом. Безусловно, в русских офицерах больше общего, что объеденяет всех вас в это тяжкое время. Да храни вас Господь.


## 15
### *Память сердца*

Возвращался Всеволод Иларионович с гулянки вместе с супружеской парой Коржаниных. Екатерина Петровна вела под руку его и плетущегося, а в итоге отставшего мужа. Дорогой она не переставала рассказывать господину Ольскому различные малосодержательные истории, которые едва могли расчитывать на правдоподобность или хотя бы интерес какой-то. Тем не менее она всё настойчивей прижималась к популярному господину.

А Всеволод Иларионович в то время думал о переданном письменном привете от Татьяны Алексеевны... Он соглашался с тем, что Таня весьма часто вспоминалась ему, и всё же относился к тому как к ушедшему прошлому.

\*

Будучи младшей сестрой Ларисы Заряниной, подруги жены начинающего юриста Всеволода Ольского, Таничка с юных лет выглядела истинной красавицей, чем вызывала дополнительное внимание: у женщин в основном завистливое, а у мужского пола – восторженное.

Ольский с супругой часто бывали у Ларисы и Таня не упускала случая присутствовать при этом. Как бы играя на своих привлекательных достоинствах, она появлялась в различны нарядах, во многом импровизированных своим воображением, чтобы ещё разок восхитить собой, полюбоваться в глазах гостей.

Она выглядела безукоризненно превосходна как изящной фигуркой, так и милым личиком с выразительным взглядом больших серых глаз под широкими дугами бровей. С детских лет Таня ощущала в себе преимущество быть красивой, и, взрослея, использовала это в ущерб остальным качествам, просто игнорируя ими. Для неё было легко, как в порядке вещей, обмануть, а после, вместо извинения, улыбнуться, как она умела, будучи уверена, что её всегда простят. Она рано вышла замуж. После хладнокровных манипуляций сердцами женихов, не взирая на их состояния и достоинства, она остановила выбор на одном молодом человеке, неопределённых занятий, а попросту карточном игроке, ни душой, ни манерами не отличавшимся от своих собратиев по авантюрному ремеслу. Познакомились они случайно в одном конно-спортивном клубе, куда Таня попала вместе с друзьми. Чем привлёк её внимание Виктор, так это дерзковатым разговором и свободным отношением к дамам. Вначале, приняв его за наездника, «обращавшегося с поклонницами как с лошадьми» (что бросалось в глаза и многие из красоток его оставляли), она попалась на крючёк такой самоуверенной развязанности. При этом надо заметить, что внешность неразборчивой Тани произвела на него более чем впечатление. Так, будучи беспамятно влюблён в красавицу Таню и способный лишь много всего обещать, Виктор не смог расстаться со своей мучительной привычкой. Проживал он до их свадьбы на оставшееся наследство от родителей. И выглядело всё, может быть, не так плачевно, если бы Виктор ограничивался имевшим и не играл по-большому. Учитывая его посредственную способность игрока и несоизмеримый аппетит картёжника, конечный результат определился сам собой. Но Таня выбрала в мужья именно его. Этим самолюбивая девушка бросила вызов всему тому, что от неё ожидали. А бедные родители так надеялись увидеть свою дочь в семье высшего достоинства или хотя бы не ниже их положения. Бабушка, так та вообще пророчила своей ненаглядной Танюше в мужья чуть ли не молодого генерала при всех регалиях. Так или иначе, получив некоторое приданное, молодая чета по капризу жены переехала жить в Петербург, не утруждая себя излишними мыслями о будущем.

После замужества Тани, Ольским, часто встречавшихся в кругу друзей с Ларисой, почти не доводилось слышать о её младшей сестре-красавице. Да вот по истечении пару лет в разговоре с Ольгой подруга Лариса с болью упомянула о их Тане. Что та возвратилась в дом одна и совсем уже другим человеком, со своими «странностями», которые Лариса не в силах была раскрыть даже лучшей подруге, но о которых можно было догадываться по слезливым намёкам старшей сестры. За все последующие годы, пребывая в гостях у Заряниных, Всеволод Иларионович мог вспомнить только один раз сходившую с лестницы грацию в длинном тёмном платьи. И конечно же, в той мимолётной, впечатляющей красоте можно было узнать Таню. Она, извинившись, едва поздоровавшись с гостями, спешила по своим неотложным делам.

С годами, уже после смерти любимой супруги, занятый работой и воспитанием дочерей Ольский несколько раз случайно виделся с Ларисой в адвокатской конторе, по её просьбе. Лариса Зарянина обращалась за консультацией по материальному вопросу семьи. По случаю вспомнили то время, когда Ольские гостили у Заряниных и принимали Ларису у себя, и Лариса не могла обойти серьёзную проблему с бедной Таней -- болезненное пристрастие к морфию...

Несколько лет спустя, отмечая с коллегами в ресторане день ангела товарища, Ольский заметил за дальним столиком грациозную женщину, внешне вроде бы когда-то знакомую ему, с изумительными чертами лица: красивый покатый лоб, тонкий прямой, с лёгкой горбинкой, нос, извилистые дуги бровей, нежный подбородок... и глаза -- несравнимые... но, к сожалению, непохожие своим ледяным взглядом на те когда-то жизнерадостные. Конечно, он узнал в ней Таню Зарянину. Она находилась в мужской компании, если не считать ещё одну с ними с виду падшуюю женщину. Это совсем не вписывалось в его представление о Таничке Заряниной, даже с учётом давней душещемлящей исповеди Ларисы.

Таня тоже узнала его. Даже покраснела, как ей показалось. Из-за присутсвующего «окружения», которое явно не понравилось бы Ольскому, не подавала виду, что увидела его. И при возможности подошла к нему, как бы боясь, что вот он уйдёт не поговорив с ней. Не знала почему так, просто хотелось услышать от него, побыть с правильным человеком.

После ресторана он провожал её по знакомой дороге к её родительскому дому, об этом Таня попросила его. Шли они почти молчаливо, не считая нескольких неудачных попыток Ольского завести разговор. Тогда у него складывалось впечатление, что у Тани не было, что сказать ему, тем более о себе. И вместе с тем чувствовалось, что она рада их встрече. Теперь ему было видать: прошедшие десять лет изменили её, поэтому не задавал больше вопросов, чтобы не причинять лишнее страдание и без того болезненным, по-прежнему восхитительным глазам. Прощаясь, Таня попросила об одном одолжении -- дать ей взаймы денег. И в благодарность неожиданно поцеловала его в губы, так чувствительно, что он от неожиданности такой продолжал стоять, не прореагировав на её прощальный взмах руки и улыбку. Всю ночь он не сомкнул глаз: видел её и думал, почему так произошло? Но вскоре то забылось и он старался больше не вспоминать Таню, хотя был бы рад быть полезен ей. Он даже и не надеялся когда-нибудь увидеть Таню, да и о том пустяковом долге не помнил.

Приблизительно через пару месяцев Таня пришла к нему в адвокатскую контору, принесла деньги. Выглядела она превосходно, никак нельзя было в ней распознать угнетённую пристрастием. Было заметно, что она старалась казаться ему прежней, хотя много усилий ей и не надо было прилагать. Она смотрелась почти той же юной Танюшей Заряниной, и пригласила его в знакомый ей какой-то небольшой ресторан поужинать. В тот вечер при ней было много денег, она беспечно держала их в сумочке среди косметики, -- прихвастнула, что выиграла на лошадинных бегах. Оживлённо говорила о всём, стараясь выглядеть счастливой. А он смотрел на неё, сидящую напротив, вспоминая былую, сравнивая с теперешней, и печально делал вывод, что это далеко не та энергичная, всем улыбающая Таня. Эта улыбка безуспешно старалась скрыть её жизнь. Она не переставала заказывать всего, так просто наобум сорить деньгами, тем самым намекая, что они для неё ничего не значат, и заранее предупредила его, что не позволит ему заплатить за их ужин. К еде она почти не прикасалась, больше пила вина и «Брау-Дюрсо». Говорила, что собирается ехать за границу с театром, в котором состояла в актёрской труппе.

Таня снимала номер в гостинице невдалеке от ресторана, где они ужинали, и, наверняка, специально выбрала этот, ближайший.

Увлечённая беседа делала время незаметным. Несколько раз Таня приглашала Ольского на танец: показывала, как нужно правильно танцевать модные «Апаш» и «Саломею», и фигуры её выглядели волшебными грациями, на его заглядение. В основном говорила она; её радостный голос заверял, что ей хорошо с ним, и этот вечер -- особенный. А за этой весёлой беспечностью проглядывалась, как проступала плесень сквозь красивые обои, её зависимость, боязнь одиночества. Держалась за него, как за Спасителя. Чувствовалось, что она не забывала их последнюю встречу, и её тогдашнюю шалость... Об этом можно было догадываться по её встречному взгляду, таившему память о чём-то особенном.

И он не ошибался. После той неожиданной встречи Таня часто вспоминала его, всё не находя ответ, почему?.. Из-за этой неуверенности не решалась снова увидеться с ним, хотя в сердце ждала этого. «Наверное, оттого что Ольский не похож на остальных мужчин. Да и такое сравнение ни к чему, -- стыдилась Таня своих мыслей, и тут же успокаивала себя: -- просто, в обаянии Всеволод Иларионович непревосходим, и это к его скромности, и ещё несомненно неутраченной привлекательности... Несмотря что он старше меня лет на двадцать... а может, и больше... – улыбалась она своему странному интересу».

Таня вела его ночной аллеей к гостинице. Тёрпкий запах шуршащих под ногами листьев как бы вынуждал запомнить этот осенний вечер, навевая печальную мелодию. И она снова сделалась молчаливой, оттого, что на этот раз знала к чему это. Надеялась, что Ольский не осудит её, заговорит хотя бы о чём-то отвлечённом, если не о ней, чего скрыто хотелось. Желала знать: или помнит он её поцелуй. Наверняка, помнит, если она о нём не забывает. Она чувствовала это по его прикасанию к её руке, несущей букет роз, преподнесённый им. Выбрала у цветочника отчего-то приглянувшиеся белые.

Ольский нежно стиснул ей локоть, как бы намекая, что ему не хотелось расставаться этим особым вечером.

Без ненужных слов Таня завела его в снимаемый номер и, едва прикрыв дверь, повторила тот незабываемый поцелуй.

\*

Был уже поздний день, входивший первыми сумерками в серую, невзрачную комнатку, как бы предназначавшуюся для подобных встреч с неминуемым расставанием. А этого Ольскому никак не хотелось:     выпустить её из объятий –

значит услышать «до свидания» или «прощай», и очень даже возможно поцеловать в последний раз -- на это его не хватало. За окном начал моросить дождь. Пасмурное небо вызывало тоску, и так было мучительно возвращаться в своё душевное бегство... и ещё больше -- оставить Таню здесь.

Положив голову на его грудь, она рассматривала его лицо с мягкой, аккуратной бородкой; глаза, мелкие морщинки в их уголках... Ольский чувствовал волнующее биение её сердца, тёпло рук, влекущее сладкое дыхание... а во взгляде не мог встретить хоть какую-то надежду. Увы, Таня не особо замысливалась над своей жизнью, в этот момент ей было хорошо с этим человеком. Лишь признавала, что вчерашним вечером поступила недолжно, и вот теперь чувствовала вину перед Ольским: «...а я не ошиблась – Ольский особенный. Но он всего не знает обо мне... И я не хочу ему портить жизнь».

Она дождалась пока он уснёт и, перед тем как покинуть гостиницу, оставила на своей подушке краткую записку с тремя словами: «Люблю, прощайте и простите».

\*

На этот раз ему потребовалось длительное, труднопреодолимое время заставить себя не вспоминать Таню. Благо, дела и дети хоть как-то отвлекали его от мыслей о ней. Начиналась весна и с ней Ольский понемногу приступал готовиться к предстоящей поездке в имение. В первую очередь необходимо было уладить в срок адвокатские дела, чтобы без оглядки на недоработки погрузиться в хозяйственные. В один из таких затянувшихся в работе вечеров к нему пришла Таня.

Она смотрелась иначе чем при прошлой встрече, -- на её внешности так и отражалось вынужденное отсутствие весьма существенного в её жизни. Но её породистая крепкая красота всё же перекрывала плохое. Прежде чем сказать, они встретились взглядом, как бы заверявшим, что между ними не было расставания. Она читала в его глазах свои мысли, и извинением простить касание его руки, которое могло показаться пылким. А он просто взял её за талию и прижал к себе с мужской силой, -- эта подпорченная красота как бы провоцировала на то, -- ...он заблудился в запахе её волос, нежности поддатливых губ, в своём безумии счастья.

Не тратя время на ненужные слова, они поехали к ней на квартиру, в полупокинутом жильцами ветхом доме. Темнота выгодно скрадывала убогость этого жилья, как и её болезненного взгляда, -- как бы на что рассчитывала его странная обитательница. Но жажда близости не замечала ничего: ни этих мокрых, крошащихся стен, ни чёрного потолка, ни запаха тления…

Она жалила его сердце отчаянными поцелуями своей несчастной любви, отдавая ему, что берегла лишь для него, доброго Ольского, всё думая о нём, ожидая этой встречи. А он был благодарно-покорен, повинуясь до этого незнанной страсти. Но то было просто доказательство, что такая существует, краткая как вспышка погасшей звезды, без обязательств.

*

После той ночи Таня также неожиданно появлялась в жизни Ольского, как и надолго исчезала. И каждый раз он с тревогой думал, что больше не увидит её. Все его слова и попытки помочь ей разбивались о выбранную Таней жизнь, которую она таковой едва ли считала.

Последний раз Ольский видел Таню давней осенью. Да и то была не встреча, а случай: заметил её возле той гостиницы, в которой когда-то чувствовал себя счастливым. Как бы повинуясь незабываемому, он часто проходил той затерянной старой улицей вдоль бесконечного каменного забора какого-то монастыря, будто навсегда там оставил свою душу. Больное ею сердце велело возвращаться туда. И вот, как в искупление своим безутешным мучениям, увидел издали этот тонкий силуэт в чёрном пальто и шляпке с вуалью, и не знал себя от счастья, желая броситься с объятиями к ней. Но тут же остановился. За Таней из автомобиля спешно вышел пожилой, респектабельной внешности мужчина с безразличным лицом, определённо случайный для неё.

Л. Хайченко Берег турецкий

То было бессловестное заверение, что всё кончено между ними.

И вот спустя пережитое, за тысячи километров от их Москвы этот милый конвертик с запиской от Татьяны Алексеевны Заряниной.

«Она здесь... но что ожидать от этого?» -- спрашивал себя Ольский, чувствуя как к нему возвращается то, что он мучительно отгонял, стараясь не вспоминать.


16


*Все дороги ведут домой*


-- А мы вас заждались. И не без волнений, проказник вы наш, -- Николай Николаевич перевёл внимание от почти выигранной партии (судя по измученному лицу Андрея можно было догадаться, которая она на счету).

-- Извиняюсь перед вами за плохое поведение и прошу в угол не ставить, -- отшучивался подвыпивший Ольский. -- Это ещё хорошо, что еле отговорился, чтобы в ещё одни гости не попасть. Екатерина Петровна буквально тащила к себе... гм, вернее, к ним.

-- Так-с, имеем новые имена... – особо посмотрел Николай Николаевич. -- Шутка ли, пришли за полночь. Знете насколько ночью опасно в этом городе? Вечером, прогуливаясь по парку, невольно, наблюдаешь за некой публикой, шатающейся в надежде лёгкой наживы. Раньше здесь за воровство казнили или руки рубили, теперь же на каждом углу только и жди. С одним турком разговаривал в кафейне. Он немного по-русски знает и я со словарём-дымарём... остальное – пропускали. Ха-ха!.. Он с виду простой человек, положительный. Говорил, сапожничает. Я на его руки глянул -- точно, не врёт. По особым приметам многие специальности различить могу: от щупача до плотника.

-- Вы, уважаемый Николай Николаевич, несмотря на свою сердечность, несколько предубеждены в криминальном потенциале каждого, -- добродушно ответил Ольский.

-- Хотелось бы, Всеволод Иларионович, при ваших оптимизмах жить. Да вот жизнь противное доказывает. А пока, Андрюха, давай ходи! Чего уши трёшь... – сделал ход Иваницкий и возвратился с ответом к Ольскому: -- Нет, не каждого, Всеволод Иларионович. К примеру, знаю, что вы кроме вреда себе никому другому его причинить не можете. Вы боитесь -- сказать неправду. А что в компании были, это уже лучше. А то всё в себе держите, мрачнее мрачного ходите.

-- Прекрасные люди -- Головиных! и друзья их такие же милые... Задушевно беседовали. Романсы пела Виктория Ивановна, жена Дениса Афанасьевича. А меня «Барыню» плясать заставили... Екатерина... – покачал головой Ольский.

-- И это к лучшему, -- отвлечённо прореагировал Иваницкий, не ожидавший от Андрея такого контрвыпада.

-- Провожали их друга, ротмистра казачьего полка Антона Кузьмича Ерёмина. В Россию возвращается. Примечательной судьбы человек. Рассказывал мне о себе. Я им письмо передал Сергею. Может быть, там Кирилла встретит. Кто знает, всё случается на войне, -- обратился он к сестре.

-- Храни их Господь.

-- Не иначе, как на Дон?.. – с уверенностью спросил Иваницкий.

-- Как вы догадались? – удивился Ольский, стеливший постель.

-- Куда же ещё офицерам, -- спокойно ответил Николай Николаевич.

-- Некоторые возвращаются. Я у булочной встретилась с приятной женщиной, из Тулы она. Русских легко здесь определить, мы выгодноузнаваемы. И даже не по внешности. Глаза у нас похожи, -- за суетой и бровадой в них грусть поселилась... – как бы себе ответила последними словами Клавдия.

-- Это уж верно, Клавдия Иларионовна! Вот где писателям-сентименталистам персонажи удить, -- кивнул в согласие Николай Николаевич.

-- С мужем и сыном она здесь. Делилась, что очень им трудно приспособиться к непривычному. Подрабатывают, где только возможно. Берёт на квартиру шить, а муж рыбакам помогает. Ночью ходят в ресторан посуду мыть. В Крым всё же они ехать не решились, муж убедил, что там только временное спокойствие, а потом, когда красные поднажмут, такой хаос начнётся... Лучше раньше от всего, чем неизвестно что. Они в Америку хотят плыть. Говорит, что там спокойнее всего, -- говорила о чужом с чувствами словно о личном Клавдия Иларионовна, держа на коленях учебник и словарь. Собираясь идти и себе стелиться, задержалась в беседе.

-- Всё это интересно и полезно услышать. А вот вы, любезные мои, могли бы отличить по внешности, скажем, рыбака от ездового? – преднамеренно спросил Иваницкий.

-- Я полагаю, исходя из опыта краткого пребывания в Одессе, смог бы, -- подмигнул Ольский сестре.

-- Нет, я серьёзно. Извините меня, что возвращаюсь обратно к профессиям.

-- Чем обязаны такому, извольте узнать? – ожидая услышать что-то новое, Клавдия посмотрела на Иваницкого.

-- А объясняется это тем, что чем тщательнее я всматриваюсь в нашего Ибрагишу и его брата Айтана, тем больше, мягко говоря, они мне кажутся странными.

-- И всего? Отчего же «мягко говоря», Николай Николаевич, раз вы уже было убеждали нас в подозрительности к ним? -- улыбнулась Клавдия Иларионовна.

-- О том и речи быть не может. Я о другом. Пока стопроцентных доказательств нет, но некоторые факты имеются. Ибрагим говорил, что его брат мясник, а для рубщика явно слаба кисть у него. У мясника в глазах сытость и покаяние, а у этого глаза горят, как у голодного хищника, точно бандитские.

-- Ох уж типажи... Если уж вы о мясниках и бандитах перед сном, тогда, уважаемый наш детектив, и у меня для вас имеется одна интересная деталь. Я ведь по вашему доброму совету почти весь день из дому не выхожу.

-- За это только похвала вам, -- вставил Иваницкий, слушая.

-- Сегодня после уборки решила прилечь, отдохнуть. Когда слышу будто шум какой-то снизу доносится... как бы у нас под полом происходит. Вроде отдалённые женские голоса... Вначале подумала, что мне почудилось -- ведь с моря так дует, что глядишь деревья повалит. На том мысли и успокоилась. Но не до сна уже было. Стала читать. Затем, погодя незначительное время, слышу обратно и уже более отчётливей «Вввв-вввв...» -- будто плач чей-то...

-- И я похожее слышал, да не придал значение. О том же подумал. А два совпадения -- уже улика. Верно, Николай Николаевич? – Всеволод Иларионович ожидал услышать достоверный ответ профессионала.

-- Улика, господин адвокат! Что же вы, опытнейший, молчали? – и уже к Клавдии Иларионовне: -- То, что вы сейчас сказали ещё больше укрепляет мои предположения. Кстати, они у меня не от слуховой зависимости, а от наблюдений. Но всё же ещё рано, господа, делать заключения. Подождём-с. А вот, если вам подобное вновь послышится, рекомендую свернуть трубкой журнал или газету и к полу приложить одним концом. А вообще-то идеально -- врачебной трубкой. Вот такой, -- Николай Николаевич достал из кармана сюртука фонендоскоп.

-- Получается, эта дудочка не только в помощь докторам, -- улыбнулась глазами Клавдия. -- Ну, достаточно на сегодня интересного. Спокойной ночи всем. – Клавдия Иларионовна вышла из мужской комнаты со своими сомнениями: «Неужели в этом странном доме -- под нами ещё кто-то проживает? Но кто, и почему тайно?..».


## 17
### *Успех*

Прошла ещё одна очередная неделя, и вроде бы уже устоялась их жизнь на чужбине. Так, к примеру, в лексиконе Ольских и даже непримиримого к иностранщине Николая Николаевича появились новые слова и фразы, выученные в общениях с местным населением и из газет. И конечно же, за это короткое, но интенсивное время каждый из них с успехом продвигался в их новых занятиях.

Всеволод Иларионович, упражняясь в развитии литературных наклонностей, сделался популярным автором

Л. Хайченко Берег турецкий

благодаря своим газетным публикациям и рекламной деятельности Дениса Головиных.

\*

-- Доброе утречко, дорогой Всеволод! – поднялся из-за письменного стола, загромождённого различными бумагами, встретить дорогого человека Денис Афанасьевич, привыкший по утру быть уже у дел, -- чтобы оно у нас было полезным, как и предыдущие.

-- Самое доброе с теми же пожеланиями! – улыбнулся широко вошедший, -- действительно, сегодня оно у нас грозит быть прекрасным. – По выработанной привычке литератора, Ольский поставил на стул свой портфель с новым материалом, который, нужно отдать должное, был подготавлен Всеволодом Иларионовичем исключительно продуктивно и с огромным желанием. Он появлялся в редакции газеты по договорённости с Денисом Афанасьевичем три дня в неделю.

-- Как мило, что сегодня вы пораньше. Будто догадывались.

-- Может быть, и так, Денис Афанасьевич, -- довольно ответил Ольский, приученный этим человекам к приятным сюрпризам.

-- У меня возникла одна идеица... – потирая подбородок, задумавшись, обошёл стол и сидевшего гостя хозяин кабинета.

-- Слушаю, -- поднял взгляд Ольский.

-- А что, если все ваши публикации в итоге издать нам книгой? и мы тогда смогли бы её тиражировать более широко, даже в других странах, где проживают наши соотечественники. А при достижении ею лимита продаж, в чём я не сомневаюсь, можно будет текст перевести на английский и французский... Опять-таки под спрос.

-- Звучит завораживающе!

-- Помимо коммерционной части вижу в этом и политическое значение, -- прохаживаясь, сказал Головиных в завершение, хотя это было у него на уме с самого начала. Когда волновался, ему было трудно усидеть за столом. В масштабности видел силу, и тут вырисовывается похоже.

Ольский с интересом посмотрел на Дениса Афанасьевича.

-- Да, это так, -- уже другим голосом продолжил Головиных, его взгляд подчинён был высшей ответственности, -- ваша литературная работа помогает формировать общественное мнение, пробуждать чувство патриотизма, у кого оно прячется за прижившимся сурагатом будней. Ну и исходящие производные в связи с этим. Что можете добавить, Всеволод Иларионович? Теперь при вашем взлёте, я без упоминания отчества не осмеливаюсь обращаться к вам, -- подморгнул издатель.

-- Признаюсь вам, на большое не рассчитывал. А то, что удачно получилось, отношу в заслугу тем, кто своими судьбами писал историю. Но если уж конкретно по данному вопросу, так приятно слышать похвалу. Уж если у людей возникает интерес, почему бы его не удовлетворить? Нет сомнения, это объёмистая работа. Осмелюсь повторить, я очень, очень вам признательный. Ну, а насчёт официальности общения, так это вы шутя... Я более комфортно чувствую себя имея друга Дениса, чем редактора Дениса Афанасьевича.

-- Вот какой вы... а я то думал, что у меня друг материалист... – с чувством признания стиснул плечо открытого человека Денис Афанасьевич. – Значит, порешили предварительно. Сказал вам -- чтобы вы видели перспективу своей работы.

-- В сей «перспективе» заметно, что вы хотите из меня знаменитость сковать. Не так ли, уважаемый Денис Афанасьевич?

-- Ну, это вы зря с иронией, -- редактор Денис Головиных не терпит несерьёзностей! – полушутя ответил Денис Афанасьевич, -- Вы автор этих публикаций, заслужили популярность благодаря своему таланту. Ведь известно что факты подаются по-разному. Мы с самого начала беседовали об этом. Ваш успех будет измеряться именно данным критерием – насколько вы читаемы. Здесь логика проста. Ну, а если камни полетят... уж тогда...

-- И это идёт! В связи с вашим предложением, у меня встречный вариант родился. Как вы относитесь, если в намечающуюся книгу войдут также заметки двух других людей?

-- О, за это пока не знаю... – насторожился редактор, его лицо выдавало несогласие.

-- О моей сестре и Андрее я вам уже говорил. Этот парень, переживший столько всего, мне по-сыновьи дорог. Не сомневаюсь, ему есть о чём рассказать. А у Клавдии своё видение происшедшего, -- в ожидании ответа, Ольский смотрел на Головиных, как на всемогущего.

Денис Афанасьевич был как раз тем человеком, который, невзирая на обояние и приветливую улыбку, к важному делу относился ответственнейше и скоропалительность решений отвергал.

-- Признаюсь, вы меня застигли врасплох. Данное предложение звучит весьма неожиданно... – поглаживая усы, ответил Головиных, поставленный перед вопросом, и как-бы нехотя начал: – Да, у каждого свои видения, дорогой Всеволод. Иное дело, если они... Боюсь за книгу, не повредило бы это ей, – но встретив в глазах Ольского досаду, смягчил требования: -- Хорошо. Во-первых, мне необходимо видеть их работу. Это с учётом предварительной встречи. Дальше, при всех «за», идут формальные уточнения насчёт оплаты. Но при условии, что я не забракую материал. Так что им следует поднапрячь усилия и умение, что будет оценено мною соответственно. Вас то я уже знаю, Всеволод. Даже стиль изложения изучил, определим среди многих. Повторяю: главное – добротность материала. И конечно же, чтобы не получилось пословицы «с ложкой дёгтя». -- Посмотрел с осторожным намёком Денис Афанасьевич и продолжил противоречиво: -- Понимаете, дорогой, при всём желании мы не можем рисковать целым проектом. А вдруг их изложение не впишется к вашему? И потом, новые, неизвестные читателю имена... А соавторство? оно не выглядит бенефитом для вас, хорошо известного.

-- Но я не с учётом собственной выгоды.

-- Понимаю. Впрочем, может быть, что в этом и есть исключительное... -- ответил озадаченный Головиных. -- Мне нужно всё тщательно обдумать. Естественно при наличии конкретного результата. Они должны превзойти свои старания! Вы понимаете насколько высокие требования? Несравненные с обычной газетной публикацией. Здесь на карту ставится несравнимо больше. Не может быть каких-то разрывов в книге. Она должна читаться залпом, как целостный, всё собой заслоняющий интерес. На одном дыхании читается настоящая книга! как и ритм повествующих событий, сцен, случаев. От первой страницы и до последней должен вращаться колейдоскоп изложения! Задорины не предусматриваются, увы. У меня уже и название книги витает. А что, если так: *«1918год. Хроника одной жизни»*. И ваше имя вверху перечёркивает сомнения о содержании. Многие наши читатели желали бы иметь вашу книгу. Теперь же вы желаете видеть в ней...

-- На вашем месте я говорил бы похоже. Единственным аргументом в оправдание может стать их талант. Если бы я не был уверен, тогда...

-- Не волнуйтесь, Всеволод, я вам полностью доверею. Я только за успех! Можете передать своим помимо привета ещё и это моё пожелание.

Выйдя из кабинета редактора, Ольский спешил домой, теперь у него была обнадёживающая весть и для сестры. «Ну, а Андрюше понадобиться сократить время шашечной игры. Их ожидает настоящая увлекающая работа, и вне сомнения они справятся с ней на отлично» -- был уверен Всеволод Ольский.


18


*Оправданное свидание*


Она ожидала Ольского у входа в редакцию газеты; приходила на это место чуть ли не ежедневно, надеясь на намеченную по записке встречу с ним. И вот наконец-то посчастливилось заметить его издали, среди прохожих, как бы идущего на встречу с ней.

Так оно и произошло. Таню Зарянину невозможно было не узнать Ольскому при любых обстоятельствах, несмотря на почти восемь лет, когда последний раз он видел Таню у крыльца той злосчастной гостиницы. Сейчас она казалась ему почти такой же. Скорее, это было его самовнушение, и тут уже время ничего не значило. Она -- его невымовлено-желанная, -- в чём боялся признаться себе. Всё это время образ Тани гипнотически находился в его подсознании: только жди когда она снова появится в его жизни, чтобы после новой душевной болью напоминать о себе. Её красота, на удивление, оставалась нетронутой. Время и непростой образ жизни только лёгкими штрихами придали выразительность чертам её лица, даже углубили красоту: нежная бледность почти светящейся кожи, с дорогими прожилками на висках... эти прекрасные тёмно-серые глаза, делавшие любое сердце покорённым.

На этот раз их открытый взгляд ждал его, и Ольскому лишь осталось принять свою участь. Он не просто был рад видеть Таню Зарянину снова и на удивление здесь, испытывал несравненно более. И если спросить у его сердца, что больше всего желало бы оно, эта странная женщина была бы ответом.

-- Почему же вы не пришли, как я вас просила? – живо спросила Таня, уверенно взяв Ольского под руку, будто опоздавшего на назначенное свидание, и повела в сторону пролегавшего парка, -- я каждый день была здесь. – Она как бы нарочно смотрела в его глаза, уверенная в бессилие перед её взглядом. И его молчание приняла за извинение. Она сразу заметила изменения в Ольском и больше не продолжала с расспросами. Вместо прежнего элегантного с гордой осанкой, интересного мужчины пред ней находился возрастной человек с усталым взглядом и осунувшимся лицом. Одет он был без притензий на моду, по сезону практично. Его тёмно-синее драповое пальто и шляпа смотрелись избито бонально. Ну, и туфли в галошах... Данный вид стирал его былую приверженность одеваться со вкусом; будто тот Ольский остался в гардеробе...

Он растянул ответ насколько ему потребовалось осознать своё положение, к тому же этот нежный, едва уловимый запах духов... так же как пахнул тот конверт с её запиской – искушающе. «Она, наверняка, не знает ни о смерти Маши, ни о трагической гибели Ани... Как мне ответить её весёлому настроению? И вообще жизнь безжалостна ко мне...»

-- Простите меня. Спасибо за ваше письмо, -- всё что смог ответить он, идя рядом с ней, ощущая с каждой минутой своё возвращение к прежнему.

Она не придала значение этому холодноватому ответу, чувствуя свою вину перед ним. И вот теперь старалась сгладить тот пробел своего отсутствия.

Ольский слушал и смотрел на Таню, тайно стараясь насытиться её обликом, на будущее, неизменно предстоящее время новой разлуки. Она от холода прятала руки в соболью муфточку. Её чёрная каракулевая шубка выглядела несколько коротковатой, как бы умышлено открывая коленки стройных ног, как и превосходно подчёркивала грациозность красавицы. И коса светло-русых волос, как и раньше привлекающе спускалась вдоль стройной спины к тонкой талии.

-- А я здесь с варьете, уже больше двух месяцев. Мы по вечерам танцуем, и почти весь день я свободна... – она посмотрела на него, ожидая действенного ответа, и на молчание продолжила: -- Сегодня написала ещё одно письмо Ларисе... Лишь бы дошло. В чём с тревогой сомневаюсь... Она с семьёй и родители остались в Москве. Жить там тяжело... Ну, не молчите же, Ольский... – и стиснула его руку. Ей нравилось звать его именно «Ольский», этой красивой фамилией. По имени-отчеству как-то старило, и потом звучит официально.

 -- Я слушаю вас, -- увлечённо ответил он.

 -- А я ваши статьи читала... с упоением. Увидев ваше имя, вначале не поверила, что и вы здесь. Потом обрадовалась. Я их все храню, – в её голосе проступила грусть. -- Очень хочется возвратиться домой. Такое ощущение будто незапамятно давно из России.

 -- Как же вы оказались здесь?

 -- Просто мы выступали по Европе, ну и война нас застала в дороге, -- быстро, как ему показалось для отвязки, ответила Таня. -- Я бы вас, Всеволод Иларионович, пригласила к себе...

 Он ответил с взглядом плохо скрывавшим желание.

 -- Я живу в гостинице, со своей подругой, танцовщицей, -- и продолжила, вроде сожалея о сказанном: -- Но у нас неубранно. Может быть, попозже как-то. Давайте-ка лучше по воздуху пройдёмся. Не возражаете?

 Его глаза говорили, что он согласен на всё предложенное ею.

 -- А помните, как у нас бывало в Москве на праздники? – она крепче взяла его под руку. Подумала: «Что он чувствует сейчас? Или хотя бы вспоминал меня? Тогда просил остаться... а я была такой глупой и плохой, будто желала его страданий. Упиваясь своим превосходством, не знала себя...».

 -- Как же всё забыть... – ему хотелось, чтобы Таня говорила – слушать её, -- помню ваш дом, родителей... – и чуть не обронил: -- и тебя, такую жизнерадостную, спускавшуюся к нам с уймой разных восторгов в детских глазах юной красавицы...

 -- Скажите, Ольский, почему вы печальны? Случилось что-то? Или не рады видеть меня? Ну хорошо... Если вам так...

Она не успела договорить, ощутив его уста, и, узнав их нежность, ответила желанной взаимностью.

Парковая скамейка, на которой они сидели, была самой отдалённой в сосновой аллее, почти невидимой за кустами. Туда прогуливавшиеся парком не решались идти, там они счастливо оставались вдвоём, чувствуя себя свободными.


## 19


### *Отрада дедушки Поля*


В эти минуты Поль Руанье чувствовал себя самым счастливым дедушкой. Он бережно держал обвёрнутый бумагой портрет своей ненаглядной внученьки, а рядом сидела, на заднем сидении автомобиля, виновница праздничного настроения дедушки. Николь была торжественно-серьёзной. Ещё бы, ведь художник месье Андрэ написал её портрет! Теперь этот портрет будет висеть с другими замечательными, и все их гости будут спрашивать: «Кто это такая красивая? Неужели ваша Николь?..». Ей нравилось ездить машиной вместе с дедушкой Полем, потому что было интересно смотреть в окно – внимательно наблюдать за происходящим, чтобы потом рассказывать маме.

И как бы повинуясь желанию Николь, огромный город открывался перед глазами ребёнка своими шумными, бурлящими ежедневной суетой улицами и тесными переулками, минуемыми осенними парками и скверами... Ещё ей, по-взрослому, нравилось, когда прохожие с удивлённой завистью засматривались на них, кружащих в лабиринтах узких улиц, то и дело сигналя неосторожно переходящим через дорогу. Особенно было смешно от перепуганных зевак, в последний миг уворачивающих от столкновений с их машиной; или смотреть как бродячие собаки с лаем бежат позади.

-- Скажи мне, пожалуйста, детка, отчего тебе так весело, когда кто-то избегает попасть под колёса? А? Не хорошо так,

Николь. Некрасиво смеятся над теми, кто оказывается в неприятном положении, -- мягко упрекнул внучку дедушка.

-- Ха-ха! Ты сказал «под колёса». Как это может быть? Дедушка, они просто очень невнимательны и оттого мне смешно...

-- Но не их вина, что по их улочкам, где не провернуться, проезжает автомобиль. Это так изредка случается, что они не привыкли, поэтому и ведут себя беспечно.

-- Тогда, почему мы едем их улицами?

-- Действительно, ты верно спросила: отчего мы едем именно здесь этой неудобной дорогой. Ну, что тебе ответить... Просто так мы сэкономим дорогое время для твоего дедушки, который торопится к своим делам. Да и так быстрее доедем домой, где тебя ожидает твоя дорогая мамочка. Теперь поняла, детка?

-- Поняла, что когда мы быстро едем, все испугано разбегаются, -- настаивала на своём Николь.

-- Ну что с ней поделать? Дитя постигает мир своими глазами, -- ответил на ироническую улыбку водителя Салека умилённый дедушка.

-- Это потому, что они бедные люди и едут на осликах, а мы на машине, -- объяснил взрослому ребёнок, на что дедушка Поль ответил уже недовольной улыбкой.

\*

Они въехали через распахнутые привратником металлические врата владения Руанье. Дорога, окаймлённая фигурно подстриженными кустами и стройными кипарисами, вела к крыльцу дома-дворца.

Жаннэт, с нетерпением выглядывавшая в окно дочь и отца, вышла им навстречу.

-- Вы сегодня так скоро возвратились. Наверное, папа, из-за твоей занятости всё откладывается... – с сожалением ответила на собственный вопрос Жаннэт, но увидев явно картинную упаковку в руках отца, извиняясь, улыбнулась.

-- Мамочка, а мы хотим тебя удивить чем-то... Угадай, что мы привезли? – Николь держала руку на загадочном пакунке, который должен стать большим сюрпризом для мамы.

-- Неужели твой портрет уже готов?! – подыгривая восторгу дочери, спросила Жаннэт.

-- Неужели -- в самом деле! – засмеялась обрадованная Николь.

-- Так быстро написать... Хотя уже больше недели прошло. О боже, как незаметно время летит...

-- Конечно, летит! Как птичка, -- ответив маме знакомой фразой, продолжала смеяться Николь.

-- Так скорее же покажите мне!.. – капризным голосом просила «маленькая мама Жаннэт».

-- Сейчас, дочка, не торопись. Нужно осторожно распаковать, чтобы не царапнуть... А место для портрета своей любимой внученьки дедушка Поль уже приготовил в своём кабинете, -- улыбнулся дедушка, -- вы не возражаете?

-- Я не возражаю. Не знаю -- как мама? -- серьёзно ответила Николь. Она поднималась на носочках, заглядывая на стол, где добрый дедушка аккуратно освобождал от хрустящей бумаги её изображение.

-- А теперь прошу вас закрыть глаза и по моему сигналу сможете взглянуть. Ещё одну минутку потерпите, дорогие мои. Ещё терпение, мгновение, и... дуновение! – заботливый глава небольшого семейства поставил портрет на временное место – шахматный столик у стены, -- можете смотреть!

-- Ох какая прелесть!.. Ника, деточка... Будто твоё зеркальное отражение! И глаза такие живые... Краски он удачно подобрал – не насыщенные, чтобы передать детскую нежность. Мне очень нравится. Кто этот художник? Ах, да... ты же мне уже говорил. Кажется, его Андрэ зовут? Хорошего уровня работа. Чувствуется, что он характер нашей Николь разгадал.

-- Да, мамочка, это месье Андрэ рисовал. Красиво? – не отходила от своего портрета Николь.

-- А себе ты нравишься? Или как обычно придирчива? – мама очарованно смотрела на восторжённую доченьку и этот живой портрет был восхитителен.

-- Разве не заметно по её глазкам? Николь так терпеливо вела себя, – дедушка гладил по головке свою умную внученьку.

-- Я себе всегда нравлюсь. Особенно смотреть как у зеркальца мама губы подкрашивает... А больше всего мне нравится мой мишка. Видишь -- я уже большая, -- она подняла мишку посмотреть на портрет, -- портреты рисуют с больших людей. И месье Андрэ мне всё время улыбался, потому и я на портрете получилась такой весёлой. Правда, дедушка?

-- Правда, моя ненаглядная. Позволь дедушке за это тебя поцеловать, свою умницу, в эту розовую щёчку...

-- Папа, а что, если этого Андрэ пригласить к нам? Он бы смог спокойно в домашней обстановке писать ещё один портрет Николь. Ей бы было не так утомительно. Или в нашем парке, например. Хотя не сейчас... Может, через время?..

-- Именно не через время. Я уже с ним и Жан-Пьером предварительно согласовал такую возможность. А теперь, глядя на этот изумительную работу, убедился в необходимости. Я бы хотел, чтобы Андрэ выполнил серию картин. Осталось только уточнить время и обговорить условия.


20


*Предложение Ибрагима*


Николай Николаевич не менее чем изумился, когда вдруг к нему подошёл сам Ахилла... Точнее, как бы специально проходя мимо, дружески похлопал его по плечу и с открытой улыбкой произнёс заученное на русском:

-- Прывет, Николаи! Как твой дэла? Дэнги надо?

-- Тэшеккюр[3], -- коротко ответил Николаи, а про себя подумал: «Какой такой дэнги? Что там ещё он надумал? что я ему б...ь какае-то...». Но тут подоспел к их короткому общению всевидящий Ибрагим и, что-то сказав Ахилле, продолжил, развивая тему «как твой дэла».

-- Я знай ты, Николаи, не любишь плох человек. И мы не любишь плох человек, -- переглянулся он с Ахиллой, -- много плох человек денги взял у нас. Понимаешь? Наш денги плох

---

[3] (Тур.) *Большое спасибо*

150

человек отдать не хош. Понимаешь? У плох человек наш денги забрать надо. Пойти домой к плох человек и наш денги принести к нам. Мы тебе дадим тоже денги... когда плох человек отдаст. Будешь нам помочь? Хорош дело будем делать, Николаи. Нужный дело.

-- Погоди, Ибрагим, дай мне подумать. Я знаю, о чём ты, -- нехотя улыбнулся «хорош человек».

Получив неопределённый ответ от Николаи, Ибрагим под руку увёл за собой Ахиллу, шепча что-то тому.

«Ну, что тэпэр мнэ дэлат? – с полуиронией размышлял Иваницкий, -- если я откажусь от предложения Ибрагима, значит за этим, вероятно, последует потеря работы. А моё согласие вступить с ними в преступный сговор -- будет вопреки моим принципам, и вообще немыслимо. А что, если выбрать серёдку и перехитрить их... Возможно, видимое сотрудничество с Ахиллой послужит мне для выведывания большей информации, и в конце концов приведёт к разоблачению этой шайки. Но меня удивляет наглая сомоуверенности Ибрагиши... Он так смело предложил мне противозаконное занятие, при этом зная, что я бывший жандарм. Наверное, здесь у них легко покупается закон. Впрочем, и у нас в России всегда хватало продажных чиновников на любых уровнях. Итак, имеем новую ситуацию со старыми производными. У других жизнь на жизнь похожа, а здесь отметка судьбы – возиться с отбросами, да ещё по заграницам. Вот у Всеволода Иларионовича появилась интересная работа: весь погружён в летопись... и по газетам известность к нему пришла. Даже приобщает Клавдию и Андрюшу. А мне не предложил... Андрей вообще молодец: деньги хорошие зарабатывает, тоже удовольствие от работы получает. Я по сравнению с ними не кто иной как «легавый». Какую выбрал себе в России специальность, той и здесь верен. И что ужаснее всего – не могу я без неё. Видимо, в крови моей быть ответственным за порядок. Ответственность за чистоту общества сидит во мне, каждого обиженного защитить хочется. Так и придётся мне по жизни тащить этот мой крест».

Л. Хайченко Берег турецкий

*

Ибрагим вышел из курильни в направлении сидящего за столиком у двери Николаи, и Ахилла покорно следовал за ним -- как на древних фресках изображение гордого вельможи и раболепного слуги.

А Николай Николаевич, набросив на себя личину новой роли, улыбнулся навстречу двоим, уже не прежде натянуто, а во всю ширь, как к старым друзьям.

-- Есть один дело, Николаи. Послушай меня. Ты помнишь молодой парен нехорош здес был? Ты его выгонял-выгонял... Высокий и худой, как палец... Он в длинный палто одет был... Помнышь тепер?

Иваницкий тут же смекнул, что они ищут Валентина: «Значит, он с ними больше дел не имеет, как мне и обещал. Что же, видимо, парень посмотрел на жизнь реально».

-- Кажись, немного припоминаю... Он вам нужен?

-- Нужен, очень нужен! Он плох человек. Шакал! Денги наш не хош отдать! Приведи его, Николаи. Увидишь где-то тот шакал – сразу к нам тащи. Не бойс никого тащы его в кофейню. Ахилл ждёт его. Он ходит недалеко. Ты нужен споймат тот плох человек.

-- Ну, а какой-нибудь друзья у тот плох человек есть? Может быть, через его друзей легче найти его? – проникся вниманием по поимке «плох человек» Иваницкий. Он был уверен, что Ибрагиму и Ахилле известно о Викторе и Юре, ну а их друг, Валентин, будет служить вроде приманки. И дополнительно спросил предположением: -- Возможно, девушка у него есть?... – но чтобы не казалось подозрительным насчёт Кати, поправил себя: -- жена... или из родственников кто-то?

-- Мног-мног спрашиваешь, Николаи. Не твой дел, кто у этот шакал ест, а кто нет, -- недовольно ответил Ибрагим, переглянувшись с Ахиллой.

«Осторожная сволочь. Нужно им пряник бросить... да и глуповатым прикинуться не мешало бы, таким себе жадненьким к деньжатам. Они этим больше доверяют.

Улыбнувшись по-свояцки, Николаи хлопнул по плечу Ибрагима:

-- Лады, договорились! Если я его к тебе притащу, сколько ты мне за него заплатишь? Я хочу сразу знать, Ибрагим. Может, он вооружён, кто знает... Или другой риск присутствует.

-- Какой он вооружён? – засмеялся Ибрагим, -- ты нам сперва дай этот шакал. Денги потом полушь. И не бойс, нет у него пистолет. Ты сам видел его, какой у него пистолет... Ты найди, где этот шакал ходит. Вечером походи здес, походы там... у русских спроси... Может, кто и знай его. А за денги -- не бойс, -- и внимательно заглянул в глаза, -- я тебе дам десет процент.

-- Ну, Ибрагим, это мал-мал -- десять процент за такой работа, -- играл свою роль Николаи, -- дай половину -- тогда твой шакал будет здесь.

-- Половин хош? Ха-ха... Какой ты смешной человек, Николаи... Ха-ха... Не знал ты такой жадный-жадный. Я за половин сам мого кого хош... – и запел: -- Я тебе уважай, Николаи, а ты хош грабит меня... да? Хорош -- двадцат процент дам тебе. Брат мой родной будешь. Болш не могу... Тогда мы другой хорош человек найдом.

-- Дай мне подумать, Ибрагим. Мне нужно больше знать о нём. Понимаешь меня? Так быстрее будет. Хотя бы приблизительно, где живёт или жил... имя его, с кем общался. Что мне прикажешь по всему Константинополю из-за двадцати процентов ходить? Может быть, он не один, а у них там шайка-лейка. Как-никак, а за себя я тоже боюсь.

-- Ну хорош, получиш двадцать пят процент. И чтобы он через два ден был у меня! -- хмуро посмотрел Ибрагим.

-- А вообще, на что он тебе так срочно понадобился? Таких как он сюда ходит... Я их выводить не успеваю. Стараюсь, чтобы они твоих клиентов не отпугивали.

-- Ты, Николаи, правильно делаешь. Я тебе хвалил, что ты хорош работаешь. За этот шакал много-много не спрашивай. Он мне нужен для дело один.

«Вот хоть что-то узнал... – с удовлетворением подумал Николаи, -- значит «для дело один». А этот «дело», наверняка, означает ещё кого-то ограбить или в этом роде. А может, и наркотики помочь сбыть. Вполне возможно, что хитрый

Ибрагим захочет от Валентина добиться, почему не удалась попытка кражи, -- вот, что ещё настораживает. Чтобы просто расправиться с Валентином, они не прилагали бы столько усилий. Знают же, денег у того нет рассчитаться с ними. Остаётся: или парень ведом об их делишках, или вообще что-то важное и они бояться за себя. Не исключено, что они хотят его использовать в другом... – Для виду Иваницкий вывел пару подозрительных из кофейни и возвратился к обдумыванию -- как ему Валю увидеть, чтобы хотя бы предупредить».

*

Где-то под вечер к нему с разговором возвратился захлопотанный Ибрагим. Глаза бегают, сопит, дыша:
-- Николаи, ты уже иди ищи этот шакал. Приведи сюда. Хорош дело будет -- и денги будет. Иди -- найди шакал.
-- Тамам![4] уже бегу, -- Николай Николаевич наспех оделся и шутливо передал свои полномочия: -- Тогда ответственным за порядком здесь остаётся Ахилла!
-- Тамам! Ха-ха-ха! – засмеялся Ибрагим и подморгнул Ахилле – показывая, какой у него молодец Николаи.

Дождавшись, когда Николаи покинул кофейню, Ибрагим подозвал к себе Ахиллу.
-- Ты понимаешь, Ахилл, если он приведёт того шакала Валентина, два хороших дела сделает. Это будет его первая проверка. Посмотрим -- или доверие заслужил. И во-вторых, мы получим Валентина. Проучим его хорошенько, чтобы больше не убегал от нас с долгом. А когда припугнём его, отправим по адресам. Долг за ним, а сам лентяй. Ещё у меня подозрение есть: после того, как я послал его на тех русских, он и пропал. Или он сам надумал скрыться из-за долгов своих, или его споймали... Последнее для нас хуже всего. Кавасы в тюрьме с него выбьют всё, что он знает и не знает. Хотя и ещё одна догадка есть, самая плохая -- если Николаи его остановил тогда... Он умный, жандармом был, знает что в таких делах

---

[4] (Тур.) *Договорились*

надо. Тогда он и нам опасный, -- и определённо посмотрел на Ахилла.

-- Когда того шакала Валентина увижу, руки ему выкручу назад так что он мне даже споёт: где был и что говорил кому. А Николаи твоего я не люблю. Он похож на настоящего каваса. Глаза у него плохие. Не люблю Николаи, -- прошипел Ахилла.

-- Любишь или не любишь -- покажет время, -- погружённый в раздумия, зловеще ответил Ибрагим.


## 21

### *Исповедь бывшего сыщика*


А вот объект предположений Ибрагима загулялся довольно поздновато, впрочем как уже стало привычным у Николая Николаевича во время пребывания на берегу солнечного Босфора. И действительно, на свежем воздухе мыслится свежо и в удовольствие.

Да вот мысли не ахти какие. Порученного Валентина, конечно, он не надеялся отыскать в многолюдном городе, а вот чувство за безопасность того не покидало: «Всё-таки он мне за ту короткуя нашу встречу стал небезразличен. Жаль парня. А если учесть, что он оставил свои прежние делишки с этими, так и помочь хочется -- не допусть, чтобы они над ним расправились. Но где мне найти его?..».

Даже не пригубив вечернего чая, Иваницкий лишь умылся от всего за день и присел к столу наблюдать для отвлечения как Ольские готовят литературный материал. Теснота их комнатушки придавала в этот вечер даже некий уют, как ему показалось.

Прореагировав на интерес Николая Николаевича к их работе, Клавдия Иларионовна решила озвучить о чём собиралась писать.

-- Всеволод, я ещё думаю вспомнить об Игоре и некоторых таких же как он поэтах, незащищённых перед жестокостью времени, оставшихся на распутьи выбора. Будучи талантливы,

155         

имевшие своих почитателей, они превратились без востребования их творчества в разуверянных в собственные силах. А определённее -- остались непонятыми новой Россией. «Пренебрежение к салонным поэтам, певцам буржуазных грёз -- заслуженный удар молота революции», -- как выразился один рабочий литератор-критик Диомид Гвоздёв.

-- Этот Диомид Гвоздёв не иначе как полнейший дурак, -- сдвинув очки на нос, с удивлением посмотрел Ольский.

-- Сева, а ведь это трагедия не только личная.

-- Не только личная по отношению к Диомиду? – глядя на улыбающегося Николая Николаевича, подшутил Ольский.

-- Понимай как хочешь, -- пребывая в плену своих дум, продолжала Клавдия: -- Да, многие покинули большевицкую Россию, но есть и такие, кто не в силах это сделать. Они мученики вдвойне. И вот бедный Игорь, со своим чутким сердцем и неугасимой любовью к Родине, остался принять экзекуцию творческой гибели. Его нескрываемая наивность трогательна... даже выглядит по-детски смешновато... как и его неприспособленность выжить в это жестокое время. С такой чистой душой, не сопротивляясь, погибают... – она посмотрела на внимательного Иваницкого и в его глазах заметила проникновенность услышанным.

-- А вы, дорогой Николай Николаевич, отчего такой печальный? Мы вас таким грустным ещё не знали. Может быть неприятности у вас на службе? Не ужинали... и чай ваш уже остыл.. Хотите я для вас свежий закипячу, -- предложила Клавдия.

-- «На службе», говорите... – зло улыбнулся Иваницкий.

-- Уж извините, обидеть не хотела вас.

-- Спасибо, внимательнейшая наша, не стоит беспокоится, -- я полон всего, -- и голосом непечатающегося автора сказал: -- Вот, слушая вас, вспомнился один случай -- из бывшей практики, поскольку «службу» задели. Так уж и быть, расскажу вам. Но это не для газет, -- задумчиво улыбнулся Иваницкий, -- рассказ мой будет невелик, чтобы в книжные рамки входить. В нём больше сути. Пролегает некая связь между ним и теперешним временем.

-- Просим вас, любезный. -- Отложив тетрадку и ручку, Ольский с интересом посмотрел из-под очков на изменившегося Николая Николаевича.

-- Происходило это во всё той же знакомой нам Одессе. С тех пор этот город для меня крёстным стал. С вашего позволения, возвращаюсь в мятежный девятьсот пятый год. Послали меня туда с группой коллег с поставленной задачей: пресечь морской путь проникновения запрещённой литературы, раскрыть подпольные группы революционеров, разрушить их структуру и т.д. Газетки свои агитационные они печатали в Румынии и Болгарии. Переправляли их морем. Нам это вскоре стало ясно, и через арест контробандистов мы вышли на их след. Но полностью вопрос не решили. Листовки подобного рода издавались и в Одессе. Даже содержали они более злостный материал, чем та «загранпресса» -- призывали к вооружённому востанию. Морячки их хорошенько подтолкнули.

-- «Потёмкин»?

-- Именно, Клавдия Иларионовна. Но не о тех мой рассказ. Нам уже было известно из которого района Одессы идёт распространение тех листовок. Также стало ясно, что на квартире печатаются они. Произвели обыск на нескольких, и ничего не нашли. Даже и признака подобного. Только грязные дети окружили нас в одном цыганском двору с их пьяным отцом-ездовым. Между прочим, для полной картины: в результате того визита у моего коллеги кошелёк вдруг пропал. Вот и взыщите... «струдельки по-полиновски»...

-- Ну при чём здесь струдельки по-полиновски? Эх, Николай Николаевич... Ведь люди-то разные...

-- Именно, уважаемая. Но мы больше туда не возвращались, -- невозмутимо продолжил Иваницкий. -- После разочарований, головоломок и продолжительных поисков, в итоге навёл нас один след на типографию. Да вот как подступиться, чтобы и в этом не обломаться? Естественно, главное не спугнуть и время выждать подходящее, когда продукция будет отпечатана. Ну и способ, которым это дело лучше провернуть, выбрать нужно было. Грянуть внезапно с обыском? -- проверенное дело, но в последнее время не приносящий результатов. Противник подготовлен по высшему разряду. Они всегда готовы к нашему визиту. Всё у них рассчитано: от тайничков с чёрными ходами до невинных лиц идиотов. Так что можем себе сами навредить, а они забурятся ещё глубже, откуда нам их уже будет не достать. Нужно признать, у революционеров умнейшие головы и организовывали их работу образованные интеллектуалы, многие из которых прошли через каторгу, ссылки и побеги. Можете представить себе этот контингент, имена не обязательно называть, поскольку уже картину имеем. Да и не в этом суть моего рассказа. Извините меня, -- он поднялся за табаком. Пока готовил трубку молчал, топтал табачок в родную.

-- Значит, под видом занятого делами человека... -- сочно пыхнув трубкой, как морской параход, продолжил капитан повествование: -- ... зашёл я в ту типографию -- как бы для размещения своего печатного заказа по коммерческой линии: разного рода рекламные афиши, то да сё... А главное -- всматриваюсь в их персонал. После того визита бывал ещё у них несколько раз, уже с гостинцами, благодаря которым познакомился с некоторыми печатниками. Соображал в ком найти послабее сторону. Понятно, к деньгам редко кто равнодушен. Но я отчётливо понимал: у большинства из них революционные идеи на первом месте, что имею дело с фанатичными в своё посвященными людьми. И здесь нужно иметь что-то поважнее денег. Напомню вам: мне необходимо было получить те листовки как улику против них, ну, а затем уже разобраться по всем правилам с окончательным итогом по тем одесским подпольщикам. А схеме общая: суд – конфискация имущества – каторга. Выглядит сурово, зато по закону справедливо, ибо имелся факт призыва к подрыву государственного строя. Они были людьми крайне предосторожными, --я чувствовал на себе их подозрительные взгляды. Мы заодно и наблюдение установили: кто туда заходит и с чем выходит. Но ничего внешне особенного не замечали. Они своё дело вели очень грамотно и аккуратно –

никакого другого материала кроме официальных заказов не выносилось из той типографии ни днём ни даже ночью. И мы с коллегами было уже снова разочаровались в своих усилиях. Если бы не одно, а именно -- определение людей по внешности и привычкам. Кстати, я того парня сразу заприметил. Он там значился и переплётчиком и разнорабочим, как я определил про себя. Но для предосторожности, я с ним напрямик знакомства не заводил и разговоров не вёл, лишь кивком здоровался. Так вот, я приметил в его лице некую подозрительную болезненность... ртутный блеск глаз, специфический... определённый как кокаинистский. Его суетливая нервозность и воспалённые ноздри говорили о том же. Так что у меня сомнений на этот счёт не было. Как-то выбрав момент своего присутствия, подхожу к нему -- спросить насчёт переплёта одного заказа – небольшого каталога мнимой продукции мнимой фирмы. Вижу -- ему явно не до меня... Он ощущал резкую потребность, о чём были его мысли. Здесь уже моя игра начиналась, и тут я прикинулся также любителем знакомых ему «дел». Молвил ему по этому поводу несколько фраз из их лексикона, чтобы расположить к себе. На фене прибавил то да сё... С тех пор, как я туда заходил, в кармане у меня лежал приготовленный для него пакетик с тем ядом. Увы, иначе назвать наркотики нельзя, так как они подобно яду обрекают на смерть. Вы можете понять несчастие тех, кто связал свою жизнь с этим пагубным пристрастием. Лично мне жаль их, особенно сейчас.

-- Горе -- горе понимает, – вздохнула внимавшая Клавдия Иларионовна.

-- Что-то так, -- согласился Николай Николаевич и подкурил забытую трубку. – Так вот, незаметно я вкладывал ему в руку тот маленький аптечный пакетик. Говорил, что известно его состояние и хочу ему помочь. Тогда я посчитал, что другого способа у меня нет. Извините, нужно было путём меньшего зла ликвидировать несравненно большее, очаг распространения которого привёл бы к огромным жертвам. Попутно скажу вам: на то время уже и имелись результаты, исчислявшиеся сотнями пострадавших. А они стремились

Л. Хайченко Берег турецкий

своей агитацией привлечь как можно больше населения с разных сословий. Поэтому судьба одного человека не имела значения. И стал я для того парня человеком, которого он только и ждал, как своё спасение. Сейчас мне больно признаться в своих прежних устремлениях, -- опустил голову и тяжко вздохнул большой грешник. Но всё же продолжил: -- Тем не менее с удовлетворением потираю руки: «Ты у меня, дружок, уже в кармане среди своих пакетиков...». При этом, естественно, необходим был перерыв -- для результата. И когда в последующий раз я вышел из типографии без своего «гостинца», он на улице меня догоняет и с кричащей мольбой в глазах просит. Понятно, он уже готов был на всё, и я ему прямо в ответ: «Приготовь мне на следующий раз листовки. Ты знаешь какие... Вложи их в мой заказ, чтобы было надёжно». И добавил для отговорки, что меня об этом просили товарищи из другого города, мол, хотят их тоже в производство запустить. Сказал так с целью облегчить его мысли. Понимал, как ему трудно перед выбором. Договорились на заврашний день, хотя по виду он был готов оказать мне услугу хоть в тот момент. Но партия для меня должна была быть подготовленной к завтрашнему утру. На следующий день я спокойно зашёл в типографию за своим заказом, и соответственно отблагодарил его. Среди моих прошитых каталожных страниц я нашёл и нужные листовки. Вот так вот, друзья мои. Их всех арестовали спустя минуты. Улика находилась в моих руках, как и судьба того человека.

-- Судьба... – отвлечённо вымолвил Ольский.

-- Признаюсь, о том случае мне особенно и не вспоминалось бы, да вот один парень... Его обречённые глаза  напомнили мне того типографщика.

-- Вы, Николай Николаевич, пейте чай, а то и этот остынет. Брынзу возьмите к нему. Очень свежая, малосольная. Всеволод с Андрюшей хвалили мою покупку. Довелось познакомиться с местной торговкой. Она подвозит молочные продукты с предместья Константинополя. Добрая женщина, собой напомнила мне наших крестьянок. Здесь, невольно, сравнения за сравнением возникают... -- Клавдия Иларионовна старалась отвлечь Иваницкого от неприятных для него воспоминаний. Ей было жалко видеть печаль в его глазах: «Всё-таки не каждый способен раскаиваться по такому спустя столько времени. Значит душа, совесть мучает человека». – Не переживайте так, может быть, с тем парнем сейчас более-менее нормально.

-- Я бы хотел верить. Но жизнь другое доказывает, господа. Тот случай зачисляю полностью на свой грех. Случись повториться подобному, поступил бы совсем иначе. Помог бы ему излечиться от наркотического недуга. Есть у меня беспокойство ещё за одного молодого человека, уже здесь в Константинополе. По одному случаю мы познакомились. Он из Киева. Бывший юнкер. Как он выразился: «По глупости очутился здесь, и попал в очень плохую ситуацию...».

-- Ну и что из этого? Таких ведь... Неужели вы и на нём применили свой метод? – не то с упрёком, не то с иронией вступил в разговор Ольский, пытавшийся внести ясность в загадочные недоговорки Николая Николаевича. -- Я заметил, вы уж извините меня уважаемый Николай Николаевич, вы всё время держите нас в напряжении своей недосказанной таинственностью... Уж если вам угодно скрывать от нас причину вашего беспокойства, как же мы можем хотя бы посоветовать?

-- Вы правы, друзья. Соглашусь, я вам не всё говорю... не всё могу сказать о происходящем совсем рядом. И не оттого, что не доверяю вам, наоборот, беспокоюсь за вас. К тому же это у меня привычка, или правило. Опыт в подобном подсказывает, что для лучшего результата предпринимаемых усилий оградить свой манёвр от возможных неожиданностей. «Любые инициативные действия со стороны, следующие по причине утечки информации, как правило, ведут к провалу операции». Так учил меня Аксений Ильич Журин-Волчинский. Он был маэстро криминологии и авторитетным старшим сослуживцем. Его практические уроки и наставления сыграли решающую роль становления меня как специалиста в ссыскной области.

-- Мы вас заверяем, что ничего не собираемся предпринимать... – с долей иронии ответил Ольский, -- тем более без вашего уведомления. Да и вообще пока не видим

Л. Хайченко Берег турецкий

никакого резона для бесспокойства, за исключением того случая.

-- Отчасти, милый Всеволод Иларионович, -- в ответ несколько иначе улыбнулся Иваницкий.

-- Прошёл почти месяц нашего житья здесь и как-будто всё спокойно, тихо. А за вас мы действительно переживаем, Николай Николаевич, и есть за что, -- Всеволод Иларионович был в эту минуту похож на адвоката Ольского, защищающего своего клиента: -- Вы забываетесь, что здесь не Россия и вы не можете рассчитывать на бывшую поддержку правоохранительной системы. Мы же изолированны здесь в правовом поле. Кому дело до нас? Они со своими проблемами разбираются известно как! Мы уважаем ваш талант криминалиста, но вы работаете индивидуально и с риском. Не понять вашего беспокойства, такого завуалированного. Одни недомолвки и ваша сверхсамоуверенная улыбка.

-- Я понимаю причину упрёка. Лишь повторю, что попытка ограбления нас была не простой случайностью или действием вора-одиночки. Сейчас говорю об этом с большей убеждённостью и чтобы вы беспечно не расслаблялись. Наш Ибрагим – очень опасный человек, с преступным окружением. Вы правы, я действую пока один и до тех пор пока чувствую в этом необходимость. Обстоятельства мне велят так поступать. Обозначена определённая цель и я постепенно продвигаюсь к ней. Благодаря имеющейся у меня информации, многие прежде сомнительные детали обрисовались в отчётливые улики. Опять же, я молчу о них и сожалею, что не могу вас посвятить в ход событий. Понимаете ли, если они имеют дело со мной одним, я поступаю по обстоятельствам, учитывая каждую, казалось, незначительную мелочь. Извините меня за откровенность, но не замечая за собой, вы можете только излишне насторожить их, тем самым в первую очередь подвергнуть опасности себя.

-- Но это вы так пространно... – ответила Клавдия Иларионовна.

-- Ещё раз повторюсь: я отдаю отчёт своим словам и поступкам, а упомянул о том парне, потому что считаю его ещё не потеряным. Хотя здесь, в Константинополе, он заработал плохую репутацию. В разговоре с ним я слышал плачевные раскаяния. Тогда ему не верил, но вот недавнее похоже что подтверждает его обещания. Да вот появилась над его головой новая опасность. Теперь я искренне желаю помочь ему.

-- Кажется, я догадываюсь, кто этот таинственный, -- Клавдия Иларионовна улыбнулась себе, вспоминая то настораживающее появление высокого мужчины в офицерской шинели возле их жилья, что обернулось чуть ли не трагедией. – Уж очень всё лично у вас, Николай Николаевич. Ваше стремление помочь тому несчастному -- очень благородно. А насчёт того, чтобы мы носы не совали в ваши дела, так вы правы.

-- Ну, что вы так откровенно... Клавдия Иларионовна? – Виновно посмотрел Иваницкий.

-- А то, что вас нужно благодарить за рыцарство. Мы вашим предупреждающим советам будем внимать как послушные дети. Конечно, неразбериха возникла. Раньше хоть как-то можно было Ибрагиму довериться, теперь получается, что нужно его опасаться. При этом не вызвать подозрения, что мы о нём знаем. И вообще в связи с этой головной болью возникает вопрос – не сменить ли нам, господа, место проживания?

-- Я считаю сейчас как раз и не время. По той причине, что по логике повтор грабежа нам уже не грозит, а вот Ибрагим насторожится, и тогда из «друга» превратиться в открытого врага со своими дружками. И расправятся. Ведь они не дураки – поймут наше недоверие через информированность. Вам лишь необходимо не терять бдительности и ничего не предпринимать в этом роде без моего уведомления, -- ещё раз предупредил Иваницкий.

-- Выходит, мы вроде в ловушку попали? Находиться здесь и ожидать пока... – Клавдия Иларионовна, недоумевая, посмотрела на брата -- что тот думает об этой «игре одного актёра».

Но в ответ Ольский только развёл руки.

-- Я считаю -- им осталось ещё недолго. А вот другие жизни мы сохранить сможем, но только проявив своё хладнокровие и

Л. Хайченко Берег турецкий

терпимость. Вот для чего нам нужно оставаться здесь, а мне работать у Ибрагима, -- Николай Николаевич в итоге допил в стакане холодный чай и устало вздохнул. -- Извините, друзья мои, хочется перед сном, по обычаю, с Андрюхой в шашки срезаться. Вижу и он готов ещё раз выиграть у меня. Не волнуйтесь, мы не помешаем вашему литературному занятию. Пускай и парень отдохнёт от работы. А то на одной весь день с руками в краске, теперь вы ему, Всеволод Иларионович, новый вид деятельности нашли.

-- Это вы, любезный Николай Николаевич, из-за ревности, что сами неучастны в этом, -- улыбнулась Клавдия Иларионовна. -- Да я так, шутя сказала, не подумайте обидного.

-- Уж если мне на писанину перейти да поведать о всём пройденом, так это и газет не хватит здесь, чтобы выпечататься. Это я тоже шутя. Вся моя правда навсегда останеться со мной. -- Иваницкий взял шашечную доску и подсел к Андрею. -- Давай, дружок, освежим головы перед сном. Ты будешь сегодня, как победитель, с белых начинать...


22


*Привлекательные личности*


Андрей признавал, что со времени их первой партии в шашки, всегда был расположен сражаться на клеточной доске с Иваницким. Видел в нём сильного шашечника, мыслящего комбинационно на несколько ходов вперёд, игрока с хорошей техникой игры и быстрой оценкой позиции. К тому же ему нравился характер этого постоянно хмурого и одновремённо сердечного дядьки. Он чем-то напоминал ему деревенских мужиков своей внешней угловатостью и грубой силой. А его смыкалкой и рассчётливостью поведения, Андрей был поражён: «Всё он делает рационально, даже в мелочах. Невероятно пунктуальный и последовательный человек. Даже его личные вещи разложены в определённом порядке по назначению, и безукоризненно выглядят». Если ему что-то нужно было выразить важное и Иваницкий не понимал, тогда Андрей общался с Николаем Николаевичем письменно. Но в основном, благодаря тому что Иваницкий был достаточно неплохо знаком с жестами немых, они понимали друг друга без особых трудностей.

Из-за пикантности ситуации Николай Николаевич старался быть тактичным и не выпячивался такими возможностями, безусловно ему не хотелось лишний раз напоминать о неудобстве Андрея, потому считал нужным обращаться к парню наравне, как с остальными, только незначительно подправляя себя, чтоб быть понятым. Андрей замечал такое расположение и отвечал своим уважением, да и кроме того он видел в Иваницком ту силу, которая могла бы защитить их при необходимости. И с момента предупреждения об исходящей опасности от скрытного Ибрагима, он без сомнений поверил Николаю Николаевичу. Дядя Николай, как про себя он называл Иваницкого, виделся ему похожим на сказочного народного богатыря, сокрушавшего зло. И если понадобиться его помощь, он бы пошёл за Николаем Николаевичем с полным доверием. Иногда он с интересом подмечал в дяде Николае детскую наивность, даже бесшабашную беспечность. Но всё то было лишь на первый взгляд и мимолётно в этом собранном человеке, просто любил по-домашнему расслабиться, а возможно, за шуткой скрыть серьёзность. Всё то обрисовывалось целостной притягательной натурой Николая Иваницкого. Как художнику, Андрею было интересно написать его портрет, но при условии, чтобы тот не догадывался об этом. Изучив его характер строгий, Андрей был почти уверен в отказе позировать художнику, отнеся это на раздражительную ненужность. Иное дело вкрадчиво со стороны делать карандашные наброски для будущего портрета.

*

В общем Андрей испытывал дефицит свободного времени. В художественном салоне месье Рошто у него находились в незавершённом состоянии несколько реставрационных работ. и сроки перед заказчиками торопили его. К тому же он был отвлечён рисованием портрета одного знатного приятеля Жан-Пьера, желавшего видеть себя запечатлённым в военной форме с красной лентой через плечо. Сложность заключалась в том, что тот господин имел ограниченное время на посещение салона, -- его постоянная занятость в парламенте накладывала свой отпечаток. Так что визиты парламентария выглядели настолько быстротечными и второпях -- что он иногда забывал сменить военный мундир на гражданский, и в итоге решил на время рисования оставить форму в салоне. Да и его настроению можно было желать лучшего.

«Не понравится он сам себе с такой вечно хмурой физиономией, даже будучи фельдмаршалом, -- был озадачен художник, -- возможно, он специально хочет получиться воинственным... Но невзирая на такие неудобства, качество моей работы не должно пострадать. По крайней мере хоть военная форма получится идеально, -- улыбался Андрей».

*

Но этим вечером перед окончанием рабочего дня к Андрею подошел Жан-Пьер и через Рахмана сообщил, что завтра с утра за ним заедет господин Руанье. Они поедут в жилище Поля, где там уже ожидают художника маленькая Николь и её мама.

«У них здесь празднование Священного месяца Рамадан, а на меня навалилась дополнительная работа за празднующих... Просто голова кругом идёт: что успеть пораньше завершить, а что после... Не думал, что буду так загружен в этом проезжем для нас городе, -- вздыхал Андрей с долей желанного удовлетворения занятого полезным: -- когда люди счастливы от моей работы -- и самому радостно, глядя на них. Ничего что из-за спешки возникают трудности, зато в награду благодарность и уважение. Пускай это звучит наивно, но меня не так интересуют деньги по сравнению с удовлетворением что делаю и безусловно счастливые глаза заказчиков. -- Он вспомнил умный взгляд Николь, когда она требовательно рассматривала свой портрет, сравнивая рисованного медвежёнка с тем, который держала в руках, и в результате по-взрослому важно поклонилась в благодарность. -- А она ещё и маленькая актриса... Забавно было наблюдать за ней, как она терпеливо выдерживала трудные сеансы позирования. Понимала насколько это важно и зависит от неё, даже на мою улыбку едва отвечала, хотя сердце её смеялось. Теперь меня ожидает новая встреча с этим удивительным ребёнком. Её дедушка не считается ни с чем ради любимой внучки. Ещё бы, имея такую умницу. Безусловно, она заменяет ему самый лучший отдых. И завтрашним утром за мной заедут на авто... Глядя с расстояния всего двух месяцев, не вериться этому. И вообще, этот год невероятно что творит... и вот как бы в искупление за все наши страдания. Воспоминания, над которыми работает Всеволод Иларионович, также данная Богом возможность быть услышанным. Ну и я от предложения дополнить своим не могу ему отказать. К несчастью, есть что вспомнить...».

## 23
### *Как бы сначала*

После их парковой встречи, Таня ощущала потребность вновь видеть Ольского. Именно это чувство, признаваясь себе, что ей тогда даже на короткое время расставаться с ним не хотелось. И это несмотря на сдержанное, отличное от предыдущих общение. А может быть, как раз и из-за этого -- что ей не хватало -- такой чистоты общения. «Он выглядел другим Ольским. Несомненно, я в его глазах тоже изменилась. Этого не возможно было не заметить. Но в какую сторону?..», – оставалась с мыслями об одном Таня.

Тогда, продрогнув на скамейке под налетавшим с залива ветром, они выглядели окоченевшей, но не желавшей разлетаться парочкой птиц. Ольский предложил зайти в ресторан и она, согласившись, повела его в один русский, который знала.

Л. Хайченко Берег турецкий

За согревающим красным вином им было что вспомнить, но ни единого упрёка, ни слова сожаления о длительной разлуке, как бы боясь нечаянным упрёком разрушить зыбкое настоящее. Каждый винил себя про себя. Он признавал за Таней право быть независимой, чем она и жила. Ей становилось ясно отчего Ольский так изменился, сделался почти неузнаваем. Почти... оттого что видела в нём своё, остававшееся в нём от прежнего Ольского, как и взгляд его добрых глаз. Он смотрел на неё как она помнила и желала – открыто и тепло, отбрасывая сомнения в своём расположении к ней. Так мог смотреть только Ольский, вызывая у неё желание близости. Но это они как раз и не торопили, получая не менее удовольствия от беседы, а главное -- были счастливы этой встречей. И всё же длительное время разлуки оставило за собой некую скованность. Услышав трагедию пережитого им, Таня на что осмелилась, так это держать его руку в своей, выражая этим сердечное сочувствие. Она понимала, что длительное расставание разобщает людей, и сейчас их отношения как бы строились заново. Она этого очень хотела и относилась бережно. И ещё Таня желала больше никогда не оставлять его одного, хотя не была уверена или он сам этого желает. Нет, она по-прежнему была уверена в себе, ощущая свою привлекательность, сверяя её по вниманию мужчин. Но сейчас ей не думалось о своей притягательной красоте, как приманке Ольского. А сердце напоминало -- как это всё ей опостыло... лишь ужесточает чувство душевного одиночества. Ведь она тоже вспоминала его, и не без слёз. Особенно в трудное время он был необходим, -- именно такой человек, каким был и остаётся быть Ольский, который оказался в её жизни таким единственным. Она себя корила за прежние глупости, ошибки, несмотря что *главную* болезнено продолжает повторять... Но она эту, въевшуюся в кровь привычку, как бы уже не замечала, благо, деньги были.

После того как они последними покинули ресторан, Ольский провёл её до темневшего парадного гостиницы, и подумал о бональном повторении... Разумеется, ему вспомнилась «та московская гостиница» с последующей непроходящей болью.

168

Он давал себе отчёт, что этим идёт на самоубийство, но ничего не мог поделать со своей любовью.

Она попросила подняться в номер и в молчании, как прежде, повела его за собой. Он смотрел на её, поднимающуюся впереди него узкой лестницей: ровненькую спину, как она изящно ступает, вроде в танце, колышащиеся узкие бёдра... И страсть застилала всё остальное. У двери остановилась и в ответ на предложение встретиться в подходящее время, Таня прильнула губами к его устам. Для неё это было важнее слов, хотя взгляд соглашался на любое предложение Ольского.

Он выбрал то, что хотела Таня, как он чувствовал, и, нежно поцеловав её руку, простился.

Провожая взглядом Ольского, она не отходила от окна, будто ожидая, что он сейчас возвратится, и слёзы на губах казались не такими уж безнадёжно горькими.

Она не ложилась спать пока не дождалась свою подругу, чтобы той рассказать о всём.

-- ...да ты, Тань, не иначе как влюбилась. Вот, баба! В твои-то тридцать два... Не рановато ли?

-- Тебе, Юля, не понять. Я когда была в твоём возрасте, тоже так рассуждала. Это всё от выбора. Он у меня всегда был таким, каким я желала его. Со временем многое понимать начинаешь. Свяжи я свою жизнь с хорошим человеком, всё было бы иначе.

-- С хорошим человеком? Где они такие человеки хорошие? А тебе и сейчас не плохо. Ну, иди-ка ко мне в кроватку... кис-кис... я тебя утешу... Ха-ха-ха... – пьяненькая Юля вызывающе протянула розовые, мягкие руки в сторону подруги..

-- Да ну тебя. Ты не хочешь меня понять. Всё шутки свои... Я всегда чувствовала, что люблю его... с нашей первой встречи... Просто в себе разобраться не могла. Теперь во мне это по-другому, кажется всё то время любила его. Мне так жалко его... очень.

-- А себя? Себя тебе не жаль? Такая видная дама в примах -- достойных кавалеров заслуживает, а не пожилого и скучного.

-- Я себя никогда не жалела, -- не для кого было... Потому всё так у меня... Ты себе не можешь представить этого человека, потому шутишь так.

-- А ты пригласи его к нам, тогда и «представлять» не придётся. Посмотрим на его заслуги, что за мужичок он.

-- Ты опять... В котором вы кабаке были, что ты так напилась? Эх, Юля-Юлия...

-- А во всех подряд...

*

Таня ждала обещанный день свидания с Ольским, представляя предстоящее как самое желанное. С незнанными до этого чувствами она начинала познавать силу душевных отношений: «А в этом не меньше эмоций, чем в интимных. И потом, в итоге всё зависит от него. Приятно принадлежать одному мужчине, такому несравнимому с остальными, чувствовать, что нужна ему. Представляю, как ему было не легко... Нужно, чтобы он был со мной и я возле него, жить с мыслью о нём -- что есть у меня такой необходимый человек».

Имя Тани Заряниной Всеволод Иларионович хранил в сердце как исключительно личное. Об их отношениях, как и прежде, кроме их двоих никто не знал, даже не могли бы представить, настолько они были разными людьми. Вначале он волновался, что могут подумать о нём... ведь Таня годилась ему в дочери, да и известность о Тане Заряниной между их общими знакомыми слыла не из лучших. И во избежание ненужных вопросов и неприятных разговоров, Ольский держал в себе эту единственную и горькую тайну. В раздумии, он часто давал слово себе, что уже больше это не повторится, всё уже забыто, а то, что было относил к собственной ошибке. И тут же ловил себя на лицемерии и в итоге признавался, что его отношения к ней намного сложне, что Таня занимает в его жизни то место, которое только одной женщине отведено. Он не задумывался об их будущем, хотя бы по той причине, что не представлял его таковым. Скорее всего, Таня приучила его разуверяться после своих редких появлений, оставлявших ему ничего кроме страданий. Но вспоминания о ней не позволяли сожалеть. И если бы тогда она предоставила ему возможность быть навсегда вместе, он бы выбрал этот шанс, вне сомнения. Здесь уже не имело значение, что будут говорить о нём, и вообще всё остальное по сравнению с ней выглядело бы ничто. Тогда бы он имел её – его Таню, и это было бы больше, чем любые вознаграждения. Он осознавал, где он находился и как далеко зашёл в чувствах к ней. Ведь после того как ушла из жизни его Оля, он чувствовал себя одиноким. То чувство одиночества даже в общениях с родными никогда не покидало его, как и во время эпизодических встреч с Таней. На мгновение она лечила раны любви к ней, чтобы после её ухода всё переживать заново, с ещё большей силой.

И вот, когда он услышал от Головиных её имя, не знал что и думать. В одном Ольский был уверен: кроме новых переживаний нечего ожидать от их встречи. И теперь, после стольких лет без неё, Таня ему виделась и иной: он не замечал в ней ни былую праздность, ни приследовавшее её в жизни беспечное легкомыслие. Похоже что жизнь изменила её. И привлекательность он нашёл другой -- более совершенной, а может быть, причина тому -- о чём тосковал долгие годы. Она уже не выглядела привычной самовлюблённой Таничкой, смотрелась безупречно красивой женщиной, несомненно самой красивой для него. И оттого, что перед ним был как бы другой человек, он себя чувствовал неуверенно. Какае-то дистанция между ними ощущалась. «Несомненно, и она это замечает. Это исходит от моей неловкости... всё-таки прошедшее время, и мои годы... И несмотря на всё -- неугасаемая любовь. Этот баланс явно против меня, -- согласившись с настоящим, он надеялся хотя бы на прежнее её расположение, -- видать, и через года Таня продолжает мною повелевать. Хорошо, плохо ли это? Не знаю. Могу лишь воспринять происходящее как неотвратимость судьбы. Такая уж она у меня».


24


*В гостях у господ Руанье*


Невозможно было не восхищаться красотой виллы господина Руанье, вкусом, с которым была она ухожена.

Восторженное воображение уводило во времена Шекспира и Людовика XlV... Восхитительная симетрия в стиле английских парков сочеталась с изяществом в оформлении фонтана скульптурной композицией трёх нимф и цветниками, к сожалению, угасшими осенью. В этом Андрей находил тленную красоту природы на фоне неувядающего. За щитом ворот, на которых обрамлённый венком сверкал позолотой фамильный герб Руанье присутствовал европейский стиль архитектуры. Строение выглядело дворцом на травяном холме; полудуги рядов кустов смотрелись стриженными пуделями. По обе стороны аллеи, напротив центральной клумбы, у фасада здания, темнели бронзой пара античных скульптур.

Хозяин сего завоёванного деньгами и положением великолепия встречал его на ступеньках, сразу уловив на лице прибывшего художника произведённое впечатление.

Уместно напомнить, что в Поле Руанье мирно уживались две противоположности, лелеянные им: расположительность к людям, общительность внимательного собеседника и замкнутая горделивость, если касалось его убеждений и принципов. На их отстаивание он не жалел времени, позволяя разговаривать наравне с собой случайному встречному, у которого в кармане, порой, был лишь сквозняк. «Чтобы лучше знать народ», -- он был убеждён. Но при условии, что тема общения вызывала у него интерес или хотя бы имела достойную его ума почву. Также был великодушно добр, если ему нравился человек и видел в том перспективу. Уважал Поль прямых, честных людей, а особенно незаурядных и талантливых. А когда подмеченный им талант ещё и межевался с его требованиями и разделял общие взгляды, тогда уже счастливчик мог рассчитывать быть востребованным изысканными принципами господина Руанье и его всесильным благословением на достойную жизнь.

К счастью Андрея, он был зачислен Полем Руанье именно к этой категории людей; а к несчастью самого месье Руанье -- он оказался в плену творческого таланта этого молодого художника. Точнее, несчастьем была всёпоглащающая жажда открытия интересного и неординарного в искусстве. Господин

Руанье был одержимый азартом иметь всё больше и больше хороших картин, а если ещё он влиял на их тематику писания, тогда он себя чувствовал самодовольным баловенем судьбы. Несмотря на темпераментную увлечённость этой поедающей до егоизма идеей, Поль Руанье всё же оставался расположительным меценатом, владея профессиональными знаниями в области искусства.

Он вынашивал в мыслях проект -- заказ на пять картин, который должен будет осуществить не кто иной как художник Андрэ Горяк. Кроме портретов своих дорогих дочери и внучки, господину Руанье виделись полотна с изображением паркового ансамбля своего жилища. Да и у него лично имелось одно скромное желаньице: быть запечатлённым в доспехах рыцаря с мечом и щитом, украшенным родовым гербом -- наследие галльских предков. Ещё вдохновляло Поля, что он нашёл простой способ общения с немым художником, набрасывая на листках блокнота скетчи желаемых картин.

Но нанятой художник и без того хорошо понимал, что от него ожидают здесь. И вместе с тем не перечил даже пускай несогласным предложениям Поля, -- «да будет так как желает этот магнат».

*

-- Мама, месье Андрэ уже приехал!! И дедушка возле него... – подтягиваясь на носочках, заглядывала в окно Николь, -- он сейчас достаёт из машины разные свои вещи и будет заходить...

-- Осторожно, доченька, смотри не упади... -- Жаннэт с интересом подошла и себе взглянуть на этого художника, имя которого постоянно упоминает её дочь и о ком полон восторга отец. «Неужели это он написал такую чудную картину...» – разочарованно изумилась она.

-- Мама, ты помнишь, я тебе говорила, что месье Андрэ не разговаривает. Мне очень жаль... А то мы бы могли славно поболтать, как я с тобой.

-- Ника... ты такие вещи говоришь...

Но детский смех всё-же преобладал над нравоучением и мама прижала к себе разговорчивую дочь, продолжая наблюдать за незнакомым.

-- Ты не понимаешь, мама, он очень был добрым ко мне... часто улыбался... а в мой альбом нарисовал медвежонка. Наверное, ты бы хотела, чтобы дядя Андрэ и тебя нарисовал?.. – заглянула в глаза мамы Николь.

-- Я хотела бы, чтобы он нас двоих нарисовал. И ещё тебя с дедушкой, на память, -- ответила мама и спросила: -- А как же он вас понимал?..

-- Месье Андрэ всё понимает, и я его понимаю. Ещё дедушка его понимает и мессье Рошто. Дедушка дал месье Андрэ денег, я видела. И на бумаге что-то писал. Мамочка, давай и мы ему напишем сейчас: «Добро пожаловать, мэсье Андрэ! Большое вам спасибо за красивую мою картину». Или ещё что-нибудь...

-- Была бы рада, но на каком языке нам писать, Ники? – улыбнулась своей смышлённой дочери мама.

«А внешне он совсем обычный мужчина, даже неприметный... разве что лицо и глаза... И волосы его совсем седые, это несмотря на то, что папа называет его молодым художником. Сколько же ему лет?.. Со стороны трудно определить. Нет, пожалуй, он моложе моих предположений. Но отчего седой? Возможно, в его жизни случились особые переживания, а может быть, и горе. Ведь он из России, а там идёт жестокая война. Бедные люди... Сколько в мире страдает. Несчастные. Эта ненавистная всеми война. Она убивает, калечит, сиротит. О, Жорж, где ты? Что с тобой? Уже месяц нет от тебя новостей. Мы с Николь так скучаем за тобой... Ника постоянно теребит меня вопросами о тебе: «Какой он -- мой папа?». Что мне ещё добавить к её словам и моим слезам?.. Поскорее бы уже закончилась эта война-разлучница. Возвращайся, Жорж! Мы очень тебя ждём... – шептала Жаннэт. Она смотрела в даль аллеи в сторону ворот, откуда должен когда-то прийти её Жорж. Обязательно. «О, если бы сейчас там показался он, я бы выбежала к нему навстречу, бросилась в его объятия и не отпускала от себя. Вот только он возвратится, и мы уедем во Францию. Там всё же намного спокойнее. Хочу видеть маму. Сколько мне ещё тосковать в одиночестве?.. Я словно узница среди всего этого великолепия... заложница роскоши... -- Жаннэт увлеклась своими земными грёзами, не ощутив слезу на щеке, и только вздрогнула от внезапного обращения отца:

-- Жаннэт, Ники! -- встречайте же нашего гостя! – Поль подошёл к дочери и представил ей стоящего посредине комнаты возле суетящейся Николь художника, -- будь любезна, дочь, пред тобой автор картины нашей Николь, мастер Андрэ Горяк.

-- Доброе утро, месье Горяк... – неуверено выговорила Жаннэт и подала руку.

На секунды Андрей растерялся, не зная как себя вести в подобной обстановке, и интуитивно с поклоном опустился на колено, поднеся к губам поданную руку.

«А он достаточно тактичен...», -- ответив реверансом, подумала Жаннэт. После чего улыбнулась такой обоюдной изысканности, без которой можно было свободно обойтись.

-- Вижу, Андрэ не лишён манер! – отреагировал месье Руанье, -- А ещё говорят, что русские только по-медвежьи обниматься могут... – Он с одобрением посмотрел на раскрасневшего от конфуза художника и, подойдя к нему, похлопал по плечу, заодно приглашая к семейному завтраку.

-- Его первая работа выполнена на отлично! – развернув салфетку, продолжал кометировать Поль, -- видимо, Андрэ черпает своё творческое вдохновение из воспоминаний об обширных русских просторах!

-- Но папа... Ты так уверено обобщаешь... Он же не слышыт, а ты со своими «медведями и русскими просторами». Ему бы не понравились твои шутки. Он же мужчина, а не мальчик для насмешек.

-- Ни в коей мере, дорогая дочь. Я и в мыслях не имею подобное. Просто от дружеского расположения хочется себя тоже вести по-русски... хоть немного, чтобы подбодрить смущённость Андрэ. Его можно понять – парень растерялся... Всё же не уверен, бывал ли он в своей жизни в таком доме? если можно назвать наше жильё «домишко». Ха-ха!

-- Папа... это уж слишком. Не кажется ли тебе, что даже слышать подобное в чей бы то ни было адрес – уже унизительно? Тем более Николь за столом. То что мы живём несравненно лучше остальных это, скорее, упрёк нашей роскоши, чем видеть преимущество над лешёнными хоть несколько подобного. И, конечно, не повод бросать вызов. Достоинства людей не измеряются материально.

-- Ты, дорогая доченька, что-то сегодня явно не в настроении. Не в этом дело. Я очень ценю талант и скромность этого молодого человека. Ты это уже слышала от меня. А оскорбить его чем-то или задеть – не в моих правилах. Это говорю не для оправданий, а развеять твои необоснованные предположения. Я упомянул об этом достойнейшем жилище исходя из впечатлений большинства наших гостей, кто впервые нас посетил.

-- А я и не подозревала, что всеми уважаемый господин Руанье -- хвастун... - с миром улыбнулась отцу дочь, -- давайте лучше уделим внимание Андрэ. Из-за нашего спора мы забыли о госте.

-- Извольте, как же забыть? Итак, что у нас сегодня на завтрак? – Поль обратился взглядом на единственного человека, понимающего его.

-- И я не забыла! У нас, дедушка, на завтрак омлеты, паштеты, суфле... – скороговоркой ответила внучка. От радости присутствия у них в гостях художника Андрэ, Николь вела себя особо оживлённо, стуча ложечкой по столу.

-- Итак, что я вижу... Заговор... моя ненаглядная внучка соревнуется со своей прекрасной мамочкой в дерзости... Им нравится обижать старикашку Поля, -- улыбнувшись, он показал жестом Андрею, чтобы тот чувствовал себя не так скованно.

-- Тогда поднимем наши бокалы за нашего гостя и за его успех! – предложил Поль Руанье.

Гость, из уважения, поднялся во время произношения тоста хозяином, что также понравилось Полю, предпочитавшего в подобных случаях пить сидя.

-- Ах да! Это моя ошибка, отнесённая на забывчивость, -- шутя, спохватился Поль и пригласил, чтобы поднялась и Жаннэт. -- Браво, Андрэ! Он посадил нас в лужу своей учтивостью. Теперь мы начнём пить вино только стоя, как на приёме в посольстве. По крайней мере я уже себе дал слово.

-- И я вам обещаю! Я бы с вами тоже выпила вина... но мне не дотянуться до ваших фужеров... – печально вздохнула Николь, чем вызвала довольный смех дедушки и мамы.

-- Ты, Николет, моя маленькая птичка, щебечущая совершенно как взрослая. Или ты, может быть, моя ровестница?.. – посмотрел обожаемыми глазами дедушка Поль. -- Так или иначе, а многое услышанное от тебя придётся брать мне на заметку.

-- Если бы я была твоя ровестница, у меня были бы такие же вставные зубы и тр饼точка, как у тебя, и ещё такая машина с водителем.

-- Николь, что ты такое говоришь! Сейчас же извинись перед дедушкой и поцелуй его, -- мама Жаннэт строго посмотрела на маленькую шалунью, желавшую всегда оставаться в центре внимания.

Л. Хайченко Берег турецкий

«Похоже, и в высшем свете встречаются уроки воспитания» -- подумал Андрей, догадываясь о происходящем, но исходя из тактичности не придал внимание происшедшему.

Ну, а Ника, обидясь, надув щёчки от высказываний мамы, послушно слезла со своего стула и подошла к дедушке Полю попросить прощение. После ответных слов дедушки на ушко, она поцеловала его, чем выдавила у старика слезу умиления.

-- Моя ты детка... Будь умницей, посиди возле своего дедушки, -- месье Руанье посмотрел на Андрея глазами счастливого семьянина, ещё раз давая понять, какое огромное место в его жизни занимает это крошечное создание.

А вот их гость находил себя в каком-то необъяснимом состоянии. Не без того, Андрей всегда чувствовал себя неуютно в гостях, а теперь ещё в таких! Но что-то более важное стало причиной его неловкого положения. Кажется, как эта женщина на него посмотрела... Хотя даже до этого -- едва он увидел её. «Нет, ничего такого не произошло, -- успокаивал себя Андрей, -- единственное: она очень похожа на Машу... Удивительно похожа. Или это я преувеличиваю? Просто напоминает чем-то её... и то только внешне. Случайное совпадение в чертах лица... глаза... стройность. Вот почему её встречный взгляд заставил так биться сердце. Нет, я не в силах смотреть ей в глаза. Не знаю, отчего так. Лучше не думать о чём не положенно, тем более мне. Не может быть никаких сравнений с Машей. Эта -- незнакомая мне женщина ни при каких условиях не сравниться с Машей Ольской. Хотя, наверняка, она прекрасный человек. Память о Маше я храню в сердце и не могу даже думать о другой, даже если она и напоминает мне её. А этот случай можно расценить как искушение, испытание меня. О, Господи!».

Андрей был занят своими противоречивыми мыслями пока рука Поля не коснулась его плеча, тактично известившая об окончании завтрака, а значит переходу к более важному.

\*

Поль Руанье показал Андрею идти за собой. И как только они покинули гостиную, за ними последовали два огромных

178

чёрных дога, неожидано появившиеся откуда-то. Они прошли тускло освещённым коридором к белевшей двери, у которой преданные псы остановились стражниками. Хозяин и Андрей вошли в большой, продолговатый зал.

Вдоль стен были развешены картины, чем-то напоминая галерею. По одну сторону пейзажи, бытовые сцены из прошлых веков; по другую портреты, полотна на религиозно-историческую тематику, эпизоды конных сражений... Под каждой из картин была приклеплена медная табличка с названием, именем мастера, датой написания.

Коллекцию картин Поля Руанье составляли работы мастеров разных направлений живописи, но, как заметил Андрей, преобладал всё же классицизм.

Искося хозяин наблюдал за Андрэ, стараясь по выражению его лица прочесть впечатление, ему было интересно знать какому стилю более привержен его необыкновенный гость? Всё-таки по одной работе он не мог судить. И удовлетворял своё тщеславие, встречая восхищение в глазах молодого художника у почти каждой из картин, -- как-никак а коллекция Поля Руанье подобранна с изысканным вкусом.

Работы подобного уровня Андрею посчастливилось видеть в Москве; тогда в первые дни пребывания в городе Аня водила его по музеям и художественным выставкам. А также, когда один из любителей старинной живописи пригласил с ещё одним работником мастерской, как надёжных людей, к себе в дом для мелкой реставрационной работы некоторых картин. Опаска была обоснована тогдашним положением, а точнее политикой пришедших к власти большевиков. Конфисковывались частные коллекции, и владельцы, дабы избежать риска, хранили свои художественные ценности в тайне и в пределах недосягаемости. Безусловно они рисковали не только своим положением, но и жизнью во имя сбережения того, что было для них не менее важнее. Редко кому удавалось сквозь войну и лишения сохранить в целости свои картинные собрания, ценности. Голод делал из людей то, что

Л. Хайченко Берег турецкий

желал, заставляя продавать бесценное за гроши, обменивать на картошку, крупу, хлеб, чтобы как-то прокормиться, выжить. Ну, а если посчастливится пережить то *ненастье* вместе с настенными свидетелями происходящего, тогда «сознательные знакомые или соседи» не упускали возможность доноси на картинщиков-буржуев. И тогда уже приезжали не только за картинами, книгами и художественными ценностями, а и за их скрытными владельцами, -- дабы остальным желающим припрятать достояние народа неповадно было.

После насколько скоротечного, настолько необходимого ознакомления со своей гордостью -- собранием живописи, как неотъемлемым атрибутом при приёме гостей, месье Руанье с приглашённым художником возвратились к тем, кто должен послужить написанию новых картин.

-- Мамочка оденет тебе твоё любимое бархатное платьице. Оно ведь всегда тебе нравилось? – переодевая дочь, не очень любящую подобное, приговаривала Жаннэт, -- а мама будет в строгом чёрном. Или же в белой блузкой с тёмной юбкой? как ты считаешь, Ники?

-- Я, мама, думаю, что тебе без шляпки с лентами не обойтись... И мне такую же не мешало бы.

-- Хорошо, доченька, решено, -- вздохнула Жаннэт, уже не удивляясь заявкам Ники, -- только нам нужно поживей наряжаться, чтобы не заставлять Андрэ нас ждать. У него, наверное, помимо нас занят день.

-- Правильно, мамочка! Надо нам торопиться. Я уже почти подготовилась к рисованию. А когда вырасту большой, как ты, тоже буду себе губы помадой красить... и глаза... – Николь с завистью наблюдала за своей мамой, стоящей у туалетного зеркала.

\*

В соседней комнате художник ожидал маму с дочерью.
Он уже разместил свой мольберт с холстом, освежил краски, подготовил всё необходимое для первого сеанса (кстати, в том числе и себя). Подошёл к окну, осмотрелся, шире раздвинул занавеси, -- добшись необходимого освещения места, где

должны будут сидеть Жаннэт с Николью. Ему только осталось уточнить: или они будут сидеть на разных стульях, или же Жаннэт захочет держать Ники на руках.

В ожидании Андрей поглядывал на часы. У него была договорённость с хозяином салона, что всю первую половину дня он будет занят у господина Руанье, затем его на машине отвезут обратно на основное место работы. И такое расписание сохранится до тех пор, пока художественный аппетит лучшего клиента месье Рошто будет удовлетворён.

Между Жан-Пьером и Полем было своё взаимовыгодное соглашение. Между тем они учитывали интерес и художника. К тому же Андрей имел право, заранее оповестив обе стороны, остановить свою работу по собственному усмотрению.

Понятно, что успех написания картин на девяносто девять процентов зависит от мастерства исполнителя, оставляя неуправляемым капризам мизерный шанс на противоположное. Но так как Поль Руанье считал себя перестраховщиком в важных делах, он желал тот одинокий процент на неудачу свести к нулю. Поэтому в его доме всё было подчинено на создание необходимых условий для работы мастера.

Наконец-то дверь распахнулась и первой вбежала Николь, и сразу же на своё признанное место. Она уже была готова «смотреть» на месье Андрэ и в ответ улыбаться ему. Правда, её медвежёнка с ней не было... зато рядом возле неё будет мамочка. И маме не надо брать её к себе на ручки, потому что её уже раз рисовали на этом стульчике, к тому же она не такая маленькая.

В отличие от своей уверенной дочери, Жаннэт испытывала лёгкое волнение: удастся ли ей правильно позировать, чтобы картину не испортить, не получиться какой бы не хотелось. И вообще не знала как вести себя в присутствии «этого необычного художника».

Андрею была заметна некоторая скованность позировавшей Жаннэт и он догадывался о причине. Теперь предстоит успокаивать и маму... Ему виделось это лицо спокойным с

Л. Хайченко Берег турецкий

лёгкой улыбкой уст и лучинками у уголков прекрасных глаз. Да, именно прекрасных.

Сейчас уже он мог смело смотреть в них, отвлёкшись от прежних мыслей, работая над портретом. «...Передо мной всего-навсего лишь клиент, которому нужна картина. Больше ничего, никаких посторонностей», -- настраивал он себя, и это у него кое-как получалось.

Андрей подошёл к Жаннэт и немного подправил её позу, улыбкой давая понять, чтобы она расслабилась -- будто никого в комнате кроме неё нет. Он посмотрел на скучающую рядом Ники и положил руки ребёнка в мамины, показав слегка наклониться друг к другу. Он делал первые наброски карандашом и для него было важно сразу сориентироваться с настроением будущей картины. «Конечно, это не фотосалон. Хотя я сейчас вёл себя, как простецкий фотограф. А может, это желание быть ближе... нет, чтобы она уверенно почувствовала себя, ведь от этого зависит успех их и моих стараний» -- как бы оправдывался перед собой Андрей за то, что было подвластно только сердцу.

Захлопотанный папочка заглянул к своим деткам буквально на мгновение, -- перед отъездом убедиться, что всё идёт как положено, и, удовлетворённо улыбнувшись, поспешил по своим делам.


Чтобы не так скучно было, Жаннэт наблюдала за работающим художником, за движением его руки, острым внимательным взглядом. И в этом нашла свой интерес. Его глаза то смотрели на неё, как бы стараясь не оставить ничего незамеченного, то сменялись мягкой улыбкой подбодривающего утомлённых дочь и маму. Она встречно рассматривала Андрэ. Его волосы непослушно спадали к бровям и он раз за разом поправлял их, не придавая значения такому неудобству.

Мастер был полностью погружён в свою работу. Чтобы не отвлекать позирующих, несколько раз он подходил со стороны и делал некоторые зарисовки для большего представления. Затем, через определённое им время, знаком руки дал им знать, что уставшим можно передохнуть.

Повинуясь интересу, а заодно используя возможность, Жаннэт осторожно подошла к мольберту взглянуть -- что же там получилось... Возможно, она бы и не осмелилась на это, если бы не приглашающий взгляд художника. Но первой всё-таки успела Николь на правах уже более опытной. А маме только оставалось извиниться за своеволие ребёнка. «Хотя моей улыбке он почти не придал значения, и всё-таки это увлекательная вещь -- наблюдать за процессом рождения картины. С чего она начинается, когда будет готова принять первое касания кисти. До этого я была уверена, что картины пишутся сразу красками. Наверное, просто над этим не задумывалась из-за небольшого интереса. А теперь совсем иное отношение, участия. Даже такое ощущение будто ты сама рисуешь... Это от мнимого причастия к творчеству, когда рядом тебя созидают. А у него мы получились вроде манекенов, разделённых непонятными линиями, будто пребываем в ином измерении. Видимо, это он для себя наброски делал... так требуется. Затем его волшебной рукой наши фигуры возвратятся на холст естественным видом. Мы зависим от чародея-художника: будем ли смотреть с портрета грустно, весело, задумчиво, или же выглядеть безразличными. А то и... – улыбнулась своей глупости Жаннэт и сделалась обратно серьёзной, -- Он должен чувствовать человека, улавливать его настроение. Это не то, что смотреть в зеркало, гримасничая, -- здесь уже иное зеркало – душа. Картина может глубже отражать характер человека, даже чем тот сам о себе знает. И только остаётся удивляться -- как это художник мог подметить, казалось бы, неуловимое. Столько догадок, что мне было бы интересно и самой подучиться рисовать... тем более достаточно свободного времени. Но для этого нужно иметь главное -- талант! Одного желания недостаточно, Жаннэт. Хотя я и не надеюсь претендовать на высокую оценку или даже похвалу, -- не больше как для себя экспериментировать. Если бы Андрэ согласился и нашёл на это время... Но сейчас не об этом. Да и как мне спросить его? Он только первый раз у нас и, судя по его заметной рациональности, пунктуален и время у него расписано. Возможно, позже я его попрошу. А перед тем посоветуюсь с

Л. Хайченко Берег турецкий

папой. Он сможет договориться с Андрэ и Жан-Пьером о моих уроках рисования. При условии, если я не передумаю, – улыбнулась она своему капризу. – Нет, всё это выглядит по-детски: через кого-то собираюсь просить о своём. Что-то не то. Лучше мне самой выбрать момент и спросить у Андрэ. А что? Напишу ему о своей просьбе. О нет... он же читает только по-русски, наверное. Тогда я попытаюсь объяснить ему, раз на то уж пошло. – И как бы в унисон своим мыслям об этом человеке, Жаннэт ощутила его взгляд, и совсем по-другому мимолётно посмотрела в его сторону. И не ошиблась, -- Андрэ смотрел на неё, но как-то странно и робко... а встретившись глазами, сразу отвернулся. -- Я вообще-то заметила ещё с первого его взгляда смущение, что он избегает смотреть мне в глаза, как-то теряется... вроде ребёнок провинившийся. Или стесняется моего присутствия? И вот сейчас обратно... Но он же приглашён лишь рисовать. Папа говорил даже о нескольких желаемых картинах. Что же он такой стеснительный для художника? О них известно иное. Может быть, ему не ловко за себя, за невозможность свободно общаться? Но он уже должен к этому привыкнуть. Скорее, это я глуплю. Сколько же ему лет? По внешности сложно определить. Он выглядит мужчиной среднего возраста... это из-за седых волос. А лицо свежее, намного моложе, и черты утончённые, намекая на чувствительность характера. Не удивительно, -- художник -- человек тонкой натуры. И взгляд его глубокий, если же только на меня не смотрит... -- улыбнулась про себя Жаннэт. -- Но что это я так увлеклась ненужным? У меня муж, ребёнок, а я задумалась о постороннем мужчине, у которого, наверняка, есть жена или невеста...».

От своих мыслей Жаннэт ощутила на лице жар проступающего румянца и с позволения «виновника» вышла к умывальнику, чтобы через пару минут возвратилась уже прежней – невозмутимо-спокойной, готовой продолжать позировать приглашённому художнику.

## 25

*Помощники*

В связи с местными религиозными празднованиями, график работы Николая Николаевича изменился: днями он коротал время в их снимаемом жилье, а вечером спешил в кофейню Ибрагима, где был свой интерес для него.

Его никак не могла оставить настойчивая мысль о тайной двери в подвале кофейни. И Николай Николаевич, согласно своему сыскному графику, подошёл к этому «дверному вопросу» вплотную.

Он прислушивался к часто происходящей возне за обитой цинком дверью. Даже на расстоянии нескольких шагов можно было уловить доносившиеся оттуда разговоры, ходьбу... А как только он приближался к двери, сразу всё умолкало. «Не исключено, что эта дверь глухая и ею не пользуются вообще, а входят с другой стороны. По всему видать и они там насторожены и похоже, неспроста» – сделал вывод наблюдательный Иваницкий.

В доказательство, что он таки не ошибался, на ступеньках, ведущих вниз к загадочной двери, валялись некие улики: конфетная обвёртка и недокуренная сигарета с алым следом помады, и даже шпилька от волос.

Всё найденное «у Ибрагима» Николай Николаевич складывал в плоский жестяный коробок от сигар, носящий с собой в кармане сюртука. Ещё его зоркий глаз не упустил одну существенную деталь -- это уже в опровержение своего предположения о «глухой двери» -- мусор с лестничного прохода, которому не придавали значения, вдруг исчез. «Значит всё-таки здесь вход. Они держат происходящее внизу в сверхтайной секретности. Что же там может быть? Да и рискованно находиться возле неё, не говоря уже о попытках подслушать, -- анализировал ситуацию Иваницкий, -- а что, если провернуть известный трюк? Пролью-ка на ступеньки кофе... По свежему следу можно будет определить, в которое время вошли туда или вышли. Причём, если кофе хорошо подсластить, получится чёткий след...».

Л. Хайченко Берег турецкий

*

Так он и сделал, не заставляя себя больше томиться в догадках. И уже с рассветом Николай Николаевич имел результат: несколько отпечатков подошв разных размеров мужской обуви были направлены в сторону подвала и обратно, а вот одни слабые отпечаточки, очень даже вероятно от женских туфелек, вели только в сторону подвала и свидетельствовали по нечёткости о хрупкости хозяйки обувки. То есть получается, что молодой девушки. «Но это всего лишь предположения» – согласился Иваницкий. Замерив каждый из следов и описав их рисунок, он остался весьма доволен собой и собирался идти домой отдохнуть.

-- Ну, как твой дела, Николаи? Где этот шакал? Забыл уговор? – услышал Николай Николаевич за своей спиной.

-- Стараюсь, Ибрагим, поддерживать порядок в твоём заведении, -- а мысленно добавил: «В твоём *стакане*[5]». -- А шакал -- нет пока. Наверное, он неуловим. Уже с ног сбился в поиске.

-- Поймай его! – налился кровью Ибрагим, и, остыв, изменился в тоне: -- Ты работаешь хорош, Николаи. Я вижу. Молодец. Только зачем тот человек так болно руку крутил? Он мой знакомый...

-- А, это ты о том с кинжалом? Так он сам крик здесь поднимать начал, ещё и с угрозами. Посетителей курильни только напугал.

-- Э-э... напугал посетитель... Он тоже мой посетитель. Просто мало-мало пошумел. Он хорош человек – друг Ахилл.

-- Так что -- все друзья Ахиллы носят кинжалы? – обернул в шутку вывих руки бандита Николаи.

-- Ха-ха! Все носят... Ну смешной ты, Николаи. Ты мне лучше тот шакал приведи. Он без кинжал ходит.

-- Ты хочешь, чтобы я за пару дней весь Константинополь обегал? – обиделся Николаи.

---

[5] (Тур.) *Бардак*

186

-- Нет, весь город бегать не надо. Мне толко шакал надо, понял? – повторил Ибрагим и, не дождавшись ответа, пошёл закрывать кофейню.

«Похоже, не в духе Ибрагиша... Да и сапожки его отчего-то липнут к полу... «Зачем тот человек руку болно крутыл? Ох-ох...». Ишь ты, заботливый какой. Скоро и твоя очередь подойдёт», – с новыми задумками Иваницкий вышел из кофейни и прошёлся пробуждающимся в морском рассвете городом.

*

Вечером Николай Николаевич появился в кофейне немного раньше обычного. У него было достаточно времени чтобы выспаться и взбодриться японской гимнастикой с последующим обливанием холодной водой. Опыт подсказывал: пора подсобрать силёнок к предстоящему.

И едва он вошёл в зал, чтобы поправить столы и расставить стулья после утренней уборки, как обратил внимание на подростка, лет десяти, вбежавшего в кофейню с глазами будто срочно кого-то надо. «Не гоже пацану здесь появляться...» – возмутился Николай Николаевич и, оставив своё занятие, поспешил выпроводить заблудшее дитя. А когда приблизился к нему на расстояние протянутой руки дабы попросить за дверь, тот неожиданно обратился на русском:

-- Вы будете дядя Николай? – уверено спросил подросток, поправляя на голове кепку.

-- Как видишь перед тобой он самый. А ты откуда знаешь меня? – внимательно смотрел на такого знакомого дядя Николай, -- кто ты, если по делу зашёл?

-- Меня звать Стасик, -- переводя дыхание, ответил мальчёнка, -- у меня для вас есть записка одна, – он оглянулся по сторонам и тише породолжил: -- От дяди Валентина. Он меня попросил вас найти.

-- Ну так давай её! -- не читая, Иваницкий переложил себе в карман послание от «крёстного». -- Присаживайся за этот стол и не уходи. Я тебе кофе с печеньем принесу. Баклаву, наверное, любишь? Подожди минутку меня.

Л. Хайченко Берег турецкий

«Вот тебе и в самый раз. Только утром Ибрагиша о нём спрашивал, а тут и весточка. Очень кстати такая новость. Хорошо, что живой он...», – Отойдя в укромное место, Иваницкий развернул вчетверо сложенный листок и пробежался по строкам. Послание было кратким, больше содержащее благодарности за наставления, а также приятное известие о своём благополучии. И в конце Валентин спрашивает о случайно потерянной фотографии своей девушки Кати.

-- Вот что, дорогой Стасик, я тебе скажу, -- поставив перед посланцем на стол угощение, Николай Николаевич присел рядом: -- Во-первых, спасибо тебе за письмецо, и Валентину передай моё признание. Скажешь, что искренне рад за него, что он работу нашёл. При монастере -- оно спокойнее и для души исцелительно. Это именно то, что может ему помочь. «Божья любовь к нему снизошла, и он преобразиться должен», -- подумал Иваницкий. -- Я для него писать не буду. Что слышишь от меня, то и перескажешь дяде Валентину. Ещё передай ему, чтобы здесь ни под каким предлогом не показывался. Скажешь его ищут. Он сам знает кто. И чтобы по городу не шатался. Это так на всякий случай. Знаю, что при монастере жизнь иная. Слава Господу! – перекрестился Иваницкий -- А вот тебе и фотография, о которой он спрашивает. Скажи мне, друг Стасик, адрес того монастыря, где он, и как отсюда пройти, если он мне понадобится.

-- Можно, – в согласии кивнул головой Стасик, -- это небольшая греческая церковь, и при ней монастырь. Почти на окраине находится. Я вам нарисую как туда лучше доехать, -- полез в карман за карандашом Стасик.

-- Это хорошо, что подальше. Как же ты такой далью добирался? – заботливо спросил Иваницкий.

-- А я с другом приехали на велосипедах. Мы быстро катим! – подморгнул вошедшему в кофейню другу Стасик.

-- Хорошо. А живёшь ты где?

-- Мы живём рядом. Отец работает плотником в монастыре, и я к нему захожу. Там познакомился с дядей Валентином. Он моему отцу помогает.

-- Ну и как он вообще, внешне? Худой, наверное? – спросил дядя Николай. Для него было не безразличным самочувствие Валентина ещё по одной причине: если тот продолжает думать о своём прежнем пристрастии, тогда остаётся вероятность его возвращения к пагубному. В этом случае Ибрагим с Ахиллой подготовили ему не очень радушную встречу. А при их «стараниях» он расскажет всё. И при таком повороте событий под неприкрытый удар попадает уже он, Ольские и Андрей. Конечно же, после этого у Ибрагима и его дружков возникнет цель любым способом убрать «этот плох человек Николаи», --замыслился Николай Николаевич. Он всегда искал логическую связь между предпосылкой, происшедшим и ожидаемым, поэтому предвидел возможность развития и такого варианта.

-- Да он впорядке. Кормят в монастыре хорошо -- кашей... брынза там, компоты... – нехотя отвечал на скучный вопрос о еде Стасик.

-- Не уж то и впрямь в монахи Валька постригся? – довольно улыбнулся Иваницкий. -- А ты -- ешь, не скромничай, заработал угощение.

А сам Николай Николаевич думал ещё об одном. В это время зашёл в курильный зал тот таинственный господин, имевший дела с Ахиллой, и принёс он с собой, впрочем, как обычно, пакунок. В ожидании Ахиллы он явно нервничал и традиционно поднесённую чашку кофе недовольно отодвинул от себя.

-- Да нет, в монахах он там не состоит... -- рассказывал Стасик, предпочитая сладости вместо кофе, -- он просто живёт там, в монастыре. Таких как он там несколько. Им приют дают. Ну и работает днём с другими. А вы ему случайно не родственник, что так спрашиваете?

-- Нет, формально не в родстве... но что-то возле этого. Говоришь, что с другом приехал на велосипедах? Хотите подзаработать на двоих? – спросил с возникшей задумкой дядя Николай.

-- Ну, конечно! Кто откажется от денег? – согласительно ответил Стасик.

-- Тогда давай выйдем на улицу. Там я тебе объясню... – позвал за собой дядя Николай и, отойдя в сторону от двери, кивком головы указал ребятам на экипаж, ожидавший «загадочного господина». -- Из кофейни скоро должен выйти один дяденька и сесть в него. Одет он будет во всё чёрное, но одежда не важное. Вам нужно тайно поехать за этим экипажем, да так чтобы им не было заметно. Узнаете адрес куда они едут. Согласны на это?

-- Согласны! Что это для нас, мы его и перегнать можем, -- хвастнул друг Стасика.

-- Тогда вот вам деньги -- за то что меня нашли с доброй новостью. А когда возвратитесь, я вам заплачу за вашу работу. Идёт, братцы?

-- Идёт, -- ответил за себя и друга Стасик, пряча зароботок в карман.

-- Только без «перегнать», -- предупредил дядя Николай, -- наоборот, если заметите, что вас увидели, сразу же разворачивайтесь и изо всех силёнок домой. Будьте очень внимательны, держитесь от них на расстоянии. Я буду вас ожидать в кофейне. А вот вам листок бумаги для рисунков дорожных, -- и подморгнул на удачу.

\*

Он дождался, когда «загадочный господин» с миром усядится в свою карету и, проводив взглядом велосипедистов, пожелал ребятам удачи: «Эх, было бы превосходно, если они справятся. Тогда уже наступит время и мне действовать, -- потирал руки Николай Николаевич, прикидывая варианты разворачивания событий при различных обстоятельствах: -- первый удар мне нужно нанести по Ахилле. Это будет для них полной неожиданностью. После того, как с вчерашнего дня французы начали занимать Константинополь, их дела пошатнутся. Не зря этот «господинчик» заволновался. Теперь следует ожидать новые законы, в том числе и в борьбе с преступностью. Да и по Ибрагиму видно было, что для него не лучшее время пришло, даже газету отшвырнул. Переживает за свои чернее бороды делишки. Нужно нам решить, возможно, сейчас подходящее время для смены жилья. К нашему счастью появляется реальная возможность отбытия во Францию. Но я не успокоюсь пока не выполню задуманное -- не искореню эту нечисть. Необходимо не упустить момент, ведь противник находится в предпаническом состоянии, -- рассуждал с собой Иваницкий, лениво просматривая разбросанно лежащие на столе местные и зарубежные газеты. Незнание иностранных языков уравнивало их содержание. Поэтому Николай Николаевич обращал внимания только на фотографии и карикатуры, обильно дополнявшие текст. По ним он пытался уловить смысл публикаций. -- Чёрт их возьми! не могут сюда поднести хотя бы одну русскую газетёнку. Вероятно, Клавдия купила свежие и уже последние новинки знает...».

-- Что сидиш, газет читаеш? Плох дела... Чужой солдат пришёл на наш земля. Плох дела, Николаи. Люди к нам мал-мал сегодня пришли. Пока нет денег заплатит тебе... -- Ибрагим со злостью швырнул газеты на пол.

-- А как быть с тем парнем, от которого ты собирался свой долг возвратить? Забыл? – спросив, Иваницкий специально хотел разведать настроение Ибрагима насчёт продолжения криминальных деяний.

-- Какой такой парень? – забегал глазами Ибрагим, -- низнай никакой парень. Ты что, Николаи, выдумыешь? Мне никто не надо, -- и нежно запел: -- Я свой дело думай: людям кофе дать... кушать дать. Чтоб вкусно-вкусно был. Пускай хорош человек идёт, кушает и вино-водка пьёт. Захочет трубка курить – пожалуйста, садись кури. Я люблю людей. У меня нет плох человек.

-- Это плохо, что денег не можешь заплатить... -- нахмурился от неприятной новости вышибала кофейни.

-- Нет денег. Завтра люди будут кофе пить, кушать, и денги принесут. Порядок нужен здесь. Война идёт -- плох человек может забежать – украсть что-то... Ты, Николаи, мой друг. Смотри, чтобы пьян человек на пол не лежал. Кто пьян-пьян -- пускай домой идёт.

-- А Ахилла твой где? Ещё в курильне сидит?

-- Да, бедный Ахилл в курильне... Пло-плох ему. Говорит -- голова болит, сердце болит. Ты лучше не ходи к нему. Он там злой-злой. Возми кофе пей. Я сам туды пойду. Ох, плох дела... – кряхтел, мотая головой, как кукольный болван, Ибрагим.

После такого «приятного» разговора Иваницкий вышел на улицу вдохнуть свежий воздух. Он подставлял лицо под морской ветер, нёсший весть наступивших перемен. «Теперь у берегов Босфора стоят корабли союзников и это значит, что Средиземное море полностью контролируется англичанами и французами. А из этого исходит, что остаётся лишь техническая сторона вопроса – найти транспортный рейс к берегам Франции. Естественно, нужно будет обратиться в их посольство или там консульство для разрешения на въезд, -- разговаривал с собой Иваницкий и заметил на расстоянии весёлые лица своих юных помощников. Те, невзирая на транспорт и переходящих дорогу, гнали свои велосипеды наперегонки. -- Ну и лихие головы... Я вот им сейчас... – Не спрашивая ребят о выполнении поручения, дядя Николай породительски пожурил лихачей».

-- Дайте мне слово, что впредь у вас подобного не повторится. Вы же не только кого-то сбить можете, а и сами покалечиться...

-- Но мы спешили к вам, дядя Николай, чтобы побыстрее сообщить о чём вы ждёте. Оттого и гнались. У нас спор возник. Я всё равно обогнал Славика, -- с гордостью признался Стасик.

-- Понятно. Значит и моя вина есть. Учту. А сейчас о деле. Рассказывайте, ребята, только по порядку, без суеты. Хочу знать всё с самого начала. -- И чтобы подстегнуть рассказчиков, дядя Николай приготовил свой бумажник, пересчитывая в нём кой-какое наличие. Он слушал Стасика и Славика пока из их дуэта не получился каламбур.

-- Так вы говорите, что он живёт в особняке?

-- Да, в ограждённом доме. Мы после, когда он вошёл, заглянули через забор. Там во дворе большие собаки бегают отвязанными. -- Стасик возвратил дяде Николаю исписанный лист и карандаш. Надо признать, что ребята прилежно постарались – начертили даже примыкающие улицы, ещё и объяснили, что к чему: -- На углу вот этой улицы стоит булочная. Мы зашли спросить у продавца, кто в том доме проживает. Он посмотрел на нас, как кавас, и сказал, что лучше нам ни у кого не спрашивать об этом. А один человек, слыхавший о чём мы спросили, вышел за нами из булочной и тихо сказал, что тот большой дом был куплен около шести лет тому назад одним торговцем. Но уже два года там живёт неизвестный европеец, а торговца, хозяина дома, давно не видать.

Дядя Николай щедро отблагодарил смышлёных смельчаков и попросил их об этом никому ни слова.

-- Даже Валентину или вашим родителям не говорите. Вы ничего не знаете, будто я вас ни о чём и не просил и вы ничего не видели.

-- Ну, если такой большой секрет, тогда ладно, -- согласился Стасик.

-- Очень большой секрет. Но когда придёт время, возможно, ты сам услышишь о нём. -- Николай Николаевич на прощание пожал руки ребятам, а на лице его сияла улыбка обладателя лотерейного выигрыша.


## 26

*Под добрые вести  и помечтать не грех*


Как только Николай Николаевич переступил порог, чтобы со своей новостью обрадовать Ольских, сразу попал под встречный информационный обстрел: «Оказывается они и без меня всё уже знают... Хотя я так и предполагал. Вот что значит в турецком не разбираться, а иметь друга Ибрагима. Хотя и к французскому испытываю теже симпатии, -- он косо посмотрел на словарики на своей тумбочке. Заботливо предложенные Клавдией Иларионовной, они лежали так и нетроннутыми».

-- Это прекрасная, очень подходящая для нас новость! Теперь нетерпение поскорее добраться до Парижа преобладает над всей нашей здешней суетой. На этом наше кочевое странничество должно прекратиться, -- выразила общую мысль и надежду Клавдия Иларионовна и потеплее обернулась в пуховый платок. – Холодная, зыбкая здесь осень... Ужасно ветренно. Южный город, а холодно как у нас в Москве.

-- О нет, родная! Не говорите это мне, -- у нас теплее. По матушке России только вспоминать с теплотой приходится. И с тоской... – Николай Николаевич раскурил традиционную вечернюю трубку, -- каждый свой шажок по родной земле мило вспомнить. Эх, был бы выбор вновь свою жизнь начать, уеденился бы в отдалённой глуши, в какой-то забитой деревеньке, где больше всего ощущается подлинное русское. Я отдаю предпочтение деревенскому быту.

Надоел разлагающий нравственность хаос городов с неприемлемым космополитизмом и другими «измами». Сделал вывод, что от промышленного нашествия, со всеми к нему придатками, теряется народный калорит... предмет приложения – землю, заменяют станки.. – гордо выговорил Иваницкий, -- Большие города поглощают сельскую местность, как в прямом понимании так и путём пагубного влияния. Иное дело Питер...

-- Но это вы с перебором. Что-то вроде английского варианта развития капитализма у вас получается, Николай Николаевич. На практике, благодаря орудиям производства, поступающим от промышленных предприятий, повышается и производительность аграриев. Да и своей просвещённостью деревня не может хвастнуть. Здесь у города помощь искать надо, а не обособляться, -- диспутировал, просматривая свежие газеты, Ольский.

-- Может, вы, уважаемый, и правы по-своему. Да только в ваших городах хороводы с припевами не водят. А если и случается, так сплошная самодовольная показуха, без подлинного задора и души, -- довольно попыхивал трубкой уверенный в своей правоте Николай Николаевич, -- есть города вообще дерьмовые... откуда происходили волокита и взятничество и вели те дороги в столицы. Деревня же всегда была первозданно-наивной и душевно чище. Её, как доверчивое дитя, легко обобрать и обмануть. Конечно, наш деревенский мужик тоже себе на уме. Не глуп. Но что ему поделать против утончённых лабиринтов обмана, кто им живёт.

-- Всё, на сем поприще я заключаю с вами мир, дорогой Николай Николаевич. Что же нам решать в связи с другим перемирьем, я имею ввиду окончание войны. Благо для нас Константинополь уже находится под контролем французов. Это должно сопутствовать нашим устремлениям. Только, как разобраться в нашей ситуации?

-- Просто, -- спокойно ответил Иваницкий.

-- Спасибо за подсказку, Николай Николаевич, -- обиженно посмотрел Ольский и продолжил мысль: -- Действительно, в ближайшие дни я вновь увижусь с месье Рошто. Он мне предлагал помощь, если такова понадобится. – Тем не менее, не расточая ценного времени на разговоры, он возвратился к своим литературным упражнениям. Кроме общих волнений на счёт отъезда, ему ещё нужно было успеть в срок с обещанием Головиных. И не без того, чтобы не думать о Тане... Кстати, она пригласила его в варьете на своё выступление.

-- Пожалуйста, постарайся, дорогой брат,  а то уж это слово «переезд» так прижилось в наших нескончаемых скитаниях... С охотой в последний раз я бы его произнесла.

-- Действительно, будьте добры, Всеволод Иларионович, несмотря на вашу письменную занятость выберите на это время. А то получится: с России сорвались и до Франции не добрались. Не иначе как анекдотическое положение. Право, не знаешь что и делать -- смеяться или плакать. Там уже жена моя и дети разными мыслями о своём папке извелись, -- и дабы отвлечь душу от тоски, а одновременно для пользы, Николай Николаевич всё же взял в руки словарик турецкого. Но повертев, тут же закрыл. «Ух уж иностранщина... И зачем я сюда подался? Сидел бы где-то с семьёй на краю отдалённой губернии, куда революция не добралась бы. Сейчас многое приходится переосмысливать, выбирая главное, что прежде старался не замечать. Или это я стал таким капризным с недовольствами от старения...»

-- Я же уже сказал, что постараюсь, -- не отрываясь от работы, ответил Ольский. Вообще-то он решил несколько переделать прежний материал для книги, сделав акцент на подробном освещении событий со своими коментариями, как бы в разговоре с ещё двумя свидетелями прожитого.

-- Благодарим, Всеволод Иларионович. Не стану отвлекать вас от более серьёзного. Ну, а что Андрюха своего серьёзного написал?.. – Иваницкий склонился над увлечённым писанием Андреем и как раз на месте железнодорожной трагедии с актёрами-агитаторами.  «Так-с, понятно, -- Андрей старается быть объективным – что увидел, то и запечатлел. Да ещё и русунки свои, видать, приложить хочет. Молодец парень, правду пишет. Тяжёлую для чтения, но именно такое и происходит в России. Не сказал, если бы сам не видел. Жаль что дети так спокойно с жизнью растаются. Идеалы революции, которые так и остались на их устах... Известно, студентики поднимали бунт, подстрекая сверстников. Одни из них были на стороне эсеров и анархистов, но большинство шли за большевиками.  Не зря те так себя назвали после их раскольнического съезда, так сказать, с определённым стратегическим прицелом. И все вместе   шли они против общего врага – существующего строя, до того ненавидели его. И невозможно было уже остановить этот маятник нарастающей обоюдной ненависти. И чем дальше, тем обозлённее и без пощады. Вот и Андрюха талантливо подмечает реальность. Дарование есть дарование. Уж если Бог щедр к кому-то, значит не мелочится. Тонкая душа всё подмечает, рассказывает словно ребёнок матери – наивно и искренне. Да и мысли интересны. А я и не думал, что он тоже философ. У нас уже двое есть...» – улыбаясь, Иваницкий посмотрел на увлечённых Ольских. Затем прилёг на кровать, повернулся на бок к стене и встретился со сном, одним из многих, о чём преобладали мысли и гложила тоска.

Россия к нему возвратилась этакой малёванной деревенькой, в которой никогда не довелось бывать. Только представлял себе такую идеальную. И сидел он на курчавом, зелёном берегу спокойной речушки, вылавливая из неё икристых окуньков с карасиками... И семья его была со своим добрым, большим папкой Колей. А одеты они были во всё народное, вплоть до лыковых лаптей, и никаких разговоров о заграницах не вели, ибо *мир и добро* торжествовало на той земле под высоким и чистым от облаков небе. Лишь петь им хотелось под гармонь, доносившуюся переливными мелодиями из-за пригорка, от которого начиналась лубочной картинкой избы с гомонливыми от веселий подворьями в берёзовом обрамлении. Но прежде чем отдаться велению души, ухи искушать Иваницкие желали, варёной в котелке на огоньке с дымком, под осинкой тенистой...

## 27

*Между тем*

До поздней ночи Жаннэт не могла уснуть: всё перебирала в мыслях происходившее днём, а точнее, знакомство с художником. Тот день она выделяла как необычный среди монотонной череды будней, близнецами похожих между собой. «Теперь будет нарисован и мой портрет... Впервые. Интересно, как мы получимся с Николь... какими нас видит

Л. Хайченко Берег турецкий

Андрэ? Наверное, не более чем мы есть... -- и улыбнулась такой своей новой глупости. -- Папа говорит, что Ника очень похожая на меня в детстве; что я тоже была такой же светловолосой и шаловливой. Но я не замечаю хоть какого-нибудь сходства, даже в характере, разве что, когда бываю вспыльчива. Трудно себя контролировать, когда встречаешь невежество, несправедливость, ложь. Не могу равнодушно относиться к невоспринимаемому. Да и не с кем поговорить со времени как Жорж ушёл на войну. Подруг тоже война не обошла... кто где сейчас? Только переписка осталась утехой. А вот от Жоржа долго вестей нет. Неужели у него не найдётся времени на хотя бы пару успокоительных строк для нас? А может быть, с ним что-то случилось? Нет, не хочу думать о плохом, тем более известили бы. Раньше от переживаний о нём места себе не находила, искала чем можно было бы отвлечься. После привыкла к ним, как к приходящим с тоской. А после четырёх лет военной разлуки начало появляться и равнодушие. Горько признать, но это так. Так вот время смиряет с положением вещей... Но что это я такое надумываю? Конечно, я вся о нём, ведь он мне муж и мы с Никой ждём его. Я и наша дочь с нетерпением ожидаем тебя, дорогой Жорж! Возвращайся, пожалуйста... – ей стало грустно и жаль себя, и вообще всех, и не смогла удержать слёз. И чтобы не разбудить Николь, повернулась лицом в подушку, тихо проплакав почти до утра.

Заспавши, Жаннэт проснулась позже обычного и увидела перед собой стоявшую в пижаме Николь. Дочь с свежевымытым личиком подошла к кровати мамы проверить или та уже не спит. Так она стояла над головой мамы, вглядываясь в её сомкнутые глаза, но не решаясь будить. И как только заметила, что на неё посмотрела мамочка, сразу запрыгнула на кровать.

-- Доброе утро, мамуля! – Николь гладила разбросанные по подушке волосы своей любимой мамы.

-- Доброе утро, доченька! – ответила мама с поцелуем в розовую щёчку ласкавшегося дитя.

-- А я всё стою и смотрю на тебя -- почему ты так долго спишь... Даже дедушка заглядывал в спальню. Ты мне расчешишь волосы? А то я уже сама хотела... но не получилось. Пожалуйста, заплети мне белые ленточки. Мы должны быть уже готовы. Скоро месье Андрэ приедет! Ты не забыла?

-- Не забыла, моя дорогая, -- Жаннэт продолжала лежать в постели, рассматривая лицо Николь, гладя ей волосы: «Всё же она больше похожа на Жоржа... Видел бы он свою дочь...». Нет, Ники, белые ленты я тебе не заплету. Мы же вчера выглядели иначе, а одеяние нельзя менять, когда уже нас начали рисовать в одном. Понимаешь?

-- Не очень. Просто я хочу нравиться месье Андрэ, тогда он меня хорошо нарисует. И тебе надо ему понравиться. Поняла?

-- Поняла. Ха-ха! Хорошо, постараюсь быть такой, -- засмеялась Жаннэт. -- Твои любимые белые ленточки я тебе заплету, только после как Андрэ отпустит нас. А ещё мы с тобой после обеда поедем к гавани -- смотреть на военные корабли. Может быть, на них и наш папа возвратится с войны, -- пообещав дочери и себе, Жаннэт прижала к груди свою маленькую умницу Ники, чтобы хоть как-то умолить тоску.

*

Но и ожидаемый художник не мог тем утром похвалиться пунктуальностью, был вынужден прийти к господам Руанье с опозданием. Вообще-то Поль был предупреждён телефонным звонком от Жан-Пьера за такую непредвиденность.

Дело в том, что Андрей с самого утра занимался неотложной реставрационной работой. Условный срок её завершения заставлял это, как и заждавшийся капризный заказчик, пришедший за картиной с определённым намерением забрать её.

Тем капризным заказчиком был известный торговец недвижимостью и ценитель живописи Карим Таданик. Естественно, возможность позволяла приобретать ему то, что желал. Его больше интересовали старые картины, приглянувшиеся сердцу. Их состояние имело относительное значение. «Если вещь стоящая, дальше я уже полагаюсь на Жан-Пьера. Он знает как её привести в первозданный вид» --

резонно рассуждал Карим Таданик. Он ожидал окончания работы и горел от нетерпения увидеть празднество красок на обновлённом полотне. А чтобы не скучать пока краски подсыхают, разбавлял время беседой с хозяином салона.

-- Я пришёл к заключению -- время ничего не несёт кроме плохих вестей. И вот вы свидетель – иностранные войска в Константинополе... Над империей нависла угроза распада. Я не упоминаю об уже потерянных южных территориях.

-- Что же, война есть война, уважаемый Карим. К счастью, что она завершается. И это уже много! А политики, так они её начинали, они и сейчас вершат.

-- Из-за этого и радикалисты стремятся свою власть утвердить. Здесь тонкое решение необходимо с учётом всех возможных последствий. Для торговли и развити экономики нужен мир. Чем быстрее мы востановим связи с Европой и Америкой, тем легче будет преодолеть кризис. Продолжение войны только изнуряет страну и ужесточает для нас итог, -- убеждённо ответил господин Таданик.

-- Полностью согласен с вами. Мы наблюдаем за переразделом мира, сфер влияний. Но какой ценой! Дальше всем сторонам продолжать воевать -- опасно. В пример -- Россия и что там произошло. Революционные веяния легко распространимы. Войны пропагандируют насилие, а если народ ещё вооружить лозунгами под его тяготы жизни, тогда имеем революцию, -- так затронув тему России, Жан-Пьр вспомнил о недавней просьбе господина Ольского в поиске арендуемого жилья. На днях тот заходил в художественный салон и они на правах добрых друзей разговаривали о разном. Жан-Пьер хвалил Андрея, хотя понимал, что зрелое мастерство в похвале не нуждается, но всё же желал сделать приятное для господина Ольского, а насчёт жилищной просьбы того, обещал узнать среди своих связей. И вот как раз случай подвернулся.

-- У меня есть один хороший знакомый, русский. Он в Константинополе недавно. Проживает на квартире со своей небольшой роднёй. Очень доверительный господин. Они из Москвы. Остро нуждаются в жилье. Кстати, Андрэ, работающий у меня реставратором, его родственник, -- несколько «прибавил» для пользы дела заботливый Жан-Пьер.

-- Андрэ?! Он прекрасный мастер! Как же не помочь таким людям. Могу заверить вас, что этот вопрос решён. У меня есть пустующая квартира в центре Перы. Только необходим мелкий ремонт и она к их услугам. Это будет им дешевле, чем в гостинице, да и спокойнее. Ваши друзья – мои друзья, -- широко по-деловому улыбнулся господин Таданик, испытуя удовлетворение за обоюдно оказанное одолжение.

-- Вот и чудесно! Тогда я напрявляю их к вам. Имя того господина -- Всеволод Ольский. А сейчас пойдёмте глянем, что там натворили с вашим заказом, -- пригласив уважаемого клиента, Жан-Пьер повёл его под руку в мастерскую.


## 28
### Наконец-то дождались

Рабочий распорядок постоянно занятого господина Руанье был приятно скорректирован под визит художника. Ожидая посланную за Андреем машину, он зашёл к своим девочкам, и сразу встретил вопросительный взгляд Жаннэт.

-- Я тебя не предупредил, дочь: у Андрэ срочная работа, поэтому он задерживается. Да и ты так сладко спала, что не хотелось будить. Не волнуйтесь, скоро он будет у нас.

-- А мы, дедушка, уже давно готовы. Если месье Андрэ не приедет, я могу маму сама нарисовать. Я видела как это он делает, и у меня есть краски, -- успокаивала Николь, вертясь возле мамы, -- и мама мне тоже рисовала наш парк. Посмотри, пожалуйста.

Поль из-под очков глянул на художественные старания дочери, но воздержался с оценкой, лишь вздохнул и отвернулся.

Жаннэт ещё раз посмотрела на часы, потом с укором на отца.

-- Я вам приношу извенения за его опоздание. Ничего не поделать, таланты всегда востребованы, -- дедушка возвратил

Л. Хайченко Берег турецкий

внучке предложенный альбом с домашней «живописью». «Таланты» он произнёс с двойным значением

-- Но это не касается моих упражнений в рисовании. Лишь хотелось проверить и свои способности, -- скромно ответила Жаннэт на молчаливую оценку.

-- И это, дочь, не грех, -- снисходительно улыбнулся отец и ещё разок с сожалением удостоил взглядом откровенную мазню.

-- Я не знаю удобно ли просить Андрэ взглянуть на наши рисунки... А вообще возможно договориться с ним об уроках рисования? а, папа? Может быть, по воскресным дням... – спросила Жаннэт.

-- Насчёт первого вопроса, так это дело твоё. Откровенно говоря, я бы не рискнул такое демонстрировать... Особенно маэстро. А о второй твоей просьбе -- подумаю. Всё зависит от его свободного времени. Признаюсь, мне не удобно с ещё одной просьбой обращаться к Жан-Пьеру. Разве что у Андрэ спросить. Но идея хорошая. И для Николь полезно научиться правильно рисовать. Поэтому обещаю узнать.

-- Большое тебе спасибо от Николь и от меня! Я уверена, ты решишь с Андрэ этот вопрос. Ты же сам видишь как однообразно тянуться дни... Хорошо что рядом Ники, хоть как-то отвлекает от мыслей. От Жоржа так долго нет вестей... У меня есть ещё одно желание – узучать в университете медицину. Но не здесь. После войны можно было бы с Жоржем и Никой поехать пожить к маме. Во Франции большой выбор учебных заведений, к тому же родной язык. Как ты относишься к этому? И не сердись, пожайлуста, когда я упоминаю об отъезде.

-- Что ты, дочь? – плохо скрывая чувства, задумчиво улыбнулся Поль.

-- Нет, это не спекуляция отношениями. Я от одиночества чувствую себя здесь словно в клетке. Да, папа! Мои подруги, Мишель и Люси, несмотря что война возвратились в Париж. Теперь я осталась одна... не с кем даже поговорить.

-- Понимаю прекрасно. Я всегда был за обучение. Но так сложилось в твоей жизни: раннее замужество, ребёнок... И слава Богу, что у нас есть прелестная Николь А с войной ничего не поделать. К счастью, наше положение несравненно с теми, кто действительно пострадал. И ещё как! О Жорже, -- нахмурил брови месье Руанье, чем выразил свою озабоченность серьёзным вопросом, -- так не одна ты в таком положении, дочь. Сколько людей голодает, лишены крова над головой! Калеками возвращаются с войны молодые парни... Каково их будущее? Вот где трагедия! У меня к тебе, Жаннэт, есть одно предложение, как раз относительно занятости. У нас создаётся благотворительный фонд помощи воинам-инвалидам. Пока это только проект учредителей. Но есть надежда, что уже в этом году он будет функционировать и ты сможешь там попробовать свои силы. Будет некоторая подходящая работёнка. Естественно, если тебе она понравится. Мы сейчас обдумываем техническую сторону этого проекта. Возможно, что при одном из госпиталей оборудуем реабилитационный корпус с протезированием, будем обучать пользоваться протезами. Вот такие важные перспективы. Нам нужна поддержка, как финансовая, так и законодательная. Вопрос данный стоит остро, -- у всех перед глазами неотвратимая проблема. От её решения будет зависить и политический климат в стране и поднятие экономики. Людей сражавшихся за Родину и получившим увечия нельзя оставлять на произвол. И в других странах начинает разворачиваться подобная работа.

-- Нет сомнений, это трогательно и вдохновляет. Спасибо тебе за доверие. Я была бы рада помочь нуждающимся в этом. Огромная ответственность. -- Жаннэт обняла отца и поцеловала хоть за такую утешительную новость.

Их разговор прервали раздавшиеся быстрые шаги, а за ними и стук в дверь. Можно было легко догадаться, что ожидаемый художник прибыл на место.

Андрей вошёл сопровождаемый Салеком. Его взгляд выражал сожаление, что заставил себя ждать. Встретив на лицах господина Руанье понимание, после обоюдных жестов приветствий, он начал торопливо подготавливаться к продолжению работы.

Чтобы не мешать своим присутствием, Поль со своим водителем покинули комнату и тот передал от Жан-Пьера записку с письменным извинением за случившееся. «Верно, у Жан-Пьера есть дела поважнее наших, но мы не в обиде на друзей. А может быть, с пользой для всех, перенести работу Андрэ на вторую половину дня?» – подумал Поль с рассчётом избежания подобного неудобства, и поделился предложением с Жаннэт.

-- Мы готовы на все ваши переносы с перестановками, -- ответив, Жаннэт краем глаза поглядывала в приоткрытую дверь -- как художник возится у мольберта, затем он расштории окно и разместил стулья поближе к себе. -- Лишь бы только это не помешало ему запечатлеть нас плохинькими... какие мы есть... -- улыбнулась дочке Жаннэт.

-- Нет, я не плохая! Не хочу, чтобы меня рисовали плохой... – скривила ротик Ники.

-- Что ты? Ты у нас прекрасная! Пускай меня одну никудышкой нарисует Андрэ, -- подражая Нике, она наигранно обиделась. А сердце её трепетало.

*

Она всё наблюдала за художником -- как он реагирует на её усилия привлечь его внимание, или будет на неё смотреть так как вчера? Она старалась определить настроение Андрэ, о чём он думает в эти минуты, конечно же, кроме того зачем здесь. И чем упорнее, как ей казалось, он избегал встречаться с ней взглядом, тем сильнее это искушало её. Выглядело это больше игрой амбиций молодой женщины, нежели попытками обольщения мужчины. Хотя зачастую эти два значения разделены невидимой гранью. У Жаннэт возникало впечатление, что Андрэ как бы читает её мысли и делает всё умышленно наоборот. «Наверное, моё лицо выдаёт о чём я думаю. Или же напоминает ему кого-то... Он будто боится меня. Его взгляд мимолётный, избегающий, а если дольше задерживается, он начинает краснеть и отводит глаза. А может быть, у него такая манера в подобных ситуациях. Известно, что художники по-разному смотрят на объект рисования. Тогда, почему он скрывает своё волнение? Это же заметно. Эх, любопытство не даёт покоя капризной Жаннэт... И всё же интересно, неужели он такой чувствительный?.. А что, если я ему просто понравилась? или даже не просто... Снова мои глупости. Я потеряла стыд. Он так себя ведёт потому, что не знает о моём замужестве. – И она переключилась мыслями о Жорже, и перед его обликом снова воспламенилась румянцем, но тут же успокоила себя -- что это не более, чем женский интерес, что-то похоже чтению романа. Старалась вспомнить о где-то прочтённом подобном, и уже не пыталась препятствовать заполнять своё воображение этим художником. -- В той книге всё происходило естественно и обычно, вроде бы в том ничего не было безрассудного...

Тем себя оправдав, ей становилось даже очень удобно позировать мастеру. И вскоре волнение со скованностью покинули её, как должное. Теперь уже, подобно Нике, ей нравилось находиться под его постоянным вниманием. Она продолжала рассматривать странного Андрэ, и чем больше увлекалась этой глупостью, тем сильнее в ней разгоралось непонятное чувство, -- Хотелось бы знать, о чём он думает? Именно сейчас. Или обо мне?.. Несомненно ему заметно моё такое поведение. Только, как воспринимает?.. Но этим я лишь отвлекаю его от работы. Эгоистка! А он весь сосредоточен... старается смотреть лишь с холодной профессиональностью. Понятно, для него главное картина, насколько успешно будет выглядеть его работа. «Заказчик должен быть доволен» -- сухая и неопровержимая истина. И после того все наши «взгляды» прекратятся... Получается, что остальное второстепенно, без значения... иногда вспомнить и не больше. – Она почувствовала на своём плече сонно склонившуюся головку Николь и извиняюще посмотрела на художника.

Жаннэт отнесла спящего ребёнка в спальню и уложила в кроватку, не забыв положить рядом на детскую подушку любимого мишку. А когда возвратилась, застала Андрэ собиравшегося уходить.

«Нет, не нужно машины» -- благодаря, объяснил Андрей. После продолжительной работы в помещении, ему хотелось пройтись, тем более не по сезону тёплая погода располагала к прогулке. Вроде бы утих ветер и солнце, заглядывая в окно, улыбалось его настроению.

Рисуя, он замечал рассматривающий взгляд Жаннэт, и просто к обычным его отнести не мог. Её глаза, черты лица вызывали позабытые чувства как он не противился тому. Жаннэт напоминала ему Машу и ничего он не мог поделать с этим. «Но только внешне, не более, -- успокаивал он своё разнуздавшееся воображение, -- между этой женщиной и незабвенной Машей только внешняя схожесть, что можно отнести к случайному совпадению».

Жаннэт наблюдала за Андрэ, складывавшего краски в свой «волшебный ящичек». Что-то необъяснимое вынуждало её оставаться в этой комнате, на время ставшей мастерской художника, где приятно пахло краской и витал дух творчества, и думала -- хоть чем-то задержать его. «А что, если сейчас показать ему наши рисунки? Каким будет его мнение? Пожалуй, такое «творчество» всё же лучше не предлагать. Просто я этим, не иначе, как ищу возможность контакта с ним...» – с раздражением вынуждена была признаться себе Жаннэт. Но уже не могла остановиться в своём желании, и робко поданный альбом стал поводом.

Жаннэт подчинялась своему непослушному сердцу -- как оно упрямо что-то твердит ей, толкая на ошибки, откровенно безумные. Может быть, поэтому она растерянно оставалась стоять перед ним, наивно глядя ему в глаза. Их встречные улыбки как бы отогнали неуверенность общения. Жаннэт пальцем указывала на рисунки, пытаясь объяснить, где чей, хотя и так было заметно... так как у Николь получалось всё же получше. Но ей хотелось большего присутствия Андрэ, чтобы он не торопился уходить. Вдруг её мысли начали теряться и она уже не знала как поступать дальше после «горе-альбома». И она осторожно тронула его локоть...-- будто пыталась спросить... пока ещё не зная о чём. И он сразу, как бы ждал этой возможности, повернулся к ней. Они смотрели друг другу в глаза взамен всем объяснениям, пока улыбки вновь не выручили их.

Как в укор себе, Андрей вспомнил, что в его руках предложенный альбом и начал просматривать рисунки, хотя осознавал -- что это ради того, чтобы отвлечься, думая совсем о другом... ведь он чувствовал её рядом. «Её глаза всё выражают, и улыбка... Сейчас она стоит возле меня, а я чувствую её ещё ближе... -- Он отложил альбом, как пустое отвлечение, и продолжал смотреть в эти большие, откровенные глаза женщины, уводящие его так далеко...». И чтобы выйти из положение, в котором они оказались, альбом с примитивными акварелями вновь напомнил о себе.

Андрей легко догадался, о чём Жаннэт попросила и карандашом показывал на чистом листе как надо правильно рисовать, точно так, как его когда-то учили. Он бегло перерисовал один сюжет из её рисунков и передал ей в руку карандаш для повторения.

Но на что была способна Жаннэт, так это ещё ужаснее копировать... Тогда он взял её руку в свою и, как ребёнка, начинал учить вести линии, штриховать тень. Он не мог объяснить себе, зачем так поступает, единственное что -- не сожалел об этом. Он ощущал влекомую нежность тонких пальцев, их поддатливую слабость, тепло... как локон её волос настойчиво касался его щеки... И жар склонённого дыхания заставил повернуться к ней.

Л. Хайченко Берег турецкий

Страсть её чувствительных губ не оставалась безответной. Перед собой он видел только длинные ресницы  томно закрытых глаз. В своём полузабытьи он целовал их, нежно сжимая узкие, хрупкие плечи, чувствуя её так близко...

Резкий порыв ветра пискнул рамой приоткрытого окна, заставив их вздрогнуть и остановиться. Жаннэт подбежала поправить отброшенный ветром тюль занавесей, опасаясь быть замеченной *такой*. А когда утихли эмоции, оставались перед  происшедшим, его ошибочности. Они так же быстро совладели собой, как и предались страсти, и прежнее расстояние между ними возвратилось на дистанцию приличия, как искупление недолжного. Жаннэт продолжала стоять у открытого окна, не осмелясь повернуться, толи от своего глупого положения, толи от необъяснимой обиды, и прикусывала губу... в случившемся  винила лишь себя одну за проявленную слабость: «Теперь мне стыдно смотреть ему в глаза... как и всем остальным. Отныне на мне... – она ощутила как влажнеют глаза и боялась, что слёзы выдадут чувство. Что ей хотелось в эти минуты, это побыть одной.

Андрей прискорил сборку своих принадлежностей, не осмеливаясь хоть как-то взглянуть на Жаннэт. «Зачем я здесь такой? Почему так поступил? Меня ведь пригласили с определённой целью. Доверчиво относятся... А я мерзко смалодушничал, пошёл на поводу какого-то самовнушения. Я же им не ровня. Что будет дальше? Я ухожу. Ухожу, чтобы поскорее всё забыть и просить прощение у всех... и, конечно, перед светлой памятью Маши».

Он быстро шёл ранее восторгавшейся розовой аллеей особняка Руанье, выглядевшей уже никакой, и величественные мраморные статуи, уважительно встречавшие его, теперь, как бы с презрением, прятали свои глаза. Спешил, чтобы поскорее скрыться за массивными вратами с всесильной геральдикой рода Руанье.

Желание в удовольствие пройтись улицами города сменилось спешкой -- побыстрее добраться до своего жилищного пристанища. Он возвратился с пожеланием себе никого не видеть, и, естественно, ни к чему не лежала его душа. Отмучившись тяжкими раздумиями, Андрей пришёл к известному в подобных случаях выводу: «Чему не избежать то и будет. Больше я не могу появляться перед доверительным Жан-Пьером, тем более вторгаться со своим сумасбродством в личную жизнь уважаемых господ».

## 29

*На расстоянии самообмана*

Клавдия Иларионовна не могла не обратить внимание на странный вид Андрея: его устало-недовольный взгляд, какае-то непривычная отчуждённость. «Наверное, чувствует себя плохо. Может быть, захворал? Простыть в такою погоду проще простого. Пойду приготовлю ему чай с лимоном» -- волновалась она. И вскоре возвратилась со стаканом горячего чая и печеньем, поставив их на ночной столик возле его кровати.

А Андрей только ждал такого спасения -- отвернуться от всего и, не раздеваясь, повалился поверх постели. Подушка разделяла его чувства, в ней он мог скрыть слёзы, и она сговорчески прятала его лицо. Ночь пришла со сменившей переживания усталостью, и он уснул.

*

Оставшись одна после дерзковатого ухода Андрэ (так могла оценить его поступок), скверное настроение овладевало ею. У неё было время передумать и о хорошем и о плохом. Но всё же успокаивала себя на мысли, что всё останется по-прежнему: «В этом доме-заточения по-другому не может происходить. Всё здесь продумано, взвешенно до мелочей и надёжно-стабильно. И такое моё заключение будет продолжаться до старости...». Желала скорейшего прихода ночи, чтобы никто не видел её состояние и можно было бы выплакаться.

Л. Хайченко Берег турецкий

-- Жаннэт, доченька моя, что с тобой? На тебе лица нет... Как ты себя чувствуешь? – беспокоился заботливый отец, -- всё молчишь не рассказываешь, как у вас день прошёл.

-- День, папочка, прошёл собою... как должное – по примеру предыдущих... --    отвязчиво ответила Жаннэт, стараясь избегать взгляда отца.

-- А Николь всё спрашивает: почему мама одна в комнате и ко мне не заходит? Ты не скрывай от меня, скажи, что с тобой случилось? Если заболела, можно доктора пригласить, -- держал руку дочери Поль.

-- Спасибо вам за внимание. Не беспокойтесь. Просто, похоже, мигрень разыгралась. Ты уже, пожалуйста, позаботься о Николь сам. Завтра я буду в порядке, обещаю вам. Извините меня за такое состояние. Мне хочется остаться в тишине, так будет лучше. Прости меня.

Просьбу дочери отец сразу исполнил, осторожно прикрыв за собой дверь её спальни. А вот тревога оставалась. Был разгул страшной по последствиям эпидемии гриппа, и он опасался за Жаннэт: «Буду надеяться, что у неё обычное недомогание от усталости. А возможно, и от одиночества, как она говорит. Действительно, молодой женщине томиться в ожидании мужа... Но что поделать, такое сейчас время. О Жорже можно думать что угодно после столького молчания. Вот она и в упадке... Как не понять её состояние. Лишь бы на крошке Ники это не отразилось»

*

Лёжа на кровати, она пусто смотрела в ночное небо в оконном прямоугольнике. Её сердце, так негаданно наполнившееся новыми чувствами, искало, если не прощающего понимания, так приюта в одиночестве. С тёмно-синей бесконечности на её страдание безучастно смотрели холодные звёзды. Усыпанное ими небо, под которым она часто прогуливалась по парку с Жоржем, теперь выглядело отчуждённым. Где-то читала, что каждый человек имеет свою звезду – предсказательницу будущего и покровительницу настоящего. Счастливых находят их звезды, а вот она не знает, где её... И вообще, она ничего не понимает, что происходит с ней... Или когда-то наступит лучшее время? Хотя в этом она уже разуверилась, как и в призрачном понятии счастья. Ей не хотелось думать ни о чём и ни о ком... Кроме одного. «А он, возможно, не вспоминает обо мне. Ушёл и даже не посмотрел на меня... Будто ничего не было. Специально он так или от своей скромности? А может, из-за обиды, почувствовав себя оскорблённым, когда, оставив его, я подбежала к окну задёрнуть занавесь – чтобы нас не видели. Он так и не понял моего состояния. Не догадывается о моём замужестве. Он не видел как я в окно смотрела ему вслед, не видел мои слёзы, и не оглянулся... А я надеялась, что он возвратится. Поймёт, что я не могла поступить иначе. Если он воспринял всё как моё высокомерие и заносчивость, -- это глупо. Мне тогда было больно за себя и одновременно не хотелось оттолкнуть его, не знала как правильно поступить. Ведь это со мной впервые. Всё произошло так внезапно. Но всё же я не жалею... до сих пор ощущаю касание его губ, как он пылко целовал, и его сильные руки нежно обнимающие меня. То было так желанно... Так к чему лицемерить? Интересно, что он подумал обо мне? Которая звезда мне расскажет его чувства, если они есть у него. Быть может, эта, ближайшая, услышит меня. Нет, сейчас я не о тебе, Жорж. Прости меня. Уж лучше мне не думать ни о ком, хотя бы временно позабыть, что произошло. И завтра я буду бояться, чтобы он приходил... Вдруг не совладею с собой. Но если бы Андрэ сейчас появился, я бы его не оттолкнула больше, не смогла бы. Вот так я сама себе противоречу. Где моя гордость? И всё-таки я так хочу его видеть! Когда он был возле, я чувствовала себя легко, как бы для него находилась. Для него не представит хлопот прийти ко мне, при условии, если только он этого захочет, и не сожалеет... А я стану тайком смотреть на него, представляя больше. О, я так хочу тебя, Андрэ... Если ты тоже думаешь обо мне – приходи. Пожалуйста, приходи. Я буду тебя ждать, Андрэ... -- шептала Жаннэт своей избранной звёздочке.

## 30

*Готовясь к решающему*

«Пожалуй, этому дню предстоит быть самым весомым в моём заморском периоде жизни, -- исходя из намечавшихся действий, сделал вывод Николай Николаевич. А действовать он собирался не иначе как решительно. -- Выберу момент, когда Ахилла будет в одиночестве и предоставлю ему шанс. По моим расчётам его связь с Ибрагимом прервана. Хитёр Ибрагим, учитывает даже политические перемены. С божьей помощью надеюсь на успех. Святое дело идти на помощь людям». Иваницкий шёл в распахнутом пальто навстречу морскому ветру, а на душе было спокойно от уверенности в выбранной правоте. Он улыбался восходящему над кипарисами солнцу и ещё был немного сентиментален к заполнявшему тишину утреннего сквера будто весеннему пению птиц, и как-то не думалось о непредсказуемости наступающего дня.

Он заранее пришёл в кофейню, поздоровавшись с поваром и уборщиком, заказал завтрак. Ожидая, Иваницкий присел за столик просмотреть свежие газеты, разумеется, с надеждой встретить в них желанную новость об окончании войны.

-- Гунаудин[6], Ибрагим! Как дела, как поживаешь с утра? – с подковыркой спросил Иваницкий, зная того недовольство сменой власти в городе.

-- Ох, здоров был Николаи! Как дела, как дела... Ты что меня дразнишь? Дела... Плох поживаешь -- и дела плох. Син свой жду с война. Я жду, мой отец ждёт, мой жена ждёт... Мне помощник надо, -- много дела ест, -- насупувшись, ответил Ибрагим.

-- Я знаю: турки очень трудолюбивые, хорошие люди и не отвечают ни за войну, ни за своих политиков. Я говорю об обычных людях -- честных, не о шакалах, -- Иваницкий краем глаза посмотрел как прореагирует на его слова Ибрагим.

---

[6] (Тур.) *Доброе утро*

-- Я тож шакал не люблю. Никто шакал не любит. Ты не видел, Ахилл был здесь?

-- А, это ты спрашиваешь о моём аркадас[7]? Нет, не видел его с тех пор, как он мне миллион должен. А сам подумал: «Таки без Ахилы не может... Значит, что-то важное».

-- Хе-хе! смешной ты, Николаи, -- давясь смехом, пропищал: -- Ахила мылион...милион тебе должен?.. Хе, хе... Люблю весёл человек. Пойду проверу, что там на кухне, сколко чего купить надо. Люди денег нет – кушают мал-мал.. И у меня нет денег для тебя. Только кушать тебе дам два раза, Николаи, -- сказал и осторожно посмотрел на своего дневного охранника.

-- А я и не ожидал от тебя другого ответа, Ибрагим. Вот ты, как видать, человек верующий... это хорошо. А ведь твой бог не любит богатых и жадных. Верно?

-- Я не богат человек. Какой я жадный, Николаи? Говору тебе: кушай, кофе пей... Работать будеш хорошо – потом денги полушь. Привезут продукты --  поможешь занести. И пустой ящык на подвод поставишь. Понял? И смотри -- вор прогоняй. Плох человек красть хочет. Плохой человек на улицу выгони. Понял? Пошёл я. А ты работай, Николаи, работай...

*

Лишь только после полудня Ахилла показался в кофейне, возбуждённый с сердитым лицом и сразу направился к Ибрагиму; о чём-то важном говорил с ним, объясняя, разводил руками и махал в чей-то адрес кулаком.

«Эх, жаль, что по-ихнему не в зуб... О чём это они так поют темпераментно? – спрашивал свою мудрённость Николай Николаевич. Пыхтя трубкой, он из глубины зала наблюдал за ними, стараясь не упускать из виду Ахиллу. -- Скоро и тебе придёт время со мной потолковать... только уже на иную тему».

---

[7] (Тур.) *Друг*

Л. Хайченко Берег турецкий

\*

Но надежды Николай Николаевича на успех в сем деликатном деле пока оставались, к сожалению, только желанием. Он уже подметил эту ироническую противоположность прекрасного дня и несвершённого задуманного. «Видимо, мне в погожие дни не подстать заниматься важными вещами, как-то всё перекосом идёт. Вроде и возраст такой, что романтике не подвластен... А может быть, Господь умышленно спускает нам на землю райские деньки для наслаждения жизнью, а не для работы. Невежественно игнорировать такой благодатью. А удача мне сопутствовала как раз наоборот – в гадкую непогоду. Все значительные операции по ликвидации преступных элементов проводились в ненастье или под прикрытием ночи. В этом есть своя логика -- человеку свойственно уподобляться природе, так устроена психика: когда за окнами холодный ветер, дождь, метель -- преступник испытывает особенно подавленное состояние, скучая без своей работы, -- знает, что те на кого он нацелен тоже в своих домах сидят, и так называемых «ножниц», когда квартиры пустуют, встретить редко. Да и карманники любят ротозеев, расслабившихся на солнышке или разомлевших от жары, которые ни о чём не думают лишь о прохладе в тени. В плохую погоду преступника легче брать. Они от холодов прячутся общаком на своих хатах или в притонах греются, а мы тут как тут – бах-бах и руки за спину! Но это уже мои наблюдения, хотя в них своя истина и статистика. А если всё отбросить и быть серьёзным, нужно непременно разобраться с этим Ахиллой. К сожалению, сегодня не получилось. То он возле Ибрагима вертелся, то со своими дружками... а после непонятно как исчез. Не исключено, что вышел через потайную дверь. Ладно, дам ему день передышки. А самому расслабляться нельзя. Да и похоже, что двойная охота получается. Они за мной тоже наблюдают. Возможно, заподозрили что-то или же хотят убедиться в моей надёжности для какого-то своего предложения. Что ж, ближайшее время покажет».

По выработанному долгими годами правилу Иваницкий и в новых условиях приспособился: выходил во дворик к беседке, где в выбранном, незаметном для постороннего взгляда месте он мог упражняться гимнастикой и приёмами боя. Так он встречал каждое раннее утро, когда рассвет только зарождался над Босфором. Деревья были его партнёрами в физической подготовке. Раскачивая ветки, он ловко делал нырки под ними, успевая наносить имитирующие удары в представившееся мгновение. А когда чувствовал подходившую усталость от интенсивной работы, расслаблялся, сидя на шпагате или медитируя. Затем отжимался и поднимал гранитный камень. Николай Николаевич не унимался, совмещая укрепление силы, гибкости и ловкости с шлифовкой техники ведения боя. Так бывший жандарм, несмотря на свой заметно тяжеловатый внешний вид, находился в такой прекрасной физической форме и психологической уравновешенности, что ему могли бы позавидовать молодые соратники по опасной профессии. Он не терпел показухи и бровады в этом, а если так случалось, что его утреннее отсутствие замечал Ольский, у Николая Николаевича был подготовлен самоотводящий ответ: «Дышал утренней свежестью». Или же с иронией: «Разговаривали с Зефсом...».

Но на этот раз, в поздний вечер накануне решающего важного дня он хотел дополнительно себя подготовить.

31

*Немного сентименталий*

Шумно вошедшего в комнату Всеволода Иларионовича остановила сестра и, предостерегающе посмотрев, приложила палец к губам:

-- Андрюша внезапно почувствовал себя нехорошо, -- объяснила она в полголоса, -- кажись, заболел. Пришёл с работы раньше обычного с лицом бледным как мел. Ужинать отказался, даже до чая не притронулся. Не хотела докучать расспросами. Итак видать, что парень плох. Как лёг, так и до сих пор не поднимался. И Николай Николаевич не хотел беспокоить его.

-- Очень жаль... – с тревогой в глазах Всеволод Иларионович посмотрел на спящего Андрея и рукой притронулся к его лбу проверить есть ли температура. Успокоившись на вроде бы отсутствии таковой, он укрыл Андрея ещё одним пледом и спросил о Николае Николаевиче.

-- Да вот сидим у меня в комнате, разговариваем о всяком... Я там стол накрыла. Пойдём поешь. -- Она погасила лампу и они перешли в соседнюю комнату.


-- И у меня есть, что вам сказать, -- начинал ужин с чайка с сушками Ольский, -- понёс я нашу работу утром в редакцию... С Головиных встретился у входа. Как раз повезло, а то уже он собирался уходить. Увидев меня, задержался. Возвратился к себе в кабинет и просмотрел материал. Смотрю на него: вижу радостью глаза засияли... нравится.

-- Слава Богу, -- улыбнулась Клавдия, накладывая в тарелку брата парящую лапшу в томатной приправке.

-- Особо он отметил Андрюшино старание... подметил в нём оригинальное художественное изложение. И твой, Клава, «Московский дневник» был оценен на хорошо. Вполне вероятно, что среди упомянутых тобою людей читатели встретят знакомые имена. Так что всё продвигается у нас достаточно успешно. Скоро появится наша общая книга.

-- Всё прекрасно продвигается кроме основного продвижения... – с иронией заметил Иваницкий.

-- На всё своё время, Николай Николаевич. Мы ему не диктуем, -- кратко ответила Клавдия, ожидая от Всеволода что-то ещё из новостей.

-- Пажалуйста, вначале выслушайте, Николай Николаевич. Будет и о продвижении. Так вот, после такой литературной радости Денис Афанасьевич вручает мне записку от Жан-Пьера (Всеволод Иларионович заметил про себя, что Денис Афанасьевич насчёт «передачи записок» счастливый для него), а вней приятное сообщение: моя просьба о жилье почти разрешена. Я имею ввиду для нас.

-- Каким таким образом? – изумилась Клавдия.

-- Для уточнения подробностей требовалось подойти по указанному адресу. Выйдя из редакции, я сразу поспешил к рекомендованному господину Таданику.

-- Уж снова ваши «рекомендации»... – скептически улыбнулся Иваницкий.

-- Именно, Николай Николаевич... Так вот, он встретил меня как приятеля господина Рошто и показал наше будущее жильё. Достойная квартира: просторные комнаты, кухня с ванной. Только необходима мелкая работа в виде побелки и покраски. И через неделю, а может, даст Бог, и раньше она будет готова к заселению. Так что я сегодня заслужил такой вкусный ужин. Не из одесского ли это меню, Клава?

-- На этот раз из местного, -- она улыбнулась на склонность Всеволода к «одесскому».

-- Очень своевременное известие. Мы с вашей сестрой об этом толковали. Да не это главное, друзья... -- Николай Николаевич попивал из стакана чай, мокая баранки, -- хорошие вы купили, Клавдия Иларионовна. Страх, до какой степени по ним соскучился... Ванильные... Можно сказать, с детских лет не вкушал подобных. Сразу же ассоциируется с тем временем... Отец покупал их нам вязками, на плече приносил.

-- Эх, Николай Николаевич, вы наш...

-- Извольте так не улыбаться, Клавдия Иларионовна. Да-с, представьте, на плече. Поскольку семья наша была: одних детей семеро да родители дорогие, ещё и бабка с дедом. Три брата и три сестры моих, я самый младший. Соответственно и стол огромный стоял, чтобы все разместились с миром. А может, он таким большим мне казался из-за того, что сам мальцом был. Залезал под него, когда обижали, чтоб слёз не видали. В памяти: соседские дворы, друзья...улица с каменкой. Любили мы озорничать на ней, ямщиков дразнили... А между собой: кто сильней, тот в большем уважении. Да какие там для нас были развлечения... Отцу помогали столярничать, а когда он нас отгонял, видя, что наша помощь в шалость переходит, бежали на дорогу, улицу значит. С соседскими пацанами в банки играли. Ставили на расстоянии жестянку и бросали по ней палками на сбивание. И споры обязательно в драку переходили.

-- Так вот, откуда ведут корни выбранной вами профессии... – двусмысленно удивилась Клавдия.

-- Погодите, уважаемая. О тех «корнях» ещё когда-то услышите, -- недовольно ответил Николай Николаевич.

-- Ну, будет вам дуться... Я лишь пошутила. Продолжайте, наш дорогой. Вы так увлекательно рассказываете. А я вам ещё чайку подолью... и бубличек к нему.

-- Благодарю, -- крякнул Иваницкий и после медленного отпития очередного стаканчика, продолжил: -- ...там же почувствовал впервые привкус крови на губах... и другим спуска не давал, кулаков не жалея. Каждый свою правоту силой доказать пытался. Так нас улица воспитывала. И первую любовь встретил на улице нашей. Не забыть мне ту масленицу, когда впервые её обнял. И она, надеюсь, помнит. Интересно знать, кто она? Да моя любимая жена! Но супружество наше произошло уже через года, а почин незабываемый был сделан именно тогда.

-- Лихо! – прокоментировала Клавдия.

На что Николай Николаевич только прибавил огонька в повествование:

-- Вы знаете, друзья, что ещё памнится помимо событий, лиц, голосов... Закрываю глаза -- и вижу сирень... Чувствую косание её душистой грозди, будто она склонённая надо мной. Сирень росла чуть ли не деревом у нашего окна, свешиваясь с забора на улицу. Буйно цвела. Просто не позволяла пройти, чтобы не остановиться. И не было майского дня у нас без букета на столе. Наша мама любила цветы... и песни петь любила. Много их знала. И жасмин рос у нас. Куст белых огней! Запах стоял невероятный, по утрам -- особенный... а если ещё дождик пройдёт... – он мечтательно закрыл глаза, мы во время его цветения специально держали окна открытыми.

Ночью он издевательски благоухал... не встречал ничего нежней его цветов, – и вздохнув, продолжил: -- А может быть, это сердитый дядька абсолютизирует от безжалостной настальгии... Незабываемое -- на чужбине возводится в степень святости. Увы, оттого что больше никогда не повториться. Также как и свежий запах первого снега, нашего снега, особенного. Накануне весь день хмурится, хмурится... в воздухе леденящая сырость стоит... А утром просыпаешься – глянь в окно: всё забелено... деревьев не видать, дома присели в сугробах. Всё вокруг выткано узорными кружевами. Сказочная картинка! А снега всё прибавляет, прибавляет... Уже не первый хлопьями, которому радуются, а по настоящему с ветром метёт. Небо с землёй слито снежной стеной. За ночь не узнать улицу... не пройти, не выбраться из дому. Деревянными лопатами гребут, гребут снег. Мужики в тулупах как муравьи копошатся. И конца той работе не видать. Пар инием покрывает бороды, брови, на шапках, платках. А света сколько же! Солнце-то какое! И мороз не чувствуется от радости сердечной. Каждому встречному улыбаться хочется. И конечно, не без того чтобы не поскользнуться... Только и видишь белые спины от падений, а засмотрелся на них -- и ты уже лежишь лицом в небо. Глядишь на него -- такое высокое, бесконечное... и веришь, что жизнь такая же вечная... А что за зима без ухи из щуки или судачка? Мы с братьями на этот счёт аккуратными были, и, естественно, улов нас не обходил. – Иваницкий умолк и смахнул со щеки слезинку. -- Я это всё, братцы, вспоминаю, каждую ночь... сны не жалуют меня, забыть не дают...

Всеволод Иларионович подошёл к сердечному другу и трогательно обнял его. В те минуты в их заморском жилье хозяйничала тишина, предоставляя возможность успокоить души светлым прошлым.

-- Спасибо вам, родной, спасибо за ваши слова, за знакомые штрихи дорогого. Вы до самого сердца достали, Николай Николаевич. Умеете... Знаете о чём подумалось?

-- О чём же?.. – как малое дитя посмотрел в глаза взрослый виновник эмоций.

-- А то, что мы утешаемся нашей общей болью. Живём ею, зовём её исцелить от душевных ран. Болью боль успокаиваем. Мы уже не в силах без этого в наших скитаниях. Пребывая в чуждом настоящем, мы живём прожитым радостным временем, а настоящее лишь лицезреем. Нет милее памятных мест с обликами дорогих людей, которое уже не возвратить, как и нашу Россию.

-- Ну мужчины, хватит вам плакаться, раскисли девицами. Держаться нужно. Все подобное чувствуют. Мы ещё в дороге, потому томно вдвойне.

-- Вот именно, голубушка, что мы в нескончаемой дороге в поисках утраченного. Торопимся куда-то, строя иллюзию счастья, но и там нас ожидает подобное. Жизнь будет другая, вне сомнения, а вот мысли прежние... Всё ясно наперёд, -- под бубличную настальгию Николай Николаевич подлил себе ещё чайку.

-- Никто не отрицает. Трудные условия жизни призывают к выдержке и мужеству. Вы представьте себе обратное, что же тогда будет? Нужно оставаться с верой, что всё снесём и всё преодолеем. И ещё будем надеяться, что Бог услышит наши молитвы и мы возвратимся в Россию. Сева, вспоминаешь нашу степную дорогу? Ехали сутками в окружающей опасности, проносившийся невдалеке бой, раненых... и того коня возле убитого... не покидал его как верный друг. Тогда мы переносили голод, жажду, и чувство опасности постепенно приживалось. Мы с ней смирились Так что же мы имеем теперь? Разве мы прошли через всё то ради хныканий?

-- О нет, Клава, никто не хнычет. Если болит душа и есть с кем вспомнить и всплакнуть, разве это горешно? А о том времени ты уж мне лучше не упоминай... Не надо. -- Ольский поднялся и без объяснений вышел из дому.

Тёмно-синие очертания деревьев напоминали ему что-то близкое, родное, но только внешне в ночных сумерках. «Удачно подметил Николай Николаевич насчёт снега и цветов... Здесь они не могут повториться, да и в дальнейшем тоже. Глупо ожидать былого счастья. Всё лучшее осталось в памяти о России, бывшей семье. Счастливые годы... Иваницкий растормошил душу. Ему это удаётся, знает как настальгию подхлестнуть. А Клава права. Она держит себя в руках. Рациональная в суждения, прямая в высказываниях. Рядом с ней лучше не проявлять излишнюю сентиментальность. Она такой с детства была, никогда не видел её плаксивой. И это очень хорошо, моих слёз достаточно. Безусловно, работа заставляет забыться и мне нужно благодарить Господа за то, что дал мне вдохновение на новом поприще. Обязательно, невзирая ни на что нужно дождаться выхода нашей книги. Я её посвящу памяти Маши и Ани. И будет она стоять на полке рядом с Машиной пьесой, -- Ольский чиркнул спичкой и посмотрел на часы -- было уже за полночь.

Возвратился он, когда уже смотрели свои сны родные люди. «Пусть вам сниться только доброе» -- пожелал он.

## 32

### *В варьете*

Желание Тани пригласить Ольского в варьете, на своё выступление, встречало противоречие, -- это на фоне долгих лет их неожиданных свиданий и разлук, и длительное время ожиданий увидеться. «А вдруг он разочаруется? не верно поймёт или ещё чего-нибудь ему не понравится и подумает плохого. И всё-таки я должна это сделать. Не скрывать же перед ним мою настоящую жизнь. В конце-концов в этом нет ничего дурного: тонцую как и другие. Этим зарабатываю на жизнь. Главное -- наши отношения. Чего мне прятаться? Может, этим проверится его чувство ко мне, а то мы одними беседами насыщаемся. Конечно, я ощущаю его неравнодушие. Для меня это много значит. Пускай даже останется как есть между нами. А вообще-то такое впечатление, что он себя сдерживает. Но почему? Хотя и так можно догадаться – он хочет другого -- непохожего на предыдущее. И мне тоже. С Ольским хорошо, чувствуешь себя с верным человеком. А ведь, если разобраться, я не заслужила такого его отношения. Наверное, он по-настоящему любит меня. О да! я бы этого хотела. Взяла с него слово, что он сегодня вечером будет в варьете. Попытаюсь его ошеломить! Выйду на сцену в танцевальном... – пусть ещё раз убедится -- какая у него Таня. Раньше я даже и не думала о такой глупости, а теперь это важно для меня. Он заметил, что я другая... время беспечной Танички Заряниной прошло. Одни воспоминания... и какие... Поэтому лучше замысливаться о будущем. Хотя оно у меня зависит от настоящего. Но о плохом не хочу думать. Многие так живут, и потом для него это не имеет значение. Он даже не придаёт значение... и мне хорошо. Я жду Ольского сегодня. Буду только на него смотреть, не отрываясь. Хочу его как прежде, даже намного больше...».

*

Признаться, в подобном заведении Всеволод Иларионович уже бывал... но только полраза. Именно так. Как-то был затянут друзьями после кутежа в ресторане, и пробыл там до первого танца. Затем, незаметно для отвлечённых коллег, поднялся и вышел. А придя домой, умылся хорошенько и старался забыть всё то: с жадными к капризам глазками потнолицую публику, глупую музыку, вульгарные танцы... И вот, когда услышал от Тани о её работе в варьете, почему-то не удивился, не придав значения. Безразличие или как должная участь? Не иначе, как свыкся с её причудами; так и воспринял, как временное. Положительные изменения в Тане, заметная серьёзность в поведении, отсутствие прежней спонтанности, легкомыслия -- убеждали, что с ней всё нормально. Поэтому он с лёгким сердцем откликнулся на приглашение Тани, впрочем, как и на все предыдущие без отрицаний. «Значит это важно для неё, -- убеждённо рассуждал он, сидя за столиком у самой сцены. Однако, рассматривая пёстроту собравшихся, под стать целенаправленно выдержанному интерьеру зала, чем-то напоминавшему фойе дома терпимости (броские бумажные цветы в высоких вазах, изображавших интимные сцены, вульгарненькие картины, запах разврата...), он пока не мог сказать ничего одобрительного, даже условно. Ему казалось, что всё, что могло извергнуть военное время: отчаяние отвлечься от безутешного, душевные страдания, вызов всему, не встретивший примирения, и просто циничность -- всё это нашло здесь пристанище. И вместе с тем ему не хотелось

Л. Хайченко Берег турецкий

проводить параллели с барделем. Публика была готова к зрелищу, ждала, когда прозвучит негласная команда выплескивать эмоции. Сквозь присущий ресторанный шумок из позвякивания тарелок, ножей, хлопков откупориваемых бутылок, -- бросались выкрики к полуосвещённой сцене, где вот-вот должны показаться танцовщицы. «Чуждые нравы, безумные лица, похотливые взгляды; как уродцы эти мерзкие «маскарадные маски»... Они идут сюда изрыгнуть пошлость. А я вот к любви своей пришёл. Судить Таню -- не могу, лишь принять своё соучастие – разделить всё с ней. Она этого хотела, и я ей благодарен за искренность. Этим она демонстрирует мне что доверяет и просит взаимного доверия. Теперь мне остаётся стерпеть, не поддаваться слабости, даже если будет очень больно. А «эти» уже приготовили свои бумажники под мерзкий визг...».

Крикнул оркестрик из угла сцены, забиваемый ударами пианино. Публика оживилась: монокли, сальные глазки, подбородки в салфетках -- всё нацелилось туда, откуда появилось развлечение. Она выгодно отличалась от остальных танцовщиц, вышедших канканом на сцену, это было сразу отчётливо заметно по её безупречной стройности, лёгким красивым движениям... И возгласы были обращены в основном к ней. Имя Тани в разных интонациях и тональностях отражалось безжалостным эхом в его сердце.

Ольский заказал графин водки и чего-нибудь закусить. Ждал когда хмель помутит рассудок и подбрасываемые ноги в чёрных, сетчатых чулках не будут казаться такими несносными. Воздух сделался густым, удушливым, пропитанным развратом и запахом тел. Один пьяный старикан взобрался на сцену и давай тараканом вертеться впереди ряда женских ног, мерзко вилял задом и, поднимая котелок, обнажал скользкую лысину. Второй, видать его дружок, устремился за ним, но тут же был остановлен кулаком ревнивца к лучшей танцовщице. За что в ответ получил бутылкой по голове... Ольский чувствовал, будто весь стыд он принял на себя одним общим грехом. Единственное что он ожидал, это окончания. Но один заканчивался, а за ним сразу следовал новый, похожий... Сквозь слёзы он смотрел на Таню и заметил, что она улыбалась ему и глаза её говорили, что ничего такого необычного не происходит. Чтобы так казалось выпил ещё. Помнит, что раздался выстрел, а музыка так и не умолкала, продолжая гудеть в его голове; и из обрывистых разговоров он понял, что застрелился какой-то русский. «Может быть это я... и на моём месте сидит мертвец...» -- последнее, что мог осознать в тот поздний вечер несчастный Ольский».

*

По закрытию варьете «Три милых котёнка», Таня отвезла Ольского к себе; как раз Юля в ту ночь была приглашена в гости одним назойливым почитателем, к тому же Таня не знала точного адреса Всеволода Иларионовича. «Да и в таком состоянии ему было лучше не показываться на глаза строгой сестре» -- посчитала Таня, зная нрав Клавдии Ольской, и особенно отношение к ней. Нет, та, наверняка, не догадывалась об их связи, зато была многого наслышана о «плохой девочке». Тогда среди их общих знакомых ходил слух будто бы младшая Зарянина виновата в искалеченной судьбе одного студента. Естественно, тот кривотолк был неприятен для бедной Тани, подобные обвинения она отвергала, относя их к зависти и посягательстве на её свободу.

К счастью или нет, Ольский находился в состоянии когда лишь подчиняются, а не возражают, тем более самостоятельность его растворилась в последнем бокале вина. Что он мог различить сквозь туман забвения, так это склонённое над ним женское лицо с любимыми чертами и ощутить безумные ласки дарённые ему той ночью.

33

Призыв к самообладанию

Отвлекая себя от мыслей о Жаннэт, Андрей проводил время за учебниками французского, который поддавался ему весьма трудно с учётом всех против (картинки над словами как-то выручали) и чтением. Да и кроме того, он решил держать себя в строгости, так сказать, под домашним арестом: «Никаких слабостей и мыслей о ней. Должно пройти некоторое время и то всё забудется. Так будет лучше и для неё. Нечего мне влезать в чужую жизнь. Ну, а если предстоит увидиться с господином Руанье? Как мне смотреть ему в глаза, пусть даже он и не знает о происшедшем. Не вспоминать бы... Что было, то уже не повторится. В этом я уверен».

Но чем больше он вынуждал себя забыть и не думать о Жаннэт, то что оставалось в его сердце всё больнее напоминало о ней. Без интереса он раскрывал книгу, блуждая по строкам, лишь чтобы успокоиться мыслью, что всё впорядке с ним и у него иные заботы. В итоге таких самонаставлений не становилось легче; открыл рабочую папку, начал просматривать рисунки с набросками... и остановил взгляд на ней... Будто злой рок специально заставил его сделать это. Он был не в силах пролистать, -- её глаза так проницательно смотрели на него: такими они были, такими он, на своё несчастье, их запечатлел, и вот сейчас смотрит на них... подмечал в этом взляде лукавинку, интригу, чего он боялся. Они так притягивали его, будто сейчас она здесь и смотрит на него, как тогда, заставив трепетать сердце. «Как же мне так удалось передать их выражение? Это больше чем просто настроение или какае-то грань характера, эмоция. И ответ прост -- моё небезразличие к этой женщине. Рисуя её, я повиновался чувству. Нет, определённо я пагубный человек. Пагубный и безвольный. И не удивительно, если и Жаннэт так считает. Месье Руанье тоже имеет право так думать обо мне. Он сразу же начнёт догадываться о чём-то непредвиденном, что вышло из под его контроля. Я не переживаю за себя. Жаннэт, как там она? Как прореагировала на мой поступок? Точнее сказать, поступки... один за другим опрометчивые. Вначале я проявил дерзость, затем, подобно мальчишке, сбежал. А теперь ещё и капризы показываю. И по Николь скучаю... Как же иначе по отношению к такому милому ребёнку? Ей так нравилось, когда её рисуют... она всё пыталась представить себя взрослой. Возле своей мамы она преображается. Если на первом портрете получился чудная детка, так на этом она хочет выглядеть подругой мамы. С ней приятно работать и вместе с тем тяжело осознавать, что так случилось... И если я там не появлюсь, значит малодушие и трусость взяли надо мной верх. В таких случаях винят себя, впрочем, что я и делаю. И Жаннэт заслуженно может считать меня неблагодарным грубияном. Это такая моя «благодарность» за их расположение. Нет, так поступать -- не по-человечески. А вдальнейшем мне необходимо держать себя в руках, не позволяя повторение того ужасного. Я всего лишь нанятый художник, который должен быть счастлив от проявленного к себе внимания, и только. Первым долгом я обязан попросить у неё прощение. Обязательно» -- Он вырвал чистый листок из тетрадки и написал несколько коротких фраз на французском (то, что он выучил за пару дней самозаточения), не так придавая значение грамматике и почерку. Клавдия Иларионовна постоянно указывает на учебники французского с определённой целью, а он в них находит своё... Повертев в руках сочинённое и оценив его, как попытку идиота высказаться, он решил рисунками заполнить пробел в своём французском. И у него получилось вроде комиксов. Конечно, себя он изобразил свиньёй и с извинениями подписался. Жаннэт была глазастым котёнком, а Николь намного меньше и пушистей. Ему хотелось развеселить их, тем самым искупить свою вину за отсутствие. Он уже знал, что ему делать, и с облегчением вздохнул.

Сложив свои рисунки обратно в папку, Андрей принялся за уборку комнаты, пытаясь облегчить труд на ком было хозяйство и успокоить волнения вокруг себя. Он всегда был благодарен Клавдии Иларионовне за её материнскую заботу о нём. Несмотря на его самостоятельность, она ухитрялась и его бельё подстирать и рубахи подутюжить, не говоря уже, что ужин к его возвращению с работы всегда ожидал на столе. «Так что хватит мне лежать. Тем более ко мне присоединился ещё один «лежачий»», -- Андрей сочувственно посмотрел на удивившего всех собой Всеволода Иларионовича.

Л. Хайченко Берег турецкий

Клавдия только обрадовалась таким резким переменам в самочувствии Андрюши. «Хорошо что одним страдающим стало у нас меньше... — она заглянула через приоткрытую дверь на объект главного внимания и только покачала головой: её дорогой брат лежал с холодной грелкой на лбу. С ним она ещё не заводила разговор, ожидая его исцеления.

А вернулся домой её братец поздним утречком в состоянии не требующем ничего кроме покоя. Его ждали всю ночь, особенно сестра не смыкала глаз, в тревоге передумав всё плохое, лезшее в голову. Перед вечерним уходом из дому, он лишь предупредил, что идёт по приглашению в ресторан.

Такое «приглашение» обернулось и для Николая Николаевича беспокойством. Хотя он, подметив, как готовящийся к выходу Всеволод Иларионович применял одеколон и поправлял причёску, догадывался о скрытой стороне: «Не иначе как дружище решил взбодриться с дамой. Ну и на здоровячко ему! А я человек семейный, жене слово дал. Любовь Ивановна может быть спокойна на сей счёт».

Наблюдая за Андрюшей -- в каком приподнятом настроении он моет полы, Клавдия Иларионовна сделала вывод что то была у парня душевная травма и, возможно, причиной тому -- девушка. Так ей подсказывала женская интуиция. Ей было известно, что Андрей занят дополнительной работой над картинами для какого-то богача француза. Но на этом вся информация была исчерпана, а из-за тактичности у неё даже не возникала мысль интересоваться. И вот сейчас она догадывалась о причине, тем более Андрей так особенно смотрел на один из своих карандашных рисунков, что даже не заметил её, поднесшей ему утренний чай. «Дай, Боже, ему счастья. Он выстрадал право на него» -- загадывала она.

*

А вот Всеволоду Илариновичу в его амурах счастья никто не мог пожелать, даже он сам себе. Всё что осталось в нём после вчерашнего кошмарного посещения варьете -- это ужаснейшее состояния души, впрочем, как и тела. В данный момент он не мог разобраться ни в своих чувствах, ни в последственных мыслях. Да и не до размышлений, когда всего тебя выворачивает. «Я был дурак-дураком, что напился так... От чего пил? Реальности испугался? Так ты знал всё... Ах да! надеялся ещё на что-то... – издевался над «глупым Ольским» Всеволод Иларионович. При этом ему не хотелось хоть в чём-то винить Таню. Понимал, что ничего не может изменить, -- получается, всё остаётся по-прежнему...». В прошлую дьявольскую ночь Таня заставила его любить себя ещё сильней, и он понимал: ему уже от неё никуда. К тому же боялся даже подумать о новой разлуке с ней.

И Ольский не ошибался. Таня той долгой ночью применила всё своё чарующее волшебство. Она была естественной, откровенной, и даже больше... И чего более желала: чтобы Ольский изнова узнал её -- именно какая она сейчас у него есть – не хуже той юной кокетки Танюшки. Она положительно другая и он для неё дороже прежнего.

## 34
### *В своём амплуа*

Всё произошло настолько неожиданно, насколько в своих тщательных расчётах детектив Иваницкий не смог предусмотреть, а именно стремительный разворот событий

То утро собиралось предстать обычным для него: с уже привычной чашечкой горького кофе за своим рабочим столиком у дверей кофейни над просматриваемыми непонятными газетёнками. А подсознательно он ещё раз прорабатывал все возможные варианты действий и противодействий, если такие понадобятся. И тут, на фоне вяло текущего времени, как в укор себе, он будто услышал призыв: «Именно этот день должен стать для тебя решающим. Всё взвешено и проработано. Осечка невозможна». Иваницкий посмотрел в окно и нашёл в погоде подтверждение: день собирался быть холодным и пасмурным. Зябкая мряка, стоявшая всю ночь, начинала переходить в ледяной дождь со снегом, подгоняемые ветром. И он улыбнулся этой благоприятной для него примете.

Не успев допить свой утренний кофеёк в спокойной обстановке, Иваницкий узрел вошедшего Ахиллу. А по его наблюдениям, тот так рано никогда не приходил в кофейню. Обычно они кратко здоровались и Ахилла дальше следовал в курильню, где у него были свои дела. Но в это утро Ахилла изменил себе и подсел за его столик и после оглядок начал разговор – бессвязное коверкание русских слов. Но убедившись по лицу Николаи, что его невозможно понять, поскрёб подбородок и нарисовал на газете какую-то схему из человеческих фигур, соединяемых указательными стрелками и цифрами, явно выражавшими количество денег. Когда же Ахилла вынул из потайного кармана знакомого вида прямоугольный пакетик из газеты, Иваницккий догадался о чём речь: «Они меня хотят приобщить к своему наркобизнесу. А вообще-то интересная идея... Похоже, у них ощущается острый дифицит в русскоговорящих распространителях. Что же дальше он мне предложит? – не меняясь в лице, Иваницкий спокойно спрятал предложенный пакетик в карман пиджака. Из объяснения Ахиллы он понял, что после того, когда он реализует этот товар и принесёт деньги, получит от этой суммы своё, что выражалось цифрой на бумаге, а также получит большее количество пакетиков. -- Так вот, почему Ибрагим не платил мне... Ждал когда на безденежьи буду согласен на это. Ну и сволочи. За кого они меня принимают. Впрочем, не мне удивляться. Всё идёт хорошо – я уже «ихний». -- И в благодарносьь за оказанное доверие, Николаи, услужливо улыбаясь, похлопал Ахиллу по плечу.

*

Как должно было произойти, в указанное время Николаи вышел из кофейни и пересёк дорогу к скверу, где у третьей скамейки от входа должен нарисоваться клиент с деньгами.

«А это место, должно быть, у них хорошо прикормлено и подозрений не вызывает: подошёл – получил – рассчитался, – взял на ум Иваницкий. Он сделал всё как того просил Ахилла, за исключением, что вместо предназначенного пакетика Николай Николаевич свернул свой, такой же, только заполнил его сахарным порошком. Ему удалось это проделать по пути, зайдя в туалет. Итак, у него в разных карманах лежали два идентичные пакетики. «Сахарный пойдёт клиенту, а настоящий будет служить уликой», -- решил Иваницкий».

Через короткое время на его скамейку подсел «классический тип»: возбуждённые глаза высохшего наркомана; в нетерпении удовлетворить дьявола, ломавший дрожащие пальцы. Без слов бедняга протянул дрожащую руку в желании получить свою дозу. И тут уже Иваницкий повёл игру. Достав настоящий пакетик, он, не выпуская его из руки, дал нюхнуть кокоинисту и, мелькнув им перед глазами клиента, спрятал обратно в карман, подставив вторую ладонь под деньги. Клиент недовольно, медленно начал доставать глубоко спрятанные купюры. Николай Николаевич перелистал деньжата и вынул с другого кармана сахарок для норика. «Пускай получит лучше дозу глюкозы для подкрепления своего пошатнувшегося здоровья» -- улыбнулся своей затее опытный жандарм.

После чего, зайдя в курильню, где уютно примостился на подушечках с трубкой чубука Ахилла, исправный новоиспечённый наркоделец приблизился к нему и передал точную сумму пиастров, ожидая благодарное рукопожание от «босса» и обещанный процент.

Получив после расчёта ещё два пакетика, не теряя времени, Иваницкий приготовил под них «сахарные двойники». И спустя несколько минут, не успев он выйти на «дело», как его в дверях чуть не збил с ног ворвавшийся с обезумившим лицом обманутый наркоман, и  сразу сцепился со своим обидчиком, что-то требуя на непонятном языке.

На крик выбежал разъярённый Ахилла.

-- Что ты здесь делаешь? Я же тебе сказал: сюда ни шагу! Получил своё -- убирайся. Что там случилось?

-- Что случилось?! Это я хочу знать -- что случилось!.. Ты мне какую-то липкую гадость подсунул вместо кока... Смотри – что это? Верни мои деньги!

Ахилла гневно взглянул на Николаи и показал, чтобы тот возвратил остальные пакетики. Раскрыв их, он увидел подлог, но ничего не сказал, а только задумался над ситуацией, и, оттолкнув в сторону наркомана, указал Николаи следовать за собой.

*

Быстрыми шагами они отдалялися от кофейни.  Ахилла вёл грязными, узкими улочками, незнакомыми Иваницкому, негаданными, что такие могут существовать в это красивом городе; как бы спускались они в другой мир со своими правилами и нормами. И спина Ахиллы казалась ему чёрным котом, ищущим в темноте этих лабиринтов спасение. На ходу он искал догадку, куда они идут и зачем. «Первый вариант: Ахилла ведёт расправиться со мной, предварительно выпытав зачем я это сделал. И второй вариант – самому разобраться. Возможно, что кто-то ещё у Ахилы под подозрением, и тут я буду вроде бы нужного человека...». Что ещё очень важное сделал Николай Николаевич, так это, выходя из кофейни, прихватил с собой сахарницу, необходимую ему в случае развития второго варианта, но смертельно опасную при первом.

Миновав ещё несколько смрадных домов, из открытых окон которых то и слышались руганные споры, визг, а из дверей вылетали что-то пряча за полой, и вбегали с чем-то подобным, определённо не желательным для посторонних глаз, Ахилла остановился у ступеньки одной из квартир каменного дома и, осмотревшись по сторонам, убедился, что нет слежки. Только после того постучал условным кодом в дверь.

Им открыл один из дружков Ахиллы, Абдулла, которого Иваницкий знал как завсегдатая курильни и приближённого Ахиллы.

Пройдя тёмным коридором, прогремев на полу какой-то утварью, отчего, как заметил Иваницкий, Ахилла вздрогнул, они вошли в едва освещённую с единственно горящей свечёй комнату, единственное окно которой было забинтованно тьмой от глухой стены напротив стоящего здания. Разгневанный Ахилла показал обоим сесть за стол, стоявший посредине, и сразу обрушился криком на Абдуллу.

Тем временем Николай Николаевич краем глаза осматривал мрачное помещение, предугадывая его назначение, и ощутил ногой стоящий под столом небольшой ящик. Он притворно чихнул и вынул носовой платок, но только для того чтобы уронить его на пол. Доставая свой шмаркавчик, не упустил возможности рукой проверить, что там в ящичке, и к своему удовлетворению убедился, что интуиция его не подвела и на этот раз, -- на ощупь он узнал те же пакетики... «Нет сомнения -- они здесь его фасуют. Вот что мне надо было знать. Если он меня сюда привёл, значит без надежды на возвращение...». Пряча платок в карман, Николай Николаевич незаметно вынул сахарницу и сыпанул на ящик и на ботинки Абдуллы.

Сделав полдела, Иваницкий утёр руки.

А тем временем возбуждённый Ахилла продолжал спорить с Абдуллой, и чем дальше, тем сверепее становился. В итоге он ударил кулаком по столу и заставил Абдуллу поставить ящик на стол, подсветив свечкой. Глаза Ахиллы налились кровью, когда почувствовал подозрительную липкость на пакетиках. Он схватил за волосы Абдуллу и головой мокнул в ящик.

-- Видишь!?.. Что это? Говоришь, ничего не делал? На Николаи всё хотел свернуть? Я человека посылал проследить. Он потвердил, что тот передал и деньги получил. А ты, что подсыпал? Жри, жри сам своё дерьмо! – приговаривая, Ахилла тыкал Абдуллу лицом в сахарные пакетики.

-- Я ничего не знаю... – задыхаясь, отчаянно вырывался Абдулла, -- отпусти меня... сам лучше разберись!

-- Ах, разобраться? Сейчас! Подлец, меня хотел обмануть? Клиентов моих отбить решил? Да? Я тебя, шакала, сейчас задушу!

Освободившийся благодаря вырванному клочку волос, Абдулла в ответ начал яростно душить Ахиллу. Пыхтели, перекатывались по столу... А находчивый сыщик понял, что из этой ситуации живым выйти только одному из них. Для него важно, чтобы таким всё же оказался Ахилла. Будучи заметно по-крепче в руках, Ахилла в попытке «задушить шакала» продвигался успешнее. Так что барахтанье Абдуллы выглядело неуверенно, и он начал синеть. Но не до конца. И когда время драки казалось Ахилле слишком уж затянувшимся, молодость и изворотливость Абдуллы начинали брать верх, и уже он таскал по комнате своего душителя. Чем Ахилла мог противостоять, так это свирепостью. Но она, похоже, не могла ему помочь. Измотав обессиленного Ахиллу, Абдулла таки повалил его на пол и сел сверху. По Ахилле было видать, что он вот-вот прекратит сопротивление и будет позорно повержен. И тут вдруг Абдулла вздрогнул будто от схватившей судорги, дикая гримаса застыла на его лице. После глухого выдоха его тело обмякло. Ахилла сбросил с себя мёртвого соперника и, тяжело дыша, поднялся на ноги. «Шакал... шакал... – шептал он, глядя на распростёртого на полу бывшего друга с торчащей из окровавленного живота рукояткой ножа.

«Как в арбуз... – сравнил жуткую картину Иваницкий, -- типичный вариант криминальных разборок. Ничего, сейчас будет не лучше и тебе... -- глянул он на Ахиллу, -- пока можешь отдышаться маленько, чтобы инфаркт не прихватил».

Заметив на обуви и ногах поверженного Абдуллы сахар, Ахилла со злостью пихнул того ногой, указав рукой Николаи на неопровержимое доказательство. Уставший Ахилла присел за стол с новой головоломкой -- как избавиться от трупа.

То было подходящее время, как решил Иваницкий, и он спокойно положил перед Ахиллой давно заготовленный листок бумаги с кратко изложенными требованиями:

1.Возвратить паспорт Валентина и оставить его в покое.
2.Назвать местонахождение Кати, Юрия и Виктора.

Лицо Ахиллы изменилось: новая туча, потемнее предыдущей, нависла в его глазах, а взгляд выражал, что он толком не понимает содержание написанного. Как и ожидалось, Николая Николаевича таки подвела его «турецкая грамота». А вот от упомянутых имён глаза Ахиллы смотрели весьма озабоченно.

-- Паспорт Валентина!! – со всей накопившейся неприязнью набросился на преступника Иваницкий и для психологического давления, чтобы окончательно смять растерявшегося бандита, поставил на стол пустую сахарницу.

Короткое молчание сменилось диким рёвом Ахиллы и он схватил за шею Николаи, что, естествено, только сильнее завело бывшего жандарма. Будучи легко отброшенным на пол, Ахилла поднялся и выдернул нож из тела убитого. Приняв угрожающую позу, с раздвинутыми ногами и руками, он начал приближаться к врагу. Свет свечи заломился дуновением опасности и по стене поползла жирная тень паука к своей жертве. Остаётся вопрос: или на роль жертвы соглашался бывший жандарм? Пока тот отступал назад до стоящего табурета и сосредоточил внимание на правой руке Ахиллы. Чтобы спровоцировать на атаку, Иваницкий сделал встречный шаг. Тут у Ахиллы лопнули нервы и он порхнул с прямым ударом ножа. Лезвие плотно вошло в мгновенно подставленный табурет. Ахилла оставался обезоруженным, признав безисходность своего положения, что подтвердил полученный удар ногой от Николаи. Секунды тому нападавший очутился согнутым под стеной, держась за челюсть. Повторный удар, уже с левой, не заставил себя ждать, отправив Ахиллу в бессознательное состояние: в темноте вертелись ящик, летавшие пакетики, вспоротый живот Абдуллы... а когда приоткрыл глаза, как сквозь туман увидел склонившееся лицо ненавистного Николаи. «Паспорт Валентина... паспорт Валентина...» -- плавающими звуками повторялось в его голове.

Л. Хайченко Берег турецкий

Для конкретности требования Иваницкий повторял имена Кати, Юры и Виктора. Он поднял Ахиллу за ворот и бросил мешком на стул.

-- Паспорт! – рявкнул стоявший над ним Николаи и для понятливости отпустил Ахилле затрещину.

-- Не бей, не бей... – на русском застонал Ахилла. В ушах звенело, голова его раскалывалась от боли. Обоснованный страх за свою жизнь вынудил вынуть из кармана ключик.

И с усилием поднялся, чтобы подойти к сейфу, вмонтированном в стену за висящей картиной. В последний момент Иваницкий сообразил, что там может быть... но уже с запозданием. В руках шатающегося Ахиллы зловеще чернел револьвер... а в глазах всё плыло, пол качался под ногами, и стрелял он наугад выстрел за выстрелом, пока ловко отпрыгнувший в сторону Николаи последующим броском не сбил с ног «стрелка».

В таинственном зеве сейфа кроме денег и патронов находились и различные документы, а также стопка паспортов, среди которых был и искомый Валентина. По именам и фотографии Кати обнаружил ещё три. Теперь нужно было знать о их судьбах.

Николай Николаевич сложил всё то добро в саквояж, нашедший в комнате, а пустой сейф загрузил пакетиками кокаина из ящика, закрыл на ключ и с огромным облегчением вытер пот со лба. Остановив взгляд на своём добром талисмане-сахарнице, решил временно разлучиться с ней, заперев и её в сейф. «От ныне все эти цацки переходят под мой контроль» -- с удовлетворением подумал он, опустив ключик от сейфа в свой карман.


-- Николаи, Николаи... дай мне уйти, прошу... Не убивай... – умолял Ахилла на непонятном для Иваницкого языке.

-- Погоди ты, -- ответил Николаи и для большей доступности -- на бумаге против имён друзей Валентина поставил большие вопросительные знаки. Ну, а чтобы ответ был полезным, ещё пару разков угостил по ушам в конец сломанного Ахиллу. И у того не было иного выбора, как дрожащей рукой вывести «Ибрагим», а повторными

236

вопросительными знаками напротив указанных имён подтвердил, что их судьбы ему неизвестны.

Теперь стало ясно, кто стоит за их исчезновением, впрочем, он так и предполагал: «А с Ибрагимом нужно быть более чем внимательным, он на всё способен, то, что я о нём знаю -- лишь мизерная часть его делишек. Уверен -- Ахилла не расскажет ему. Во-первых, убийство им Абдуллы. При чём есть свидетель. Во-вторых, он вывел меня на эту квартиру, и содержащееся сейфа у меня в сумке. Единственное, что настораживает и наверняка — это несомненное желание Ахиллы нанять убийцу дабы избавиться от меня. А может, от страха будет мышью сидеть. Вот такие варианты с единственным неоспоримым — я нахожусь в экстремальной ситуации. -- Уходя, на прощание, Николаи пригрозил Ахилле держать рот на замке и на пальцах объяснил, что если тот проговориться, тогда его же дружки и прикончат его. -- Зато у меня имеется множество доказательств, чтобы их всех пришпилить на одну булавку. В нашем ведомстве за подобную операцию я получил бы как минимум продвижение по службе, не говоря уже о благодарностях и награде. Жаль что официально не у дел. Работаю как часный детектив, который ко всему ещё и никем не нанят...».

Перед тем как возвратиться в кофейню, её вышибала прежде отнёс свою трофейную ношу домой. Потирая руку об руку, предвидел встречу с Ибрагимом.


## 35


*Вечная тема.*


-- Доброе утро, дорогой Сева, милости вас просим! – Жан-Пьер любезно приветствовал своего русского гостя, мигом глянув на второго присутствующего.

-- Бонжур, монсир! – ответил на родном Жан-Пьера и удобном для общения Ольский, уже догадываясь по глазам месье Рошто, что тот хотел бы услышать в первую очередь.

Л. Хайченко Берег турецкий

-- Как вы вовремя пожаловали. А мы уж так обеспокоены! Прошу познакомиться, -- живо предложил Жан-Пьер, – мой друг Поль Руанье. Андрэ выполняет для месье Руанье работу. Поль восхищён талантом вашего парня, – при этом Жан-Пьер посмотрел на Ольского, как бы желая спросить именно по этому поводу, -- но неожиданное отсутствие Андрэ... – и разочарованно опустил руки. -- Мы волнуемся, или плохого не случилось? Может, инфлюэнза?..

-- Да, он был болел. Плохо себя почувствовал. Но не гриппом. Скорее всего переутомление, -- навесело улыбнулся Ольский, -- надеюсь в ближайшее время Андрей возвратится к своей работе.

-- Вот это уже радостная весть! Слышали, Поль? – так что ваш исключительный вкус (всё же слово «запрос» он дипломатически обошёл) будет продолжать удовлетворяться. Уверен, мой друг, новые картины Андрэ обрадуют вас так же, как и первая! Только тонкий знаток искусства может разглядеть скрытый талант, это при строгих требованиях. О, вы таков! – хитро улыбнулся месье Рошто, чем стал похожим на старого лиса.

-- Уважаемый господин Ольский, не придавайте особого значения высоким словам Жан-Пьера, -- с удовлетворённым самолюбием прореагировал ниже ростом Поль, говорящий в рыжую бородку стоящего напротив, -- за долгие годы дружбы Жан приучил меня к щедрой раздаче комплиментов. Кстати, это не относится к Андрэ. У него талант не скрытый, чтобы его разглядывать. «Слава Господи, а то можно подумать, что у них со зрением не в порядке», -- подумал Ольский, продолжая любезно слушать месье Руанье.

-- Один из портретов моей дорогой внучки Андрэ уже завершил, и мы в семье очень даже довольны. С дочерью решили, что Андрэ будет лучше работать в домашней обстановке, да и утомлять его не станем. Он прекрасный, обоятельный молодой человек -- это кроме его превосходного мастерства, -- и, мило улыбаясь, добавил: -- Наша крошка Николь мне сообщила, что и она мечтает стать *художницей*... Как это вам звучит? Мы так огорчились, когда Андрэ вчера не появился... Если он ещё болеет, мы его не вынуждаем. У меня есть хорошие доктора, так что если надобится...

Услышав вновь упоминание о хвори, Всеволод Иларионович приложил руку ко лбу: ему сделалось стыдно и за себя, едва отошедшего от «похода в варьете».

-- Благодарю за добрые слова о нём. Будем надеяться, что уже всё прошло и Андрей в хорошем самочувствии. Он очень совестный и, уверен, настигнет, что упустил за эти три дня. В это время, возможно, он уже в дороге к вам, месье Руанье.

-- Прекрасно! Жаль что не был предупреждён. Обычно я посылаю за ним машину, всё-таки расстояние. К тому же он после болезни. Если он ещё слаб, мы его не торопим. Или я не прав? -- Поль посмотрел, ища поддержки у Жан-Пьера.

-- Абсолютно! Мы все правы, друзья, и во мнении едины, ещё потому, что нам не мешало бы взбрызнуть за встречу, -- предложил, откупоривая коньяк, приветливый Жан-Пьер.

-- Это будет подходяще! Да и погода стоит такая, что заставит согласиться даже непьющего, -- в оправдание желания Поль погладил ревматические колени. -- И за ваш успех, Всеволод! – по-особенному посмотрел Поль

Скромняга Ольский лишь мило удивился таким осведомлением, и всё же было приятно.

-- К большому сожалению, я по-русски не читаю... – продолжал месье Руанье, -- поэтому ожидаю перевод вашей книги.

-- Спасибо, друзья! Это о будущем. Хотя и не таком далёком, -- почувствовал себя комфортно в мягком кресле после глотка выдержанного «Курнуазье», Ольский раскурил предложенную сигару. – В ней будет помещён также материал Андрея Горяка, как и его иллюстрации.

-- Тогда вам удалось ещё более подогреть мой интерес! Между прочим, вы настолько легко владеете французским, что вполне могли бы подарить её нам на нашем скучном... – милейше улыбнулся Поль. -- Если бы не дорогой Жан-Пьер, я бы о ней не знал... Только, бога ради, не ругайте старых сплетников. Это он мне по большому секрету рассказал о вашем литературном устремлении, и уверил, что не без положительного результата.

-- Теперь это уже не секрет, -- выпучил глаза Жан-Пьер, -- естественно, благодаря мне, -- и замахал своими длинными руками: -- О, друзьям лучше не доверять секретов! Способен быть неудержим в своих искренних эмоциях... – жеманно гримастничал Жан-Пьер, и почти шепотом добавил: -- ещё потому, что моя супруга никогда не доверяет мне свои тайны... Не сомневаюсь -- у неё есть молодой любовник... способный хранить их...

-- Ха-ха! Наш дорогой Жан-Пьер снова пытается разыграть женскую карту. Не уверен, что вы своей Адель уступаете в этом. Между прочим, я в разводе и, несмотря на свою падагру и пару лишних лет, способен тоже иногда пошалить... – подморгнул Поль, --    как любитель Мулен Руж, не могу принебрегать подобным. Старика Поля иногда заносит и в варьете. Да, друзья, перед вами именно тот самый...

-- Оказывается, не я один такой?.. – смеясь, Жан-Пьер посмотрел за поддержкой на молчаливо сидящего Ольского и подтолкнул его локтём.

-- Правда, здешнее варьете с нашим парижским не сравнить, -- громко курлыкал Поль, -- но весьма наслышан об одном. Кажется, его название «Милые котята»? Что-то наподобие... – и шаловливо посмотрел на обоих, -- вроде, там русские дамы танцуют... и среди них одна красотка -- неописуемая... Я бы и сам убедился, если бы...

-- Да что вы?! – вспыхнул интересом Жан-Пьер, при этом как бы сверяя слова Поля с выражением лица Ольского.

Дальше Всеволоду Илларионовичу слушать было уже невыносимо. Заткнуть бы уши! да вот только прикрыл рукой лицо, глядя из другого мира в синие щели между пальцев на эти две гротескные внешности, ищущие в пошлостях забаву... Вдруг уйти -- выглядело бы неприлично, да и подозрение бы пало. В те минуты ему казалось, что о нём знают всё...

Налив себе коньяку, не слыша разговор между французами, он выпил залпом.

## 36

*Вопреки должному*

За относительно короткое время их пребывания в Константинополе, этот город для Андрея стал приятным открытием. Ранее он даже не предполагал, что эта земля хранит столько привлекательного. До сих пор в своём представлении он наивно связывал древнегреческую и римские культуры с местом их подлинного происхождения, теперь же, с радостью увлечённого, мог убедиться в таком ошибочном мнении. В пребольшое удовольствие, он прогуливался улицами одного из старейших городов европейской цивилизации. Здесь можно было встретить различные стили архитектуры древнего Востока и европейские, размещавшиеся по соседству, составляя единую гармонию самобытного города. Находясь у тысячелетних руин древнегреческого храма, невозможно было не ощутить обворожительный дух античности, и он представлял себе то древнее время зарождения культуры, исходящих корней классического искусства. Он верил, что прикасаясь к торжественной красоте древнего мрамора, получаешь эстафету творческого вдохновения от великих и одновременно безимянных мастеров, созидавших такое великолепие. «Эти развалины хранят сквозь века гордое величие той эпохи, невольно заставляя задуматься о значении бессмертия. Жаль, что ныне время военное и для людей на первом месте другие приоритеты, оправданные по своему; ибо для смертного в трудное время самое главное -- выжить, уцелеть. Газеты переполнены ужасающими фактами. Похоже, человеческим страданиям нет конца... эпидемия испанки отбирает больше жертв чем война. А может быть, этим на землю посланно божье наказание... Глядя на эти древние руины, когда-то выглядевшие помпезными дворцами, приходишь к выводу, что история повторяет свои ошибки войнами и разрушением. Интересно, какая там сейчас жизнь у нас в деревне? Что там происходит? Как людям живётся? Впрочем, люди остаются людьми: печалятся горем и радуются, когда счастливы. А они прекрасные у нас, подстать неповторной красоте родной земли. Наверняка, там уже лежит, всё замело... и в хатах топят печи, казанки с борщём суют... Так оно было. Теперь же холод и голод. Выбранно до зёрнышка, и на сев не будет. В газетах много пишут о голоде в России. Здесь не очень-то иначе, и всё же спокойно. Даже Клавдия Иларионовна умудряется нас попотчевать чем-то вкусненьким. А там, на обездоленной, покалеченной войной земле, где хлебные угодья превращены в поля битв, изрытые снарядами, действительно настоящий голод. Пришло время умным головам задуматься. Дальше уже некуда. Но кто начал эту войну, тот будет стоять до конца. И в этом вся трагедия»

\*

Так Андрей со своими отвлечёнными мыслями незаметно подошёл к знакомым вратам. И остановился. Никого из служащих в особняке не было заметно. Он заглянул сквозь металлические прутья ворот в надежде увидеть хоть охранника, чтобы тот ему открыл.

И не столь долго ждалось, так как буквально минутами раньше телефонным звонком хозяин предупредил о вероятном приходе художника.

Все подозрения улетучились, снова почувствовал он себя желанным здесь, едва ступив на эту территорию владений магната Поля Руанье. Двое работников вышли его встречать, с поклоном поздоровавшись, как с почтенным господином. Они избавили его от ноши, сопровождая.

И дальше Андрею не удалось остаться без внимания.

Возвращаясь с утренней прогулки по приусадебному парку, его увидели зоркие глазки Николь, и она уже бежала навстречу месье Андрэ с восторженной улыбкой. Её догоняла беленькая болонка «Зи-зи» -- новый подарок дедушки Поля. Андрей подхватил на руки смеющую Николь и поднял над головой, чем вызвал ревностный лай «Зи-зи».

-- Мама, мама! посмотри -- к нам месье Андрэ пришёл!.. – кричала Ника с высоты своего детского восхищения приближающейся маме.

А он, как только заметил Жаннэт, повторил себе то, что обещал: «Больше никаких эмоций и поводов на то. Я пришёл сюда лишь художником с определённой целью».

Возможно, его прохладный взгляд передался чувствительной Жаннэт, и они кратко поприветствовали друг друга будто едва были знакомые. Ника, обрадованная появлением месье Андрэ, весело бежала вприпрыжку впереди их.

-- Николь, пожалуйста, будь осторожна... Не упади! – за этикетом строгой мамы Жаннэт пыталось скрыть радость снова видеть Андрэ, и в то же время нельзя было не заметить, что это другой человек.

-- Я же тебе говорила, мамочка, что месье Андрэ возвратится нас дорисовать. Не может же быть портрет, чтобы на нём человек оставался без ушей и носа... Правда? Я хочу сама нарисовать «Зи-зи».

-- Что же, постарайся, детка, -- Жаннэт вскользь глянула на идущего рядом Андрэ, проверяя или он ощущает её присутствие.

О, он это чувствовал! Несмотря на все клятвы, данные себе, его мысли, как бы издеваясь над ним, были заняты Жаннэт. И сердце, вопреки рассудку, подсказывало возвращение к желанному. Даже то, что Жаннэт находится рядом, уже делало его счастливым. «Глупые, наивные мои мысли... Но ведь это действительно так – мне безумно приятно видеть её. Да что там приятно, просто на большее я не могу решиться... А она будто специально заставляет -- ещё больше понравиться в этом строгом тёмно-сером пальто, так подчёркивающем её изящную фигуру. И синяя бархатная шляпка с бордовыми розочками ей так к лицу. -- Он ощутил осторожное прикосновение к руке и её чувствительные пальцы, скользнувшие в его ладонь, как бы ища в свою защиту и желание.

Они продолжали идти вдвоём, медленно, позволяя времени не торопиться, растянуть эти блаженные минуты. Теперь Жаннэт открыто смотрела на Андрэ, как бы вызывая его взгляд, и про себя просила: «Ну, не будь же ты таким ханжой... я ведь знаю – ты думаешь обо мне, а сам только мучаешь себя и меня тоже». Даже не поднимая глаз, он чувствовал её внимание. Но уже не робость, а его упрямство не позволяли ответить Жаннэт. Тайком он раз посмотрел на неё. И от такого упрямого игнорирования ею, Жаннэт загрустила: румянец на тонком бледном лице с опущенными ресницами и завитками печально сомкнутых губ делали её похожей на жертву безответной любви. «Это я заставил её быть такой... чтобы её печаль передалась мне. Что же мы собираемся оставаться такими унылыми, когда хотим одного?» – спрашивал себя Андрей. Он нежно сжал её ладонь, и тут же она ответила ему взаимностью, прильнув к нему. Он остановился, -- смотрел на Жаннэт её глазами, полными любви.

Для неё этот любящий взгляд был самым желанным. Как ей казалось, она не смогла сравнить его ни с одним в её жизни. «Этот человек стал значить для меня так непередаваемо много. Чем больше я его вижу, тем сильнее желаю его присутствия. Подобного чувства я не испытывала даже по отношению к Жоржу. С ним у меня было совсем иначе. Тогда всё происходило как-то заведомо спланированно: нас познакомили общие друзья, затем после коротких встреч он сделал мне предложение и я под впечатлением внимания мужчины приняла это за любовь, несмотря на то, что он мне не нравился по-настоящему. Только теперь я понимаю это. Что с того, что он офицер с правильными манерами, этикетом? Вообще такие мужчины не могут не нравиться женщинам. Чем он и пользовался. Выглядел как средневзвешанный привлекательный ухожор-жених с неплохой эрудицией для военного. Что Жоржу не хватало, так это искренних чувств, которые, наверное, он растерял на протяжении предыдущих ухаживаний, горделиво оставаясь лишь со своей самовлюблённостью. Ему зримо не доставало тонкости в отношениях, индивидуальности, хотя он стремился выделяться, и только, -- вспоминала она, ища в том самооправдания, -- Жорж всё делал словно по учебнику – правильно и прилежно, и выглядел не более, чем манекеном в витрине пристижного магазина. Андрэ совершенная противоположность ему. Его поведением правят чувства. Его внешность говорит об этом. В тоже время он вовсе не стремится понравиться, даже безразличен к вниманию к себе. Вместе с тем от него исходит тепло, ощущается забота. Он такой притягательный...». Она прильнула щекой к его плечу, -- так она себя чувствовала более уверенно -- чем намекала о своей открытости перед ним; хотела быть частью его: в его взгляде, движениях, мыслях... и главное, чтобы её любовь жила и не была отвергнута. Всё же её беспокоило, что Андрэ из-за своей совестности может изменить своё отношение к ней. Не сомневалась -- тогда между ними произошло всё искренне. Но увидит ли он в этом главное для себя? Нет, она не простушка какае-то, чтобы строить своё чувство только на одном случае. То было короткое обжигающее мгновение, более глубокое кроется за ним. Так ей хотелось, и Андрэ должен также к этому отнестись во имя их любви. «Я не играю тобой и не искушаю, -- говорили её глаза, -- всё

Л. Хайченко Берег турецкий

намного серьёзнее... Можешь мне довериться, дорогой мой Андрэ».

*

В то туманное, похожее на вечер утро Андрей не замечал капризов осени, даже благодарил эту холодную пасмурность, дарившую ему истинное тепло. Его сердце откликнулось первым, посторонив ненужную в таких случаях рассудительность.

Он не искал близости наподобие тех поцелуев, только одно ощущение -- что она есть у него -- заставляло петь сердце. «Может быть, это преувеличено, но Жаннэт для меня больше, чем просто нравится. И сейчас я рисую её такой, какой она велит мне. Этот взгляд прекрасных глаз не поддался бы передаче, не прочувствуй его... Или я стал другим художником за эти несколько дней присутствия здесь. Не отступлюсь, пока именно такими не будут смотреть с портрета её глаза. В них столько нежных чувств и доверчивости... что, глядя на них, влюблённый художник может уронить кисть...».

Глаза Жаннэт излучали ответ: «Да, Андрэ, твоё внимание ко мне – это моя любовь. Я хочу, чтобы ты всегда рисовал меня... не упускал каждую грань моей любви к тебе. Это связывающее нас слово воспламеняет, к тому же оно очень ответственное. Но другого, чтобы выразить себя я просто не нахожу. И ты встречаешь это в моих глазах. Всё случилось так быстро и необъяснимо. Но подлежат ли объяснению чувства? Ты заставил меня жить тобою, постоянно думать о тебе. И если я кажусь тебе наивным, доверчивым ребёнком, пускай так будет... но только для тебя одного, мой милый художник. Сейчас я не представляю себе, что будет потом... Наверное, скорее всего, это останется моей болью. Но сейчас ты возле меня в этой комнате и с любовью смотришь... а я теряюсь, не знаю как тебе передать мои чувства. Я твой взгляд понимаю и думаю о том, что и ты, дорогой мой. Ты также не в силах скрыть их, и тебе также тяжело признаться в любви как и мне... Но что поделать, если так произошло...».

И эта ночь, какая уже по счёту, собиралась стать бессонной для Жаннэт, и известно из-за кого. Когда Андрэ был у них в доме, все её мысли шептали о нём и она чувствовала себя одарённой счастьем. А когда он уходил, после отсчитанной ею каждой минуткой их общения, провожала его стоя у окна и грустила в ожидании нового дня с ним.

Ночи разделяли дни их встреч. И такое испытание было тягостным для неё, оставлявшее её в одиночестве и ничего кроме слёз не приносившее. «Скоро уже завтра и Андрэ придёт и будет весь день у нас. Каждый раз я даю себе слово не отпускать его... – и улыбнулась : -- К тому же он обещал нас с Никой учить рисовать. Со стороны звучит глупо, даже несколько вульгарно: «Уроки рисования для замужней женщины». Но это ещё одна возможность быть возле него. У меня всё это искренне, а форма может быть различной, даже в виде уроков рисования для замужней женщины...».

## 37

### Без права на выбор

Теперь уже Николай Николаевич чувствовал себя в кофейне Ибрагима не бесплатным вышибалой Николаи, а прежним жандармом Иваницким, находящимся на переднем рубеже в борьбе с преступностью.

-- Э, Николаи... не хорош, не хорош... Ты, где так долго был? Ничего не говорил... Я тебе здесь искал, там искал, а тебе нет и нет...

-- Здравствуй, Ибрагим! Не печалься, я уже здесь.

-- Э, ты всё свой шутка шутишь... Ты Ахилла видел? Где он? Он мне очень надо. -- Ибрагим хитро посмотрел в глаза Николаи, как бы проверяя того реакцию на услышанное.

«Что-то он да знает или догадывается. Видимо, всё же не уверен в том, что предполагает. Но, что именно? Возможно, Ахилла задел чем-то Ибрагима, а может, и подставил...

Ближайшее время покажет. А если всё-таки Ахилла, невзирая на свои ошибки, вступит в сговор с Ибрагимом против меня, тогда иного выбора не представится как обратиться в полицию. К лучшему ситуация изменилась и есть надежда, что всю эту шайку разоблачат. Но это крайний вариант, от этого могут пострадать друзья Вали да и он сам. Они могут быть причислены к сообщникам преступников. Кто будет тратить время на их оправдание? Ещё не известно в каких делах были запутаны Юрий с Виктором, -- пребывая в своих размышлениях, Иваницкий специально выдержал длительную паузу, будто не придавая значения сказанному Ибрагимом.

-- А у меня, как на грех, спина разболелась... Не иначе как на сырую погоду. Ходил к китайцу, массаж он мне делал. Ты же меня не предупредил, что у вас зимой такой климат? -- пытался обернуть в шутку разговор Николаи, тем самым ожидая больше услышать от Ибрагима.

-- Э, твой спина болит... – отмахнулся Ибрагим, -- у меня голова болит! Если придёт Ахилл -- скажи мне.

На протяжении дня Ибрагим ещё пару раз подходил к Николаи с напоминанием об Ахилле, но тот в кофейне так и не появился.

А Николай Николаевич только посмеялся в кулак: «Ему не до тебя, Ибрагиша... Он сейчас гостинцы зализывает. Да и голова у него болит не то, что твоя, ещё и от безвыходного положения. А Ибрагим так и чует о чём-то происшедшем утром. Похоже, что у него договорённость встретиться с Ахиллой была, а в таких случаях Ахилла не подводит. Или, может быть, тот наркоша пожаловался, или кто-нибудь из видевших скандал донесли хозяину...».

Но Ибрагим был настолько предусмотрительный и хитёр, что даже и намёка не подавал, что хоть что-нибудь известно ему. Он намеревался сперва всё выведать от Ахиллы, и спешил это сделать.

«Получается, что Ахилла в их игре вовсе не фигура. Интересно, тогда какую роль играет тот таинственный господин? Кто над кем: он или Ибрагим? – продолжал решать головоломку Иваницкий, -- как выгадать мне по времени, когда лучше запустить вторую часть операции? С кого раньше начинать: с таинственного господина или Ибрагима? С кем будет удобней в «общении»? -- И Николай Николаевич решил, что если в кофейне не появится тот «таинственный господин», тогда без промедления нужно браться за него, иначе они уйдут из под контроля и тогда кроме возмездия нечего ждать, -- это при условии, что Ахилла к нему сразу не побежал. Какие у них отношения? Определённо, от того «господина» клубочек может докотиться до друзей Валентина, а то и дальше. Не единственные же они в таком положении. Надо за ним проследить у его особняка. А если подвернётся возможность проникнуть вовнутрь? Это было бы интригующе, несмотря что уж слишком рискованно. Нет сомнения, у него там должная охрана, если он воротила всей этой банды».

Итак, Николай Николаевич пришёл к умозаключению, что времени для действий осталось в обрез, ибо если противник приступит к контрдействиям, тогда все его старания будут напрасными, и более того – они начнут с ликвидации свидетелей.

Как и предусматривал Иваницкий в одном из своих вариантов, Ахилла в кофейне не появился. И это насторожило Николая Николаевича. А если к данному добавить, что неожиданно в спешке и без уведомления кофейню покинул Ибрагим, это ещё и озадачивало. Обычно он перед своим отлучением предупреждал работников, когда он намеревался возвратиться и давал соответствующие наставления. На этот раз никто не знал где хозяин, и кофейню вечером пришлось закрывать его брату Айтану.

*

И всё-таки Николай Николаевич мог признаться, что настроение у него неплохое. Ещё бы не так, ведь удалось материализовать главное -- имел на руках доказательства против преступников и документы ребят, по которым в крайнем случае можно будет заявить в полицию на их розыск. Кроме этого у него в кармане лежал ключ от сейфа, где находится «основной груз», а несколько пакетиков-образцов он нёс с собой, тоже как улику. «Нет, определённо Ахилла вынужден молчать, если жить хочет. Оттого что его

Л. Хайченко Берег турецкий

признание своим дружкам, даже если оно будет самое откровенное, обернётся для него приговором», -- продолжал утюжить свои предположения сыщик-вышибала кофейни.

*

После традиционной короткой прогулки парком Николай Николаевич изменил путь домой через магазин: купить бы чего-нибудь на ужин, да и «под ужин» не помешает. Слава Богу повод был. Ибрагим заплатил ему где-то одну треть должного, выгодно ссылаясь на трудное время, -- а просто врал, как обычно. Посетителей в кофейне всегда было достаточно, чтобы не жаловаться. Улицы Константинополя оставались людными, к тому же английские и французские военные ступили на берег. Благодаря своему географическому расположению этот традиционно-торговый город никогда не испытывал недостаток в потребительском спросе; ещё с довизантийских времён всевозможный товар проходил с Востока, это не считая местных изделий, в которых турки традиционно считались особенными умельцами. Этот трудолюбивый народ всегда рад удовлетворить спрос самого придирчивого покупателя. А последние политические перемены были подхвачены как установка на долгожданную мирную жизнь. После четырехлетнего военного затишья понемногу пробуждалась и культурная жизнь Константинополя: вновь были открыты двери театров, зазвучала музыка в концертных залах, приглашали посетителей музеи. Поэтому вышибала кофейни имел повод расценивать поведение «безденежного Ибрагима» не иначе как надувательство: «Вначале для приманки он бросает пряник и даёт обещания, затем вынуждает выполнять туже работу за гроши, а теперь уже вообще безплатно хочет, рассчитываясь завтраком и обедом, и всё в меньших порциях. Используя бызвыходное положение иммигрантов: не знание ими языка, местных традиций и ограниченность в общении, он с дружками склоняли их к преступной деятельности при призрачном соблазне больше заработать. На лишениях и горе людей жадный Ибрагим получает дополнительные барыши.

Ну ничего, раз он со мной не рассчитывается, тогда мне придётся с ним рассчитаться... -- Иваницкий поднял воротник пальто, защищаясь от налетающих порывов ветра, и побрёл неосвещённым, пустынным переулком».

Пройдя совсем ничего, вдруг услышал за спиной чьи-то быстрые, как бы догоняющие шаги и почти сразу: бам-бам... -- две пули срикошетили от стены, пролетев чуть выше его головы. Спас угол дома, за который Иваницкий мгновенно завернул, укрываясь от последующих выстрелов. И через секунды, вскрикнув, специально уронил свой котелок -- так, чтобы тот выкатился на тротуар.

Стрелявший вздохнул с удовлетворением. И всё же, чтобы увериться в окончательном успехе, он поспешил взглянуть на «результат». Но будучи предосторожным, вначале заглянул за угол дома... И тут же встретил удар. От прямого в челюсть в исполнении «ожившего», стрелявший оказался в лежащем положении лицом в тротуар, пистолет лежал встороне.

«За сегодняшний день это уже второй трофей. Что ж неплохая урожайность на выбранной мною ниве, -- перекладывая оружие себе в карман, с грустным оттенком улыбнулся такой удаче счастливчик Иваницкий, -- таки они решили меня убрать. А ну-ка узнаем подробности... -- Он ещё

Л. Хайченко Берег турецкий

не видел лица лежащего и для большего эффекта, а также демонстрируя убедительность своих намерений, двинул его пару разков физиономией в мостовую и до хруста заломал руку».

-- Ох, ох... – простонал бедняга, выплёвывая кровь, пытаясь освободиться, -- болно! не надо болш...

-- Ах, так ты на русском разговариваешь? Тогда выкладывай всё, и без промедлений! – и без чувства жалости провернул под лопатку руку преступника, ещё минуты назад угрожавшую его жизни.

-- А-а-а-а-а! – завопил тот, уже не оказывая никакого сопротивления.

Заметив издали подходящего пешехода, во избежании ненужных последствий, он поднял на ноги обвисшее тело стрелявшего, удостоив взгляда расквашенное лицо, и к своему сверх удивлению узнал в нём Юсуфа... Да, того самого, подвозившего их ослом из порта к рекомендованному жилью Ибрагима.

-- Вот это встреча, дорой мой Юсуф! Ну извини... Если бы знал, что это ты в меня целил, ни за чтобы твою рожу так не разукрасил. Получилось у нас «этак по знакомству». Но коль ты в моих руках оказался, да ещё с намерением убить меня, тогда тебе ещё на память... -- с обещанием Иваницкий ткнул Юсуфа коленом в живот.

Проходивший мимо прохожий с любопытством посмотрел в сторону двоих мужчин, один из которых полустоял с низко наклонившейся головой.

-- Пьяный он, пьяный... Идём домой, – пояснил по-турецки заученными словами вышибала кофейни.

-- Хэ-хэ... – прозвучал в ответ короткий сочувствующий смех спешащего подальше от такой неприятной сцены.

Убедившись, что в переулке снова безлюдно, Иваницкий продолжил работу над Юсуфом.

-- Ну, подлец, всё выгружай, что знаешь. Все имена хочу знать с самого начала списка. Вижу, ты уже отдышался. Небось в России бывал в полицейских участках? Так там были только цветочки малёванные... В моих объятиях задушевных ты почувствуешь настоящий ад. Но если правду скажешь, тогда есть возможность у тебя остаться живым, -- и с насмешкой добавил: -- Может быть. Кто его знает с кем чёрт гуляет. Уж больно хочется прикончить тебя твоим же оружием. -- Для больших устрашений Иваницкий приставил к виску Юсуфа холодный ствол нагана и взвёл курок.

-- Постой, постой, добр человек! Скажу, что хошь, только не стреляй. Это не мой оружий. У меня нет оружий. Я -- мирный-мирный. Ибрагим денег дал и пистолет дал. Сказал: подследи его, пойди и убей. А в доказательство принеси его шляпу и часы. Так он мне сказал и половина денег дал. Обещал остальной после «шляпы» дать. Ещё Ибрагим мне сказал: в голову стреляй, чтоб дырка в шляпе был. Но я никогда никого в жизнь не убил... -- перешёл на жалкое всхлыпывание Юсуф, -- потому я в твой голова не попал, Николай.

-- Ах ты, мерзавец! не попал из-за неумения? За деньги убить человека хотел... Негодяй. Я тебе, что сказал? Говори всё! Не то будь уверен – в твою голову я не промахнусь. Веришь мне? Ну, смотри  в глаза, не отворачивай рожу... Знаешь о подвале Ибрагима? Кто его сообщники?

-- Я только знай, что подвал под его домом. Нет, не могу сказать... боюсь он убъёт меня и мою семью.

-- Говори! Не то я опережу его в этом, -- Иваницкий прижал ствол к голове Юсуфа с такой любовью, что у того глаза сошлись на переносице.

-- Т-тот подвал – т-тюрма... – заикаясь, дрожал от страха Юсуф, -- ещё там бардел н-ночной... И брат Ибрагима очень страшный человек... может убить любого. Много убивал... ночью в Босфор сбрасывал в мешках с камнями.

-- А ты, что возил их туда? Трупы вывозил от него?

-- Был дел... – поникшим голосом ответил Юсуф.

-- Чем он убивал? Отвечай, гнида! – Николай Николаевич еле сдерживал себя, чтобы не расправиться до суда с этим «мирным-мирным»...

-- Ножом резал. Айтан меня заставлял везти их. Говорил, если откажусь, тогда и меня в мешук посадит и в море сбросит... и осла моего заберёт себе... – вертел глазками Юсуф, не зная куда деться.

Л. Хайченко Берег турецкий

-- И ты ему не только возить помогал... Я тебя... крыса. Врёшь ты! Нас специально к Ибрагиму вёз, заранее договаривались. Сколько он тебе уплатил тогда?

 Белый как смерть взгляд напротив не предоставлял другого выбора, и Юсуф дрогнул:

-- Правду ты говоришь, Николай. Правду. Только я за деньги не помню. Он никогда много не даёт, только берёт. Позвол мне помолиться. Не хочу умирать нечистым, -- просил Юсуф.

Огромное желание было отделаться от этого мерзавца, но лишний грех он не хотел брать на душу, тем более за такую гадину. А в голове у него сидел Ибрагиша, -- уж его то не пощажу. После неудачной попытки ограбить нас, теперь нанял убийцу. Нет уж, Ибрагиму с рук ничего не сойдёт. И этот ответит перед законом, -- и с брезгливостью посмотрел на дрожащего Юсуфа, --  он мне нужен. Если Ибрагим его послал, значит у них есть договор о встрече».

Иваницкий вытянул шнурок из ботинка Юсуфа и привычным манером зашнуровал тому руки за спиной:

-- Сейчас же ведёшь меня к Ибрагиму. Ты знаешь куда. Только виду не подавай, что с тобой кто-то. Как только что заподозрю сразу пулю получишь.

-- Понял-понял. Если ты меня не убъёшь, я его позову. Только, как я смогу в дверь постучать завязанными руками?

-- А ты спиной развернёшься к ним. Мне тебя учить? Повторяю: лишнее что-то сделаешь – смерть на месте.

-- Ой болван я такой! Ой болван... Зачем слушался Ибрагима и Айтана?.. -- плачевно приговаривал Юсуф, -- чобы я лучше их не видел на всём белом свете, в глазах своих никогда не видел... сколко беды от них людям... Многих они загубили... Настоящие шакалы, -- и заискивающе просиял, пытаясь задобриться: -- А ты, что с ними хочешь сделать, Николай? –

-- Иди молча. Думай о себе, а не о них. Ещё раз напоминаю тебе – ты у меня под прицелом. Чувствуешь? -- Николай Николаевич ткнул пистолетом в бок Юсуфу.

Шедшие им навстречу два завсегдатаи кофейни узнали вышибалу  и, почтительно поздоровавшись с Николаи, продолжали оглядываться ему вслед со своими предположениями:

-- Наверное, тот человек что-то очень плохое сделал в кофейне Ибрагима, если Николаи его по городу водит с руками связанными... и ещё побитого.

-- Да, да, -- вторил его спутник, -- этот русский очень сердитый человек, хуже жандарма. Его все боятся, даже Ибрагим. Теперь туда пьяницы не заходят, и воры тоже. Я сам видел как он одного непокорного головой об столб ударил. Можно теперь спокойно пить кофе и курить чубук.

-- Говоришь, головой об столб?.. Какой ужас! Наверное, тому было очень больно. А столб какой был, не помнишь?

-- Столб был прямой. На котором светильники висят. Этому тоже очень больно.

*

Услышав предупредительный стук в дверь, Ибрагим настороженно поспешил взглянуть через противоположное окно -- кто это к нему: «Неужели Юсуф так быстро его убил? Хотя чего там долго -- пах-пах и дело сделано. Я бы сам мог, но тот Николаи такой, что спиной всё видит». И убедившись, что у дверей стоит именно Юсуф, Ибрагим, радостно напевая, пошёл открывать дверь».

Расчётливый Иваницкий предусмотрел такой манёвр. Среагировал по всем правилам слежки, укрывшись за непросматриваевым углом здания, а когда услышал проворот ключа, был уже за спиной Юсуфа. Не мешкая, он толкнул на опешевшего Ибрагима Юсуфа, едва не свалив того с ног; и получилось так, что в гостях у Ибрагима вместо одного оказалось двое.

-- Ох, какие дорогие люди ко мне пожаловали... – простёр руки Ибрагим, -- как я рад вас видеть! – Чувствуя, что время сведения счетов наступило, он заметался в поиске спасительной соломинки: -- Отец! Айтан! -- идите скорее сюда! К нам дорогие гости пришли!..

Не успел Ибрагим коварно пропеть о помощи, как Николаи зажал ему рот и пригрозил револьвером.

-- Тсс... без шума, -- предупредил он сидевших на диване Юсуфа и Ибрагима. Для надёжности, зная плаксивый характер Юсуфа, он заткнул ему платком рот, а Ибрагиму указал стволом пересесть на небольшой топчан, стоявший у окна.

-- Какой такой шум? В доме шум нет... – непонятливо моргал Ибрагим, -- шутник ты, Николаи. Ой и шутник!

-- Что скажешь, Ибрагим? Не ожидал меня живым увидеть? Да ещё у себя, и таким макаром... Значит, это ты так решил меня отблагодарить за добросовестный бесплатный труд?

-- Почему бесплатный? Николаи... Бери денег сколько хош себе...

-- Ты нанял Юсуфа совершить убийство.

Очутившийся между двух огней, перепуганный Юсуф, мыча в платок, то кивал головой, соглашаясь, то, отрицая, мотал своей бестолковой.

-- Какой нанял? Ты, что шутишь опять? Мы друзья все! Ты мой друг, я твой друг... – оправдываясь, прижимал руки к груди Ибрагим

-- Сейчас не время для объяснений доказанного. Я за тобой наблюдаю уже давно. Так что иного от тебя ожидать нечего. Мне нужен ключ от твоего подвала, где ты томишь в рабстве людей.

-- Ты что, Николаи?! Какой такой подвал? Какой тебе ключ дай? Что с тобой, дорогой? Ты мой друг, как я мог тебе хотеть убит? Что ты слушай этот шакал, Юсуф?

Услышав от Ибрагима «шакал», Юсуф горестно завыл и посмотрел за помощью на Николаи. Чтобы не возникало сомнений, Николаи выстрелил над головой Ибрагима.

-- Это тебе первое предупреждение! -- выходил из себя разозлённый Иваницкий, -- второе ты сможешь уже не услышать. Он разыгрывал данную партию против троих соперников, третий из которых предвиделся, и Николай Николаевич периодически посматривал на отражения двери в тёмном окне.

Айтан появился почти сразу после раздавшихся выстрелов. Почти, оттого что раздумывал как поступать. Прежде чем войти он, конечно же, подглянул в щелку дверей, и, оценив ситуацию как критическую, прихватил кинжал для ненавистного Николаи.

А когда Николай Николаевич, стоя напротив опасного Ибрагима, очередной раз проверил отражение двери, увидел сзади взведённую руку с кинжалом. И вновь сопутствовала удача бывшему жандарму. Каким-то невероятным движением он успел, пригнувшись, кувыркнуться через голову и, лёжа развернувшись, выстрелить в Айтана. Пуля и кинжал разминулись в полёте. Дело было сделано. Поднявшись на ноги, он лицезрел малоприятную сцену даже для него, которую вполне можно было занести в учебник по криминалистике. В ней первая роль отводилась Ибрагиму, сидевшему на топчане с выпученными глазами и кинжалом от брата в груди. Вторая роль принадлежала братцу, лежавшему в нескольких метрах с простреленной головой, судорожно подёргивая ногой. И если к этому добавить, что Айтан был застрелян из револьвера сообщника Ахиллы, тогда замыкается роковая преступная цепочка.

Николай Николаевич, привыкший к подобным эпизодам, прошёл мимо полуживого Юсуфа к Ибрагиму. Он проверил безбиенный пульс и карманы уже бывшего хозяина. И когда с довольной улыбкой, вертя в руке желанный ключик, направился к двери, услышал выстрел. Почувствовав огненную тяжесть в левом плече, он, повернувшись, увидел стоящего с пистолетом отца двух мёртвых сыновей. В ответ Иваницкий прострелил руку державшую оружие и, шатаясь, вышел из дома.

Сжимая правой рукой предплечье, Иваницкий направился освободить людей, находящихся в подвале под кофейней. Он знал о втором входе туда через дом Ибрагима, но находиться там даже для такого сильного человека было невозможно. Из глубины жилья доносились протяжные крики жены, переходящие в жалобные завывания, а вот у Николая Николаевича было желание услышать радостные слова вызволеных из рабского заточения. Навстречу ему выбежали взволнованные от непонятно что происходящего соседи.

Впереди всех спешил прорвавшийся сквозь толпу Ольский. Увидев живого Николая Николаевича, он вздохнул с облегчением и трогательно обнял его.

-- Я догадываюсь обо всём. Военная полиция уже здесь. С ними беседует Клава. А вот и они идут к нам... – от волнения, больше говоря в утеху, чем слушая, Всеволод Иларионович не отходил от друга. -- А вы не иначе как ранены?.. -- Он заметил болезненое выражение лица героя и перевёл взгляд на его окровавленное плечо, -- в первую очередь вам необходима медицинская помощь.

-- Спасибо, дорогой, но у меня нет времени. После всё будет. Нужно торопиться освободить пленников. Там беда! -- он не придавал значение ни кровоточащей ране, ни происходящей вокруг суматохе.

-- О каких пленниках вы говорите? Объясните хоть двумя словами... Куда же вы идёте... – вместе с тем Ольский не мог оставить раненного Николая Николаевича, был готов хоть чем-то помочь ему. -- Всё же давайте, дорогой наш, я затяну вам рану...

-- Ещё раз благодарю, Всеволод Иларионович, -- вырывался Иваницкий, -- в данную минуту не до этого. Помощь только после помощи. Ещё осталось не много. Пойдёмте со мной... -- и оберенулся с призывом к остальным: -- Все!

В это время Клавдия Иларионовна объясняла полицейским, что этот мужчина по своей бывшей профессии жандарм, поэтому ничего противозаконного не мог совершить.

Окружив помещение кофейни, полиция блокировала доступ во внутрь, позволяя войти туда только господину Иваницкому и его сопровождавшему. Открыв роковую дверь, они спустились в тёмное помещение подвала и осветили фонарями просторную комнату. Там пред ними предстали два покинутых рулеточных стола с раздвинутыми и перевёрнутыми стульями вокруг. Несколько подальше тускло зеленел неубранный бильярдный стол; у стены стоял диван и два потёртых плюшевых кресла. Некая мебель в углу комнаты напоминала стойку бара. Когда включили освещение, перед ними предстала типичная картина подпольного игрового заведения: с пустыми бутылками, катавшимися по полу, разным мусором, затхлый воздух от застоявшегося табачного дыма и грязной плоти. Из-под  полы бархатных гордин дальней стены белел край узкой двери. Теперь уже инициативу взяли  полицейские. Осторожно подступившись к двери, они старались подслушать, что происходит за ней. Но судя по их лицам, никаких звуков. Настойчивый стук с требованием открыть дверь, в итоге вызвал женское всхлипывание и будто успокаивающее согласие.

-- Откройте немедленно! – приказал полицейский.

В ответ пролился отчаянный плач и говор на невнятном языке. Тогда французские полицейские позвали на помощь русского господина, сопровождавшего раненого.

Но вопросы Ольского на женское хныканье скорее выглядели сочувствием и только затягивали время, вызывая новую волну рыданий.

-- По всему видать их насильственно содержат здесь, -- пояснил полиции Ольский. И тем ничего другого не оставалось как высадить дверь.

Небольшая комнатка предстала взорам вошедших: у каждой из стен по железной кровати; посредине стол, за которым сидели дрожа толи от страха, толи от хвори обитательницы притона. На запятнаной вином скатерти, как бы стыдясь своего присутствия, бледнела медь давно остывшего самовара. Там же пепельница с папиросными окурками; остатки ужина в грязных тарелках придавали отвращение.

-- Кто вы? – спросил Ольский девушек уже по собственной воле, так как полиция занималась обыском. Он сразу узнал в них соотечественниц и в сострадании к несчастным был готов помочь им.

-- Вы русский!.. – с удивлением обрадовалась блондинка глядя запавшими глазами страдалицы. Она вытирала платочком слёзы с надеждой глядя на своих спасителей, -- помогите нам отсюда выбраться... Помогите, ради Бога... – глянула на строгих жандармов и от страха ареста снова заплакала... не в состоянии продолжать разговор.

Другая девушка, положа руку на сердце, как бы в доказательство правдивости, на полупонятном смешанном

Л. Хайченко Берег турецкий

языке ведала полицейскому весь кошмар их жизни в этом подземельном заточении. Затем блондинка, кое-как справившись со своими эмоциями, ещё хлюпая в платочек, начала рассказывать полиции их печальную историю.

Прервав допрос, а откровенно признаться, то был ответ на отчаянный зов несчастной души, к блондинке подошёл Иваницкий и прямо спросил:

-- Не вы ли будете Катя? – он всматривался в её лицо, сверяя по памяти с найденной фотографией и паспортом.

Жалкий взгляд когда-то прекрасных голубых глаз испугано уставился на незнакомого здоровяка, придерживающего свою руку, и как бы за помощью она посмотрела на стоящего рядом интеллигентного вида мужчину.

-- Я его не знаю... Мне не знаком этот господин... – мигая глазами, ответила девушка.

-- Зато я о вас знаю. Ваше имя -- Екатерина Нежина. Или я ошибаюсь? – исказившая лицо боль остановила его и, через секунды он продолжил: -- Ещё у вас есть друг... или даже больше чем друг -- Валентин Крамницкий. Теперь вам понятливей? – Иваницкий пытался поскорее поставить точку в этом затянувшемся «константинопольском расследовании».

Он косо улыбнулся и вынул из кармана паспорт, стоящий ему едва ли не жизнь. -- Пожалуйста, Катя, возьмите свой документ.

Сделав важное, Николай Николаевич бессильно опустился на стул, положив голову на руки.

-- Ему плохо!! Необходима срочная медицинская помощь! Он ранен... – тревожно объяснял Ольский подошедшим из полицейского наряда, -- я его сразу убеждал... ведь сколько крови потерял. Он – настоящий герой! Перед вами герой, господа! Этот человек бесстрашный рыцарь своей опасной профессии! – не скупясь на восторженные слова, Всеволод Иларионович рассказывал военным полицейским известные ему инициативы Николая Николаевича. – Он не хотел никого кроме себя подвергать опасности. Вы понимаете насколько это мужественный и порядочный человек?

Их глаза выражали восторжённость услышанным:

-- Не волнуйтесь, господин Ольский, вашему другу сейчас будет оказана медпомощь. Мы его отвезём в военный госпиталь. Там позаботяться, чтобы он был окружён должным вниманием. Заслуженным. Мы всё, в том числе сказанное вами, отразим в протоколе и непременно доложим нашему начальству.

-- Я осмотрел его рану, -- продолжил второй из полицейских, -- к счастью, не опасна. А пулю извлекут. Но я не медик, потому не будем загадывать, а лишь надеяться на быстрейшее его выздоровление. Действительно, этот господин поступил неординарно... – Полицейские смотрели уже другими глазами на смущённо сидевшего в рубахе с окровавленным рукавом здоровячка, -- предварительно можно сказать, что его старания и выполненная работа восхищают мужеством.

-- Все подробности и доказательства будут учтены в процессе следствия. Ну, а пока нам нужно допросить свидетелей и потерпевших, -- добавил старший патрульный.

К полицейским подошёл офицер, возвратившийся с главного места события, и что-то шёпотом объяснил. Он оценивающе посмотрел на основного участника освобождения, выглядевшим удивительно скромно, будто он случайный в происшедшем. «Немыслимо! подвергая себя такой опасности, этот русский остался жив...» – подумал офицер оккупационных войск.

*

Последующей ночью полиция произвела аресты Ахиллы и таинственного господина, которым оказался главарь преступной наркогруппы некий Эрик Фикс, у которого служил одним из охранников друг Валентина, Виктор. Изъятия большой партии наркотиков из сейфа и обнаружение трупа Абдуллы отразились на первых полосах местных газет. Пресса не могла обойти такую сенсацию.

И одна из свежих газет лежала на госпитальной койке Николая Николаевича, из которой по фотографиям он догадался о последующем, уже без его участия. «Печально получается. Молодой человек преодолел столько всего на пути в чужую страну чтобы здесь найти своё место в криминальной среде... – с грустью заметил Николай Николаевич о друге «крёстника» Валентина». Он уже второй день пребывал в госпитале и чувствовал себя заметно лучше после проведённой операции. Но не боль беспокоила, волновало отношение людей. Николай Николаевич был откровенно удивлён таким повышенным вниманием: --

Видать эта история произвела немало шума, если ко мне приходили за интервью из редакций газет. И Андрюша меня обрадовал – портрет тайком изобразил. Специально в госпиталь принёс. Теперь смотрю я на себя вместо зеркала, чтобы не забыть как выглядит хвалённый герой. От чрезмерной хвалы прямо подташнивает. Человек лишь выполнял свой долг. Без права на выбор. Вернее, уже бывший служебный долг. Это моя «болезнь» заставила не скучать вдали от родной России, да и терпеть нечисть преступную невыносимо. Очень доволен за Валю. Со своей Катей цветы приносили. Собираюся возвращаться домой. Счастливцы! Хотя и нахлебались заморского дерьма, уж хватит им воспоминаний на всю жизнь. Желаю им счастья и любви, и больше никогда не совершать подобных ошибок. Валентин сильно обеспокоен за судьбу Юрия, о котором, к сожелению, пока не известно. Возможно, эту тайну унёс собой в могилу Ибрагим вместе со своим «кинжалометателем» братом. Жаль, что так произошло, всё же люди. Живыми они были бы нужней. Но не дались бы взять себя, волками грызлись до смерти. А знали многое. Теперь Юсуф может спокойно без боязни выкладывать о своих похождениях под прикрытием бывших преступных хозяев, даже валить на них всё, так же как и Ахилла будет. Уж Ахилла непременно  прикинется жертвой всесторонних угроз от Ибрагима и их главаря «Фикса-шмикса». Скажет: «Выполнял их волю из-за боязни быть убитым». Но на нём висит смерть его сообщника да и с его пистолета я пристрелил Айтана, без следов на нём. Главный аргумент -- набитый доказательствами сейф. От наркотиков расходились их дальнейшие преступления. Ими они держали в повелительной зависимости всё новые и новые покалеченные жизни. Эх, всё же чувствую некую незавершённость в этом деле! Что-то таки да я не учёл... Хотелось бы самому схватиться с этим «Фиксом». На тот раз он бы уже посмотрел мне в глаза. Эх и скучно мне здесь лежать на койке между получением горьких пилюль и сочувствующих посещений... Друзья – другое дело! Клавочка Иларионовна сладостей разных приносила. Говорит: «Самовар на столе чувствует себя сиротливо без Николая Николаевича». И вечно занятый Всеволод очень обеспокоен моим ранением... заботился что брат родной. Хотя в шашках он слабоват. Приходил с вестью, что через пару деньков собираются переселяться в новое жильё. Описует его с высокой буквы, что в хорошем районе. Но все мои мысли -- о семье. Как они там без своего беспокойного тятьки?.. Наверное, ждут его не дождутся. Нет, не наверное, а уж точно! Оттого у нас любовь одна. Надо было бы им весточку подать, но не хочу тревожить их происшедшим, а так только о заграничной жизни написать и что скучаю очень. Здесь так чудно в их госпитале, -- никто русской речи не понимает, это несмотря что наша держава самая большая в мире. Абсурд получается. Ничего не поделать, нужно продолжать жить и обвыкаться. Не приспосабливаться же под чужое, а именно обвыкаться... а там люди поймут, всё-таки в одном мире живём. Вот такое получается у меня устное письмо моим в Париж. Надеюсь скоро увидеться, а там уже при встрече расскажу о красивом городе Константинополе и моей жизни в нём».

## 38
### *Повод для освещения*

Ольский сочёл непременно заглянуть к Денису Афанасьевичу, -- не имел права такого пренебречь интересом.

-- Вот именно, Денис, я вам об этом как раз и говорю: нельзя упустить этот случай поместить в вашей газете под рубрикой «Криминальная хроника» статью о Николае Иваницком. От этого будет выгода двойная: кроме того, что вашему читателю будет интересно узнать всё из первых уст от человека раскрывшего преступную сеть, так ещё пускай местные знают, -- что мы, русские, живём здесь не только обывательской жизнью, но и не безразличны к интересам общества. А если понадобится, так и защитить можем. Наши люди за то, чтобы жизнь этого города была лучшей, безопаснее. Пускай этот подвиг станет примером последователям и неравнодушным.

Хочется, чтобы то важное, сделанное моим другом, не оценивалось лишь как мастерски выполненая работа детективом. Не открою нового: на нашу иммиграцию, к сожалению, многие смотрят с неприязнью. Не верят в нашу полезность.

-- О, это вы уже насчитали, дорогой Всеволод, не двойную выгоду, а как минимум в два раза больше! – с журналистским азартом ответил Головиных, -- признаться, я намеренно не спешил за остальными газетами. Знал -- среди похожего материала легко со своим затеряться. Здесь иной подход необходим. Во-первых, мне нужно получить от вашего друга Николая Иваницкого исклюзивное право на печатание. Хотелось бы иметь информацию более глубокую. В том числе и о его жизни в России; что побудило приехать именно в Константинополь; его убеждения помимо профессиональных; отношение к происходящему... Эти вопросы казалось бы напрямую не связанные с его ставшей известностью, но в них имеется свой подтекст. Тут уже мы сформируем образ объёмистее. Он предстанет в глазах читателей личностью идущей своим выбранным, правильным путём, уверенный в правоте и доказавшей её делом. В это во многом неопределённое, неустойчивое время люди ищут своего пророка, земного.

-- Что-то о пророке уже слышал, -- опустив глаза, ответил Ольский ( как было да не вспомнить Екатерину Петровну...)

-- Да, пускай им сегодня будет Иваницкий, завтра Иванов... а послезавтра ещё кто-то. Главная идея, что сегодня он есть такой у нас и ему можно верить, а его супервозможностями восхищаться. Поэтому, чем шире круг его мировозрения, тем больше будут вовлечены читатели. В этом некий ответ, уважаемый Всеволод, на ваши взволнованные предложения. Я хочу с ним познакомиться в первую очередь как с соотечественником. Вот такое моё желание. И вы, насколько я понял, с удовольствием хотите мне помочь. Естественно, ему будет заплачено. Я обговорю с ним материальную сторону, -- весь вид Дениса Афанасьевича выражал предвкушение интересной работы.

-- Вот и чудесно! Можете в любое время рассчитывать на меня. Вы узнаете душу этого прекрасного, скромного человека. А о читательских симпатиях к нему я и не сомневаюсь, -- убедительным взглядом подкрепил сказанное Ольский.

-- Решено, Всеволод. Тогда с этого и начнём, -- едем к нему в госпиталь! Кстати уже совсем скоро будет отпечатана ваша совместная книга. Так что у вас дома намечается двойной праздник. А если учесть успех Андрея, тогда можно с уверенностью сказать, что полтора месяца тому назад на турецкий берег  сошли амбициозные, плодотворные русские викинги.

-- Ну и вы... в самом деле... – стеснительно улыбаясь, замахал руками Ольский.

-- Вам да сетовать на адаптацию, Всеволод Иларионович? – цвёл улыбкой Денис Афанасьевич, -- я думаю неплохо для начала, -- и по-дружески похлопал по плечу Ольского.

-- Это благодаря тому, что мы встретили здесь прекрасных людей, уважаемый Денис. Без такого счастья и наше не состоялось бы.

*

А если отойти подальше от госпитального покоя с пострадавшим героем, а именно в взбудораженный происшедшим город, так факт случившегося и последующие за ним аресты, как оказалось крупной преступной группы, обростали слухами. Хорошо известно, что  слухи, стремясь заполнить место осведомлённости, раздуваются всевозможными предположениями, а те с пятых уст перерастают в факты, неопровержимые. Не дожидаясь суда, люди желали знать всё: имена преступников (или кого-то они встречали, или хоть раз видели), в чём тех вина и кого они могли ещё убить и по случайности не убили, а также основное -- кто же тот смелый человек, помогший всё это выявить? И главным свидетелем, одновременно и обидчом бандитов, значился Николай Николаевич Иваницкий. Его имя не сходило со страниц газет. Репортёры неистово сражались в конкуренции заполучить интервью от героя, с подробными деталями происшедшего. Его фотографии в позах лежащего и сидящего среди букетов цветов на госпитальной койке с поднятой перебинтованной рукой приветствовали читателей с первых страниц. Особенно выделялась в море восторгов женская волна поклонниц Николая Николаевича, как бесстрашного бойца с ненавистным криминалом.

-- Просто немыслимо, чтобы он сам, в одиночку, осободил из нелегального гарема двадцать двух женщин!.. -- восхищённо доказывала свою исключительную осведомлённость пышноволосая блондинка своей собеседнице, брюнетке, завистливо заглядывающей на волосы и красоту фигуры остановившей её с разговором. И у неё было тоже, что сказать.

-- А я слышала из конфиденциальных источников, -- прищурила маленькие глазки брюнетка, -- что их было намного больше на счету этого русского господина. И фамилия его совсем не Иваницкий, это лишь псевдоним! Он тайно ездил по Европе освобождая невольных женщин. Он -- граф Монте-Кристо! Мстил за свою первую любовь, оказавшуюся в путинах одного из гаремов невольниц.

А чтобы не выглядеть поверженной такой информацией, блонда добавила к услышанным словам свою версию:

-- Та -- его первая любовь -- была светловолосой. Полным брюнетам всегда противоположные нравятся, и, конечно, с большими голубыми глазами, которые любят раз и навсегда. Таких больше всего в гаремы и похищают. Кстати, и из них тоже... -- и вызывающе посмотрела на брюнетку, поправляющую свою сбитую причёску.

-- О, не скажите, уважаемая. Уж всем известен темперамент тёмноволосых! Только мы можем преданно любить, потому и в гаремах не оказываемся. А если иногда встречается, так по ошибке, а не из-за вкусов каких-то.

-- Но то, что он был графом де Монте-Кристо, с этим я согласна. Побольше бы таких, тогда и по улице спокойно можно было бы пройтись, -- не желала дальше спорить белёсая дама, опасаясь, что её могут задеть лично.

-- Теперь вам ясно, что я права. И ещё мне по тому же секрету сказали, что назревает череда новых раскрытий. Задержка только за выздоровлением русского мстителя.

Не выдержав такого нахальства каких-то двух молодых неопытных, остановившаяся при упоминании о мистическом герое старше средних лет женщина не упустила возможности поправить обоих, причём со всем темпераментом истиной хозяйки рассказа.

-- Если вы хотите знать, так я вам скажу вот что: он друг моего мужа. Муж заходил часто к нему в гости в хижину и тот показывал ему свой пистолет и список освобождённых им женщин.

Блондинка с брюнеткой окаменели. Стоя с открытыми ртами, они внимали вступлению посторонней, та сразу же выхватила из их колоды козырного туза, оставляя им роль слушательниц. И всё-таки они не желали смириться с отведённым им какой-то из себя ничто не представлявшей.

-- Тогда, раз так получается, может, возможно, по знакомству вашему у него автограф получить?.. Или сфотографироваться на память, – с ехидством спросила брюнетка.

После таких конкретных просьб женщина с хозяйственными кошёлками растерялась и завертела выпуклыми глазами, подбирая правильный отказ, чем, конечно, воспользовалась зоркая на подобные штучки блондинка, обрушившись с опровержениями:

-- Да никого у него из друзей здесь нет. Он же мститель-одиночка! Всем известно, даже в газетах так пишут. Ха-ха-ха!

-- Зато вкус у него, как у каждого настоящего мужчины -- жгучие брюнетки, а не общипанные «бляндинки». Беляшек он может только из гарема освобождать, из-за жалости, а не по любви, -- расправилась с одной конкуренткой брюнетка, перходя на вторую, уже без надежды сфотографироваться с графом Монте-Кристо, или хотя бы получить автограф. -- А в таком возрасте, как у вас, о мужчинах говорить уже стыдно! Тем более вы даже для самого заподвального гарема не годитесь, сколько не мечтайте.

-- А вот вам двоим сопливым, как раз там и место! – ещё сильнее выкатилась глазами всезнающая по возрасту.

Дальше собеседницы от их крючковатого, не понятно какого иностранного перешли на родной русский с присущими оборотами и сравнениями, и в итоге вцепились друг дружке в волосы.

*

Но оставим тех троих из толп поклонниц мнимого графа Монте-Кристо и возвратимся к реальному герою. Николай Николаевич умел держать в интригующем состоянии любого, но, естественно, иначе относился к своим соратникам из строя бойцов за правопорядок. Поэтому он отпускал информацию для печатного корпуса взвешенно и скупо, оставляя много места для фантазий. «Да ещё переводчики, испытующие трудности в понимании, остальное сами долепят от себя, или запросто доврут. Пускай себе пишут, что хотят. Мне славы не надо. Главное дело сделано – люди на воле, а звери: одни в аду, а иные ожидают его в тюрьме. Будет суд, тогда всё и узнают, заодно и оценят, а до него чего зря во вред языком болтать, -- оставался при своих убеждениях «граф Монте-Кристо».

Единственное исключение Николай Николаевич сделал для русской газеты Дениса Головиных, и то только из-за благородных чувств к Всеволоду Иларионовичу. К тому же в разговоре с Головиных Николая Николаевича подкупила глубина подхода к этому вопросу: «Это не обычная бульварщина -- перетасовщица отсебятины со сплетнями. Он искренне желает разобраться в корнях преступности, видит в стражей порядка не только профессионалов-исполнителей своего долга, но и людей осознающих происходящее в обществе в непосредственной связи с борьбой с беззаконием. Мне он по-душе. Этот Денис Афанасьевич -- малый с пытливым взглядом и аналитическим мышлением. Сам видит, кто за кем стоит и откуда тянется. Как он интересно выразился: «Всё можно направить в нужном порядке, лишь бы выгода исходила». То есть этим он намекал на связь оплачиваемых интересов. Имеется ввиду не только деньгами, а и политикой. Ведь людей присмирить или припугнуть можно по-разному, особенно если краткосрочный результат нужен. Так почему я ему должен отказать? Мы с ним в этом роде-огороде единомышленники. Он мне даст возможность и подзаработать. Так что получается, мы с Всеволодом Иларионовичем будем литературными конкурентами. Но это шутки-прибаутки, а вот настоящей интересной работы нет... Хотя короткую занятость в кофейне покойного Ибрагима в пользу обернул, непременно зачисленную в мой стаж, -- разбирался с мыслями Николай Николаевич, тоскливо глядя на уже хорошо изученный потолок госпитальной палаты. Настроение у него улучшалось, когда вспоминал слова переводчика на последнем осмотре врача: «Ваши дела в выздоровлении продвигаются хорошо. Через пару дней вы сможете покинуть госпиталь». -- Останется только отметка на память от папы двух сынишек. Но что моя ранка по сравнению со шрамом Андрюши. Всеволод Иларионович поделился своим горем, поведав происшедшее с Андреем и потерей своей старшей дочери. Больно представить себе... Так что у Андрюши шрам намного глубже остался. Эх сыграть бы сейчас с ним в шашенции... Уж как выбегу отсюда, подряд пятнадцать партий срежем, не меньше. Но то уже будет в новом жилье. Хочется верить, что там более спокойная жизнь нас ожидает. Клавдия с Всеволодом специально поторопились с переездом, чтобы до моего возвращения было всё готово. Щадят дядю Иваницкого, жалеют как дитя. Да и изнежился я здесь среди врачей прозорливых и медсестёр симпатических. А рядом лежат по-настоящему пострадавшие – молодёжь покалеченная войной. Нет сомнения, костыльная промышленность ныне в полном расцвете. И на этом деньга куётся. Плохо что незнание языка не позволяет поговорить с ними... разве что своим неуклюжим мычанием и жестами. Но как-никак немного понимаемся. Даже медсёстры подмигивают, точно моложавому. Они обо мне знают -- как я попал сюда. Ещё бы, такая популярность обрушилась! Каждый интерес к моей персоне предъявляет. Разок рискнул жизнью -- и все вокруг тебя: «Ох да ах! Какой он герой! Один пошёл на банду...». А вот эти парни свои жизни ежедневно под пули и снаряды подставляли. И за что спрашивается? Теперь лежат бедняги и думают: как такими жить... кому будут нужны... Вот о чём беспокоиться всем надо. Вот они и есть истинные герои, даже пускай и пешаки в руках государственных фигур. Чтобы не твердили политики, а судьбу войны решают не генералы, а содат в окопах. А вот тем, кто его посылал в те окопы -- уготованы плоды. Другое дело: сладкие или горькие...»

Николай Николаевич, как выздоравливающий, отвёл себе роль «связного» между своими сопалатниками и медсёстрами: поднести воды или помочь подняться с койки раненым было для него желаемым.

*

Пока же Николай Николаевич набил табачком свою спутницу-неразлучницу и вышел длинным коридором подымить, считая себя не иначе как счастливым в сравнении с остальными: кому-то уже позволялось ходить, кто осваивал первые шаги на костылях при помощи сопровождавшего персонала. Ну, а кто страдал на расставленных в коридоре временных койках в ожидании свободного места в палатах или перемещения в операционную. Были и те, накрытые с головой простынями, коим было уже безразлично происходящее; их выносили на санитарных носилках в госпитальный морг. И живые, шепча молитвы, провожали их печальными глазами. То приземистое, длинное здание с подслеповатыми чёрными окнами и распахнутыми дверьми было ненавидимо всеми, также как и страшило своим на расстояние передаваемым могильным холодом, как бы требуя ещё и ещё... И каждый, глядя в ту сторону, молил Бога: «Только не я, Отче. Пронеси мимо меня эту чашу».

## 39
### *Сложные отношения*

За исключением того единственного посещения варьете, с танцующей по вечерам Таней Ольский встречался в дневное время. Так было лучше для обоих: вечером она выступала, а ему не хотелось причинять беспокойство сестре с излишними объяснениями, как он считал. Ведь о том что Таня Зарянина в Константинополе Клава не знала, тем более об их отношениях.

А он всё поддавался на капризы Тани, они казались ему не более, чем невинным проявлением слабости обожаемой женщины, предоставляя удовольствие угождать любимой.

На этот раз Таня пригласила его на более культурное мероприятие -- посмотреть один античный памятник, рекомендованный каким-то старым путеводителем для туристов, обозначенный как дворец Богини красоты. Придавая этому названию сравнение с собой, ей было обольстительно слышать от Ольского, как он, нежа её, восторгается чертами её лица... Теперь осталось только сверить сказанное по его глазам, когда она нарядится к этой их встрече соответвенно во всё строгое и неброское, оставляя остальное своей привлекательности. Было бы лето, она одела бы прозрачную

272

тунику... и венчик тиары; возможно, вплела бы и ленточки в волосы, изменив причёску.

Но кроме одиноко стоящих колон, они на том так прельщающем названием месте ничего не обнаружили. Имеется ввиду дворца, как такового. Тем не менее получили духовное удовлетворение, поддавшись воображениям. Ольский представлял Таню своей богиней в его храме; и нужно признать она выглядела подстать богиням, и букет свежих роз в её руках возносил дань подлинной красоте. Их алые лепестки напоминали ему нежность чувствительных губ любимой.

После их духовного путешествия в «тысячилетние глубины», с чтением Ольским на древних ступенях отрывков из Овидия, они возвратилися в Перу.И следующим на пути у них стал архиологический музей, -- так предложила Таня.

Толи специально или как бы невзначай она останавливалась возле скульптур античных красавиц, прикасаясь к мраморным складкам одежд, за прозрачностью таивших нежные грации; при этом её взгляд ожидал от Ольского ответа. Естественно, он не выглядел слепым невежой, чтобы не скупиться на новые комплименты. Находясь рядом с Таничкой, он не ощущал своего возраста, а часто и рассудка... Мог шептать ей разное

Л. Хайченко Берег турецкий

приятное, чувствуя её влекомое дыхание, вызывая румянец на бледном лице и поцелуи в благодарность. С ним она была его, никакого сравнения с той танцующей в ночном кабаре под восторжённо-пошлые выкрики обожателей.

О, Ольский был таким, каким она хотела его видеть. Хотя своим правильным, покладистым характером мало чем отличался от московского адвоката В.И.Ольского, часто воспринимавшего её легкомыслие не менее, как серьёзно, в угоду ей, позволявшего дурачить себя. Но, как ни странно, Таня предпочитала проводить время с ним там, где их не могли бы встретить общие знакомые. Этим она хотела избежать откровенно удивлённых взглядов, что могло причинить боль чувствительной совестности Ольского. Она уже жалела, что тогда настояла на его приходе посмотреть её на сцене: «...ещё мог бы встретиться с Вольдемаром и подумать не весть что. А тот лишь помог нам приехать сюда с выступлениями, и только. Правда, иногда пристаёт со своим... Но то всё баловство, чепуха. Ольский такой чистый, что не позволит себе неуважительного. В общении с ним чувствуешь себя достойнее. Только с таким человеком мне хорошо, именно с Ольским! Потому что я противоположность ему. Но он никогда не говорит о нашем совместном будущем. Странно. Бояться сглазить?.. или исходя из нашего неопределённого прошлого. А мне так бы хотелось услышать от него об этом. Он только пару раз обмолвился, что они здесь проездом, задерживаются на пути во Францию. Неужели он так хладнокровно оставит меня здесь, при всех своих признаниях в любви... Или вообще навсегда... – Может быть, ещё и этим объясняла она себе почему они именно здесь и сейчас. -- Я хочу, чтобы он знал -- лучшей он себе не найдёт. Если бы он всегда был со мной... Он даже не предлагал жить вместе... хотя я чувствую его желание. И Юля, как бы ревнует меня к нему, нехотя оставляя нас вдвоём. Я была бы ему самой заботливой женой, делала всё что он бы пожелал. Между прочим, «пожелал» это не его слово. Он скромнее, и если бы выразил своё желание, так обязательно перед этим извинившись. Ведь я ему итак отдаю всю себя. Тактичнее

Ольского я никого не встречала. Несмотря на всю интимность, он со мной по-прежнему на «вы»... ещё с момента нашего первого разговора. Так уж у нас повелось. За этим будто скрывается недосказанность наших отношений, что-то особенное...».

Он догадывался, о чём в эти минуты думает Таня, выглядевшая, как казалось его сердцу, прекраснее прежней: «Она ожидает от меня большего. Но что я могу ей обещать, когда ещё сам не знаю всего. Не хочется и вспоминать о нашем отъезде... Предложив ей и услышать в ответ прежнюю уклончивую неопределённость, что по сути означало бы отказ, -- это было бы... Нет, лучше пока не думать о возможном разочаровании. Я не могу оставить её... Но кто может ручиться за Таню? Услышать от неё несогласие сейчас, значит перечеркнуть надежду, -- так он, со времени их встречи, жил с этой нелёгкой мыслью. -- Ну, что же ты такой трусливый, Всеволод Ольский? Живёшь самообманом. Тебе именно в данный момент необходимо ей всё сказать...».

-- Таня, мне надо... -- он серьёзно посмотрел в её ещё улыбающиеся от пустяковой шутки глаза, изменившиеся цветом на неверные зелёные. Они заставили его запнуться, вновь напоминая собой их последнюю встречу в Москве, и пустоту после неё. Тогда она в ответ на его важный вопрос почти так же улыбнулась -- полуизвинившись, думая о чём-то своём. И вот теперь они снова с загадочной прохладцей улыбаются мне, точно с этой древней фрески гречанки... – грустно сравнил Ольский.

-- Милый друг, что же вы замолкли вдруг? Вначале рассказываете забавные истории, а теперь сделались грустны до печали... – В данную минуту он ей чем-то напоминал одного из чеховских персонажей, насколько помнила, из «Чайки»... имя которого она, к сожалению, забыла. И ещё Ольский ей чем-то был похож на писателя... Да, именно писателя своей положительной последовательностью, тёплой убеждённостью. -- Его словам так легко удаётся лечить душу... особенно нуждающуюся в этом... -- лучше любого вина, и даже...

-- Я вас хотел бы спросить о важном... Наверное, самом важном для меня, -- он всё смотрел ей в глаза, ища в них положительный ответ, -- мы совсем скоро уезжаем... Я уже говорил вам об этом, – мягко стиснул ей руку и мольбой произнёс: -- Я не могу без вас жить, Таня.

На что она в сторону удовлетворённо улыбнулась, будто не желая прерывать.

-- ...Я был бы счастлив, если бы вы поехали со мной... то есть вместе с нами. Понимаю, насколько ответственно для вас это решение, но мне бы хотелось услышать ваше согласие, -- своей болезненной искренностью он возвратил её взгляд, -- а так -- до последнего в неясности...

Она приложила ладонь к его губам, останавливая с чем была согласна.

-- На всё, что вы наговорили мне, я отвечу одним словом -- люблю, -- она улыбнулась ему глазами, краснея как девочка впервые признавшаяся в своих чувствах, до этого подменяя это важное слово другими.

Они стояли так близко лицом к лицу, что он не мог не поцеловать её, услышав то, о чём мечтал как о несбыточном.

Таня держала его под руку, прижимаясь к ней щекой. Услышанное оживили её мечту, о которой она молчала, принимая её за «несчастливый талисман Ольского». Теперь ей не хотелось никуда отпускать его, а всегда быть вместе со «своим Чеховым», как она про себя называла Ольского. Тем более, как не странно, именно вдали от покинутой ими России они снова вместе.

*

Когда Всеволод Иларионович возвратился домой поздним утром, без предварительного предупреждения, что ранее считал обязательным, -- удивляться было нечему. Клавдии становилось всё ясно; оставалось только услышать от брата имя той женщины, от которой он внёс едва уловимый запах нежных духов. Тем более, что грелок прикладывать к его голове на этот раз не надобилось.

Андрей же оценил ночное отсутствие Всеволода Иларионовича как того сугубо личное дело, будучи уверен в его рассудительности.

Чтобы там не думали, догадывались и говорили, а Всеволод Иларионович после незапамятных времён снова почувствовал себя счастливым человеком, – Таня была его невестой их новобрачной ночью.

## 40

*Нежданная новость*

Жаннэт скучала за письменным столом, держа на коленках Николь, они просматривали их альбом с рисунками, в котором можно было различить лишь учебные Андрэ, на которых она останавливала задумчивый взгляд.

-- Мамочка, скажи пожалуйста, отчего месье Андрэ сегодня снова не приходил к нам? – от нетерпения услышать важное для себя, Ника теребила руку мамы, заглядывая ей в глаза. Она так привыкла к месье Андрэ, что сегодняшняя незанятось для неё обернулась в скуку, даже рисовать ей не хотелось. Всё же Николь больше нравилось, когда рисуют её – «так намного красивее получается».

-- Что ты спросила, Ника? – отпрянув о своих мыслей, переспросила мама, хотя думала о том же. -- Дедушка говорил, что Андрэ сегодня переезжает на новую квартиру. Поэтому занят и не смог к нам прийти. А ты что скучаешь по нему? -- Жаннэт улыбнулась насупившимся щёчкам дочери.

-- Ты же скучаешь, вот и я себе... – тяжело вздохнула Николь.

Мама задержалась с ответом на такую прозорливость ребёнка, но кроме как признаться ничего не оставалось.

-- Да я скучаю. Он мне друг, – как-то неуверенно ответила Жаннэт и внимательно посмотрела на дочь, проверяя по лицу ребёнка искренность своих слов.

-- И я вот хочу видеть месье Андрэ... Он мне не друг, а только художник. Потому что у меня нет друзей, кроме медведика и Зи-зи. Мама, а что бы ты хотела, чтобы он нарисовал ещё? Может быть, тебя одну? -- внимательно посмотрела на маму Николь, будто догадываясь о её мысли.

-- Что же в этом плохого? Он ведь тебя нарисовал отдельно, и красавицей такой! Почему бы и твоей маме не захотелось того же?

-- Хорошо, завтра, когда месье Андрэ будет здесь, я его об этом попрошу, -- он меня понимает. Будет тебя рисовать, а я смотреть на вас – таких хороших.

Их мечтания прервал вошедший дедушка, со свежими газетами под рукой, и как обычно с новостями, которые ни в какой газете прочесть невозможно было.

-- Добрый вечер, мои дорогие! Как ваше настроение? Должно быть замечательное. Даже праздничное! -- улыбался в предверии важного дедушка Поль.

-- А что случилось, папа? Вижу по твоим глазам -- у тебя радостная весть для нас, -- закрыв альбом, спросила Жаннэт, а сердце её ёкнуло, предчувствуя нерадостное.

-- Естественно, для вас у меня только приятное. Закончилась война! наконец-то! После полторы тысячи дней и ночей... – в порыве бросил газету на стол Поль.

-- А я не знаю, что такое война... Только знаю, что мой папа там... – ответила своему мишке Николь.

-- Но эта приятная новость столько выговаренна пожеланиями, что как-то теперь не воспринимается... – разочарованно посмотрела Жаннэт, ожидавшая услышать об Андрэ, что тому всё-таки удасться сегодня прийти.

-- Как же так? Раньше ты об этом только и говорила, желала скорейшего возвращения Жоржа... Теперь твой дорогой муж и отец Ники будет с вами. Предстоит обмен военнопленных между Германией и союзными войсками. Будем надеяться, что он среди них.

-- Ах, так это лишь предположение? – больше в успокоение себе, ответила Жаннэт.

-- Но обоснованные, дочь моя, -- вполне уверенно, почти гипнотическим голосом подтвердил папа.

-- Ура! – отреагировала Ника, подхватив на руки игрушки. -- Ну, а вы рады, что мой папочка приедет к нам? Я вас с ним познакомлю. А месье Андрэ нас всех нарисует!

От таких предсказаний дочери, лицо у Жаннэт вспыхнуло огнём, и она глаза отвела, не зная как ей разделить такую «радость». Она вышла в ванную умыться, и даже в зеркало не могла на себя смотреть. Стыд путал мысли и она не понимала, что с ней происходит, есть ли среди этого всего и её правда: «Неужели всё то время я себя предавала, изменяла чувствам? Что я могу поделать, если полюбила другого... Разве я одна такая? или в силах запретить себе? Возможно, по причине моего одиночества так случилось. А может, и нет, -- Андрэ не такой, чтобы на случай сворачивать. Он заполнил во мне ту пустоту, остававшуюся даже при Жорже. Тогда с Жоржем я была... была незнавшая, что такое счастье. Всё происходило, как должно было быть и воспринималось то мной, как любовь. Но это не оправдание. Одно лишь присутствие Андрэ, его взгляд, улыбка -- заменяют слова ничего не значимые. Он делает меня трепетно ожидающей его каждую минуту. Моё сердце чувствует его даже на расстоянии. Господи, я так привыкла к нему... Прости меня, Жорж. Никогда не думала, что так обернётся. После всего, как смогу смотреть Жоржу в глаза... Как мне находиться рядом с ним? Нет, пускай он возвращается, я ведь не желаю ему плохого, -- он же отец Николь. Что же мне делать? как поступить правильно? Я просто бессильна перебороть свои чувства к Андрэ...

Холодная вода успокоила её. Умывшись, Жаннэт возвратилась в свою комнату, пустую для неё.


-- Вижу, ты себя чувствуешь не совсем в порядке, -- внимательно посмотрел на дочь отец, -- отчего-то вдруг загрустила... – и взял на руки Николь. -- Ну что же, раз молчишь, не хочу беспокоить тебя вопросами. Это у тебя от стресса. Похоже, радостные новости обладают и обратным воздействием.

-- Извини, папа, мне просто не хочется ни о чём говорить. Что-то голова разболелась... – взялась она за виски, -- к тому же погода дождливая...

-- Понимаю... – улыбнувшись себе, согласился отец и поднялся, чтобы уйти.

-- А мы, дедушка, весь день ожидали месье Андрэ, а он так и не появился... Поэтому мы вдвоём с мамочкой скучаем, -- поспешила внести ясность в состояние мамы Николь.

-- Ника, пожалуйста... Что это ты сегодня так разговорилась? – Жаннэт раздражённо прервала подсевшую к ней, на край кресла дочь.

-- Возможно, наша крошка и права, -- изменившись в лице, серьёзно ответил месье Руанье и добавил: -- Но что мне, старику? Ты, дочь, взрослая -- сама принимаешь решения. В данном случае подсказки и советы не уместны, даже любящего отца. А мне лишь хочется видеть свою дочь счастливой, -- невесело улыбнулся Поль и, поцеловав внучку, вышел из комнаты.

\*

Жаннэт пыталась хоть на какое-то время вздремнуть, этим развеять неприятные мысли. Но то ей не удавалось. Тогда открыла на закладке стихи Пьера Ронсара, он всегда увлекал её своей выразительностью передаваемых чувств. Порой, читая его, и у неё появлялось желание сочинять. Но тогда было некому, кто бы услышал её сердце.

-- Ника, мы завтра утром поедем в город за покупками. Тебе нужна тёплая одежда к зиме и я себе что-нибудь выберу из вещей. Ты мне подскажешь, что получше? а, доченька? Ведь ты у меня советница... во всём разбираешься...

-- Ну, конечно, мамочка! Я всегда люблю с тобой куда-нибудь ходить: или на прогулку в парк, или в город ездить за чем-то... – Ника укладывала спать своего любимого мишку, желая ему спокойной ночи, пообещав, что завтра и его возьмут с собой за покупками, если только он себя будет хорошо вести и ночью не просыпаться.

У неё был ещё один повод пройтись по магазинам, пожалуй, главный, – ей задумалось преподнести Андрэ свой подарок. Чтобы он всегда вспоминал её, если что произойдёт. Особенно после известия отца она почувствовала неотвратимость предстоящего – конец их отношений. «Я уже приучена, что всё в моей жизни складывается против меня. И к этому должна привыкнуть, что счастливое время пролетает мгновением. Вместе с возвращением Жоржа ко мне вернутся серые будни одиночества. Я всегда поступала правильно -- как лучше для всех, при этом жертвуя собой. И то считалось порядком вещей. Так будет и в этот раз, хотя предыдущее несравнимо с тем, что испытываю сейчас. Неизвестно сколько мне времени отведено видиться с Андрэ, но хочется пожить хотя бы этим предоставившимся кратким счастьем, не задумываясь о разлуке. Завтра куплю ему подарки. Такой человек, как он, приносящий людям удовольствие своим талантом, должен быть вознаграждён по достоинству. Чтобы он убедился в моём внимании. Это вовсе не подкуп его расположения. Он поймёт. А его записки мне интересно читать, они первые шаги Андрэ в французском. Поэтому непривычно и смешновато. Заметна его слабая грамматика... но те неуклюжие предложения, отдельные слова по-своему согревают сердце. Они такие желанные. Стараюсь отвечать ему незамысловато простыми предложениями. А вот я в русском ещё хуже, чем он во французском. Пыталась разобраться, а получается сплошной абсурд. Но глаза Андрэ выражают больше изысканного красноречия. Мысли о нём поглощают меня. Получается, что я его... – и опустила в ладони лицо, не в силах выговорить это причиняющее боль слово. А сердце шептало ей: -- Какие его мысли обо мне? догадывается ли, что я живу им? просыпаюсь с его именем на устах и засыпаю, шепча его имя. И мне так хорошо, когда и ночью он не оставляет меня. Я сама этого хотела, таким выбрала своё счастье, большего мне надо. Знаю -- будущее не за нами. Андрэ лишь временный художник в этом холодном замке, куда приглашён по случаю. Понятно, на более он не может претендовать. К тому же его характер... Или потому что я слабая в решении? Другие отстаивают своё счастье. Сейчас двадцатый век – время женской эмансипации. Но это так, в общем. Кому до каждой судьбы в отдельности.

## 41

*На новом месте*

Отдыхая в удобном кресле по-европейски меблированной квартиры, Всеволод Иларионович с удовлетворением домашнего комфорта шелестел страницами газеты, и умиление от происходящего отражалось улыбкой на его подуставшем за день лице.

-- Безусловно, сегодня у нас светлый денёк! – озвучивал свои ощущения Ольский, -- жилишко у нас -- прекрасное! никак несравнимо с предыдущей конуркой. И второе приятнейшее известие -- окончание опостылевшей войны. Так что, в связи с второй новостью, появляется реальная надежда на завершающий этап наших скитаний. Теперь уже ничего нам не может помешать. Останется лишь оформить въездные документы. Надеемся, французское консульство уже возобновило работу. По этому вопросу мне нужно будет увидеться с господином Рошто. Этот человек всегда осведомлён в событиях на шаг вперёд.

-- А хоть бы и на два, Сева. Скажу тебе откровенно: эта квартира мне настолько хороша, что нет желания покидать её.

-- Вот как?! – улыбнулся брат, -- тогда осталось и мне ассимилироваться.

-- Она чем-то да напоминает мою московскую: такие же высокие потолки, просторные комнаты... большие окна... Привлекательный район города – вокруг достойные жилища, магазины, театр, музеи.

-- В чём я не ошибся.

-- Не поясничай, пожалуйста. У тебя это плохо получается.

-- Тогда прошу прощения и покорно слушаю, -- виновато улыбнулся Всеволод. И у него было хорошее настроение по той же причине.

-- Я уже успела за час покупок ознакомиться с этим местом. Хоть погода никудышняя, а на душе весна. Мирное время по-особенному ощущается. Им даже воздух напоён. И конечно же, лица прохожих, встречные улыбки... А может быть, я абсолютизирую, исхожу из собственных ощущений. Тем не менее в такой обставленной кухне и готовить приятно. Теперь сможем сэкономить денег, – я буду вам готовить. А Николай Николаевич особенно обрадуется ванной комнате, а то похождения в «турбаню», как он выразился, его просто извели.

-- Да это он шутя! Анекдот есть о турецких банях... вот он и подковырнул маленько. Завтра я за ним заеду в госпиталь. Хватит ему там отлёживаться. Денис Афанасьевич с нетерпением ожидает ещё разок повидаться с ним. Вначале я пытался убедить Головиных, но куда мне к его масштабам! Этот человек шагает проектами. Между прочим, как заметно, он себя здесь чувствует весьма обжившимся. Интересная работа, к тому же у всех на виду.

-- Полагаю, в этой квартире не стыдно принять гостей. Я завтра, к возвращению Николая Николаевича, обед сотворю, это несмотря на мои ограниченные кулинарные способности. Зато при огромном желании. Кое-что научилась, а кое-что женская фантазия подскажет. Как насчёт щей и бараньего рагу?

-- Звучит довольно аппетитно. Кажется, если я не ошибаюсь, это блюдо называется шурпа? Только, чтобы в ней поменьше костей «шурпело». Ну, а со щами, так это ты просто угадала моё подзабытое желание. А если приготовить их как в «Кавказе» подавали...

-- Что ещё желаете, сударь? Вот насчёт «пошурпело» – обещаю. Эх, хотя бы какое-то мясо да купить...

-- А как насчёт свиных рёбрышек на лучку? – как назло, дразнил Всеволод, -- или зелени к салату со сметанкой?.. Ну и маслин с петрушкой не забудь, -- они к баранине ох как хороши. Это, если свежих помидор и сладкого перца не найдёшь...

-- Ой-ой-ой!.. что за шуточки? упаду сейчас... Запросов столько, что облизаться лишь осталось. Где всему тому взяться? Пока пойду приготовлю вам с Андрюшей чаю и что-нибудь перекусить.

-- Пожалуйста, что попроще для тебя и быстрее для наших голодных желудков, -- он посмотрел в сторону дверей комнаты Андрея, где тот осваивал новое жильё.

А Андрей осваивался, сидя над учебниками французской грамматики в картинках, попутно составляя «правильное» письмо к Жаннэт. Что не мог выразить – дорисовывал. Сегодняшний день разлуки с ней казался ему вечностью. Поэтому старался компенсировать своё вынужденное отсутствие повышенным вниманием к ней, останавливаясь на разном, что могло бы быть интересно ей, его другу. Да, именно другом он называл Жаннэт, боясь пересечь линию дозволенного, им очерчённую. «Всё так ответственно, со столькими условностями... – признавал Андрей. Долг памяти Маши заставлял его быть сдержанным в чувствах к Жаннэт». Со времени их отношений, он находился в постоянном споре с собой. Борьба между расчётливым рассудком, не желавшим идти на любой компромисс, и затронутым сердцем поочерёдно брали верх в этом мучительном выборе. В те минуты, когда он был рядом с Жаннэт, он забывался обо всём другом. Она закрывала собой остальное, и он был не в силах ничего изменить, лишь упивался любовью. Но то короткое счастье быть вдвоём оставляло после себя раскаяние. Вдохновение от их общения заметно отражалось на его работе, он этого не отрицал. Незнанные до этого чувства открывала в нём Жаннэт, и в ответ его сердце даровало ей свою любовь.

Андрей рисовал её сидящую напротив, а в мыслях была та, которая помогала ему писать. Та Жаннэт была познанная им, когда они оставались вдвоём, и настолько желанная как и после замаливание своего греха. «Эти глаза творят со мной что хотят. Они смотрят на меня такими... такими, которые уже любил, когда-то... Оттого, что образ Маши не позволяет на более, чем «когда-то» «Может быть, их глубина и выражение продолжение моей первой любви? Первой любви? Разве любовь подлежит счёту... В образе Жаннэт Маша возвратилась ко мне... хотя всё намного иначе получилось и я не имею право на такое сравнения... – Но вопреки, чем больше он поддавался велению памяти и долгу, тем покорнее его воля подчинялась чувствам. Сегодняшний день их разлуки произвольно вызывал постоянные мысли о Жаннэт, и уже его сердце диктовало как поступать: -- Я завтра принесу ей самые лучшие цветы, и ещё что-нибудь -- от меня. Жаннэт будет приятно. Я ощущаю её взаимность по малейшему вниманию к ней. Нет больше радости, чем смотреть в эти прекрасные глаза. Букет из белых и тёмно-бордовых роз подстать темпераменту Жаннэт: то удивительно спокойному с доверчивым взглядом, то воспламеняющемуся страстью. Жаннэт не умеет скрывать себя, её лицо открыто, как и душа. Розы -- её цветы, пламенные и нежные, желанные и откровенные... -- И вдруг, как бы что-то подсказало ему посмотреть на портрет Маши, стоящей у цветущей яблони, -- И ощутил жар стыда на щеках... -- Нет, я не должен так думать... думать о другой, когда душа Маши живёт во мне».

Он вошёл в столовую комнату, в которой приятный запах свежевысохшей краски, сверкающая чистота, достойная меблировка и простор с освещённостью высоких окон вызывали чувство комфорта. Возникло сравнение, когда его впервые пригласили в гости к Ольским. Тогда он был мальчиком, стеснявшийся необычного расположения к себе господ, их вниманием. И в дальнейшем он так и не смог отделаться от ощущения растерянности, неуюта перед чужой роскошью. Она как бы унижала его положение, напоминая о непреодолимом расстоянии.

Так, будучи в доме Поля Руанье, он продолжал испытывать подобное, и мысли об этом различии раздражали: «Это, наверное, потому, что я не способен воспринять действительность... -- выгляжу несмышлённым учеником, незнающим ответ на простой вопрос учителя. В данном случае учитель – *время*. А ведь это всего лишь материальная сторона чьей-то жизни, и к этому нужно относиться соответственно. Это же не то величие, что заслуживает признания, вплоть до обожествления. Иное дело творения гениев; они излучат такую силу совершенства, что перед ними вынужден в восхищении поклониться, чувствовать себя тем же учеником с множеством вопросов...»

*

С жестом выражавшем извинение за опоздание, Андрей присел за стол к ожидавшему    ужину. Он чувствовал себя

Л. Хайченко Берег турецкий

уставшим и больше смотрел на газеты в руках Всеволода Иларионовича, чем в свою тарелку с остывшей глазуньей. Так он узнал об окончании войны. Трудно осознавалось, что такое может произойти -- как-то сразу после стольких нескончаемых, яростных усилий как можно больше истребить друг друга. И вот внезапное затишье. «Неужели и у нас там наступил конец злодеяниям? неужели по какой-то всеобщей команде все вдруг примирились? Что-то не верится, чтобы так легко по единому велению остановить эту войну. Слишком много противоборствующих сторон. А главное – бескомпромиссность. Завершение войны определяет одна сторона -- сильных. Как там сейчас в нашем далёком селе? мирное небо или снова тёмные тучи над ним? -- и его сердце охватила неумолимая тоска по оставленной родной земле, насколько им любимой, настолько он мог ощутить в то мгновение нахлынувшей настальгии. И сейчас, доведись ему повторить свой выбор, он ни за чтобы, ни за чтобы не покинул бы Родину. Скоро Рождество – самый светлый праздник в его воспоминаниях: -- Люди преображались. Всех объединяли улыбки, веселье, поздравления с Рождеством Христовым. Этот праздник как для богатых, так и для бедных особое тепло излучал. И как по волшебному велению за ночь деревня наряжалась в снежный наряд и уже убогие хатки смотрелись сказочными теремами. И солнце, восходящее над новорождённой деревней, светило тоже празднично, искря снег и превращая льдинки в хрусталь. Тут уже невозможно было самому хмурому не улыбнуться... -- умилённо вспоминал Андрей, и образы его родителей приходили вместе с тем самым счастливым временем, которое уже не возвратить... -- как там это Рождество будут праздновать? Или вообще до праздников людям сейчас... -- и ему сделалось жаль всех и печально, что так не по воле людей происходит на такой прекрасной их земле, обращённой войной в грешную».

## 42

*Как же без героя?*

Следующим утром, в назначенное время, они подъехали к госпиталю, оставив извозчику залог, чтобы ожидал их. По предъявленному военной охране пропуску Всеволод Иларионович вошёл на территорию военгоспиталя, направившись к уже знакомому главному корпусу, где находился на излечении Николай Николаевич.

Перед выпиской доктор собственноручно сделал последнюю перевязку своему прославленному пациенту, а также подготовил для выполнения подробное предписание по уходу за заживающей раной. После трогательного прощания с героем и слов благодарности на непонятом ему русском, захлопотанный доктор в спешке покинул палату. Но чтобы через минуту возвратиться с бинтами и пузырьком йода, напомнив господину Иваницкому через его друга о своих рекомендациях.

-- Как-то нехорошо получилось... нужно было бы ему за такое внимание гостинец дать. Или хотя бы бутылку водки с цветами, – сожалел Иваницкий и передал Всеволоду Иларионовичу писульку от доктора.

-- Всё вы верно говорите. Ещё не поздно поправить. Ведь вы к нему придёте на просмотр через неделю, как он здесь указывает, -- читал Ольский наставление, -- тогда его и отблагодарите, -- и подмигнул: -- Я вам дома подробно скажу, что вам рекомендовано делать, а что нет.

-- А я уже надеялся обрадуете... что хлопоты вокруг моей раны преувеличены, -- бодрящим голосом похвалился Николай Николаевич, и для показа -- браво поднял предплечье, и тут же слегка скривился от проявившейся боли.

-- И всё же не так резво, Николай Николаевич... – заботливо предостерёг Ольский, погладив другу плечо, и продолжил о более приятном: -- Ждём вас, дорогой! Наше новое жильё без вашего присутствия не считается обжитым...

*

С волнением глядя на госпитальные врата, Андрей ожидал появление дяди Николая, по которому соскучился ещё и как по шашечному сопернику. И вот знакомая осанистая фигура, с рукой на перевязи, показалась в сопровождении Всеволода Иларионовича. При встрече они обнялись, как старые друзья, и Николай Николаевич, немножко поддавшись непослушным эмоциям, принял невысказанное, но очень даже понятое поздравление с выздоровлением от Андрюхи.

-- Я этого мальчишку, обставлявшего меня в шашках, часто вспоминал. В больничный потолок смотрел и всех вас видел... – с мечтательной грустью в глазах улыбнулся Иваницкий и обернулся в сторону отдалявшегося госпиталя, с которым за короткое время тоже сроднился.

-- Может быть, что-то позабыли? – спросил Ольский, готовый повернуть обратно.

-- Да как вам сказать, Всеволод Иларионович... Люди... Там они другие, -- вздохнул Иваницкий и уже подморгнул сидящему рядом Андрею. -- Ну и плут наш Андрюша! Оказывается, украдкой мой портрет рисовал. Преподнёс как раз в нужный момент, так сказать, для поддержки духа. От расспросов отбиться невозможно было, каждый интересовался, кто это меня таким красавцем изобразил. Спасло, что языков не знаю. Так что отвечать не пришлось.

-- А вы заметили, уважаемый, что и погода неравнодушна к вашему исцелению. Посмотрите как всё вокруг сияет и торжествует! Просто райское преображение, – запрокинув голову к синему небу, с поэтической тональностью произнёс Ольский, -- птицы распелись как бы весну встречая.

-- Нда... – более сдержанно прореагировал на счёт птиц Иваницкий, подумывая о более важном.

-- Ещё есть одна новость для вас. Угадаете?

-- А вас без новостей, уважаемый Всеволод Иларионович, тяжело представить. Что там гадать, -- войне конец! Это, что ли за новость?.. – засмеялся в ответ Иваницкий. -- Вы, наверное, подзабыли, где я находился. Оттуда подобные вести расходятся молнией! и не иначе как с празднеством. Даже хромые, и те костыли свои побросали, и давай плясать... Вот это да праздник! И слава Господу, что услышал земные молитвы. Но перед нами новая задача, а точнее всё та же старая -- поторапливаться оформить документы. Пока неизвестно, кто этим здесь занимается и какой порядок. Я думаю, они не должны нам отказать. За себя не беспокоюсь, со мной проще – семья там. А вот вам нужно поднапрячься. Вероятно, как и из Одессы, придётся добираться морем. На этот раз легально, и без загадочных усатых капитанов и услужливых Юсуфов.

-- Да уж... – застенчиво ухмыльнулся Ольский.

-- Посему у меня к вам, душенька Всеволод Иларионович, один подвопросик имеется, -- загадочно посмотрел Иваницкий, -- уже личный, насколько и разрешимый.

-- Если только «подвопросик», -- улыбнулся Ольский и по того глазам шаловливым понял намёк.

-- Так как у нас насчёт бутылочки под столь важные события? Если возражений нет, тогда прямо и заедем за ней. Я угощаю! Даже не протестуйте. У меня гонорар с собой от вашего друга Дениса Афанасьича. Вчера они проведывали меня. Также просили вам привет передать.

Глядя на радостного Николая Николаевича, Ольский кивнул на него Андрею.

-- Не волнуйтесь, дорогой, у нас уже всё на столе: и бутылочка любимой вашей и закусочка к ней. А за привет от господина Головиных, большое спасибо. Он для нас с неба послан. Такие люди в жизни встречаются исключительно символически. Здесь более чем удача, поверте мне.

-- А чего мне не верить исконному другу?! – сиял Иваницкий, -- я и сам смышлён. Скажу вам: не было бы Ибрагиши со своим притоном, не знал бы я и о Денисе Афанасьиче... Лучше давайте-ка, господа, остановимся за букетом цветов у вон того ларёчка. Всё-таки нас дама будет встречать. А ещё для уважаемой Клавдии Иларионовне и сладостей к чайку необходительно подкупить.

Андрей сразу определил эту дорогу уже знакомой ему, также ведшей к особняку Поля Руанье. «Оказывается наша новая квартира находится где-то на полпути между бывшим местом жительства. А это совсем иная местность, больше отличается строгой архитектурой и изысканностью. Наверное, один из центральных районов города. Красивые здания. Театр, музей... Нужно будет использовать возможность при открытии побывать там. И магазины привлекают добротно обставленными витринами... Чистота, ухоженность парков. Хотя от бродячих собак не избавиться, они как талисман Константинополя... Сегодняшний выходной нужно использовать продуктивно: после завтрака схожу в магазин, как вчера намечал. Ну, а с обеда должен быть у господ Руанье. – При мысли о встрече с Жаннэт сердце Андрея затрепетало, опережая воображение».

Когда они подкатили к «серьёзному зданию», как Николай Николаевич определил дом указанный Ольским, улыбка сильнее озарила его лицо, -- мог приятно сравнить это домишко с похожими на Невском проспекте. «Пожалуй, нет. Просто каждый из нас живёт прошлым, видя в настоящем желаемое. Тем не менее мы движимся к лучшему, и несомненно западнее», -- предварительно подитожил Николай Николаевич.

*

-- Добро пожаловать! дорогой вы наш, запропастившийся по госпиталям! – уже со своими цветами встречала героя Клавдия Иларионовна. -- С возвращением вас, Николай Николаевич! и никогда больше так не шалите.

-- Доброе утро, любезная! Благодарю-с! Обещаю в послушании, -- и подморгнул, -- отчасти. А этот букетик -- вам! Примите, пожалуйста, от мужчин сея чудесной квартиры. От всей души благодарность вам за заботу! -- Николай Николаевич грациозно поклонился и поцеловал руку дамы.

-- Спасибо вам! Герой, он на всех фронтах таков. Главное -- как ваше самочувствие? Что доктор говорит, долго ли протянется ваше полное выздоровление? – усаживала за стол Николая Николаевича хозяйка жилья.

-- Во-первых, прошу вас никогда впредь героем меня не звать. Это не в обиду, а по делу. Ну, а насчёт, что доктор мне говорил? – так это только ему ясно. Вы же сами понимаете,

290

что мы с Андреем здесь никого не слышим, -- намекнул на свою «язычную молчаливость» Иваницкий, -- уже одно то, что я здесь с вами -- значит здоров! А если уж точнее выразиться: моё состояние соответствует этому прекрасно убранному столу. Вижу, вы постарались чудесно! И килечку с лучком оформить под картошечку не упустили... Интересно, где вы только их разыскали, милейшая?

-- Не иначе, как за тридевять морями... – и засмеялась лукаво, -- вот это приятно слышать! настоящая похвала от проголодавшегося мужчины. -- Извинившись, Клавдия Иларионовна поторопилась поставить прекрасные цветы в кувшин с водой, после чего возвратилась с ответом: -- На центральный рынок специально сходила, с утречка -- под привоз. Учитывая, что вы любитель рыбки, посему извольте, Николай Николаевич, для разогрева сперва ухишки тарелочку. Она хоть не из обожаемых вами осетровых, а получилась замечательная... Из морской рыбки. Главное, что свежа к вашему прибытию.

-- В ноги кланяюсь вам, сударыня! Ещё бы не мне рыбку любить! Ну, чем я сегодня не король в этом королевстве? Потому и о вас с заботой не забываем, уважаемая Клавдия Иларионовна, -- вот вам продолжение -- из дамского вина. Это что-то наподобие крымского муската, как я понял из объяснений торговца. И десертик к нему в неотъемлемое приложение, -- Николай Николаевич положил на стол, к вину, коробку с конфетами (тоже раздобытую, только ему известно за сколько. Но этикет выдержал рыцарь), -- впредь обещаю вас только радовать. Извините меня, друзья, за принесённые переживания. Тем более время неприятных волнений, похоже, ушло. У нас сегодня есть повод отметить несколько торжеств. Верно, господа?

Николай Николаевич испытывал самые трогательные минуты со времени его внесемейной жизни. Чувство домашнего уюта и всеобщей заботы сочетались с благоприятным исходом его возвращения из антикриминального вояжа, к тому же новость о долгожданном мире открывала перспективу.

Л. Хайченко Берег турецкий

-- Сейчас у нас семейный завтрак, ну а вечером отметим ваше, Николай Николаевич, возвращение... А также новоселье и остальные радостные случаи нашей иммигранстской жизни. Я пригласил к нам супругов Головиных и Станислава Александровича с женой. Обещали быть ещё пару человек из редакции. Также ожидаем Жан-Пьера и господин Каридиса. Так что компания намечается большая. Слава Богу, места у нас теперь предостаточно, есть где принять достойных людей...

-- Я вам, дорогие мои, откровенно признаюсь -- эта квартирка мне по душе. Впрочем, как и уха ваша, любезнейшая Клавдия Иларионовна, -- утирал со лба испарину после глубокой тарелочки Николай Николаевич, а глаза его умоляли о добавочке...-- чувствуется в ней навар необходимый. Несмотря что в жирности осетровой или с налима явно уступает, а вкусна... Даже превосходна! Угадали вы с пропорциями, сударыня: и петрушечку в нужный момент подкрошили к корню, и со специями без перебора. Уж во истину таланты в человеке многогранны! – Иваницкий подмигнул смутившейся такой похвалой хозяйке.

43

*Самый солнечный день*

В поиске искомых прелестных роз для Жаннэт, Андрею не пришлось тратить много времени. К счастью, предложение балансировалось с спросом на такой деликатный товар даже в трудное время. Хотя мир для проигравшей стороны ощущался с горьким привкусом, а всё-таки люди несли в руках цветы, и улыбки на лицах вселяли надежду на лучшее. Залитой солнцем день сопутствовал настроению горожан, приглашая прогуляться парками или просто пройтись под уже мирным небом. Он купил желаемые цветы в киоске, стоявшем на противоположной стороне улицы от дома, где они снимали квартиру. Приятная улыбка красивой турчанки, торговавшей живыми цветами и вазонами, передалась Андрею мажорным настроением на весь последующий день. Розы для Жаннэт в его расписании значились первыми, и своё дальнейшее путешествие по магазинам Андрей проводил уже с букетом. И как он вскоре заметил, в этом было своё преимущество.

Подыскивая подарок для любимой, он с тщательной скурпулёзностью просматривал ювелирные изделия и парфюмерные товары, и торговцы обращали внимание на замечательный букет роз при молодом человеке, как намёк на реальность покупки, поэтому старались повышенным вниманием угодить его непростому выбору. Естественно, он испытывал сложность в общении, а торговцы принимали его даже за иностранца, ища подход к покупателю на заученных фразах трёх основных европейских языков. Но так и не услышав ответа на свои усилия, задумывались о его горделивости, покорно предлагая всё новое и дороже требовательному вкусу молодого человека. Андрею было не привыкать к подобным ситуациям. Благодаря за внимание, он знал, что хотел подарить Жаннэт, не тратя время на просмотр разной мелочи в обширном выборе. Цена должна была отразить содержание приглянувшейся вещицы. А вкус у него действительно был такой, что заставлял хорошенько поискать. Наконец-то, в одном небольшом ювелирном магазинчике на него с  витрины смотрел, переливаясь искрящим огнём бриллиантов, изумрудный мотылёк. Он был изготовленна в золото-платиновом обрамлении, как заколка для волос. Работа этого изделия выглядела настолько изящной и искусно выполненной, что Андрей, долго не раздумывая, остановил свой выбор на ней. Он представил Жаннэт с распущенными волосами и этой заколкой на краю пробора: «Её улыбающиеся глаза будут излучать такую же чистоту... – представил он, и в этот момент  вспомнил о Маше: -- она выглядела бы также... Кстати, у неё было наподобное украшение -- подарок отца». Теперь он понял, почему выбор пал именно на эту заколку для волос.

Оценив увлечённый взгляд молодого человека при цветах, пожилой хозяин ювелирного магазина с важным видом вывел на квитанции щекотливую сумму за свой товар. Но Андрея это не остановило, ему даже казалось, что этому человеку не хотелось расставаться с прекрасной вещицей, украшавшей собой удва ли не весь прилавок. Он пересчитал деньги (практически весь его зароботок с доплатами) и положил их стопкой перед продавцом. Старичок лукаво взглянул из-под очков на странного покупателя, затем на цветы, и сочувственно вздохнул, как бы вспомная себя в подобном положении. В итоге он возвратился к продажной квитанции, дав этому молчаливому молодому человеку десятипроцентную скидку и уважительно пожал руку, желая счастья.

Из ювелирного магазина Андрей выпорхнул уже живым мотыльком в сторону влекомого цветника. «Что же, хорошие вещи стоят соответствующих денег и достойны дорогих особ, -- на радостях подумал он, но тут же ему стало стыдно за такую мысль, -- что же это я стал делить людей на достойных?.. Каждый человек желает себе лучшего, и заслуженно. Никто не хочет быть последним. Тут уж как сложиться судьба для кого. Долг сильных -- подать руку слабым, не позволить им упасть. Также не унизить при этом своей помощью, ибо положение изменчиво: кто сегодня великодушен, завтра может оказаться в роли нуждающегося. На то и воля Божья». И как проверкой его убеждений -- сидящий на углу нищий, заблудший за милостыней в богатый квартал. Его костыли лежали по сторонам, кутя ноги торчала укором войне. Андрей положил в худую протянутую руку половину, что оставалось у него после покупок.

Идя улицей, неожиданно почувствовал чьё-то резкое касание руки, но вначале не придал тому значение. «Наверное, кто-то из прохожих по неосторожности... – подумалось ему, и тут же мягкая детская ручка скользнула в его ладонь. Обренувшись, он встретил весёлые глаза Ники и прочёл на её розовых губках: «Бонжур, месье Андрэ!». За юркой дочерью спешила улыбающая Жаннэт, лёгким взглядом журившая своевольную Ники, выглядевшая с присущей ей элегантностью, как он сравнил: она будто сошедшая с картины Ренуара... «Вот это встреча!», – восторгалось её лицо. Они стояли в растерянности, испытывая желание броситься в объятия, но только глазами нежились, улыбаясь такой удаче, ну и своему смешному положению.

«В каждой случайности есть доля закономерности. Вот и я думал о ней... и мы, по случайности или нет, стоим рядом, и взгляд Жаннэт настолько ясный, что её мысли совпадают с моими. Она сейчас выглядит откровенно счастливой. Наверное, и я такой же со стороны. Так что же я растерялся? Держу букет для неё, как дворник метлу...», – ухмыльнулся своей неловкости Андрей. Передавая Жаннэт цветы, он ощутил признательное пожатие её тонких пальцев в лайковой перчатке и отнёс это на благодарность за внимание.

Она вдыхала хмельную сладость роз, глядя ему в глаза. «Андрэ нёс их мне, в то время, когда я старалась сделать и ему приятное. Мысли о нём привели меня именно сюда -- на это место нашей предвиденной встречи. Как нужно мало для счастья и насколько он много значит для меня! мой Андрэ, -- мысленно она обнимала его, целовала эти умные глаза, сильное лицо, губы... -- мне так необходимо его постоянное внимание. И любовь». Она приблизилась на расстояние дыхания и дарённых роз между ними. Прижимая их к груди, она чувствовала передаваемое цветами от любимого и томно смотрела ему в глаза, открываясь желанием. Повинуясь откровению, он прильнул поцелуем к её губам. Жаннэт отвечала ему своими пылкими и страстными. В те минуты они никого не замечали.

А Николь занималась своим, более интересным: стояла у витрины одёжного магазина, рассматривая, что же там внутри такое интересное?

«Нет, Николь, мы туда зайдём уже в следующий раз, – строго сказала мама и, поправив свою шляпку, возвратилась вниманием к отошедшей дочери. Затем, взявши под руку Андрея, предложила взглядом пройтись. На что Андрей согласительно улыбнулся и обнял Жаннэт за талию.

Прижавшись к его плечу, она жила только им, и ощущала себя самой счастливой.

Пройдя несколько кварталов, они зашли в выбранный Жаннэт лучший ресторан. Этим она хотела придать торжественность их встречи и чтобы в дальнейшем, если больше не повторится, вспоминать о ней.

-- Мама, мы что снова собираемся кушать?.. Я утром уже позавтракала, -- Николь недовольно сморщила носик от запаха еды.

-- Ника, я не могу заставлять тебя есть, если ты не желаешь. Но это вовсе не значит, что мы не можем пригласить месье Андрэ посидеть в уютной обстановке и что-нибудь заказать. Может быть, из десерта? Ты что хотела бы?

-- Не знаю... – без интереса ответила Ники, рассматривая вокруг себя интересную обстановку, болтая ногами.

-- Тогда попросим принести для тебя кофе и пирожных. Или бисквит? Впрочем, одно другому не помеха. А как насчёт пудинга с мороженым?.. – предлагала мама Жаннэт, просматривая ресторанное меню.

А «месье Андрэ» ощущал невероятную неловкость. Во-первых, у него легко могло не хватить, чтобы рассчитаться за заказ. А во-вторых, он так ничтожно мало бывал в подобных местах, что об этикете за ресторанным столом мог подзадуматься.

-- Ещё мне хотелось бы, если бы вы повели меня в кукольный театр... Можно в зоопарк... или хотя бы покататься на карусели... -- начинала хныкать от скуки Ника.

-- Николь, будь добра не капризничать. Мы сейчас всё решим, -- извиняясь за дочь, Жаннэт посмотрела на Андрэ, -- потерпи немножко. После мы пройдёмся городом к атракционам. Кроме того, надеюсь, ты не забыла, что сегодня месье Андрэ будет продолжать работать над нашим портретом. Поэтому нужно успеть всё вовремя.

В данном положении, под «давлением» Николь, Жанет нашла необходимым объяснить Андрэ ситуацию, и попросила у официанта листок бумаги и карандаш. Письменно Жаннэт благодарила Андрэ за прекрасные цветы, заметив какой он сегодня особенный; спросила его, что он желал бы заказать себе, и ещё раз извинилась за непоседу Нику.

Из всего написанного, Андрей мог различить только знакомую фразу «*Мэрси, ву зет трэ зэ мобль*» -- что-то вроде «спасибо, вы очень любезны...». «Но и без этого её взгляд отвечает пониманием. Зачем ей нужно было писать?.. Возможно, здесь что-то ещё – непонятное моей грамотности, – подумал Андрей, и чтобы не выглядеть истуканом написал на обратной стороне заученное: «Могу ли я вам в дальнейшем преподносить цветы? Или такая постоянность не будет выглядеть назойливо?». На что Жаннэт ответила: «Да-да, нет-нет», и чувствительно сжала его руку. Её взгляд выражал удовольствие быть им ухаживаемой и одновременно без претензий: -- Прошу вас: не нужно больше изящных, лишних извинений... и не мучайте себя непонятной писаниной. Я понимаю всё и хочу вашего внимания». Дальше она взяла на себя инициативу, заказав то, что ей относительно запомнилось из его выбора во время обеда у них: свежий салат, тушёную форель с овощами, белое вино, сыр... «Разумеется, я заплачу сразу, чтобы этим не смущать его. Мой заказ – мой и расчёт!», -- решила она.

«За нашу встречу!», – говорила улыбка Жаннэт и тоже самое он повторил про себя. Она подняла бокал, и он поднёс свой. И ещё к их тосту успела Николь с фужером, наполенным виноградным соком.

«А его это даже милит, когда он объясняется жестами, -- так эмоционально... Иное дело -- мне понять. В его взгляде заметен темперамент, даже когда украдкой смотрит, и вместе с тем он умеет управлять своей страстью, казаться равнодушным. Он как бы нечаянно обольщает меня, я это чувствую. Но стоит мне посмотреть ему в глаза, или обратится, -- и это уже другой человек... Хотя выглядит не броско. Впрочем, для мужчины это не важно. Его, заставляющий учащённо биться сердце, взгляд... А он вначале прятал свои глаза, избегая смотреть на меня. Именно тогда я впервые ощутила его неравнодушие, и своё тоже. То не было игрой, интригой, просто он такой -- мой Андрэ – скромный и чуткий, и ещё немного ребёнок» -- разговаривала с собой Жаннэт и обратила внимание что Андрэ находится в неловкости, не зная какую вилку применить и как правильно приступить к поданной рыбе, и повторяет её движения. И чтобы уравнять своё превосходство в застольных правилах с

Л. Хайченко Берег турецкий

растерянностью Андрэ, Жаннэт взяла обычную вилку и незатейливо продолжала есть, как было удобно. Подмигивая ему, она улыбалась, тем самым призывая его к тому же.

-- Мамочка, ты что подзабыла как нужно правильно кушать рыбку? – не упустила заметить внимательная Николь, -- так смешно вы оба едите... И я так хочу, -- и Ника, не дожидаясь разрешения, забралась ручками в тарелку, специально придав вычурно оформленному блюду вид сплошного месива.

Идею Ники поддержал Андрей и, под её смех, руками расправлялся со своей рыбой.

-- Браво, браво! – зааплодировала обоим Жаннэт, -- теперь у меня две замарашки. Вам нужно поспешить привести себя в нормальный вид, пока остальные не взяли с вас пример. Видишь, Ника, с каким интересом за соседним столом смотрят на вас.

-- Мамочка, дорогая, они ведь понимают, что это только шутка. Мы с месье Андрэ просто баловались. Он такой весёлый! Помнишь, мы с тобой однажды торт тоже пальчиками ели, и потом смеялись?

-- Помню, детка. Но то было у нас дома, а здесь ресторан и люди вокруг нас. Необходимо вести себя прилично, понимаешь? Не каждый может понять шутим ли мы или всерьёз. Я надеюсь, тебе не понравиться, если о нас подумают плохого?

-- Не растраивайся, мамочка, я тебе даю слово ни в одном ресторане я не буду никогда есть пальцами. Только дома иногда с тобой, чтобы нам двоём было смешно.

Жаннэт лишь сдержано улыбнулась от такого понимания дочери её наставлений. Этот день она отнесла к одному из счастливейших. Всё сегодня сопутствовало ей: чудесная погода, прекрасное настроение, -- и это «по вине» одного человека, которого она желала видеть всегда, с мыслями о котором не расставалась: «Присутствие Андрэ так чувствительно. Находясь возле него, нежися его вниманием, ощущаешь внутреннюю силу этого человека. Его рука крепка, передаёт уверенность, когда она держит мою. И сейчас мне так хорошо, глядя на него. Если бы мы были одни, я бы прижалась к нему, прильнула к его сердцу и шептала бы ему самые ласковые слова... даже пусть бы он их не слышал. Он понял бы меня, отвечая на мою любовь».

К восторгу Ники, они вышли парком к месту с каруселью и атракционами, откуда исходили незатихающие детские эмоции. Тут уже у Андрея эти бегущие по кругу деревянные лошадки, с веселящимися на них детьми, вызвали своё воспоминание, когда отец впервые привёз его в Лучинск на учёбу. Тогда дорогой они проезжали мимо подобной парковой карусели с разрисованными лошадками и оленями, везущими детей. Позже, уже будучи учеником, он часто приходил на то место. Оно было для него неким символом, связывающим настоящее с прошлым. Даже зимой, когда та карусель стояла неподвижно, погружённая в снег, он приходил туда, в парк, откуда начинался для него первый город, первая дорога от дома в жизнь. Он бродил дорожками того первого в его жизни парка, прикасался к застывшим в движении обледеневшим лошадкам покинутой карусели. И когда тоска по деревне усиливалась до настальгии, он тоже приходил к тому месту, видя в нём ближайшую дорогу к родному дому. Совсем противоположное чувство он испытывал возвращаясь в деревню: любая погода выглядела наилучшей и день был праздничным. А «его карусель» прощалась с ним только на короткое время -- до следующей встречи, сдесь же. Но находясь среди всего родного в деревне, он никогда не вспоминал о ней, наверное, оттого что был счастлив, занят любимой работой в саду, а она могла лишь напомнить ему о новой разлуке с домом. И вот, только теперь вспомнил о ней, несмотря, что именно сейчас счастлив и не думает о разлуке.

Кружащаяся на лошадке Ника радостно махала маме и месье Андрэ рукой. Родители катавшихся детей ожидали их у низкой изгороди. Жаннэт стояла с Андреем в стороне от них, блаженно прильнув к его плечу; от удовольствия быть с ним рядом она закрыла глаза, зная, что мечтает о несбыточном. И всё же чувствовала себя счастливой: «Если бы он был моим мужем... Большего я себе не могу пожелать. Я была бы ему самой лучшей женой и всем, кем он захотел бы. Не могу представить, что придёт время и я не увижу Андрэ...

возможно, вообще...». Будто неразлучная пара голубей, они прогуливались парком. Как бы специально только для них двоих ярко светило солнце, вокруг звонко пели птицы, что казалось он слышит их радостные эмоции, с родни своих. И небо было высоким и чистым, как его чувства к этой женщине. Впереди с воздушными шариками и подаренной месье Андрэ куклой в припрыжку шла счастливая Ники. Наконец-то она осталась удовлетворена вниманием к ней.

А её мама с месье Андрэ не торопили время дороги, -- желали, чтобы этот их путь стелился как можно дольше, -- так хорошо им было вдвоём.


Идя, Жаннэт взглянула краем глаза на витрину минуемого магазина – на счастливую парочку, отражавшуюся в ней -- будто это счастье из другой чьей-то жизни, но не её... как поздравительная открытка с пожеланием кому-то счастливой любви... И прикусила губу, чтоб не заплакать.

«Можно сравнить себя с одинокой канарейкой, заждавшейся в клетке случая вкусить жизнь того прекрасного мира, за которым она тоскливо наблюдала из своего ухоженного заточения...» – так сердцем Жаннэт писала своё письмо Андрэ со всем откровением переживаемого. -- Я ему всё это изложу. Пусть знает -- как я его люблю... и буду любить, невзирая ни на что. Не хочется думать о расставании. Неужели судьбе угодно только безжалостно поступать со мной. Так уж лучше жить теперешним, настоящим мгновением. Господь сопутствовал нашей встрече, и, будем надеяться, что он будет покровительствовать нам, ведь Он сам и есть любовь. Когда мы вместе, нет места для грусти».

Держа Андрэ под руку, она посмотрела ему в глаза, как бы сверяя свои мысли с его. В ответ на этот любящий взгляд любимых глаз, он обнял Жаннэт, ощущая рукой её гибкую, податливую талию, передававшую желанную близость... Он остановился и прикоснулся к её щеке, бережно поправив спадавший локон волос; склонился лицом. Пьянея от нежного запаха этих волос, не удержался с поцелуем.

## 44

*Ответ месье Руанье*

-- А я всё это время переживаю за вас... Думаю, куда это они так долго запропастились? – и на ответное молчание живо продолжал: -- Наверняка, смотрели какое-то представление. Обычно без этого не обходится, когда наша требовательная Ника выходит со своей мамой в город. А тут и сам Андрэ вам попался... – и с сдержанным взглядом, Поль Руанье подал в приветствии руку художнику.

-- Мы с месье Андрэ случайно встретились! – полна восторга, подбежала к дедушке Николь. -- Посмотри, пожалуйста, какая у меня новая кукла. Я её назвала Сузанной, как в волшебной сказке, что ты мне читал. Дедушка, а ты можешь догадаться, откуда она у меня?

-- Предположим... тоже какой-то сказочный волшебник подарил... – неуверено произнёс месье Руанье со своими мыслями, глядя на троих с куклой и шариками.

-- Нет, не угадал! Не сказочный волшебник, а месье Андрэ! Я сама её выбрала. Она мне больше всего понравилась. Ещё мы были в ресторане, где я с месье Андрэ проказничали – ели руками без приборов. Потом я каталась на карусели... Там в парке выступали клоуны, и ещё видели дрессирванного медведя, танцующего на задних лапах. И ещё там было много-много разного...

-- Не стану вам мешать, -- поднял руки Поль, -- можно считать рассказ Николь вполне исчерпывающим для назойливого старика. Надеюсь, Андрэ сейчас начнёт подготавливаться к работе... – и однозначно посмотрел на художника. -- Ну, а вам нужно переодеться. Расстаюсь с вами не надолго. Позже загляну, если только вы не возражаете. – Простившись на короткое время, господин Руанье подхватил со стола свои деловые бумаги и уединился в кабинете.

\*

Это был последний этап работы перед завершением портрета Жаннэт с Никой, им овладевало смешанное ощущение удолетворения и грусти. Андрею не было известно или ему ещё последуют заказы от господина Руанье. Пока от того исходило молчание. И если учесть предыдущее желание заказчика, вдохновлённого мастерством художника, иметь больше его картин, тогда у Андрея возникал повод для раздумий: «Или он ожидает окончания этой работы, чтобы уж после результата поговорить о слудующей, или... Не исключено, что он догадывается о моих отношениях с Жаннэт и, естественно, он против. Хотя трудно предугадать. Поль Руанье сильная личность, умеет скрывать свои эмоции. Но если случиться так, что он вызовет меня на откровенность, я не смогу кривить душой. Хочу быть открытый с ним. Я не могу скрывать явное: Жаннэт мне очень, очень нравится. Нет, это непередаваемо, -- Жаннэт для меня значит всё. Мне не известно замужем ли она, покрайней мере об этом она даже не намекала, хоть взглядом. Николь? Возможно, прошлое, о котором не вспоминается. Мало ли... Или это препятствие для любящих? Ах да, наше материальное неравенство. Даже больше того: ведь я всего-навсего в их доме в роли наёмного работника, обычный художник, не более чьё рисование им приглянулось. Таких как я здесь сотни, -- выбирай любого. За деньги господина Руанье можно пригласить настоящих мастеров. И его выбору я должен быть благодарен. Это при условии, что деньги значат для меня. Получается наоборот. Я должен быть благодарным, что встретил Жаннэт, она продолжение моих мыслей о Маше... как бы её воскрешение. Признаю, я зашёл слишком далеко. Что же, всю ответственность беру на себя. Так что, если мне откажут в дальнейшем – это будет логично. А может, случится и скандал... И тогда положение Жаннэт будет ужасно».

*

Жаннэт позировала художнику иная, чем была ещё час тому, не похожая на прежнюю себя. «Её взволнованность... Что-то произошло? О чём она думает? Портрет её уже почти готов, и это изменившееся настроение не принимается во внимание. Остались некоторые детали в одежде... -- работа занимала его.

-- Зато Николь! Ребёнок всегда сердцем наружу, тем более такой удивительный --. А вот мама... – Андрей заметил признак слёз в глазах Жаннэт и остановился, предоставляя возможность всем отдохнуть. Встревожился: «Отчего это она?. Таким прекрасным получился у нас день... Теперь имеем вот это...»

Впервые с момента появления здесь Андрэ её мысли были вне происходящего в этой комнате, хотя связанные именно с этим: «Скоро он сделает завершающий мазок, положит свою кисточку и, возможно, не появится больше. И эта комната навсегда останется пустой без него...». Она мучилась остававшимся невысказанным, вернее, скрытым ею от Андрэ. Ещё до сегодняшней их встречи она боялась, что он изменит своё отношения к ней, узнав о её замужестве. Теперь она знала больше Андрэ, и это обнадёживало. Находясь в положении влюблённой в постороннего мужчину, её принуждала совесть, что без этого не обойтись. Сердцем она верила, что Андрэ поймёт и простит её. «И всё же после из моего письма узнает, -- сомневаясь, решила Жаннэт. -- Или для нас это имеет значение? Когда между двоими любовь, неуместно вспоминать о ком-то постороннем, пускай даже Жорже...»

В комнату вошёл отец. Горбатая тень поплыла по стене, выпрямилась и остановилась у свеженаписанного портрета, ещё стоящего на мольберте; по положительному взгляду месье Руанье, рассматривающему изображение своих отпрысков, Андрей понял, что как минимум заказчик остался удовлетворён.

От радости увидеть себя нарисованной вместе со своей любимой мамочкой, Ника пододвинула стульчик и, сидя напротив, что-то объясняла новой кукле.

-- Дедушка, мне хочется, чтобы месье Андрэ нарисовал отдельно портрет мамочки. И она бы очень хотела. Она этого ждёт. Правда, мама?

Как известно, детскими устами говорит истина. Сказанное дорогой дочерью мгновенно вогнало Жаннэт в краску, она растерялась, не зная себя. Подобно провинившемуся дитя, она опустила глаза перед пристальным взглядом отца и отвела в сторону дочь, поучительно отчитывая её за излишние слова.

-- Ну и что же в сказанном Николь ты нашла недолжного? – раздражённым голосом прореагировал отец и ответил внучке: -- я думаю, Ники, -- если твоя мама захочет того... – и после пристального взгляда добавил: --Тогда и мне будет весьма приятно видеть её портрет.

-- А твой, дедушка? – хитро глянув, спросила Ники.

-- И ваш дедушка не против быть запечатлённым на холсте... – не весело ответил он, досказав: -- Когда нибудь, после отведённых мне Господом лет, сможете вспоминать.

-- Ну что ты, папа, сразу о печальном... – Жаннэт обняла вдруг растроганного отца.

-- Да, дети мои, ничего в мире нет вечного. Я уже старенький... придёт скоро и моё время отправляться в небесную дорогу. Всё в мире тленно, кроме души. А она должна быть чиста, -- с намёком он посмотрел на их гостя и уже беспечнее продолжил: -- Но сейчас я с вами и для вас, -- уверил Поль Руанье, и ещё раз взглянув на портрет, пожал руку художнику. А кроме того положил ему в карман пиджака конверт.

-- Необходимо купить красивую рамку. У Жан-Пьера должна быть, -- молвив вскользь, Поль тихо вышел из комнаты.

Андрей открыл конверт и, не пересчитывая деньги, вернул свой гонорар в карман. Кроме денег, в конверте лежал вырванный листок из блокнота с коротким посланием от Поля Руанье:

*«Благодарю Вас, господин Горяк, за чудную картину. Она достойна (слово «художника» было зачерчено) вашего таланта. Вы молоды, у вас в жизни ещё всё впереди. Поэтому будьте рассудительны.*
*Поль Руанье».*

Последних два слова от месье Руанье показались Андрею настолько многозначительными, что он не мог понять их конкретный смысл. Толи это предупреждение, толи просто наставление старшего. И всё-таки от них веяло прохладой и ещё тем, что отец Жаннэт догадывается об отношениях дочери с ним. Зато ясно было следующее: не обмолвлено о каком-либо предложении, также как и его приглашении в этот дом. «Что я предполагал, так и произошло: спокойно, вежливо и без обязательств. И вполне возможно, что я здесь в последний раз. Об этом Жаннэт не знает. А может быть, догадывается и настроение у неё соответствующее. После этого стоит ли мне задерживаться здесь? Но как с ней проститься? Улыбнуться -- показать, что всё впорядке и я завтра снова её увижу. Но это лишь желание. Также, как и я не могу просто так явиться к ним».

Жаннэт обратила внимание на некоторое замешательство в поведении Андрэ: он начал занято собираться, будто уходит навсегда, и взгляд его не скрывал досаду. Она подошла к нему узнать, что произошло и взяла сложенный листок, безразлично лежавший в стороне.

Теперь Жаннэт уже знала о причине, как и о том, что ей необходимо сейчас что-то предпринять. «Не волнуйся, глупенький, я за всё отвечаю. Происходящее со мной касается только меня. Никому не позволено вмешиваться в чужие отношения. -- На обратной стороне отцовской записки она написала от себя:

*«Вы мне нужны, Андрэ! Для меня не столь важна ваша будущая работа здесь -- в этом доме. То уже второстепенно. Видеть Вас, знать что Вы есть у меня – вот, что главное. Надеюсь, вы испытываете подобное».*

Перед уходом Андрея, Жаннэт пригласила его в свою комнату, где с будуарного столика взяла небольшой свёрток, перевязанный красной шёлковой ленточкой. Она вручила Андрэ свой подарок и поцеловала:

-- Это тебе от меня... – срывающим голосом сказала Жаннэт, держа его ладонь в своей, ища в этих любимых глазах ответ понимания. Ещё она объяснила ему, что желает проводить его и ей необходимо только несколько минуток на переодевание. Сердце вырывалось с груди, отчаяние звало надежду. Торопясь, Жаннэт приводила себя в порядок, шпиля волосы перед трюмо; хотя и без этого в его глазах она выглядела безукоризненно прекрасной. Андрей ощущал это особенно сейчас, когда любовь испытывалась неизвестностью перед будущим.

Он подошёл сзади к Жаннэт, отвлечённо стоявшей у зеркала и нежно сжал её плечо, поцеловав ниже локона, опускавшегося к щеке. И когда она обернулась, чтобы ответить своим вниманием, неожиданно увидела на его ладоне переливающееся огнями прелестное украшение -- предназначенное ей. Теперь у неё был повод ещё пылче поцеловать Андрэ.

Смотрела на себя и изумлялась, как это Андрэ угадал своим подарком. Эта заколка замечательно подходит к её причёске, и вообще выглядит прекрасно. Но больше того ей не хотелось отпускать от себя Андрэ.

Ранние сумерки рисовали на темнеющем небе первые звёзды. Тёплый безветренный вечер так и располагал к прогулке. Но вместо неё они медленно шли к выходу из особняка... С тревогой Жаннэт думала о ближайшем, -- осадок от «отцовского напутствия» испортил настроение обоим. И всё же Жаннэт старалась отгонять плохие мысли: «Ничто не может омрачить сегодняшний день, такой незабываемый для нас, обещавший многое. Мы не случайно встретились, ведь у нас были одни мысли: я покупала ему свой подарок, и он делал тоже для меня. Смешно получилось... Но в этом есть своя логика. До чего приятно быть согретой вниманием любимого человека! Подобное я не испытывала раньше. И вот сейчас он должен возвращаться к себе... а я снова буду томиться в ожидании встречи с ним. На этот раз неопределённой. Нет, так я не могу расстаться с Андрэ. Моё сердце ещё не всё открыло ему».

Жаннэт остановилась, не доходя до ворот, и взяла Андрэ за руку. Она повела его за собою в сторону, куда уходила к тыльной стороне усадьбы узкая каменная дорожка, освещённая лишь полной луной.

И на этот раз женская смыкалка сопутствовала желанию обоих. Жаннэт завела Андрея в беседку, плотно обвитую диким виноградом, где они уединились от остального мира, подчиняясь лишь чувствам. Свет высыпавших звёзд едва проникал сквозь листья, сливая силуэты в объятиях. Он ощущал влажные губы с привкусом слёз, её мокрые ресницы на своей щеке, и хваткость страстных пальцев, делающих его безумным. Душно пахло розами, последними цветами осени, смешивающих запах любви...

От этого располагающего вечера они желали взять как можно больше, как бы в искупление предстоящей разлуки.

45

*Затянувшаяся    вечеринка*

-- Наконец-то, и наш Андрюша возвратился. Задержался где-то... Все не перестают расспрашивать: «Где же это ваш талантливый художник? наверное, звёзды на небе рисует...», – шуткой встречала запоздавшего к столу Андрея, Клавдия Иларионовна, уверенная: Андрюша понимает о чём она говорит. Усадив его на заждавшееся место за столом, она представила гостям их Андрюшу. А Николай Николаевич по-хозяйски разлил всем водочки.

Стрелки часов указывали на полуночь, а веселье в новообживаемой квартире только лишь разгоралось.

-- Друзья мои, -- умилённо обвёл окружающих взглядом объект главного внимания, -- вот мы и встретились единой семьёй. Откровенно скажу вам: такой минуты так мне не хватало... Пребывая в госпитале, я не страдал от раны, -- у меня болела душа. Ещё раз всех вас благодарю за тёплое внимание.

-- Уважаемый Николай Николаевич! Господа! Раз уж мы так замечательно собрались, позвольте нам на память сфотографироваться, так сказать, вне стола... -- предложил Денис Афанасьевич. И прибывший с ним фотограф редакции (малый с широкими бровями и лошадиным подбородком при картузе с кнопкой и гольфах под бриджами *the british style*), раскрылясь клеёнчатой попоной у камеры, запечатлел весёлую компанию с господином Иваницким в центре. Между прочим, компания оказалась значительно расширеней чем предполагалось, -- всё-таки, что не говорите, а пирушка! На незнакомых дам, неизвестно с кем пришедших, внимания особого не обращали; у хозяев подозрение падало на уж юркого фотографа в башмаках на каучуковой подошве.

Понятно что одной фотографией не ограничились. Все находились разгорячёнными желанием, и Екатерина Петровна уговорила барышень засняться отдельно, без мужиков: вот так да эдак... можно с папироской в мундштуке, и с ножкой на ногу, отдельно под фикусом... Стреляла вспышка. Мужчины же, в свою очередь, организовали противоположную каолицию. Сидя артистически профилями и в анфас на диване, тащили к себе запыхавшегося от негаданной работы фотомастера. Разрознённых дам и кавалеров объединил за столом всё тот же сердечный Николай Николаевич, настойчиво сзывая стуком вилки по горлышку бутылки.

-- Прошу возвратиться к трапезе!.. Имеется один весомый тост, который, к нашему стыду, мы упустили. За каждого в отдельности мы уже пили с пожеланиями, а вот за прекрасную компанию вцелом выпить позабыли... Мне хочется от имени Всеволода Иларионовича и его прекрасной сестры Клавдии, также от Андрея выпить за вас, наши гости! Пожелать вам доброго здоровья и настоящего счастья с сбывающимися мечтами! За ваши успехи!

Так что, Николай Николаевич, кроме поднятых взоров, рюмок и фужеров, вызвал и аплодисменты.

Выпили с удовольствием, и закусили под разговоры.

-- За на-ши об-щие... успехи! Ведь все мы здесь свои... – пошатываясь, как стебелёк на ветру, вдруг засветился своей судачьей головкой лупоглазый Костик, заместитель Дениса Афанасьевича по редакционной работе. Но тут инициативу перехватил старший по должности, посадив заметно подвыпившего заместителя на место.

-- Раз уж раздавать комплименты, и по делу, тогда невозможно обойти каждого из вас, наши гостеприимные друзья. Нет, нет, господа, это не повторение уже произнесённых пожеланий, -- описал волну руками рыжеусый говоруша Головиных.

-- Не спорю, не спорю... С хо-зяевами только сог-лашают-ся. Верно? – икая, хихикнул Костик.

-- Так вот... – прокашлялся в кулак Денис Афанасьевич, а заодно строго глянув на разговорившегося не по делу подчинённого, -- все мы приехали в Константинополь, кто раньше, а кто позже... каждый своей дорогой, с разных мест и судьбой. Но всех нас объединяют общие корни и святая любовь к России, которая у нас одна мать на всех. Каждый из нас привёз в своём сердце часть нашей Отчизны. Трудно время адаптации на чужой земле. Трудно, – с ударением на последнем слоге произнёс оратор. -- Здесь мы нашли временный приют. Временный, потому что каждый из нас верит в возвращение, живёт этой надеждой. И при этом невозможно обойти значение личностей, сильных духом, вокруг которых организуется жизнь иммиграции. Сильная личность всегда восхищает своими недюжинными способностями, а главное волей и талантом повести за собой. А когда надо и надёжно защитить. – он значительно посмотрел в сторону сидевшего будто на царском троне Иваницкого.

-- Роль поводыря всегда признавалась, -- мотнул головой Константин. На что Денис Афанасьевич косо глянул, вздохнул и продолжил свою речь:

-- В этом состоит смысл жизни избранных, проникнутых общими чаяниями, – обожаемо посмотрел на догадавшегося о ком речь Николая Николаевича и, отдавая должное того героизму, захлопал в ладоши, вызывая поддержку. -- Без преувеличения, Николай Николаевич, от ваших плодотворных стараний не только вы получаете профессиональное удовлетворение, но и большая польза всем нам. За ваше краткое пребывание вне Отчизны, вы внесли свой значительный вклад в общественную жизнь этого города и по праву заслужили популярность даже вне нашей общины. Скажите на милость, господа, как можно переоценить недавний гражданский поступок уважаемого Николая Николаевича? – Денис Афанасьевич на секунды затих, обведя всех сидящих взглядом, после чего продолжил с новой волной вдохновения: -- Это даже не поступок, а, без преувеличения сказать, подвиг! Сейчас не станем останавливаться на деталях. О них будет опубликованно отдельно и, надеюсь, исчерпывающе, -- он с намёком улыбнулся поскромневшему герою и подморгнул его соседу по столу. – Или же, из всеобщего позволения, разрешите ещё раз отметить литературный труд Всеволода Иларионовича, который талантливым рассказчиком раскрыл глазами очевидца о настоящей жизни кровоточащей ранами войны нашей многострадальной, любимой России. И это благодаря уникальности личности. Ведь голый талант не сверкнёт бриллиантом без шлифовки трудом. Тоже можно сказать и о молодом человеке, умудрившимся опоздать к нашему столу. Но я уверен, что только к нему... – расправил усы Денис Афанасьевич и подмигнул Андрею. После чего Андрей получил подмаргивание и от тех, кого впервые видел, -- это я так по-своему ругаю художника Андрея Григорьича Горяка. Его работы я видел, и не преувеличу отметить, что восхищён ими. До слёз восхищён... Иного слова подобрать не могу, друзья. В его картинах -- наша Отчизна; в них находишь то, что в современной живописи можно встретить изредка. Его картины наполнены патриотическим чувством любви к тому, что осталось у нас бережнохранимое памятью. Написанные Андреем Григорьичем пейзажи родной обители заставляют настальгически всплакнуть. Запечатлённые его кистью люди, их лица, глаза, осанки... -- прекрасно индивидуальны и одновременно близки -- отражают грани русского характера. Без заветной любви к Родине так рисовать, господа, невозможно. Он и книгу иллюстрировал и сам рассказал в ней много разного, что ему, к искреннему сожалению, довелось пережить. Одного жаль -- моих признательных слов он не может услышать. Но думаю, они Андрею Григорьичу ни к чему. Не улыбайтесь, я не ошибся. Не ради похвалы этот мастер работает, а по зову души своей. -- Денис Афанасьевич поклонился Андрею и после аплодисментов продолжил: -- Вот смотрит на меня уважаемая Клавдия Иларионовна... и с обидой заслуженной... – улыбнулся даме, -- что я о ней якобы в последнюю очередь хочу сказать. Это потому, что наша дорогая хозяюшка за этот замечательно накрытый стол намного большего заслуживает! «Мужчины себя уверенно чувствуют при поддержке женского тыла», -- данная истина бесспорна. Вот почему Всеволод Иларионович, Николай Николаевич и Андрюша должны быть обязаны хранительнице их домашнего очага. И это только одна сторона её дарований. А вот о иных талантах дорогой Клавдии Иларионовны, вы можете узнать прочитав сию книгу, -- он поднял в руке свежеизданный томик, -- в ней отдельным разделом изложены её воспоминания. Тише, прошу вас, господа... На всё время...– продолжил: -- С позволения Клавдии Иларионовны, омолвлюсь вкратце о проводимой ею в Москве уникальной работе, как пропогандиста искусства и учредителя благотворительных обществ. На страницах книги она вспоминает об известных личностях, с которыми была знакома и дружна. Захватывающий материал, друзья мои. Спасибо вам, Клавдия Иларионовна, и низкий поклон вам за ваше усердие. Ведь вначале я и не подозревал, что всё так гармонично будет объединено в одну книгу. Не стану преждевременно раскрывать интересное для читателей. На днях книга поступит в продажу. Вы меня, друзья, простите за столь затянувшийся тост... у самого рука устала, -- невинно улыбнулся Головиных, -- вижу, некоторые из вас опустили свои рюмки... Или уже выпили? А, Костик?.. – Денис Афанасьевич не без юмора посмотрел на своего заместителя, явно опережавшего события, хрустевшего салатом. -- Прошу выпить за этих прекрасных людей, с пожеланием им доброго здоровья, личного счастья и непременно плодотворных трудов!

«Слава! За здравие!.. – проносилось по кругу дружной компании, -- За хозяев! Счастливого новоселья!».

Дорогие гости придались угощениям.

*

-- Благодарим вас, Денис Афанасьевич, -- с признательностью пожав руку, подошёл на перекуре к Головиных Ольский, -- такой хвалы в подобном оформлении нам слышать ещё не приходилось.

-- Без преувеличения, Всеволод Иларионович, от чистой души.

-- Думаю, Николай Николаевич, Андрей и Клава присоединяться к моим благодарностям.

-- То, что принадлежит вам – ваше! А подаренное вашими стараниями читателям – с признательностью принято... – с охмелевшей улыбкой ответил Денис Афанасьевич. Вне сомнения, ему было приятно за свою произнесённую речь. Он находился в прекрасном настроении среди друзей и успеха, и вновь подмигнул стоявшему невдалике Андрею, чем вызвал у того неприятное впечатление. -- Вот вы, Всеволод, всё защищаете опоздавшего Андрея... говорите, он был у Поля Руанье... выполнял там заказную работу... Что ж, пусть будет так... Можно только пожелать ему успешного продолжения...

Если бы эти слова уважаемого Дениса Афанасьевича мог услышать Андрей вприбавок к морганиям, у него возник бы больше, чем просто повод для смущения. Его мысли были заняты Жаннэт, пытался разобраться в непростой ситуации: что же их ожидает в ближайшем?

К курящим у приоткрытого окна присоединился Жан-Пьер и, судя по выражению его лица, больше имел что сказать господину Ольского, лично. О чём Всеволод Иларионович догадался по того взгляду и, извинившись перед Головиных, отошёл в сторонку с господином Рошто.

-- У меня, уважаемый Всеволод, есть приятное известие... – раздалась тихая французская речь. Жан-Пьер раскурил сигару и продолжил конфиденциально: -- От одного высокопоставленного чиновника довелось узнать то, что может касаться вас напрямую. Этот человек приехал из Парижа с дипломатической миссией. Ну и заглянул ко мне в салон по рекомендации общего парижского друга. Эх, Жак... – отвлечённо улыбнулся своим воспоминаниям месье Рошто. – Да, так вот, конкретно по вашему вопросу. В настоящее время высшее руководство Франции разрабатывает закон о привлечении свежего потока иммигрантов в страну. Война завершена, оставив после себя шлейф проблем и огромные людские потери. В связи с этим на восстановление экономики обращено главное внимание и предпринимают экстраординарные меры. Безусловно, это в пределах настоящих возможностей и условий. Увы, Франция, как никогда ранее, испытывает недостаток в рабочей силе. Он меня обнадёжил, то есть по сути вас, -- что возможно рассмотрение некоторых аргументированных частных ходатайств о предоставлении разрешения на жительство ещё до принятия и вступления в силу этого нового закона. Признаюсь вам, я говорю это с чувством сожаления... – вздохнул Жан-Пьер, -- знаю, что такое расставаться с сердечными людьми, ставшими мне друзьями... -- и жалостно поник бровями.

-- Сегодня звучат сплошные приятности! Разрешите с признательностью пожать вам руку, друг. А вашей настальгии и нам не избежать... Так уж, к счастью, происходит, дорогой наш друг, что вы всегда подготавливаете для нас радостную новость.

-- Наверное, такая уж моя участь в судьбах друзей, -- посветлел улыбкой Жан-Пьер. – признаюсь, Жан-Пьер Рошто -- ваш покорный слуга.

-- Тогда и мы ваши! – засмеялся Ольский и продолжил на волнующую тему: -- Сегодняшние газеты сообщают, что союзные войска под французским командованием высадились в Одессе...

Ольский сказал данное доброму Жан-Пьеру, скорее, по энергии преподнести сюрприз, а возможно, ему вспомнились добрые одесские знакомые, как и когда-то услышанная за бутылкой молдавского вина история о коте «Лямуре». Также Всеволод Иларионович вспомнил о своём обещании Вене написать ему. «Будем надеяться, что после этого наступит мир на той земле. Хотя, кто знает для кого он наступит... Или наступит вообще. Всё-таки, не зависимо от оправданий, чужеземный воин таковым остаётся для тех, кто живёт на своей земле и хочет жить по-своему...», – мыслями отвлёкся от беседы Всеволод Иларионович.

Но, что не мог знать доверчивый Всеволод Иларионович, -- данное сообщение для месье Рошто сюрпризом не оказалось по своим причинам.

-- Политика -- исключительно переменчивая вещь, -- без эмоций ответил Жан-Пьер, -- учесть все ньюансы просто не возможно. Как и спектор интересов. Что сегодня выглядит правильным и обнадёживающим, завтра может быть аргументированно отвергнуто, как отживший хлам. К ней, коварной, лучше подходить с позиции целомудрия.

И тут Ольский заметил промелькнувшее во взгляде Жан-Пьера -- как бы скрытое значение преимущества. Что-то вроде всезнающего учителя смотрящего на подающего надежды ученика, и только ученика. Но хмель тут же растворил это впечатление превосходства, возвратив улыбку.

-- ...Как жаль, что я не знаю русского языка... – при всё той же расположительной улыбке продолжал месье Рошто, -- этот существенный пробел именно сейчас остро ощутим. – До чего хорошо поёт ваш друг!.. -- он смотрел на Дениса Афанасьевича, в дамском окружении, исполнявшего романсы.

На этот раз Денис Афанасьевич обходился без услуг своей звонкоголосой супруги, -- подруга-гитара была под рукой. А играя на шестиструнной и чтобы не петь, не в его правилах.

-- Пожалуйста, Денис, что-нибудь из классического... Например, «В крови горит огонь желаний», -- с соответственными чувствами попросила Екатерина Петровна.

-- В глазах горит огонь желанный... Хе-хе. «Ея пре-крас-нныя чер-ты видать го-орой за три версты... Ля-ля-ля!» – негаданно живо проорал, перебирая в воздухе скрюченными, тонкими пальцами канцелярской внешности горбатый старикан с въедливым взглядом крошечных глазок, длинным красным носом и нитями бакенбардов, -- коим был не кто иной, как Тихон Фильдеперсов – корректор в газете Дениса Афанасьевича.

-- Что за пошлятина... – бросила взгляд на пьяного корректора Виктория Головиных и отвернулась от нахала, обратясь к Клавдии Иларионовне: -- Не обращайте на него внимание, это он от зависти. О, у Пушкина такие замечательные слова... Я когда его читаю, -- снег перед глазами с голубыми сугробами... Наша зима... Этот романс любимый Лидочки Ерёминой. Возможно, вы слышали от вашего брата о Ерёминых. Лидочка со своим супругом возвратились... -- и уточнила: -- уехали на Дон. Антоша её, наверное, сейчас где-то в боях... Я нахожу многое общее в судьбе Лидочки с жёнами декабристов.

-- Да, голубушка, время нынче таково, -- участно ответила Ольская, – без потерь не обходится. На самопожертвование способные из достойнейших. Их подвиг -- велик. Сотни тысяч жизней принесённых на алтарь святой победы. Конечно, имена всех история не сохранит, а вот общий их подвиг не останется забыт, один на всех – героев Отечества.

-- О, вне сомнения, Клавдия Иларионовна. Лишь бы только нам вернуться в Россию... А там уж отпразднуем со всеми почестями, -- как бы в желанную даль смотрела Виктория Головиных, представляя себе тот счастливый день, пожалуй, наисчастливейший из всех прошлых и последующих.

-- А вы, Виктория Ивановна, как я вижу, знаток старинных песен. Я тоже была посвящена во многие торжества.

Проводили встречи, вечера пушкинистов. Было уютно и душевно тепло... – как дань прошлому, Клавдии вспомнинались лица, имена тех, кто навсегда остался в том времени.

-- ...И Антоша Ерёмин любил слушать, как Денис поёт. Он так прекрасно танцевал... Скажу вам, Лидочка мне подругой была наилучшей. Но что это я о них говорю как бы в прошлом. Ведь мы при прощании обещали не теряться.

-- Вот я слышал здесь упоминание имени моего друга, ротмистра Антона Кузьмича, -- приблизился к слушающим пение Станислав Александрович, -- так позвольте вас уверить, господа, -- Антон Кузьмич истинный монархист! Так что никакие там сравнения с декабристами-вольнодумцами не уместны. Здесь разные убеждения звучат... – его лицо перекосило недовольство, -- а ведь долг перед Родиной и государевым пристолом один. Все беды пошли из начала его расшатывания – основы основ Российской империи.

-- Извините не согласиться с вами, Станислав Александрович. Декабристы имели такое же право на любовь к России. И виденние на строй, между прочим, они имели прогрессивное, -- возразила Клавдия Иларионовна.

-- Любовь и собственное ви-де-ние, -- последнее слово он произнёс с нарочитым пренебрежением, -- хороши до тех пор, пока вреда не приносят всецело. То, что для других приемлемо, для империи, извольте-с заметить, пагубно. Наши границы столетиями укреплялись, мощь державы укрепляя. Был бы на них царь Пётр со своей решительностью... Пример со стрельцами поучителен.

-- Если уж о декабристах, так я на стороне Клавдии Иларионовны. А в остальном согласна с вами, Станислав Александрович, -- не желая спорить с пьяным и упрямым Станиславом, примиряла обоих Виктория Ивановна.

-- Антон Кузьмич это понимал! во служение Российской империи жизнь готов отдать! – краснел, доказывая правоту, Станислав Александрович, -- а вот воспеваемые вами декабристы выступили против самодержца. Антон с Лидой там сквозь опасности и лишения идут к победе... а мы здесь в тепле и сытости о них рассуждаем. Вот как получается! К тому же бесполезно болтаем, -- выговорил недовольный Станислав Александрович и подошёл к столу за бутылкой с водкой и двумя рюмками. После чего нашёл Иваницкого, чтобы продолжить тему.

– Откровенно сказать, мне нравится Николай Николаевич, -- наполнял рюмки, как бы к третьему лицу обращался Станислав Александрович, -- я сразу понял, что он за человек. С нескольких слов общений для меня стало ясно. Пускай они теперь признают, кто к ним едет из России, -- он указал куда-то в сторону ночного окна, продолжив: -- Такие люди, как вы, убеждают во многом. Ах, если бы из таких храбрецов у нас состояли полки... тогда проклятые большевики были бы давно повергнуты. Давайте, Николай Николаевич, выпьем с вами, чтобы мы также встретились в России. За нашу победу! Поднимем же рюмки, господа, за наше скорейшее возвращение на родную землю!

-- С удовольствием. Отличное пожелание. По крайней мере в нашем положении лучшего желать не надо. Хотя, если рассудить реально, оно, к сожалению, имет небольшой шанс... Увы. – без ответных эмоций Иваницкий принял наполненную водкой рюмку и сказал: -- Но за ваши слова выпью, так как многое разделяю с вами, Станислав Александрович. Надеюсь, и остальные поддержат ваш тост.

На минуту отвлеклись от разговоров и пения, -- вернулись к столу и выпили за желаемое. И Жан-Пьер выпил водки со всеми, хотя толком и не понял за что пьёт.

-- Разрешите, многоуважаемый Николай Николаевич, вас подправить некоторыми фактами, -- испив горькую за победу, Станислав Александрович указал на откуда-то взявшуюся газету в его руках, -- вот везде пишется о нашем превосходстве на фронтах... Войска Белой Армии тиснут их бунтарские отряды по всем направлениям: и на юге Украины, и на Северном Кавказе. И даже на Урале!

-- Не хочу спорить, тем более газет местных не читаю ни в коих проекциях. В газетах пишут, что выгодно. К слову, у меня имеются также факты: французкие солдаты и моряки отказываются воевать против большевиков.

-- Не верю, -- ещё более похмурел Станислав Александрович и отвернулся.

-- Об этом я в госпитале узнал у безногого соседа по койке. Мы хоть понимали друг друга относительно, но то его объяснение было убедительным. Мировые политики наконец-то осознали, что революционная болезнь путём военных контактов может проникнуть и в беспечный, благоустроенный мир.

-- Хм... – смотрел на носки своих сапог насупившийся собеседник. И на них смотрели, слушали.

-- Увы, этим грозит намного большая опасность, чем прошедшая война! Тогда уже может вспыхнуть всемирная большевистская революция! Убедитесь, скоро в России не будет ни одного иностранного солдата. Это не моё пожелание или там пессимизм неверия, просто те же факты и ситуацию анализирует настоящее время.

Загудели.

-- Не огорчайтесь, друзья, жизнь ведь продожается! – ответил всем Иваницкий.

-- Вот и я о чём говорю: надеяться на иностранщину – пустое дело, -- пришёл к заключению Станислав Александрович, -- они только ради своей выгоды помогают, временно и по корысти. В России всегда были и есть свои защитники-патриоты! Умолял же я тебя, Екатерина Петровна, остаться. Уж лучше бы мы на Кубань махнули. А ты всё поломала... Всё... – отчаянно мотнул головой опьяневший супруг.

-- Ладно, будет вам сетовать... -- Иваницкий утешительно похлопал по плечу поникшего Станислава Александровича и обратился к остальным: -- Что же мы приумолкли? Денис Афанасьевич, дружок, пожалуйста, спойте-ка нам ещё чего-то... Только пред этим необходимо ещё по рюмочке.

-- Позвольте мне по вокальной части. Я могу и баритоном спеть... – поправив короткий сюртук, предложил себя Фильдеперсов, но тут же был одёрнут за рукав Костиком:

-- Тсс... Куда ты лезешь, Тихон? Ты что?! – неистово прошептал на ухо Фильдеперсова заместитель Дениса Афанасьевича, крутнул у виска пальцем и умолк.

Так пьяненький Фильдеперсов очутился на обочине веселья -- за столом с выпивкой, где совсем даже пренеплохо себя почувствовал. Ну, а дамы плотнее обступили певца с гитарой, наперебой умоля исполнить то одну, то другую из своих любимых.

*

В смежной комнате уединился от опостывшего шума Ольский со своим раздумием. Всё-таки он надеялся, что Таня придёт...

Но где там уединения! Не успелось ему помечтать, как скрипнула дверь, осторожно приоткрылась, и дама на пороге...

-- Всеволод Иларионович, почему вы одни? а я вас ищу поговорить... Вы будто специально меня избегаете. Не хорошо-с, -- улыбаясь, пожурила проказника Екатерина Петровна. -- Я всё вспоминала вас... Не забыла как мы с вами танцевали у Головиных. Помните? – Она фигуристо бочком подсела на подлокотник кресла, в котором забывался Ольский.

-- Почему же, Екатерина Петровна, я хорошо помню наш танец. И вас вовсе никак не избегаю. Отчего вы это взяли? – отойдя от грёз, скучно ответил Всеволод Иларионович. Хотелось немного отдохнуть от веселья, но если гостья настаивает.

-- Тогда скажите мне, почему вы так одиноки?.. А? А ведь я вас звала в гости. Неужели такой скромник? – пристально глядя в глаза, намекала на известное только ей Екатерина Петровна. Она наклонилась глубоким декольте – так, чтобы он мог видеть то, что ей хотелось. -- А у вас оказывается красивые глаза... и улыбка приятная... Вам об этом женщины говорят?

-- Позвольте, уважаемая, у меня что-то голова разболелась... -- схватился за лоб Ольский, и по существу: -- Потом, Станислав Александрович, наверное, обеспокоен, где вы?..

-- Тут-с! – чуть ли не топнула ногою супруга, и замолчала. И Ольский молчал, не слишком довольный происходящим.

-- Ну, что вы о Станиславе! – зло хихикунув, блеснула глазами красавица. Она взяла руку Ольского и положила себе на талию, дыша ему в лицо: Он от меня никуда не денется, что ему скажу, то и выполнит. Толку с него. Мне иной тип мужчин по сердцу... – учащённо задышала, -- ...сильный, деловой... а не трепачи плаксивые. Пойдёмте в залу -- там Головиных нам сыграет, станцуем с вами как в прошлый раз. Или вы настоящую женщину не замечаете? Посмотрите вокруг, кто краше меня? станом и пылкостью сравнятся. -- И Екатерина Петровна сделала то, что ранее желала – «попробовать, какой он в страстном поцелуе этот «знаменитый писатель Ольский?»». Всеволод Иларионович беспомощно запростестовал руками, и поддатливо обмяк... -- властные объятия страстной женщины крепко держали его голову, и её губы впились всей своей порочной неистовостью.

-- Что вы... что вы делаете... в любую секунду может ваш супруг войти... – задыхаясь, бесполезно косился на двери Ольский.

-- Ну, и пускай себе... – разжигалась страстью она, -- что ему здесь поделать... Как зайдёт, так и выскочит. Или же вам плохо со мною? Только правду скажите... не говорите «нет»... всё равно не поверю... -- Она делала с ним, что хотела... Ну, а бедный Всеволод Иларионович уже не считал себя прежним недотрогой в те минуты забвения.

Через требуемое на то время, поправив юбку и кое-как причёску, не забыв облизать выдаваемые губы, Екатерина Петровна покинула комнату с лежавшим в кресле растерзанным Ольским.

Он чувствовал себя полностью опустошённым, не в состоянии ответить: почему так произошло? При возвращении мыслями к Тане, он сгорал от стыда. И всё же думал о ней, и не без ревности. Возможно, своё поведение подталкивало на то, видя в случившемся обратное значение.


\*


Между прочим, популярность варьете «Три милых котёнка» была обязана не только своему основному предназначению, имела и скрытую сторону деятельности. И если уж разобраться по доходности, так спорно утверждать, которая из них была главной для владельца этого заведения, Вальдемара Мухина. Вечером туда приходили желавшие выпить-закусить и посмотреть на танцующих девиц, заодно выбрать приглянувшуюся. А заказать которую – это уже как возможность позволяет.

Нет, как раз то, второе, не касалось Тани; она выделялась и этим среди остальных танцовщиц. Благодаря своей более чем просто привлекательной внешности, она избавляла себя от исполнения так называемых «интимных обязанностей». Вначале это противостояние доходило вплоть до ультиматума Вальдемару, а в последующем воспринималось им уже как естественное. Так что на этот счёт Таня была спокойна. Впрочем, Вальдемар слишком и не настаивал, чтобы Таня приравнивалась к остальным его танцовщицам. Он понимал роль Тани в своём бизнесе с момента её появления на сцене. Она была крупным бриллиантом в откровенно дешёвой короне ансамбля. Кроме всего хозяин варьете имел и личные виды на Таню (чему нельзя было удивиться). Да вот решающее зависело от неё. Используя своё преимущество ведущей танцовщицы, она оставила для себя лишь роль всеми обожаемой Танюшки в расчётливой игре Вальдемара.

Что касается своих отношений с Таней, так Ольский был готов пойти на всё ради любимой. Тем более он решил представить её друзьям как свою... Это понятно, что вначале он замысливался над словом «кем». Откровение их последней встречи определило, что до этого оставалось под сомнением. «Будущей женой. Именно женой! Что к этому ещё добавить?», – он пригласил Таню на этот семейный праздник, желая видеть её среди близких ему людей. Она ответила сомнением, с намёком, что сейчас не время, тем более её некому заменить на вечернем выступлении, аргументируя, что четверо девушек больны. «Но этот пустяк ничего не меняет, – я вас люблю, Ольский». Оставалось одно не высказанное ею: Таня не хотела хоть как-то смутить его своим присутствием. Если бы её здесь не знали... К тому ещё и Клава... – «До неё несомненно дошли слухи, витавшие в кругу наших общих знакомых», -- была уверена Таня, относившая сказанное о себе плохое к зависти и дурному тону.

Где-то сразу после своего неудачного замужества, на неё посыпались разные неприятности, в том числе негласное обвинение в смерти студента, якобы выбравшего самоубийство взамен безответной любви Тани Заряниной. Но всё то были лишь сплетни, обросшие небылицами. А правда состояла в том, что тем «бедным студентом» на самом деле был отпетый наркоман. Кстати, приобщивший и её к этой печальной привычке. И с жизнью своей он расстался не в результате несчастной любви, а от передозировки морфия. Но Таня никогда в том не оправдывалась, считая ниже своего достоинства копаться в грязи злых вымыслов.

Невзирая на мизерную вероятность появления Тани, Ольский всё-таки ждал её. Ждал потому что любил, верил и связывал своё будущее с ней. Он оставил ей адрес их новой квартиры и, прощаясь, ещё раз попросил прийти.

*

-- Что же мы, господа, одним пением увлеклись, а о танцах-то позабыли? Николай Николаевич, пожалуйста, не откажите сплясать с вами «Комарницкую». Надеюсь, уважаемый Денис Афанасьевич сумеет нам подыграть, -- предложила Клавдия Иларионовна.

-- Подигрулить, сможем-с... -- пропел сбоку Фильдеперсов.

-- А как же мне да отказать такой прекрасной женщине! Естественно, с превеликой радостью! Извините, что сам не догадался, -- приветливо ответил, подготавливая себя к выходу на танец, Николай Николаевич.

После струнной подстройки гитары Денисом Афанасьевичем, что звучало так романтично, они закружились под аккорды обожаемой мелодии и дружные прихлопывания, а также сочной тенор Дениса Афанасьевича: «...то не комар пищит. Это кум до кумы да судака тащит... Эх, кумушка!.. Да ты голубушка! Принимай судака, кума-душечка! Эх, юшечка да с петрушечкой...».

Вошедший в азарт Николай Николавич махал над головой белым платочком, по-молодецки подплясывая солирующей Клавдии Иларионовне.

-- Я первые в русской компании, и должен вам сказать: такого неповторимого эффекта жизнерадостности ещё не испытывал. Ваш народный фольклор -- отражение  русской души. Теперь мне понятно, откуда питали свои творческие силы великие мастера: Толстой, Тургеньев, Достоевский...

-- Верно, уважаемый Жан-Пьер, всё исходит от культурных традиций, отношений поколений к своему наследию, -- ответил более-менее вернувшийся в себя Ольский.

-- Именно в своеобразной вашей культуре, -- согасился месье Рошто. -- Вот, когда я слушаю знаменитую «Очи чёрные», каждый раз сердце замерает, хотя и слов не знаю... Мелодия и исполнение пленят. У нас считают этот романс русским, хотя в нём, как мне объяснили, поётся о цыганских страстях. Не ошибаюсь?

-- Нисколько, -- не желая прерывать восторженность месье Рошто, обожаемо слушал Ольский.

-- Ваша культура настолько многообразна, чувствительна к прекрасному, что воспринимает близкое ей за своё. Не так ли?

-- Действительно, в характере русского человека на первом месте стоит человеколюбие и открытость. Русский человек искренний в мыслях и поступках, доброжелателен. У нас свой темперамент, исходящий от настроения, и романсы это наилучше отражают. Конечно, слепо абсолютизировать, не замечать присущие недостатки. Но они не определяют главную суть.

-- Ещё позвольте заметить насчёт темперамента в вашей музыке, -- поглядывая на поющего Дениса Головиных, продолжал месье Рошто, -- Повторюсь: значение слов мне не известно, а вот музыка... Музыка! через мелодию и выразительность исполнения она проникает в душу. Это не лесть моя, исходя из собственных наблюдений могу сделать определённый вывод. Мне кажется, что одно из важных качеств, общих для вас – то, что вы воспринимаете сердцем, не отвергая сознанием. Посмотрите -- сколько улыбок... Вот, например, в Европе привыкли к рационализму -- взвешивать на приемлемость, корысть перед тем как сделать вывод или поступить, и часто получают противоположный результат. Оттого, что многое было игнорировано, невоспринято, отвергнуто. Для обоюдной пользы подход к восприятию чужого должен быть объективно-всесторонним. Это важно и для обогащения собственной культуры и для понимания других.

-- В целом невозможно не согласиться с вами, дорогой Жан-Пьер. Ведь подтверждение вашим словам -- история России. Была империя, которую строили, укрепляли веками. Происходили разного рода войны, зачастую мы оборонялись, а если и продвигались, так с целью безопасности границ. У нас не было угнетённых колоний и рабства тоже не было. Да, имело место несправедливое крепостное право со своей жестокостью. Но никогда не было на уме у российских правителей истреблять народы, уничтожать их самобытную культуру, разрушать города. Россия исключительно многонациональная держава и её сила состояла в единстве остальных народов вокруг русского. Мы великодушны к другим народам. Защищали их от заваевателей, стирания их национальной специфики. К примеру, защищали Кавказ от той же Османской империи, чья сила позволяла расправляться с каждым государством по отдельности. И Украину защищали с Юга и с Запада от посягателей. Кстати, до подписания Переяславского договора её территорию раздирали захватнические войны. Заметьте, Россия на Украину не нападала, наоборот -- на помощь приходила. Это для истории, а не для выгоды настоящих политиков, которые стремятся в свою пользу переиначить факты.

-- О, я в истории России не сведом, -- разочарованно признался месье Рошго.

-- ...Также обстояло и с народами населяющими Сибирь, -- увлечённо продолжал Ольский, как в искупление вины, чувствуя себя адвокатом оставленной Родины, -- они бы были подвергнуты завоеванию кочевыми племенами. Естественно, одновременно мы несли им образование и развитие. Несмотря на положительное, всё же многому желалось лучшего. Я вовсе не защищаю ошибки правителей. Они были  часто пагубные или нерассудительны к малым народам. Но простой русский человек всегда был и остаётся добр сердцем и чувствителен к горю других. Я имею ввиду, что в своём большинстве лоялен к иноверцам. Потому, благодаря музыкальному мастерству Дениса, мы можем услышать здесь и сердечные цыганские романсы и замечательные украинские песни, и зажигательный пляс кавказской лизгинки – это всё так же и наша русская культура, именно в широком понимании истории. – Ольский уже не замечал за собой, что возрастающая настальгия по России заслоняла прежние надовольства, превращая его из беспристрастного критика недостатков бывшего общества в сторонника всего русского.

-- Достаточно интересная мысль, ещё больше соблазняет к изучению русского. Моя супруга была бы в восторге. Впрочем, я ей обо всём подробно расскажу. Сожалею, что она не смогла прийти из-за своей «ужасной мигрени». Которая называется «молодой друг»... -- значительно поднял бровь Жан-Пьер, -- ничего не поделать, и это тоже жизнь... – вздохнул он и уточнил: -- У нас свободные отношения. Кстати, это тоже культура! – засмеялся он, и смахнул слезу. -- Но не об этом сейчас речь. К слову, у меня будет повод вас познакомить, так же как и с моими сыновьями и внуками. Дело в том, что безжалостно надвигается мой юбилей... Чёртово шестидесятилетие! С возрастом, привык подобные торжества отмечать в домашней обстановке среди родных и друзей, и вас непременно хочу видеть у себя. Поэтому зараннее приглашаю вас, вашу уважаемую сестру, господина Иваницкого и Андрэ. Вас ожидает такое же сердечное гостеприимство, которое я ощущаю здесь у вас. А если в чём-то попытаюсь превзойти, уж извините за старание, -- на что уже Ольский засмеялся, -- Естественно, таких превосходных блинов, которые готовит уважаемая Клавдия, нам подать не удастся, но у нас есть свои рецепты кулинарии.

-- Благодарим вас, друг, за приглашение. С удовольствием придём вас поздравить и пожелать самого наилучшего и долгой жизни. Чтобы вы всегда оставались человеком прекрасной души. А насчёт отсутствия полюбившихся вам «блинов», -- не переживайте -- для Клавы будет большим удовольствием подсобить в их выпечке. Уж коль мы о еде заговорили, так скажу вам по секрету: Николай Николаевич большой мастер варить уху... И той, что мы восторгались – это благодаря его мастерству.

-- О, оказывается, Николай ещё и повар?! Превосходный рыбный суп! Извините меня за ошибку, -- «у-х-а». Я ещё не привык по-русски.

-- Откровенно говоря, ни в одном из ресторанов мне не подавали такой замечательной ухи, -- заверил, ощущая её привкус во рту, Ольский. -- Он сам ходит рыбу покупать к ней. Никому не доверяет. Знаючи, подбирает, чтобы с наваром угадать и приправы к ней соответственно какие положено. Если вы его уговорите и найдёте ему месту в вашей кухне, тогда восхитите всех ваших гостей и русскими блюдами...

В ответ блаженно похлопал по плечу месье Ольского месье Рошто.

Покачивая бёдрами, к говорящим на фрацузском подкралась Екатерина Петровна; картинно держала в приподнятой руке, в длинной чёрной перчатке, мундштук с папиросой.

-- А почему это наши гусары лишь одними разговорами увлечены, а веселиться не желают? А ну-ка разрешите, Всеволод Иларионович, пригласить вашего друга на танец. Интересно взглянуть, как французы способны в наших танцах. Но только с одним условием – перед этим положено по чарочке.

Что и исполнили приглашающая с приглашённым. После чего она подхватила под руку заметно смутившегося от такого негаданного внимания месье Рошто. Но, видя вокруг подзадоривающие лица, он начал повторять движения танцующей женщины. Между прочим, Екатерина Петровна заказала у Дениса Афанасьевича не что-нибудь, а «Калинку»! Несомненно азарт пения с щедрыми прихлопами заразил пляшущую пару. Вошедший во кус исполнения Жан-Пьер начал выдавать в темпераментном танце какие-то произвольные, корявые фигуры... вскидывал вверх руки, чем вызывал улыбки и подстёгивания.

-- Теперь вы наш, русский! Как себе хотите, а мы будем вас звать «нашим Женей» или Евгением... Онегиным, -- задыхаясь от продолжительного пляса, обвееваясь рукой, выражала свою признательность партнёру Екатерина Петровна. -- Верно я говорю, Всеволод Иларионович? Вы так ему и переведите, пожалуйста, -- что Ольский с удовольствием и сделал. -- Погодите, ещё не всё... -- она поднесла Жан-Пьеру высокую стопку водки, -- так уж у нас заведено -- после совместного танца -- чтобы дружбу закрепить.

-- Совершенно справедливо! Ты во всём права, Катя. Я вот тоже заодно хочу выпить с Николаем... -- на удивление жены, вырос Станислав Александрович, до этого спавший в соседней комнате, разглядевший в Жан-Пьере -- Иваницкого, причём на «ты»... -- да, я хочу выпить за его здравие и дальнейшие успехи по поимке преступников всех мастей.

-- Нет, Станислав, тебе сегодня уже хватит! Итак еле на ногах... Николай Николаевич, прошу вас больше ему не наливать ни под каким предлогом, -- обратилась к стоящему поодаль Иваницкому, -- нам ещё домой добираться. Это он всё от тоски. Мне его жаль... Станислав, мурзик... Ну возьми же себя вруки в конце-концов! Пускай отдохнёт там. Нет, уж лучше здесь, на диване, -- и с недовольным лицом Екатерина Петровна провела мужа.

-- Уж извините! «герой-героем», а за чьих-то мужей не в ответе-с, -- отвернулся от такой сцены возмущённый Николай Николаевич. -- Ну, что вы! Ради бога! -- потянулись к нему несколько успокаивающих рук...-- Мы вас никому в обиду не дадим... -- Благодарствую!

-- Альбомансе!.. -- заорал до испуга всех нарисовавшийся из-за спин Фильдеперсов, как длинолапый паук выскочил из засады.

-- Дорогой Всеволод, будьте любезны переведите, о чём эта прекрасная дама сказала? -- спросил, скривившись в сторону паука француз, -- я вот выпил с ней... а какое было пожелание? -- Месье Рошто не сводил глаз с фигуристой блондинки.

-- Да ничего такого особенного... Уговаривала супруга больше не пить, -- с неприятным ощущением ответил Ольский.

-- Говорите: этот мужчина -- её муж?.. Ойляля!.. А мне показалось, что она свободна...

-- Да уж... – выдал гримасу Всеволод Иларионович, и досказал: Совершено правильно подумали. Она в неком роде такова... – он опустил глаза и с грустью подумал: «Похоже, что вечер удался на славу – все пьяны, целоваться лезут... Может быть, и мне ещё выпить, чтобы лучше понимать...».

Весёлая улыбка месье Рошто исказилась, стала напоминать подобную, как у вышедшего из барделя, шепча себе: «Belle laide[1]»

– Пойдёмте, Жан, присядем за стол – закусим маленько и по коньячку ударим... плясать уже не будем сегодня... – братски перешёл на русский Ольский. Но французский гость и без перевода понял о чём речь.

*

Андрей уединился скромно в уголке, сидя на стуле, как бы в сторонке от гуляния, откуда под обширным градусом было всех видать. Он раскрыл блокнот и начал карандашом срисовывать эти разные внешности, примечательные лица. Всем из гостей по страничке уделял. С боку к нему подступился, почти на цыпочках, Кристофер... и, коськом глядя, узнал себя: окованного перстнями, с несходящей улыбкой… Но вовсе не карикатурный вид, и это успокоило. А вот Денис Афанасьевич красовался молодцом, на лице которого отражалось окружавшее веселье, оно пело от раскрытого рта под красиво расходившимися усами до живого взгляда лукавых глаз. Кстати, о глазах. Здесь заслуженное место самой глазастой отводилось Екатерине Петровне, да и извилины её фигуры будто играли под взглядами обожателей. Попробуй не запечатлеть! За исключением её супруга. В Станиславе Александровиче художник разглядел трагическую личность, человека вообщем последовательного в своих поступках, при принципах и достоинстве, на лице которого был заметен и надлом судьбы. Впрочем, эта общая деталь нитью объединяла этот букет из разрознённых цветов. Даже отвратительный вид безконтрольного Фильдеперсова смотрелся симпатично; его бунтарский протест «гребсти

---

[1] (Фран.) *Прекрасная мерзкая женщина*

против шерсти» – всего лишь детский штрих в характере; и горбик его выглядит жалостливо, даже симпатично. Как и рыбьи глаза Костика... на которых, как на мыльном пузыре, выгибались гротеском внешности с кем разговор имел. Хотя парень он и неплох, несмотря на свойственный сарказм; это от отчаяния, на который и не каждый осмелится. А вот ему прощается... Наверное потому, что в нём мы прощаем себя. Единственная маска среди многих лиц принадлежала лицу Жан-Пьера, за которым скрывалась неразгаданность. Оно как бы выражало искренность, восторг, и вместе с тем разум глаз прятал истинные чувства. Вместе с тем, это маска доброй феи. Именно феи, поскольку женственность преобладала в его внешности, манере держаться, в этих жестах игривого восторга...

*

Тем временем Екатерина Петровна выбрала моментик, когда освободился от вниманий Николай Николаевич и одновременно уснул её Станя, и подплыла за огоньком, прикурить:

-- Скажите, милый наш герой, кто опаснее для вас: преступники или большие глаза блондинки?

Иваницкий пока понял зачем к нему подошла дама и поднёс горящую спичку к её папироске; а на остальные вопросы решил воздержаться: «Как-то неудобно слышать такое... обниматься лезет... И со Станиславом Александровичем мы вроде бы в друзьях...». Посему Николай Николаевич подумал, что ему не помешает ещё водочки.

-- Извольте, уважаемая Екатерина... Прошу прощение, по отчеству не запомнил...

-- А для вас и не нужно это запоминать. Зовите меня просто «Кэт». Говорят, что у меня глаза, как у кошки... Посмотрите -- это правда? Ну, не будьте так скучны, наш обожаемый. Расскажите чего-то интересного... по большому секрету... А я вам... - она мимолётно глянула на Ольского и заодно вспомнила о «Жене», но в итоге остановилась на поданной Николаем Николаевичем рюмке.

Л. Хайченко Берег турецкий

-- Я предлагаю тост -- за любовь! Увы, которой уже нет... – Екатерина Петровна тут же скривила губы и зарыдала в плечо Николая Николаевича; опомадила его словно раной, и взялась витирать. А для успокоения, попросила провести её в ту комнату, -- так как «там нету такого шума».

*

Погодя должное возвратился к всё ещё пирующей компании Николай Николаевич, сверкавший, как новая копейка; но виду не подавал, а решил ещё бабахнуть, тем более почувствовал проголодавшимся.

Денис Афанасьевич с хрипцой от перепева исполнял «Гори, гори моя звезда». И пел так проникновенно, истинно сердцем, что все разговоры затихли, слушая только его.

Нужно признать, что в общем прекрасный вечер был несколько смазан концовкой, когда Екатерина Петровна, прощаясь, начала откровенно целоваться с тремя мужчинами на глазах у законного мужа. Разумеется, что такому фривольному поведению супруги способствовало положение Станислава Александровича. Он находился в полном безразличии ко всему, в состоянии глубокого отруба. Его, как не транспортабельного, оставили ночевать, укрыв пледом на диване.

Ну, а Екатерине Петровне ни в какую не хотелось оставаться одной, она приглашала к себе в гости Ольского, Николая Николаевича и Жан-Пьера, обещая накрыть для них стол и завести грамофон. Её душа жаждала продолжения пиршества; за Станислава была спокойна: он и здесь переспит; это лучше чем по дороге будет падать, а мне его тащить.

Мужчинам стоило не малого труда уверить даму, что на сегодня их резервы истощены, и кроме сна никто ничего больше не желает.

Первым покинул жаркую компанию Жан-Пьер. Он удачно остановил ночного извозчика прямо возле дома, и с лицом счастливчика скрылся в озарённой звёздным небом ночи. А вот Всеволоду Иларионовичу и Николаю Николаевичу пришлось потруднее. Дело в том, что бежать им было некуда от навязчивых притензий Екатерины «не расставаться».

Видя, как разворачиваются события, а одной ей возвращаться домой не было желания, к тому же страшно, Екатерина Петровна решила остаться до утра, тем более считая, что она не хуже мужа. Тем не менее отказывалась ложиться возле него.

-- Он пьянее меня, -- доказывала она Ольскому, -- к тому же его ещё вырвать может. Ну, поедемте же ко мне!.. Я вас заверяю -- не пожалеете. Будем танцевать до рассвета, а потом придёт Славка и мы позавтракаем вместе. Он меня ни к кому не ревнует... Он сам любил приударять за девицами. Чуть что -- сразу бежит в варьете на стройные ножки посмотреть. Мои ему надоели... А ну гляньте, Всеволод Иларинович, или у меня хуже?.. – Екатерина Петровна подняла юбку и дьявольски улыбнулась.

-- Нет, я не могу никуда ехать, -- категорически ответил Ольский, стараясь не смотреть на пьяную женщину, обнажающую себя. И, как бы прячась от действительности, прикрыл рукой глаза, да ещё снова услышал о варьете... Он вспомнил Таню и ему больше ничего не хотелось только бы поскорее повидаться с ней.

-- Тогда прочтите мне чего-то из своей книги, раз уж вы такой... – она начала возвращать на себя одежду... -- В детстве я любила сказки слушать перед сном, а когда вышла замуж и Станя был помоложе, он мне стихи читал. Знал их много. Со временем он всё позабыл... да и мне уже безразлично. А почему вы не женаты? Нет, скажите мне -- почему? Ведь вы симпатичный мужчина. Да... можно сказать, привлекательный в своих годах. Хотите я вам погадаю на женщин? Блондинки не врут, уверяю вас. Брюнетки -- они не откровенны. Вы знаете...

От близости этой пышащей, навязчивой плоти ему становилось тошно. В доме уже все спали, а он, для приличия, сидел возле гостьи, мысленно заткнув уши пальцами, пока так и не уснул.

А когда проснулся, нашёл себя в белых негах спящей в его кресле Екатерины Петровны. Осторожно освободившись из женского плена, он чуть не наступил в темноте на

Л. Хайченко Берег турецкий

свернувшегося калачиком под дверью похрапывающего Фильдеперсова, и побежал отмываться в ванную.

Приняв воскрешающий душ, Всеволод Иларионович закрылся на ключ у себя в комнате: «Не дай бог она начнёт стучаться! Тогда уж точно вынужден буду в окно и на улицу. Единственная надежда, что протрезвеет. Вот таким у нас праздничек получился... Теперь я понял прощальную улыбку Жан-Пьера. А у нас с Таней встреча к полудню... Впрочем, ещё есть время хоть немного поспать».

Но и сон для Всеволода Иларионовича был не легче действительности. Как только он сомкнул веки, увидел перед собой зелёные, горящие глаза Екатерины Петровны. Она его привязала к кровати своими чулками; затем открыла его книгу и начала вслух читать. А её дорогой Станиславка стоял в стороне с Иваницким и Жан-Пьером, распивая бутылку водки на троих. Притом, всегда приветливый француз матерился во всю по-русски, без акцента. Они смеялись над ним, беспомощно лежащим, а он с надеждой смотрел в противоположный угол комнаты, где стояла Таня. Она плакала и ничего не говорила, лишь поглядывала с укором.

*

Очнувшись от снившегося кошмара, Всеволод Иларионович уже не думал о причине такого необычного сна. Настенные часы подтверждали, что ещё никогда в жизни он так долго не спал. В квартире стояла хрустальная тишь, как божий дар после пронёсшегося вихря гуляния. На столе лежала записка от Клавдии, как всегда лаконичная и по делу: она вышла за покупками и свежими газетами. Куда ушли Андрей и Николай Николаевич -- было неизвестно. Ольский осторожно приоткрыл дверь в гостиную, как бы опасаясь встретить там заночевавшую супружескую чету, но к облегчению застал аккуратно убранными диван и кресло. Между прочим, у него оставалось пару часиков на завтрак и чтобы кое-что подготовить для Дениса Афанасьевича. И всё-таки отложил последнее. Он торопился с едой дабы пораньше прийти на свидание к Тане. Он чувствовал на себе несмываемое пятно вины перед ней. «Как могло так произойти... – качал он головой, -- я кому-то позволил собой распоряжаться... унизил себя...»

46

*И здесь невпопад...*

Ольский спешил к Тане, как к своему душевному исцелению. Хотя, конечно же, не мог сказать о происшедшем с ним; и к великой радости, увидел её уже пришедшую в назначенное место, к входу в музей, тоже на пятнадцать минут раньше договоренного времени. «Нет, нам нужно поменять это место. А то, произвольно, так и просится сравнение с наглядным экспонатом... Это мне укор за проявленную бесшабашность, -- хозяевам всегда нужно оставаться трезвей самого трезвого гостя», -- уверился Всеволод Иларионович.

Что-то подобное испытывала и Таня. Ей было явно неудобно за свой отказ Ольскому. Откровенно не понимала сути в так называемом им «новоселье»: «Какие могут быть новоселья здесь, на чужой земле?». Зато не отрицала, что та намечавшаяся вечеринка больше выглядела бы поводом для представления её. И тут она задумалась над своим положением: «В принципе, какую роль играет формальность: жена, невеста или любовница? Я ему нужна, и он любим мною. И всё же мне следовало бы, несмотря на все мои сомнения, прийти. Хотя бы, чтобы не огорчать его. Получилось так, что я обратно сделала выбор на второстепенном. Извинюсь перед ним, и он меня простит. Он добрый, с ним мне тепло и хорошо. Ольский настолько близок мне, что заменяет и отца и брата. Иного мужа себе я не представляю. Так чего же я так поступила? Нужно было вчера сказать Вальдемару о моей невозможности танцевать. Другие ведь находят причины, если у них что-то экстренное...»

*

Между прочим, упомянутый Вальдемар находился не так далеко. Заботясь о живучести своего доходного дела, он не считался с методами защитить свои интересы, да и не в правилах было ему перебирать ими. Ольского он запомнил со времени посещения тем варьете. Странный посетитель, явно насилующий себя присутствием, обратил взгляд хозяина. Обычно там собирался устоявшийся контингент любителей пикантного шоу, а тут новичок недовольный. Вначале всевидящий Вальдемар заподозрил в очень серьёзном клиенте агента по нравственности или кого-то в подобном роде, способным вставить палку в колесо его бизнеса. Но после выступления, когда его девочки начали расходиться, кто с кем и куда, Вальдемар увидел Таню, державшую по друку того странного типа... И уже более тревожные мысли пришли к нему в голову. Естественно, он боялся за Таню по многим причинам. Именно после того случая, как он был уверен, он стал замечать изменения в настроении и поведении своей примы-танцовщицы. «Она даже перестала отзываться на внимание денежных посетителей. Раньше её щедрая улыбка мне приносила больше дохода. И вела она себя завлекающе со знанием дела. А теперь вроде верной кому-то супруги, насильно сдаваемой в аренду. Это паршивенько получается! Нужно мне разобраться с происходящим».

*

Как собирался «разобраться» разгневанный хозяин варьете со своей строптивой танцовщицей было не определённо и только ему известно. Но то, что за Таней и Ольским следили пару глаз «от Вальдемара» -- вне сомнении.

## 47
### Беспокойство отца

В последние дни настроение господина Руанье нельзя было назвать наилучшим. Нет, это не касалось его бизнеса, там всё шло, как обычно, достаточно хорошо. Послевоенная жизнь города будто спешила наверстать упущенное за долгие годы войны и неопределённости. Хотя восстанавление экономики страны было лишь желанным, требовало новых проектов и соответственно инвестиций, которых для находящейся в состоянии решения острых внутренних проблем империи было явно недостаточно. А вот для прогматического ума Поля Руанье возникала подходящая ситуация реализовать амбиции крупного предпринимателя. Конкурентов он не страшился, некоторыми даже пренебрегал, чувствуя себя в рыночной борьбе достаточно закалённым опытом бойцом. При этом он не стремился разорять или подминать под себя неудачников, тем самым, по примеру других, расчищать дорогу своему бизнесу. Наоборот, достойным он предлагал партнёрство, а тех, кого считал бесполезными и непригодными в его деле -- обходил стороной, стараясь сильно не ущемить. Надеялся, что им в дальнейшем предоставится ещё шанс в их сотрудничестве, при условии, если те хорошенько постараются. Вместе с тем,. несмотря на свой уже немолодой возраст и строгие манеры поведения, господин Руанье не зачислял себя в консерваторы, прогресс и новаторство прильщали его убедительней. Интуитивно выбирая из множества нового полезное, имеющее перспективу развития, он вкладывал в избранное свои деньги и труд до получения максимальной отдачи. Тем самым получал удовлетворение от высказываний партнёров и конкурентов, что старик Поль не такой уж и старик, раз новизной живёт. Так что бизнес у Поля Руанье двигался в предвиденном направлении и без задорин. Да вот когда его мысли возвращались к семейной теме, тогда уже Полю Руанье приходилось грустно вздыхать. И поводы для этого у него были существенные. Он разобрался в душевном состоянии своей дочери, не беспокоя её различными вопросами, чтобы не причинить больших страданий Жаннэт. «Она взрослая, сама решает как правильно поступать, распоряжаться своей судьбой. Но с другой стороны её существующая семейная жизнь, дочь, надежды на возвращение с войны мужа и отца Николь, прекрасные перспективы молодой пары. А он с отцовской заботой помог бы им в дальнейшем. Да и сама Жаннэт прежде делилась с ним своими планами. Растёт прекрасная внучка – его утешение и отрада. «Кажись, что ещё нужно для счастья молодых? — недоумевала прогматичность отца, и замысливался глубже над ответом. Особняком в его мыслях стоял человек, чьим талантом и личными качествами он до недавнего восхищался. Да, он думал об художнике Андрэ как бы в прошлом, не желанном для настоящего, тем более будущего. -- Почему же так произошло? Я никогда не ошибался в людях. Ни один из невнушавших мне доверия, не переступал порог этого дома. А ему я верил, и уважал. Даже с учётом случившегося, люди в общениях должны знать, где проходит черта дозволенного, переступать которую по меньшей мере не тактично. Не хочется оставаться с мыслью, что этот человек полностью потерял моё доверие. Что-то здесь иначе... При своей воспитанности, неужели он недопонимает всей важности неприкосновенного? Отчего он так повёл себя? Вошёл в чужую семейную жизнь. Принёс хлопоты Жаннэт и, возможно, поставил под угрозу её замужество. Два совсем разных человека в жизни Жаннэт. С одной стороны Жорж, достойный супруг, отец Николь, выполняющий высший гражданский долг, защищая интересы Родины, и в противоположность ему молодой человек, практически незнакомец, иной культуры и правил. Он, безусловно, одарён, как художник. Впрочем, и в другом тоже... И достаточно умён, чтобы дать себе отчёт о происходящем из-за него. Мужчина должен уметь контролировать свои поступки -- знать, что соответствует чести, а что откровенно пакостно. Нет, невозможно сравнивать Жоржа и Андрэ -- это абсурд. Да и с какой целью сравнивать? в нём нет никакой альтернативы Жоржу. Конечно, мы надеемся, что Жорж жив и возвратится. Я ни в коем случае не допущу разрушение семьи моей дочери. Имена Андрэ и Жаннэт несовместимы. Каждый посторонний, кто приходит в наш дом, приглашён с определённой целью на определённое время. При Жорже Андрэ здесь быть не должно. И пока я жив, так оно и будет! А бедная Жаннэт просто заблуждается в своих чувствах. В чём-то её можно понять: она молода, нуждается в мужском внимании; наконец, скучает... Ей тоскливо одной без мужа, даже с любимой дочерью, потому и *водевилям* находится место. Но это надо отнести лишь к лёгкой шалости, и только. Сегодня я снова свяжусь с военным министерством, -- необходимо узнать о Жорже. Он сейчас нужнее здесь. Жаннэт уже второй день практически не выходит со своей спальни... молчит. Вид у неё просто жалкий, чтобы о чём-то спрашивать. Тоскует по Андрэ... Как и каждый заботливый отец, я хочу видеть свою дочь в семейном благополучии и счастливой. Но в правильном понимании счастья, а не спонтанного на мгновение. И я уверен – она и сама полностью не осознала происходящее с собой, не разобралася в сложностях ситуации; по своей наивности восприняла мимолётное увлечение за достойное менять её жизнь. Нужно дать ей время успокоится, задуматься над реальностью. Пока никаких посещений, тем более «услуг художников». О нет, я не жестокий самодур, я -- любящий отец, хорошо знающий, что такое жизнь. Во всём должна быть своя логика. Безусловно, Андрэ сплоховал. Подвёл меня. Это сдержанно выражаясь. Мне не известны  подробности их связи, да и знать о них не желаю. Она должна быть прервана во имя будущего хотя бы двух дорогих мне людей – Жаннэт и Ники. Жаннэт сейчас страдает из-за разлуки. Пускай в своё утешение подумает о дочери, о её судьбе. Кто может заменить ребёнку любящего отца? А Ники всё воспринимает чисто, будто так должно быть -- не перестаёт спрашивать «почему месье Андрэ не приходит к нам рисовать новые портреты с картинами». Прелестное дитя! В этом и мои ошибки: слишком уж доверился, не проконтролировал, а где-то и упустил... Звучит шаблонно, но за ним стоит реальность случившего. С этих пор всё будет иначе. Сделали из меня на старости лет отца-тирана, будто у старика Поля нет сердца. И всё-таки мне нужно поговорить с Жаннэт. И поговорить откровенно».

*

Замыслившись, она сидела за письменным столом, грустно глядя сквозь мутное от дождя окно поверх деревьев их парка в сторону города, где, может быть, сейчас его дождливыми улицами идёт Андрэ... и, возможно, думает о ней... как и она о нём. И больше всего желает их встречи.

Л. Хайченко Берег турецкий

-- Жаннэт, доченька моя. Пожалуйста, послушай своего любящего отца, -- озабоченно прозвучало с открывшейся дверью.

От неожиданности она вздрогнула. Привыкшая за последние дни быть одной в тишине комнаты, она разговаривала лишь со своими мыслями. Разве что Ника подходила к ней, ведь та была её единственная радость, облегчение печали.

-- Или ты уже не желаешь со мной разговаривать? – продолжил, войдя в комнату дочери Поль. -- Сердишься на отца... – жалостно посмотрел он и продолжил: -- Мне необходимо поговорить с тобой. Вернее, нам обеим так надо. Не обязательно слышать от тебя о твоих отношениях с... – он на секунду замолчал, не желая произносить имени того, кто незванно вошёл в их жизнь, -- Допустим, что это личное. Но тогда, будь добра, скажи мне, что ты считаешь нужным. Я выслушаю тебя. Но и ты послушай своего отца. Я тебе желаю наилучшего, моя доченька.

-- Извини меня, папа, -- дрожащим от волнения голосом ответила Жаннэт, -- мне нечего скрывать, не перед кем. Ты же меня знаешь – твоя дочь всегда откровенна. Пожалуйста, можешь спросить меня, что тебя интересует. Хотя, возможно, ты и сам догадываешься.

-- Потому и пришёл тебя успокоить. Всё, моя дорогая доченька, будет хорошо. Не страдай так. Будь благоразумна. Что мне сделать, чтобы ты возвратилась к прежней жизни? Скажи...

-- Именно это я и хочу – возвращения -- как было до ухода Андрэ. Ты понимаешь меня? Или мне продолжить? – Жаннэт поднялась из-за стола и подошла к окну, -- смотрела в сторону дождя, как бы надеясь на сочувствие этой погоды -- плохой, как и она...

-- Можно не договаривать, итак остаётся достаточно пространства, чтобы представить себе... – побледнел папа, -- но мне хотелось бы о более реальном.

-- О реальном? А разве это не реальность и я -- не человек? Или мы пребываем в каком-то аморфном состоянии, живя неземным?

-- Да, да, да, -- блаженно сложил руки на груди папа Поль, -- но кроме того, дочь, нужно различать иллюзии от должного. Допустим, ты увлечена Андрэ. Тогда какую перспективу ты видишь для себя и Ники? что дальше? Разреши напомнить тебе: ты замужем, Жаннэт. Я учитываю длительное расставание с Жоржем... Но причина тому -- война. Теперь, по её окончании, нужно надеяться, что он...

-- Прошу тебя, больше не нужно о Жорже. При чём здесь он?

-- Как так?! Он же твой супруг... – в недоумении опустил руки отец.

-- Супруг... Если бы он думал обо мне, заботился... – слёзы не давали говорить, -- я бы... я бы чувствовала это и платила взаимностью. Как ты думаешь? Но Жорж меня никогда не любил. Сейчас я это поняла. И могу предположить, исходя из прошлого, что война стала для него поводом отделаться от меня. Сколько времени без известий от него... Ведь если бы, не доведи Бог, он погиб, нас бы известили. Не так ли?

-- Как правило. Но невозможно всё предусмотреть в такое тяжёлое время. Только закончилась война. Увы, в мире происходит много независимого от желаний. А насчёт «любил

Л. Хайченко Берег турецкий

или не любил». так ты ошибаешься. Наверное, уже позабыла, или внушила себе.

-- Позволь... – не досказав, она повернулась к окну.

-- Хорошо, я буду пытаться выяснить о Жорже, -- получить максимально возможную информацию: где он и что произошло. А пока Жорж по-прежнему остаётся твоим супругом, к тому же отцом Николь. Не забывай о дочери, Жаннэт, о роли Жоржа для неё.

-- Ах, папа... как всё звучит стандартно поучительно. Даже убедительно, -- избегая строгого взгляда, в сторону говорила Жаннэт, -- но всё это сухая бональность – попытка подменить истинные чувства. Должна, не должна... Поиск ненужных оправданий? Тогда, где место для любви? Зачем она, если всё решается продуманно до выгоды рационально? Или жить в безразличии, кривя душой, обманывая себя? Но я не ханжа и не собираюсь лицемерить. Ты спрашиваешь, что будет дальше? Но чтобы ответить о будущем, нужно иметь настоящее. А меня лишают право на него – на то самое, именуемое счастьем. Что плохого сделал тебе Андрэ или твоей дочери?

-- Но я не имел ввиду конкретно... – ответил отец, неуверенно почувствовавший себя в непривычной роли обороняющегося, -- хотя из-за него у нас происходит недолжное. Здесь, я считаю, нужно смотреть на вещи выше личных чувств. Прогматичность никогда не вредит желаемому результату. Действительно, лично мне Андрэ ничего дурного не сделал, но... – Поль не мог смотреть на слёзы дочери и это прибавляло растерянность. Нервозность разговора, во избежании его срыва, вынуждала обходить возникающие несогласия. В тоже время ему не хотелось причинить Жаннэт дополнительные страдания, -- я его уважаю, как и раньше... и остаюсь открыт к прояснению ситуации... Но только с пользой для её разрешения. Уверяю тебя -- моё мнение не лишнее. Ведь мы семья. Жаль, что так всё получилось у вас.

-- Ну папа! Почему жаль?.. Я не сожалею и меня жалеть не надо. Моё состояние отражает любовь. Да, ты не ослышался: я люблю Андрэ. Догадываюсь о чём ты подумал. Но то, что я уже услышала от тебя -- для меня достаточно. Откровенно говоря, я на другое и не надеялась. Ещё должна сказать: если ты осуждаешь Андрэ, знай: в происшедшем только моя вина.

-- Успокойся, дочь. Успокойся. Тебе необходимо время. Подойди рассудительно, умоляю тебя. Взвесь всё. Ведь жизнь не состоит из одних эмоций и порывов. Всё остальное принадлежит обычным будням, в которых важнейшее – стабильность и уверенность. С годами всё больше понимаешь, насколько жизнь требует уважения к себе. Я ведь не меньше тебя хочу, чтобы мои дочка и внучка были счастливы. Поэтому считаю Жоржа тем человеком, который смог бы вашу жизнь таковой сделать, принести спокойствие и комфорт.

-- Ну, почему кто-то должен решать за меня? Неужели я бессознательно поступаю, не даю отчёт своим действиям? Ты только что сказал «Жорж принесёт мне спокойствие»... – её взгляд выразил насмешку услышанному.

-- Да, я и раньше так считал. Он уравновешенный, сильный человек с большим будущим... перспективой роста по службе.

-- А мне не спокойствия от него надо. Я его спокойствие отношу к безразличию. Раньше пыталась себе внушить, представить действительность за должное... в ущерб себе. Теперь я смотрю на прошлое другими глазами. А насчёт комфорта, так и о нём у меня другие понятия, -- я его не хочу отожествлять с холодной роскошью, излишней в моём видении счастья.

-- Излишней пока ты не ощущаешь недостатка, -- холодно улыбнулся отец, -- в противоположном положении быстро меняется отношение ко всему. Прости меня, Жаннэт, но ты поступаешь ветренно и беспечно. Буду откровенен, чтобы исключить недопонимания, -- я не вижу возможным быть здесь Андрэ. А возле тебя -- тем более. Это несмотря на все его положительные качества и что он сделал для нас. Пусть это выглядит моим вмешательством в чужую жизнь. Но ты с Николь мне не чужие, позволь напомнить тебе. Отец не может быть посторонним в судьбе дочери. Но я не хочу, чтобы наш разговор и остальное вокруг него проектировались на наши отношения. Будь умницей -- подожди немного. Время всё расставит по местам. Умоляю, не горячись, Жаннэт. Я тебя

Л. Хайченко Берег турецкий

люблю и рассчитываю на взаимность, или хотя бы на сочувствие к старику... -- дрогнул голосом Поль, -- поверь своему отцу, я ведь уже прожил жизнь и кое-что знаю.

-- Как мне не понять тебя... – ответив, с сожалением посмотрела на отца Жаннэт.

-- Спасибо за откровенность, дочь. Извини меня, сейчас я должен идти. Надеюсь увидеть тебя за обедом, -- он обнял Жаннэт и утешительно поцеловал её красивый лоб, как всегда делал в детстве, наставляя на правильное своего ребёнка. И всё же Поль чувствовал незавершённость беседы, это несмотря, что, казалось, высказал главное. А то оставшееся, невозможное выговорить, о чём знало только сердце, пересиливало сказанное им, его он видел в глазах Жаннэт. И ему оставалось только молить Бога за дочь.

-- Не сердись на меня, папа, я тоже люблю тебя, -- прощаясь, невесело улыбнулась отцу Жаннэт, и скомкала очередной исписанный лист бумаги, лежавший на столе.

Это всё что пока она могла ответить, остальное -- были её мысли об Андрэ. Годами жаждавшая дождя почва, сохнувшая в ожидании счастья, зацвела всходом любви, и теперь этот лелеянный росток хотят выдернуть из её сердца... «Всё против меня и нас... Я должна увидиться с тобой. Это ужасно оставаться одной. Так томиться я больше не могу. Наша разлука итак испытала многое. Мы считали ненужными опасения, выглядившими слишком явно для остальных. Потому и произошло всё так, в том числе этот неприятный разговор. Хотя с другой стороны я не хочу скрывать, что для меня важно в жизни. Мы имеем право на личное, неприкосновенное. Конечно, для посторонних наши отношения могут восприниматься осудительно, особенно мои действия. Что же, это их дело. Похоже, они подобного не знали и других понять не желают. Одни способны хладнокровно с расчётом решать, что правельнее и выгодней для них, а другие ведут себя как им сердце велит. Кто может судить за это? Пускай видят: любовь не преступление перед кем-либо. Каждый имеет право на счастье. Я должна видеть Андрэ. Он, уверена, тоже ждёт нашей встречи. Он переживает нашу рузлуку. Но что он может сделать? Андрэ гордый и не

342

придёт без конкретного приглашения. Тем более догадался, что отцу стала известна наша связь. Сейчас подошло время действовать мне...».

## 48

*За картинной рамой*

С особенной надеждой Жаннэт встретила утро. Она взяла с собой Николь, известив отца, что собирается в город за покупками. Но, естественно, главное для неё было -- увидить Андрэ.

Предоставленная в распоряжение дочери машина остановилась в нескольких кварталов от художественного салона месье Рошто. Жаннэт попросила водителя возвратиться к этому месту через полтора часа.

От волнения предстоящей встречи с Андрэ она ощущала холодок у сердца непослушки; ведь это её инициатива и не известно как прореагирует на её появление Андрэ. Успокаивала себя мыслью, что это ради их будущего и что всё у них будет хорошо, а неприятное -- лишь временно.

-- Мамочка, скажи, пожалуйста, куда это мы так торопимся? – недовольно спросила Ника, держась за руку мамы, едва успевая идти за ней.

-- Мы идём к месье Рошто покупать рамку для нашего портрета. Нам нужно подобрать подходящую. И увидим там Андрэ. Затем нам нужно будет сделать остальные покупки.

-- А в парк мы пойдём с месье Андрэ? как в прошлый раз? Тогда было так интересно! – уже другим голосом спросила Николь.

-- К сожалению, погода неподходящая для прогулок. Холодно. К тому же моросит дождь. Мы лишь купим необходимое и сразу же домой. Ты не сердишься на меня?

-- Понятно, мама. Нет, не сержусь. Просто я тоже, как и ты, соскучилася за месье Андрэ. Он почему-то перестал приходить к нам...

343

-- А тебе откуда известно, кто по кому скучает, а? – строго спросила мама и пристально посмотрела на слишком уж прозорливую Ники.

-- Знаю, и всё. Я видела как ты на него смотрела... и он на тебя. И ещё ты плакала, когда он уходил. И я хотела заплакать... Но у меня не получилось, – подбежала «Зи-зи» и рассмешила меня. Раньше дедушка говорил, что месье Андрэ будет рисовать для нас, а теперь его нет... Может быть, он позже придёт? Или, может, заболел он? Тогда нам надо его проведать. Давай, мама, пойдём к нему в гости! Ты же знаешь, как он обрадуется!

-- Ладно Николь, будь добра помолчать немножко. И ветер холодный, чтобы разговаривать, ещё простудишься. А Андрэ... – Жаннэт на секунды задумалась. -- Он ещё будет у нас, если ты так хочешь. Ты можешь попросить об этом дедушку, напомнив ему его обещание.

-- О, я ему напомню об этом! Наш старичок Поль, наверное, стал забывать всё. Стареньким сделался. Он однажды забыл, где его тапочки... Хи-хи. Хорошо, что я помогла ему их найти. Они под кроватью стояли, а он их не видел... Так бы босой ходил.

-- Ты, Ники, такая смешная... настроение своей маме подымаешь. Ты же моя радость! знаешь это?

-- Знаю. Ты мне уже говорила. Я хочу, чтобы ты у меня всегда была весёлой и никогда не плакала, даже когда месье Андрэ нет, -- заглянула своей маме в глаза Николь.


*


Войдя в салон, они сразу попали в распростёртые объятия Жан-Пьера. Он увидел в окне подъезжавших на машине Поля Руанье Жаннэт с дочерью, и ожидал, чтобы поднять высоко на руках смеющуюся куколку-Николь.

-- Бонжур, Жаннэт! Бонжур, мой маленький друг, -- обратился он к Нике, -- Как рад видеть вас! Приятно, что непогода не помеха для встречи друзей.


344

-- Бонжур, месье Рошто! Да, с погодой нам не повезло. Но дела не позволяют подстраиваться под её капризы, -- улыбаясь, ответила Жаннэт.

-- Тогда перед такими неотложными, я буду не ваш друг, если не напою вас горячим кофе.

-- Вашему гостеприимству, Жан-Пьер, грешно возразить, -- согласилась с предложением Жаннэт.

-- А как же иначе? Я перед друзьями в первую очередь в ответе за их доброе здоровье. Признаться, и сам продрог. В такой денёк навряд ли кто заглянет кроме друзей. Так что благодарен вам вдвойне, -- накрывая угощениями кофейный столик, он улыбнулся Нике, предпочитавшей осматривать с близи картины, чем скучать в кресле.

-- Месье Рошто, вы знаете, у вас картин не меньше, чем у нашего дедушки. Мне даже они больше нравятся. Их вам, наверное, тоже нарисовал месье Андрэ? Или, может быть, они ещё от фламандцев остались?

-- Ха-ха! Ну что мне остаётся ответить этому прелестному созданию... Я разоружён таким всезнанием. Понимаю, всё это от Поля, его воспитание. Такая особенная внучка может быть только у заслуженого на то дедушки.

-- Мы уже привыкли к «открытиям» Николь, -- встречно смеялась Жаннэт, и подозвала дочь к чашке кофе, ожидавшего её с печеньем. – Мне бы хотелось подобрать обрамление к новой картине. Андрэ написал наш портрет.

-- И всего?! В этом пустяке мы сразу вам услужим.

-- О, я так давно не была у вас... – обвела взглядом салон Жаннэт, -- чего не скажешь о Николь, -- она подмигнула дочери. -- Бывать у вас для меня, право, событие.

-- Нет сомнения, в этом Ники со своим дедушкой опережают маму, -- сиял Жан-Пьер.

-- Уж это точно, за их интересами не успеть!

-- Если поднапрячь свою дырявую память, так могу пределённо сказать, что года так три я вас у себя не видел. Но это не умоляет мою вину. Видать, в прошлый раз Жаннэт здесь что-то не понравилось... – жеманничал приветливый месье Рошто.

-- Извините меня, около четырёх. Ещё до начала войны и моего... – затихла Жаннэт. «Замужество» ей не хотелось произносить, тем более сейчас. И она отвлечённо продолжила:
-- А ваш салон по-прежнему восхитительно представлен. Возникает ощущение будто путешествуешь сквозь столетия в прошлое. У вас, как нигде не встречала, такое удачное совмещение времени расположением, так и просится сказать экспонатов, сочетание стилей... В этом ваше преимущество над музейными залами и галереями, где последовательность выглядит навязчиво. Вообще-то я себя не считаю таким уж знатоком в искусстве, но мне нравится такой подход. Это всё равно, как сборный букет из прекрасных цветов.

-- Ну как ещё отнести ваши милые слова, как к незаслуженной похвале. Наверное, я был бы плохим для всех, если не имел бы подобный вкус. Вы мне напоминаете своего отца, Жаннэт. Поль лучший мой друг, и многому я у него научился. И, к счастью, продолжаю учиться. У вас в доме превосходная коллекция картин, любая из которых украсила бы мой салон. Но Поль ни с чем не желает расставаться. Всё покупает и покупает... И это на пользу ему. Пускай он ещё как минимум сто лет продолжает нас радовать.

-- Спасибо, мы ему желаем того же. Этим он отдыхает после работы, среди каталогов и своей картотеки, -- держа на уме последнюю беседу с отцом, ответила Жаннэт.

-- Извините меня, дорогие, что заболтался немного... только время отнимаю у вас.

-- Да что вы, месье Рошто! Несмотря, что я здесь бываю не часто, но каждый визит помню ещё с момента, когда ученицей приезжала на каникулы из Парижа вместе с мамой. Если вы помните, она тогда купила у вас три картины, в том числе Сезана...

-- Мне-то не помнить мадам Бланшэт?! Я искренне сочувствую, что вы сейчас не вместе. В ваших письмах передавайте ей огромнейший привет от меня. Надеюсь, она пребывает в добром здравии.

-- Спасибо. Непременно передам ваш привет. Находясь вдали от родного, невольно приходится скучать по маме и Кристен. Париже... Хотелось бы летом съезить к ним.

-- О, только не упоминайте мне о Париже! не то ваш покорный слуга сейчас разрыдается. Как он там наш красавец... – сочувственно произнёс Жан-Пьер и помрачнел, -- так наглейше бомбардировать... Кощунство германцев мне напоминает варварские племена однажды повергших прекрасное в руины. Между прочим, я тоже собираюсь провести свой отпуск во Франции, отдохнуть от всего. Уже сколько лет, а всё собираюсь... Как вы считаете, Жаннэт, раз так лет в пять человек имеет право на отдых? – обижено улыбнулся Жан-Пьер.

Их затянувшийся разговор прервал телефонный звонок, и, извинившись перед гостями, Жан-Пьер отвлёкся на минутку, растянувшуюся как минимум на десять.

Используя эту возможность, Жаннэт прошлась залом, рассматривая картины, и, увлёкшись, не заметила как перешла во второй зал. «Здесь настоящая галерея, если не музей... И всё смотрится безукорызненно привлекательно: картины, античные скульптуры, бюсты цезарей... Понятно, многие не оригиналы, но очень приличного исполнения». Она вспоминала прежнее размещение, сравнивая с перестановкой, -- а мысли были об одном – где же Андрэ? И обратила внимание на слегка приоткрытую узкую угловую дверь в конце зала. И тут предчувствие подсказало, что именно за ней, там в крохотной комнатушке, служившей художественной мастерской, сейчас работает Андрэ. -- Занятая предположениями, Жаннэт не услышала подошедшую Николь.

-- Мама, я уже хочу домой. Мы здесь ещё долго будем? Я все картины просмотрела... Мне уже здесь не очень интересно. Ты обещала, что ещё за покупками пойдём... Помнишь?

-- Ники, пожалуйста, не хандри. Возвратись к своему кофе и обожди меня там. Повторяю тебе: нам нужно рамку купить под нашу картину. После этого поедем за покупками.

*

Жаннэт подошла к двери и осторожно заглянула во внутрь. И не ошиблась в своём ожидании: там, у окна, стоял Андрэ, склонившийся над ветхим полотном. Освежающие мазки кисти мастера оживляли картину. Он был погружён в работу. Она приблизилась настолько, чтобы оставаться незамеченной и наблюдать за ним; с нежностью смотрела на него: на его увлечённое лицо, сосредоточеный взгляд, уверенное движение руки... -- убеждаясь в посвящённости Андрэ избранному занятию. Андрей реставрировал полустёртый временем облик старой картины. И ей было так спокойно на душе и мило в эти считанные минуты счастья, чувствуя присутствие любимого. «Не хочу отвлекать его... может быть, чуть позже перед нашим уходом. -- Она боролась с желанием подойти и обнять его, прижаться к его груди, ощутить защищённой их любовь в этом несправедливом к ней мире, -- Андрэ придаст мне уверенность в это трудное время».

Ещё раз мысленно прощаясь, Жаннэт пыталась пересилить своё желание и оставить его на обещанное себе время -- до более подходящего случая, когда не будет мешать осторожность, и встретилась с его взглядом. Андрей смотрел на неё так, будто всё время с их расставания ждал её. Об этом говорили его глаза: «Я ни на минуту не переставал думать о тебе, любимая... и вот ты здесь... -- услышала моё сердце. Не во сну ли всё происходит?» И чтобы убедиться в реальности происходящего, он взял ладонь Жаннэт и прильнул губами к ней.

Что они успели в то самое короткое время их свидания, так это объединить чувства в одном поцелуе. Торопясь не быть застигнутой в объятиях Андрэ, Жаннэт передала ему своё письмо, и, прощаясь, убедила его улыбкой в их скорой встрече. Ей было больно за Андрэ, тоскующего по ней. В теплоте его взгляда она находила и любовь и переживания, и печаль разлуки.

Выйдя из мастерской, она ощутила себя возвратившейся в безразличный ей мир без её Андрэ. Ещё Жаннэт опасалась за него, -- ведь если месье Рошто увидит их и заподозрит в связи,

-- это может стоить Андрэ его работы. И данный риск был неприемлем ею. За себя она не переживала. Она любила Андрэ и любовь делала её сильной. Главное -- она повидалась с ним, убедившись в его любви и своею уверив. Теперь ей будет легче на сердце: Андрэ будет знать, что ничего не изменилось между ними, а расставание -- оно лишь временное.

\*

-- Простите меня, дорогие. Задержался немного разговором. Был неотложный звонок от моего клиента... а перед ним от одного аукционера. Как только война закончилась, люди, с удовольствием, вспоминают, что есть и другой мир -- прекрасного. Звонок за звонком... Похоже, теперь уже для меня начинается «военное время», этак после затишья, – с удовлетворением от удачной сделки повеселел Жан-Пьер, -- но без хлопот я себя не представляю. Итак, я вижу ваше кофе остыло... И в этом моя вина. Позвольте приготовить свежий.

-- О, мы благодарны вам, любезный месье Рошто. Уж в следующий раз... – ответила Жаннэт и перешла к делу: -- Мне приглянулась очень хорошее обрамление вот этого портрета, что напротив. Выглядит одновременно изящно и строго. Я не особая любительница вычурности форм... ещё под что-то пёстрое могло было быть... – она рассматривала стоящие у стены рамки для картин, -- для нашего скромного портрета более подойдёт именно такая. Что вы скажете, Жан-Пьер?..

-- Ваш портрет в ней будет выглядеть превосходно. Она действительно подходящая к нему. Хотя есть и другие... – сомневался как лучше угодить хозяин салона.

-- Нет, спасибо. Я уже сделал выбор.

-- Пожалуйста, Жаннэт, -- согласился месье Рошто, заметив желание своих гостей уйти. Особенно ближе к двери стояла Николь, с нетерпением глядевшая на улицу.

-- Тогда шофёр привезёт вам картину. Ещё... – на секунду засуетилась, -- ...невозможно не поблагодарить Андрэ за его старания и терпение возле нас. Его мастерство художника способно удовлетворить любой вкус... -- вспыхнув румянцем от упомянутого имени, продолжала Жаннэт.

-- Несомненно! Иначе я бы не рекомендовал его вашему папе. Кстати, если вы не возражаете, я могу пригласить к нам Андрэ? – расположительно посмотрел Жан-Пьер и уточнил: -- Он сейчас занят срочной работой... как обычно спешка угодить клиенту. Такие уж у нас правила.

-- Нет, благодарю вас обоих. Не вижу необходимости отвлекать его от важного дела. И ещё раз спасибо за угощение. Судя по кофейным усикам Ники, ей понравилось.

-- Да. Мерси, месье! Мне очень понравился ваш кофе. Вы к нам тоже приходите в гости, и мы вас угостим вкусным. Но сейчас я с мамочкой спешу в разные магазины... нам нужно купить многое. Так что больше кофе я пить не могу... – вздохнула с сожалением Николь.

-- На здоровье, детка! Всё же, какая она у вас чудная умница. Разговаривает по-взрослому, рассудительно.

-- Вы верно заметили, -- наша Ники любит поболтать... – согласилась мама и улыбнулась любимой дочери, самостоятельно салфеткой утёршей рот и ручки.

-- Тогда, дорогие мои, я не буду задерживать вас. Мой огромный привет вашему папочке и дедушке! А также один пустяк, уже важный для нас, -- разрешите набраться наглости пригласить вас на мой день рождения. По случаю, что вы здесь -- вам пригласительная открытка. Извините за зараннее уведомление, -- привык извещать гостей заблаговременно. Да, а присланную картину вы сразу сможете забрать обрамлённую.

-- Спасибо! Счастливого дня вам, Жан-Пьер!

-- Оревуар, Жан-Пьер! – добавила Ники, украсив своё прощание воздушным поцелуем и улыбкой.

\*

Едва выйдя за дверь художественного салона, Жаннэт взялась за воспитание дочери:

-- Николь, что с тобой? Где это ты видела такое? Не хорошо маленьким делать подобные вещи. Ты поняла меня? Ты слишком уж стремишься быть взрослой. Тебе ещё рано посылать поцелуи. Обещаешь мне вести себя хорошо? – строго спрашивала мама.

-- Обещаю тебе, мамочка. Ну не сердися на меня, пожалуйста... Ты же знаешь -- я тебя во всём слушаюсь. А почему месье Андрэ мы не видели там?

-- Он был очень занят – рисовал для других людей. Но мы его ещё увидим, ему Жан-Пьер передаст от нас привет, -- отвязчиво ответила мама..

-- А как же он передаст месье Андрэ привет, если тот не может слышать? – Ника серьёзным взглядом посмотрела на маму. -- Он для кого-то картины рисует, а для нас не хочет... Это, наверное, дедушка его обидел – мало ему денег дал. Вот он к нам и не приходит.

-- Если ты такая умница, что всё знаешь, зачем  тогда меня спрашиваешь, – сменив серьёзность на обожание, посмотрела на дочь Жаннэт.

-- Я когда вырасту тоже хочу научиться разговаривать с Андрэ. Я видела как он одному дяде руками что-то показывал... и тот ему... Это месье Андрэ так разговаривает, да? Очень интересно, правда?

-- Правда, Николь, -- согласилась мама, а сама подумала: «И здесь меня мой ребёнок опередил. А что, это неплохая идея...».

49

### Каждый о своем

-- А наш уважаемый Денис Афанасьевич решил, как он выразился, «расширить материал». Уж слишком глубоко копает. Только что от него, -- снимая пальто, с коридора заявил о себе Николай Николаевич, -- вас с похвалой вспоминал...

-- Спасибо ему, -- ответил с гостиной Ольский.

-- Никогда раньше с журналистами дел не имел... А тут... Знал что это дотошный народец... – мягко ворчал обиженный популярностью.

Всеволод Иларионович сидел за вечерней разборкой газет, краем уха слушая негодование подвыпившего друга.

-- Ну, и Николай Николаевич... удивляете вы меня. Что же он, такой-сякой, собирается там выкопать?

-- Да интересуется моей служебной биографией! работой в жандармском управлении. Хочет знать подробности о проводимых операциях... Доведывается о всём. Имена подавай ему! Говорит: так читателю будет интересней, -- вошёл и присел на диван с газетами Иваницкий, -- ...нужно насытить их аппетит. Получается интересная ситуация, -- вроде я продаю самого себя. Облечили меня в доспехи вымышленного рыцаря, разтрубили в фанфары на всю турецкую... А теперь на этом деньги куют, -- недовольно фыркнул Николай Николаевич. - Мне вообще-то афишировать свою бывшую специальность не очень приятно, скажем так. Всё-таки отношение на этот счёт разное. Да и не серьёзно как-то. Что он, не понимает?

-- Отчего же это не понять? Но вы же сами согласились... И потом, всё в ваших руках. Что вам не нравиться -- о том не говорите. Я полагаю, в этом нет ничего злого для вас, наоборот, люди о вас в восторге. Когда вокруг столько несправедливости человеку свойственно искать себе заступника, формировать идеал героя, способного защитить. В этом свой символизм заложен и полезность имеется. Особенно для нас, иммигрантов.

-- Может быть, полезность кое-какая и есть... хотя  не очень-то видима, -- через силу согласился он, -- я  человек скромный. Бывает, предпочитаю и замкнутость. Не люблю, когда ко мне в душу так и лезут, даже пускай и с хвальбой. Сами можете понять ощущение, когда распросами пытаются тебя вывернуть наизнанку.

-- Наизнанку – не совсем приятно, -- шутя согласился Ольский, предчувствуя, что Николай Николаевич сейчас спросит водки и успокоится.

-- Да, был у нас договор с ним. Он мне понравился: хороший малый, светлая голова... со знанием своего дела, Но я не предполагал, что всё так далеко зайдёт, -- ткнул себя пальцем в грудь Николай Николаевич, -- Думал: ну статейка, другая там... И этим всё закончится. А теперь он мне: «А я всё-таки догадываюсь, Николай Николаич, почему это вы не со своей семьёй во Франции находитесь... -- и так на меня загадочно посмотрел, прищурившись... Потом говорит: -- Знаете, я убеждён -- вас перенаправили сюда для выполнения особой миссии...». Ну, что вы на такую чушь ответите? Ведь всё равно не поверит. Будет стоять на своём и вытягивать разную повседневщину, из которой мастеровито слепит какой-то сюжетик, и от моего имени преподаст.

-- Да будет вам. Что вы в самом деле? Это Денис шутя. Или же имел ввиду ту негласную миссию, с которой вы выступили против местного криминала. То есть, как бы обстоятельства так сложились в общую пользу. Я так полагаю.

-- Сглаживаете, -- язвительно усмехнулся Иваницкий, -- к сожалению, он считает на своих счётах, Всеволод Иларионович. И когда я на него глаза выкатил, он пошёл в открытую: «В Константинополь вас послали из «Скотленярда». Англия с Россией, как союзники, имели секретные соглашения по подрыву основ германского альянса...». Для меня это предел. Больше я – не-мо-гу. Для какой-нибудь девицы, может быть, и удовольствие сочинять там фигли-мигли. Я человек серьёзный, с принципами.

Всеволод Иларионович сложил газету, видя что ситуация возникает действительно особая.

-- Уважаемый, Николай Николаевич, я также уважаю Головиных, как и вас. Он настоящий профессионал в своей работе и прекрасный человек. Естественно, ему хочется знать больше для качественной стороны материала. Денис Афанасьевич порядочный в этом отношении, не позволит себе писать лишнего, тем более переступать предел. Он лишь желает владеть достоверной информацией, быть максимально осведомлённым. Присуще журналисту, у него собственное видение, которое вреда не приносит. Я на себе испытал его метод работы. Он наш материал изучал; с чем-то не соглашался, а некоторое просто вычёркивал. И я не перечил ему, -- знал, что пред мной опытный редактор. При этом он объяснял, почему так поступает, советовал как сделать лучше, которую мысль можно пошире изложить, а что и упустить. И

Л. Хайченко Берег турецкий

настолько убедительно, что я соглашался. В результате получилось даже неплохо. По крайней мере с позиции читателя, доведись встретить эту книгу, я бы, не отрываясь, прочёл. Это я не в самохвал, а для примера. Иное дело, что вы против из-за раскрытия личного. И эту специфику можно понять. Если вы считаете кое-что не разглашать -- это ваше право. В конечном итоге под материалом требуется ваша подпись, так что нужно исходить ещё и от этого, -- Ольский старался убедить друга в первоначально правильном принятии решения, а его раздражённое недовольство -- не иначе как каприз. -- Ваша популярность и авторитет играют на вас, а не против вас. Особенно это касается поиска новой работы, достойной Иваницкого, несравненной с прежней. Хотя, как я предполагаю, вы за неё держались с определённой целью, которая теперь известна и заслуженно хвалима. А о «Скотленярде» и что-то в подобном роде я могу спросить у Головиных -- что это значит?

-- А значит – что не скачит! Спасибо вам за совет и участие. Но я привык собственные проблемы решать самостоятельно. Между прочим, моя популярность чуть было не послужила мне новым занятием. И каким... – наконец-то улыбнулся Николай Николаевич, -- я вам об этом случае не рассказывал. Он лишь вызывает смех, не более.

Всеволод Иларионович, в искушении услышать особенное от Николая Николаевича, был весь во внимании, даже очки с носа убрал. Ну, а Иваницкий призвал свою неразлучницу, подкрепив её табачком. Пыхнул дымком и начал:

-- Значит, прогуливаюсь я как-то по госпитальному коридору... с мыслями о семье... Как раз день рождения дочери исполнялся, и я корил себя, что раньше не послал поздравительное письмо, -- не предусмотрел того решающего дня, надеялся всё обойдётся, -- вздохнул, сожалея. -- Но я о другом. Так вот, неожиданно слышу за спиной русскую речь. Прислушиваюсь к разговору, оборачиваюсь: с виду статная женщина в расцвете лет добивается узнать обо мне... Замечу вам, что до этого её внешность была мне незнакома. А она наивно обращается по-русски к проходившей медсестре: «Могу ли я повидать господина Иваницкого?» Как она прошла на территорию военного госпиталя было неизвестно. Хотя за деньги всё возможно, особенно в такое время и при её симпатичности. Очень даже прилично она выглядела, ямочка на подбородке, свежа... ни какого намёка, что из иммигрантов потрёпанных. Доведись мне встретиться с ней в России, определил бы как жену банкира или там крупного промышленника. Всё в ней подчёркивало достоинство и одета была со вкусом. Лицо приятное. Я со стороны продолжаю наблюдать за ней, -- чем завершатся её усилия, одновремённо предполагая, зачем я ей. Неужели она моя новая поклонница? Смотрю -- она в своём поиске отдаляется по коридору... Почувствовал неловкость: непристойно так измываться над дамой, да ещё с цветами... видать, приназначенными объекту её внимания. Не желая казаться невежей, я догнал её и уточняю: «Не вы ли, сударыня, ищите некого господина Иваницкого?». Она тут же расцвела в улыбке, услышав родную речь, и сразу после извинений перешла к своей просьбе -- помочь найти того «ужасно известного русского детектива». Но я, услышав о «ужасно извесном», не удержался, чтобы не подтрунить над ней, тем более её наивность подсказывала. Говорю ей: «Он мой знакомый, причём хороший, а вот о его проделках детективных ничего не слыхал...». «Как, вы не знаете, что Иваницкий один выследил и арестовал целую банду?!.. – она вначале удивилась услышанному, после подозрительно измерила меня взглядом, -- о нём весь «Констанц» полон разговоров. Он наш, простите за сравнение, Шерлок Холмс по искоренению зла. А ещё утверждаете, что он ваш хороший знакомый...». Ну я сжалился над ней и над её уставшей ручкой в чёрной лайковой перчатке, державшей букет превосходных гвоздик. «Согласен с вами полностью. Врать -- недостойное занятие, даже для такого непутёвого, как ваш собеседник. Поэтому скажу вам всю ужасную правду о «ужасно известном». Николай Николаевич Иваницкий, которого вы разыскиваете, никто иной, как перед вами стоящий...». Этим я вызвал ещё большее подозрение у неё. Смотрит хмуро -- не вру ли я. Но, глянув на мой старый шрам над бровью, затем на руку на повязке, просияла: «Ну вы меня и разыграли! А я перед вами стою как

Л. Хайченко Берег турецкий

дурочка из дурочек...». И после некоторого молчания, наверное, под давлением моего авторитета или же соображая, что сказать, начала нервозно теребить цветы. «В этом не ваша вина, а моя. Это я родился таким неудачно-неузнаваемым... особенно красивыми женщинами, -- тем самым я обернул в шутку её стеснение, -- по всей вероятности эти остатки цветов должны стать моими?..». В ответ её большие глаза смотрели на меня доверчивостью ребёнка. Думаю: ну и Иваницкий, тебе опять незаслужено повезло... Тем не менее, поблагодарив за цветы, я предложил ей, как глупейше получилось, пройти в мою палату, где кроме меня находилось ещё пять человек. А, извольте знать, как мне было поступать, исходя из моего госпитального статуса? не разговаривать же нам стоя в коридоре... По её быстро изменившемуся взгляду понял: не в этикете дело. Представившись, она попросила всё же в коридоре продолжить наш разговор. Возможно, торопилась, имея ограниченное время, или же посторонних ушей опасалась. И тут я услышал, от неё почти слезливое: «Я вас очень прошу, даже умоляю... Уважаемый Николай Николаевич, помогите в моём безвыходном положении... – затем снова замолчала, обдумывая как лучше объяснить, и продолжила удачно кратко и объёмисто, хотя стыдливо покраснев: -- Мой дорогой муж изменяет мне... Я об этом догадываюсь. Пока не имею каких-либо улик, тем более фактов облечить его в этом. На одного вас у меня надежда. За оплатой дело не постоит...». Поблагодарив за доверие в посвящение в интимное, я ей сразу же ответом: «А ваш муж не тот ли известный в нашей общине уважаемый господин «Х»? (я специально упускаю имена). А про себя соображаю: «Негоже мне копаться в семейном белье, до этого вы ещё не докотился, детектив Холмс. Ха-ха! До заграниц докотились, а дальше уж, извините, под откос осталось...». Так что опечаленная красавица получила мой отказ, а заодно благодарность за цветы и приятное общение, уверив её в своём молчании, -- и посмотрев на застывшего в внимании Ольского, завершил: --Такие вот разнообразия бывают, Всеволод Иларионович.

-- Да-с, Николай Николаевич, не позволяют вам отдохнуть дамы... Даже в госпитале. А вы ещё сетуете на свою популярность, – в неком роде Всеволод Иларионович намекнул и на «внимательнейшую» Екатерину Петровну.

-- Вот именно! Это уже обратная сторона популярности. Доверенный домашний детектив Иваницкий – разоблачитель супружеской измены, или так называемых «любовных треугольников».

От услышанных последних слов Ольский мягко порозовел, найдя в них укор в свой адрес. Но всё же разговор продолжил, отдавая должное забавному рассказу.

-- Необычная история. Но для так описанной вами дамы её просьба выглядела вполне земной. Важно то, что она вам доверила свою тайну. Надеялась на всесильную помощь известности. Ну, а, скажем, если бы вас попросили из местной полиции?.. Ваш ответ? Имею ввиду отдельную услугу, или, может быть, даже работу предложили бы.

-- Это уже дело серьёзное. Здесь затрагивалось бы самолюбие и теже принципы. С другой стороны, или я сам готов к их требованиям? Хотя, откровенно говоря, это иной уровень, и моё желание присутствовало бы, -- и как бы в доказательство своей профессиональной решительности,

Николай Николаевич потёр руку об руку, – позвали бы -- пошёл бы. По крайней мере не отказал загранколлегам.

-- Вот видите, здесь вы бы уже не прятали имени и не беспокоились что о вас могут подумать.

-- Но это же не сравнение!.. Во-первых, тогда меня никто из местной прессы не пытался бы поджарить. Тем более выведывать. А во-вторых, время и условия другие, -- ответив, отвлечённо посмотрел вокруг Иваницкий: -- Кстати, а чем занят наш Андрюша? А если нам турнирчик разыграть?..

-- Не иначе изучением французского он занят. Андрей человек предусмотрительный, понимает, что ему необходимо, – и подумал: «Ну и Андрей... в самом деле чародей! И как это ему удаётся?? Действительно юникум. Подобные явления встречаются редчайше, и всё-таки существуют»

-- Ага!.. Я читаю свой урок, потому, что вижу прок. Получается я один среди вас «безъязыкий». Что же, нет худа без добра -- ещё один повод появился выспаться.

*

Но у Андрея другого выбора не было, как окружить себя учебниками. Хотя тем вечером мысли отбивали охоту к чему-либо. Он пребывал под впечатлением сегодняшней встречи с Жаннэт, и её письмо лежало перед ним. Он многократно разбирал его со словарём, и не только потому что испытывал определённые неудобства с французским; читая полупонятные-полуразгаданные строки, представлял Жаннэт возле... и то, невысказанное словами, выражали её глаза. «Прекрасно. Мы сможем встречаться, не ожидая моего приглашения «в гости». Жаннэт хорошо придумала: в воскресенье на том же месте, именно там, где мы случайно встретились в прошлый раз. Похоже, она предлагает свои услуги «эскурсовода по историческим местам Константинополя». Наверное, запомнила мои старания расспросить её о античных памятниках. Но тогда мои попытки быть понятым выглядели не более, как смешными. Я пытался написать ей, выражая свой интерес, и только убедился, что мои знания французского настолько жалкие. Жаннэт тоже испытывала неловкость от моих попыток объясниться, и красных ушей... Я был ужасным. Всего незначительное время наших общений, а сколько за ним... Теперь буду жить ожиданием видеть Жаннэт. Она обещает весь день провести вдвоём. Ещё четыре ночи с мыслями о ней и мы снова вместе. Они для меня будут долгими, в противоположность мгновения общения с ней. Её подарок – золотые часы «Vacheron Constantin»... на которые она потратилась только можно догадываться сколько. -- Он ощущал особой тяжестью на руке это инородное золотое тело, к которому его крестьянская рука противилась привыкнуть, -- смотрел на эти часы как на дистанцию между собой и той, кто их с любовью подарила. -- И всё же я должен выглядеть не в укор изысканности Жаннэт. Каждый раз Жаннэт является неповторимой -- ещё прелестней, с новой причёской, в другом привлекательном одеянии. Она способна измениться почти до неузнаваемости, и всё что сохранялось в её облике -- это прекрасная своеобразность. Ей всё мило. Она -- грациозный образ в изящном обновлении. Хотя Жаннэт удивительной душевности человек и для неё внешность лишь выражение себя. Она никогда не старалась выдать хоть какое-нибудь своё преимущество, наоборот, в противоположность восхищалась моими картинами, как я рисую. И смотрела на меня непередаваемым взглядом. Но почему вдруг я говорю о ней будто в прошлом? Может быть, оттого что дни разделяющие нас кажутся вечностью... -- и тут обратил внимание, что в пустом конверте её письма остался незамеченным ещё один листок. То было второе письмо Жаннэт к Андрэ – её извинение перед ним. В нём она сообщала о Жорже и о своём замужестве... Поэтому её положение особенное. Этим она подчёркивает своё отношение к «её Андрэ». Хотела, чтобы он всё знал о ней, не сомневаясь в её любви -- единственной и только к нему.

Андрей разобрал со словарём это письмо-откровение; грустя, отложил его в сторону. Нет, она оставалась для него

Л. Хайченко Берег турецкий

прежней, иначе он себе не представлял. Ему сделалось грустно: «Теперь понятна реакция её отца. Но что можно было ожидать? Не спрашивать о чём мог только предполагать? Хотя не трудно было догадаться. Но она утверждает, что её замужество лишь тягостная формальность... ничего по сравнению с любовью. А наши отношения остаются неизменными. Но каково мне? Оправданная ярость месье Руанье, хотя и скрываемая за сильной волей. Что может подумать с годами повзрослевшая Николь? Жорж... Жаннэт вкратце упомянула, что он был на германском фронте и связь с ним прервалась. Как она признаётся, её сердце любит одного. которого ждало, и никто ему не может приказать. *«...я твоя, Андрэ, и всегда буду твоей. Мои мысли о тебе, любимый мой, и только о тебе. Ожидаю нашу встречу...».* Но тогда, кто я по отношению к тем же месье Руанье и Жоржу? Первому, после этого сообщения, я больше не могу смотреть в глаза. Ведь он думает, что мне известно о супружестве его дочери. Ну, а Жорж? Безусловно, я не желаю ему плохого. Дай Бог, чтобы он остался жив... – и тут Андрей вспомнил улыбку Ники и сам улыбнулся. -- Как ей без отца? Ведь она его ещё не видела... И он любит свою дочь. А как можно иначе человеку, постоянно подвергающему свою жизнь опасностями, и не думать о семейном очаге, о тех, кто должен ждать его возвращение. Тем не менее при всём должном и правильном остаёмся: Жаннэт, я и наша любовь. То есть Жаннэт и любовь. От упоминания «я» становится отвратительно. А если обобщить, так только Жаннэт, ибо она -- любовь. И эта любовь для меня, никудышнего, перевешивает всё остальное. Пожертвовать собой? Да, я готов. Но отношение к этому Жаннэт? Пока я вижу в её глазах иное, к тому же это письмо. Я догадываюсь, почему она раньше не сообщила мне, что замужем -- по той же причине, что и я не поинтересовался. Почему? Страшило расставание, подчинить наши чувства холодной формальности, долгу, который никого из нас не делает счастливым. Это со стороны любви. А с противоположной – моя аморальность, эгоизм. Поставь себя на место Жоржа, я бы... Нет, не знаю как бы поступил. Наверное, если узнал, что нелюбим, ушёл бы. Да, так бы и

360

поступил. Любовь не возвращается, она живёт с тобой, а когда её нет – значит и не было. Больше всего -- я хочу счастья для Жаннэт, и как бы она не поступила в данной ситуации это оправдывает её. И всё-таки, чтобы там ни было, я люблю её».

50

*Серьёзная причина*

Как бы в предчувствии появления Андрея, Клавдия Иларионовна засмотрелась на дверь его комнаты. Здесь уже женская интуиция вызывала предположения:

-- Сева, а ты не заметил изменения в нашем Андрюше? Парень в приподнятом настроении, причёску изменил... После стрижки ему намного лучше. А то был похож на монаха отречённого. Вчера костюм себе купил, -- и так подобрал! лучше и не представишь на парне... -- убирая в комнате, она делилась с братом приятными наблюдениями.

-- Ещё бы! У кого-кого, а у Андрея Григорьевича со вкусом всё в ладах.

-- Не иначе кому-то понравится хочет... Или уже имеет свою симпатию.

-- Я рад за него, в добрый час ему. Не исключено, что в гости приглашён. Мы пока можем только догадываться, – на слове Всеволод Иларионович сравнил себя с данной ситуацией, когда готовится к встрече с Таней. И чтобы не ощущать ханжество дал повод иному предположению: -- Андрей ведь художник. А все творческие люди живут в своём непредсказуемом мире видений. Сегодня они могут выглядеть так, а завтра, как им задумается.

-- Да нет, дорогой братец, без девушки здесь не обойтись... -- настаивала на своей интуиции сестра. – ...Парню нужна полноценная жизнь, тем более пройдя через такие испытания... По нему заметно, что вновь счастлив. И нам за Андрюшу приятно видеть его таким. Он мне напомнил себя в детстве, когда я одним летом приезжала в имение. Тогда застала время уборки  в саду. Первые яблоки собирали. И погода была под стать – ни одного облачка, даже ощущалось жарковато. Под деревьями -- лестницы, плетёные корзины... Тогда Жозефина с женой Игнатия Павловича в саду варенье варили. Вокруг царил запах костра и вишни. Садовник со своим помощником-сыном были на виду. Не забыть их радостные лица, особенно ребёнка. Глядя на них, подумалось, что сады всегда убираются с улыбками. Я тогда не знала имени того мальчика, только спустя время ты познакомил меня с ним, как с подающим надежды художником. Хотя до того случая много хвалебного слышала об Андрее Горяке от Маши. К чему это? Просто ту детскую улыбку  я запомнила, и сейчас у него такая же -- счастливая.

-- Было время... – вздохнул, глядя куда-то за тысячи вёрст на заснеженные года, -- Теперь то и осталось -- что вспоминать. Та наполненная жизнь пролетела  неповторимой сказкой. С нетерпением ожидал наступления следующего дня, чтобы успеть сделать больше, чем вчера и сегодня... -- Замолчал, задумавшись, видя себя среди хлопот бывшего имения: в подсобных цехах с работниками; в шумной столярной, с закатанными рукавами, вдыхая запах курчавых стружек из-под рубанка; и как они прокладывали канавы после паводка... И их сад... Оттого время мчалось незаметно, быстро. Столько всего  задумано... Не верилось в иное. То, что удалось тогда сделать  лишь  начало начал... – поддаваясь минутной настальгии, он ощутил щекотливое тепло слезы. Не заметил вошедшего в гостиную Андрея, одетого с иголочики, в новом костюме,    с    красиво    уложенными    назад    волосами, улыбающегося им. Через руку он держал светло-серое кашимировое пальто на шёлковой подкладке.

Андрей, собираясь выйти в город, хотел сверить свой вид в глазах самых дорогих ему людей, и обрадовался вдвойне, встретив счастливое напутствие. Глянув ещё разок в зеркало и махнул рукой желавшим ему удачи.

*

Он вышел на залитую полуденным солнцем улицу, и оценил погоду прекрасной для прогулки. Перед встречей с Жаннэт у него был в запасе час. В удовольствие не спеша он прохаживался центральными улицами Перы, обращая на себя обожаемые взгляды минуемых женщин и уважительные мужчин. Искал лучшие цветы для своей любимой. Определённо ими снова станут чайные розы. А к букету у него будут духи, нежнейший запах которых мог подходить только для неё, *его Жаннэт*. Именно так звало её его сердце; не в силах противиться чувству, несмотря на условности и препятствия. У него было предложение к Жаннэт после их прогулки пообедать в ресторане, и был уже готов к «повторной попытке», на этот раз ощущая уверенность. Ну, а прошлое посещение вызывало лишь смущённую улыбку. Его влюблённое сердце стучало в такт каждой секунде, приближающей появление любимой.

Андрей появился на назначенном месте заранее; время от времени бросая нетерпеливый взгляд на циферблат сверкавших часиков, ожидал Жаннэт. Пытался высмотреть её с расстояния: «Она скорее всего появится по другую сторону дороги, что от парка; так для неё короче путь. Или, возможно, предпочла добираться транспортом, ведь время уже подходит... Наверное, торопится... -- Он всё чаще стал посматривать на беленький круг с римскими цифрами, уже не подгоняя минуты, при этом учитывая право женщины опаздывать. Волнение сменяла нервозность, неуверенность, и в итоге печаль. Даренные Жаннэт часы безжалостно отодвигали надежду на их встречу... Не хотелось думать о нежеланном, верил -- Жаннэт обязательно придёт. Противоположное не воспринималось. Может, случилось что-то непредвиденное? Он не мог устоять на месте, и с разными предположениями взволнованно прохаживался по тротуару.

Неохотно, без настроения, проверил положение стрелок:

Л. Хайченко Берег турецкий

прошёл почти час от назначенного в её письме времени. Письмо было с ним, заставив ещё раз прочесть. -- Нет сомнения -- что-то произошло. «Подожду ещё, -- уговаривал он себя, -- хотя это уже было не ожидание Жаннэт, а волнения за неё. Не может так случиться, чтобы она забыла... или изменила решение. Она же сама предложила. Нет смысла идти ей навстречу, как последний шанс, и после укорять себя, что мы случайно разминулись».

Так он прождал до наступления вечера, и с первыми сумерками всё выглядело мрачнее и печальней; прекрасный, многообещающий для него день растворился в несвершившемся.

Он брёл улицами, не замечая ни прохожих, ни куда ведёт его печаль. На фоне разочарования чувство холодного чуждого города овладевало им. «Твоя Жаннэт не пришла...», – как бы издеваясь, в укор любви повторяло ему сердце, и привело к особняку господ Руанье. Беспокойство за Жаннэт звало его туда. Сквозь прутья ворот бросал неуверенные взгляды на этот непреступный бастион величия, в одной из комнат которого находилась Жаннэт. Он надеялся, что в эти минуты и она думает о нём, хоть сколько... И, возможно, выйдет на встречу. Через закрытые занавеси окон её спальни, из которых она раньше встречала и провожала его, теперь еле пробивался тлеющий свет. «Значит она дома... Нет, я не могу даже пытаться прийти. Незванный, а теперь и нежеланный...» -- передумывал Андрей и, не зная, что ему делать с этими равнодушно-прекрасными цветами, решил оставить их в проёме ворот, как послание недостигшее адресата. Но тут же он увидел охранника.

Некмет узнал художника и шёл к нему, но уже не так как прежде -- рабски торопясь впустить. На обрывке бумаги Андрей написал лишь три слова *Dites bien a madame Jannette*[9] и передал записку вместе с цветами и деньгами за эту услугу. Старый работник посмотрел на неясно что написанное, затем на парня и с понимающим сожалением пошёл исполнить просьбу.

---

[9] (Фран.) *Пожайлуста, для мадам Жаннэт*

И всё-таки Андрей возвращался с несостояшегося свидания с чистой душой -- с удовлетворением исполненного долга перед Жаннэт: «Эти цветы будут символизировать, что мои отношения к ней без изменений и на неё я не сержусь. Даже можно было написать ей больше. Например, спросить о самочуствии... Хотя в моём положении изгоя это выглядит бонально. Наверняка, всё намного сложнее...».

\*

В то время его тревог, по другую сторону металлической ограды особняка Руанье, котороя пыталась держать его чувства в повиновении устоявшихся моральных норм, а именно за тем полуосвещённым окном спальни лежала больная Жаннэт. Она находилась в полубредовом состоянии. Высокая температура и слабость уже третьи сутки держала её в постели.

-- Видать, она так сильно простыла, когда в непогоду ездила за покупками, -- предполагал Поль в разговоре с доктором, не желая верить в опаснейшую болезнь.

-- Несомненно. Состояние вашей дочери очень сложное. Её болезнь исходит от простудного вируса, повлекшего воспаление лёгких, -- доктор тоже по определённым причинам избегал слово «испанка», -- для улучшения самочувствия больной вам необходимо безупречно выполнять все мои предписания. Некоторые лекарства я оставляю, а остальные нужно приобрести в аптеке. Пока я не могу вам дать никаких гарантий. Будьте готовы -- последующие пару дней будут критическими. Пока важнейшее для больной это своевременный приём лекарств и обильное тёплое питьё. Хорошо для неё клюквенный или брусничный морс, молоко, чай на малине и меду, лимон. Ей нужен покой. Из еды давать только процеженные куриный бульон. Остальную пищу она сама должна попросить по ходу выздоровления. Будем надеяться на лучшее, её крепкий организм. Я должен посмотреть Жаннэт завтра, с утра.

-- Конечно, конечно... – мрачно глядя в глаза спасителя, ответил отец больной дочери, -- всё рекомендованное вами -- будем выполнять.

-- Если заметите ухудшение – сразу же звоните мне. Тогда мы отвезём Жаннэт в госпиталь. Я сразу предложил это, но вы почему-то настаиваете на своём...

-- Прощайте, доктор, -- не изменяя решения, кратко ответил месье Руанье, -- завтра к восьми утра машина будет ожидать у крыльца вашего дома.

И всё же, едва сдерживая волнение, взяв доктора за локоть, он тихо с внутренней силой произнёс: -- Я вас больше чем прошу -- спасите её. Любые условия. Я полностью в вашем распоряжении. Для меня не существует «нет». Умоляю вас, Доменик.

В ответ доктор сочувственно похлопал по плечу давнего друга; к сожалению, к сказанному ему нечего было добавить.

После ухода доктора Поль сразу же распорядился принести из аптеки выписанные лекарства, кислородную подушку и остальное необходимое по уходу за больной Жаннэт. Две лучшие сестры милосердия были наняты им, попеременно дежурившие возле Жаннэт на протяжении суток.

*

Слабым матовым светом была освещена спальня больной.

Жаннэт лежала в постели с закрытыми глазами, находясь в состоянии непроходящего дрёма. Время от времени её опалённые жаром губы шептали что-то неразборчиво, а перед собой видела незнакомые тёмные улицы, сквозь бесконечную череду которых она пыталась пробраться на встречу к Андрэ. Боялась опоздать, чтобы он не ушёл... не покинул её навсегда. Растеряв свои туфли, продолжала бежать босая, не ощущая боли обитых ног. Под надсмешливыми, враждебными взорами прохожих она сбрасывала с себя одежду в откупное стыду и своей обнажённой безгрешности, готовая принести себя в жертву во имя их любви.

\*

Как и должно было произойти в данной ситуации, букет предназначавшийся Жаннэт принял её папа, с кратким объяснением охранника. После секундных раздумий, как поступить, он всё же поставил цветы в вазу, стоявшую на будуарном столике, и подошёл к дочери, взглядом передавая привет от её друга. То была трудная минута выбора, вопреки своим убеждениям, поступить именно так. И вышел из спальни Жаннэт к Николь.

-- Ну, что дедушка -- как самочувствие моей мамочки? – взволнованно спросила Николь, -- когда она уже проснётся? Что она, всё спит и спит?..

-- Да, моя детка. Тебе к ней нельзя заходить, пока. Мама очень больна... -- Поль закрыл ладонью лицо. Но чтобы не печалить ребёнка ещё и своими переживаниями, взял на руки внучку – тем самым как бы и самому утешиться.

-- Скажи мне, пожалуйста, что доктор сказал? – серьёзно глядя, спросила Николь, -- я слышала он что-то говорил тебе. Когда мама поправится? Помнишь, когда у меня горлышко болело, я принимала микстуру и сразу выздоровела. Помнишь?

-- Помню, Ники... – он поцеловал свою маленькую умницу, не зная, что ответить ей, предпочитая в эти минуты самому слушать ребёнка, находя в его простых словах сложный ответ.

-- Дедушка, я хочу, чтобы моя мама поднялась с кровати и игралась со мной. Ещё мы с ней пойдём в город и она сразу выздоровеет. Только улыбнётся -- и поправится. Эту нашу новую картину нужно поставить в её спальне. Тогда она на неё посмотрит и ей станет легче, и сможет подняться и прийти к нам... -- не выдержав своих переживаний за маму, Николь тихо заплакала. Она прислонилась со своим горем к дедушке, -- знала, что её дедушка Поль всё может, потому просила его вылечить её мамочку.

Вытерев платочком заплаканные глазки Ники, дедушка пообещал ей, что её мама обязательно выздоровеет, после чего возвратился к Жаннэт.

Он безмолвно сидел на диване, напротив её кровати, и мысленно доносил Богу просьбу маленькой Ники и свою, молился в нисхождении к ним и помощи больной дочери.


51


*В неведении*


По выражению его лица легко было определить о его настроении; открытость Андрея не могла таить переживаний. Возвратившись в тот вечер, выглядевший для него тёмной ночью, намного раньше предполагаемого, он не знал чем занять себя, чтобы отвлечься от неприятных мыслей. А они путались в спонтанных предположениях: «Почему так произошло? Какая была у Жаннэт причина не прийти? на сколько важная? Что будет дальше между нами? – спрашивал он себя. Ему не хотелось признать, что слишком уж далеко зашли их отношения, и доверенные им чувства были отброшены. -- Нет, только не это. Жаннэт – сама доверчивая искренность. Ближайшие дни должны дать ответ. Буду ждать. Возможно, она снова придёт в салон месье Рошто... или же найдёт какой-то другой способ известить о себе».

Он раскрыл попавшуюся под руку книгу, надеясь, что чтение заслонит переживания. Но прочитав бессознательно несколько страниц, понял, что это напрасное занятие. «Я должен написать Жаннэт. К тому же это будет и мой ответ на её письмо и напоминание о себе -- что я по-прежнему жду её. И извиниться перед ней за невозможность прийти к ней -- узнать как она? Возможно, с ней случилось что-то серьёзное. А я, получается, в стороне...».

Так, склонившись над листком бумаги, он обдумывал каждое слово своего письма, с учётом, если оно попадёт под «цензуру» строгого папаши. Разумеется, знание французского становилось препятствием в выражении мыслей и чувств к Жаннэт. Его предыдущее известие о предстоящей поездке с Ольскими во Францию, она восприняла с радостью и даже с надеждой. Что в его глазах отражалось перспективой их возможной совместной жизни. Но наряду с той недавней мечтой существовует и настоящая реальность, напомнившая о себе последним случаем. Теперь многое остаётся неопределённым, также как зависящим от Жаннэт, или не от неё одной. За их счастье, чтобы не разлучаться с ней, он решился бы на всё, в том числе остался бы в Константинополе. Что она думает об этом, или согласна с ним? А чтобы его письмо не выглядело слишком серьёзным, вспомнил их прошлую случайную встречу в городе -- дурачества за обедом в ресторане. Это -- если ей грусно -- чтобы улыбнулась хоть тому. Также благодарит её, что тогда пришла к нему в мастерскую. Она появилась вместе с его желанием увидеть её, -- такое совпадение... а может, логичность отого, что его мысли были заняты ею постоянно. Андрей пытался передать свою любовь к ней каждой строчкой, но, представив, как Жаннэт будет читать «его грамматику», стыдливо улыбнулся на исписанный с зачёркиваниями и поправками измученный лист бумаги.

\*

Весь последующий день для него тягостно растянулся в ожидании Жаннэт или хотя бы весточки от неё. Он был занят

Л. Хайченко Берег турецкий

будничной работой, подсознательно думая о ней. Несколько раз по различным причинам выходил в зал салона, как бы предчувствуя их встречу, хотя понимал, что это лишь его желание в воображении; ведь если бы Жаннэт была здесь, непременно подошла бы....

«Что же, буду продолжать надеятся...», -- звершая рабочий день, грустно подбадривал себя Андрей. И придя домой, не находил себе покоя. Неведение о Жаннэт только делало беспокойство тревожнее: «Настолько серьёзно происшедшее с ней, что она даже не даёт знать о себе. Но что мне предпринять? Пойти туда? На каких правах? Нет, я не могу, -- это будет выглядеть дерзко, по крайней мере в глазах Поля. Ведь его тактичный отказ от моих услуг иначе не объяснить. К тому же унизительно появляться незванным гостем. Там всего лишь оплачивался мой труд. К чему появляться вновь? -- работу художник уже завершил... -- и от обратного значения Андрею сделалось совестно. -- Мне тоже надо понять господина Руанье -- его переживания за судьбу дочери... На этом фоне я для него просто неблагодарный человек, пытающийся разрушить семейную жизнь Жаннэт».

Вид Андрея был подстать переживаниям и настолько жалок, что невольно обращал на себя внимание. «Похоже, что мы сглазили Андрюшино счастье... – сделала своё заключение Клавдия Иларионовна, не надеясь на откровение влюблённого парня, -- ещё пару дней тому он сиял наряженный, жизнерадосный, казалось, жил будущим. Что с ним случилось? Какой конкретный повод для грусти? И как ему помочь, ведь он свои страдания носит в сердце. Тяжело ему...».

И она выбрала единственный способ, верный для общения – письменно выразить свою тревогу. Но так, чтобы не навязчиво выглядело, а с дружеской заботой. Она спрашивала Андрея: может ли он открыть ей свою печаль, не томиться в одиночестве? Возможно, в чём-то смогла бы посоветовать, и ему было бы легче. «Не исключено, что Андрей переживает из-за болезни дочери господина Руанье. Он им рисовал и, может быть, между ними возникла дружба... или более.

Всеволод рассказывал о печальной вести, которую узнал от Жан-Пьера».                    *

Проснувшись пораньше, чтобы успеть до работы убрать в комнате, а также закончить своё письмо к Жаннэт, Андрей, к своему удивлению, увидел на столе сложенный лист бумаги в виде записки, и обрадовался, что его тревоги о Жаннэт воплотились весточкой. На самом деле то было обращение в нему Клавдии Иларионовны. Он чувствовал благодарную признательность за её доброе сердце, и ещё, что она осторожно, как бы невзначай, сообщила о болезни Жаннэт. Естественно эта весть встревожила; и у же его чувствительное воображение представило болезнь Жаннэт в самых тёмных тонах. Он тут же ответил на это благородство своим извинением, написал и несколько строк об отношении к Жаннэт, обойдя интимное, сугубо личное, беспокоясь о чести Жаннэт, хотя и доверял Ольским.

«Оказывается я не ошибалась... – вздыхала Клавдия, читая ответ Андрюши, -- наш мальчик не иначе, как по уши влюбился в эту женщину. Сердцу не утаить, что явно. Так можно понять по осторожном упоминании её имени, слишком осторожном. Но кто эта женщина, кроме известного, что она дочь вельможи? Отчего такие страдания? Какая может быть преграда в их отношениях? Всё эти вопросы остаются для непосвящённых. От всей души рада была бы помочь Андрюше, и всё-таки нетактично лезть со своими услугами, тем более, что он объяснил всё, посчитавшее нужным. Это лишь напоминание ему, что мы не безучасны в любом затруднении в его жизни. Пускай он это знает – мы всегда по-родительски расположены к нему».

52

## Домашняя поддержка

В их новой квартире вечер за вечером тянулся спокойным, однообразным чередом, хотя дневное время у Ольских,

Николая Николаевича и Андрея были насыщены по-своему занято.

Всеволод Иларионович был всё ещё занят своим книжним проектом, который вот-вот должен разразиться изданием всеми ожидаемой книги. Ну, а Клавдия уже могла спокойненько выходить в город за продуктами, не опасаясь, что их снова захотят обворовать. Кроме хозяйственных хлопот, покупок в магазинах и на рынке, она отвлекалась окружающей жизнью. Не возможно было не остановится у проходивших на площадях открытых концертов, глядя на танцующих, словно белых бабочек в полёте, стройных дервишей в их красных высоких колпаках с грациозно возведёнными руками, определённо что-то символизирующих. Она находила самобытность в пёстрых одеждах красивых турчанок, их разнотканных убранствах. Некоторые их наряды со стороны смотрелись, как сплетение цветов, украшавшие улыбающиеся молодые лица. Кстати, Клавдия уже могла худо-бедно изъясняться на тюркском, благодаря ежедневному общению с приятной хозяйкой цветочного магазина и кондитерами в булочной, и вообще она никогда не упускала возможности поговорить с людьми. Так ей стало известно, что возобновились рейсы пассажирских кораблей по Средиземноморью.

Николай Николаевич, несмотря на свой безработный статус, также не оставался без внимания. Несколько раз его приглашали в полицию по вопросам известного дела -- для уточнения некоторых деталей. Вместе с тем, один из заместителей начальника полиции при помощи переводчика намекнул ему, что в профессиональных услугах господина Иваницкого они не отказались бы и в дальнейшем. И после официального разговора продолжали беседовать на отвлечённые темы: о погоде, местной кухне, напитках... При этом турецкому полицейскому было приятно угостить своего русского коллегу местным бренди и кофе с миндальным лукумом. Так что Николай Николаевич почувствовал себя как бы вновь востребованным, хотя бы в связи с «делом Ахиллы и его дружков». Это, так сказать, на выходах Николай Николаевич расправлял крылья, а возвратясь в их «турецкое жильё», снова тосковал по семье: «Как там мои «французики» поживают? При нашей встрече слово «папа» с ударением на каком слоге будут произносить? А я постараюсь им предоставить скорейший повод для этого. Эх, Любушка, Любовь... Любашка моя... Это на французский не перевести...».

Скучал на диване среди разбросанных непонятных газеток и раскрытого учебника по французскому, Потянувшись, зевнул, и скучно посмотрел на потолок, убедившись, что тот по-прежнему высокий и прямоугольный. И зашёл в комнату Андрюхи.

При каждом появлении дяди Николая «у себя в гостях», Андрей догадывался о причине, и что ему предстоит отложить все занятия на часок-другой. «Давай-ка брат, Андрей Григорьевич, сыгранём с тобой в «пешие». Ты же мой традиционнейший соперник! -- сбитое и надоедливое слово «шашки», Николай Николаевич старался разнообразить изобретением собственных синонимов. А чтобы прибавить настроения явно опечаленному Андрею, предложил пройти в гостиную -- играть при рефери Всеволоде Иларионовиче; а то и турнирчик расписать. Откровенно признаться, ему не так хотелось играть и выигрывать, как переживал за Андрюшу, и разговаривал с ним, уверенный, что его может понять даже чёрт рогатый (особенно когда кулак под нос предъявит). Но над Андреем насильственные меры предпринимать не собирался, лишь похлопал по плечу дабы отогнать того печаль.

Нужно заметить, что Николай Николаевич аккуратно придерживался своих давних правил: вижу, понимаю, но вида не подаю. «Не могу безразлично глядеть, как Андрюха изнемогает душой. Кто же та дама-сердцеедка, что так больно жалит? Почему такого замечательного человека вынуждает страдать?», -- переживал, как за собственное дитя, дядя Николай.

Несмотря на скверное настроение, Андрей всё же не мог не откликнуться на внимание, тем более Николаю Николаевичу. Он уже изучил его характер, и не сомневался в поводе для предложенной игры. «Невозможно ничего утаить от него, настоящий сыщик, -- улыбался Андрей, -- хотя всё-таки главное качество хмурого дяди Николая -- обоятельность. Удачливый я на таких людей. В самом деле с ними не чувствуешь себя так одиноко, особенно, когда на душе тяжело...». И их первая партия завершилась по своей логике -- ничейной, -- никто никого не хотел огорчать. Оба игрока отказывались от такого предпочтения из-за уважительных симпатий, а может быть, просто для начала. Внешне неприступный Николай Николаевич пытался шутками расторможить угрюмость Андрея: то он, отвлекая внимание соперника, снимал его шашки с доски, то делал двойные ходы, заверяя, что Андрей уже до этого ответил одним и пытается его околпачить.

«Вот и я сегодня постарался сделать хоть одно полезное дело, -- с удовлетворением признавался себе Николай Николаевич, -- теперь Андрюха и улыбнуться может. Он понимает -- я мог бы его и без стащенных шашек разгромить, потому и на ничьи соглашался. А возможно, и он меня пожалел, учитывая мою постылую популярность».

Последовавшая за ничейными партиями игра была уже бескомпромиссной, в ней сказался опыт старого шашиста Николая Иваницкого. Так что следующий вопрос мастера относился к уважаемому Всеволоду Иларионовичу.

-- Ну, сударь-дударь, говорят, вы у меня по списку... Что за денёк сегодня вышел! -- всё приятное к вечеру припас, -- подтрунивая, Николай Николаевич расставлял шашки на доске, при этом победительно насвистывал. -- Но заверяю вас -- пощады не ждите, сэр.

-- А это ещё посмотрим! На моей строне Андрюша, -- Всеволод Иларионович подморгнул сидящему возле них Андрею, -- а если моя дорогая сестра постарается нам чаёчком подсобить, тогда вообще будет идеально.

-- Вы, как всегда, правы, почтеннейший. А пока перед чайком ваш первый ход. К делу, немешало бы в чаёчек да по капельке коньячка опустить... так сказать, для согрева и мышления... – Николай Николаевич ответил своим коронным ходом по центру, который послужил началом разгрома соперника.

После обмена комбинациями с потерями шашек, Всеволод Иларионович сделался серьёзным.

-- Ого! Так вы на своём настаиваете... – в раздумии зачесал бородку Ольский. Ему не хотелось так сразу быть поверженным, и для убедительности, что знает путь выхода из сложившегося положения, стал и себе посвистывать.

-- Как нам стало заметно, вы прекрасны в настроениях, дорогой коллега по гусиному перу... – приговаривал Николай Николаевич, -- а что, если я вас с фланга да прижму...

-- Посмотрим ещё... – ковыряясь в бороде, задумался над ответным ходом Ольский, уже без *трулялякаканий*.

-- Тогда, не возражаете меня в дамки пропустить? – атаковал словами и на доске маэстро Иваницкий.

-- Упущенная партия ещё не проигрыш сражения, -- пытался серьёзно отшутиться Ольский, чья шашечная судьба находилась в пятерне мастера, -- между прочим, если уж вы интересуетесь причиной моего настроения, так она легко объяснима. Во-первых, приятно заметить, что наш друг Андрюша выглянул улыбкой из-за серых туч своего душевного заточения. А во-вторых, у нас ещё есть один повод и немаловажный – к концу недели выйдет из печати наша книга.

-- Очки приготовлю... – улыбаясь, пошарил у себя в карманах Иваницкий.

-- А в-третьих... Извините, я уже путаюсь с загибанием палец... Так вот, в-третьих, продвигается вопрос с отъездом, -- не обращая внимание на едкий юмор Николая Николаевича, продолжал сопротивление Ольский. – Вообще-то последнее сообщение он не мог отнести к радостному по известным причинам. Но в данном случае исходил из общих интересов. -- Господин Рошто представил меня человеку, который может нам помочь в оформлении виз. Имеется договорённость о встрече. На ней и обсудим все детали с ньюансами. Этот человек командирован из Парижа с гуманитарной миссией, как объяснил Жан-Пьер. Связана она с последними событиями в Европе, а также проявлением вандализма националистами

Л. Хайченко Берег турецкий

против нацменшинств. Видите, как нам сопутствуют дружеские отношения с уважаемым Жан-Пьером.

-- Уж, действительно, он наш мессия, -- почти безразлично прореагировал увлечённый партией соперник.

-- И всё-таки стоит сегодняшний день в календарике отметить. В самом деле ты приятное сообщил. Только почему-то после чтения газет... – мило укорив братца, Клавдия Иларионовна внесла в комнату шашистов желанный чаёк с ореховым вареньем в розетке и, естественно, к нему... Как-никак повод требовал.

-- Любезнейшая вы наша, как вы мысли угадываете! Такая красота! Какую же ручку вам за это поцеловать? – в приветствии подноса с обожаемыми напитками, пропел Николай Николаевич. – Так что данная соблазнительность на время откладывает крушение вашего брата. В виду сего важного дела завершение игры объявляется отложенным, -- произнёс Иваницкий. Но, к удивлению, начал чаепитие с варения, -- тихонечко с краю розетки подкрадаясь к нему ложечкой... – Ммм... что за изумительное такое?! Здесь парой ложечек не отделаешься... ммм...

-- Местных рецептов -- из зелёных орехов. Считается очень целебное при простуде. Можете его попробовать с полюбившейся вами баклавой. Уж извините за её свежесть.

-- О да... – мычал от удовольствия сладкоежка, -- в теперешнее-то время понятие «свежесть» потеряла своё значение. И за это благодарствуем. Можно понять, что их срывают до созревания, чтобы избежать... – и подморгнул.

-- Не без того при голоде. Но убедились и в это время, что турки отличные кондитеры. Как мне рассказывали, здесь потрясающий выбор сладостей был до войны... -- приговарила под угощение Клавдия Иларионовна.

-- Восточных! -- поднял бровь вкушавший.

*

Используя отвлечение разговором чаёвничавших, Андрей незамеченным вышел из квартиры. Да и как было объяснить, куда он и за чем? когда находился в самоотведённой запретной зоне нечаянной любви. Он сделал то, что намеревался – быть как можно ближе к больной Жаннэт. По дороге Андрей зашёл за традиционными цветами – пока единственный способ общения с Жаннэт; намеревался, как и в предыдущий раз, передать букет и, возможно, дольше побыть там, у холодной, в дождевых крапинках ограды. Хотя бы так.

Охранник Некмет стоял у ворот в своём брезентовом балахоне, будто ожидая его прихода. Увидев Андрея, на этот раз он приветливо улыбнулся и был готов услужить ему вновь. Цветы для больной госпожи Руанье охранник нёс торжественно в вытянутой руке, понимая их целебное значение.

## 53

### *По обе стороны*

Уже почти неделю тревожная обстановка не покидала белеющее в просвете деревьев здание за высокой чёрной изгородью. Больная Жаннэт всё ещё находилась в критическом состоянии. Несмотря на выполнение назначений доктора и тщательный уход за ней, никак не удавалось сбить высокую температуру. Она продолжала бредить, метаясь в жару: «Андрэ... Андрэ... Почему ты уходишь от меня? Эта чёрная карета у крыльца... пожалуйста, не садись в неё! В твоей руке тёмная роза... Ты, наверное, опечален чем-то... Останься со мной, я тебя умоляю... Люди, уберите тех злых псов! Где моя Николь? Доченька, где ты? Будь со мной, -- повторяла она, тяжело дыша». Сиделки время от времени смачивали в уксусном растворе салфетки, прикладывая к пылающему жаром лбу больной.

Поль практически не оставлял спальню дочери, контролируя дачу лекарств, давая указания по уходу за Жаннэт, а когда надо было -- собственноручно помогал. И просил Бога услышать его молитвы.

Вечером доктор второй раз осматривал Жаннэт. Он сосредоточено вслушивался в её дыхание; постукивал пальцами по спине... И перед уходом впервые улыбнулся, тем самым обнадёжил до смерти измученного отца.

-- Я нахожу, что её лёгкие функционируют уже лучше, чем вчера, и даже утром. Снизилась хрипота, и пульс не так учащён. У вашей дочери сильный организм. Постепенно она поправится. По крайней мере, в этом сейчас больше уверенности нежели было вчера. Продолжайте ставить компрессы, с ложечки давать питьё, микстуры и лекарства. Будем надеяться завтрашним утром увидеть её в лучшем состоянии.

-- Не знаю, как вас благодарить, Доменик, -- из завала ежеминутных переживаний и тревог на спасителя дочери зрели измученные глаза бедного старика; он признательно держал в руках волшебную ладонь доктора. От этих воодушевляющих слов Поль почувствовал себя вновь счастливым отцом и дедушкой, и посмотрел на лежащую в постели дочь со слезами радости.

Простившись с доктором, он поспешил к Николь сообщить и ей радостную весть, что её мама поправляется и скоро они будут снова вместе.

Который уже вечер до наступления сумерек Андрей стоял у чугунной ограды особняка Руанье, неотрывно глядя на мрачно светящиеся окна спальни Жаннэт, надеясь увидеть её желанный облик. И невольно ему вспоминалась Маша. Именно в этом ему и не хотелось их сравнивать. «Так будет ужасно несправедливо... Нет, это не может произойти. Жаннэт непременно выздоровеет. Иного я не представляю», -- мысленно повторял он.

Охранник Некмет сочувственно смотрел на удручённого своим горем молодого человека, и от расположения к нему, на свой риск, открыл калитку, показывая, что тот может следовать в господский дом. Он работал в этой должности

достаточно давно, чтобы взвесить всё и оценить данную ситуацию, а ещё ему было очень жаль бедного парня, замечая в нём доброе сердце и порядочность.

Но несмотря на откровенное предложение, Андрей лишь поблагодарил доброго служителя кивком головы за проявление чуткости. Он не мог позволить себе появиться там

Л. Хайченко Берег турецкий

в такое время, да и незванно. Оставался удовлетворённым тем, что цветы от него находятся возле любимой.

\*

И как чудо, пришедшее утро, словно подчиняясь прогнозу доктора, наконец принесло улучшение состояния больной. С первыми лучами солнца, осветившими спальню, Жаннэт приоткрыла глаза. От изнурительной борьбы с тяжёлым недугом она ощущала слабость, чтобы подняться с постели, и первое слово, шепотом сошедшее с её опалённых жаром губ, было обращено к дочери:

-- Николь... Где моя Николь?

Полусонно склонившийся на спинку стула сидевший возле неё мужчина встрепенулся, услышав желанный голос. Он нежно прикоснулся к её руке, стараясь выразить свою заботу.

-- Тебе получше, моя дорогая? Как ты себя чувствуешь, Жаннэт?

-- Что со мной происходит?.. – спросила она слабым голосом. Бессилие не позволяло даже повернуть головы, -- наверное, я очень больна... Это ты, Андрэ?

Но мужчина не ответил, лишь поднялся со стула, поправив его левой рукой; правый рукав мёртвой лентой спускался в карман кителя. Он вышел из комнаты, чтобы сообщить желанную весть Полю, только под утро уснувшего после беспокойной ночи проведшей возле дочери.

Женщина в белом халате медсестры внесла в спальню больной поднос с микстурой, лекарствами и свежеприготовленным питьём.

-- Доброе утро, госпожа! Вы нас сегодня радуете, -- улыбнулась вошедшая и представилась как присматривающая за ней: -- Меня зовут Зейнеи, я ваша медицинская сиделка. А сейчас вам, доргая, необходимо принять лекарства. Чашка бульона придаст вам сил.

-- Спасибо, Зейнеи. Я тяжело больна... – тихо ответила на тюркском Жаннэт и с вопросом посмотрела на услужливую женщину: -- А почему Андрэ вышел из комнаты? Я слышала его голос... и шаги...

-- Вы обязательно выздоровеете. Вижу -- вам заметно лучше, -- заботливо поправляла постель выздоравливающей сиделка, -- а кто такой Андрэ?.. Не знаю такого.  У меня для вас есть радостная весть: этой ночью возвратился с войны ваш супруг! Для вас получилось приятное вдвойне. Он как бы принёс вам исцеление. Всю оставшуюся ночь пробыл возле вас... просил меня пойти отдохнуть. Внимательный такой. Но мне не отдыхать за работой. Наверное, во сне вы его не узнали, приняв за постороннего.

Жаннэт больше уже не хотелось ни спрашивать, ни отвечать на расспросы о самочувствии. Даже взволнованное приветствие Жоржа она встретила безразлично, впрочем, как и следовало бы ожидать. С отцом она также была весьма кратка, сказав, что с ней уже всё в порядке и пускай они больше не переживают.

-- Поблагодарим Господа и не будем её утруждать своим присутствием, -- осторожно, как бы не сглазить счастье, обратился Поль к Жоржу, увлекая его за собой, выходя из спальни дочери, -- подождём доктора. Он должен скоро быть. -- С удовлетворением происходящего в доме, он взглянул на часы и отдал распоряжение специально приготовить каллорийную еду для Жаннэт: – Всё, что она пожелает. А пока ей нужен покой.

-- Мы сейчас умоемся, переоденемся в чистое бельё и будем ждать нашего доктора... Верно, Жаннэт? – Зейнеи убрала поднос с использованной посудой, и, взбив подушку больной, подложила повыше.

-- Спасибо, Зейнеи. Вы очень внимательны ко мне, -- с благодарностью, как бы извиняясь за своё положение, посмотрела Жаннэт на сиделку, а сама подумала: «Но почему мне показалось, что Андрэ в комнате? -- А, этот стойкий запах цветов... -- посмотрела на букет роз, и поняла от кого они. -- Ведь я должна была прийти к нему на встречу... а получается, что опоздала на вечность... продолжая ждать... Длинный кошмарный сон реальностей и иллюзий. Жорж... Мне сказали он здесь. Слава Богу, что живой. Предчувствовала его возвращение -- так оно и произошло.  Не могу ни о чём думать сейчас. Всё решается за меня»

*

Задумавшись, Жорж курил, стоя у окна вестибюля. Настроение было смешанным: от любящего отца, спустя войну, впервые увидевшего свою дочь, до неуверенного своим положением мужа. Всё это сразу навалилось на него -- и приятное и тревожное. Все его чаяния были о семье: спешил обнять Жаннэт, передать ей свою любовь, испытанную годами разлуки войной; поцеловать крошку Ники. И вот застал Жаннэт больной, очень... да ещё упоминание какого-то мужского имени. Зато Ники его обрадовала. Такой он её и представлял. Взглянув на неё, спящую, узнал в ней свою дорогую дочь, чем-то похожую на него в таком же возрасте. «Интересно, как она воспримет появление своего отца? Ведь ей говорили, где я. Она должна быть рада мне. А вот её мама... Как это объясняется, если что-то действительно произошло? Всего лишь вынужденное отсутствие супруга... – криво улыбнулся он. -- Но как иначе? кто из них по-настоящему знает, что такое война, артобстрелы, фронтовые будни... Хотя у меня были и мысли не возвращаться таким. Из-за этого не писал им. Но как я мог? Посторонним не хотел доверять свои чувства, переживания... А они ещё больше бы тревожились, узнав о моём тяжёлом ранении. Это я так думал, на самом же деле выглядит наоборот – переживают за тех, кто нужен. Моё искалеченное тело только может подвести черту в наших отношениях. Но я -- муж Жаннэт, и она мне жена. Другой мне не надо. Лишь бы она по-прежнему ко мне относилась. И вот в ответ своей надежде слышу: «Андрэ, Андрэ...». Кто этот человек? Что ему нужно в этом доме? от моей семьи? В то время, когда я выполнял свой воинский долг, кто-то за моей спиной устраивал своё счастье... – Жорж взглянул на плоский рукав, затем с надеждой на левую руку, и сжал кулак, -- ты -- моя единственная, должна заменить мне свою потерянную сестру. – Он потушил сигарету и пошёл к больной супруге.

Поднявшись ведущей на второй этаж лестницей, возле двери спальни жены Жорж увидел Николь. Она будто специально ждала его там одетая в нарядное платьице с ажурными рюшевами; её волосы были гладко расчёсаны назад, повязанные розовыми ленточками.

-- Доброе утро, месье! Я уже знаю, кто вы. Вас зовут Жорж и вы мой папа, -- звонким голосом встретила отца Николь, -- а меня -- Николь. Можно и Ники.

-- Доброе утро, доченька... моя Николь! – Жорж поднял рукой дорогую дочь, целуя её личико. Ему не хотелось опускать её на пол, -- глядя в её добрые глаза, держал свою сбывшуюся надежду.

-- Мне дедушка сказал, что мой папа Жорж приехал ко мне. Значит это вы. Я ещё по военной форме догадалась. Мама тоже обрадуется. Теперь не знаю, как к вам обращаться... Или месье Жорж, или звать «мой папа»?

Он не мог насмотреться на дочь, и всё что ему говорила его доченька было самым желанным и важным для него. И от такого отцовского счастья он всплакнул.

-- Конечно же, милая, называй меня «папа», «мой папа». Если я был бы чужой дядя, ты бы меня звала «месье» и по имени, -- он прижимал к своему сердцу её крошечное, и ручки Николь обвели его шею. «Только ради этого момента стоило пройти через все страдания», – без сомнения согласился Жорж.

-- Папа, а что это у тебя такое? -- Ника притронулась к тонко спадающему рукаву, -- где твоя другая ручка? На фотографиях я тебя видела с двумя...

-- Она осталася, доченька, на войне. Там твой папа Жорж всё это время был. Ты ведь за меня волновалась? Верно? – он улыбнулся своему ребёнку с надеждой услышать приятное.

-- Говоришь, осталась на войне она... Да? А что она там сама делает? – Николь внимательно смотрела в отцовские глаза, ей сделалось жаль, что её папа Жорж без ручки и она поцеловала его, -- не переживай за той другой. Пускай она себе там остаётся, на войне... а я буду помогать тебе, всё что ты скажешь. Я тебя так ждала! Теперь и у меня есть мой папа Жорж.

Л. Хайченко Берег турецкий

*

В то время откровений дочери, её мама Жаннэт завтракала в постели омлетом и чашкой кофе со сливками – что попросила принести. Еда ей показалась необычайно вкусной, после чего почувствовала себя заметно лучше, даже, как ей казалось, смогла бы пройтись по комнате. Но не хотела этим  никого беспокоить, тем более только что её смотрел доктор и настаивал, несмотря на позитивные изменения, чтобы она продолжала прежний режим лечения и была очень осторожной. Как он сказал: «Для полного исцеления потребуется время, и многое зависит от прилежности выполнения его рекомендаций».

Постучав в дверь, тихо вошёл Жорж. А она как раз подумала, почему он к ней не заходит. Предположила, что после бессоной ночи отдыхает. Просто ей было интересно посмотреть на него -- или  очень изменился, и спросить о его долгом молчании. Пока она не решалась упоминать об Андрэ, считала, что не время для этого. Ей хотелось встретить Жоржа, как своего давнего друга, и не более. Искренне была рада за него, что он пережил такую тяжёлую войну.   А вот он не знал с чего начать разговор с Жаннэт... не знал после услышанного от неё прошлой ночью. Лишь присел на тот же стул у кровати Жаннэт, и смотрел на неё. Они оставались одни в комнате, и он ожидал что супруга заговорит первой, не имеет значение о чём. Как было заметно, она выглядит посвежее той, бредившей ночью чужим именем.

«О, Боже мой! Он так покалечен!.. Без руки... и этот ужасный шрам через лицо. Как эти четыре года до неузнаваемости изменили его... Бедняга, сколько горя он пережил. Возможно, из-за этого и молчал -- держал в себе тяжёлую новость, не хотел нас огорчать. А может, была угроза его жизни? – И тут она почувствовала, как ещё неотошедшая болезнь напомнила о себе разлившейся слабостью. Сомкнула глаза и тут же уснула».

В противовес своим сомнениям, ему не хотелось оставлять больную Жаннэт, даже пусть и молчаливую к нему. Он видел её состояние и  был готов сделать всё зависящее  от него лишь бы его супруга поскорее поправилась. Именно *его супруга*, только такой он видел Жаннэт. По своей просьбе Жорж подменил одну из  сиделок, заверив, что определённо разбирается в оказании медицинской помощи и будет ухаживать сам за своей женой, по кому так скучал. А когда заметил, что Жаннэт уснула, заботливо укрыл её одеялом и подправил подушку. Затем подошёл к окну и поддёрнул штору -- чтобы свет не падал ей на лицо. Он лишь на минутку отлучился на кухню заказать Жаннэт на обед чего-то питательного. Например, варёного цыплёнка или кролика, и салат из свежих овощей, -- знал: в доме Руанье возможен такой выбор в любое время. Также глоток красного вина с ломтиком сыра, по его мнению, могли бы прибавить ей аппетит. Он распорядился, чтобы из апельсин сделали сок, а также купили свежий творог и сливки.

\*

Жаннэт проснулась от ощущения чьего-то присутствия, и увидела склонённого над ней доктора Доменика. Перед этим она с охотой пообедала. Еда была так вкусно приготовленная, что она немного переела, отчего решила вздремнуть. И проспала до самого вечернего визита доктора. Сейчас уже она могла похвалиться собой, даже была раположена пошутить над своей хворью, причинявшей всем волнения и хлопоты.

Но доктор доверял только фактам и своему опыту, хотя высказывания больных учитывал. Он ещё раз с заметным удовлетворением прослушал лёгкие Жаннэт, прошёлся перестуком по спине, подсчитал пульс, -- и у него был повод улыбнуться пошире. Действительно, ход выздоровления Жаннэт опережал любые его предположения

-- Несмотря на то, что вы восхищаете нас своим прогрессом, очень важно во избежание хронических осложнений не прерывать лечение. И по той же, возможно, надоедливой вам системе продолжать принимать лекарства, соблюдая умеренный режим. От прогулок воздерживаться пока не окрепнете. Мы на середине пути. Ваш недуг, Жаннэт, ещё не побеждён.

-- Вы мой спаситель, дорогой Доменик! – в ответ Жаннэт улыбнулась их семейному доктору, также принимавшему у неё роды Николь. А сейчас она  чувствовала себя в неловком положении. Обычно она встречала доктора как заботливая мать, обеспокоена здоровьем простудившейся Николь, а вот теперь сама вынуждена быть в роли больного ребёнка... -- и сколько же вы  прикажите мне лежать?

-- Этого как раз я вам не приказываю. Если чувствуете, что хочется пройтись по комнате – пожалуйста. Но только по комнате,   --   удовлетворённо   улыбнулся   требовательный доктор.

-- Ну, дорогой Доменик, а как насчёт малую чуточку на свежем воздухе?.. – жалостно спросила Жаннэт.

-- Свежий воздух будете получать в эти дни путём проветривания комнаты, -- определённо ответил доктор, но глядя   на   молящие   глаза   Жаннэт   сжалился   под   свою ответственность: -- Хорошо, через пару дней можете начать десятиминутные прогулки у дома, и не более. А кроме этого приятного продолжать обильное тёплое питьё,  особенно соки и молоко.

-- Всё же, когда и без них?..

На   что   доктор   вздохнул,   не   в   правилах   давать предварительных прогнозов.

-- Ладно, если вы такая настойчивая, тогда могу вам сказать, что через неделю-две. Это при условии, что вы дадите слово быть   исполнительной   и   улучшаться...   --   он   прервался, посмотрев на вошедшего к ним в комнату офицера и подал в приветствии руку. Доктор   сразу   же   догадался   кем   этот человек приходится Жаннэт, хотя она их ещё не представила.

«А странно...», – подумав, на секунду замешкался доктор, и обратился к вошедшему с важным разговором о необходимом уходе за больной. После чего они вдвоём скрылись за дверью.


-- Я лично контролирую приготовление еды для Жаннэт. Для неё готовят отдельно. У меня нет большего желания, чем её полное выздоровление, -- озабоченным голосом сказал Жорж, глядя на доктора глазами прошедшего через ад войны.

-- Как не понять ваше беспокойство... – смущённым взглядом ответил решительному доктор, и досказал: -- но предупреждаю – пока никаких интимных отношений. Жаннэт должна окрепнуть, а вы не заболеть от неё. Это не простая простуда...

На что небрежно улыбнулся переживший более ужасное.

Доктор уважительно посмотрел на награды офицера, с сожалением, отмечая про себя какой ценой они достались, и проникновенно сказал:

-- Спасибо вам за участие.

-- Будьте уверены, доктор. Благодарен за совет, -- по-военному кратко ответил Жорж.

-- Доменик, -- прощаясь, а заодно знакомясь, доктор пожал руку ветерану войны, уверя того взглядом, что за жизнь Жаннэт он может уже не опасаться.

К ним подошёл Поль Руанье, только освободившийся от дел. Со времени болезни дочери, он изменил свой рабочий график, определив минимальное время на занятость вне семьи. И только в этот день, когда возвратился Жорж и состояние Жаннэт улучшилось, он нашёл больше внимания уделить важнейшим вопросам своего бизнеса. За дочь он был также спокоен, когда возле неё снова появился муж.

*

Всё же Жаннэт не могла быть непризнательной Жоржу за его постоянную заботу и личное ухаживание за ней, вплоть до мелочей: смена постели, белья... И вместе с тем не испытывала стыд за своё противоречивое отношение к нему. Возможно, по причине, что не считала его внимание необходимостью для себя, тем более как обязанность на взаимность. Впрочем, она так же бы ухаживала за ним при подобном, в этом она тоже давала себе отчёт. «Иное дело любовь... – задумывалась она, -- но одно с другим не совместимо»

Вновь вошедшего услужливого до надоедливости Жоржа Жаннэт встретила холодным взглядом, от которого внесённый им куриный бульон с лапшой и рубленными яйцами начал

Л. Хайченко Берег турецкий

остывать. Глядя на это поданное блюдо, Жаннэт представила его в руках Андрэ, и лишь пожелав это, грустно улыбнулась себе.

Жорж пытался кормить её из ложки, на что Жаннэт отказалась, и, поблагодарив за такую заботу, попросила его оставить всё на столе, -- она сама поднимется. И настолько убедительно дала понять о своей самостоятельности, что Жорж с задумчивым лицом покинул спальню супруги.

За эту свою излишнюю дерзость Жаннэт сделалось жаль Жоржа, наверняка, обидевшегося на неё. «Ведь он от души старается мне помочь. Он никогда раньше за мной так не ухаживал. Столько чуткости от него исходит... которую мне не хватало за время нашего супружества. Он возвратился совсем другим человеком. Так что же плохого в его расположении? Но меня невольно тяготит его присутствие. Ничего не могу поделать с собой; глядя на него, я думаю об Андрэ... -- В подтверждение её мыслей, в вазе стоял букет распустившихся за ночь роз, -- наверное, он вчера приходил... иначе каким образом эти цветы? Андрэ был здесь?! Нет, мне бы сказали. Ему каким-то образом удалось узнать обо мне... -- Жаннэт посмотрела на дверь в надежде на чудо -- что та откроется и к ней войдёт он... -- Нет, это уже не сбудется... Жорж не уступит меня, я это чувствую. Война сделала его сильным, его взгляд говорит об этом. А мне просто жаль его. Жаль за то, что таким возвратился, что смотрит на меня глазами полными печали. Возможно, он догадывается об Андрэ. Такое моё ощущение...».

*

Через пару дней, после ужина, Жаннэт собралась перед сном выйти на свежий воздух. Одевшись потеплее, как на том настаивал доктор, она сошла ступенями крыльца к аллее. Жорж сопровождал её по своему настоянию, предостерегаясь, что вдруг Жаннэт сделается нехорошо, -- по себе зная, как после тяжёлого ранения обессиленный впервые вышел на прогулку у госпиталя и сразу ощутил лёгкое головокружение. А за Жаннэт, свою супругу и мать дочери, Жорж должно переживал. Он уже не сомневался в том, что между ним и Жаннэт находится тот неизвестный Андрэ, и потому, как она смотрела на цветы в её спальне, догадывался от кого они. Но расспрашивать об этом было ниже его достоинства, другое дело, если бы Жаннэт объяснила и попросила прощения. И он простил бы её. Хотя бы потому, что продолжал верить ей, зная её искренность, по крайней мере былую. Раньше он был неблагодарным наглецом, не задумывался над ответными чувствами к ней. «Возможно, их и не было у меня... Уверенность, что Жаннэт навсегда моя вызывала только безразличие. Сейчас получается наоборот... – в отчаянии признавался он себе, -- ещё и оттого, что я уже не тот -- беспечный, самоуверенный красавец. Боюсь её потерять, как последнюю надежду».

И в том был свой повод, когда они молчаливо прохаживались у дома на расстоянии друг от друга, будто им не было о чём говорить. Жорж чувствовал холод безразличия к себе Жаннэт, но раздражённость пока держал в себе. На несколько попыток заговорить, он слышал в ответ неохотно отпущенные слова. Так что они прогуливались каждый со своими мыслями. Жорж с грустью в глазах поглядывал на супругу, а она смотрела в сторону темнеющей аллеи, откуда ждала появление одного человека, пожалуй, самого дорогого для неё.

И Андрею передавалось это желание Жаннэт, потому что жил тем же. Жаннэт, как бы сердцем чувствуя, что Андрэ здесь ждёт её, вышла именно в то время, когда он стоял у закрытых ворот и взглядом искал Жаннэт. Вначале он не поверил, что та красивая госпожа, одетая в широкую шубу с меховой шапочкой  и длинным шарфом вокруг поднятого ворота, осторожно спускавшаяся по ступеням -- Жаннэт. Подобранные волосы изменяли её лицо, делая его овальнее, свободное от косметики. Только стройность и гордо поднятая голова убеждали, что эта женщина Жаннэт Руанье. Он продолжал жадно наблюдать за ней, находясь в тени своего присутствия. На мужчину, сопровождавшего её, обратил внимание после того как Жаннэт подала знак, что заметила его. Ему не удалось рассмотреть того господина, кто был с Жаннэт. Увидев Андрэ, она сразу же отослала того обратно в дом, -- как понял Андрей по быстрой реакции на сказанное ею.

Да, она хотела избежать ненужного, не сомневаясь в спыльчивости Жоржа, и попросила его пойти приготовить ей ванную пока она прогуливается, а заодно заказать на кухне что-нибудь лёгкое на десерт, например, клубнику со сливками...

Обрадовавшись хоть таким вниманием к себе, счастливый муж понёсся исполнять желание жены.

А она -- едва дверь за Жоржем закрылась -- бросилась к Андрэ, надеясь, что деревья и сгущающиеся сумерки будут надёжно охранять их двоих, прикрывая видимость, если вдруг кто-то попытается следить за ней из окон.

*

Загулявшись на «свежем воздухе» (гораздо дольше рекомендованного доктором), Жаннэт возвратилась в прекрасном настроении с новым букетом роз и ощущением неостывших поцелуев. Заказанная ею ванная давно уже остыла в ожидании, как и клубника, плавающая в кроваво-молочном соку. И она решила не купаться, а быстрее растелить постель и уснуть с его присаниями её тела -- чтобы Андрэ ей обязательно приснился в продолжение желания.

54

Сплошные новости

Николай Николаевич стоял задумчивый у расшторенного им окна, грустно глядя на пошедший первый снег. Перистый и медленный, он старательно забеливал ещё тёмневшие крыши домов, облепливал парковые деревья, скамейки, покрывал ватными шапками кусты, заметая тротуары и дороги, придавая всему грешному земному безупречную непорочность. И Иваницкий споймал себя на мысли, что ничто больше в природе не привораживало его взгляд, как первый снег.

Зимушка была его излюбленной порой. Особенно такой выбор подтверждался там, где её, как таковой, настоящей, просто нет и быть не может. И конечно, на фоне спускающихся с серого неба белых снежинок, возвращалась настальгия по всему дорогому, что хранила память. О да, воспоминания о России хороши именно под снежок! И если бы не часто дававшая о себе знать рана, выбежал бы он на улицу -- проскользить на ногах снежной дорожкой, а то и снежку запустил бы в кого-то из зевак... И когда он увидел торопящегося с поднятым воротом пальто Всеволода Иларионовича, хотел махнуть ему рукой -- в приветствии встречи с зимой, да вот тут же передумал. Он заметил своим безошибочным взглядом, как вдоль вечереющей улицы кто-то прилип неприветливой тенью за спиной Ольского, будто торопящийся за ним слуга... и так до самого дома. А после того как Всеволод Иларионович скрылся за дверью парадного, «слуга» занял скрытую позицию за лиственницей, что стояла напротив, и явно с интересом смотрел в сторону окон их квартиры. Николай Николаевич решил пока ни о чём не спрашивать Ольского, -- не беспокоить его своим подозрением увиденного. Только глянул на часы и решил подождать до завтра.

-- Так что, господа, приглашаетесь потихоньку собираться в дорогу! -- прямо с порога, внеся на плечах и шляпе снег, весело проораторствовал Ольский. -- Спросите о причине такой внезапности? Вот она – наша книга! Новенькая, пахнет краской. Внешне хороша... – он положил на стол их совместный литературный труд, -- что ж, поглядим на спрос.

-- И это вы считаете достаточным, чтобы сгонять нас с насиженного места? – с лукавинкой посмотрел на счастливого друга Николай Николаевич, -- тогда разрешите взглянуть на эту заждавшуюся всеми книжицу.

-- Любезно прошу вас, Николай Николаевич. Только вы не сильно стегайте критикой... всё-таки первый блин... – приветливо улыбнулся Ольский.

-- Блин, уважаемый, не клин. Кстати, о блинах... – прикрыв книгу, Иваницкий с намёком подмигнул Клавдии Иларионовне, -- а между прочим, голубушка, сегодня первый снежок... А под них, румяных да пористых, полагается именно водочки... Мучица, надеюсь, в закромах не извелась...

-- К завтраку ваше пожелание будет учтено, Николай Николаевич. Наскребём-с! – белозубо засмеялась Клавдия. И Иваницкий представил эту русскую красавицу в большом цветастом платке, разрумяненную, именно на зимней улице под первым снежком...

-- Надеемся, к утру снег не растает, – с обещанием блинцов добавила к сказанному она; всё-таки сейчас браться за стряпню не было желания, самой хотелось на снежок посмотреть, под воспоминания.

-- Всё вы, Николай Николаевич, так и стараетесь в еду обернуть. Погодите, я ведь вам ещё не всё сказал, -- шутя, серьёзно посмотрел на любителя съестного Ольский.

-- Укор принимается с извинениями. Интересно услышать что-то ещё. Возможно, у вас приложение к этой книжечке имеется, а, Всеволод Иларионович? – подморгнув с намёком, продолжал в своём ключе Иваницкий.

-- Вот именно. Наши документы и прошения будут ускоренно рассмотренны. В этом заслуга того дипломата, о ком я вам уже говорил. Очень тактичный человек, бескорыстно старается помочь. Я, было, предложил ему из книжного ганорара, но он говорит, что для него достаточно просьбы господина Рошто.

-- Как же зовут этого бескорыстного человека. Не Дон Кихот ли?

-- Будет вам, Николай Николаевич. Может быть, надо всё-таки каким-то иным способом отблагодарить его? Например, к нам пригласить. Встретим его по традициям, -- предложила Клавдия Иларионовна и посмотрела на Иваницкого, как на справедливого критика всех начинаний.

-- Безусловно надо. Но как он это воспримет? Да и подарочек можно было бы вручить... -- на этот раз поддержал идею Николай Николаевич, держа и своё на уме.

-- Вообще-то он скуп на разговор. Так и чувствуется в нём госчиновник. Очень рационален в общении и точен в выражении мысли. Но это не лишает его обоятельности. Кратко представился Шарлем. А вот, когда в разговоре Жан-

Пьер затрагивал тему искусства, он преображался из костного служаки в прекрасного собеседника. Чувствуется, очень эрудирован. О России знает много. Говорит, бывал несколько раз. Большой поклонник нашей музыки. Очень нравится ему Чайковский и Шаляпин. Но наше общение у Жан-Пьера было быстротечным из-за спешки Шарля.

-- Так за чем же задержка, дорогой Всеволод Иларионович? Приглашайте к нам вашего Шарля. А мы его примем с обещанными вашей заботливой сестрой блинами. И споём подстать шаляпиным... и ухой угодим. Заодно напомню -- сейчас время для зимней ушицы. Обычно щука хороша... или судачки с морозца... Кстати, мы сейчас прорепитируем будущую встречу дипломата, раз уж Всеволод Иларионович нам повод принёс, -- подморгнул в сторону книги Николай Николаевич, -- каждую страничку обмоем. А что? Так полагается, чтобы читалась с увлечением.

-- Нет возражений, раз уж вы предлагаете за каждую страничку в отдельности, -- засмеялась Клавдия Иларионовна и поднялась собрать мужчинам на стол.

-- А вообще-то, уважаемый Всеволод Иларионович, у вас выработалась отвратительная привычка – вносить в дом прекрасные новости вечерами. Получается, весь день проходит в ожидании неизвестного, и вдруг -- бум, бум! -- нате вам и будьте любезны расписаться. Заставляете меня срываться в лавчёнку... Тем не менее желаю вам и в дальнейшем нас радовать. Может, ещё и потому, что я ваш первый читатель.

-- Спасибо. К сожалению, второй после автора, -- ответил, смеясь, Ольський, -- такие уж правила, а заодно и наказание: настряпал чепуху разную – изволь первым её отведать.

-- А где там наш Андрюша? Вы уж, дорогуша Клавдия Иларионовна, мобилизируйте его на подготовку стола. А я возлагаю на себя не менее ответственную мисию – сбегать за основным. Попутно уверю -- мной будут учтены вкусы каждого.

-- Ах да Николай Николаевич!.. как он всё быстренько решил и в удовольствие своё улыбается. Ну и хитёр! Что ж, придётся утреннее обещание воплощать неотложно, -- согласилась Клавдия Иларионовна и удалилась в кухню.

Вскоре были слышны запахи свежеприготовляемого ужина, и, безусловно, особенный дух горячих блинов, которые под падающий снежок обещали быть исключительно хороши.

Всеволод Иларионович набросил белую скатёрку на стол и принялся сервировать его посудой, вносимой из кухни в столовую Андреем. У него была ещё одна новость, на этот раз не столь приятная; во всяком случае, как он полагал, Андрею будет знать весьма печально. Чувствовал, что всё же ему перед тем следует посоветоваться с сестрой. «Женщина более тонкий знаток и советник в жизненных ньюансах», -- надеялся Всеволод Иларионович, и, выбрав момент, обратился к Клавдии.

-- Послушай, Клава. Казалось бы, нет нам дела до этого, а суть своя присутствует, -- и в полголоса продолжил: -- Есть свежая весть, касающаяся дочери господина Руанье. -- Он серьёзно посмотрел на сестру, как бы проверяя одобрит ли она такое.

-- Случилось плохое? Ты же говорил, что она тяжело больна... – занято ответила Клавдия.

-- Вообще-то мне не очень приятно сказать... Но это не ради сплетен каких-то. Дело в том, что у Жан-Пьера я застал Поля Руанье. Мы пили кофе, говорили о разном. И тут он, как бы нарочно именно для меня, сообщил свою радость. Да и он выглядел в настроении. Так вот, учитывая его интонацию, я сопоставил некоторые факты и догадался кое о чём.

-- Ты, братец, можешь немного яснее? – отзывалась она.

-- А ситуация такова, что дочь Поля Руанье замужем... – он подкрепил сказанное разочарованным взглядом, -- её супруг -- офицер французской армии, после четырёх лет войны возвратился на днях. Естественно, что заждались они его с сопутствующими переживаниями о того длительном молчании. Уже мысленно согласились, что он погиб. Поль на меня так смотрел, что мне одновременно стало и ясно и жаль. Возможно, он рассчитывал на моё влияние на Андрея, то бишь оставить в покое его дочь. Это можно было однозначно понять. Естественно, он мне конкретно не сказал, но его интонация, взгляд, намёки... И тут я сопоставил это с состоянием бедного Андрюши. Да, к счастью, Жаннэт поправляется, и Поль выглядел бы вновь счастливым, если бы... Не известно знает ли об этом Жан-Пьер. Всё-таки Андрей у него работает, а господин Рошто его лучший друг...

Клавдия слушала и понимала насколько серьёзная ситуация, и была не готова к советам, тем более сиюминутно что-то предложить дельное.

-- Значит, она замужняя... – ответила она, -- и её муж был на фронте всё это время. А наш Андрей рисовал там портреты... Просто анекдотический сюжет. Или, наоборот, трагический. При этом если ещё учесть положение той женщины.

-- В том-то и вся суть. Тот не подавал о себе знать, как часто происходит в военное время. Поль делал запросы, используя свои связи. Всё он старался ради дочери и внучки, чтобы сохранить семью. И вот тот возвратился... инвалидом. Но мы со своей позиции больше переживаем за Андрюшу.

-- Безусловно, мы переживаем вместе с ним, -- согласилась Клавдия. Ей не хотелось говорить о той ответной записке Андрея к ней. Получалось, что теперь она, как бы узнавала впервые. Разумеется, многое ей было неизвестно и она боялась, зная характер Андрея, чтобы тот в отчаянии не наделал глупостей: «Он ведь душой кривить не умеет. Что же нам делать? И почему именно так он поступил? Наверное, между ними всё настолько сильно и серьёзно. Но сегодня пусть у нас будет праздник. Всё-таки жизнь преимущественно состоит из хорошего, даже наша скитальческая. Будем надеяться, что пока таковая».

\*

Но ко всем новостям о всех Всеволод Иларионович явно упустил личную, ибо на сей счёт выбрал позицию молчуна. Вне сомнения, он не был бы так весел со своим сообщением о скором отъезде, если бы не сегодняшняя встреча с Таней. Таня ему призналась, что не видит своей будущей жизни без него и обещала принести паспорт для необходимых оформлений. Он же намеревался просить о ней Шарля, как о своей будущей супруге. Таня была в прекрасном настроении и шутила с ним,

Л. Хайченко Берег турецкий

словно шаловливый ребёнок. Она купалась во внимании Ольского, как он по каждому её пустяку серьёзно заботлив, и это относила на взаимность чувств. Того дня ей не хотелось никуда водить Ольского, тем самым не давать повод отвлекаться от неё другим. Так уж получалось, что она начинала ревновать его ко всему, и для неё больше чем его присутствие ничего не значило.

\*

Совсем иначе размышлял Вальдемар Мухин; точнее не размышлял, а уже решил, что ему предпринимать в таком невыгодном положении. Он никак не мог согласиться с мыслью, что Таня Зарянина покинет его прибыльное благодаря ей шоу. И он выбрал, как считал, самый оптимальный и более простой вариант – ликвидировать того наглеца, стоявшего у него на дороге. Для выполнения задуманного он выбрал два исполнителя. Первый -- работающий на него один сводник, знавший Таню в лицо. Тот должен был выследить с кем она встречается, в какое время и где лучше «перехватить» её любовника. Затем уже дело обстояло за «Циркачом», который шатался по злачным местам вечернего Константинополя в поисках заказов. Брал тот за свою услугу немного денег, зато работу выполнял прилежно, а кличку такую унаследовал из давней работы джигитовщика в одном из провинциальных закавказских цирков, и соответственно был горяч по-восточному. Жизнь его носила по городам России, вначале с цирком, потом самого, примкнувшего к преступникам. В Константинополь Циркач попал боясь уже за свою жизнь по сведению старых счетов; уж очень длинный и грязный след оставался за ним. . В этом большом, пёстром как восточный базар городе он обосновался ещё до войны и чувствовал себя комфортно среди прибывающих и отбывающих бывших сограждан, как и иностранцев, с уверенностью, что пропажу которых и искать толком никто не будет.

55

Л. Хайченко Берег турецкий

Андрей благодарил Бога и тот вечер за встречу с Жаннэт. Она для него появилась также неожиданно, как и желанно, и не имело значения, что на этот раз их разделяли холодные прутья забора. Они прикасались руками друг к другу и их поцелуи были ещё страстней. «Видеть Жаннэт – это и есть моё счастье, наибольшее. А зимняя одежда по-своему хорошит её. И бледность её сменилась румянцем, когда она принимала букет... просунутый мной через жестокий забор. Тогда она была самым прелестным цветком. Она указала идти мне вдоль разделявшей нас изгороди -- туда, где, скрываемые деревьями, мы могли бы оставаться невидимы. Вот так место нашей встречи изменилось до смешного. Завтра я буду там же «у забора» и она подойдёт в тоже время, -- с надеждой вздыхал Андрей. Возле него на кровати лежал учебник французского – вторая его забота, конечно же, ради первой. Письменно он пытался, как можно яснее, объясняться с Жаннэт, -- я её спрошу, как она относится к тому, если я останусь здесь, в Константинополе? Не представляю нашу разлуку. Об этом никто не будет знать, кроме нас двоих. Пока никто. Сегодняшняя встреча с Жаннэт развеяла мои сомнения. Она увидела меня и подошла... её глаза как и прежде смотрят на меня, даже с извинением за своё отсутствие. Но это я должен извиняться перед ней -- что не хватило воли быть возле неё, несмотря ни на что. Её замужество. Но где же он? Она заверяла, что у неё есть один мужчина – «её Андрэ». Значит, возможен их развод. Конечно, это уже зависит от Жаннэт. Я не намерен подталкивать её на это решение, ведь есть Николь. Я был бы счастлив прожить с ней и Ники всю жизнь, в любых условиях. Вместе с тем я против ломки чужого счастья. Но это если бы зависело от меня одного. Счастливые глаза Жаннэт, когда мы вдвоём, выражают всё. Нет сомнения, её отец рассуждает по-своему правильно и логично, не считаясь с чувствами дочери, и тем более «каким-то художником». Жизнь вершится им в приемлемом совершенстве, где благополучие на первом месте, а что касается дочери и внучки -- так ещё более исключительно. И всё же, где же супруг

Жаннэт? Если его пока не видать или он вообще где-то, значит можно считать его отсутствие. -- После стольких переживаний за Жаннэт, ему не хотелось думать ещё и о том незнакомце».

\*

Будто бы уже разобравшись, что правильно, а что нет, как следует поступать и что непозволительно, Андрей отошёл мыслями и остановил взгляд на их книге, оставленной Ольским специально для него. Раскрыл её, упрекнув себя, что лишь только сейчас это сделал. Пролистал свои иллюстрации и остался доволен качеством печати, но в первую очередь его интересовали разделы Всеволода Иларионовича, как главного автора. И он обнаружил много, чего не знал об этом человеке, которого считал своим жизненным образцом. «Оказывается, он доказывал практическими делами правоту новшеств. Всё то исходило не только лишь от сердца и добрых намерений. Всеволод Иларионович ссылается на первоисточники ведущих экономистов, популярных философов. То есть он пытался объединить необходимость развития с требованием времени. Основывал своё возрение на уважении прав каждого человека, независимо от сословий и материального положения, призывая в книге к всеобщей любви и терпению к различиям. Не менее впечатлеюще повествование Ольских о их долгой, тревожной дороге из Москвы. Особенно ему понравилось изложение событий Клавдией Иларионовной, с присущим ей юмором. Ещё тогда, во время своего короткого пребывание в Москве, у него были поводы восторгаться её личностью, хотя она довольно молода возрастом, это в сравнении с её заслуженным весомым авторитетом. Среди её знакомых было немало известных, почитаемых людей. Своей энергией успеть сделать максимально полезного, она вдохновляла и меня. И это плюс к её доброте. Вообще все Ольские испытывали одну общую потребность – в благодеятельности. Но почему-то политики игнорировали такими неординарными людьми, выбрали свой способ решения проблем – силу и власть, что производные насилию и войнам», -- Андрей осмысливал изложенное Ольскими в книге, вселявшее в него уверенность в том, что в жизни всё преодолимо и нет безвыходных ситуаций.

*

За завтраком происходило обсуждение книги, но без участия Андрея. Он прочёл её до конца, что стоило ему проспавшего утра. Опаздывая на свою работу, он едва успел умыться.

-- Ничего не поделать, наш Андрюша образец пунктуальности. Мы его не хотели будить, а получилось в ущерб ему. Теперь останется голодным на полдня. Я ему принесу завтрак в мастерскую, – сказала Клавдия и посмотрела на всё ещё увлечённого просмотром книги брата.

-- Было бы неплохо... – со взглядом занятого другим, ответил Ольский, предложив свою услугу: -- Я должен быть там, так что смогу это сделать.

-- Отлично. Тогда соберу ему со стола, -- ответила Клавдия, укладывая в пустую миску всего понемногу для Андрюши.

-- Подумалось мне: наверное, не один я такой чудак, который перечитывает собственную книгу. Имею ввиду, не ругая автора. Получается, что самодовольно. И в этом громадная заслуга Дениса Афанасьевича. Он умело отредактировал наш материал, даже больше подходит слово «отдирижировал». По своему опыту посоветовал, как наилучше оформить. Соответственно и получилось.

-- А о господине Фильдеперсове забыли упомянуть... -- подморгнул Иваницкий.

-- Оставьте ваши шуточки. Кстати он когда трезв совершенно другой человек, и отличный работник, -- серьёзно ответил Ольский.

-- Уж каков он «работник» – известно, -- улыбнулся Иваницкий скакавшему на вечеринке среди дам горбунку, подозревая и его в связях с Екатериной.

-- Сева, это у тебя первоначальная эйфория. Со временем начнёшь придираться к тексту: то упущено, а этого не следовало бы писать... – ответила Клавдия на серьёзный взгляд брата. -- Прочла только Андрюшино. Оригинально изложил – броско и лаконично. Чувствуется завершённый стиль художника. А что по этому поводу скажет наш заслуженный критик -- Николай Николаевич?

-- А что мне ещё добавить к вашему авторитетному мнению? Я её лишь бегло просмотрел. Но ради Бога, не подумайте что проигнорировал. Скажу вам одним словом – правдиво. Если бы не встречал подобного, мог бы сомневаться, или придраться к отсебятине автора. А тут -- всё верно. Так оно было, так и остаётся по сей день в России. В некоторых моментах нашёл зеркальное отражение мною пережитого. К сожалению, война щедра на всех своими «прелестями». А вашу книгу я ещё подробно прочту, не сомневайтесь. Но некоторый вывод уже сделал – удалась она вам. Стиль мне импонирует. Им здесь будет интересно знать о нашей специфике «сведения счетов». В чём да не уступаем.

-- Особенно, когда лежишь себе на диванчике опосля сытого ужина и сочувственно вздыхаешь, сладко сложа ручки на животике, -- улыбнулась в потолок Клавдия.

-- Это вы, кого имеете ввиду «на диванчике»? – обидчиво посмотрел на виновницу блинного настроения Николай Николаевич, -- Повторяю: в живой форме ваша книга написана, без выкрутасов и двойных намёков. Ведь не какой-то себе романчик с интрижками. Многих героев ваших кратких повестей уже нет. Они – не вымышленные персонажи. Так что у вас первый блин достойным блином вышел. Впрочем, как и у Клавдии Иларионовны с выпечкой получается на славу. Попутно просьба имеется: а не смогли бы мы повторить сегодня вечером прекрасный вчерашний?.. – заискивающе посмотрел на хозяйку Иваницкий

-- Ваша убедительная рассудительность заставляет согласиться, -- ответила Клавдия Иларионовна.

-- Похвала Николая Николаевича ценна ещё тем, что вышла из-под пресса принципиальности. Но ожидаем от вас, любезный наш, и критических замечаний, -- пожелал, не скрывая удовлетворения, Ольский.

-- А у меня к друзьям отношение нестандартное... -- хитро улыбнулся Николай Николаевич

-- То есть, по случаю, блинное? Так прикажите вас понимать?

-- Можно и так, сударыня. Я ведь тоже могу рассчитывать на похвалу моих некоторых биографических публикаций, -- и застенчиво перевёл взгляд на ногти, -- вернее, отчасти моих, зато публицируемых Денисом Афанасьевичем. – Так что, если не удадутся, уж его вините. Ну, а вдруг вроде бы сносно получится – тут моя заслуга! – на что Ольский засмеялся -- А вообще, если серьёзно, так вы уже убедились, что ваш покорный слуга не тот человек, чтобы льстить даже друзьям. От обмана никому нет пользы. Не приемлю лицемерие и подхалимство. Да и не особенно ожидаю своих печатных отражений. Не масштабная Иваницкий личность, чтобы для широких всеобсуждений. В газетках слегка пропечатали -- и это достаточно. Так что мои высказывания о вашей книге – искренние. Могу поставить подпись под своими словами. Из того, что прочёл, Андрюшин талант нельзя не подметить на новом поприще. Образность его высказываний -- по душе мне. Возвратиться с работы, я у него за это партию выиграю, а то и две... Впрочем, он последними вечерами куда-то всё спешит...

На замечание об Андрее, Ольские молчаливо переглянулись в предположении, мол, неужели и Николаю Николаевичу известно.

56

*Беспечность любви*

Но господина Иваницкого как раз больше всего тревожил Всеволод Иларионович. И то, что Николай Николаевич заметил чью-то слежку за ним, вызывало разные предположения, и даже опасение. «Конечно же, безобидная деятельность литератора не таит в себе угроз, или даже такого внимания поклонников. Здесь что-то другое скрывается. Но, что именно? Возможно, дневные отлучения Всеволода Иларионовича... о которых он всеми стараниями умалчивает. И в книге о том, наверняка, не прочтёшь... – задумывался над неясной ситуацией Николай Николаевич, и порешил: -- Если повторится то, что довелось увидеть, так уж тогда придётся взяться за малоприятное – убедиться, куда же это похаживает уважаемый Всеволод Иларионович? Но это только в исключительном случае и ради его же безопасности».

*

А сам объект внимания врагов и друзей дождавшись следующего дня, поспешил в назначенное время к Тане. Ольский нёс ей свою книгу, и несомненно букет свежих цветов был при нём. В последнем он мог бы негласно посоревноваться с Андреем, знай и о того такой же «цветочной привязанности».

Таня пришла к своему Ольскому радостно оживлённая с мыслями о их будущем, а именно мечтой о семейной жизни. Ей было хорошо даже в такую, не очень уж располагающую для прогулок погоду, -- оттого, что был рядом он, каждая ночь без которого выглядела испытанием.

Поблагодарив за подарок и цветы, Таня взяла Ольского крепко под руку и они пошли к ближайшему месту, где бы, как ей казалось, можно было бы укрыться от неприятного ветра и просмотреть книгу, о которой она уже наслышана при их встречах.

Так в своих поисках убежища они попали в кукольный театр... на представление о местном народном герое Карагозе и его друге Хасивате. И как сразу определили по сюжету и собравшейся публике, это кукольное зрелище рассчитано явно не для детей. Таня немного освоилась с местной речью и объясняла Ольскому суть грубых шуток простоватого Карагоза, подтрунивавшего над надменным другом Хасиватом. Но для Ольского не имело значение суть происходящего на примитивной сцене, главное, что Таня с ним. Он держал её нежную ладонь, и этого было достаточно для счастья. Кстати, по эмоциям зрителей, сопровождавших каждую шутку взрывами дикого смеха, можно было лишь догадываться об успехе нестареющего столетиями представления. Таня увлечённо смеялась со всеми, а он смотрел на неё, убеждаясь, как она много значит для него.

Л. Хайченко Берег турецкий

Таня Зарянина вошла в его жизнь по-своему противоречиво, вопреки его прежнему пониманию любви и счастья. Без неё он уже не мыслил своего будущего. Из-за своей осторожной тактичности, кстати, часто приносившей ему боль, Ольский не высказывался Тане, что он не в восторге от её работы в варьете, надеясь, что с их отъездом всё плохое останется здесь и она на новом месте подыщет себе достойное занятие. По этой же причине ему хотелось побыстрее оформить документы и выехать отсюда. Это несмотря на то, что Константинополю он был благодарен за встречу с прекрасными людьми, и Таня здесь возвратилась к нему. И как в ответ его надежде – смех... несдержанный до грубости. И ему казалось, что это они все смеются над ним... над его наивным представлением счастья.

-- Вы, Ольский, не поверите, как было смешно. А вы лишь сдержанно улыбались. И ещё -- часто смотрели на меня, я это тоже заметила, -- она обожаемо взглянула на него.

-- Я это ощутил по вашей руке. Вам очень хорошо в этой новой шляпке с вуалью... впрочем, как в любой.

-- Это мой траур по прошлому... – невесело улыбнувшись, ответила она. В чём он уловид двуякий смысл. Её строптивость лишь подхлёстывала его чувства к ней. И он прислонил к губам её руку.

-- У вас замёрзли пальцы... разрешите согреть их, -- целуя их, шептал Ольский.

-- Что же вы -- намерены посреди улицы это делать? Лучше, заглянем в ресторан. Уже для обеда время подходящее, -- и более уверено добавила: -- Потом пойдём ко мне. Юли не будет. -- Она сжала его локоть, этим намекая, что второе для неё важнее.

-- А вы паспорт принесли? как мы договаривались в прошлый раз, -- вспомнив об основном, спросил Ольский и серьёзно посмотрел в беззаботное лицо Тани, в миг напомнившее ему ту московскую Таню. На что она ответила своим дразнящим взглядом из-под соучастницы вуали. В нём был её ответ: «Простите, ещё нет».

Ольский отчётливо понимал, что затягивание с отъездом будет только против них. «А Таня этого не хочет признать... Думает, что так же легко будет всё продолжаться... Впрочем, и я не против. Но это если жить на облаках. Получается, мы находимся среди неопределённости и довольствуемся этим. К тому же предоставленная возможность помощи в оформлении документов лимитированна временем», -- тревожился Ольский.

-- Ну, не будьте хмурны... не злитесь на меня. Я вам обещаю в следующий раз принести. Постараюсь, -- успокаивала Таня, хотя сама не очень верила в своё обещание, так как это не зависило от неё.

-- Но почему не сегодня?.. – добивался ясности Ольский, чувствуя в словах Тани какую-то недоговорённость, -- Таня, пожалуйста, скажите мне, что за этим стоит? Серьёзное дело, и такое отношение...

-- Хорошо, если вы так настаиваете. Документы танцовщиц находятся у человека, привёзшего нас сюда. Он и в гостиницы поселил и остальными вопросами занимается. Но я вам обещаю с ним поговорить. Не подумайте, что я безразлична. Это не так. Я уж было спрашивала его об этом... но он не прореагировал.

-- Кто этот человек? – резко спросил Ольский от внезапно спыхнувшей ревности.

-- Да Вальдемар... наш импресарио. Он же и владелец варьете, -- нехотя, отведя взор, ответила Таня.

На такое объяснение он замолчал, закусив боль. Сидел как нерасторможенный.

Таня улыбнулась, глядя ему в глаза, и чтобы он не сомневался в её отношениях к нему, чувствительно поцеловала.

*

Уж слишком затянувшееся возвращение Всеволода Иларионовича, да ещё неизвестно откуда, ожидал со своими предположениями и Николай Николаевич; размышлял, наблюдая за прилегавшей к дому улицей. Больше он поглядывал на противоположный тротуар, откуда вчера смотрели незнакомые глаза в сторону их окон. По времени совпадало, а Ольский пока не появлялся.

Прошёл ещё час, за ним другой в волнении за беспечного друга, и подозрение Николая Николаевича усиливались: «Ну где быть человеку в такую слякоть? Сам он по кофейням и по подобным местам не ходит; литературную деятельность свою приостановил... и на презентацию книги никого не приглашал... – загибал пальцы Иваницкий. -- Тогда, где?? Если обедать не пришёл, значит он с кем-то делил трапезу... и оборачивается это в конфигурацию... – и тут Николай Николаевич, к своему облегчению, заметил в туманных сумерках фигуру Ольского, переходящего дорогу к их дому. Но обратил внимание, что и на этот раз Всеволод Иларионович не один... -- Таки привёл за собой хвост».

Едва успев накинуть на плечи сюртук, Иваницкий выскочил на помощь.

Но как таковой, срочной, оказывать Всеволоду Иларионовичу не пришлось. Судя по его внешнему виду, -- растёгнутому пальто и улыбке на устах, -- он пребывал в настроении оперного Фигаро, -- как определил Иваницкий. При этом сам он старался быть незамеченным обоими. Так что со своим любезным другом Николай Николаевич разминулся стороной, зато последовал за «глазастым».

Он шёл позади, выдерживая расстояние, чтобы не привлечь подозрение и одновремённо, при неблагоприятных обстоятельствах, успеть «накрыть».

А тропа за спиной привела Николай Николаевича почти к помещению с вывеской, на которой три котёнка в танце задирали дамские ножки. Там у крыльца «глазастого» ожидал второй тип, как определил Иваницкий, возможно, причастный к интересу вокруг Ольского. В разговоре между собой «глазастый» передал второму сложённый листок бумаги, за что удостоился признательного похлопывания по плечу в добавок к сказанному на ухо. После чего оба засмеялись, пожали руки и разошлись.

Первый его уже интересовал меньше, а вот на второго Николай Николаевич внимание переключил. Необходимо напомнить, что в подобных случаях взгляд Иваницкого работал фотографически. Он стоял с хмельной улыбкой у варьете, в удовольствие попыхивая трубкой, как истинный любитель стройных ножек, изучая внешности и обстановку вокруг фривольного заведения.

Так вот, физиономия того «второго», с орлинным носом и мохнатыми бровями, казалась бывшему, тогда молодому агенту сыскной полиции Иваницкому, знакомой, и давно. Это «давно» вызвало определённую сумятицу в информационный порядок его памяти. А она у Николая Николаевича была такая, что определённые знакомые ему лица группировались обобщённо по признакам и качествам с учётом криминального прошлого. И данная физиономия «второго» выводила память Николая Николаевича к известному криминалитету.

*

Спрашивать Всеволода Иларионовича о чём-то конкретном, касательно данного варьете, Николай Николаевич считал пока преждевременным дабы этим не вызвать обиду чувствительного Ольского, а то и ненужную ссору. Третьего подозрительного – пухлолицего, дряблого и угловатого, с хитро бегающими глазками, Иваницкий условно отнёс к заказчикам или в этом роде, кто мог бы оплатить работу тех двоих.

Как и следовало ожидать от споймавшего след сыщика, он уже жил новым расследованием. Но дело в том, что времени на раскачку ему не предоставляли быстро развивающиеся обстоятельства, а предположение трагических последствий вынуждало вспоминать быстрее. «Определённо из которых этот. Но почему здесь? И кто он? – тут уже Николай Николаевич насиловал свою память иным способом -- по годам перебирал раскрытые и незавершённые дела. И особенно долго ему не пришлось напрягаться. -- Точно, это же Циркач! Года прибавили ему седину и без морщин с животом не оставили. Через столько времени повстречаться... и где. На те же такому случиться, двенадцатый годок уже. Так вот где ты вынырнул... Ну этот понятно на что гаразд, здесь второй подписи не требуется. Хладнокровный исполнитель. И на этих троих всё и обрывается. Будем надеяться, что пока. За какую это такую милость наш дорогой Всеволод Иларионович их заинтересовал? Хотя он мастер куда-то вляпаться со своей доверчивостью. Не требуют ли они с него мзду за книгу? Но здесь слежка неуместна. Действовали бы напрямую или письмом известили: мол, с вас, господин пишущий, причитается доля вашего пирога. Да какой там «пирог». На что рассчитывать, если ещё неизвестна доходность. Нет, здесь всё же не комерческая сторона. А чтобы мне, такому умному, да не перегадать, нужно малого – встретить Циркача, как полагается».

57

*Примерный супруг*

К большой радости родных и близких Жаннэт, её выздоровливание проходило успешнее, чем ожидалось, и предварительно данное доктором время на поправку она сократила вдвое, что с полным удовлетворением подтвердил и сам лекарь во время последнего визита. А про себя Доменик сделал вывод: «Как видим, ей букеты роз и прогулки на воздухе помогли не менее, чем лекарства...».

Так что Жаннэт быстро возвратилась к своей обычной жизни, и ей уже не надобился уход за собой педантичного супруга. Хотя Жорж настаивал на продолжении для себя приятного. Он вошёл в вкус радивого семьянина, о чём мечтал со времени пребывания на госпитальной койке. То время в корне изменило его представление о личной жизни и семье, и он вынужден был согласиться с фактом, что прежняя праздность для него завершилась: «Обстоятельства сделали меня иным Жоржем, и это надо принять, как судьбу. Я буду для Жаннэт и Ники тем мужем и отцом, которых они заслуживают». И в этом стремлении он пытался преуспеть, а может, и по другой причине. В отличии его супружеской жизни до начала войны, теперь ему предстоит заново завоевать сердце Жаннэт. Но как это сделать, когда постоянно ощущает невидимое присутствие некого Андрэ...

И Жорж начал с главного, как он считал, – прекращения прогулок Жаннэт; то есть, когда она находится вне его видении. Как этого добиться? Об этом пока он раздумывал. Ещё, чтобы показать своё преимущество мужа и отца, он составил себе календарный план, расписав свои объязанности по дням недели и часам. Ника стала главным объектом его внимания и забот, через неё он хотел утвердиться тем кто есть. Он принёс из книжного магазина целую кипу детских книжонок и красочный букварик для дочери. Свои уроки отец решил проводить с Николь, естественно, в присутствии Жаннэт, и обязательно в вечернее время, когда к ним заглянет Поль. Заранее подговаривал Нику просить свою мамочку оставаться с ними, с мыслью, чтобы самому предложить Жаннэт прогуливаться днём при хорошей погоде, и, конечно, под руку.

\*

Удавалось то осуществить супругу или нет, а жена его на очередную обещанную встречу с Андрэ не появилась. Николь не отпускала её от себя: начинала плакать вплоть до истерики, требуя чтобы её мамочка послушала как она правильно научилась буквы произносить и слоги. При этом Жорж занимал более чем позицию дочери: он просто запирал на ключ комнату, и, как бы в шутку, игрался ключём перед растерянной Жаннэт. В итоге плач Ники переходил в смех, и она уже тоже бегала по комнате с папой Жоржем от мамы...

И тут он дождался своего момента, когда разгорячённая погоней за ключиком Жаннэт открыто предстала перед ним. Её дыхание заставило его остановиться. Он видел её так желанно, как никогда прежде, даже в то безмятежное довоенное время. Теперь она у него была единственной такой. Он не мог держать её в прежних объятиях, а лишь рукой приблизил её голову и поцеловал во влажные губы со всей накопившейся страстью отвергаемого мужа. Жаннэт сперва услышала радостный хлопот в ладоши и смех дочери, потом потребовала от Жаржа выпустить её, и в итоге попросила Николь оставить их...

Через короткое время Жорж уже благодарно распахнул перед Жаннэт дверь (мол, теперь лети птичка!). Но из-за слёз обиды и душевной боли ей никуда не хотелось идти.

После выполнения супружеского долга, Жорж поправил форму, вполне довольно посмотрел на своё отражение в зеркале, подкрутил кончики усов, после чего заглянул в составленное расписание и приступил уже к отцовским обязанностям.

-- Николь, скажи мне, пожалуйста, если бы у тебя был выбор между твоими куклами и умением читать, чтобы ты предпочла? – по-военному прямо спросил папа.

-- Я бы... я бы, папочка... – сдвинув брови, как у папы, задумалась Ники над непростым вопросом, -- я бы выбрала читать книжечки для моих куколок. Так как ты их читаешь мне перед сном.

-- Поэтому сейчас нам пора заняться твоим чтением. Слоги, которые ты уже знаешь, нужно сочитать в слова.

-- Я очень хочу научиться читать! Очень. Пожалуйста, подай мне книжечку, и услышишь, -- уверяла Ника и открыла посредине, где была картинка Волка и Красной Шапочки, после чего начала пересказывать сказку.

Жоржу было настолько приятно и одновремённо смешно слышать, что он решил вначале не прерывать такое искреннее устремление дочери.

-- Всё же нет, дорогая моя, твой папа имел ввиду по-настоящему читать, а не баловаться. Это немного труднее будет для тебя, но мы вдвоём осилим. А пока мы эту книжечку поменяем на другую -- для учебного чтения.

-- Я это как раз и хочу! А сказку я потом тебе почитаю. Только посажу кукол возле нас, чтобы и они учились вместе со мной.

-- Ну хорошо, пускай и они слушают твоё чтение. Давай поторопимся, а то нас ожидает ещё и арифметика.

-- Арифметика? А что это такое, папочка?

-- Будешь учиться считать, решать примеры; будем прибавлять и отнимать разные предметы. Тебе тоже будет интересно, -- а сам учитель посматривал краем глаза в оставленную приоткрытой дверью и, отпросившись у дочери на минуточку, вышел посмотреть -- что там делает её мамочка... Встретив захлопнувшую дверь, он в мрачном раздумии секунды постоял и возвратился к Нике.

-- Я уже сама, папочка, сложила всё вместе, -- Николь показала деревянные кубики в коробке.

-- Нет, немного не так. Давай-ка всё делать по порядку, чтобы неразбериха не возникала: вначале чтение, потом арифметика, а за ним рисование, -- ответил папа, а лицо его выражало мысли о другом.

-- О, рисование, говоришь! – восторженно обрадовалась Николь, -- а я умею ещё писать красками... как месье Андрэ. Он мне в моём альбоме картинки рисовал и меня учил. Хочешь посмотреть?

При упоминании невыносимого имени у Жоржа начала нервно подрагивать щека: «Снова этот Андрэ... И Жаннэт молчит, ничего не объяснит мне. Я ведь не настолько, чтобы... Раньше я не хотел тревожить её, ещё слабую. Но, похоже, от неприятного разговора нам не уйти. И чем быстрее разобраться, тем лучше».

*

Каково было в те минуты Жаннэт? Она, надруганная, не переставала лить слёзы. Было жаль себя, ведь после всего происшедшего как ей смотреть в глаза Андрэ... «Несомненно, он там ещё ожидал меня, а я в то время... Бедный Андрэ... Почему всё к нам так несправедливо? Искать ли мне оправданий? и каких... Сказать ему обо всём у меня не хватит сил. Жорж грубо напомнил мне, что я его жена и он любит меня, -- я это ощутила. Он уже не тот самоуверенный и эгоистичный. Но как мы будем жить? я совершенно отвыкла от него. Кроме жалости ничего не испытываю к этому человеку. Вне сомнения, я благодарна ему за уход, -- его старания выглядели трогательно. И вот теперь он доказал, что ещё и мой муж, -- и улыбнулась сквозь слёзы: -- Интересно наблюдать как он возится с Николь... Ему это нравится, а она просто в восторге от своего папочки, что он специально для неё возвратился с войны. Жорж выглядит семейным образцом... или по крайней мере старается быть таким. В этом его не упрекнуть. Видимо, нет во мне таких сил, чтобы решилась зачеркнуть прошлое во имя своего счастья. До этого думала по-другому... а сейчас, когда встретила реальность, поняла, что многое не учитывала. В пору вспомнить слова папы -- он тогда высказался    действительно дальновидно с присущей ему рассудительностью. Это всё хорошо для семьи, Николь... и в ущерб моей личной жизни. Хотя обстоятельства придают значениям относительный характер. Даже, если перечеркнуть своё счастье и быть жестокой к чувствам, я не могу забыть Андрэ. С другой стороны жаль Жоржа. Также я в большой ответственности за Нику, её будущее. А он  просто покорил её, как в своё время Андрэ. Об Андрэ она уже почти не вспоминает. Предположим, я пожертвую любовью во имя семейного благополучия, безусловно, мнимого. И как мне объяснить это Андрэ? Он не выносит жалости к себе и снисхождений. Гордый приемлет только взаимность чувств».


## 58


### *Откровение*


Как Жаннэт предполагала, данного разговора было не избежать. И вот он состоялся. Хотя не она была его инициатором, но и отклоняться или оправдываться не желала. Ей необходимо было время, чтобы разобраться в себе, ещё и ещё раз. И когда Жорж резко прореагировал на её настойчивость держать его на расстоянии, она поняла, что умалчивать дальше бессмысленно.

Он начал первым, при этом стараясь держаться как можно спокойным:

-- Доброе утро, жена... – последнее слово он произнёс с иронией и с намёком кашлянул в кулак, -- как ты сегодня себя чувствуешь? Надеюсь, выспалась?.. – Его глаза были омрачены нескрываемой раздражённостью нелюбимого супруга, встречавшего по ночам закрытую дверь  спальни жены.

-- Доброе утро. Спасибо за внимание, -- холодно ответила Жаннэт.

-- Я полагаю ты уже полностью оправилась от болезни, чтобы вести себя иначе... – Жорж пристально посмотрел в глаза Жаннэт, как бы проверяя их на откровенность.


Л. Хайченко Берег турецкий

-- Да, я весьма в порядке. А моё поведение... прости, зависит от... – она пыталась подобрать слова, чтобы получилось не так цинично с её стороны (на что мог рассчитывать резкий нрав Жоржа), и всё же промолчала.

-- Хорошо, оставим неприятное, -- собираясь с мыслями, он сделал круг по комнате и остановился на том же месте, напротив супруги. -- Ты понимаешь, Жаннэт, я возвращался с фронта с надеждой встретить в этом доме свою семью, жену... Кстати, на что имею право, как и остальные в моём положении мужья. Каждый день я жил мечтой быть с вами... Возможно, благодаря этому и выжил. И вот я здесь, у семейного очага. Так бы хотелось это назвать, -- и голосом выше продолжил: -- Что кривить душой, не такой я надеялся тебя увидеть, жена моя, -- и смутился, покраснев от стыда реальности ситуации, тем не менее продолжил: -- Я, как и прежде, люблю тебя. Даже сильней. И при этом вижу противоположное. Ты совсем изменила отношение ко мне. Тяжело мне об этом говорить... да и тебя не хочу сердить неприятным.

-- Ты здесь ни при чём, Жорж. Наоборот, я тебе признательна за твоё внимание... – и опустила глаза, -- имею ввиду уход за мной... и сейчас за искренние слова. Да, четыре года нашей разлуки не прошли даром. Время изменяет отношение к вещам, особенно не столь определённым.

-- Как же это? По-твоему супружество не достаточно определено? Что же более характеризует семью? – почти дрожал от такой несправедливости к себе Жорж.

-- Это только формальность, а не суть. Ты это понимашь, -- спокойно ответила Жаннэт.

-- Так вот, о сути как раз мне бы хотелось услышать от тебя! -- и притопнул каблуком.

-- Жорж, очень долгое время от тебя не было вестей. Очень долгое... – тихо, как бы в пространство, сказала она. Ей казалось, что она больше разговаривает с собой, чем отвечает на требовательный тон Жоржа.

-- «Долгое время»?.. Хм... в каком отношении?

-- Хорошо. Скажи, пожалуйста, как было нам относиться к твоему безвестию? Притом, что я с Никой тебя ждали каждый день. Четыре года ожиданий и иллюзий...

-- И то был повод, почему здесь появился некий Андрэ. Так ведь?.. – глаза Жоржа налились кровью.

-- Я же ответила последним словом на предыдущее. Ты за войну изменился... и я стала другой, -- не знала куда деваться Жаннэт.

-- Значит, виновато во всём время?! Так получается? – взвинчивал обороты оскорблённый изменой, -- в то самое время, когда муж рисковал жизнью, его жена нашла себе способ комфортно ожидать с... – и вместо ненавистного имени проскрипел зубами. -- Прости меня, Жаннэт за повышенный тон, но как можно говорить иначе о подобном? Другое дело, если бы я не любил тебя, -- он истерически замотал головой, -- тогда бы и разговора этого не было. Не было бы, и точка.

-- Любил? – сделала большие глаза удивлённая услышанным, -- по правде сказать, я этого не ощущала. Просто была обязана замужеству и смирилась, что всё так и должно быть. Да и ты сам знаешь -- как у нас обстояло. Ты жил тогда по-своему счастливо, как того хотел, а я довольствовалась тем, что имела мужа, который едва замечал меня. Такое было у меня семейное счастье. Потом родилась Ника и я жила ею. Она в моей жизни заняла место призрачной любви. В этом я тоже откровенна перед тобой.

-- Хотелось бы, Жаннэт... – улыбнулся сквозь густую печаль Жорж, -- раньше ты именно такой была -- откровенной. – Он гордо вскинул голову, готовясь услышать неприятную правду.

-- Как ты уже знаешь, его зовут Андрэ. Он -- художник. Папа приглашал его рисовать наш с Никой портрет. Мне трудно объяснить как это всё произошло... – быстро заговорив, она вдруг затихла, опустила голову, ожидая нового всплеска обвинений. Но молчание в ответ позволило продолжить: -- Если для тебя столь важны чужие отношения, тогда пожайлуста...

-- Нет, Жаннэт! Несмотря на случившееся, ты мне именно не чужая. Можешь продолжать... гм, насколько считаешь допустимо. Я имею ввиду можешь говорить дальше. Но лишь говорить, -- Жорж посмотрел на  провинившуюся супругу взглядом офицера на солдата-дезертира.

-- Ну тогда слушай, -- в эти минуты она чувствовала ответственность не только за себя, скрывать ей было нечего, раз уж затронута принципиальность и её пытаются обвинить в измене чего-то, чего не было, – Андрэ меня заинтересовал, как незаурядность. И потом, он не знал о моём замужестве...

-- Интересно, -- зло улыбнулся муж.

-- Я слушала своё сердце... Так впервые произошло. Я увлеклась Андрэ. Он внёс в мою жизнь то, чего не достаёт женщинам – постоянное внимание... обожание...

-- Обожание... – улыбнулся окну Жорж и, увидев в нём жалкое отражение рогоносца, отвернулся и продолжил: -- Это что, так все художники относятся к своим натурщицам? – Он чувствовал, что от обиды может не совладеть с собой, по крайней мере слёзы откликнулись первыми на несправедливость.

-- Не иронизируй. Я говорю тебе правду – то, что ты желаешь знать. – Она впервые видела таким Жоржа, хотя не подавала вид, что для неё это что-нибудь значит, тем более может изменить что-то. -- Во всём было моя вина, если мои истинные чувства можно назвать виной. В нём я встретила то, чего была лишена. Андрэ не навязывал себя... тем более не имел эгоистический  расчёт. Он не искал какой-либо выгоды от положения.

-- Довольно этого имени! Жаннэт, разве ты не понимаешь? -- всё это слушать -- больно, недостойно и оскорбительно для твоего мужа, -- дрожащим голосом ответил Жорж. -- Да, я таким являюсь. И всё это приемлю при условии, что ты говоришь в прошедшем времени и больше ничего не повторится. Гм, в чём-то тебя можно понять -- насчёт того, что я раньше был не настолько внимательным, насколько бы ты желала. Но ты мне даже намёком не давала повода предположить!

-- Не давала повода, потому что, как ты только что сказал, было недостойно. Ты сам должен был понимать, чувствовать. Но не понимал и не чувствововал. Оттого, что не любил меня,

-- она спрятала в ладонях лицо. Жорж был ей невыносим, и одновремённо чувствовала себя рабски зависимой от него.

-- Жаннэт, прекрати так... Ты же видишь -- я люблю тебя. Лю-блю! Дай мне надежду! Я не могу терять тебя... – он опустился на колено, целуя её безразличную, мокрую от слёз руку, -- я возвратился к тебе навсегда... хочу, чтобы всё изменилось... ведь ты моя жена... я тебе докажу свою любовь... Жаннэт, я тебя умоляю...

Она освободилась от неприятной ласки, одновремённо чувствуя и его боль, как это не странно. Возможно, потому что сама подобное когда-то переживала.

-- Извини меня, Жорж. Повторяю: время нашей разлуки значило не малое. Я от тебя отвыкла... – и открыто заплакала в бессилии продолжать противиться его воле.

Он смотрел на Жаннэт безразлично, даже с тенью презрения, как бы наслаждаясь этими слезами.

-- Успокойся, -- он хотел своим платком вытереть ей глаза, но Жаннэт боязно отмахнулась.

Недоговорив, она подошла к столику, где стоял букет от Андрэ – будто к свидетелю этого разговора. Хотя цветы и увядали, роняя мёртвые лепестки на белое кружево салфетки, ей не хотелось расставаться с этим символом их любви. Они выглядели жалко, навевая грусть по Андрэ. В те минуты у неё было единственное желание – поскорее бы завершился этот никчемный разговор, чтобы можно было спокойно возвратиться, хотя бы мысленно, к своему любимому.

-- Время имеет и обратное значение, Жаннэт, – проверяет преданность. Так дай же ему шанс, -- другим тоном, уже уверенного в своей правоте, наставлял муж жену.

-- Хорошо. Согласна: нам необходимо время. Пока я могу тебе обещать лишь... – и снова посмотрела на завядающие цветы... – быть таковой.

-- Что же, в этих словах можно найти определённые чувства ко мне... точнее, причину их отсутствия. И это объяснимо: вместо того блистательного Жоржа, которого в этом доме ожидали или нет, возвратился с войны, кого вы встретили – изменившийся, покалеченный человек... Но не сломленный!

Он пытается начать новую, более степенную жизнь в своей семье. Я хочу жить ради вас – тебя и Николь. И чтобы мне не стоило, я добьюсь своего. Осознай мои слова, Жаннэт, прошу тебя. Я не намерен никому уступать тебя.

Именно эти запоздалые слова, открыто обращённые к ней, она желала раньше услышать от Жоржа, когда взамен вниманию натыкалась на равнодушие мужа, напоминавшего о себе лишь ночными посещениями её спальни. Но даже сейчас, казавшийся ей чужим, он всё же любил её, или, вернее, полюбил заново. И признание Жоржа не могло не тронуть её отзывчивого сердца. Жаннэт верила в его искренность, и только. Она признавала его не иначе, как дьявольское умение одновременно разжалобить к себе и при этом выглядеть сильным. И, конечно же, жалела его, желая ему всего лучшего, не более: «Он может относиться ко мне, как к своей жене. Это во имя Николь я вынуждаю себя. Но Жорж мне мужем навряд ли будет...».

-- Хватит Жорж, достаточно... -- она старалась сдерживать слёзы, неприемлемые перед нелюбимым человеком, тем самым не давая ему лишнего повода быть внимательным к ней. – Жорж, нам нужно осознать более глубоко происходящее. Ты можешь на меня сердиться или нет, поступать как считаешь нужным, но я хочу, чтобы ты понял одно – я имею тоже право на счастливую жизнь. А пока я устала от этого разговора. Позволь мне побыть одной, прошу тебя.

И он оставил её, ощущая себя гусаром-победителем, вышедшим из дуэли с достоинством.


## 59

### *Отчаяние*

Тем же самым днём, после прощания с Ольским не дольше чем до завтра, Таня решила возвратиться с настоятельным требованием к Вальдемару. Её не устраивала его небрежная недомолвка на её просьбу вернуть ей документы. Вместе с тем она отчётливо осознавала, что Вальдемара не так просто убедить, тем более спорить с ним: «Этот человек способен на любое. Несмотря что он немало сделал для меня, Вальдемар зря доброту не проявляет. Она у него отмеряется выгодой, у него всё просчитано наперёд. Хорошо, чтобы не портить себе настроение перед выступлением, я с ним переговорю после...»

Разминувшись у двери с Юлей, Таня зашла в комнатку гримёрной, в которой находился загримированный под себя Вальдемар. Его бархатный, бордовый халат был распахнут от охапка волос на дряблой груди до рыхлого живота. Сквозь табачный дым с настольного зеркала смотрело обросшее щетиной лицо с выпученными глазами. Он с отвращением отмечал необратимый процесс старения. Пустая бутылка из-под бренди намекала на душевное состояние хозяина варьете. На появление Тани, Вальдемар почти не прореагировал, занятый своими мыслями: «Итак, очередное выступление завершилось. Скоро все разойдутся по своим... а мне оставаться с таким вот... Ещё и неурядицы в бабском строю: то нога у одной заболела, у другой -- задница после ночи... а третья живот свой тычет. Как тошнит от всего! Всё мне здесь опостыло... Даже какими-то кошками воняет здесь. Сколько не говорю им: больше духов употреблять! и освежаться водой...».

И заметил Таню в собеседнике-зеркале, как противоположность своему отражению.

-- Почему это ты до сих пор не у себя? – не глядя, более строго, чем просто удивляясь, спросил Вальдемар, -- Юля, понятно по какой причине задерживается. Ну, а ты?..

-- Вальдемар, мне надо с тобой поговорить... – взволнованно ответила она, стараясь осторожно подбирать слова, чтобы он не вспылил и её просьба снова осталась бы неразрешённой. Но получилось откровенно прямо: -- Чтобы времени у тебя не отнимать, мне...

-- Вот именно, -- перебив, пьяно буркнул хозяин, наматывая кольцами на палец бакенбарды. Он брезгливо косился на лежавшую с окоченелыми лапками жирную муху на подоконнике. По понятной причине он ненавидел это насекомое.

-- ...Мне нужен мой паспорт... и пропуски, -- продолжила Таня, но, встретив безразличие в глазах от кого зависела, с требовательного тона перешла на просящий: -- Пойми, я не могу больше ждать... Я обещала человеку.

-- Ух ты! – отвлёкся от мухи Вальдемар, и его глаза полезли из-под лохматых бровей, -- значит, человеку пообещала... А перед тобой разве не человек?! Или, может быть, тебе большего захотелось?

-- У каждого своя жизнь, в том числе и у меня, -- и тише: -- я же не рабыня здесь...

-- Вот как ты запела... – он одёрнул полу халата, переведя взгляд на стоящую перед собой, -- а кто же ты тогда? Лучше остальных?.. Да?

В ответ на оскорбление, Таня так посмотрела, что Мухин согласился, что ошибся в сравнении. Красота этой женщины обжигала; и используя исключительное положение «вершителя судеб» Вальдемар схватил за руку непокорную, пытаясь приблизить к себе.

-- Оставь меня!

-- А ты на деле докажи... что предпочтительней остальных... – его глаза заволокла похоть, -- тогда и я подумаю...

-- Ты же знаешь, -- без малейшей надежды угодить, улыбнулась Таня.

-- Только что Юля была. Всё тоже... – скривился Вальдемар, -- может быть, ты меня чем-то удивишь?

-- Довольно. Отпусти мою руку! Я к тебе с важным, а ты... В конце концов, я не твоя собственность.

-- Вот так дожился... – улыбнулся себе Вальдемар и возвратил гнев: -- Чья же ещё? Кто вас из дерьма на свет вытянул? привёз... а? – и указал мизинчиком с колечком себе в грудь, -- не этот ли перед тобой? И за это такая эгоистическая неблагодарность. Так чьей же ты собственностью захотела быть? Извольте знать.

-- Не важно, кто да что. Я собираюсь уезжать. Всему своё время.

-- Куда же Татьяна Алексевна собирается направить свои ножки? Не слишком ли далеко-с? – и, почесав грудь, расплылся в циничной улыбке.

-- Во Францию, – ответила она и отвернулась от наглеца.

-- Ухти-ахти! До чего же обворожительно... Ну-с, ну-с... – забарабанил пальцами по столику Вальдемар, -- Как же это вас туда заманили?

-- Я не такая, чтобы заманиваться.

-- Да? Не знал-с... А как же насчёт этого? – Вальдемар мелькнул перед глазами Тани тем, от которого она не в силах отказаться: -- Именно для этого ты должна здесь остаться! и выбросить из головы лишнее. Слушать только меня.

-- Я решила ехать. Мне необходим мой паспорт, -- настойчиво повторила Таня, стараясь не смотреть, на то, что было в руке негодяя.

-- Глупая. Ты же пропадёшь без меня... – он стал нарочито серьёзным, запахнул халат, -- второго Вальдемара может там и не оказаться. Подумала об этом? Я же тебя знаю -- ты и дня не проживёшь... Вначале начнёшь жалеть об ошибке, а после уже на всё будешь согласна, -- и кивнул в окно, -- ты не смотри на тех -- гружённых чемоданами, прущих на корабли. Их призрачное счастье в туманной мгле. Ты иного поля ягодка, Танюша.

-- Так какого же я «поля» по-твоему? Думаешь, если я завишу, значит не имею права на личную жизнь? Сейчас в Европе другое время для женщин. Если уж на то пошло, сколько ты хочешь, чтобы оставить меня в покое? – самолюбиво ответила Таня.

-- Видишь, уже ты себя оцениваешь... Я ведь сам не предлагаю. Не предлагаю потому что ты на своём месте бесценна. Ха-ха! Любую отпущу на все четыре стороны, а тебя -- нет. Да и ты сама, когда время подойдёт, прибежишь ко мне будто этого разговора и не было. Или не правда?

-- Нет, не правда! – ответила Таня, дрожа от несправедливости. Она смотрела в глаза этому бесчувственному негодяю, и в итоге разрыдалась.

Л. Хайченко Берег турецкий

Ночные улицы Константинополя вели в гостиницу, которую, в череде остальных таких же «сараев», она звала своим временным жильём. «Временным», как и до этого подобное, и до того тоже... Ей не было что вспомнить приятного в своей, как она считала, никчемной жизни, особенно после последнего разговора с Вальдемаром, выглядевшей омутом. И ей до невыносимого не хотелось больше так жить. Вообще. «Нет, только не туда. Возвращаться – значить в прошлое, которого у меня лично и не было». И как исход, пришла давняя, ещё с времён Питера болезненная мысль насчёт «моста». Но реки здесь нет... И тогда она поспешила в порт.

Долгая дорога тёмного, чуждого города... Её плащ трепыхал на ветру, вздымаясь чёрными крыльями птицы. Она спешила, проходя мимо мест, которыми совсем недавно любовалась, чем-то напоминавшими ей некоторые петербуржские. Скорее, то было лишь её настальгическое самовнушение -- видеть в чужом родное. Теперь ей уже не о чем жалеть и сопоставлять. Весь мир вокруг казался безразличным, непреодолимо жестоким. Несколько раз к ней приставали, принимая, из-за её броской внешности, за «ночную спутницу». И то ещё больнее ранило её сердце.

Она решилась на крайнее, остальное всё терялось, как отошедшее навсегда.

*

И вот в конце последнего переулка блеснуло море, так магически манящее под светом полной луны. Она решила пройти дальше по причалу, чтобы быть невидимой даже собственной тенью.

Но время ещё оставалось военное, и порт, в котором стояли французские корабли, находился под надзором оккупационных войск.

И как доказательство того, Таню остановил свисток. Подошедшие патрульные вежливо попросили мадмуазель внимать предупредительному знаку.

С досадой и за эту неудачу, она шла дальше вдоль берега к более подходящему месту, где, наверняка, уж нет никого. Она заметила впереди лодочный причал. Почти сливаясь с небом, он уходил в море -- как бы специально для неё открытая дорога в вечность.

Она приближалась к рубежу между жизнью и вечностью закрыв глаза, чтобы не видеть ничего, -- так было легче отмерять последние шаги... Пробежавший по телу холодок от мысли, что это уже всё, заставил остановиться, и как раз на самом краю. Она открыла глаза, вглядываясь в море, как своё последнее пристанище. О чём Таня подумала, так это о прощении всех и чтобы её простили и не вспоминали о ней плохо. И сомкнув веки в последний раз, вздрогнула от чего-то касания её ноги...

Она увидела крошечную собачонку, своей белой лохматостью выделявшуюся среди остального мрачного. Та стояла перед ней на задних лапах. Из-под спадавших завитков шерсти глаза болонки были невидимы, лишь её нос нервно дёргался, втягивая запах желаемого, что подтверждал вертящийся хвостик. Она напомнила Тане о карамельке залежавшейся в кармане плаща.

После съеденой конфетки собачка принялась предано лизать руку своей новой знакомой, глядя на неё с вопросом: «Что же мы делаем здесь -- на этом скучном, продуваевом холодом месте?». А в доказательство своей расположенности, доверчиво легла у её ног, не позволяя сделать и движения в сторону моря.

Тане ничего не оставалось, как поднять маленькую умницу и взглянуть на эту симпатичную мордочку.

После такого необычного знакомства они уже были неразлучными друзьями, и уже Таня спешила поскорее добраться до гостиницы, чтобы помыть и покормить «Кенди», как она назвала свою ночную спутницу.


## 60

*И снова «ангел-хранитель»*


На встречу с Ольским всё ещё печальная Таня пришла с Кенди. После вчерашней ругани с Вальдемаром и своей неудачной попыткой растаться с жизнью, она чувствовала себя не лучше. Но сейчас, в присутствии Ольского, ей не хотелось думать о плохом. И ещё её отвлекала Кенди своим постоянным приставанием.

-- Как видите, сегодня я не одна... Прошу вас познакомиться, это -- Кенди, -- ответила на приветственный поцелуй Ольского Таня.

Между прочим, Кенди чувствовала себя после завтрака великолепно, находясь в заботливых руках своей хозяйки, не желая ступать на землю. После купания она была пушистенькой и пахла земляничным мылом, а красная шёлковая ленточка, повязанная бантом вокруг её шеи, подчёркивала отношение к ней.

-- Я бы считал, что не знаю вас, если бы не ожидал подобного, -- приветливо с намёком улыбнулся Ольский, -- кстати, я и сам подумывал о таком подарке. Единственное здерживало, что нас ожидает дорога и не известно какие у них таможенные правила на этот счёт. А вообще-то, Кенди заслуживает своей симпатичностью такого имени.

-- Это я так назвала в честь её первого желания. Она ко мне подошла за конфеткой... – сквозь печаль улыбнулась Таня, но только на миг, -- упоминание о дороге возвратило её в состояние неопределённости. Она как могла пересиливала ломящую тело слабость, стараясь не казаться ему плохой или чтобы он не подумал, что она не рада ему; уже знала из своего горе-опыта: пребывая в таком состоянии ей необходима неделя, как минимум, это при условии, если она её проживёт. Получается абсурд – она пытается выжить... Зато уже потом ей не будет нужен ни Вальдемар, ни остальное связанное с его именем.

Ольский не мог не заметить болезненный вид Тани, и предпочёл вместо расспросов пройтись парком. День был несравненно лучше предыдущих: наконец-то наскучившее всем пасмурное небо расступилось перед солнцем, преобразившись в высокое ярко-голубое, невольно вызывавшее настроение.

Чтобы Тане было не тяжело со своей, пускай даже и милой ношей, Ольский попросил передать ему на время это «сокровище», на что ревнивая Кенди сразу же возразила предупредительным рычанием. Так что Всеволоду Иларионовичу пришлось нести вместо собачки цветы и свою шляпу, а также распахнуть пальто, -- уж солнышко теплом расщедрилось в этот позднеосенний день.

Между тем, на этот раз Ольский проводил время с Таней не только в присутствии её симпатичной четвероногой подружки, ещё и Николай Николаевич предпочитал наблюдать за ними... Но уже со стороны, будучи определённо невидимым.

Кстати, Иваницкий благодарил их за то, что вынудили его в распогожившийся денёк подышать морским воздухом, а заодно и свою трубку в удовольствие покурил, приютившись на скамеечке под елью. Мысленно он извинялся перед влюблёнными, но, как был убеждён, иного выхода у него не было.

«Да, даму Всеволод Иларионович подобрал со вкусом, нет слов. Точно «дама с собачкой», а может, и получше даже. Ему знать. Не удивительно, что из-за такой фигуристой внешности возникает угроза жизни. И чтобы они делали без этого ужасного Иваницкого? Впрочем, в сем деле наперёд не положено загадывать, тем более я предпочитаю не по руке гадать, а больше ею доказывать», -- разговаривал с собой Николай Николаевич.

Тем временем заводила та парочка с собачкой Николая Николаевича по паркам, аллейкам и скамейкам до поздна. Уже и Кенди измучилась от такой затянувшейся прогулки, уснув в руках сидящей на лавочке Тани, но при новой попытке Ольского взять её, решительно показала острые зубки.

А вот Николай Николаевич был озадачен отсутствием предполагаемого Циркача: «Неужели изменили намерение? Всё-таки парк людное место для таких «мероприятий»... да и присутствие дамы. А может, и собачки испугался -- чтобы лай не подняла. В подобных случаях такое маленькое столько гвалта наделает, что матёрый криминал не будет знать куда деваться. Видать, затаился в выгодном месте, в расчёте после преступления мгновенно скрыться. Недаром перед ним поработал «глазастый». Что же, вельможе, посмотрим, что дальше гоже. Главное не упустить важнейший момент. Здесь секунда может определять исход. Циркач есть циркач».

Заботливый Николай Николаевич «провожал» Ольского по противоположной стороне улицы, когда тот уже один возвращался домой. И чем ближе они приближались к их жилью, тем сильнее Иваницкому подсказывала интуиция, что вот сейчас то должно произойти.

И на самом деле данное место располагало для намеченного убийцей действия. Было уже вечернее время, когда возвращались с работы отдохнуть, или спешили на ночную, или же в места, где сочетается и то и другое. Пёстроликий люд, наводнявший улицы, занято торопился по своим делам, не желая замечать ничего кроме личного. «Так за спинами пешеходов можно легко быть незамеченным, а после и транспорт взять...», – разгадывал логику преступника домашний детектив. И то, что искал намётанный глаз Николая

Николаевича, то он и дождался. Циркач находился как раз на его стороне улицы и, судя по возбуждённому поведению, был готов коршуном наброситься на свою жертву и ударом ножа или выстрелом расправиться с Ольским. Но что не смог предусмотреть Николай Николаевич -- это то, что был ещё и тот, кто наблюдал для верности за выполнением порученного. Конечно, им оказался всё тот же «глазастый», глазевший уже с противоположной точки, чтобы донести о результате Вальдемару.

*

В карманах Циркача того раннего вечера ничего не было лишнего: полученный от Вальдемара аванс согревал сердце, а схема улиц, с номерами домов, обозначала ежедневный маршрут «заказанного», которого убийца даже имени не знал. Разумеется, в правом кармане под рукой ощущалась тягость револьвера. На этот раз он предпочёл стрелять в голову, чтобы было наверняка. После выполнения дела Циркач намеревался скрыться переулками. Он встретил «заказанного» почти за квартал, выделив того из прохожих по приметам. Всё сходилось: синее демисезонное пальто, плюшевая шляпа, аккуратные усы и бородка... Словом, чья жизнь была оценена ниже стоимости танцующих ножек.

«...сейчас я его...», – Циркач провернул барабан револьвера, убедившись в полном заряде.

В том же удостоверился и судьбоносный ангел-хранитель Всеволода Иларионовича, проходивший в шаге от своего «старого знакомого». Дальше уже следовал расчёт Иваницкого. Он был совершенно убеждённый, что убийца выбрал закрытое место преступления. Например, парадное дома. В связи с этим у него имелся свой контрвыпад, -- ему должен был помочь проезжающий автомобиль.

Что и произошло. С издали он подметил такси, мчащее вниз дорогой. Проходя мимо Циркача, пьяный мужчина с поднятым воротом пальто, прикрывавшим лицо, как бы нечаянно, но чувствительно, зацепил того плечом. В ответ занятый важным Циркач поступил как обычно в обращении с подобными – пытался отпихнуть типа подальше. И как только собирался это сделать, при чём продолжая наблюдать за своим клиентом, будучи готовым перебежать за ним через дорогу, -- «пьяный» ловко перехватил его руку и броском через ногу метнул под пролетавший мимо автомобиль. Всё произошло настолько мгновенно, что на сбитого машиной вначале никто внимание не обратил. Лишь спустя минуты, когда Циркач очнулся и с перебитыми ногами пытался уползти с дороги, к нему подошли люди, в том числе и полицейский, подобравший с земли оружие.

## 61

*Не лишнее предупредить*

Перед вечерним чайком отошедший от происшедшего Николай Николаевич попросил у Господа прощение за небольшой грех во имя спасения доброго человека, и, глядя на спокойно пьющего кофе с печеньем Ольского, как бы между прочим поинтересовался:

-- Всеволод Иларионович, а вы вообще-то котов любите?

-- Котов?.. – в удивлёнии открыл рот Всеволод Иларионович, -- каких котов вы имеете ввиду? Почему вдруг такой неожиданный вопрос? – улыбнулся новым странностям Николая Николаевича.

-- Тогда конкретнее -- кошек. Например, изгибистых с перьями на голове и в чёрных чулках на длинных лапках... Извиняюсь, ножках.

На этот раз улыбки в ответ не последовало; поперхнувшись, Всеволод Иларионович по крайней мере понял намёк. Поскольку достойный ответ на подобное у него не был подготовлен, он ответил следующее:

-- А в чём собственно дело, уважаемый? Не намереваетесь ли вы мне преподать урок нравственности? Или вроде того, -- покраснев, заслужено вспылил Ольский.

-- Насчёт урока -- это уместно. Тем более повод имеется, -- спокойно ответил после глотка чая Иваницкий. Он не хотел раскрывать подробности как случившегося, так и вероятность предстоящего. Тем не менее посчитал должным предупредить друга Всеволода Иларионовича. Но только несколько позже, перед тем дав возможность разгорячившемуся Ольскому выпустить свой парок.

Всеволод Иларионович, приученный не удивляться недоговорённости Николая Николаевича, тем самым пытался уточнить, какой ещё повод может быть, чтобы так в его личную жизнь соваться? «Безусловно, он намекает о Тане. Наверняка, знает о ней что-то. Можно понять, как друг, он обеспокоен за меня. Ну и что из этого? Неужели я сам не способен разобраться без рекомедаций и ненужных подсказок», -- думал Ольский.

И, подождав пока Клавдия выйдет из столовой, Всеволод Иларионович нетерпеливо переспросил:

-- Извольте знать, любезный, какими кошками вы намекали? И, будьте добры, более конкретно.

-- Не о всех сразу, -- улыбнулся держатель тайны и доброжелательно объяснил: -- Так вот, дорогой мой друг, гм... я вас видел с одной из них. Так сказать, случайно... А может, и нет.

-- Получается, вы за мной следите? – Всеволод Иларионович нервно засопел.

В ответ Николай Николаевич, под чаёк, из А.С.Пушкина в удовольствие вспомнил, заодно и для Всеволода Иларионовича:

Снова тучи надо мною
Собралися в тишине;
Рок завистливый бедою
Угрожает снова мне...

И уже в прозе:

-- Не было бы прока в том, если бы без последствий для вас.

-- Что?! – недоверчиво покосился обиженный.

-- А то, только не подумайте, ради Бога, что Иваницкий от нечего делать пытается мешать чьим-то отношениям... или же хоть как-то бросать тень на ваши искренние чувства. Просто определённым людишкам они ой как мешают! Даже уверен -- жить не дают. В связи с этим позвольте вас предупредить, чтобы вы на несколько дней прекратили встречаться с той

Л. Хайченко Берег турецкий

особой. Хотя бы пока угроза не минует. Кстати, она также находится под ней.

Услышав то, что никак не ожидал, а заодно учитывая серьёзность профессионала своего дела, Ольский изменился в лице от оскорблённого на встревоженного.

-- Если можно подробнее, прошу вас. Здесь даже не так обо мне, как о ней... Так о какой угрозе речь, извольте знать?

-- Тогда для пользы дела прошу вас, Всеволод Иларионович, сказать что-то об этой даме, -- и добавил, глядя на поникшего друга: -- Я не требую. Если считаете не возможным, можете не отвечать. Тут насколько это для вас важно с учётом вынужденного.

И под гипнотическим взглядом Николая Николаевича, очень напомнивший ему глаза детектива Иваницкого во время освобождения невольников из подземельного заточения, Ольский поведал о Тане. Понятно, что в общем, без каких-либо намёков на их прошлое и отрицательной стороны.

Внимательнейшим образом выслушав не столь продолжительное, но определённо полезное изложение фактов, Николай Николаевич поспешил сделать ещё пару глотков чая, одел пальто и, не объяснив куда и за чем, удалился.

Подобные случаи встречались сыщику Иваницкому, когда он только начинал свою карьеру жандарма. Сутинёры и равная им шваль размещались в его памяти особняком. Он знал на что этот контингент способен и из которых характеров состоит. Ему даже не нужно было дополнительно знакомиться с Таней, услышав от Ольского достаточно, чтобы сделать вывод.

\*

Ошибочно предполагать, что из-за своей увлечённости доходной деятельностью, Вальдемар Мухин газет не читал, хотя бы местных, на доступном русском. Так как он всё же интересовался новостями, имя соотечественника Николая Николаевича Иваницкого было ему знакомо, как и внешность по фотографиям.

Николай Николаевич гостевался в варьете «Три милых котёнка» одиноко за столиком в углу зала; попивал поднесённое пиво и по-своему смотрел на представление. Личность хозяина данного заведения, встречавшегося накануне с «глазастым», выглядела особенно впечатляющей своей изысканной отвратительностью. Встретиться с таким Николая Николаевича вынуждало сугубо обстоятельство. Ещё Иваницкий желал убедиться в особенном таланте Тани, оценённого кем-то не менее, как человеческой жизнью.

Затруднительно определить, кто кого раньше заметил: Иваницкий Вальдемара или наоборот. Покрайней мере встреча их взглядов должна была стать дуэлью.

Ещё важным было то, что «глазастый» уже успел доложить своему боссу о провале Циркача.

И вот сейчас больше чем неожиданное появление в его заведении всесильного Николая Иваницкого оборачивалось озадаченным вопросом перед Вальдемаром: «Не получилось ли так, что он наперёд знает о наших намерениях? Тогда, как это произошло? и его роль? Хотя всё это уже чепуха. Он здесь, и понятно -- заявился не глядеть на моих «котят»...».

Действительно, Николаю Николаевичу сиделось и пилось в затхлом помещении до определённого времени -- пока не надоела слежка за ним Вальдемара, постоянно выглядывавшего из-за портьеры. Это вынудило якобы выйти в туалет. А сам он через кухню проник именно в тыл -- в коридор, выходящий к гримёрной, где у той же портьеры споймал за ворот халата наблюдательного Вальдемара.

Надо заметить, что хозяин варьете, как обычно, был одет по-домашнему раскрепощённо, но в данный момент об этом сожалел. От встречи с народным героем русской иммиграции нарядный халатик Вальдемара Мухина задрался в неудобном месте на глазах у обслуживающего персонала. В растерянности, поварихи и официанты не знали, что им делать: выглядеть незамечающими стыд хозяина или бежать за автографом к самому Иваницкому.

В итоге после жалких просьб отпустить халат и его вместе с ним, Вальдемар стал послушным и внимательным к словам своего гостя номер один. А чтобы ещё лучше слушалось и без

Л. Хайченко Берег турецкий

свидетелей, Вальдемар попросил господина Иваницкого пройти в кабинет.

-- Мы не будем представляться друг другу, верно? Итак каждому более чем понятно, -- продолжил после «физического вступления» необычный гость, – Твой Циркач на неопределённое время исчезнет с арены, это я гарантирую. Ну, а тебе мой совет и первое с последним предупреждение: если будешь продолжать оказывать хоть какое-либо давление на свою центральную танцовщицу, ты знаешь о ком я говорю, или хоть как-то пытаться путаться под ногами моего друга, его ты тоже знаешь, тогда, Вальдемар Дуремарович, вас ожидает... Впрочем, у вас воображения достаточно, чтобы себе представить.

-- Всё забыто! Уверяю вас... – сложил лодочкой на груди пухлые пальцы Вальдемар, -- произошло глупое недоразумение... Мои люди действовали без моего ведома.

-- Не ври! Выкрутасы свои оставишь для сцены. Мне всё известно, в том числе с заказом Циркача. Между прочим, мне его личность знакома намного раньше. Так что у меня есть полное право и у тебя спросить, -- Иваницкий посмотрел на Вальдемара как на обречённого, и некоронованному королю «танцующих котят» зделалось жутко.

62

## Юбилей господина Рошто

Встретиться с добрыми друзьями ожидал не только сияющий именинник. Повод встречи на юбилее господина Рошто имели также Жаннэт и Андрей. Как это не печально, они признавали, что состояние их взаимоотношений критическое, а точнее уже никакое. Причины? Они были известны, но всё же надеялись на лучшее. И Жаннэт и Андрей верили своим прежним чувствам, хотя осознавали, что существуют вещи, влияющие на их будущее помимо собственной воли. Ну, а как же тогда с совестью? если при этом от них зависят жизни тоже имеющих право на счастье.

Естественно, и Жаннэт и Андрей не считали себя эгоистами. Они давали себе отчёт, что затрагивают судьбы близких людей, дорогих. И вместе с тем влюблённые сердца надеялись на чудо, как и то, позволившее им найти друг друга. И опять-таки сопутствующая мысль о нравственности. Где личное, там рядом находятся интересы и других, которые уж никак не хотят быть отвергнутыми. Тот короткий промежуток времени их встреч не изменил принципов. Хотя существует ли контроль чувств? «Что ожидает нас в ближайшем? -- этот вопрос постоянно мучил их обоих, -- если мы преподнесём своё личное в жертву остальным, нам лишь останутся воспоминания и сожаления... и любовь незащищённая, покинутая. Потом будут неизбежны раскаивания, упрёки собственной вины -- что не смогли уберечь любовь, а безвольно отступили перед суровой реальностью». Они осознавали, что уступают своё счастье другим во имя тех. Жаннэт видела в этом Нику, её будущую жизнь не иначе как счастливую, и необходимость иметь отца. К Жоржу она испытывала лишь жалость и сострадание, и, конечно же, любила и уважала своего отца. Ей было известно, по многим примерам, как живут люди семейной жизнью, невостребованной любовью. Условность, что она когда-то полюбит Жоржа выглядела не более чем смешной, и, соответственно, таковых мыслей у неё не вызывала. Просто иногда она представляла своё будущее без Андрэ. Односторонней любви Жоржа недостаточно для неё, чтобы забыть Андрэ.

После последних разочарований, когда Андрей прождал у ворот усадьбы Руанье до полуночи в надежде, что Жаннэт всё же найдёт минутку хотя бы показаться, он ещё три последующих вечера приходил на тоже место, но лишь только для того, чтобы снова стоять в печальном одиночестве.

«Но как она теперь ко мне относится? -- переживал Андрей. Если раньше он был уверенный в Жаннэт, что они вдвоём и им никто не может помешать быть вместе, так теперь значение её мужа становилось явной преградой, и тут же появлялись мысли о Николь -- её право счастливо жить с родителями. Измена ли это его чувствам? Наверное, нет. Он продолжал безнадёжно любить Жаннэт, веря во взаимность. -- За ней решающее. Мне понять Жаннэт, её переживания. Сложное положение перед выбором соблазняет оправдать любое решение. В данном случая формальность преобладает. Да семья -- это очень серьёзно. Жаннэт должна определиться с кем ей жить, рассчитывать на будущее. И если так произошло, что выбор остановился не на мне, тогда остаётся только пожелать счастья ей. И быть благодарным за то незабываемое время, подаренное ею... несмотря на его непродолжительность. Для меня всегда будет достаточно её единственного «да». Его я буду ждать независимо от времени и обстоятельств. Моё сердце навсегда остаётся открытым для неё. А память о Маше? – он задумался, -- Она... заставляет меня стыдиться собой. Ведь Маша значила для меня не меньше. Получается -- измена. Но ведь я к Маше отношусь по-прежнему, вспоминая с любовью. И если бы не видел в Жаннэт её продолжение, тогда ничего бы не произошло. Жаннэт словно воскресшая Маша, в её облике и душе. Между ними столько общего... Для меня они как одна любовь».

*

Блистательный юбиляр с раскрытыми объятиями встречал входивших поздравить его. Выслушивая тёплые слова и пожелания, месье Рошто благодарил друзей за оказанное ему внимание. Пришедшее на торжество спускались в большой гостиный зал, украшенный натянутыми между колон лентами, водушными шарами, корзинами с живыми цветами. Просторный дом господина Рошто как бы был расположен к подобным пиршествам, несколько напоминавших балы Наполеоновской поры. Встречавшимся здесь знакомым и друзьям предоставлялась возможность любезно побеседовать в обстановке внимания и комфорта. Иначе и не могло быть, ведь у Жан-Пьера всегда собирались давние, добрые друзья. А впервые очутившемуся здесь справедливо могло казаться, что в такой обстановке принято разговаривать только в полголоса; что здесь даже шёпот слышен на расстояния. Кстати, на этот счёт у прозорливого хозяина была своя мудрость. Не раз и не два он принимал в этом зале официальных особ из иностранных посольств и дипломатических корпусов, с коими состоял чут-ли не в кровном родстве. Покрайней мере имел божественное влияние.

В углу зала сверкал белизной рояль, за которым горбился кремовый фрак пианиста. Произвольные проигрыши известных мелодий сопутствовали раскрепощённой обстановке, заодно придавая определённую торжественность. Рады встрече, гости собирались в группы знакомых, ведя шумные разговоры. Между ними, как исправные слаломисты, юлили длинорукие официанты в белых перчатках с подносами, предлагая шампанское, мартини и коньяк. Гостей обходил юбиляр с супругой, находя для каждого самые милые слова признательности. Разговоры время от времени прерывались восторженными возгласами, звонким смехом, как бы этим перетягивая на себя внимание присутствующих. Звенел хрусталь поднятых бокалов и шампанское щедро лилося на колесо торжества.

-- Приветствую вас, дорогие мои! – подойдя, Жан-Пьер пожимал руки господам Ольскому, Иваницкому и Андрэ, и с уважением поцеловал руку госпоже Ольской, -- очень рад вас видеть! Пожалуйста, моя жена -- Люси, -- представил господам супругу месье Рошто, -- я ей о каждом из вас много порассказывал. Так что ей осталось только знакомиться с вами воочию.

-- О, у нас имеется ваша новая книга, месье Ольский! Просто изумительное издание. Разрешите поинтересоваться, что ещё есть у вас прочесть? – спросила на французском возрастная блондинка с пустым лицом и искусственной мушкой на щеке, выглядевшая увядающей розой в своём чёрном декольтированном бархатном платьи; пахнувшая нежным запахом дорогих духов, -- я имею ввиду уже в переводе. Содержание этой книги мне муж, в целом, рассказал, но тоже из чужих слов... Эх, как жаль, что я не владею русским, появилась причина сожалеть... Но мы надеемся на перевод. Уверена, при этом круг ваших читателей невероятно расширится.

-- Спасибо вам за лестные слова, уважаемая Люси, но это уже вопрос к издателям, -- ответив, Ольский со значением посмотрел на стоящего рядом Дениса Афанасьевича, -- а насчёт других моих книг, как вы выразились, так это пока единственная.

-- Первая ваша работа и такая удачная. Столько восторженных отзывов. Здесь без таланта не обойтись. Или, может быть, из-за скромности вы скрываете от меня свои предыдущие? Возможно, что-то связанное с интимом? – Люси темпераментно вскинула руку в вращающем движении, -- Женщины это обожают! Мой супруг тоже со мной не откровенничает о многом... Не иначе, как отвечает взаимностью. Ха-ха! – и засмеялась своей шутке, переведя взгляд на «большого медведя», в котором узнала русского героя-освободителя:

– Простите, не вы ли известнейший господин Иваницкий?

-- К сожалению, мадам, всё что от него осталось... -- ответил на перевод Ольского Николай Николаевич, вызвав смех у стоящих рядом.

-- Как жаль, что вы даже по-турецки не понимаете...

-- Только этого мне и не хватает, – уже себе засмеялся герой, не прося перевести сказанное.

-- А то бы я вам рассказала одну шутку, которая через третьи лица не передаётся, -- с непонятным намёком подмигнула госпожа Рошто, и как давнего друга, имея на то право, схватила под руку господина Иваницкого, -- теперь и я чувствую себя под надёжным покровительством.

-- А я вот незащищён... -- промямлил Николай Николаевич, осторожно посматривая на декольте перед собой.

-- Прошу вас не обращать внимание... – посоветовала она оглядывающемуся рыцарю, -- ха-ха! разумеется, на моего мужа. Он не решится вас вызвать на дуэль, уверяю вас. К тому же пистолеты в его салоне уже отстреляли своё, – шаловливо смеялась, вздымая грудь, Люси. -- Но я вам обещаю, мой богатырь, с завтрашнего дня я начинаю изучать русский! Так что следующая наша встреча будет по-своему интересной. Я обязательно попрошу Жана о нашем общем выходе, например, в театр...

Но Жан-Пьер был уже в стороне от предложения супруги, что и использовала находчивая Люси, специально повернувшись спиной к месье Иваницкому, демонстрируя ему второй вырез – усыпанную веснушками поляну, спускавшуюся почти до предела.

А Николай Николаевич, созерцая происходящее вокруг своей популярности, представлял, куда это катится. Поэтому предпочёл сделать остановку у предлагаемых напитков, тем более те кстати оказались. «Ну уж мне эти поклонницы... Так и хочется им лепить собственных кумиров... лишь бы повод подвернулся. Нужно ей чего-то подарить, чтоб отцепилась», -- озадачился окованный женским вниманием Иваницкий. И вынул из кармана перочинный ножик. Он услужливо подал его, как редчайший сувенир, супруге юбиляра.

-- Силь ву пле, мадам, -- широко улыбнулся Николай Николаевич.

-- О, мерси! Как мило!.. – Всплеснула в ладошки Люси, и тут же сделалась серьёзной, представляя, как этим орудием этот храбрый русский кромсал и сокрушал опасных преступников. -- Это не тот ли...-- осторожно прикоснулась пальчиком к лезвию Лиси, --которым вы их?.. – и заговорщицки сверкнула глазами, -- только не скоромничайте, герой!

И произошло, что и рассчитывал «герой», -- Люси понеслась показывать сувенир, чем сразу воспользовался Николай Николаевич, придержав возле себя молодого человека с подносом.


-- Известно, что большие рыцари стеснительны, как дети. Неправда ли, месье Ольский? – обратилась по-хорошему, с ножиком в руке, Люси.

-- Может, в чём-то и да... – косясь на открытое лезвие в женской руке, осторожно ответил Ольский, -- а если относительно господина Иваницкого, так он не любит похвалу. Как и находиться на виду. Таково его убеждение.

-- Великолепно! Бескорыстное благородство придаёт героям дополнительное уважение. Что-то из средневекового...

рыцарская скромность... – ответила Люси и глазами начала искать сбежавшего рыцаря.

«Что же она никак не отвязнет. Не дай бог, снова подойдёт», -- забеспокоился Иваницкий и для собственной безопасности не отпускал от себя разносчика, всё смакуя коньячком.

*

-- Извините меня за некоторое отсутствие, господа, -- после обхода приглашённых возвратился к русским гостям Жан-Пьер. Ему было почётно беседовать с людьми, чьи имена были на слуху, тем более считать их своими друзьями.

И присутствующие отмечали такое внимание. Перешёптываясь, они бросали робкие взгляды на русских знаменитостей.

-- Юбиляр всегда нарасхват, -- улыбаясь, ответил Ольский.

-- Что подтверждается... – невинно поднял брови именинник и лукаво посмотрел: -- Надеюсь, в общении с моей супругой вам не довелось скучать; Люси сегодня просто милашка! Мне остаётся только восхищаться ею, со стороны...

-- Благодарю, дорогой мой, -- услышав, что о ней речь, возвратилась лисой Люси, -- ты всегда так заботлив... Порой удивляешься, откуда такое внимание у вечно занятого делами? А вообще-то, если серьёзно, Жан -- моя опора и старая крепость, за стенами которой моя душа пребывает в спокойствии.

-- Под «старой», имеется ввиду: ядра из её башень уже не летят? – засмеявшись, юбиляр перевёл на другую тему разговор: -- Только что встретил дружище Поля. Уж подумал, что у них снова случилось что-то непредвиденное. Ведь всегда он поздравлял меня одним из первых.

-- О я с нетерпением жажду поболтать с Жаннэт! Столько времени не видела её... -- затрепетала Люси, и бриллианты её колье темпераментно запылали.

-- Они сейчас к нам подойдут. Жаннэт -- восхитительна! Впрочем, как всегда. А вот Жоржа не узнать... Я впервые его увидел после возвращения. Одним словом бедняга... – выражая сочувствие, вздохнул месье Рошто.

-- Извините, Жан-Пьер, а кто такой Жорж? Не супруг ли Жаннэт Руанье?.. – поинтересовался Ольский и машинально посмотрел на стоящего рядом Андрея, взволнованный вид которого выдавал его мысли.

Не требовалось проницательности предположить, что здесь должна появиться Жаннэт, -- в этом Андрей не сомневался.

-- Вы не ошиблись, Всеволод. Я вас познакомлю. Отца их семейства вы уже знаете, а вот с детьми будет интересно вам пообщаться. Особенно вас удивит самая младшая из Руанье -- Николь. Исключительно милое дитя.

Но надежда Жан-Пьера, что Поль с дочерью и её супругом подойдут к ним -- не оправдалась. Заметив среди стоящих с месье Рошто Андрэ, Поль решил по определённой причине находиться на расстоянии от нежелаемого. Он лишь кивком головы поприветствовал Ольского и отошёл к знакомым.

Чувствительный на подобные ньюансы Жан-Пьер, заодно придерживаясь своего обещания, взял под локоть господина Ольского и повёл его к стоявшей особняком чете Руанье.

-- Прошу вас, господа, будьте любезны: это месье Ольский. Всеволод Ольский. -- Приветливый хозяин представил Жаннэт и Жоржа своему русскому гостю и улыбнулся держащей руку мамы, Николь. -- Господин Ольский -- автор недавно вышедшей книги о России. Она особенно популярна среди русской иммиграции, -- как должное, сообщил он.

-- Очень приятно, -- с признанием, пожав руку приятному господину, ответила Жаннэт и неловко улыбнулась: -- Вы извините моего папу, он минутку тому был похищен деловыми партнёрами. Даже в такое время не дают ему отвлечься от работы. – Говоря, она не могла ощутить во взгляде этого русского какой-то особенный интерес к себе, и мысль об его осведомлённости о её связи с Андрэ пришла первой.

Ольский видел эту красивую женщину впервые и был потрясён её схожестью с его незабвенной дочерью. Теперь ему не требовались дополнительные объяснения состояния Андрея: «Бедный мальчик... он живёт прошлым. Андрюша видит в ней Машеньку. Возможно, я усугубляю это сравнение, но безусловно оно сыграло роль».

Л. Хайченко Берег турецкий

-- Мама, мама, посмотри! – вон там месье Андрэ стоит! – обрадовалась Ника и с надеждой глянула на маму, -- давай позовём его к нам... Ты же помнишь -- он нам обещал ещё рисовать. Ведь ты сама мне говорила...

На призыв дочери мама не прореагировала, а вот от вновь услышанного «Андрэ» папа Жорж побледнел и засуетился. Если вначале он не выносил этого имени, так со времени откровения с Жаннэт видел в нём угрозу своему семейному благополучию. Естественно, что после того последнего и единственного открытого разговора с женой, у него были основания считать своё положение, как мужа, шатким. «Ещё чего не хватало... На всеобщий позор меня выставить? И в этом коварство... Хотя всё же интересно взглянуть на этого «любимца Андрэ»... – взывал к своему достоинству Жорж и поднял голову, осматривая стоящих вблизи и далее, пока не наткнулся на довольно уверенный взгляд седовласого парня в их сторону, и сразу понял, кто это... -- Так вот он каков -- художник Андрэ. -- Какие-то секунды они рассматривали друг друга, как соперники, определяющие чьё положение предпочтительней. Но к своему удивлению, Жорж не нашёл в глазах Андрэ ожидаемую дерзость, насмешку или хоть какую-либо неприязнь, также как и не разглядел в этой внешности женского сердцееда. Его даже заставил улыбнуться такой безвкусный выбор Жаннэт, и в душе был рад, что его соперник не отличается внешним превосходством. – Тогда, что ей могло приглянуться в этом типе? Впрочем, мне хорошо известен характер Жаннэт, -- она всегда умеет в, казалось, обычном неприметном увидеть своё особенное, заметное только ей одной. Вот и в этом художнике, что-то да заинтересовало её... и как видать очень даже... – искося Жорж посмотрел на жену и к своему недовольству убедился в явном: -- Это, скорее всего, у неё от одиночества и выдумок разных. Искала мужчину, который бы смог «понять её»... Понять! Такая наивная... И кого? Женщины отвечают взаимностью пока им оказывают внимание или же присутствует особый интерес. А может быть, этот Андрэ желает объясниться со мной? Ах да, Николь упоминала о его немоте. И это ещё один ньюанс, почему он так понравился моей жене, – её

440

оригинальность. Возможно, их объединяет некая там... Конечно же, Жаннэт ведь считает себя женщиной утончённых вкусов и неординарных суждений. Но тогда, как она может общаться с ним? Ха-ха... Возможно, по-своему... – и от такой неприятной мысли Жорж более ревностно посмотрел на жену, представляя её в объятиях этого мерзавца. Но Жаннэт, не обращая на него внимание, открыто смотрела на Андрэ. – Вот так получается... Оказывается между ними действительно лямур. Но это никак не сказывается на наших супружеских отношениях. По крайней мере мне не жаловаться, – ночью Жаннэт моя. Так постепенно и днём остальное возвратится, и Жаннэт будет моей нераздельной женой, -- убеждал себя Жорж, и чтобы отвлечь внимание Жаннэт прикоснулся к её руке. На что та пугливо одёрнулась».

-- Жорж, мы же на виду у всех... Перестань навязничать! Прошу тебя, -- шёпотом настоятельно потребовала она, -- я знаю, что ты сейчас пытаешься мне доказать...

-- Это я тебя прошу... сейчас же отвернись от него...

Но она, как нарочно, продолжала смотреть в сторону своего внимания, ожидая или Андрэ ответит своим взором. У неё было письмо к нему, в котором изложила все свои извинения и заверения в неизменных чувствах. Увы, обстоятельства не располагали к какому-либо их общению, как и не давали ей надежд на встречу. Но любовь к нему будет хранить её сердце: «Пускай мне так будет – в ответ на уступчивость. Так больнее вспоминать... думать о Андрэ... и ожидать времени, когда мы вновь будем вместе. Пусть моя любовь обжигает мне сердце, пусть я страдаю по нём...» Жаннэт отвернулась и промокнула платочком слёзы.

Как бы насмехаясь над её чувствами, вокруг шумело веселье; муравьём прыгал, как заведённый, пианист, вздымая над клавишами волнами руки.

*

-- Уважаемые господа! Дорогие мои друзья! – обратился к присутствующим Жан-Пьер, -- извините меня, что прерываю ваши увлечённые беседы... Не позволил себе этого без убедительного предложения. Разрешите, с вашего согласия, пригласить вас к ожидающему столу. Как удачно выражаются русские: чтобы разговаривалось не в сухую... – при этом юбиляр засмеялся и посмотрел на господина Ольского, -- ещё раз прошу прощения за мою надоедливость.

Во время ужина Жаннэт выбрала подходящий момент и передала через прислуживающего за столом письмо для Андрэ. Этим, пожалуй, она использовала единственную возможность объясниться с ним и почувствовала некоторое душевное облегчение: «Теперь он не будет думать, что я позабыла его. А о остальном – это уже его право. Единственное -- чтобы Андрэ знал -- как мне нелегко... Ну, а то что я с Жоржем -- не означает мой выбор. Я люблю Андрэ и моё сердце принадлежит только ему».

Весь тот вечер испытания Андрей заставлял себя не замечать Жаннэт. Смешанное чувство теребило сердце -- любовь и обида, -- всё так несправедливо к нему. В тоже время ему было совестно перед её супругом. Теперь он видел его и по того глазам понял, что для него значит Жаннэт. «Его взгляд выражал одновремённо сдержанный укор и неуверенность, а может, это отчаянние. Его легко понять. И ради этого покалеченного воина можно пожертвовать своим зыбким счастьем. Просто, нужно не мешать им жить спокойной, семейной жизнью. Но это не значит, что я собираюсь забыть Жаннэт или обвинять её в измене. Она для меня остаётся прежней. Пускай наше время в прошлом и больше не повториться – это ничего не меняет в моих чувствах к ней, -- заверял он себя. И когда ему передали конверт, он догадался от кого: -- И всё-таки Жаннэт думает обо мне...». Он спрятал письмо в карман и в признательность улыбнулся ей.

Ожидать желанного взгляда Жаннэт Андрею не приходилось, так как она замечала только его одного. Его присутствие и вместе с тем невозможность общения мучили её. Улыбку Андрэ она ощутила на губах желанным поцелуем, и ответила своей, обнадёживающей, и таким пылким взглядом, что Андрей растерялся. И ему сделалось ещё грустней, -- ведь все его надежды, возможно, наивные, развеялись. Совсем недавно он мог представить себе будущее с Жаннэт, рассчитывать на благоприятные обстоятельства и главное их желание жить неразлучно. «После всего отвечать ей на письмо -- глупо, даже нахально. Нужно признать истину – между нами всё кончено. Короткая и печальная история. Ещё и поучительная. Помимо сердечных проявлений неплохо бы поразмыслить логически над происходящим, -- искал малейший повод для самоуспокоения Андрей: -- всё оставшееся время перед нашим отъездом буду занят только работой. Никаких отвлечений».

## 63
### *Последние чаепития*

Так уж сложилось в заморской жизни Ольских, что эта гостиная, напоминавшая своей просторностью их московское жильё, служила им уютным местом традиционных вечерних бесед за неизменным чаем.

-- Не представляла себе такой холодной погоды на юге Европы... -- сетуя на непрятную осень, куталась в пуховый платок Клавдия.

-- Нужно ещё учитывать гористую местность... близость моря... Отсюда ветренность и влажный климат... -- машинально ответил Ольский, думая о более важном, чем просто плохая погода. Он готовился к очередной встрече с Таней, не намеревался их прерывать несмотря на настоятельный совет Николая Николаевича. Не такой он человек, чтобы думать о себе, когда близкому угрожает опасность. Наоборот, то, что он услышал от Николая Николаевича, служило убеждением больше времени находиться с Таней, ради которой готов пожертвовать собой.

-- Ты бы, Сева, потеплее одевался. Не относись беспечно к эпидемии гриппа. И вообще излишне дышать морем -- не рекомендуется. В такие дни лучше всего -- коротать время за чаем.

-- Это, что-то наподобие из рассказов нашей бабушки: как они в снежные зимы, не выходя из дому, грелись у самоваров, -- отшутился он, хотя «дышать морем» прозвучало не так «по-одесски», как со скрытым значением. Впрочем, прозорливости сестры не удивился.

-- Ох, дорогой Всеволод Иларионович, у меня по этому поводу свои воспоминания, -- вздохнул с дивана Николай Николаевич и перебрался за стол – ещё горяченького отхлебнуть и продолжить: -- Любилось выезжать в деревню к родственникам. Они имели небольшое поместьечко, держали его для отдыха, для души, не для прибылей. Чем-то оно напоминало мне покинутое гнездо. Дом древний, как старец, боком пошёл. Усадьба заросла... и дорога к ней, что в лесу. Да и тётки мои на деревенских баб стали похожи: круглые, с руками чёрными. Мужчины их: кто служил, кто вдалече жил, а кто уже и помер... А ведь раньше в тех стенах генерал живал! -- дед мой внучатый. Нынче только дух славный остался там, да окна с ветхим крыльцом в одичавший сад. Намеревался я там ремонты сделать, оживить жизнь. Да всё откладывал, думал успеется... Зимушкой санями добрались, в три лошади. Снегу, бывало, наметало в деревне под самые крыши, окон не видать. Известно, в деревнях русских застолье -- простецкое, корнями в традиции уходит... потому и особенное. Подобных блинов, ковриг и кренделей, которыми там потчивали, не вкушал более. Как объясняла мне тётя Марфа, стряпуха их готовила на свежей простокваше, оттого и пористость особенная получалась и вкус нежнейший. Это не те промысловые блины, что в трактирах подают, на втором масле приготовленные, наевшись которых тяжесть ощущаешь. Те были воздушны и нежны... никакой горьклости – ешь себе --сколько душа велит. Конечно, и наливочки всевозможные заготавливали. Стояли в графинчиках на столе: ягодные и медовая водочка. Ну а насчёт варений, так я уже молчу. Как они варили ягоды... Вишенки -- одна в одну... клубничка в сиропе плавала, сохраняя естественный аромат. И чай был не заморский, -- на листе земляничном, с ягодками сушёными заваренный. Заваривали и смородинный. А кто желал – брусничный имел. Как себе хотите, а без пирогов настоящий чай не бывает у хозяйки. Тут уже и с грибной начинкой и с капустой пекли. Или же с патрохой, с жареным луком, которые я больше всего обожал. Маслянисты они были... В городе чай пьют импортный с бубликами да коржиками, а в деревнях -- с пирогами. Летом тоже гостить у них любил. В лес ходили. Там же к полудню скатерть в теньку на травке стелили. Откровенно скажу вам: я не грибник или в диких ягодах знаток, -- в лес хожу любоваться природой, отдохнуть. И палица моя лесная в сеньцах ждала приезда моего. Нет более приятной трапезы, чем в летнем лесу под переклик птиц... Душа насыщается. А воздух хвойный, до того прозрачен и звонок, что каждый треск веточки и шорох листочка слышен. Любилось нам соревноваться: эхо именами посылать -- чьё дольше слышно... – отвлёкся воспоминаниями Николай Николаевич.

-- Это у вас, дорогой, наша настальгия... – Клавдия посмотрела на брата, -- с расстояния теперешнего мы идиализируем то обычное, в котором бесхлопотно жили. То повседневное, что раньше не замечалось, нынче слезу выжимает.

-- Ой и выжимает, голубушка... – тяжело вздохнул Иваницкий, -- и до того...

Л. Хайченко Берег турецкий

-- Всем вне дома родного сиротливо. У меня есть одно желание, вынашивалось оно с того момента, как только мы Москву покинули. Но о нём заранее говорить не хочу, и не от боязни сглаза. Надеюсь, мы когда-то вспомним этот наш разговор в лучшем сравнении. Очень я надеюсь.

-- Дай Боже, Клавдия Иларионовна, дай Боже. Вашими устами да мёд пить. Тогда уж все наши желания объединит одно слово -- Во-звра-щение.

-- Ты знаешь, Клава, написать бы письмо в Одессу, Вене, -- вспомнил о своём обещании Ольский и объяснил Николаю Николаевичу: -- Это сынишка людей, у которых мы квартировались. Забавный паренёк -- ученик гимназии с запросами на жизнь выпускника университета. Я ему дал слово написать. Тем более повод подходящий – книгу нашу послать. Он любитель чтения.

-- И всё же она для него не по возрасту, -- подправила сестра, -- рановато для подростка, разве что с оговорокой на будущее чтение. А вот письмо написать обязательно надо. Здесь расстояние небольшое. Будешь писать и для моих нескольких строк место оставишь. Надо Полину поблагодарить за дорожное угощение и кулинарные наставления. Заодно от вас, Николай Николаевич, за «струдельки по-одесски».

-- Сделайте любезность, -- безразлично ответил Иваницкий.

-- Скучаю по ней. Очень приветливая женщина, поговорить было приятно. И дети их славные...-- в который раз она рассказывала об этом Николаю Николаевичу, сознательно повторяясь, -- ...дочь их, Мила, к музыке неравнодушна. Пока у неё желание преобладает, -- и улыбнулась тем вечерним концертам под виноградное вино, -- но на том уровне неплохо играет она на скрипке. А Вениамин -- так прямо философ в своей неснимаемой гимназической фуражке.

-- Увы, друзья, -- хлопнул себя по коленкам Иваницкий, -- чтобы мы не говорили да не вспоминали, а движемся мы в противоположном направлении, всё отдаляясь от России... Вреден такой наш призрачный комфорт. Только расхолаживает он, создаёт иллюзию постоянности.

-- Уж верно, Николай Николаевич. Тем не менее я вот подумываю, а не провести ли нам Рождество здесь среди наших друзей. Там с дороги будет совсем не до праздника, а здесь всё же у нас появились близкие люди. Не повременить ли немного с отъездом? Денис Афанасьевич приглашал в гости. Как вам эта идея?

-- Идея неплохая, Всеволод Иларионович... тем более в гости приглашены... -- ухмыльнулся Иваницкий и более выразительно добавил: -- Да вот сердце рвётся к семье. Итак папка Коля в дороге задержался.

-- Не намекаете ли вы этим, что хотите сразу воспользоваться открытой визой, -- спросив, Ольский посмотрел на Николая Николаевича с явным разочарованием.

-- Выходит, что да. Конечно же, благоразумнее транспорт выбрать надёжный и время подходящее. Хотя куда уж дальше тянуть. Я без женского ухода одичал здесь. Но это не в укор вам, любезная Клавдия Иларионовна. Вас только благодарить надо за создание домашнего уюта. Соскучался я по жёнушке и деткам... Как там они без меня -- или же тоже тревожатся? Вот видите, моя популярность помогла в решении хоть этого вопроса.

-- Но мы рассчитывали, что вы подождёте нас... Чтобы всем вместе в дорогу собираться и её с миром преодолеть, как предыдущую, -- и для ублажения Николая Николаевича Клавдия Иларионовна пододвинула к нему блюдо с полюбившейся турецкой баклавой и родными бубличками, да и кипяточка в стаканчик плеснула.

-- И я так думал, родимые, а вот, когда возможность появилась, неудержимо хочется ехать. Каких нибудь пару дней в дороге -- и я их увижу... Эта мысль все другие одолевает, подталкивает торопиться. А то выглядит: выпроводил свою семью за девять земель для личных интересов. Так что я только рад предоставившейся возможности, -- настаивал на своём отъезде Николай Николаевич, и, надпив чаёк, с благодарностью улыбнулся заботливой хозяюшке.

-- Безусловно. Как не разделить ваши чувства. Другое дело -- свыклись... – с грустью по безвозвратному оветил Ольский, вспоминая себя в подобном положении. Тогда все его мысли были о Ане...

-- Ну, вы не расстраивайтесь, дорогие. Мы же, надеюсь, не навсегда расстаёмся. Тем более ещё не прощаемся. Я вас встречу в Париже при любых обстоятельствах. Мои будут рады вам. А я постараюсь обжиться за предстоящие деньки и вам поблизости жильё подыскать, чтобы опять соседями жили. Верно, сроднились мы. И мне не легко. Нужно надеяться только на хорошее, всё плохое оставляем. Верно, Клавдия Иларионовна?

-- Спасибо, Николай Николаевич, за предлагаемую услугу. Думаю, вам без знания французского будет не до оказания кому-то помощи, -- уточнила Ольская.

-- А вы, уважаемая, так и не заметили, что героя Иваницкого понимают без слов, -- подморгнул Андрею Николай Николаевич, -- это мне Андрюха подсказал. В данном положении мы с ним равны. Хотя нет, извиняюсь, мне к нему далековато, -- рассмеялся дядя Николай и потеребил за плечо Андрея. -- Я там в шашки ни с кем играть не стану, даже при соблазнах. Тебя буду ждать, дружок милый, понял? Так что можешь тем временем подтренироваться. Шашки я тебе оставляю... но с возвратом. Договорились, брат Андрюха?

-- Все мы уже договорились и выговорились. Лучше скажите, дорогой Николай Николаевич, когда вы намереваетесь отбыть? Раз так уж срочно, значит и нам нужно подготовиться проводить вас по заслуге, -- спросила Клавдия Иларионовна.

-- Умоляю вас. Какие там заслуги могут быть у меня? Не имеете ли вы ввиду те забавы, которыми я от скуки спасался. Если вы меня здесь задержите, ещё не такое увидите! Так что, надеюсь, где-то через недельку меня здесь не будет. По крайней мере рассчитываю на кротчайшее. Да и вам не советую особенно затягивать. Сегодня одно, а завтра может совсем противоположное произойти. Нужно дорожить предоставившейся возможностью.

-- Надеемся, что и наши выездные документы днями будут готовы. Но тронемся мы всё-таки после праздников. С этой квартирой чудесной так свыкся, что, забываясь, за свою принимаю. Это ли ни симптом кочевой болезни? -- с сожалением признался Ольский об очевидном.

-- Обещаю подыскать для вас не хуже, -- обнадёживающе улыбнулся Николай Николаевич. -- И книжечку вашу буду читать в дороге, как бы мысленно продолжая нашу беседу. А вечером будет не хватать Иваницкому этого потёртого самоварика... и вас, дорогие мои друзья, -- голос Николая Николаевича неожиданно осел и блеснули повлажневшие глаза. Слёз своих он уже не стеснялся, подобное настроение частенько сопутствовало их беседам.

Клавдия Иларионовна возьми и себе всплакни... Но чтобы слезы их слишком горькими не казались, подлила всем гарячего чайку.

По такому поводу Николай Николаевич вспомнил о водочке, что в бутылочке должна оставаться. А к ней и тюлечка пряная...

И всё-таки, что было на сердце Николая Николаевича, особенно в последнее время, было известно лишь ему без чьих-либо сочувствий. Почти каждый день перед отбытием из Константинополя он приходил к морю и смотрел в сторону невидимых берегов -- где оставил прошлое, куда, наверняка, никогда уже не возвратится. И если бы ему сказали, что это море солёное от слёз таких же как и он, сидящих на чужом берегу с мыслями о сокровенном, он бы доверчивым дитям поверил.

-- Уж верно, нам необходимо оперативнее действовать. Имеется ввиду тоже готовится в дорогу, а не откладывать на потом. Всё же хотелось как получше. Кто его знает, что там нас ожидает... Здесь всё же друзья... – полусоглашаясь со своими словами, тихо ответил Ольский, при этом думая о Тане – самой главной причине, почему ему не хотелось уезжать. Он терзался беспокойством, что ей придётся остаться, или у него не получится дождаться её всё откладываемой готовности.

*

Как бы пренебрегая временем, Таня всё избегала разговора об отъезде. А слыша упоминание о нём, лишь молчаливо плакала, держа в себе невысказанное.

Последние дни она чувствовала себя соответственно своего скверного положения, но обращаться за «помощью» к Вальдемару и не думала. Самостоятельно, как только могла, боролась со своим недугом: или одолеет его, или же все её мучения уйдут с этим жестоким, несправедливым миром. Ей было жаль единственного человека, которого любила, кому не хотела причинять новых страданий. Она осознавала что Ольскому будет с ней хлопотно, а ей несностно. Не верилось, что в итоге она навсегда освободится от зависимости и между ними больше ничего не будет диктующего свои условия.

## 64

### *Как мимолётное явление*

Наконец-то после слякотной недели установилась стабильная погода. Было прохладно, но манящее солнце и чистое небо убеждали, что лучших условий для прогулок не может быть. Первыми отреагировали на эту перемену глашатаи погожих деньков птицы, заполнявшие поющим гомоном парки и скверы.

И настроение Андрея откликнулось желанием пройтись под солнышком, на встречу лёгкому морскому ветерку (благо, до полудня он был свободен). Ему казалось будто слышит это передаваемое весёлой копошливостью возбуждённое пение птиц, живостно вытканое в кронах деревьев, переносимое с ветви на ветвь пёстрыми крылами; весь их праздник отражался сменяющимися картинками в небесной зеркали. Он остановился, засмотревшись этой райской красотой. Похлопал по карманам – или при себе блокнот для экскизов. Присел на ближайшей скамеечке, и, открыв его на средине, встретил улыбающиеся глаза Николая Николаевича...

Уже прошло три дня, как они проводили в дорогу Иваницкого, и всё это время отсутствия старшего друга отражались тоской по нём. «Когда дядя Николай был с нами совсем другая обстановка ощущалась, даже пускай он лишь лежал на диване с газетой или со своими почти неоткрываемыми учебниками, больше служившими ему прилюдией ко сну. Хотя последнее время он старался наверстать упущенное в изучении французского и был не похожим на самого себя -- загадочного детектива, желавшего установить статус-кво справедливости на чужой земле, а выглядел озадаченным учеником перед неподготовленным уроком. И вот теперь его комната пустует... как и постоянное место за столом. Да, Иваницкий умел влиять на каждого из нас, порой, одним только своим присутствием или доброй улыбкой. Было почти всё понятно, о чём он говорил мне или пытался высказаться, -- его лицо выражало намерения. Вне сомнения, Ольские испытывают такие же чувства по отбывшему Николаю Николаевичу. Теперь им не с кем диспутировать, вспоминать Россию... обсуждать последние новости. Не войдёт в эту комнату богатырь, в котором мирно уживались сила, уверенность в своей правоте с тактичностью и сердечностью. Мы скучаем по Николае Николаевиче, но нашу грусть смягчает надежда на скорую встречу с ним».

Он выбрал пройтись встретившимся парком, больно сосновые аллеи выглядели притягательными, а уже после зайти в магазины за подарками к Рождеству. И тут, как не вспоминить предыдущие рождественские, заставшие его в Москве. Но тогда тоску по дому умоляло веселье на улицах, праздничность вокруг, это несмотря на откровенно трудное время для всех. Таково значение Рождества, когда земная суета второстепенна перед духовным. И совсем несравненными с городскими были празднования в их деревне и его бывшей, совсем небольшой семье из двух мужиков. Без запаха ели и снежка внесённого не представлялся этот праздник, также как и неотъемлемый печёный отцом хлеб на медовой закваске, калачи из сушины... Тёплые воспоминания незабываемых дней, хранимые сменявшимися зимами его детства. Облики родителей – священны. К ним он обращался, когда было тяжело на душе, и успехами мысленно делился с ними, не ощущая себя так одиноко. «Жизнь человеческая лишь промежуток времени, отведённый каждому для попыток разобраться в ней. Эмоции, разочарования, счастье и противоположность ему, а всё вместе – суета земная, после которой души покидают грешную землю. Также и моя вновь встретится со своими дорогими, уже на вечность, в уже не тревожном мире, мире всеобщей любви», -- искренне верил Андрей. И кто у него оставался из близких, которых он считал своими родными, так это были Ольские. Его сердце желало сделать им приятное на этот праздник, отблагодарить за их доброту. Воспоминаниями он снова возвратился к празднованиям Рождества и Святок в Москве, тогда Аня со своими подругами, под патронажем Клавдии Иларионовны, украшали гирляндами гостиную, наряжали игрушками высокую ель, ставили под неё красочные картинки рождения Христа. Они соблюдали семейную традицию и последовательность, что за чем делалось. А те ватные Дед Мороз и Снегурочка выглядели не иначе, как стоявшие под ёлками их дедушек и бабушек. И Аня ему старалась уделять больше внимания, приобщать к их семейному празднеству. В свободное время она приглашала его на встречу со всё новыми достопримечательностями её любимой Москвы. Да, тогда ещё, вроде. ничто не предвещало того, что вскоре произошло... «Вот и снова я возвращаюсь к печали, -- остановил себя на мысли Андрей, -- Клавдия Иларионовна права: необходимо, не забывая прошлое, смотреть в будущее. А ещё лучше -- с видением как нам жизнь обустроить в новых условиях и что следует уже предпринимать». То её письмо также выглядело вроде наставления старшей сестры, готовой подсказать и помочь.

Увлёкшись мыслями, Андрей не заметил как далеко забрёл незнакомой месностью. Впереди открылся синеющий край моря, и ему захотелось пройтись дальше – взглянуть на простирающуюся внизу панораму. Удивляло множество отдыхающих; будто все оставили свои занятия ради этого чудного денька: взрослые с детьми, прохаживающие семьями, парочки, или одиноко прогуливающие, похоже, как и он. Во всём ощущался желанный мир, пришедший на эту землю, хотя и зыбкий. Всё ещё продолжались народные волнения на националистической почве, объяснимые, как отстаивание целостности империи, когда-то могучей, а нынче просто красивой страны Турции, со своей древней историей сменявшихся правлений и властителей, самобытной культурой, отражавшей и все те эпохи. И возникала мысль, что такие блаженные дни празднования превосходства природы будто специально спускаются на землю в усмирение зла.

*

Пробежавший по телу холодок был первым ощущением, когда Жаннэт увидела Андрэ; а вот этот красивый парень -- не замечал её, с отвлечённым взглядом медленно идя впереди. Увы, Андрэ продолжал занимать её мысли... как она не заставляла себя отвлечься от невозможного. И вот снова затрепыхало её сердце, и как раз в ту минуту, когда она вспоминала его. Он появился будто вызванный её желанием. Но эту встречу ихней уже не назовёшь. И встреча ли это?

«Как он теперь относится ко мне? Ведь он так и не ответил... а мог бы. Посчитал уже необязательным... тщетной попыткой восстановить отношения. А может быть, так и лучше для него. Пускай я останусь одна со своими страданиями, и этим буду наказана... – На грани слёз боролась с своим желанием Жаннэт; и чтобы не выглядело подозрительным, повела Николь и Жоржа параллельной аллеей, тайком поглядывая в «запретную сторону»: – А он выглядит весьма изменившимся. Не узнать. В новом модном пальто... Оно прекрасно лежит на нём, Андрэ выглядит благополучным европейцем. Или же отрёкшимся от прошлого художником. -- Вторая мысль ужалила сердце. -- Но почему это я с укором? не в этом ли объяснение нашей прерванной связи. Ведь будь на его месте, как мой дорогой папочка говорит, «достойный положением»... Но Андрэ нет необходимости доказывать себя, подстраиваясь под кого-то. Пускай остаётся каким он есть, которого я любила и... люблю, -- Так разговаривая с собой, Жаннэт уже не сводила глаз с Андрэ. Она не слушала Жоржа, рассказывающего что-то

Николь. Они шли всторонке и были увлечены беседой, а она чувствовала себя свободной в эти минуты. Ей так хотелось под любым предлогом приблизиться к нему -- её Андрэ, даже пускай бы он продолжал не замечать её, лишь бы ей почувствовать его присутствие, насмотреться им...». Она случайно услышала во время беседы Жан-Пьера с отцом, будто бы Андрэ вскоре должен покинуть Константинополь. И когда месье Рошто намекнул на Париже, её это несколько утешило: «Отныне город моей молодости я буду связывать и с именем Андрэ. И надеяться увидеться с ним. Он там также сможет гулять парками... – и улыбнулась своей мечте... – О какие парки в Париже! У Андрэ будет возможность оценить их несравнимое превосходство. Он будет занято торопиться родными мне улицами, отдыхать на скамейках сквериков, на которых когда-то сидела и я... Вне сомнения, он полюбит Париж, иначе невозможно жить в этом городе городов. Он там найдёт, к чему так стремится его творческая душа, откроет для себя новую страницу европейской культуры, истории Франции. Хотя полагать о противоположном просто бонально. Каждый кто увидел Париж, не может оставаться не покорённым его красотой». Заметив впереди на перекрёстке аллей кондитера, торгующего сладостями, Жаннэт обрадовалась такой возможности быть ближе к Андрэ, надеясь, что и он ответит взглядом.

-- Николь, я пойду куплю нам что-нибудь к вечернему кофе. Жорж, а ты, что желаешь? Посмотрю, что там предлагается... – торопилась Жаннэт. И можно было заметить как она расцвела, как ожили её глаза. Стыдливый румянец выдавал желание.

-- Может быть, мне сходить? А ты с Ники отдохнёте. Наверное, утомились. Я всего куплю понемногу, -- заботливо ответил Жорж.

-- Нет уж, позволь мне, -- не замечая своей резкости, она пресекла и эту попытку помешать ей даже в самом мизерном, -- мне это не в тягость, Жорж. К тому же я хочу выбрать, что может понравиться Николь. А вы на этой скамейке можете обождать меня.

Не дожидаясь ответа, Жаннэт быстро пошла к своду аллей, стараясь не пропустить то мгновение, когда Андрэ будет проходить. И была раньше у того места – «перекрёстка наших парковых дорог» -- так с иронией оценила *их* странное положение. «Сейчас подойдёт и он...», -- ждала Жаннэт, и толи от волнения, или произвольно прикрыла полем шляпы глаза. Она ощущала подобный трепет, когда они оставались вдвоём. Но тогда они только были...».

С каждым шагом он приближался к открывавшемуся виду на простилавшийся внизу белокаменный султанский дворец, окружённые кипарисами зубчатые стены древней крепости, на синевшее, как отражение неба, море вдали. И возникла задумка подыскать удобное место для будущего рисунка Босфора -- память о Константинополе, ставшим так много значить для него. «Жаннэт открыла для меня этот восточный город по-своему; и на фоне его немудрёных улиц -- *прекрасный образ* – барельеф моей памяти... места наших встреч...». И всё же больше всего вспоминалось ему «та ночная беседка за стенами крепости господ Руанье...».

Мимолётный взгляд, брошенный в сторону столпившихся у кондитера остановился на той, вроде бы кого-то ожидавшей. От такой негаданной встречи ощутил себя между желанным и несбыточным, не зная куда идти... или что-нибудь оставалось важнее? До этого он не представлял возможности вновь увидеть Жаннэт, и вот теперь не знал: подойти к ней или ожидать, когда Жаннэт повернётся в его сторону? «ведь она, наверняка, здесь не одна... и я не смогу даже приблизиться к ней, чтобы не создать неприятную ситуацию. По всей видимости, Жаннэт на прогулке с Николь. А может быть, и с мужем. Всё у нас складывалось неожиданно: знакомство, встречи... и вот теперь снова внезапная встреча. Не подтверждение ли это отсутствия логики в нашем общении, выглядевшем больше спонтанным. Благодаря тому оно и состоялось. Но за это мне нужно не корить судьбу, а благодарить, -- признавался себе Андрей. И всё-таки он решился подойти поближе к ней, также незаметно.

– О как она прекрасна!.. Любой наряд на ней выглядит

изысканным совершенством. Жаннэт -- моя мечта, моё запретное желание... Её волосы... их запах невозможно забыть... И в эту минуту я ощущаю этот нежный аромат чайных роз; тронутое нежным румянцем лицо. А глаза Жаннэт... Как жаль, что они не смотрят на меня. Может быть, это и к лучшему, иначе я бы не смог совладеть с собой. Пусть она продолжает стоять на расстоянии незаметной близости, лишь позволяя наглядеться собою, больше запомнить её. Навсегда».

То был безмолвный танец двух сердец – тайная, украдчивая любовь, к сожалению, обречённая на одинокое страдание обоих. Они приближались друг к другу лёгкими, случайными касаниями, как бы невзначай, одновременно боясь признаться в присутствии, в проявлении своих чувств, и этим отталкивая от себя. Андрей не мог удержаться, чтобы не наклониться над Жаннэт -- прильнуть лицом к пряди её волос. И тут он ощутил нежность её руки; их пальцы сплелись в страстном пожатии.

И всего лишь. Они не были предоставлены самим себе, и этот запрет обострял ощущение близости. Как странно получалось, -- она по-прежнему делала вид, что не замечает Андрэ, лишь ощущала плечом биение его сердца. Она также боялась его взгляда, чтобы не наделать ошибок, и одновременно не могла продолжать препятствовать себе. «Но как нам найти выход из этого положения, чтобы не причинить друг другу больше страданий. Посмотреть открыто в его глаза... Чувствуя дыхание любимого, не поцеловать его. О, Господи... Может быть, Андрэ ожидает от меня большей решительности, если не заметил, что я здесь не одна. Так или иначе, а он бы не играл со мной в прятки, не в пример мне, нерешительной. Или же он недопонял моё письмо. В нём моё согласие в обмен на его прощение. Я усложняю простое – желание быть с ним. Если бы... И снова это «если бы». Такие у нас отношения, чтобы игнорировать обстоятельствами, от которых мы всё больше зависим. Но несмотря на всё против, моя любовь неизменна, об этом главном я хочу напомнить ему. Это я виновата за неспособность отстоять своё счастье -- остаться с Андрэ. Во всём моя вина. Уверена он бы принял любое моё предложение. Ну а сейчас пускай мой любимый простит меня... – повернувшись к Андрэ, Жаннэт улыбнулась ему. Они смотрели друг на друга, как бы ища в глазах ответ на главный вопрос: что будет с ними? Но ограниченное время общения напоминало о себе: Жаннэт понимала, к чему может привести ещё несколько секунд такого «внимания». «Это лишь счастливое мгновение, наш праздник. А остальное, что называется обычной жизнью -- ожидает меня». -- Она на прощание улыбнулась Андрэ, и слёзы в её глазах остались последним запомнившимся мгновением.

65

*Непохожий праздник*

Прочитав в русской газете заметку с выражаемыми сожалениями об отъезде из Константинополя прославившегося Н.Н. Иваницкого, Вальдемар Мухин с облегчением вздохнул по ненавистном. «Не думаю, что он когда-нибудь возвратится. А вот мне «карты да в руки», как говорится. Теперь уж эта птичка никуда не упорхнёт... Даже несмотря на её последние капризы. По крайней мере документов своих не получит. А без них, куда ей деваться? Я ей покажу как выступления пропускать! Ставить под риск мой бизнес... Нет у них больше защитников. Пускай теперь сами за себя отвечают. А я с тем её кавалером встречусь воочию! Покажу ему, как за чужие спины прятаться! – под распитие бутылки вина размышлял обиженный Мухин, -- жаль, что Циркач уже не тот. Жалкий клоун... После переломов обеих ног и рёбр ему только и остаётся как думать о выживании. Но и без него обойдусь. Я от них получу вдвойне. По счёту мне заплатят», -- строил планы Вальдемар. И для их воплощения позвал Юлю.

*

Нужно признать отчаянность Тани: как она порешила, так и вела себя по отношению к её всё более болезненно напоминающей зависимости. Это стоило нечеловеческих усилий, и ещё огромного везения остаться живой. Благодаря воле и решительности возродиться, вернуться к уже подзабытой нормальной жизни, и, конечно же, при божьем повелении, она очистилась от порока.

Две недели продолжалась та её страшная борьба с тяжёлым недугом, и когда последние силые должны были вот-вот покинуть истощённое тело, наступило утро её исцеления, своей датой совпавшее с Рождеством.

Всё то время Ольский почти не покидал бедную Таню, просиживая у её постели; менял ей холодные компрессы; подавал питьё и кое-какую приемлемую пищу. Он выполнял каждое желание у него на глазах увядающей Тани, и горестно молил Бога, чтобы не отбирал хоть её у него. Её рука покорной слабостью лежала в его ладони, и глаза большими красивыми огнями смотрели на него; страдания сделали их выразительными, по-детски доверчивыми. В те часы она казалась ему его больным ребёнком, излучавшим ангельскую нежность. Невольно ему вспоминалась умирающая дочь Маша, и от такого сравнения закрывал руками лицо, -- нет, подобная жестокость не должна повториться.

Забежав домой, не объяснив куда и за чем отлучается, что-то прихватив с собой из аптечки, он спешил обратно к Тане. Так продолжалась борьба за её жизнь. Он умолял её поехать в больницу или хотя бы позвать доктора. Но Таня, невзирая на страдания, отказывалась, не веря в реальную помощь ей кем-либо. Надеялась на себя, и только. «Они выберут самый простой способ – уколят ядом или дадут чего-то дурного, чтобы побыстрее избавиться от наркоманки. Сейчас я сама за себя в ответе, в ответе за необдуманное прошлое... -- шептала Таня слабым голосом, -- а вы не волнуйтесь за меня... чтобы не произошло... Я именно так вынуждена поступить, Ольский, иного выбора у меня нет. И извините меня за неприятности... Я люблю вас».

Тем воскресным утром он благодарил Господа за наконец-то услышанные его молитвы. Большего счастья, чем спасение любимого человека -- не желал себе, ведь после невосполнимых потерь дочерей, он уже не верил в благосклонность судьбы.

Открыв глаза, Таня увидела ёлочку, так уютно стоявшую у её кровати, и в признание улыбнулась ему, преданно поцеловала руку своего Спасителя.

-- Вы знаете, милый Ольский, последние годы я проводила почти все праздники одна. Даже при чьём-то присутствии оставалась одинокой. Веселящееся безучастное окружение только больше наводило тоску. Теперь у меня Рождество другое и чувства иные, -- тихо сказала она, глядя в добрые глаза друга и любимого человека. Извиняясь за свои слёзы, она обещала ему впредь только хорошее.

-- И для меня этот праздник имеет особенное значение, и тоже впервые вот так... В этом есть своя символика, Танюша.

-- Это понятно... – извиняюще улыбнулась Таня. Ей не хотелось больше продолжать о плохом. -- А как же у вас дома? Наверное, там вас ожидают. Рождество -- семейный праздник. Вам надо идти... Завтра я вас жду у себя. Обещаю вам выглядеть получше. Возможно, мы немного пройдёмся...

-- Нет, извините меня. Мы сейчас поедем к нам. Будем все вместе этим вечером. Прошу вас, Таня.

-- Но я не могу. Не могу так сразу. К тому же ужасно выгляжу. А вы езжайте. Я мыслями не расстаюсь с вами. Спасибо огромное за чудную ёлочку, так мило и трогательно... Сегодня должна пораньше возвратиться Юля, мы посидим за чаем у вашей ёлки. Так я буду покойна за вас. Хочу, чтобы у вас получился полноценный праздник.

Он молчал... слезинка скотилась по носу и упала под ноги.

-- Ольский, обещайте послушать меня, -- она не выпускала его руки, всё целуя, прижималя к щеке, а мысленно упрекала себя, что поступает против его желания и своего тоже – не расставаться в этот вечер с ним.

*

Нехотя уступив просьбе Тани, Ольский возвратился к себе на квартиру, не с праздничным настроением. И только переступив порог, ощутил невероятную усталость практически бессоных суток, проведенных у постели больной Тани. И как последнее, вспомнил об обещанном (в хлопотах возле Тани он позабыл о приглашении Дениса Афанасьевича, чем естественно, подвёл ожидавших его участие в праздничном вечере). Но тут же Всеволод Иларионович подумал о более чем вероятном -- присутствии среди приглашённых Екатерины Петровны, и уже не сожалел. Вспоминая эту женщину и связанное с ней, его совесть спускалась ступенями горького раскаяния.

-- Сева, ты нас изводишь... Позабыл, что ли? -- мы же собирались к Головиных... — упрекнула Клавдия.

-- Так уж произошло... Значит, что-то было важнее. Прошу прощения. Вопрос стоял о жизни дорогого мне человека, -- уставшим голосом определённо ответил Ольский. Он ожидал аргументов раздосадованной сестры, думая как ей объяснить более подходяще, без ненужных напряжений, тем более ему нужно было обязательно об этом сказать.

-- Собственно, я догадываюсь в чём причина. Только, пожалуйста, не говори мне, что здесь нет участия женщины. Тогда почему так скрытно? Она вполне могла бы быть с нами...

-- Ты не ошиблась. И я того же хотел. Но не так уж просто всё... -- он открыто посмотрел в лицо Клавы: -- Чтобы ты знала: я долгое время встречаюсь... — и, как бы боясь своих слов, снова отвёл глаза и тише продолжил: -- Я встречаюсь с Татьяной Алексеевной Заряниной. -- Наболевшее признание оставило за собой пустоту; его уже не столько волновала реакция на услышанное принципиальной сестры, -- просто, он сказал ей об этом, и этого достаточно.

Молчание в комнате заняло ровно столько времени, чтобы Клавдия изменилась в настроении, и мысли о празднике отошли в сторону, -- забеспокоилась над ситуацией с братом:

-- Если я скажу, что это самое неожиданное, чем ты мог удивить меня, так это лишь прилюдия к большой драме. У меня не вкладывается в сознание... Как это так случилось, Сева?.. — она заглядывала ему в глаза, ища более содержательного ответа. -- Но почему именно эта женщина? И притом здесь... Я узнаю об этом благодаря запоздавшей милости.

-- Всему своё время, -- засуетился он, ощутив себя в роли провинившегося ребёнка, и, призвав волю, повторил:. – Ты не ослышалась, Клава, -- именно она!

-- Нет, это просто невозможно представить себе. Кто бы сказал, ни за что бы не поверила. Чтобы ты и с ней?.. – она разочарованно развела руки и с болью переживаний добавила: -- Тебе ведь хорошо известно о Заряниной. И вот на Рождество я получаю от дорогого брата такой подарок... Какой же ты представляешь свою жизнь в данном обрамлении?

Он ожидал когда пары гнева выйдут из заботливой сестрицы и она более-менее успокоится, надеясь, что его объяснение не превратится в дальнейший спор, если уж не в скандал. Моральная чистота Клавдии никак не вписывалась в приемлимость ею Тани Заряниной, как человека близкого их семье, -- это Ольский прекрасно понимал, оттого и вынужденно молчал всё время. Теперь же он пытался убедить Клаву принять происходящее за реальность. И уже не сожалел за отсутствие Тани в эти минуты, также не сожалел за свою откровенность.

-- Если ты всё высказала, позволь мне внести некоторую ясность. Здесь не о каких-либо принципах и морали речь, тем более дискутировать: что правильно, а что, наоборот, взрослому дяде не должно делать... – уже уверенным голосом продолжил он: -- Так вот о главнейшем -- то, что тебя больше беспокоит. Разреши сообщить, что Татьяна Алексеевна уже не та женщина в твоём представлении. Да и вообще ты её знаешь только по слухам, которые, откровенно говоря, не более чем коверканье завистников. Таня теперь другой человек. Я её защищаю не только из-за испытываемых глубоких чувств к ней, а ещё, как истину настоящего. В её незавидном положении мог оказаться любой. А Тане было труднее... Да, именно ей, в красоте которой одни видели зависть и злорадствовали каждой её ошибке; другие использовали её привлекательность в своих егоистических, грязных целях. И молодой характер от такой сверхвнимательности надломился. Конечно же, существовали и субъективные причины. К примеру, её излишняя самоуверенность, беспечность... Но это, опять таки, «заслуги» её окружения. То было в прошлом, к которому Таня не желает возвращаться. Это ей стоило едва ли не жизни. Ты должна понять, Клава, насколько серьёзно произошедшее этими днями, в том числе и сегодняшним. Кстати, сегодня первый день её исцеления.

-- Так много наговорил адвокат Ольский, а оказывается за всем стоит лишь день... -- тоном помягче прореагировала Клавдия.

-- Не имеет значение то, что уже прошло. Эта женщина своим сильным характером доказала правоту и заслуживает уважение. -- Он открыл перед сестрой, что не доверял никому -- о своих взаимоотношениях с Таней, и с одной лишь целью -- чтобы Клава изменила к ней своё отношение. Он не рассчитывал на что-то вроде дружбы между ними, но хотя бы терпимость должна быть.

-- Я тебя понимаю. Что же, желаю тебе, что может сестра пожелать любимому брату; потому и беспокойна за тебя. Надеюсь, во что ты веришь -- действительно так. У меня нет к ней каких личных претензий, тем более мы едва были знакомы. То наслышанное о Тане, а говорили не мало, возможно, было субъективно. Откровенно сказать, судить кого-то не в моих правилах. Ты это тоже знаешь. Не могу и не хочу перечить тебе, потому, что рассчитываю на твою рассудительность. Хотя ты, брат, и достаточно доверчив, чтобы кто-то использовал твоё расположение. Выбор за тобой. Я не возражаю видеть Таню. Понятно, в данный момент ей не до встреч, но на будущее, -- Клавдия натянуто улыбнулась. Она ответила, что считала необходимым в данном случае, тем не менее оставшись и при своём мнении: не быть слишком доверчивой к неизвестному.

-- Так вот, из-за отсутствия документов Таня не может подать на оформления разрешения ехать с нами. У неё нет на руках паспорта, -- взволновано, как бы разговаривая с собой, объяснял Ольский. Ему не хотелось чернить именем Вальдемара и без того мрачноватую картину, -- вот что тревожит. Хотя есть один выход: -- Я разговаривал с человеком, который обещал помощь.

Но Клавдии было уже не интересно слушать о очередном неприятном, входящем в их и без того усложнённую жизнь. К тому же никто не хотел омрачать рождественский вечер.

А провели его Ольские и Андрей у себя на квартире. Такая у них была новая семья после прошедшего года потерь и страданий, и теперь они ждали от жизни лучшего, надеясь, что жестокие испытания судьбы уже не повторятся.

66

*Праздник для двоих*

Юля возвратилась в гостиничный номер значительно позднее обычного, шумя. На встречу ей бросилась Кенди, приученная к угощениям. Но на этот раз у Юли был гостинец не только для шаловливой собачки. Её задержал, почти до утра, Вальдемар, а перед прощанием и вручением конверта с премиальными, по случаю праздника, передал ещё и записку для Тани, в которой предлагал встретиться с её ухажором -- решить проблему откупного за свою ведущую танцовщицу.

Местом намеченной встречи Вальдемар выбрал рыбацкий причал, а время полуночь, что, естественно, насторожило Таню. Сумму выкупа Вальдемар определил условно, из расчёта «сколько может иметь денег тот тип и сколько ему не жаль за неё».

Прочитав мерзость от бесчестного мерзавца, Таня заплакала, не намереваясь сообщать о его требованиях Ольскому. Ей было ясно: она всё ещё находится в омуте, из которого ей выбраться неизвестно как.

А вот Юля находилась навеселе, с покупками к праздничному столу. Для подруги принесла фруктов, и была обрадована состоянием Тани.

-- Да у тебя, барышня, дела на поправку идут, как я вижу. А я Вальдемару всё так мрачно описала... Наверное, потому он тебе и записку передал. Надеялся, что ты всё же возвратишься к нам.

-- Спасибо за заботу, -- безразлично ответила Таня, -- нет, я уже не вернусь туда. При любых условиях не вернусь. В крайнем случае уеду в Россию. А Вальдемар же... – в её глазах мелькнула искра ненависти, -- он просто подонок. Мне даже не хочется думать о нём. Завтра придёт Ольский и мы выйдем в город. Там уже, наверное, ёлки стоят наряжённые. Я за эти дни, что в постели, совсем ходить разучилась.

-- Что ты, какие здесь у них ёлки... – пьяненько засмеялась Юля -- выдумывается тебе... Сперва окрепни хорошенько. Ёлок украшенных я не встречала здесь, да и ожидать нечего. У них другая религия со своими праздниками. Ты забыла, как отмечался Рамодан? Сколько празднеств и веселья в городе было. Целый месяц гуляли. Вот это праздник! Так что спасибо твоему Всеволоду Иларионовичу, что постарался нам с ёлочкой милой. Теперь чувство родного дома будет присутствовать и у нас. А я бы всё-таки на твоём месте с Вальдемаром не ссорилась. С ним лучше по-хорошему. Ты ведь знаешь какой он.

-- Знаю хорошо, к сожалению. Из-за этого и не возвращаюсь. Пойду работать санитаркой в госпиталь. Там денег меньше платят, зато всё иначе.

-- Да ладно тебе. От себя никуда не денешься, сколько глаз не закрывай... -- вздохнула тяжко подруга, -- это уж мне известно. Тоже пыталась завязать... да только пыталась... -- уже не весело ответила Юля. Налив себе вина, она закурила, вспоминая подобное, и после длительного молчания, занявшего у каждой мысли о своём, продолжила: -- Но вообще, если брать по-большому счёту, я тебе желаю удачи, Татьяна Алексевна. Раз так решила и чувствуешь, что сможешь, -- оставь прошлое. Зачеркни его полностью, даже съедь с этой блядской гостиницы. А если можно -- из Константинополя. Тогда наверняка забудется.

Кенди находилась возле подруг. Сидя у стола, она внимательно слушала обеих. Днём она не отходила от кровати Тани, ипытывая преданность к своей подлинной хозяйке, а вечером уделяла внимание и Юле, зная, что та без лакомств не приходит.

\*

Ольский спешил к Тане со своей новостью и надеялся на её согласие. Он уже обдумал, как им надо поступать, чтобы избежать зависимости от неблагоприятных обстоятельств. При этом он учитывал остававшееся время, его, может быть, немного потребуется для формальностей.

Он зашёл в жильё любимой внеся с собой свежесть зимнего утра, и лёгкий снег, припорошивший его шляпу и пальто, напомнил Тане об обещанной прогулке.

-- С Рождеством вас Христовым! – весело поздравил Ольский и положил на стол принесённые угощения, а в вазочку с водой поместил букет алых гвоздик. «Гвоздики, принято считать, символизируют силу и стойкость, а это как раз то, что ей необходимо для восстановления. Пускай они сопутствуют Таниному возвращению в жизнь», -- загадывал он.

-- И вас с радостным Рождеством! И пожеланием всегда оставаться моим земным спасителем, -- улыбнулась Таня и, обвив руками его шею, поцеловала со страстью томительного ожидания. Ей не терпелось прошептать ему на ухо свои слова, касающиеся только их двоих, и она краем глаза посмотрела на Юлю, как бы извиняясь перед ней.

-- С праздником Христовым, Всеволод Иларионыч! Здоровья и любви вам! – заметно громче подруги встретила гостя Юля.
-- Таня, ты бы хоть позволила им пальто снять...

Понимая, что сковывает их своим присутствием, Юля готовилась уходить. На предложение Ольского вместе попить чай с кремовыми пирожными, она, извинившись, отказалась, сетуя на спешку.

-- А вот у нас сегодня время есть... – сообщил Ольский запрыгивающей на руки Кенди. Она не собиралась отпускать гостя без своего внимания, тем самым намекая на картонную коробку на столе из которой доносился запах необычного лакомства.

Таня приводила себя в порядок в ванной комнате, а Всеволод Иларионович, раздевшись и причесавшись у настенного зеркала, присел за стол. Он ждал, когда один останется с Таней, тогда он ей скажет, с чем главным пришёл этим утром, а настроение у него было подстать.

Тесный гостиничный номер заполнил сладкий запах цветов. Открывая пластиночный конверт, Ольский собирался подойти к «Виктороле» -- поставить прослушать пластинку родного Шаляпина, купленную им по пути. И вот тут, на тумбочке у кровати Тани, он заметил исписанный сложенный листок, и не придал бы значения, если бы не последния строка, указывающая место встречи и деньги, а также под ней имя «Вальдемар». И то обнаружение стало горькой пилюлей для него, но всё же он не собирался отступать.

-- Извините меня, что заставила вас скучать, -- улыбнулась Таня. В глазах Ольского она выглядела великолепно, даже в домашнем халате. Остатки её недуга были почти незаметны. Лицом она казалась свежа, и едва применённая косметика была достаточна, чтобы возвратить ей прежнюю привлекательность. Таня легко присела Ольскому на коленки и, гладя его волосы, смотрела в глаза -- как бы давая знать, что она уже готова выйти с ним на прогулку.

-- Вы -- прекрасна... – на что был способен, вымолвил влюблённый, и заработал поцелуй.

-- Тогда мы сейчас чего-нибудь позавтракаем. Потом уж пройдёмся, -- весело ответила Таня. -- Ах да! вы же принесли кондитерские... – Намекая о совсем другом, она улыбнулась, и, нехотя поднявшись, пошла приготовить чай.

Он придержал её руку. Серьёзно посмотрев, произнёс то, что давно томилось:

-- Таня, я вас люблю. Прошу вас быть моей женой, -- сказал он, при этом держа в уме эту подозрительную записку.

-- Но ведь мы итак... – растерявшись, ответила Таня. Его слова застали её внезапностью предложения. Нет, она была уверена в чувствах Ольского -- что она для него значит не меньше, чем он для неё. Но об этом и сейчас?.. И он услышал только то, что она могла ему ответить, о чём не решалась даже себе признаться, принимая желание за мечту, несбыточную мечту своего семейного счастья, а тут неожиданно он ей сам об этом сказал...

-- Я люблю, люблю вас... -- жарко шептала она, не в силах отпустить от себя своего несравненного. Её дальнейшие слова заменяли поцелуи и ласка, на которую способна лишь страсть.

*

С большим удовольствием они завтракали кондитерскими, нежась взаимными взглядами, и время их намеченной прогулки незаметно откладывалось до полудня. Смеясь, они откупались сладостями от вертящейся Кенди, не желавшей хоть на минуту оставаться без внимания.

Таня взглянула на неуместно лежащее на виду письмо и взяла его, чтобы порвать, выбросить куда-нибудь к... И тут в глазах Ольского прочла вопрос. Он явно ожидал от неё объяснения. По его взгляду она поняла, что он уже знает об этой записке. «Раз так произошло, мне нечего таить, тем более это не имеет значения», – решила Таня и подала Ольскому «послание от Вальдемара», предлагая прочесть.

67

*Чёрные воды Босфора*

Первостепенным было побыстрее оформить выездные документы. Казалось, вся суета вокруг этого оставляла не так много времени для встречи с неприятным типом, от которого зависила судьба Тани. Но с вчерашнего дня Ольский только и думал об этом, как о завершающей точке в таниных проблемах. Тогда он ничего не ответил ей, только прочитал наглое требование хозяина варьете к своей танцовщице. И уже через Юлю передал своё согласие на встречу в указанном месте.

«И речи не может быть, чтобы не воспользоваться этой возможностью. Если он желает денег, что же за ними не постоит, раз уж важнейшее зависит. Получив от него паспорт, Таня сможет безотлагательно подать прошение в французское представительство. Тем более у меня уже есть официальное разрешение, и мы к этому времени будем супружеской парой. Останется лишь пустячная формальность», -- размышлял Ольский.

А жадный Вальдемар денег требовал немалых, так что Ольскому довелось поднапрячься, выложив, что у него было из наличности. Недостававшую часть суммы мог бы возместить золотым перстнем. Но то уже было, как он верил, решаемо.

∗

Он поднялся с кровати, которую посути так и не расстилал. Лежал поверх постели и думал о предстоящем, представлял, как это должно произойти. Деньги у него были приготовлены, и по его расчёту можно было уже выходить на встречу. На всякий случай он оставил записку для Клавдии, хотя надеялся на лучшее. Ему не хотелось будить её во избежании ненужных расспросов.

Закрывая за собой дверь комнаты, что-то заставило Ольского остановиться, и он всё же решился взять *его* с собой. Не проверяя заряд, зная, что нетронутый, он нехотя положил в карман наган, уверяя себя: «Это так, для безопасности... всё-таки ночью и с деньгами...». Всеволод Иларионович посмотрел на часы и, перекрестившись, пожелал себе удачи. Тане он даже не намекал об этом, зная, что она не отпустила бы его одного, или вообще согласилась бы. Тут Ольскому вспомнился Николай Николаевич, и не так из-за своих предупреждений, а именно по профессиональной предосторожности, держа при себе, что намеревался делать, да и знал истиную цену -- что говорить и когда.

∗

К его удивлению, улицы Константинополя не выглядели пустынными и в это позднее время. Ему встречались возвращавшиеся с гуляний или направлявшиеся по тому же поводу, даже русскую речь услышал... и конечно же, под хмельком и со смехом, вдогонку пущенной снежки. И это ещё раз напомнило ему о продолжающемся празднике. Он

Л. Хайченко Берег турецкий

посмотрел на небо – ни единой звёздочки на удачу. Порывами усиливался ветер с моря, а его путь лежал как раз против ветра -- отстаивать своё выстражданное счастье, а может быть, лишь использовать шанс.

Луна блекло освещала почти невидимое море, слившееся с небом в единую ночную пропасть.

Ольский подошёл к деревянному мостку, выходившему в море под единственной свидетельницей луной. И не застал на указанном месте никого. Он простоял под пронизывающим ветром несколько минут, но всё ещё оставался один.

Расчётливый Вальдемар находился там же у рыбацкого пирса, но только в стороне, спрятавшись за столбом разбитого фонаря. Пока он не намеревался показываться, тем самым проверяя: или нет никого постороннего, ненужного при таком деле. Будучи напуганным всесильным Иваницким, у него срабатывал инстинкт самосохранения, при этом не в ущерб корысти. Удостоверившись, что всё более-менее спокойно, Вальдемар приблизился к одинокой тени на мостике. Не здороваясь, пряча лицо за поднятый ворот пальто, он спросил у Ольского имя и или тот принёс указанное количество денег? Он даже не хотел слушать условия, считая себя стороной пострадавшей, и потребовал денег за свою танцовщицу. Хотя в его поведении сквозила нервозность дилетанта в подобных делах: даже с виду он больше опасался, чем мог угрожать. Тем не менее, получив деньги и перстень в придачу, он отвёл Ольского в конец причала, будто бы для большей предосторожности при пересчёте, а сам даже не думал этого делать. Его рука держала под полой пальто пистолет; выбрал беспроигрышный вариант получить деньги и избавиться от соблазнителя Тани -- тем самым возвратить её себе.

Внешность данного субъекта, странность его поведения вызывали у Ольского крайние подозрения. Получив в ответ «нет» на требование паспорта, он понял, что попался в ловушку. Но, что ему оставалось в таком положении, когда каким-то мерзавцем решалась судьба Тани. Ведь он хотел объяснить, убедить в неизбежности ситуации... а взамен стал жертвой обмана. И в этом окончательно убедился, встретив наведённое оружие и ухмылку Вальдемара.

Наган у Ольского лежал в боковом кармане, как забытая ненужность. Но до поры до времени. И не страх быть убитым двигал им, а стремление усмирить незаслуженную дерзость, одолеть зло. Теперь в этом ничтожном человеке он лицезрел прямую угрозу Тане, и как раз в это время услышал оклик: Остановитесь!!

Лицо Тани было наполовину прикрыто капюшоном плаща. Порыв ветра откинул его, и распущенные волосы разлились по плечам. Она пыталась отвлечь внимание Вальдемара, предотвратить убийство.

Узнал ли Вальдемар Мухин в тёмном силуэте женщины свою приму-танцовщицу? но остановить его было уже поздно, как и решительную руку визави. От раздавшегося крика оружие Вальдемара дрогнуло, и то было достаточно, чтобы пущенная пуля пролетела над головой противника, да так рядом, что тот одновременно ощутил её полёт и своё счастье. Тут же последовавший ответный выстрел пришёлся Мухину в лоб, намертво уложив его с раскинутыми руками.

Зная коварство Вальдемара, Таня спешила на это назначенное место, предчувствуя плохое. Но не настолько... Она была уверена -- молчание Ольского значило его обязательность быть здесь, что он не упустит предоставившуюся возможность спасти её. А произошло так, что она спасла его.

Ольский сидел на корточках в самом чёрном углу своей жизни, обхватив голову руками, каясь в совершённом, и выглядел он не менее жалко, чем лежавший с открытыми глазами убитый.

У Тани в то мгновение не оставалось сомнений, как и не было времени на успокоение или проявления каких-либо эмоций. Она сориентировалась по ситуации подсказанной логикой. В её сознании прокрутились варианты с одним неминуемым последствием, что определило решение действовать, и наверняка. Вначале она извлекла из карманов Вальдемара деньги Ольского и знакомый ей перстень, что ещё сильнее вызывало отвращение к её бывшему хозяину. С большим удовлетворением она обнаружила ключи от кабинета и шкафа, где, как надеялась, хранятся и её

Л. Хайченко Берег турецкий

документы; после чего столкнула ненавистника вместе с его оружием в море.

Таня подошла к непомящему себя, несчастному Ольскому и увела с собой. Они шли не проронив ни слова, и если тогда их души были к кому-то обращены, так это только к Богу. Каждый из них никогда бы не мог представить себя в той исполненной роли, пускай даже кем-то разыгранной трагической сцены. Они не искали оправданий, лишь приняли настоящее, как ещё одно испытание судьбы.

Она провела опустотшённого Ольского до его жилья, чувствуя себя сильнее в нрамерениях: «Я завтра с ним всё обговорю... хотя то, что случилось пожизненно останется на нас. Ну, а сейчас мне нужно завершить то, отчего всё произошло».

*

Окна злосчастного варьете чернели глазницами черепа (как про себя сравнила Таня, подметив в этом некий символ). Это место для неё теперь значило границу между прошлым и настоящим. Одним из ключей в связке она осторожно открыла входную дверь, зная, что внутри находится ночной сторож, старик Хабиб. Но ей не нужно было идти в основное помещение, откуда была слышна доносившаяся возня. «Наверное, он проснулся... Неужели услышал... – она замерла, -- теперь зажжёт свет, и что мне тогда делать? Как же мне его отвлечь?..». Она вспомнила за забытые деньги Ольского, лежащие в кармане её плаща, и тут уже не сожаление овладело ею; для отвода внимания разбросала несколько купюр по полу коридора со стороны зала, -- как бы кто-то из танцовщиц или пяных посетителей по беспечности растерял.

И простодушный сторож клюнул на приманку. Отметив сосредоточенность Хабиба по поводу негаданной удачи, Таня тенью проскользнула в кабинет Вальдемара. Боялась создать хоть какой шум, чтобы не отвлечь от «работы» сторожа. В потёмках она пробралась к шкафу, как было ей известно, единственному месту служившему Вальдемару кабинетом в кабинете. После нескольких попыток открыть, Таня таки подобрала нужный ключ. На ощуп она обнаружила множество разного там: от липких бутылок и каких-то непонятных вещей до папок с документами. Страх быть обнаруженной торопил; крошились усилия найти необходимое, и у неё не оставалось иного выбора, как переложить к себе в сумочку содержание папок и подобное, среди чего мог быть и её паспорт. Пожелав себе удачи на пути к свободе, она закрыла на ключ шкаф. Но оставалось последнее и главнейшее – как выбраться отсюда?

Прислонившись ухом к двери, она определила по шагам, что Хабиб находится в зале -- ищет ещё денег: уже ворочая столы, перевёртывая стулья. И всё-таки он мог бы заметить её, выходящую. Для лишнего риска не было места, и Таня подошла к окну. Через окно она выбралась бы в тыльную сторону двора варьете, а там дальше, перелезши через забор, на улицу. Но чтобы это осуществить надо было ещё отворить это окно, неотрывавшееся годами. И как назло оно упрямо не поддавалось ей. В отчаянии, устав после неудачных попыток, она присела. Скоро должно светать. По утрам приходит уборщица, которая всегда начинает уборку с кабинета хозяина. Так что в её распоряжении оставалось менее часа. И тут Таню осенила идея насчёт штопора, которым Вальдемар откупоривал бутылки. И он спас её! Поддев металлическим остриём, она отодвинула тугую задвижку и с силой толкнула оконную раму.

Через минуты она была уже на улице. «Всё, дело сделано, -- облегчённо вздохнула, и улыбнулась сквозь слёзы. Теперь оставались переживания за Ольского; чувствовала свою неисправимую вину перед ним: «Что ожидает его? Как безошибочно поступить? Нужно найти выход из этого проклятого положения, и как можно быстрее. Время уже не наш союзник. Завтра Ольский должен быть у меня. Ему нужно поскорее убираться отсюда. Поскорее. Только этим можно спастись, иначе ждёт тюрьма... И ко всему позор расследования. Ведь о записке Вальдемара, возможно, знает не одна лишь Юля. Его начнут искать, они будут в его кабинете. Я закрыла шкаф, а вот окно осталось раскрытым... Станут расспрашивать девочек... и подозрение падёт на меня. Поэтому Ольскому немедля нужно уезжать».

\*

Возвратясь, Таня застала Юлю спящей и свой ужин на столе, с заботой приготовленный подругой. Но было не до еды. «То, что Юля не видела как я вошла очень даже подходяще», -- подумала Таня и расстелила свою постель -- как бы она тоже ночевала здесь.   После чего закрылась в ванной со своей горестной ношей, которая, как она надеялась, должна стать решающей. Не дожидаясь извлекать одну ненужность за другой в поисках своего паспорта, она закрыла глаза и, перекрестясь на удачу, вытряхнула содержимое сумочки на пол. И её паспорт оказался здесь! Бережно держа свою находку, Таня прижала её к сердцу. Слёзы возвращали к воспоминаниям о оставленной России и её призрачном счастьи, которое так изменчиво к ней.

Безмолвная, она сидела на кровати; лицо её освещалось вошедшей луной -- будто профиль Венеры. Не в силах была о чём-то думать, лишь почувствовала тяжестью разлившуюся по телу усталость. Единственным желанием -- было уснуть -- в надежде, что всё плохое уйдёт, как призрачный сон.

## 68

*Под прессом совести*

Проснулася от стука в дверь и, едва приоткрыв глаза, насторожась, прислушалась. Продолжали стучать, необычно настойчиво, и холод подступал к сердцу от мысли, что это за ней пришла полиция... Минувшая ночь пронеслась кошмаром перед её глазами. Глянув на ещё спящую Юлю, она уверилась, что ещё только раннее утро и все её опасения преждевременные. Стук повторился, но уже неуверенный, как бывает последний перед уходом. Надежда, что это, возможно, Ольский несколько успокоила.

Это был он и ужасно пьян, по крайней мере она никогда не видела Всеволода Иларионовича подобным: шатавшегося, в испачканном пальто нараспашку, шарфик концом держался на плече... без шляпы. Хотя его глаза смотрели на неё достаточно трезво. Внешне он напоминал несчастного игрока, проигравшего в жизни всё, наказанного жестокий реальностью, видившего для себя лишь один исход. Такой типаж она раньше встречала; её первый и единственный муж выглядел похоже. Ей было больно смотреть на Ольского, зная, что это не его, и он никогда таким не будет.

-- Простите меня, Таня... простите, что без цветов и вот так... – придерживаясь за стенку, он дошёл до ближайшего стула.

-- Прошу вас, не нужно ничего объяснять, -- она приставила палец к его губам и заговорила шёпотом: -- тем более Юля... -- и с намёком посмотрела в сторону подруги. -- Я вот только оденусь и мы выйдем. Пойдём посидим в парке. -- Она опасалась, чтобы Юля видела Ольского и, набросив на себя шубку, вышла с ним из гостиницы.

*

Ему не было что сказать Тане, зашёл к ней ища лишь молчаливого присутствия. Всю ночь он проговорил с собой за бутылкой водки, и достаточно высказался. Пил безутешно, провожая себя из жизни. У него не вкладывалось в сознании: как так произошло?? Он, настолько принципиальный человек, уважаемый адвокат Ольский, ставивший высокие идеалы в пример себе и другим лишил жизни человека... Слово «убил» звучало несносно жестоко, и уж определённо он предпочёл бы себя в жертвы, чем стать убийцей.

-- Таня, я должен пойти и признаться. Иначе не могу, не смогу так жить, -- он чувствовал, что прячется за стеной позора, и от этого унижения страдал ещё больше. И конечно, не мог смотреть Тане в глаза, причинив ей столько несчастья, -- а суд пускай решит. Он там лежит на пристане... убитый мною...

-- Ни в коем случае! Только не это. Вся вина -- моя. А если вы хотите полицию, тогда я туда пойду. Одна. Я тоже разное думала... О другом для вас. И это моё желание, моя отчаянная просьба – вам нужно срочно уехать. Другого выхода нет. Обещайте мне, Ольский, -- умоляюще заглядывая ему в глаза, просила Таня. Она смотрела так предано с отчаянием самопожертвования, что он в эти минуты открывал для себя ещё одну Таню Зарянину.

«И она чувствует на себе грех... даже, возможно, более, чем я, но держит себя в руках. Оттого, что она сильнее. Любя Таню, я не могу не внимать её просьбе. Но, что мне ответить? Выгоднее всего -- согласиться, сказав «да», и всю оставшуюся жизнь жить несудимым преступником, каждое утро подниматься и встречать в зеркале отражение убийцы. Ты уже не сможешь оставаться прежним чистым Ольским, никогда...», -- мучался он. Не знал, что ответить ей, и только держал Танину руку -- так ему было легче.

-- Но Таня... – он отрешённо посмотрел, -- вы предлагаете мне недостойное. Выходит, что я совершил преступление и уклоняюсь от ответственности.

-- Вы не совершали преступление, Ольский, -- с заметной нервозностью в голосе ответила она, -- а если же пойдёте в полицию -- они именно так и решат. Это с учётом, что чужеземец, и так далее... Не вам объяснять. Вальдемар в вас стрелял первым за что и поплатился, -- она улыбнулась с диким удовлетворением, -- к тому же его там нет, на причале.

-- Как так? А где же он тогда?.. – одёрнулся от услышанного Ольский, восприняв это чуть ли не как чудо небесное: что тот, с дыркой во лбу, смог ожить.

-- На дне. Я его сбросила в море... – глядя в сторону, холодно ответила Таня, -- это ему от меня. – И бессильно заплакала, сжимая ладонь дорогого человека, переживая за расставание с ним, неизбежность которого было неотвратимым. Прислоняясь щекой к его руке, она надеялась, что эти слёзы убедят Ольского послушать её спастись.

-- Тогда получается, что и вы... – обречённо прошептал Ольский. А это значит, что теперь и Таня может быть обвинена в убийстве; уже не будет лишь свидетелем, а наоборот. Впрочем, у них нет свидетелей, и это многое меняло. Он отчётливо понимал все последствия для Тани, и это больше всего тревожило его.

-- Но кроме плохого есть и радостное: я вернула свой паспорт, -- утёрла рукой слёзы. -- Ваши деньги тоже у меня. Вы ведь не слушали, когда я вас просила – не связываться с тем негодяем. Сейчас могло бы всё выглядеть иначе.

Он больше не распрашивал Таню, что после происходило. Прошлая ночь отделила его от мира занавесью кошмара. Теперь ему стало всё ясно: эта отважная женщина шла до конца. В том, что она говорит есть своя логика. По крайней мере на данном этапе так будет лучше для нас. В предложенном действии он заметил альтернативу бесполезному самобичеванию.

-- О том, что могло быть или не могло – уже нет смысла вспоминать, -- он чувствовал себя трезвеющим под безотложным, -- нужно немедля оформлять ваше разрешение. Я этим займусь.

-- Нет, Ольский, вам необходимо ехать без меня. Я уж после. Так будет надёжнее. С сегодняшнего дня начнут разыскивать Вальдемара. Пойдут допросы... Я вас прошу хоть в этот раз послушать меня. Здесь уже не о принципах речь. Я знаю -- вы не виновен. Или этого для вас не достаточно? Нам итак уже нечего терять. Ну?.. Наконец-то, скажите же мне «да». Я только этого желаю слышать от вас.

-- Ладно, так и быть, будь по-вашему, -- нехотя произнёс он. Но перед этим я должен быть спокоен за вас. -- Практически он согласился с предложением Тани. В первую очередь она просила его об этом, и ещё потому, что им было-таки опасно оставаться в Константинополе. «Но, как она может уехать? Всё так неподготовлено... Попытаться без визы сесть на корабль – в этом есть большая вероятность быть непринятой другой страной... а на оформление брака у нас не будет времени. Здесь решают дни, даже часы. Но Таню не должны тронуть, она имеет алиби: скажет, что ночевала у себя. Всё равно время исчезновения Вальдемара будет считаться относительным. За Таню я попрошу Жан-Пьера, а Шарлю передам её паспорт и прошение о предоставлении визы.

*

На сей раз всё на что он рассчитывал сбывалось. Они даже успели обвенчаться. Ольский купил обручальные кольца и позаботился, чтобы всё выглядело должным образом. На их венчании присутствовало всего четыре человека: Клавдия, Андрей, Денис Афанасьевич и Юля. Срочность их бракосочетания не расчитывала излишеств, в том числе и объяснений. Ольский лишь отговаривался, что так требует время. Они отметили торжество в ближайшем ресторане. После чего, только успев переодеться в обыденное, Ольский помчался на встречу с могущественным Шарлем. Передав тому нужные бумаги, он убедительно просил его как можно скорее решить вопрос с разрешением для супруги (Жан-Пьер уверовал Всеволода, что окажет помощь Тане с выездом, если такая возникнет). Сам господин Рошто, к своему сожалению, не смог откликнуться на свадебное приглашение Ольского; поздравив друга, извинялся перед ним, винуя в том свою внезапную простуду и никудышних докторов.

*

Клавдия по-своему оценила причину торопливости брата. Она увидела Таню Зарянину спустя годы подозрения и

478

поняла: «Он хочет побыстрее забрать её отсюда и спешит подготовиться к её приёму. По крайней мере так можно предположить. А она выглядит достаточно свежо, чтобы опровергнуть дурные слухи. И вечальное платье ей очень даже к лицу. Всё-таки истинная красота не что перед годами. Это Таня доказывает». Они обменялись только несколькими словами поздравления и благодарности.

## 69
### *Невидимое прощание*

Та странная встреча была их последней, под впечатлением которой Жаннэт и Андрей находились всё последующее время. Они думали друг о друге, и только. Тоскуя по Жаннэт, Андрей корил себя за причинённые дополнительные страдания -- зачем он тогда решился на «ту парковую прогулку». Уже было смирился со своим жертвенным положением, а после той негаданной встречи любовь мучила его ещё безжалостней: «Я уже больше её не увижу. Забыть Жаннэт невозможно также, как и обмануть себя, «что я больше не думаю о ней». Наоборот, расстояние между нами доказывает насколько я люблю её. И чем тягостней разлука, тем вывереннее чувства к ней, -- Андрей смотрел с палубы корабля на отдаляющийся Константинополь, город в котором он встретил любовь. Под запахнутым тучами небом гонимые к берегу тёмные волны отражали состояние его души: -- ...единственное желание Жаннэт -- и я был бы возле неё на любых условиях. Всего так мало надо было – только единственное «останься»...». Холодный ветер трепал волосы, а он всё ещё продолжал смотреть в ту теряющуюся сторону, где оставалось его сердце.

Он не мог знать, что Жаннэт в то время была в порту. Она стояла вдали группы провожавших и прощалась с Андрэ по-своему. О его времени отъезда она узнала от месье Рошто,

Л. Хайченко Берег турецкий

предварительно попросив того известить её об этом. То было самое тяжёлое испытание для неё. Перебаривая желание подойти к Андрэ, она старалась быть незамеченой, и только со стороны смотрела на «своего Андрэ». А он находился как бы отдалённым от всего происходящего, как ей казалось сквозь свою печаль. «Возможно, он взглядом ищет меня...», -- так она надеялась, надеялась с верой в их будущее. И ещё она хотела, невзирая на всё непредвиденное, чтобы Андрэ помнил её всегда, как и она его своей неугасаемой любовью.

Леонид Хайченко 22 августа 2008г.  Нью  Йорк.